ZHENGTU YU JIAOBU

征途与脚步

刘荣军旅日记选

梁山松　林建良★编

中国文史出版社

本书编委会

主任、总策划：骆玉峰

常务副主任：胡志权

副　主　任：吕良涛　杨玉秋　席伟林

　　　　　　孙丽松　林建良

编　　　委：刘三丰　梁山松　吕建伟

执 行 编 委：梁山松　林建良

永远的革命者（序）*

《征途与脚步》的主人公，是陕州当地一位名叫刘荣的老红军。这是一位名副其实的老红军，不仅很早就参加了革命，而且革命历程之久、意志之坚，都令人由衷敬仰。我久闻刘荣同志其名，如今通过文字看到他盛年时投身革命和社会主义建设的足迹，深感荣幸，也倍受鼓舞。

本书选取了刘荣同志一九四九年九月到一九五八年三月这段时间的日记，忠实地记录了他在社会主义建设初期工作和生活中的所学所思、所见所闻和所感所悟。一篇篇鲜活的日记，如同一张张珍贵的照片，串联成一幅长卷，生动地注解了老一辈共产党人奋斗的青春和激情燃烧的岁月。捧读本书，我通过刘荣同志的"眼睛"，"自下而上"地重温了新中国成立初期社会主义建设、抗美援朝战争等一系列重大事件，从另外一种角度感受着共和国的沧桑巨变。在这一段段或短或长的记录里，你会惊奇地发现，历史如此真实而立体，丰满而有趣。

有趣的还有，这样一位革命者，他工作和生活的唯一原动力就是学习，并且执拗地进行着呼吸般不可或缺的自我批评和自我革命，力度还非常大，用他的话说，是"脱裤子割尾巴"式的。他放下枪杆又拿起锄头，从硝烟弥漫的战场上下来又走到火热的生产战线上去，为了党和国家和人民的革命事业，从来乐此不疲。

> 革命的生活很愉快，吃饭、穿衣、工作，一切发愁压迫的事情没有了，处处感到自由、新鲜、愉快。

---

*序言作者系中共三门峡市陕州区委书记。

夜以继日，直到鸡鸣方寝。整整工作了近十五个小时，但精神还不十分疲倦，尚感愉快，同时不断有零碎问题还插在中间处理。这是为了人民，应该这样干。

只有做好革命工作，工作上有了成绩，个人有了进步，那才是人生最愉快的事情。

在刘荣同志身上，我看到了革命者的英雄本色——旗帜鲜明，立场坚定，对党对国家对人民的革命事业高度负责，勇往直前。

革命理想大于天。刘荣同志的一言一行，时刻在诠释这句话。心中有信仰，脚下有力量。在那个红色的年代，一批又一批革命者为着红色的理想，迈上红色的征程，踏下红色的足迹，完成了改天换地的红色壮举，开创了举世瞩目的红色事业，留下了难以忘却的红色故事。

红色政权是怎么来的？新中国是怎么来的？今天的幸福生活是怎么来的？阅读刘荣同志的日记，我想到了习近平总书记的发问，也找到了问题的答案。日记字里行间饱含着革命精神，每每引起我共鸣，在潜移默化中不断浸润心田。这种坚贞纯粹的革命精神，便是共产党人永不枯竭的力量源泉。

为有牺牲多壮志，敢教日月换新天。正是一代代共产党人的牺牲和奋斗，我们才取得了新民主主义革命和社会主义建设的伟大胜利。一代人有一代人的使命，一代人有一代人的长征。新时代需要我们牢记使命、接续奋斗，把先辈们开创的伟大事业不断推向前进，取得新的胜利。值此"不忘初心、牢记使命"主题教育开展之际，我愿意把这本书郑重地推荐给大家，让我们从中回望来路、坚定信仰、净化灵魂、汲取力量，用担当精神诠释对党和人民的忠诚，为陕州区的繁荣和发展筚路蓝缕，求索奋进。

是为序。

路五峰

2019 年 10 月 1 日

目 录

第一编　1949. 9—1949. 12

1

第二编　1950. 1—1950. 12

17

第三编　1951. 1—1951. 12

73

第四编　1952. 1—1952. 12

149

第五编　1953. 1—1953. 12

195

第六编　1954. 1—1954. 12

237

第七编　1955. 1—1955. 12

295

第八编　1956.1—1956.12

355

第九编　1957.1—1957.12

441

第十编　1958.1—1958.3

537

第 一 编

1949. 9—1949. 12

1949.9.26　于宁远堡村　晴

早晨写总结。饭后，九时至十时，开会研究教育收效问题。午后整理材料，至三时许研究团运动会比赛问题。晚饭后举行团委会议，讨论会议进行办法，感到组织得尚差，会议零乱。

1949.9.27　于宁远堡村　晴暖

政协会议开得异常热烈，人们心情愉快，因而写总结至深夜十二时尚不觉得累，最近精神最好。

1949.9.28　于宁远堡村　天气晴朗

终日忙着写总结，感到特别困难。平素各种材料未整理好，虽然参谋处弱，但领导上也未曾周详组织计划，现编现写真有点手工业作坊方式。

晚间本想找周到村外一玩，又因一点小事耽误了，以开玩笑方式递给她一信。许多字她看不明白大意，故怀疑是女的来信，就再三追问，后解释始息，证明她很爱予，感情倍增。

1949.9.30　于宁远堡村　半阴

早饭后到六一〇团参观运动大会演，韩参谋告曰十三时返回。途过飞机场，岗上卫兵喊不让通过，未站，即拉栓。发一阵脾气，始息。回到家里十分疲劳，小睡了一会儿，又办了些零事情。今日又过去了，终日总感到忙，但也忙不出头绪来。

1949.10.1　于宁远堡村　半阴

早饭后，到张家口市附属院谈周临产住院问题。

张市人民兴高采烈进行宣传，到处万象更新气氛，拥护中央人民政府。个人也感到特别愉快。

晚间往回返，天色已暗。出老雅庄村口，临高堤岸不慎撞倒一位老乡，落于水渠里，幸而越木栅未受伤。下马即把他救起，恰碰司号员们返，令将半口袋棒子帮老乡给背回。老乡回答曰："不要紧，参谋长你回去吧！"今后乘马遇群众可得小心些。

1949.10.3　于宁远堡村　阴微雨

今天是假期第三天。早饭后赴张市游玩，满街皆悬挂新的国旗，在秋风中招展。人民皆欢笑，到处呈现新生气象，心中非常愉快。十二时到人民剧院，演的是《三人行》，暴露了蒋贼的反动黑暗，对予的教育意义甚大。

1949.10.4　于宁远堡村　午间微雨

晨到师开后勤会议终日。郭处长对会议组织甚好，开得甚圆满。席间看到陈智，她见面首先问："指导员你来了，我还这样称呼你。"仍然有点带哭的样子，立刻想到不如当年之美了，大概由于有小孩关系吧……

1949.10.6　于宁远堡村　午间阵雨晚晴

今年中秋是在全国胜利中进行，十余年来首次这样和平安定，食品丰美，感到特别愉快。同时与周欢居异常，她最近要生育，负担很大。

1949.10.10　于宁远堡村　阴

晚，军政委到团来。大家忙于布置一些表面工作，如军风纪律表彰，于是自己也紧张起来。本来平素最反对在上级面前搞这种临时举动，长即长，短即短，一切之一切均宜建筑在平素工作基础之上，不应这样。

1949.10.11　半阴

首次西北风，突然感到冷不可当，战士们均着棉上衣，一营战士仍在操场坚持操作。这是隆冬的沙漠，感到非常难受，此地在夏日应是最好的避暑地。

终日评论此次检阅好坏单位，争论不休，于下午三时休会。

1949. 10. 12　于宁远堡村　晴

最近以来身心很为愉快。首先在工作中主动积极去干，完成各项任务，各方面检点，免去无谓意见。另一方面在工作态度与对人态度上均宜和善，但凡遇事讲理，以理服人，绝不可以耍态度。不久以前这方面尚欠缺。我们革命者反对恶暴，在自己阶级队伍内部应该发扬和善相亲相爱精神，军政委同志到此一天的生活中也感到有此风度。

1949. 10. 13　星期四　于宁远堡村　晴暖

终日开评判委员会后，评出六面旗子。

晚间收发员送来家信一封，痛述自己别家后家中之苦，弟死妻改嫁，祖母及母亲相思之深情，以及前婚不当之牵连……其中观点在封建立场上讲话，这方面不能同情。唯祖母、母亲之深情不能弃之，尤其祖母年高，探望有期，时间很宝贵，但目前情况不能准假……至深夜回答一封，甚沉痛。

1949. 10. 14　星期五　于宁远堡村　晴暖

晨布置检阅演习后，提前吃饭到师汇报两周教育工作情况，至三时餐后赴家属队给周领布衣后返，途中天气甚冷。

少顷即检查明日大会准备工作。周腹痛不堪，恐怕即生。心中不安，唯恐出危险，连夜给她请接生婆，她再三拒绝。

1949. 10. 15　星期六　于宁远堡村　晴暖

开运动大会终日。部队排演节目甚为热烈，情绪饱满。晚间演出，不错。

1949. 10. 16　星期日　于宁远堡村　暮阴晚雨

今日报纸上刊登我军十四日解放蒋匪最后老巢穴广州，同时衡阳西大捷，歼白匪四个主力师，胜利消息振奋人心。今日练兵表演很好，战士情绪激昂。

予忙于组织照相。个人也照了两张，很高兴。

晚研究了下周工作中的几个问题后，于细雨纷纷中入寝。

1949.10.18　于宁远堡村　晴

清晨乘马到三营看战士测验。群众忙于秋收，昔日绿绿庄稼现呈现一片黄地，冬天象征十足。

返，疲惫不堪，痛快地睡了一小时半，继而又计划一些工作。特别感到头痛的是两个总结，每次均被逼到眉前才动笔。

最近物价又高涨，每斤小米涨到人民券一百五十元，随而各种东西均涨。借机到张市买了一个皮包六千五百元，又四千三百元买一双皮手套，很高兴。

1949.10.19　星期三　于宁远堡村　晴

昨天晚上耗子捣乱三次，起来打了三次，影响今天精神。今天接着有两个总结报告，又有许多零碎事情缠身，不能专一去写，因此在整理取材方面均不够深刻，有应付性质。

周最近要生小孩，但未住医院，对她顾虑很大。

1949.10.20　于宁远堡村　晴

近段时间连报也未看。今日忙着写了两个总结，晚间做周去医院分娩准备工作，至十二时方睡。同寝谈话，幸双方坚持咬牙度过痛苦阶段变作今日之亲密，实属不易，伟大在此产生。

1949.10.21　星期五　于宁远堡村　晴

晨六时即到站，送她到医院，差两分钟误车。

到张市逛游半天，后安置她于医院，心中甚快慰。医院人员态度均很好。

到街上买了两副宣化名产七度皮手套，又给她买了件大衣领，共花洋两万多元。现已借公家洋两万余，感到万一日下调动，难以及时偿还，那就影响不佳了。又想到几次赴张市，为了她影响工作，怕同志间产生意见，不恰当。但不照顾她心中难以过去，特别她在生产中很是痛苦，也应该抽时间照顾。

晚间与李扯谈至深夜。

1949.10.22　星期六　于宁远堡村　晴

今天派老关到张市办一些零碎事情，给周送点东西。因清晨会操时间长，超过了开饭时间，马夫等不上就走了，遗漏了许多事情。回来谈她哭，说医院房子冷，同日另一产妇死亡，使她感到害怕，精神上更增加了一层负担。她在此困难痛苦当中应该得到很好的照顾才对。

1949.10.23　于宁远堡村　阴晚雨

从起床始整整忙了一日，准备明日会议，收集材料。经团委会讨论，觉得对部队教育同管理要严要狠。推动部队关键环节在干部，把干部掌握好了，积极性提高了，部队自然而然就好了。

1949.10.24　星期一　于宁远堡村　晴

为了团干部会议上总结，早上忙于给韩整理材料，产生了不愿意做参谋工作的想法，但当时无奈。忙了一天室内工作。

晚间与韩谈及军务工作事情，他言及："今后团工作搞不好。"反复说了两句，本来在前日他也同样言语过，当时只聊作微笑，心中表示不同意，因里面含有个人英雄主义因素。继而谈及王不自觉，他腻烦极了：这几个月干啥都没有政治委员风度……觉得如此不好，因而只以微笑答之。因不愿意沉入不团结泥坑中。刘、韩等时常说这些毛长腿短事情，如此扯谈者往往闻之不快。

觉得风度尚不够。近日自己应该格外警惕，工作中应尽全力改掉厌烦心理，不过这种参谋工作实在是麻烦之极，难出成绩。

1949.10.26　星期三　于宁远堡村　晴

根据近日工作，得出一个经验，遇事弯曲与直率并用才好，许多小事情不可不管，往往许多小事解决得好能称人心满人意。处理每一件事情里面得留后手。

开了一天供给会，累得不行。

1949.10.27　星期四　于宁远堡村　晴

近日张北发生严重鼠疫，张市断绝交通，行路戒严，部队中尤其是三营住处一老乡死亡，战士中产生恐惧心理。

自从十月一号人民政府成立后，处处呈现新的气象。近百年来中国人民可以说首次站立起来了。

今天下午火车不通了。

1949.10.28　于宁远堡村　晴　西北风

今日一件事情未办好，对一管理员二参谋当众发态度。本忍耐一下可以不发，为工作，何苦如此对待下级呢？当即后悔不已！

1949.10.29　于宁远堡村　晴　西北风清冷

中央命令从今天起，此地区封锁道路断绝行人，火车不通了。中央派两个医疗队和苏联鼠疫专科人才前往张北康堡县捕灭，此病发生于康堡县之龙王庙村。

闻知周在医院天气很冷，洋房中无火。她在那里很为不安。本想前去，又适戒严期不好通行，准备明天于三营测验完后即去。

1949.10.30　星期天　于宁远堡村　晴

清晨到三营去测验，准备完后到张垣看周，不料中途防鼠疫之岗哨过于严密不让通行，因而惦念不已。她生产在即，最关念者即：

一、难生否。

二、据说房子过冷，怕得产后病。

当前鼠疫症流行甚速，吉家房一家夫死继而其妻又亡，还有丈母娘及两个孩子均非常危险。宣化由张市去一小贩也患鼠疫而亡，上级责备岗哨不严放过行人，严令即日断绝军民往来。晚间急令各营召开军民防疫委员会议，以积极捕鼠防止病延。

此病在张北康堡一带发作后，已死四百余人了，已蔓延到龙关赤城一带了。从苏运来二百万支疫苗明日可到，当前政府极重视此工作。

1949.10.31　星期一　于宁远堡村　晴

这几天异常憋闷，简直好像与世界隔绝了，每天只能与师与营通电话，也不能外出，不能往来，报纸也看不到，火车影子也不见，真不习惯。但是，这是病灾，这种紧急措施，完全是为人民的生命健康幸福。

下午给张垣附属医院打电话问周情形，几次也打不通，更加急人。

吃晚饭时一架飞机突然出现在头顶上空，并且飞得越来越低。这是半年来首次看到，人们都欢呼起来了，有的上房，有的登上城墙看，均无半点惧色。它越来越低了，上面国徽显得更清楚了："这不是五角红星吗？这是咱们的飞机呀！"

又过片刻，李组织干事来说："师打来电话，这架飞机是专来救济三营驻村吉家房村的，叫派人接……"又过片刻，飞机直起，打了半个转朝北京方向走了。

人们说："人民政府成立了，关心人民呀！"

1949.11.1　星期二　于宁远堡村　晴

工作上从今天起深入下面。

一、首先找董连长谈了话，消除成见。

二、打电话问到周情形，她还未生，但很快就要生，心中始快。

三、在参谋处开会，态度很严格，可能使参谋们受不了，特别张参谋。

1949.11.2　星期三　于宁远堡村　阴

给祖母回信，近日每每思及老人，心中十分难过。无祖母就无今日，对她的恩情丝毫不能忘记，应该回去看她一次，但怎样向上级开口呢？目前正处在练兵之际。本来革命工作什么时候也没有个完，若她老人家去世，那就失去了回家的意义了。

1949.11.3　于宁远堡村　阴

上级指示严加防范鼠疫流行，察省已布置四道防疫线。

晚七时召集本村军民开会讨论研究防疫工作，大家均很重视，首先检讨个人思想上对此工作重视不够，从今天起才正式重视起来。

1949.11.4　星期五　于宁远堡村　晴

集中力量做防治鼠疫工作。十时参加村民代表会议做防疫报告。本来今天想到张市去看周，未去，因为身体有点感冒。

1949.11.5　星期六　于宁远堡村　晴

早饭后赴张市看周，她仍未生，即在近两三日。医生检查小孩头很大，身上很胖，闻之甚喜。唯医院条件不好，房子太冷。产科医生不在。

到街上买点零碎东西即返。

1949.11.7　星期一　于宁远堡村　早阴

今天遇很不愉快一件事，因调一个测图员，政治处主任略有不满。本来这是个小问题，同时都是为了工作，当面谈一下即解决问题，不意碰了大钉子。后经过团长、政委在吃饭中解决之。本来不愿意用此种方式，有些细小问题，应互相理解。

讨论了供给主任假公济私营利等问题及特派员问题，因私人问题而影响到前途，特别值得自己注意。正人首先正己。

1949.11.8　星期二　于宁远堡村　晴

工作余暇以琴声乐之。不知周生产了否，甚为挂念。晚间与张计划在此安家落身之计，待来日舅父来后落身于此。明日起注意开始建立关系，调查研究矣！这种思想虽然某一方面说不正确，但与公家毫无任何相联系处，今后在工作中对公家半个字也不要沾染。

每天练习几个毛笔字,很有兴趣。

1949.11.9　星期三　于宁远堡村　晴

当地居民中发生了从张北带来的鼠疫后,现在群众均感到它的可怕。苏联医务工作人员不避艰险地住到吉家房村给群众看病,群众深深表示感谢。

1949.11.13　于宁远堡村　风

初冬头一天大风,气候剧变,结冰一指厚。

战士们晚饭后成群结队到堡外去打柴,全为自己劳动自己享受。自己也同马夫、警卫员前去打柴。冷风刺骨,人们均不避风吹积极打柴,自己享受劳动果实。

1949.11.16

刺骨的西北风终日不住地刮,人们袖手不敢出门。战士们许多还赤着脚,有的已冻伤了,因而早晨军事操练改作饭后。

即日至二十九号,逐级总结练兵工作,加上测验工作及参加师检阅运动大会,工作挤在了一起,特别忙碌。以战斗姿态去工作。

晚间准备测验工作,加紧学习。

1949.11.17　星期四　于宁远堡村　晴　冷风

晨赴张市,首次到周处。进门她躺在床上未起,即知已生,细看果然。她的面色尚好,遂放心。继问,是十五日夜十二时生的,易生,虽系女孩,亦无关系,孩子看起来很健壮。

到市政府返后,到街上买点东西。

忙个不亦乐乎,军、师下来测验总结,晚间与张凡同志细谈。

1949.12.9　星期五　于宁远堡村　晴暖

练兵第一期告结束。毛主席提出明年部队大力生产,时间占百分之六十。准备去察北开荒去,每个战士种三亩地,予基本上愿到察北去。今天计划整个找地问题，明日准备到区交涉地。

准备请假回家一趟。

1949.12.10　星期六　于宁远堡村　晴

上午到区交涉地，区同志均很客气。感到我们革命部队与人民及政权关系现在是很自然的，正常相处，非常融洽和谐。不论办什么事情均顺利、愉快。

1949.12.11　星期日　于宁远堡村　清风

午饭后赴张市铁路局交涉路基两旁地的问题。他们虽然在星期日休假中，但仍然很热情地办公。关于地的问题，很诚恳地介绍地的情况后慷慨答应，出乎意料。

1949.12.13　星期二　于宣化市　晴

十一时半达宣化市，后到司令部玩，找到一些老友，五时看电影《百万雄师下江南》，人们相当兴奋。

1949.12.14　于宣化市　晴

十时开始开会，听取徐军长的练兵报告。很扼要，言语措辞很好。晚间找老友一玩。

1949.12.15　星期四　于宣化市　晴

十时开会，听取徐军长的政治工作总结报告。会中精神不集中，打瞌睡。觉得里面最深刻的一条经验即群众路线的工作方法的运用，加上深入的政治思想教育。

晚间到吴处扯谈至十时许，方返室休息。近两日可能有点感冒，精神不大好。集中精神准备回家一趟，将祖母及母亲搬来，安家于此。返回后继续要求调动一下工作。

1949.12.16 星期五 于宣化市 晴

今日听取徐军长后勤工作报告后，继续到街上玩半天，到史锡五同志处扯谈中得到芦长山同志下落：在开封河南医学院工作。准备于请假途中到他处一玩。又闻知朱光之同志下落，她已得肺结核，甚为惋惜。又从交谈中得知许多老战友已在战争中死亡了，不禁感叹。

晚间同史锡五一块儿看电影，内容是"东北三军"，尤其长白山一段，认识到自然界是那样伟大。

1949.12.18 星期日 于宣化市 晴 冷

今日总结。漆政委又传达了明年生产任务后，天色已晚。每人种四亩地，战士生活水平提到现在中灶水平。毛主席在这个任务上讲得很明白、很坚决：先下手为强，坚决执行，认真做好，做不好找你们负责。

上级号召今年做好一切准备工作。自己思想上已有初步认识，无论如何这个任务比战斗任务容易些吧，要很好地努力去完成，否则自己应负责任。

晚参观教导大队制式教练后，本想看电影，但浑身难受，似感冒状，独自回去。

最近将回家一切手续均办好，准备回家搬祖母、母亲，决心已定。

1949.12.19 星期一 于宁远堡村 晴

早饭后乘汽车返团。因感冒关系，身体异常难受，到家即卧床。

1949.12.20 星期二 宁远堡 冷风

今天团领导检查，团几个人在团委会上自我检讨，营同志做补充。对我个人意见：一、到下面少。二、李兰提出工作不如过去积极了。这也是事实。在自己检讨中，几个月中犯严重的事务主义毛病，加上周之纠缠，影响到下面去，下面同志看问题是从切身利益中去体会。今后对下面：一、态度和气。二、对同志多帮助，特别是帮助解决一些实际问题，大家才是最欢迎的。机关工作应放在一定计划中。这几个月并非没有出力量。

1949.12.22　星期四　阴

昨晚九时冒雪于宁远车站乘车返里探亲，心情甚感愉快。八时达北京站。这一宿在车上睡得很甜。沿途感到一切都呈现出新气象。十一时达军粮城站时恰遇高凤舞同志，互相间料想不到之相逢，心中格外高兴。随于塘沽站下车后并肩步雪地达塘市区，稍谈又遇瞎刘请入饭馆，食后返高处，与子诚老战友深谈往事，很亲热。人们谈付照才同志工作苦干、踏实，评论很佳，对予思想影响很大，当效法。自己态度有毛病，今后戒之！改之！

1949.12.25　于津浦路上　半晴

六时搭车，下午九时栖济南站等车，夜间下细雪花。

1949.12.26　于徐州站　半晴

九时到此下车后，栖于月台票房，无门很冷。此地石榴很便宜，购买十斤，于疲累中不慎被盗去十万元返程车费。

1949.12.27　于陇海路上　晴

中午达开封，细观十三年前与今天有很大变化，整理得尚好。到相国寺少食粗饭后，即赴省府办好移家介绍信后至河南医学院找芦长山，不遇。夜间于郑州车站等车，甚冷。

1949.12.28　于位村　晴冷

晨六时于郑州站搭车，终日坐加点车，每站一停，五百里地，整整走了一天半宿至家。时天气很冷，进门老母首先抱头大哭。这是中国人情。

1949.12.29　于位村　阴

起床许多村人均来探望，迎接不暇。

1949.12.30　于位村　晴

终日招待村民探望，晚间与母生气，不满旧事。

1949.12.31 于河底村 半晴

行二十五里，至河底，刚进门村民纷纷探望，问长问短。仍有以旧社会眼光相看，谈话不耐烦至极。

第 二 编

1950. 1—1950. 12

1950.1.1　晴　于位村

步行二十五里达城内，一切均在建设。中午与蔡迈伦谈话三小时许，但全是叙述他的过五关斩六将之事，另外也招待不周，不快。乘加点车十二时达家。予生平最讨厌的是善于夸奖自己功劳的人。

1950.1.2　微风　于位村

在家这几天感到特别疲劳，人们来访问，三句话不离自己的利益，一般的家常话，心中厌烦加上疲劳。舅约去后地村访诸亲戚家，因疲劳未去。

1950.1.4　晴　于位村

此次回家与母亲又闹了一次。她仍然以浓厚的旧眼光来处理予问题，表示对予不满意。予对她也表示冷淡。原对家里的问题抱热情的、干脆的态度，但事实上不行，今后抱定不管态度。

1950.1.6　清风　于位村

晨四时与四舅同往车站搭车离家。到站，孔副站长因前购票事给道了歉，诉了一顿才过去。沿途睡得十分熟。

1950.1.7　晴　微风　于徐州站

下午八时才有达北京的特快，天明偕舅父前去徐州旧城玩。

1950.1.8　阴　于北京市

八时达，午间偕舅父参观故宫，特别为他请一个向导，花掉六千元。

他称赞不已。此向导介绍最详细。清光绪年间，他十八岁，即在该宫内当差，因此许多事情就是他目击过的，介绍得特别好，可惜没有时间与他详扯一番。

六时到站旁一小饭馆吃了杂面，三人花不足两千元，最便宜。依门几个讨饭的轮番讨要，怜而给之，特别十二岁一幼女，挺聪明，给百元。本想多问，舅父急叫走，八时四十分，乘京绥客车。

1950.1.9 半阴 微风 于宁远堡村

晨四时达家，疲劳不堪，加上满身起麻疹，痛苦至极，稍休息。终日未工作。周告曰：原拟定调往绥远工作（正合吾意），后又不调。不知何故。

1950.1.10 晴 于宁远堡村

离家近二十天，部队许多情况好似乱套，不由内心感到有些不快。另外又想，若到机关工作，较此好一些，今后，处理问题对人态度更应好些。发脾气是不好的。人的心理一般喜欢老实的、易于接近的人，为什么要以态度待人呢？

1950.1.12 半阴 于宁远堡村

终日做了一些交代工作，觉得异常轻松快活。

晚间看《三打祝家庄》。散戏后，与舅父、周等举行夜餐，甚欢。

1950.1.14 晴 于宁远堡村

早晨因整理东西与周又闹了一阵子，不快而去。这种脾气差不多成了老毛病，幸亏她谅解。

1950.1.15 阴 于屈家庄村

今天开始到生产部门工作，开始接受工作，搞此工作精神感到痛快。

1950.1.16　阴　于屈家庄

与郭终日计划、研究工作。

做此工作含有未来做经济工作之基础。

1950.1.17　阴　昨夜降雪　于屈家庄

枕上与周细谈，关于最近两次因细小问题发脾气之不满意见。自从结婚以来，她未发半次脾气，予却数十次，每次毫无重大问题，如此引起她之心中不快，今后宜改之。

1950.1.19　晴　于屈家庄村

六时乘早车到张垣交涉关于生产的一些问题，零购一些物品，花钱甚多（二十四万）。目前未实行薪水制前，一般均感到城市生活之困难，每月饷只发六斤米，解决不了什么问题。晚上九时返家，甚快。

1950.1.20　冷风微雪　于屈家庄村

今日因家庭封建问题与舅父闹了一顿，彼此生些气后，复而又回来善言慰之。数年未见面，虽脑筋顽固，但何苦？

1950.1.22　晴　于屈家庄村

今天召开社务会议，终日忙得不暇，但精神感到愉快，愿尽职于经济战线的活动。

晚九时于沙岭车站送舅父返家。

1950.1.23　晴　冷风　于屈家庄村

终日干部大会，副师长分工，自己搞农业生产工作，任务重大，离生产期不远，宜细心组织计划。首先四十八天的任务，于今天宣布了，当努力去完成它。

1950.1.24　晴　于屈家庄村

今日欢送张副政委调走，下午聚餐。

1950.1.25　晴　于屈家庄村

早饭到察省农场去接谈关于生产方面一些情形，他们很热情地告诉一些知识，今后于本师农业生产帮助很大。在播种前，请他们来给训练班上课，效果很大的。

1950.1.26　晴　于屈家庄村

午后找本村几位老乡研究农业生产问题，里面有许多宝贵的经验，开始去研究吸取。从放下枪杆子到拿起锄头，从战场上下来又走到生产战线上，今天彻底弄通什么样的革命工作都是可贵的，什么样的革命工作都应该去学，去做，只要需要，组织上调，就去。

1950.1.27　冷风细吹　于屈家庄村

研究一天农业生产计划，至晚间熄灯时，已头晕不堪。

1950.1.28　晴　于屈家庄村

昨晚及早晨又与周发生无原则纠纷，本来都为小事情。她这个人很不在乎，表现在生活方面，为此不习惯。事后脑子很痛，觉得很不应该，但这个老毛病总改不了。

午间，冀平躺在炕上于奶后高兴中哼哼，发出大小声音数次，人们均投以稀奇眼光。我也很高兴、奇怪，觉得此孩子尚聪明，甚爱之。

终日又研究种菜经验，特请沙岭子种十余年菜地老乡，经验甚丰富，对我们帮助甚大。群众中有天才的人，因此凡是有困难找群众，同群众研究，就有了办法，增加了智慧，工作就能做好。

1950.1.29　晴　于屈家庄村

研究生产计划。

1950.1.30　早雪晚晴　于屈家庄村

今天特别寒冷，起床后因感冒关系，头痛，到村边雪地溜玩一小时。

1950.1.31　寒冷　于屈家庄村

与周口角不和，下午又闹些意见。她因我对其体贴照顾不够，因而心中不满。确实最近一起生活中影响身体与工作，她或者体会不到这点。今后恐怕为此发生裂痕。

晚间与郭研究工作总结。

1950.2.1　晴　于屈家庄村

今天各团汇报终日，李副团长提的关于下通知问题，副师长立即就做结论，但予马上插一句嘴略加解释。从这个经验中证明今年生产中任务重大，工作须细心，每一工作布置宜从头到尾详细计划。

1950.2.4　晴　于屈家庄

杜老友来拍张家口战役宁远附近几年之演习，下午特意去看。畅谈一番，本想多扯一会儿，雷急叫回来。他为自己做合作社工作抱憾，实际予不以为然：一、什么工作都是革命工作。二、予也愿做经济工作。

1950.2.5　晴　于屈家庄

革命的生活很愉快，吃饭、穿衣、工作，一切发愁压迫的事情没有了，处处感到自由、新鲜、愉快。这就是革命的果实。

1950.2.8　晴　于屈家庄村

午间因小事给勤杂人员发脾气，无意思，但改不了，体验人禀性难移之感。

1950.2.9　阴　于屈家庄

做的农业计划，复写后，未加细心审查，数目字错很多。发政委后才发觉里面错了，当改正粗枝大叶作风。

1950. 2. 10　阴　昨夜落雪四指深　屈家庄

早晨因被子小事与周吵，终日头痛。

晚间研究生产统计事至深夜，觉得生产工作应该搞出些成绩，若马虎，将来出岔子不大好。工作中一切责任应该自觉地去负，应该处处免去被动，这才是革命者的工作风度。

1950. 2. 11　晴　于屈家庄村

工作中表现出的最大弱点就是：一、细心不够。二、彻底性不够，往往许多事情堆到迫在眉前才忙于下手，事后百事大吉，松一口气。今后宜戒这类事情。

晚间用了很大时间调解郭、李夫妇间纠纷，影响工作。

晚间十时左右，周突然高烧，难过，影响前半夜未睡好。

1950. 2. 13　晴　于屈家庄村

很久为着周与小孩纠缠，精力分散及半，未能很好地进行学习。因而日益不学马虎过去，思想上形成麻痹现象。今天细心学习报纸上西藏问题、国际问题及列宁之学习精神，对自己有很大教育，立刻反省自己，修养上有增进。今后我想应该坚持才对。

1950. 2. 14　晴　于屈家庄

与张、赵二位同志到河滩（桑干河畔）看生产地亩，历时四小时。今年宜下大本钱，开好水渠，做出长期计划。今年是第一次，同时布置第二次才宜。

晚间因打条子事，团里又闹意见，认为中心环节在于领导上软弱，无形中对下面迁就，造成工作上打折扣及自骄现象。对此不满意。

1950. 2. 15　半晴　于屈家庄

微患感冒，精神不佳，师汇报返回后，晚间因工作问题发半天牢骚，特别农业方面，将近月余人还未调齐，再过月余部队即进入生产战线，准备工作不成影响今年任务完成，今后责任重大。找雷副政委，不在家，未谈。

1950.2.16　冷风　半晴　屈家庄

感冒未愈，对周发一顿脾气，每次总是理由不充分，不该。她对我很好的，这种习气不好的。

年老的关系，爱子之心切。冀平天资聪明，不足一百天，即能不断发出声音，出现各种表情，同时身体很好，得细心抚养。

晚间到副师长处，申述工作上意见后，颇有收效。

1950.2.18　晴　于屈家庄村

全社排长以上干部会议，总结月来工作，很严格，特别指出干部中不良动向，严格交代了月来生产任务。宜努力完成，否则影响今年农业生产计划。

1950.2.19　晴　于屈家庄村

早上研究了工作问题，午间在全社军人大会上做了生产动员工作，晚间具体布置了农业股工作后返室。周告曰：孩子在她从茅厕解手回之片刻间大哭，发了出生以来首次大脾气，抱之很久尚不息怒，吓得房东均跑来，称曰："你孩子脾气真大，像她爸爸。"最近感到她脾气甚似自己。

1950.2.21　晴　于上花园村

清晨与周大吵一顿（大骂她一顿，可说结婚以来首次），原因在于她起床迟，影响了我出门一切准备工作。她没有回击，一一忍耐下去了，走后很为难过，到下花园后更加难过。

这次主要为解决河滩的地，与水利局同志协同老乡研究，需要大的工程，但得利并不大，非依科学方法不能永远，故不打算今年耕种它。

晚饭后赴石灰窑视察。这灰厂发展前途很大，条件具备，靠山近路，同时可以开采煤自用。大概计算一下，这个厂扩大两倍，即可解决全师食粮问题。

1950.2.22　冷风　于屈家庄村

十一时许赴下花园土煤矿参观。目睹工人苦状，甚表同情。五时返家。

1950.2.28　晴　于屈家庄

正式交代了合作社工作，接受了直属政治处工作，很紊乱，值得一整。

1950.3.1　晴　于屈家庄

终日开会。很零乱，缺乏中心工作，今后工作中宜细心冷静些。

1950.3.2　晴　于屈家庄村

接受了政治处工作，终日忙于动员群众调房子，群众不安心于此种移动，原来工作未打下基础。

1950.3.3　晴　于屈家庄村

早饭后忙于搬家，住此很清静，特别对孩子要好。最近孩子很懂事，呀呀学说话，心中很喜爱。每当出去工作一段时间想回来看看。工作与私生活的调剂上也比较好些。

1950.3.5　晴　于屈家庄村

午间看马戏毕，孩子哭得十分厉害。周颇痛惜。她嫌予未回看，发很大脾气，证明母爱超过父爱。

晚间与赵副科长计议营团党委改选问题，至熄灯。

1950.3.6　阴　于屈家庄

终日忙于大会准备及一般日常党务工作。

晚间于政治处办公室办公毕，雷副政委谈今后几个工作：一、切实掌握原则，坚持斗争性，不放弃原则斗争。二、一切行不通问题多提意见，不怕碰钉子。三、注意机关工作一套方式方法。

毕，暗想，从今又回做政治工作，该细心钻研工作，谨慎处事克己。

1950.3.7 冷风终日 于屈家庄村

十一时开党委扩大会议，讨论召开党代表大会问题及党务工作问题，会议至晚七时，继而又解决零碎问题。

1950.3.8 微风 于屈家庄村

一、召开处务会，布置代表大会一切准备工作事宜。

二、准备明天生产委员会议及代表大会筹备会工作。

三、布置总结工作问题。

1950.3.9 风沙终日 于屈家庄

一、十一时到一时开生产委员会议。

二、二时至三时半开党代筹备会。

三、四时开会讨论家属问题。多地普遍遭灾荒，尤其冀省，因而许多家属无法生活，纷纷找部队解决。尤甚不能增加人民负担，这个问题是政治工作中很主要一个工作。

1950.3.12 风沙终日 于屈家庄

今后少为自己的事情做打算，心情便愉快了。最近为这方面费了不少脑子，实在价值不大。

1950.3.15 晴暖 屈家庄

早赴南兴渠帮助炮兵营进行营党员大会准备工作，返时天色已晚。

1950.3.16 晴 于屈家庄

遇事还是忍耐冷静处理为上策。最近又重新回做政治工作后，觉得对自己修养上要好些，同时脑子轻松了许多，并非像以前那样杂乱无章。遇事冷静、耐心又干脆地处理，绝不拖延，加之以和善态度，人们是最欢迎的。一般人最喜欢"优良的政治工作风度"。

1950.3.20　晴　于宣化

七时半即开会了，听取李主任的生产中政治工作报告，至下午二时结束。对李的报告风度很称赞，讲话很细心，对个人教育很大。领导者一举一动宜慎，有一定分寸，发生的影响很大的。

晚间本想看戏，几个人扯到第三次世界大战问题。

1950.3.22　晴　微风　于屈家庄

爱子之心切，外面几日来开会，对平异常想念。感到她很聪明，日益知事，令人特别喜爱，终日抚抱。

1950.3.23　晴　微风　屈家庄

早饭后，办公毕，李主任提出令重新搬回原来房住，坚持不搬未遑，事后依行。今后对事还应细心谨慎，严格地按级按制度按手续办事，主观的、独断的不行，避免些无谓的钉子。

1950.3.24　阴　屈家庄

十时动员全直属队大生产问题，继而连以上干部布置大生产中政治工作。下午开党委会，清理大生产前党务问题。

1950.3.25　晴　屈家庄

通信工作会议，布置大生产中此项工作。

1950.3.26　晴　屈家庄

很多事情难办，今后特别注意关系，遇事宜特别忍耐之。

1950.3.27　晴　于屈家庄

又因搬房子问题、总务工作不健全，发生很多困难，一时发烦，又再三忍耐下去了，对于该处工作困难头痛。

1950.4.3　半晴　晚雨　于屈家庄

十时开师直生产会议，决定直属队具体生产地亩问题。晚饭后召开政治处生产会议，讨论本处生产任务如何完成。

1950.4.4　阴　冷风终日　于屈家庄

晨到河滩开地，草地泥泞加上芦草根，进不去，进去出不来，实在难挖。不一会儿，大家脚冻难以支持，西北风扑面，再继续难以忍受，大家决定，他日加倍挖，早收工。

1950.4.5　半晴　冷风终日　于屈家庄

终日天气很冷。昨晚因精神疲劳过度，白天无法支持工作，与周发了脾气，精神不佳。

1950.4.7　半晴　冷风　于屈家庄村

处理一些日常事务，午间编战士识字课本。

日间工作余暇，忙于抱孩子。人爱子之心系天性，觉得他们这一代是何等幸福，现在将来都是幸福的。

1950.4.8　阴　星期六　于屈家庄村

早饭后到了宋家庄村，检查炮兵营的生产工作。今年一挖滩地，部队情绪高昂，终日在水中泡六小时，有的战士脚都裂了。特别是前几天很冷，冰得钻心痛，然均无怨言，具有完成任务的伟大信心。同时在劳动中也改造了人们思想，提高了阶级觉悟。滩地三十余年了，群众均无法挖出，当我们最初挖时老乡简直都替我们没有信心，因为实在难挖，每天每人最多挖不过四厘地，但现在我们一片一片地都开出了，由于不断地吸取经验，逐渐也开好了，老乡赞美我们的劳动精神，说"你们干得比我们还好"。

1950.4.9　晴　微风　于屈家庄村

九时到下午一时举行直属队检查工作汇报。

二时至四时政治部主任召集会议。

五时至七时宣传股举行大生产中文教通讯工作会议，继而参观电影。终日生活很紧张。晚间与周发了小脾气。

1950.4.10　晴　屈家庄

清晨起来很不高兴地跑到办公室，解决几个零碎问题。吃了早饭，到沙岭子河滩挖水地去。天气渐暖了，水并不像前些日子那样冻脚了，大家很愉快地劳动着，休息时文化教员抱出所带的一包报纸，大家抢着要，有的争不到手就下棋，有的躺在沙滩上玩，感到生活非常愉快。不足的是领导上计划不周，这块地事前未打埂子，挖好后才打埂，又进行两次修理，结果浪费了人工，也未做好，这也表示对组织对工作负责任，怕本单位生产落后。

1950.4.11　晴　于屈家庄村

本来今天计划去开地，但直属队具体生产任务还未公布下去，下面具体情况未报上，上午未去与张科长举行会谈，最近几日内直属各单位地的调查报告可送上，做出计划经会议与书面布置下去。另拟出专门小报或通报，介绍一下生产经验。今后工作重点，在于掌握直属队的生产，以免出问题。

六时拟政治工作补充指示。

1950.4.12　晴　于屈家庄村

九时到沙岭子大滩里开稻地，往返走近三十里。最初开的那块地比较好挖，人们劲头也大，情绪也高，不断提出比赛口号，有的默默不语地干。后块是芦苇地，特别难挖，三四锹挖不出一块。在这种亲身劳动中，深深体验到劳动者们以往终年辛勤而不得一饱，剥削者终年不劳而食，今天我们是为人民不为自己，是何等伟大。

1950.4.13　晴　春风　屈家庄

最近工作中觉得自己办事情也沉着点老练了些，不像以前那样个人主义地"干脆处理了"，今后更应掌握：一、按原则、按手续办事，要紧些。二、多吸取下面各级党委及同志意见，而后考虑精细，力戒先入为主地处理问题。

1950.4.14　午后一时巨风　晴　屈家庄

河滩六小时的劳动。因为具体分了任务，继续做了动员，所以大家挖的情绪很高涨，提前完成任务。个人精神很好，从头坚持到底。

1950.4.15　阴　晚雨　于屈家庄村

晚饭后开处务会，继而评两周来劳动生产，大家提出予积极参加劳动。两次推辞未掉。感动：世界上，傻事往往是好事，凡是有益于人民的事情应该毫无价钱地埋头去干，少说多做；反之如果取巧，打小算盘，弄小智术，也是会被群众看穿。"光荣"是由大家赋予的，绝非自己卖弄而成。

1950.4.16　阴　屈家庄村

昨晚寒冷肚痛不堪，早饭未进。

开生产会至下午三时许方散，研究师直生产问题。

因两天均未睡好，精神不佳。

1950.4.17　阴　于屈家庄

九时到河滩开地。首先分配给大家路旁一块旱地，大家情绪很高涨，均以突击方式完成，每个组均怕落后。第二次又分了水旱地，比较难挖，结果又以此种方式完成，已下午二时许，早收工一小时。大家扛着锄头愉快回去，军民如同一家。

1950.4.18　晴　屈家庄

九时带队到河滩开地，劳动本来是一件苦事情，尤其是开滩地，竟日在水中泡着，但，由于人们思想上搞通了——劳动是光荣的，是每一个人应该做的事情。因为这是为了自己的享受，从此再不会有依靠别人来为自己劳动的思想，所以大家均很起劲干。老乡（聘请顾问）说"你们开的地很好"，我们不断地在生产中向群众学习。

1950.4.19　晴　屈家庄

今天没有去开荒，处理一些日常问题与准备明天党委会议工作。现在人们思想上认为劳动光荣，不劳动成了耻辱，被人们所看不起的。

1950.4.20　早阴午后晴　星期四　屈家庄

九时召开党委会到下午四时，决定了各单位生产数目字。处理常务问题。

今后办事情要沉着冷静，首先从多方面去考虑，很理智地找出办法适当处理之，为工作问题不可一时冲动。最近工作中许多如此事情即这样行之，这是有进步地方，今后发扬这点。到机关工作，由于各方面限制，对予修养上有所裨益。

1950.4.21　晴暖　星期五　于屈家庄

小平日益聪明，近日更加活泼，近日工作之暇常抱之，甚爱，甚爱。

今日报刊登我四野登陆海南岛，人心大快！

1950.4.22　微雨　于屈家庄

晚间研究检查工作问题，具体加以组织。

近日，平生出小牙，人们很奇怪。

1950.4.24　晴　星期一　屈家庄

与张科长到河滩检查各单位地的情形，因无组织好，未具体进行，只是对之略做检查。各地有各地之种地方法，一方水土养一方人，群众从若干年劳动中有一套科学经验，这点不能忽视，再加以科学分解，才能提高。返回后，到农场参观，他们在培植许多种的实验物。他们负责指导察省全盘之农业改良，这个农场，还是日本人搞的，我们国家个个省份多建几个农场，对农业推进意义甚大。

1950.4.25　晴　星期二　于屈家庄

同张到炮兵营滩地去检查，战士们在水泥中打稻地埂，他们挖的埂很合乎要求。六一二团稻地挖得更好，似铺的砖地，草完全没有上来。开始群众介绍若不扣平易产生斜风草，特别是司政领导干部未接受此经验。现草长起来了，准备检查完了后做一个总结。

1950.4.27　午后三时发阴起风　屈家庄

到大房子去看通信队所开的地后，复至村中找群众调查该地具体情况。与理想中的事往往出入很多，十回就有九回，若不很好地调查，客观情况总不和主观上一样的。因此在遇到实际问题时便体会到毛主席提倡调查研究之精神与实质，它更深刻地教育了自己，在工作中对下面问题，少下结论，多调查，多具体帮助，多鼓励。对机关里能力弱的新干部，应多告诉办法，多带领着去下面帮助检查，回来总结，借此提高工作效果。这是当前比较正当的工作办法。

1950.4.28　晴　早微风　屈家庄

爱女日益增加心眼，近几天来，两腿更加硬些，并会两手拿东西玩耍，开始会伸手叫抱，工作余暇，不时抚抱之。

1950.4.29　晴　微风终日　暮发阴　屈家庄

近日对政治部工作不满日深，仍然限于官僚主义中，往往以官僚反官僚，许多实际问题不能迎刃而解，采取拖的办法。每当事临头，仍然以冷静处之，今后仍宜持此态度，以免造成一种无谓之负担与不快。

晚间周病。女儿捣乱，她难以静养，我也未写成总结。

1950.4.30　早微风暮雹细雨　于屈家庄

今天整整一天周病得很厉害（重感冒），体温达四十度，饮食未进。

终日忙累不堪，照顾她，又加上爱女不懂事乱哭，不让吃奶不行，又怕传染上，加上写总结未完成，心坎中甚为发急，于她母子二人熟眠中抽时间写生产总结至十时方寝。

于她沉重病中，不该以语言刺激她。

1950.5.1　雨　于屈家庄村

昨晚在十分焦急中给周服一包奎宁，晨继而打两针，十二时始退热。心快，这两天累得精疲力竭，她病愈后心中甚为宽畅。

1950.5.2　晴　于屈家庄村

除过检查工作留的人员外，所有人员均去参加生产了，今天自己在家值班，写总结报告，然因材料缺乏，时间短促，写得不够具体。政治处机关不够健全，感觉上级解决问题不快，确乎存在官僚主义，将下面意见情况采纳与研究不够。

晚间收集生产情况。

1950.5.4　巨风终日　风沙扑面

在天主教堂中，与地方合开五一、五四纪念大会，很紧凑热闹，地方上小学生演了几个文艺节目，很好。

1950.5.5　风沙终日　于屈家庄

终日处于会议中，外面风刮得很厉害，不愿出门。
至十一时方眠。

1950.5.6　午后晴　于屈家庄

早饭后到炮兵营检查工作，返回时已近八时，继而汇报工作。

1950.5.7　午后晴　星期日　于屈家庄村

九时，总结四月份政治工作，布置五月份政治工作。工作很紧张，精神很疲劳。

1950.5.9 晴 于屈家庄村

九时到姚家房航空站后，谈榆林飞机场地的问题，中央航空处决定重修，在场内不能种。场内四架崭新的飞机，本想去参观，但不相识，不大方便。

1950.5.10 晴 星期三 于屈家庄

到河滩开地，天气很温暖，在大自然里劳动觉得最愉快。晚返时到水田中给兔拔两捆草，到家时因腹中过于饥饿，小腹一阵发痛。

1950.5.11 晴暖 星期四 于屈家庄

今天身体不大好，未去开地，纠缠满身琐碎事情，眼皮肉瘤发痛，精神不爽。

1950.5.12 晴 星期五 于屈家庄

今天到通信队检查工作，石俊峰这个指导员工作相当不深入，以往许多工作未布置，即或布置也是很浮皮，问题谈稍微深入些即不知道。本月布置巩固部队为第一，具体办法告诉了，他也未按照布置去认真执行。下午政治处保卫股通信员跑了，带走别人很多东西，事前疏忽大意，不警惕，郭股长负主要责任。

说明了官僚主义确实存在，已成习惯了，对不起人民。

1950.5.13 晴 星期六 屈家庄

主持生产合作社会议，布置播种问题。

最近工作忙，头绪乱，机关本身未能健全，近准备讨论，坚持意见。

平最近更加懂事，每于工作余暇抚抱之，甚爱，甚爱！

1950.5.17 阴冷 于屈家庄

午前布置政府解决干部战士生产补助粮动员处理办法，讨论决定后，继而严厉指出要有高度负责的工作态度，指斥马马虎虎工作的干部。

周促予眠，感其麻烦，同室终日太影响工作。

1950.5.18　阴冷　星期四　屈家庄

清晨到沙岭子河滩，好似初春，此地气候变化甚剧，未穿棉衣，甚冷。

沙岭子近河，风景异常幽雅，此处发展副业——养鸭最好，可惜不能实现此种理想。组织部队进行此项生产，到秋后能得两倍利，明春更大利润收入。

1950.5.20　晴　星期六　于屈家庄

研究干部情况，三时有余。

年纪大了，爱子之心切矣，工作空隙看平几次，一次周未在家，哭得（醒后）不成声，甚痛。

现平已生出四个小牙，唯上牙大，往往发出各种声音，不断唱出类似歌声。素日不大爱哭，令人喜爱，村民往往去看，称好。

1950.5.22　晴　星期一　屈家庄村

上午准备到河滩去检查各单位种稻地情形，因碎事缠身未能去。在家准备动员和平签名运动的讲话材料。大家于生产返回后在村南广场进行。战士们一致高呼反对战争贩子，我们有力量打垮它。

最近右眼皮痛得甚厉害，眼皮静脉瘤子连起三个，压迫眼睛，拟抽空隙赴京医治，尚不知能成行否？

1950.5.23　晴　星期二　于屈家庄村

早，到河滩看地，又增加了五十亩生产任务，晚间召开干部会议分配任务。继而召开小组会讨论问题，至十二时方入眠。今后一切问题处理均冷静些，平心静气，以理服人。现在处理问题较以前有所进步，今后还应该注意。

1950.5.26　晴　于屈家庄

从地里返回，腹中十分饥饿之际，李主任通知请客，饭做得甚美，酒也好，饮不几杯醉上脸，头晕。

晚间与周欢居，倒是彼此已有深厚情感。

1950.5.27　晴　于屈家庄

近几日学习比任团参谋长时期上轨道，修养方面有所增加。工作中急躁不冷静完全解决不了问题，弄一股子坏影响。处理一些工作问题应冷静，照顾原则，同时还应根据原则精神，照顾四面八方。

1950.5.28　晴　于屈家庄

工作中关系问题异常重要，要想做好，应该照顾到四面八方。特别是政治工作，哪一方面都要保证，哪一方面的工作都要照顾。以往自己那种单打一作风，造成与别方面不应有之不团结现象，最近到政治处以来，哪方面来的工作都去做，只要对革命有利事情，就应该毫不犹豫地积极去做去完成，因此最近合作社工作也就兼做了，并且很愉快地去做了。

1950.5.29　阴雨终日　屈家庄

一、女儿自生以来身体始终强壮，无病过。最近会坐玩，每逢大人吃东西，张闹要吃，秉性甚似予。每每终日不哭，不知者仿佛室中无小孩，但哭起来异常顽哭，两手自抓脑，性情甚暴烈。

二、晚间收《前锋通讯》创刊号，赠给特级通讯员，给自己一本，顿时想到自己从未写过一篇稿子，实在抱歉，今后应努力写。过去并非无材料，而是没有下决心去写罢了。今后改纠之。

1950.5.30　阴　微雨　于屈家庄村

上午九时至下午九时，开党委会议终日。讨论干部生产补助款，大家认真负责地对每个干部战士的具体情况加以研究，虽然时间很长，但始终贯彻着对上对下负责精神，自己也这样始终坚持着。在工作研究中，可以看出有的单位对这一工作做得实在太差，有的问题未按照原则进行，虽然资历老，确实能力太差了，自己今后对这样的干部，依照耐心帮助与良好方式进行。

1950.6.1　晴　屈家庄

美帝最近积极准备战争，所谓"冷战"。我们对这种冷战早有所防范，各地正在进行着轰轰烈烈的和平签名运动，迎头给战贩们以打击。

1950.6.2　晴　于屈家庄

最近人民政府公布了婚姻法后，各地反映仍有苛待妇女事件发生，但能在报纸上公开予以反驳。以往在自卫战争进行炽热的年代中，各地不少的村干部仍然以封建的思想与观点去对待与处理妇女婚姻问题，妇女仍然处在痛苦中，影响到妇女的前进积极性。那时自己由于转战多地，对此问题只抱同情而已，在整党时（一九四七年）对地方干部搬了些石头，我心中一快。如今中央人民政府颁布婚姻法后，基本上解决了问题，令人心中大快。

1950.6.3　晴　于屈家庄村

关于工作方面，下面同志反映计划性差些，常有抓一把现象。这个意见很好，马上采纳，并立刻在六月份实施书面计划，划分四周，按部就班布置检查、总结，本拟今天修改出计划，但布置生产惯了，今后自己在这方面加强。

1950.6.4　阴　细雨　于屈家庄

由于最近工作岗位改变，影响自己在修养方面也改变了许多，含蓄性加强了许多。但有时耐性差，突然暴露。昨日在吃饭时，魏以领导者态度训示，顿时顶了几句。关于郭的问题，晚饭后找郭详谈，以诚直态度告其所知道的一些缺点，他自己也诚恳接受。对同志要讲方式，但基本精神要诚，诚是我们阶级友爱之本质。

1950.6.5 半雨 于屈家庄村

参加支部大会，近两小时，晚八时散会，冒微雨返。与周栖，甚欢。

平日益增加心眼，今日学会两手唤人，因此每天总在百忙中抽出近两小时时间去抱之，心中方快。

1950.6.6 阴 五时微雨 屈家庄

审查工作，六月份中心工作之一，以机关干部为主。曾具体地布置此工作，为分散或集中动员反复找首长几次而未决定。本来在师领导上集中性差些，为此事，晚饭间发了几句牢骚。晚饭后开了动员会议后，细想，今后还应克服这种尾巴，本来现在自己不愿意讲话，这种工作性质决定了不得不讲。

现在意识到"言多有失"，今后在工作中三思而后行。自己多加谨慎细心，克己奉公，那么，革命自然就会更加愉快了。觉得现在自己精神上非常愉快，除过一点眼病以外，没有任何顾虑地方，一心干革命工作，并且老老实实地干到底。

1950.6.7 阴 清冷 于屈家庄

从未见过火车站及旅客上下车次序如此良好，不论人多少，毫不拥挤，特别对待有小孩的及老人格外照顾，因此自己感到在此种公共场所应该格外遵守次序才对。

晚间开三评会至十二时许，甚疲倦。

1950.6.8 阴 微雨一度 屈家庄

最近进行一元化总结，感到实在累，原因：机关本身不健全，支张不开，具体指导差与乱。

在报纸上公布批评与自我批评后，最近特别在县以下地方中暴露许多错误问题与个人不法行为。这些问题正是我们历年所亲自目睹过的，那时对地方政权人员中处理这类问题表示不满，但由于环境动荡，处于复杂残酷斗争中，我们对这些问题也未加干涉。这种处理方法多半带封建性，今天看到这样处理，心中格外愉快，感到我们中央决定的英明。

1950.6.9 早阴 于屈家庄村

早晨学习民族政策，弄清一个问题。

所谓民族自治：根本点在于各民族自己经过适合各民族当前发展水平的方式去管理自己的事务。

十时开始军生产政治一元化汇报，精神很爽，直达夜十时许方寝。这种总结准备过两天总结出。

1950.6.10 晴 于屈家庄村

终日进行汇报。

1950.6.11 晴 屈家庄

上午举行完汇报，晚间召集各股研究总结至十二时方眠。

1950.6.13 晴 屈家庄

起床即起草生产总结报告，夜以继日，直到鸡鸣方寝。整整工作了近十五个小时，但精神还不十分疲倦，尚感愉快，同时不断有零碎问题还插在中间处理。这是为了人民，应该这样干。

1950.6.15 阴雨 于屈家庄村

前几天因突击总结，很疲倦，本拟今日写生产工作总结，但被杂务工作又拖下去了。

1950.6.16 晴 屈家庄

这个总结报告又推了一天，今天未完成，脑子实在是厌倦这个工作了。晚间修改了稿子，又推下去。本来生产报道工作及总结可以早赶出来，自己实在太累了，助手太差劲了。革命工作是一件川流不息的工作，要想做好工作，是为人民服务起码应该树立的一种思想，特别像自己今天这样工作岗位，应该有科学的工作方法，按部就班地去做。感到缺乏此种工作方法，最近政治处健全以后，应该从这方面去考虑。

1950.6.17　午后阴　于屈家庄

上午政治部召集各团主任研究总结问题。现在工作不怕，怕的是写总结，自己也不善于不习惯于撰写，推到实在没有办法才动手。下午开会，严政委总结生产工作至深夜，人们已经厌倦于会议。

1950.6.18　半晴　屈家庄

继连以上干部会议后，召开合作社生产会议，布置了第二阶段锄草保青看水工作，严格地布置这一阶段工作，提出建立负责制度，明确责任。

1950.6.19　晴　屈家庄

几日来脖颈转筋，加上注射防鼠疫针，身体难受，两度到村外散步尚觉痛快。晚间讨论史请假逾期问题，给予自己教育甚大。"正人必先正己，严人必先严己"方针，是唯一的正确方针，这样才能永远保持住很自然的发言权。

1950.6.20　晴　屈家庄

努一把力写完党委关于领导生产工作总结报告，心宽一节。午饭后到组织科长处，研究关于三个月干部配备计划问题，报告中几次未批准，表示不满，认为领导上仍脱离不开手工业方式培养干部的作风。

1950.6.22　晴　屈家庄

清晨翻了几分地，种了一块西红柿，继而到沙岭河滩检查稻地，铺草或成熟。劳动伟大，劳动光荣。凡是用自己劳动得来的物质，自己使用也感到格外愉快。

1950.6.23　晴　屈家庄

最近右眼皮静脉瘤几个复起，影响视力，精神上造成微小负担——什么时候到医院治，什么医院，能否如愿……

晚间，满身麻疹，痛苦异常。

1950.6.24 晴 屈家庄

终日麻疹反复起落，两眼皮起肿，痛苦异常，加上女儿连日咳嗽，咳起满脸红肿，负担更大。工作并未丝毫减轻，终日忙于计划指导工作、代表大会工作。至深夜。

1950.6.25 晴 屈家庄

朝鲜发生战争。

今天开工学代表大会预备会议，晚饭后举行了隆重的欢迎仪式，代表同志精神奕奕。准备工作虽然很短促，但已就绪。

1950.6.26 晴 午后微雨 屈家庄

代表大会正式开幕，晨致辞后继而进行小组讨论阶段，前后不时召集政指研究指导改进，使今天日程能顺利地进行下去。

1950.6.27 晴 晚雨 屈家庄

开会终日，坚持到夜十二时方结束典型报告，代表发言很积极。最后总结讨论中。虽然大会准备工作不足，但由于会议掌握得紧，取得成功，大家表示满意。这个会议上进一步教育了人们，同时也教育了自己，群众路线的工作方式是最好的一种领导方式，善于运用此种工作方式，则工作就能做好，特别在今后，官僚主义、命令主义、军阀主义，没有它存在的余地，那么搞好工作唯一的依靠即群众路线了，除此没有更好的方法。经验证明：

一、发动群众，首先要树立强烈的群众观点——相信与爱护，每逢发动一个工作，首先要善于启发诱导，把思想搞通了，问题就好办，不必开始过于求成。

二、领导上注意在工作面前，特别是困难面前，宜采用多样性的、群众性的方式方法。如警卫连代表郑寿山领导锄草，有的人不会，锄坏了苗，效率又不高，他并未批评，而采取编组方法，根据会不会分甲乙丙，每组内有一个带头的（会的），采用升级办法，结果不会的很快学会了，很短时间锄完，大家情绪又高。

三、巩固典型。不断地启发培养典型带头作用。

总之，这次任务完成得比较好，因此自己感到愉快。

1950.6.29　晴　午后六时暴雨

九时至十二时间开完党委扩大会议，详细研究了党代工作，继而布置了七月份两个工作。

1950.6.30　阴　屈家庄

终日主持师直合作社会议。此次会议即采取从组织上推动工作，克服了事务主义方向，这是工作的要诀之一。

晚间开党的小组会，至十二时，认真地开展思想批评、自我批评。

1950.7.1　阴　屈家庄

晚饭后五时许，突然倾盆暴雨，今年首次，人们缩入室内观望。由这一时看望，人们在宇宙的生命异常微小，毁灭简直易如反掌。时许后，红日从云彩中反照，天色格外好看，才开始了工作。

1950.7.3　晴　屈家庄

最近在政治处开展了批评与自我批评，在行政上掌握、从组织上推动工作，注意到严密组织性与计划性，在党内注意思想情况变化，及时对于不正确思想开展斗争，以期正气上升。

1950.7.4　阴　于屈家庄

党代会议准备工作尚差很远，估计这个会议存在开得不够好的可能性，主要一环在于细心研究组织工作，掌握会议发展情况。

1950.7.5　晴　屈家庄

工作中，交情主义显然无助于事，完成不了任务。党代会筹备工作，组织股未完成整理材料任务，对郭史二人做严厉批评，哪怕当时不痛快，丝毫不应该对这种主观上不加努力而未完成任务做任何迁就，工作态度应该如此。事后还应追其根源，而后再加以耐心教育，把对事和对人问题界限划分清楚。

1950.7.6 半阴 于屈家庄村

昨晚忙碌了半夜，准备工作未做好。今天上午代表们均集中于院内，予仍在家里整理材料，幸亏梁相助。任何一种工作想做好，除充分利用客观条件外，在进行中，离不开几个有力的助手，单人跳舞，断乎完成不好工作任务的。

1950.7.7 半晴无雨 屈家庄

在十分危急中，算完成了准备工作。其完成的原因，主要由于发挥了工作上的突击性，所谓组织了突击力量，突破一点。这种工作方式在完成某一个工作是好的，但经常工作则不行了。因此，今后工作中要善于把这两者结合起来。

1950.7.8 晴暖 屈家庄

今日早六时，党代表大会正式开幕。十二时前，予担负党政工作与生产工作之报告，由于材料准备不够充分完整，形成报告代表不够满意。积于平素工作基础不强。

1950.7.9 晴 屈家庄

今天大会正式讨论，各代表们很严肃认真地提供意见。经过事先组织准备酝酿，意见大部分表现正确。对个人也提供几点，开始听不入耳，后来想应该耐心听取，有利于今后。遂很自然地听下去了。

今后应善于从旁边多听些反对的意见，改进工作。促进进步，最主要一个源泉，应从反对意见中去探取，从这里面引起自己分析研究，才能找出问题的真谛。好话甚至于恭维话只能麻痹自己，促成自己虚伪性的存在和滋长，很少有利于改进。

1950.7.10　半晴　于屈家庄

今天会议胜利闭会，大家公认会议成功。为什么准备工作不好而取得成功呢？主要环节在于发扬民主精神。会议中很虚心地接受了大家的意见，正确地贯彻于决议案中。

领导者，具备领导者的风度和魄力，唯一标准，即宽大的胸怀，能善于容纳各方面意见，用各种方式去说服群众，使群众心情均归于总的方向——完成任务的决心同信心。

同时，还得拿出恰当的适宜的办法。这种办法并非主观上独想，而主要适合大家愿望，如对四个贪污案件的处理，大家表示满意。今后应善于运用这方面的经验。

1950.7.11　阴　屈家庄

几天紧张的会议生活，好似打一个胜仗，相当疲劳，因而终日抽时间恢复。

1950.7.16　晴　于屈家庄村

开首次党委会，具体研究了贯彻党委决议的办法与步骤。会议进行比较顺利，讨论很热烈。不过在讨论中，有别的委员发言中，个人未耐心地听取别人发言后经考虑思索而答复，中途插断。中途断人言是最不好、最易令人讨厌的一种坏习惯，今后宜改正、根除。

1950.7.18　半晴　屈家庄

召开师直合作社工作会议，历时七时，布置下阶段工作，严格要求防虫、锄草等工作，原则提到纪律方面去处理之。由于过于严格地批评了某些同志，引起哭泣，但不能迁就这种虚伪性，工作上应该是严肃的，丝毫不能迁就那种软弱的小资产阶级感情。因为我们是为人民负责的大公无私的态度。但方式上宜注意的。

晚布置工作。注射防疫针，身躯发热不大好受。

1950.7.19 阴雨 于宣化市

上午准备了开会一些工作，十二时许冒雨准备乘车到宣化开会。下火车后，因上车慢，接的汽车已乘满人，步行到军后勤处。甚疲劳。

1950.7.20 晴 于宣化市

上午徐军长传达三中全会精神。

晚间到宣化戏院，演《炮烙柱》，纣王无道已极，给人们教育很大。想到古代暴君，荼毒人民，令人切齿。

1950.7.21 晴 宣化市

今天李主任整编复员工作报告。基本精神，要求干好这一工作，"只许干好，不许干坏"，否则，提到纪律委员会处理。我们应该为人民负责。这种负责并不是口喊，而是要实实在在地去干，并要干好，干彻底，这就是身为共产党员为人民服务的自觉性。

1950.7.22 晴 宣化市

日间讨论两个报告，晚间看电影——《青年近卫军》，给人们最深刻印象，即苏联人民那种勇敢对敌斗争的精神，坚决。因而，感到在一切困难面前，才是真正考验到一个同志为人民服务忠实程度，启发自己今后任何困难的工作面前，只有设法克服，克服思想上畏惧困难，不能有束手无策的懦夫行为。在任何困难情况下的工作中，表示出共产党人的英雄气魄来。今后工作中要更进一步明确与加强此种自觉的认识。

1950.7.23 晴 星期日 宣化市

休会一日，突然午间又召集会，宋参谋长报告正规制度问题。人们听力不集中，讲话组织力与技巧差，内容涉及面太宽。勉强地听下去。

1950.7.24 晴 宣化市

上午陈政委结论，有力、具体而生动。毕，午后即返队。这次会议给予个人教育很大。这是教育干部一种优良方式。

1950.7.25 阴雨 于屈家庄

午间参加布置整编复员工作，一定做好，不许做坏。从这次会中，干部们思想上准备做好此工作，从上而下动员布置深入。

晚间布置工作抽暇看女儿，因甚小一件事情同周吵起，大骂一顿，把孩子吓得乱哭，顿时很后悔。平素即吃亏于此种特殊性情。

1950.7.26 阴雨 于屈家庄

对周此种态度甚感后悔，不应该对她这样。虽然她有缺点，同时面对其母更属不该。终日进行一些善后工作。不暇。工作心情异常不安定。

1950.7.27 于屈家庄

最近各股工作建立起来了，从组织上进行推动，工作上较省力而又效果大。

终日解决一些零碎问题。不暇。

1950.7.28 晴热 于屈家庄

晚饭后到炮兵营帮助做复员工作。晚上帮助审问几个贪污干部案子。

栖于一刚关了若干日禁闭的室，小而黑热，终夜臭味加蚊虫咬，未安歇好。

1950.8.1 晴 于屈家庄村

与六一二团、县政府合开，恐怕会议流产。上午召开一个预备会议，临时具体分工一下。数次经验证明，临事再细心检查一下工作，往往可以弥补准备工作之不足或错误不恰之处。这是做好工作的一个条件，假若甘愿放弃了这一个条件，那就是甘心叫工作坏下去。我们的工作态度应该负责到底，随时发觉缺点，随时改正、弥补，不允许缺点或错误存在一分钟。如此工作中少出错，收效可能要大。

正式会议中，决定予致开会辞，声音不大。嗓子发痛，不可能大声高呼，又无扩音器，不可能把每句话说到每个人的耳鼓里，深为遗憾。

1950.8.6　半晴（火热）　于屈家庄村

清晨很早政治处就忙碌地进行欢送复员人员一切准备工作，准备戴花、标语、会场、乐队欢送……异常热闹，由于有的单位遵守时间不够，未能按时到会，延误近两小时之久。人们在火热的太阳光下等待着，但复员军人均面带笑容，村庄上的群众也同样在烈日下陪伴着，乱语曰："哎呀，人家回家还这么光荣！""为什么这么好的小伙子也回家呢？"表示诧异。复员军人本身感到无上光荣，特别在国民党军队当十余年兵，未看到这样良好的待遇，在那里只是推出门不管，最好给你一套新衣，否则什么也不给。有的特别留队员反映说："我得好好干，为人民服务时间越长，人民给的待遇越高。"

关于此次复员工作处理十分周详、严肃、认真。

十二时了，炮兵营到，开会。宣传队女同志给戴花后，乐队和代表们带着光荣的一百七十六名复员同志，通过热烈的欢送行列，徐徐地向复员大队走去。

这件工作做得比较好，心中感到很愉快。晚间研究总结。

1950.8.9　晴　于屈家庄村

总结及布置文化测验工作。

最近在直属队工作，得出三个问题的经验：当工作拥挤到一块儿、有解不开的死疙瘩时，就要善于组织力量，以突击方式解决之。否则会形成顽固性大疮，工作不好展开。但，这种工作方式不能经常用之，予平素善于使用此种方法。次之，工作切记赶前不赶后，力争主动。在任务之前，多想办法，多吸收群众意见，组织动员群众力量完成之。若干得被动，往往任务完成不好的，又费力气又挨批评，两头不划算。第三，工作中要有一定的坚持性，因为工作中免不了遇到一些困难，甚至于钉子，因此不坚持，也会影响到任务完成。总之三者很好地结合起来，便有了完成任务上的主动积极性，结果之良好，精神上感到愉快。

1950.8.10　晴　于屈家庄

这几天，天气炎热，往往生活会议中抽暇看女儿，把午睡时间均牺牲了，造成精神不佳。

晚饭后到翟家庄。

1950.8.11　晴　于屈家庄村

清晨四时即起，到车站欢迎二○九师同志，直到九时才到。在炎热中举行欢迎仪式后，全体战士、干部发扬高度的友爱精神帮助战士背枪、背包，送到住房，大家表示非常亲切。予慰问直到午后三时许方返，精神很疲劳。

1950.8.15　晴　于屈家庄

上午召开整编干部会议，详细动员了以任务为中心而必须充分认识到战斗队问题，从而积极地安心于现职工作，反对只图谋个人利益打算的一些问题计较，应该眼光放亮些，放远大些，我们面前的人民事业，是光明的。干部均讲了话，情绪尚好。开一个会议，应有很好的准备，务使其成功。

1950.8.16　细雨终日　于屈家庄村

准备复员、整编工作总结。

1950.8.18　晴　于屈家庄村

上午到河滩稻地视察一番，已吐穗。农民谈，我们所开生地，每亩可收一担净米，觉得很是高兴。

1950.8.19　晴　于屈家庄

开教育准备会，布置政治教育工作。同志们提出在师直单位中进行有许多困难，强调不好进行。予拿古代帝、臣二人赛马故事相比，所谓工作中困难问题的存在是任何工作中不可避免的（当然有大小），我们对困难应该正视，应该研究出具体方式方法去解决困难，一次不行再次，再次不行三次，以顽强精神终于可以克服。绝不能在困难面前发呆，表示束手无策，我们的光荣传统即善于克服困难。这是个思想方法问题，也是个工作态度问题。这个问题，从前予不够彻底，在直属队工作过程中，彻底搞通了。

1950.8.20　晴　于屈家庄

女儿午后醒后，突染重感冒，温度达三十九度，但仍然很沉静地被抱着，两眼不住地望着人们，令人发生更大的爱感。因而决定不叫她去住姥姥家，以后长大些再去。晚间心中感到异常不安。

1950.8.21　半晴　于屈家庄村

女儿仍然发烧很厉害。晚间到周室，苍蝇满室，遂给她发了些小脾气，将窗户给收拾好。

上午，严政委传达一些复员整编中具体问题。

1950.8.22　晴　于屈家庄村

上午到小东庄，战防联合编后首次去了解与解决一些问题，晚间方返。

今日早晚，特有初秋之感，天气凉爽，草木有开始凋谢者。

1950.8.23　晴　于屈家庄村

上午到严处开整编工作会议，晚上处理一些零碎之事。

1950.8.24　晴　于屈家庄村

岳母今日返家，晨，午，做些具体工作的照顾。但在上午言语上有些争吵，非原则性问题。午后赴车站送，抱女儿，漫游一圈心中很爽快。工作中很少有这样的时间去欣赏野外。

晚饭后开整编会议。

1950.8.25　晴　于屈家庄村

早七时在办公室开整编工作会议。

午后二时继续生产委员会议至四时半，休会。清晨，严政委答复一个调整机关通讯员问题，非常粗简。给听者一个有失身份的印象，顿时引起自己细考，昔日自己在此种场合下也常有，在复杂繁忙心情紊乱情况下对于未成案的"小事"处理，往往简单化，带有冲动性，事后会感到有许多不恰当处。以后宜注意，在繁忙中，特别在处理某些问题时，对于新来的、未成案的问题，最好沉一沉，等一会儿，事后再处理，不可马上处理，要冷静考虑、分析、研究后答复，最好。

这样埋头去干，工作中趣味也高，真正尝到革命工作之乐观性。最近此感颇深。

记于研究配备干部工作后，布置了政治处几个具体工作，于灯下十一时。

1950.8.28　晴　于屈家庄村

早给战士上大课。给战士讲课必须适合战士口味，使战士懂，一、少讲，二、慢讲，三、多举例子说明，如此就有兴趣听，否则收效少。这是今天课后群众意见，也属于经验，顿时接受之。

晚饭后到警卫营驻地去了，了解情况后，到八区谈了一些问题。赵区长讲，婚姻法公布后，现在此地真正受压迫妇女尚未起来，将来若起来时，离婚事件更多，现在一月之中即发生离婚二十余起。

部队中干部战士，凡没有老婆者，均考虑此问题，占去每日很大时间。组织上着手解决这一类问题。

1950.9.2　晴　于屈家庄

早，向严政委汇报直属队干部情况。

在干部中，严重存着个人问题，其类型，改行专业、调动工作、要求学习、婚姻问题、家庭困难问题等，在直属队干部占百分之三十。其中主要为改行专业，贪求到地方，便于寻求享受。根源，主要是这些干部尚幼稚，经不起胜利局面的影响。这个问题，对自己倒没有什么影响，应该对这个问题老练点认识它，我们为人民服务这个思想应稳固地存在脑海中，不可受外界影响去转移。

1950.9.3　晴　于屈家庄

严政委召集排以上干部会做关于思想问题的报告，直属队由于未科学地通知下面，因而影响到会时间延长一小时半而又零碎到会，受到严批评。自己对这个问题抓得不紧，临事检查不够，稍微不慎即出娄子。经验证明，工作上越主动越省力。今后工作中力求主动，争取事先对问题研究分析，提出具体办法，哪怕有不合适处，中途修正，也不可坐而待之。

1950.9.5　晴　屈家庄

近几日来，未很好地进行学习。今天终日在两个机炮连进行工作，于晚饭后顺利整编，脑子轻快许多。

1950.9.6　晴　于屈家庄

终日忙碌于警卫营成立准备工作，午后六时正式于天主教大礼堂开幕，很完满地于九时结束。

精神已感格外疲劳，步月光返回周处，与平儿玩片刻即息。虽忙，精神尚愉快。

1950.9.7　晴　于屈家庄村

整编工作近结束，第一段工作，争取主动，但政治工作中心问题在于跟紧当前中心工作。整编后的政治工作要跟紧。今天政治处聚精会神研究了合编连队的政治工作计划，准备明天召开会议传达。

1950.9.8　晴　于屈家庄村

九时布置政治工作，历时四小时。会议中大家讨论尚热烈，三连政指王玉很积极，会议中注意力集中，表示虚心钻研。另外李政教表现自大，实质上并不见得怎样，令人印象不佳。

1950.9.9　晴　于屈家庄

修改政工指示，最近连着开十余天会议，家里许多桌案工作需要笔杆子动，因太累了，未能及时动。今天找了个时间休息一下。看电影。开除逃亡战士。

1950.9.11　半阴　于屈家庄

召开新编来干部座谈会议，历时三小时。许多战士现在正在打算着请假、结婚、分红等问题，新编来的不习惯此地气候，发愁，正对此种情况给予解释。政治工作要跟紧这一步工作。

1950.9.13　晴　于屈家庄

上午十时到十二时召开青年工作会议，成果不大。在师直这一工作尚未很好地开展起来，没有很多经验，今后宜加强对这一工作的领导，这是自己在结论中谈到的。

最近会议太多了，每逢会议结束后头痛厉害。

1950.9.15　晴　于屈家庄

上午到曹师长处开整编会议，警卫营解散，又准备编散中政治工作。

晚间具体布置干训队工作。

1950.9.16　风沙终日　夜雨　于屈家庄

今天特别感到气候恶劣之苦恼，每逢入冬，巨风终日，令人感到沙漠之苦。

1950.9.17　晴　于屈家庄

张凡来玩，饭后假今天礼拜，特到沙岭农场去一玩，参观一些标本后，继而到葡萄架买了几斤特产贵重葡萄，其味实属甘美，因少的关系一般不卖，今天有介绍，特地优待。

晚间假周处，同李参谋、张参谋吃葡萄赏月甚欢，十余日忙碌，首次消闲。

1950. 9. 18 晴 于屈家庄

同周、女儿乘马车到张家口去检查病，返时已深夜，天甚冷。许青被小吉普车接回，我们也乘坐。周曰：怪不得人们（指妇女）愿找大官，确实"荣华"。人们是易于羡慕，但这还不足道，最重要的，真正荣华是在于荣誉，在于自己为人民服务，建筑在服务的上面。寄生于他人，太不好了，对她有所帮助。

什么工作，进行中最主要一环，即争取主动性，主动才能打胜仗，才能把工作完成得最好，工作也才愉快。

1950. 9. 20 晴 于屈家庄

晚饭后到太师湾村，给干训组同志做动员报告。最近工作中稍微轻闲些，头绪不那样乱。这个成绩主要接受了下面意见，着重了组织计划性方面。常常听取下面些意见对工作是非常有益处的，宜养成随时吸收下面意见的习惯。

1950. 9. 21 晴 于屈家庄

从起床至熄灯，终日生活在汇报工作中，全直属队每个单位做了汇报。这次整顿干部战士思想，搞的有成绩，主要得到下面这样经验，一切工作中最有力的一个工具即说服教育，但以往可惜没有把它充分利用起来，此次布置工作中强调结合个别谈话，说服教育，避免生硬的批评方法，结果很多的顽固堡垒都突破了，变成了工作积极的人了，思想毛病自己消除了。今后还应注意下面几点：一、在谈话之先，做到了解被谈者情况，准备好谈话要点，正对着被谈者要害，别无的放矢。二、要诚恳耐心，使被谈者真感到关心他。三、被谈者所提出实际问题，必要解决能够解决者应立刻设法解决之，不可拖延，不能解决者则直截了当告之。四、分析中多以鼓励少批评。但个别顽固者，以会议上说理方式进行说服之，切忌以组织压力，少用甚至不用。

最近对同志即采用这种方式，改变了以前脾气暴躁毛病。

1950.9.22 晴 于屈家庄

早饭后到干训队上课，讲国际形势。

午间解决一些零碎问题。晚饭后到村外，准备找一块地播种一些秋菠菜，在工作余暇做劳动锻炼，另外又可解决一些生活小问题，一举两得。住农村比较住城市好得多，我们感到乡村住惯了，马上住到城市，花花世界面前过不惯。

1950.9.23 晴 于屈家庄村

晨七时乘马赴宁远堡参加复员军人欢送大会。仪式举行比较隆重，会议中充满了爱祖国爱人民空气。中央决定派遣人员直接把复员者送到县、区、村后，亲视其安置情形后方归来报告，可见这次复员工作之细，无微不至，大家真感到欣慰。予在今天也学习了许多东西。认为一件事，只要下决心，再大困难，事情均能办好，里面最重要一环在于组织好。

1950.9.24 晴 于屈家庄村

昨晚与孔谈话至十二时。夜色深静，有些疲劳，终日零碎事情缠身，脑筋未安静地休息，静思熟虑，报纸上许多宝贵的东西未能学习。

主要在于组织性不够与坚持制度不够。

1950.9.26 晴 于屈家庄村

十时开党委会议，下午三时许，通过了整编复员工作总结与整顿干部战士思想总结，继而处理些党务问题。最后讨论了些家属补助粮。

晚间出席青年演讲会。

1950.9.27 晴 于屈家庄村

最近工作中感到真实的愉快，因为老老实实为人民服务这条道理弄通了，不论在哪种工作岗位上，或哪个地区，都是一样的。不论什么工作，以积极主动负责精神去钻研，工作则感到有兴趣，会积累其宝贵的经验来。因为今天在愉快工作着。

1950.9.28　晴　于屈家庄村

九时在大礼堂，总结干部思想问题，时间两小时，虽概括谈，但联系实际问题较多，使听者不枯燥，大家均表示满意。

晚间找几个同志谈话，均以耐心说服精神，以道理说服，避免了大帽子、压力式谈话方式。

1950.9.29　晴　于屈家庄

九时在办公室召开第二次国庆日筹备会议，有宣化县府同志，大家很认真。历三小时结束。

1950.9.30　晴　于屈家庄

很愉快地准备明日开国庆节大会，一切准备工作已就绪。

1950.10.1　晴　于屈家庄村

今天是我们祖国诞生第一个纪念节，师直属队与当地县政府共同举行庆祝大会，预计三千人，隆重布置了大会，但由于群众正在忙于秋收，只限于军队与政权团体机关，不足两千人大会。

在这个小小村庄里，举行这个大会，人们充满了愉快的情绪，数十名代表讲了话，简短有力，表示要以全力捍卫祖国，随时准备击退帝国主义的侵略。战士们讲话都很好，晚间于游艺后继而游行，灯光炫耀，锣鼓喧天，"打倒帝国主义，保卫祖国"之声浪震破了这个小村庄。

进一步深感胜利后的愉快如海一样深。

人民的力量大如山，今后继续不屈不挠再接再厉为我们神圣的事业——社会主义，尽全力付出自己的力量。这便是今年国庆节后感。

1950.10.2　晴　于屈家庄村

今天人们仍然在愉快地、兴奋地纪念庆祝，各种化装宣传仍然在各地出现。下午二时到张家口市，大街小巷，悬灯结彩，公营买卖全休假，私营买卖许多家也放假庆祝，人们往来街衢，素来未有过如此愉快心情，人人笑容可掬。

1950.10.3　晴　于屈家庄

下午二时许乘车到张家口去治疗关节炎，数月来日夜发痛。此系抗日战争时期于反扫荡中栖于山坡受潮湿而致，但还不算厉害，在革命斗争中较比自己厉害者有的是。思想观念上应该如此研究：为人民的事情往前干，为自己的事情往后比，千万不可往前比。这样看，问题就解决了——无时无地无事，无所不快。

1950.10.5　晴　于屈家庄村

九时参加会议，研究整党整干的学习问题。

席中十九师长谈及最近要调动自己，也好，本无调意，安心工作。今天对于这个问题在自己说来没有什么调与不调，做何种工作，到什么地方工作，毫不考虑自己的得失。哪里都是一样，哪里工作都没有意见。总之，不论到哪里都得好好地为人民服务，以干好工作为天职。

1950.10.6　晴　于屈家庄村

终日做了一些准备工作，整理文件。

1950.10.8　半晴　秋风终日　于屈家庄

早八时直属队干部均集中起来，整好队后步入天主教大礼堂，即按时开会。根据传达的整党精神，远不同于一九四七年十二月之整党，那时有些过"左"，许多人在整后心情涣散，斗志不佳，此次精神是平心静气去克服所存在的官僚主义、军阀主义残余等。

启发：在阅读文件中联系自己，联系实际，联系领导，重点放在团以上个人同机关。基本方针是治病救人，改进工作，提高工作，提高思想，以利于更好地为我们未来更高的理想——光荣、美满的社会主义途径迈进。

个人也下定最大决心来进一步澄清个人思想，提高工作效率。

1950.10.9

午后抓紧时间召集政指布置了十月份战士政治教育计划。

昨晚上读此次出席全国英模大会代表之一、女政指郭俊卿的事迹。此种巾帼英雄在历史小说及传说中不绝，但，在心中尚没有肯定观念。今天在我们伟大的自卫战争中，果然出现了这样的女战斗英雄，五年如一日，艰苦奔赴疆场，转战各地，并且成了楷范，实在可佩，可敬。

决定把此材料印成小册子，发到班，作为战士学习的文化教本，进而启发战士的阶级觉悟。

1950.10.11　半晴　于屈家庄

上午九时召开直属党委扩大会议，团以上科长到会。主要为布置此次整党整干工作。团以上干部为重点，借以此会布置与动员讨论，历三小时许，会议圆满结束。

军党委今日发文决定从十五日以后，实行半日工作、半日学习制。

1950.10.12　晴　于屈家庄村

上午去村边共同看了学校房子后处理了一些问题，特别在干部问题上，是一个艺术。对干部的原则问题，毫无迁就性，这是应该紧紧掌握的。必须实事求是，客观冷静，有分寸，以达治病救人目的。

1950.10.13　半晴　于屈家庄村

警卫营准备解散。午后雷副政委谈，晚间又变了，动员工作又停止。

准备欢迎参加全国英雄代表大会之三位英雄。

1950.10.14　阴雨　于屈家庄村

午后三时许细雨涟涟。

二时率各单位代表到车站欢迎英雄。他们下车后，展眼即望到他们胸前的奖章都满了，顿时发生一种新的感觉："为人民事业而努力，人民所赋予的荣誉才是真正的荣誉。"

不巧接他们的吉普车坏了，最后乘马冒雨而归。

1950.10.15 阴 于屈家庄村

晨带英雄至首长前。

几日来连续睡眠不足，午间精神很不好。晚饭后很隆重地开欢迎大会。在会议期间，当代表们传达了大会情形及精神后，听众小声说"光荣""光荣"。从此深刻地体会到为人民事业而不疲倦地工作，一旦有了功劳时，那么人民所给予的荣誉是何等令人高兴愉快呀！

教育了自己，加强自己为人民服务的自觉性。会后又陪同英雄扯谈至十时方睡。

1950.10.16 半阴 于屈家庄村

从昨天已开始的工作制度：半日工作、半日学习制度。这个制度在我们中国人民解放军中首创，以往长期处在工作学习不正规中，一天到晚就是一个忙，从早到晚总有事，但除特殊突击式工作外，往往效果也不大。工作学习娱乐不分，精神疲沓，无起无落。现在开始两天这种新的制度，觉得很好，有分工，有节奏，精神上感到清爽。

午后，送英雄上车。

1950.10.17 半阴 于屈家庄

女儿性情极似予，不如意事情即大发脾气，所幸片刻即停，身体很健，有异乎寻常性格，不禁喜爱出常，每每开会离开时间久了，总要抽时跑回一看。

晚饭后到警卫营布置，改变炮兵营之动员工作，返时已九时许。

1950.10.18 半阴 于屈家庄

由于睡眠时间不充分，午间到警卫营参加干部动员时精神不佳。

与连队干部交谈情况，返时已二时，少息方好。

1950.10.20 半阴 于屈家庄

午后，召集原炮兵营营党委扩大会议，解决炮兵营一系列经济上贪污混乱问题。一定要严格地进行下去。

1950.10.21　半阴　于屈家庄村

午后仍然开营党委扩大会议，这个会对个人实际教育意义太大了。

我们共产党人为人民服务的精神实在伟大，一旦离开了或降低了此种精神，就会被人民所唾弃，所不齿。不论在何时，对于这种崇尚无二的伟大精神要牢牢记在心头。

1950.10.22　晴　于屈家庄村

九时至十一时召开党委扩大会议，总结第一周的整党学习，后解决几个党务问题。

午后继续开炮兵营党委扩大会议至十时。

终日生活于会议中。

1950.10.23　晴　于屈家庄

晚饭后继续主持原炮营会议，休会已十时。刚处理零碎事情后入寝，副师长召集会议，布置二十六号即开始加强海防，缩短防线。毕，食稀饭，返家与周扯谈已快三时。因连续数日会议，异常疲劳。

国际形势是有些紧张，备战空气很浓。

苏联等国在西欧举行八外长会议。美在西德也增兵。朝鲜，美已侵过三八线。

1950.10.25　晴　于屈家庄村

起床即开会议，准备一切移防事宜，其中特别是家属问题繁多，家庭困难，路程远，青年妇女不乐于家庭工作等。从早到夜十时方处理完。

于十时检查工作完毕后，与周共饮别酒。

1950.10.26　晴（西北风）　于铁路线上

我们今天最后离开察南宣化屈家庄驻地，将部队一切准备工作做完，部队均向住民慰问，借物均送还，损物均赔偿，最后告别而走。当地村干部、小学生驰站欢送，予代表师致谢辞而别。

因八时登车，四时返庄，周又给做面条吃。女儿在房东家摔下炕，鼻血直流，心痛不已。

别时语周，后当尽全力带管孩子，不能再发生此事故。

从而由和平转变到准备战争了。

1950.10.27　晴　终日乘车　晚十时达沧县城

连日紧张如同战斗般地在工作，搞好这次移勤任务，特别是巩固部队工作，现在到火车上，趁空隙休息了。路过平津沿途而未观望，太阳已落山，月球出地平线时才醒过来。

途中，在丰台、康庄、天津及沿津浦路小站等车时间达八小时之久，尤其最后人们疲累交集之际，临沧县两站，又在等部队确实着急了，但丝毫未发火，仍然很和蔼地同站长交涉，站上同志以同样待之。在一年来和平建设中，充分象征新的不同气氛，到处很和气地、很严谨地、很负责地为人民工作着。

赶吃了饭后快夜半，就在土炕上（也没有席子）睡了一宿。

1950.10.28　晴　于沧县

差不多用了近八个钟头时间在汇报上，直到夜十时方入寝。

1950.10.29　晴　于沧县

上午九时到师首长处进行汇报。布置了一些工作，利用晚饭前空隙时间到街上遛遛。城内不整齐，破烂不堪，唯靠近运河，食鱼较方便。人民多饮运河水，很甜，发动部队给人民挑水，保证房东水缸满水。这是我们联系人民群众的很好方法。

1950.10.30　晴　于沧县

召集各股长，具体布置了最近师政所布置的下十天的工作，即纪律、保密、时事教育、巩固部队工作，因部队忙，分头做布置。

1950.11.2　晴　于沧县

近日脑子特别难受，有时痛起来坐卧不快，像神经性高度衰弱。入夏以来，头发脱落不已，身体健康成问题。饭后达街上溜达，《天津日报》报道我军已进驻西藏，并已解放昌都。

1950.11.3　阴　微雨　于沧县

清晨沿河畔稍作散步，即返室准备时事教育课。午间结束会议，头痛不已，勉强支持了三个钟头的报告。

又解决了些零碎问题。

我们在工作中，更应加倍努力，更好地完成自己岗位的工作任务，小疾小病应该坚持，不能叫工作遭受到损失，这是为人民服务的一个尺度。

1950.11.4　晴　于河北沧县

终日头痛难过。

1950.11.5　晴　沧县

竟日头发晕，部队汇报完，到街上照了个相，即推去发，感到轻快许多。

晚于十二时许办完公方寝。

1950.11.8　晴　河北沧县城内

今天《人民日报》公布我国志愿军参加朝鲜作战胜利出击，击溃敌四个师，一举把敌打回清川江以南。

午间开编制动员会议，下午讨论。同魏副科长同到车站接周，等良久。

一切事情特别是难以解决事情，在冷静考虑以后或召集大家研究以后，即会有解决之法。

1950.11.13　晴（冷）　沧县

午间开教育准备会。最近教准会采取了边学边教方针，到会者带好自己所要准备教的一周教授材料，逐段逐句研究好，方式方法进度统一后而开始进行。各位指导员同志表示满意此种方法。午后于政治部汇报部队思想状况。

1950.11.14　晴　于沧县

最近学习报纸比较经常，因此对国际形势发展了解比较系统些，特别感到世界知识综合分析问题比较好，帮助尤大。

1950.11.15　晴　于沧县

师政召开政工会议。传达军政所布置的教育工作，感到不十分有利，其中最差的是教育办法方面太少，特别是现在部队思想尚在混乱中，应很好地拿出现实办法来。

1950.11.16　晴暖　于沧县

今天继续讨论，大家共同发言的中心，认为我们机关工作"忙""乱""慢"，工作不主动，经常零碎地向下面布置工作及要材料，下面有许多地方形成对上面应付态度，当然这种态度是不正确的，应该改正的。这次会议上规定了许多切合实际的制度，大家认为很好，今后应该很好地坚持的。在我们共产党人，不论有何种重大困难，只要发动群众，经常大家讨论，就能想出良好的克服办法，并且贯彻到群众中也比较容易的。这就是我们克服困难的首要法宝。

1950.11.17　阴　于沧县

今天召开处务会，研究如何贯彻执行师政所规定的制度，共十一种，这是政治处更进一步走向正规化的唯一方法，即日开始执行。

证明，自己昔日工作中尚缺乏：一、严密的组织能力。许多工作抓一把的现象多，结果事情也抓不好，还挺费力气。二、依照所布置的组织好的工作进行，但无尾，这就是没有检查和总结，形成了可有可无，对下面的刺激力不大，教育意义不多。长久下去，即成了疲疲沓沓的工作作风。自己也陷于此种工作作风中。工作效率不高，进展不大，这是现时亟待改正的作风呀！真能改，而后工作才能开展下去，才不至于失掉了对新鲜事物的嗅觉。主观上认为能够克服它的。

1950.11.18　晴　于沧县

今天严政委布置关于师召开党代表大会问题。

主要检查师党委领导工作，思想的，作风的。个人感到师所存在唯一的毛病即官僚主义与主观主义作风，形成了工作作风疲沓，下面产生了极度的不满情绪。可能领导方面尚无清晰地意识到这方面。如果不很好地整，发展下去，不堪设想。

工作主动性太差了，本该很早着手做具体的布置，直至今日才急忙布置，尚难预料能否开好。

1950.11.19　晴　于沧县

一、上午九时召开直属党委会，布置参加师党代会问题。

二、六时至七时，开处务会议，传达所决定的制度，大家一致通过。今后在工作中即成决议，周详考虑处所布置下的工作即坚决完成，中途不可犹豫，或迁就某种阻碍而改变工作计划与步骤。

1950.11.20　晴　于沧县

午间于师办公。李主任布置十二月份总结执行制度的情形，好者则奖，坏者则罚。我想这是很好的，自己应该主动地去做好才是。

1950.11.23　阴　于沧县

连日，机关科股检查对领导方面的意见。政治处对个人提及意见。公认在工作方面主动，积极负责任，对下面布置工作明显肯定，但另方面，表现不够的：

一、对下要求严格遵守时间，但自己却又遵守不够，如在屈家庄召集政指开会，大家均到齐了，自己不在，使下面等了很长时间，说明个人身体力行、做下面表率还不够。正人首先正己。

二、缺乏系统的全盘的领导，想起来就给布置，工作碎乱，同时有时直接分配干事，影响到工作紊乱。关于这点在以前严重，最近好转。

三、工作特别是中心工作来了，集中全力做突出，但疏忽了股里经常性工作，使股里经常性工作堆积起来。

四、开会多，使下面没有具体执行的时间。

五、对下面的困难估计不足，如业余学校的开办问题。

以上这些意见均很好，说明自己在领导方面，作为一个领导者来衡量，首先要以身作则，对工作应四面八方做考虑，哪方面都要照顾到。因此计划一个工作时照顾到各个方面，宜首先召集大家主动地研究出一个阶段工作的内容、时间、步骤、方式方法等，妥当地很认真地布置，继而检查总结，总结时针针见血，好坏分明。

这方面个人应格外努力。最后补充一点，对干部教育不够。

1950.11.27 半晴（冷风终日） 沧县

原在开始布置整党时，即强调师、团两级为重点，但个人尚未理解到它深刻而伟大的意义，直到这次军首长来，群众力量发动起后，才体会到中央这个决定英明伟大，特别在一年来处于和平建设中，产生了严重的和平麻痹、个人主义享受思想，在师、团级中相当严重。因忙、乱、拖，形成不团结，怨言百出，干部不起劲，不安心，如此下去完成不了捍卫国防的重大任务的。从这个会议看来有信心搞好的。说明了我们共产党人在任何困难面前均有办法克服，感到甚快。

1950.11.28 阴 于沧县

终日开扩大会议，大家以严肃认真态度对师领导发表了宝贵意见，其中发言最好者为李炳智小组，关于师领导的一些重大问题发表出来了。

下午自己也发了言，重点关于群众路线问题及干部政策方面问题。

1950.11.29 半晴 于河北沧县

扩大会议至午后四时结束。晚饭后六时开始的全委会议至深夜十二时许。两个会议中严格地开展了批评、自我批评，师常委存在缺点尤其严重，平素抱一团和气，思想斗争不开展，分工不适合，联系不密切，互相在工作中支持不够，形成各自为政、互相推诿现象，因而领导上威力发挥不起，工作中没有魄力。

会开至半夜，对于个人的实际教育意义很大，比上一个短期训练班学习的东西多。因此自己感到会议还是开得很好，满意。

1950.12.1　晴　于河北沧县

连日会议，精神感到异常疲惫，今日在数个会议之空隙中休息一番，不意晨起来，与金芳闹了半天脾气。她给平穿裤时，予夺取，平气得哭不成声，顿时心中难过。继而她于气愤中走往河边，怕她在想不开中出错，疾驰前往寻找。

开饭时许政指送回，略加劝意。事后觉得很不应该，无多大意义。刺激头痛终日。觉得自己这种脾气不好，大的原则性的问题尚能静以解之，一般小问题以发火而不顾时间场合处理之，甚为不当，引起不满，今后宜深改之。

1950.12.2　晴　于沧县

十时，师的首届党的代表大会正式开幕。予被选为大会主席团成员，在热烈的掌声中被欢迎上台时，感到为人民服务得比较好，无错而有点成绩时，党及人民是会看到的。

荣誉从何而来呢？不是从一帆风顺中，更不是骄傲自大、轻浮中得来的，而是从积极艰苦的忘我牺牲精神，勇往直前，尤其是能任劳任怨的一系列行为中自觉地实现。特别在实现中有突出的贡献，那么这时所获得的荣誉才是真正的荣誉，是革命生涯中最愉快的事情。过去往往一时一点小功劳而满足，当有一点功劳时唯怕别人不知。今天这种情形逐渐地在消失。

1950.12.3　晴　于河北沧县

十二时继续讨论，大家发言异常积极。

这种会议真像一个大澡堂，这是马列主义一个大澡堂，大家都脱了衣服在洗澡，毫无客气和顾虑地尖锐地批评工作中所存在的官僚主义、主观主义作风，昔日师工作不能开展，形成老牛拉车赶不上形势发展需要的基本原因在此。

这次会议给予自己的教育意义太深刻了，这种作风在个人身上也浓厚地存在着。官僚主义不了解情况而发出指示，做出结论，给予下面的批评，往往不能适合真实情况，不能治病救人，当然下面是不会满意的。回想那时自己理解问题太浅薄，思想太幼稚的。今后应加强学习，多与群众联系，向群众学习，吸收意见，以便随时改进自己。

晚饭后，欣闻朝鲜战争胜利消息——人民军与中国人民志愿军击溃敌人二十二万人。

1950.12.5　晴　于河北沧县

今日仍然大会讨论，继而进行选举。在一百九十名代表中，予得一百六十五票，说明了在工作中威信还不是那么十分高，个人身上尚严重地存在着若干缺点。群众中最有威信最受赏识的人物，是平素最能联系群众、最能代表群众利益的，说明了自己在这方面尚差。今后在工作中不仅要勇敢，善于完成任务，而且最重要的还要善于联系群众。

1950.12.6　阴　于河北沧县

今天轮自己当主席，白天主持讨论今后工作议案，大家均很认真地补充了许多宝贵意见，使得议案更加充实。晚间到严政委处汇报情况。他指出直属队工作中，予存在事务主义倾向，今后应改正。个人检讨这方面也是事实，当然出发点是想做好工作，实际上，事务主义往往做不好工作，形成忙、乱、抓、拖。影响工作，下属不满。工作中宜养成有组织有计划、有方法有步骤、有检查有总结这样一种科学的工作方法。今后工作环境与以往大大不同了，就是说由游击环境转到正规，到十分科学的方面去了，若仍然如此下去，远赶不上工作发展的需要。

1950.12.7　阴　于河北沧县

师的党代表会议今日闭幕。大家精神很好，认为今后师工作定有大的开展，作风上有好的转变，表示要把部队带好。

1950.12.8　阴　晚降雪　于沧县

召集到下面检查工作的同志回处汇报。赶快总结后，即着手代表会议工作。新年将临，各种工作特别多。工作中之主动权，犹如战争中主动权，若失去了主动，则必然被动，易于打败仗。积极主动处处站在问题前面，则易于看出问题发展趋向，利于随时扭转，减少跟在屁股后面走弯路。

直汇报至夜十时方结束，觉得全处同志均能积极负责在下面帮助连队工作。

从今日即实行赏罚严明制。好坏当场分明。

1950.12.10　晴　于河北沧县

上午十时召开党委全委会议，检讨自上次党代会以来党委领导工作。自己首先检讨，存在许多和平麻痹思想，认为全国胜利了，轻敌思想严重存在。另外在工作中深入下层、发扬民主、走群众路线非常不够，作风上也不够大众化、民主化，往往主观地做结论多，对下批评多，鼓励少，都是非常不好的。至四时休会。

1950.12.12　阴　于沧县

晨，上级突然命令搬家，移防于独流镇（静海县），遂停止大会工作。十二时正式召开班以上干部会议，动员移防中政治工作。午后又进行补充动员。

1950.12.13　半晴　于沧县

因为司令部门计划组织性不够，因而整个列车时间后推数小时，部队在车站挨冻。昨晚行李均移往车站，直到午后二时许方才开车，并且装车次序异常混乱，说明我们这方面正规作风差。

1950.12.14　半晴　于独流（静海县）

这个小镇子在运河畔。人民生活很苦，依靠手工业打鱼、编草鞋等维持生活。

入室天色已晚，很多房子均没有门，追其原因，多半由于国民党时期把民房门板都修碉堡用了、烧了，至今人民苦无门用，提及当年蒋匪灾难，尚恨之入骨。

但城内尚有不少匪特，遗毒尚存，警惕性要提高。

1950. 12. 15　终日降雪　于独流

布置代表会议工作及年节工作，准备给连队搞一个工作日程，以免下面乱。这是一种科学的工作方法。

1950. 12. 16　晴　于独流

午后四时才正式决定明开党代表会议。时间尽量往前赶，在工作中充分利用客观条件。现在工作空隙很大，可以抓紧时间利用。

1950. 12. 17　晴　于独流镇

今天上午十时代表会议正式开幕。个人还是首次经历这样的会议，工作报告大体上准备好了，但细节尚属不够。最近芳家兄及平纠缠，许多时间被消耗了，缺乏清静工作环境，处于无奈。内外工作夹击，脑子形成紊乱状态。这样长期下去对精力消耗很大，准备给芳找工作，未来彼此均有利。

在晚间参加小组讨论中，对于报告认为不完满，主要表现在检讨不够深刻，总结项目中缺少经验教训。

1950. 12. 19　晴　于独流镇

今天会议顺利闭幕。大家对以自己为主要负责领导下的师直政治工作、党委工作做了很深刻的批评，提供了宝贵经验，使自己在领导水平上、工作方法上及作风上长进一步。这是很宝贵的。

晚间召集全处布置连队整党整干及年关工作，毕，十时许。

1950.12.20　晴　独流镇

十时召开排以上干部动员整党及干部鉴定工作，由于没有较大的礼堂，故反复移动几个地方，始讲完。

昨天晚上干部小组会上，进行鉴定工作。政治部各科长给予提出很多意见，特记下以做参考。

好的方面：工作积极负责，主动，雷厉风行，有朝气，说干就干，突击性好。特别在最近工作中有进步，政治处工作有起色，和几个团工作比较起来有显著进步。

在缺点方面：

一、对干部批评多，鼓励少，往往挖苦，缺乏耐心的说服教育，特别对于能力差者，未能从积极的具体的帮助培养着手。

二、工作中方式不好，往往发脾气，冲动，脾气说来就来，下面捉摸不着。

三、工作作风中有些粗糙，坚持到底精神不够，即后劲不足。工作中事务主义现象严重，不应该管的事情也自己管了，充分利用客观条件与各科联系差。

四、生活方面注意不够。

以上这些问题，值得注意，特别在性情冲动方面，太差了，细想起来，政治涵养太不好了，若是为工作，何必发脾气代替呢？为什么不依靠组织力量、群众力量去推动呢？为何要个人裸体跳舞呢？若以私人问题出发那就更无意义了，何况并非从这方面出发，今后宜改。

对周方面，确实这个时期对她屡发脾气，给她精神刺激很深的。她确实对个人不错，为什么不能耐心说服帮助。在最近闹的两次中，予提出离婚事，引起她两度自杀投河，自己完全应负责任，事后很惭愧。表示太幼稚，连老婆都不能教育改造，如此举动，造成感情上分裂，精神上自找苦恼。今后宜痛改前非。

1950.12.21　晴　于独流镇

不满意周行动，昨天闹终日脾气，今天心情尚属不好，觉得予外工作忙，内尚不能取得精神上愉快，实属料想不到的情况，其发端也由于个人修养不良结果，本来这种情况完全可以消失的。

午间进行干部鉴定工作。

1950.12.22　晴　于独流镇

从最近各种整党整干会议中对予提及普遍反映中，看出群众最反对的：军阀主义，脾气暴躁，态度不好，以及工作中方式方法不良。吹胡瞪眼是脱离群众，那么，群众所最欢喜的，是脾气好的、和蔼的、接近群众的、能关心群众利益的，哪怕这种人工作能力差些，也是受欢迎的。

自己为什么偏要做那样脱离群众的事情呢？甚至于连老婆都脱离了。记得周常说：你哪方面都好，就是那一阵脾气来了真厉害。我一见你来脾气，心就乱了，不知怎样着才好，希望你改。这是多么动人的话啊！自己今后一定要下决心改正它。

早十时至午后四时在政治部开会，布置整党、鉴定青年等几个工作。赶到有些晚了，使下面没有时间，幸赖予工作主动，早已布置下去。

过去自己工作中多给上级提意见，现在少提意见，重点在于多做工作，多向工作上去钻研。这是思想方法上一个改进。

1950.12.24　晴　于静海三区　于家堡村

参加干部鉴定工作，大家对连领导方面发表很多意见，但领导上未及时改正，以往二〇四师官僚主义作风相当严重，许多问题深刻地存在着，如巩固部队方面，只号召，而没有具体的实际研究，今天才知道主要关键在思想教育差。别说群众，党员模范作用也很差。

这次下连直接了解，对个人也是一个实际教育，今后改变以往官僚主义、不走群众路线的领导方法，准备培养警一连，取得经验，推动全局。

1950.12.25　晴　于家堡村

连干部鉴定工作顺利结束，认为是成功的，标志：

一、大家认真地展开了批评与自我批评，大胆地揭露错误、缺点，特别对负责领导工作的干部。被批评者很抱虚心接受改正的态度，没有借故狡辩现象。

二、最大一个特点，在鉴定之后，都表示订出了自己今后改正错误之决心与计划。这是今年整党整干唯一的收效，较比历史上哪一次都深刻，效果大，被鉴定者均能愉快地接受。说明这次整党整干方针非常正确。

1950.12.27　晴　于静海县独流

参加该连支部大会，报告今后工作。

1950.12.29　晴　于独流镇

按照昨天晚上订出三工作日程，今天召集地方开元旦军民联欢大会之筹备会，这个大会要隆重地召开。

1950.12.30　半晴　冷风　于独流

上午召开排以上干部会，组织时事报告，大家发言热烈，情绪高涨，精神饱满。

晚六时开党委会。讨论分工、发挥党委威力及今后领导问题事。讨论得很好，于十时方散会。今后准备按讨论之意见进行，每半月一次例会，会议时间不宜太长。

1950.12.31　阴冷　于独流镇

今天上午参加军民青年团员大会，最后自己讲话三分钟。

第 三 编

1951.1—1951.12

1951.1.1　晴　于静海独流镇

六时，天色未亮，有的单位已到操场，继而陆续均到齐了。因为今天是元旦，我们举行团拜，大家都佩戴着"华北解放纪念章"，真正感到为人民服务而得到荣誉时，是何等的愉快呀！胸前佩挂光荣纪念章的同志们，经过大街小巷时，学生、老师、工人……以惊奇、愉快的心情注视着，有时甚至于目送到背影消失时方止。

将近十二时，会议在隆重军乐声中开始了，群众不怕寒冷，坚持开完会，尾随游行部队，顿时抗美援朝、保家卫国的声浪回荡在运河畔。

1951.1.2　晴　于静海独流镇

这次整党整干，使自己懂得了善于听取反面的意见，它比好的方面意见在进步方面的作用要大得多。固然，好的方面意见对个人鼓励作用也不小，但往往最易于引起骄傲自满情绪，而反对方面批评性意见刺激性大，促进力强，直接地刺激自己深入地细心地去考虑缺点，甚至于错误的得来根源。若经常有这种意见提及个人，应当把它认为最宝贵的事情，对进步最有推进作用了。应该养成善于随时吸取这种意见的涵养。昔日这种认识和修养都是非常不够的，因而在进步上也是非常慢的。

1951.1.3　阴　于独流镇

上午十时师召开干部会议，传达布置严格军事生活问题，要求树立严格的正规的请示报告制度，请假、军风礼节制、按时作业制以及讲究清洁卫生制。近数月个人生活中不紧张，不出操，今后注意纠正，以模范行为去影响。

次之，还应加强军事学习，特别对新战争、新的正规的军事知识努力加倍学习，否则未来战争中、工作中不能很好地完成任务。

十二时至四时到后勤开会研究进行干部保健问题。晚间七时至九时布置政治工作中心开展民主运动问题。

1951.1.4　阴　于独流镇

准备到天津去检查病，但午间因突然来了工作，部队帮助志愿军炒麦子做干粮。午后一时后勤开会布置，要求各单位一定做好，百分之百完成任务。

上级提出开会，克服和平麻痹思想，加强备战工作，去年十一十二月，整个进行两个月。从最近华北军区前来检查备战工作，部里才布置军事学习，直到最近数月，才展开了军事书籍学习，研究三三制战术。回想在和平一年半中，未能抓紧时间很好地进行军事政治学习，特别军事方面更差，其根源，也在于考虑和平转变问题，对自己说来不能不是一个大损失。

1951.1.5　降雪　于独流镇

布置总结、整党、整干、改选支部、开展部队民主运动几大项工作。托孔股长执笔。该同志在工作中很可靠，因此托于他。工作中首先宜培养工作助手，发现干部特点，诱导其培养进步的、积极的工作情绪。前些年月中不知道用此种方式，最近体会到此点，今后宜更加注意，使它成为在使用干部时的一种熟练方式，同时教育干部、培养干部也是一种责任。

1951.1.6　半晴　于天津市

午后一时到天津直属医院检查病，下车后找不到负责人，时已近十时，最后找到旅馆去住，典型城市生活今天尝到。从这里面体会到穷苦的城市人民在反动的黑暗社会中无法维持生活，何等痛苦呀！

又逛夜市时许，人们已入寝方返馆。唯房间尚不贵，住二等仅四千八百元。

1951.1.7 半晴（微风） 于天津市

令茶房早五时叫起，即到早市逛，赶到人已挤满。由于首次逛，平推向前看看，本意想买个旧皮箱，但未看完即散摊，时已九时。

最为遗憾的，目击数张清时（最少五十年前）所谓摩登小脚妇女及男装照片，没有买下它。很深刻地反映着当年上层社会情况。回头找即找不到了。

1951.1.8 降雪（清冷） 于天津市

上午到医院检查病，花了三四小时，很不耐烦，最后没有检查完即走。因为不准备在此动手术（眼上瘤子），预计找机会到协和或较好医院动，已等了十余年，今天宜慎重行事。

另外给人不好印象，觉得昔日同志今天相见，相当冷淡，这种风气在老干部中普遍存在着，相当不好。我们共产党人，本应该很热情地对待自己同志才好，自己今后宜注意此点。于八时半步冷雪返室。

1951.1.9 晴（冷） 于独流镇

正式从朱科长口中闻知，予调往华北军区政治部干部管理部工作，是意外一件事情。本来调动酝酿非一次，此次尚不知成功否。

1951.1.10 晴 于独流镇

找朱科长研究政治处干部配备问题，虽然闻知调动，但身心泰然，工作上仍积极照旧毫无任何影响，觉得这是革命者所持的正确态度，不论在何种工作岗位一日即应该工作一日，丝毫不能马虎苟且。这是由于近年深刻体会到毛主席倡导的为人民服务之真实伟大精神，也可以说是予在政治觉悟上提高的一种表现。

1951.1.11 晴 于独流镇

在工作余暇返室，女儿常常来找抚抱，往往拒绝除母外任何人抱，否则怪哭。因爱之过甚，不惜抛弃一切工作而抱之。这一段时间除工作外就没有很好地进行过学习，有时在外工作时间长了方想念。

1951.1.12　晴　于独流镇

今天派郭志安返家取大衣，预计回来后即可调动，因此近些日子在繁忙与喜悦中。

1951.1.14　晴　于独流镇

拟本日开最后一次师直党委会，将半月来所存的一些问题做一处理。这届任书记中，予自己最大的教育，首先在党的政策水平上，从原则上去考虑与认识问题提高了一步，就是说比较地学会了善于严格地掌握原则，从原则性出发去解决问题而同时又要密切地紧紧地结合实际；从实际出发去解决问题，在两者紧密地相结合下去适当地解决问题，要解决得好，这便是党委领导的责任。要想做得好不简单，这是考核一个干部工作能力的重要指标，今后还要加倍学习这样一个极其重要的领导艺术。

其次，民主的大众的作风，发挥大家的智慧，激发其工作积极性，大胆地走群众路线，这一方法比较地学会了。许多问题在会前自己往往考虑不周到、不深刻、不完满，甚至于有错误，但在会前未发觉，一旦经过大家研究集思广益后，讨论得很好，既符合原则又实际具体，从而对中央颁发运用群众路线的工作方法才有入骨的体会，这近一年中学习了很多东西。

一个会要开好，非得会前大家有充分的思想准备及工作准备，任何一件事情，若想办好，没有事前的周详计划准备万做不好的。闭门造车是不行的，非得集思广益。会中善于启发诱导大家大胆发言，切忌当头一棒打击了发言情绪。会后成计划决议，就要坚决地执行。在执行中，注意应该有布置、有检查、有重点地帮助实验（以利及时汲取经验，指导全盘），有很好的总结，党委应该很好地研究这个工作的经验教训后，及时地运用到下一个工作任务中，这即所谓工作上的领导责任。

再次，比较地学会了从思想上的领导，它是领导工作中的一个重要环节。昔日在工作中不善于启发诱导，运用群众性工作方法去说服教育干部同志，往往以裸体跳舞的工作方法代替，因而形成批评多（甚至于批评时不分场合，不讲方式），鼓励少，结果效果极差，会造成不团结现象。因为不走群众路线关系，对所奖励者，他也不能心悦诚服之。在这次整党中，事实证明了，只有经过群众路线的方法，才能教育群众，而且还真正能起到推动作用。单独领导闭门造车的办法，往往脱离群众，因为它有时确实是错误的。

这一段工作，组织上比较满意，个人也同样感到满意，进而也感到愉快，因为在工作上做了努力，个人有了进步，群众给予好评，只有做好革命工作，工作上有了成绩，个人有了进步，那才是人生最愉快的事情。

1951.1.15　晴　于独流镇

去年十月份，我中国人民志愿军增援朝鲜后，从而使朝鲜战局改观了，由被动到主动，由退却到反攻，并且美国在朝鲜根本丧失了战争的主动权，注定了失败的命运。在世界人民面前，大大提高了我国国际地位，对远东和平事业，甚至世界和平事业上做了重大的贡献，予帝国主义特别是美帝以当头一棒，从而纸老虎的美国，外强中干的美国在世界人民面前暴露无遗，这完全由于我们伟大领袖毛主席的英明决策。

但美帝不甘心，绝不甘心，继续做侵略战争的勾当，我们要在朝鲜战场上继续让它失败，直到最后消灭，使朝鲜人民很快着手生产，结束战争，所以我们继续支援志愿军，动员老战士报名前去。今天十时开会即专门研究动员办法，同时进一步教育部队，提高阶级觉悟，发扬爱国主义精神、国际主义精神。

一般地分作教育动员、酝酿、报名、党委批准、欢送、集中训练等步骤。

会议历六小时，至晚饭始散会。

1951.1.16　晴　于独流镇

十时召开党委扩大会议，正式布置抗美援朝工作任务，继而研究在直属队如何进一步开展新英雄主义运动问题，发挥党委领导威力问题等。讨论至晚饭间，在大家积极发言之下有初步成文，准备会后逐步执行。调动做移交，这种为党为人民积极肯干的工作思想因为已严格树立起，并无受任何调动工作之影响。

1951.1.17 晴 于独流镇

上午开始整理文件，准备移交。

1951.1.21 晴 于独流镇

午饭后召集各股长向朱科长正式做工作交代，历时五小时。干部会动员报名到朝鲜问题。

1951.1.22 晴（冷） 于独流镇

上午到后勤给卫生员训练班上课，这是年前郭处长约好的一课，今天算做最后交代工作。

1951.1.23 晴（大风） 于独流镇

通知有关部门如直工科、总务科等，对工作手续问题及一些有关经济问题做交代处理。在任何一个工作岗位上，当离开时应该是一清二白，不可留后尾，以免同志指责。我想这是一个作风问题，也属一个品质问题。

1951.1.24 晴 于独流镇

因为一件很小事情——她追问大衣口袋装一件什么东西。心烦之下，与周发了脾气。当时自己也心烦厉害，直到黄昏方休。我想为此种情况大伤脑筋划不来了，也属于修养不够。另外，因在这方面对我帮助太小了，她是很少体会关怀我的，这也不能不说是因素之一。但以往教育帮助也不够，因果相成，今后宜注意改正这种情况。

1951.1.25 晴 于独流镇

军来电促快到新职。

1951.1.26 晴（冷） 于北京红庙胡同

晚达北京，心中甚为愉快，初感首都与昔日所临大有所不同，处处焕然一新。

1951.1.27　晴　于北京红庙胡同

人们盛传北京天桥为"最好玩的地方",利用此空隙去玩,但大失所望,或者不合于主观上愿望吧。那里只是有一些一般的娱乐,摔跤、马戏、说书、戏院等,但有两个特点,最大一个,真正成为人民娱乐场所;次之,没有打架的。

1951.1.28　晴　于北京红庙胡同

早饭后到王府井大街游玩。到东安市场中,令人感到最喜人的,是那些艺术雕刻价值很高,另外,景泰蓝也很好。据说昔日这种艺术品送往国外很多,外国人到中国游览多买此物。我们祖国确实伟大,亘古即有许多天才艺术家出现。

1951.1.30　晴　于北京南池子

不知是怎样一回事,在政治部招待所如此住起来。晚饭前找干部科,他们也不详待问。晚饭后在很苦恼之际,到西单商场去玩,遇何部长,他才谈,弄错了,本应直接到干部管理部去,他写介绍信后即去。初见几位处长均很客气地谈了一顿,尤其张处长很随便一谈。生活上问题也都照顾得很好。到此工作,初步给予很愉快的印象。

1951.1.31　晴　于北京南池子

第一天到大机关工作,并过这正规的、城市的、集体办公生活,因为工作不熟悉,同时生活工作不惯,感到有些别扭。我想时间长了好些吧。这大概是一般的规律性问题。

昨天晚上,因为精神过于兴奋而失眠,予往往有些习惯,每当生活中遇到特殊兴奋感动的事情,特别在晚上时,易于造成失眠。影响健康很大,今后宜注意调剂之。

1951.2.1　晴　于北京南池子

分配自己到军衔科工作,科长、副科长尚未确定,这大概因情况关系吧！今天中心问题在于能否胜任这种新的工作，如何办好这个岗位上的工作。没有经验，没有能力，从现时起应该努力钻研，从学习及钻研中取得经验，提高自己，这很重要的。过去很不注意提高自己的文化及写作能力，那时在下层可以眼到腿到，今天情况不同了，主要的是要手到，动笔杆子了。所以今天感到有些困难，但，绝不向任何困难低头，设法克服一切困难，这是共产党员的革命本色。现在已经开始了从文件上、理论上及系统的工作经验方面去钻研了。这一步工作对自己说来意义重大。

1951.2.2　晴　于北京南池子

今天办公时间目睹张处长在处理公务中异常细致，问题来了三番五次做考虑，找同志商量，轻易不下结论。在回答问题中，每字每句均做研究，给予自己在工作中很大启示。克服昔日根深蒂固的粗枝大叶作风，机关所发一文一字一句对下面都会发生影响，若属于坏的影响，则不好收回了。

人们共同心理，喜欢态度谦恭和气、耐心、虚心的同志，粗暴地发脾气、军阀主义残余等作风，为人们所唾弃、永远不喜爱的。自己在工作中以往有些骄傲现象，有时对同志态度不够好，这都是错误与幼稚的表现。

1951.2.3　降雪　于北京南池子

冀平已离开数日，想念异常。孩子最近常想学说话，你教了什么，即会什么，今后当耐心抚养。晚六时许到前门站去接。晚间欣喜异常。

1951.2.4　晴　于北京南池子

这几天一直对工作不摸头（不熟悉），引起了些不必要的发愁，其动机在于愿把工作搞好，在目前很少有同志很好帮助，不过这种暂时的困难是可以消除的。今上午考虑了一下，工作只有依靠钻，从钻中去熟悉工作，找出规律，找出经验。"世上无难事，只怕有心人"，另一方面依靠突击方法去完成此任务。这个工作是一个新的建军工作，无基础无经验，同时又有时间性。今年花半年完成。必须用突击方法才能完成。第一步，做好一切准备工作，使得军委总政下发后能立刻布置下去。第二步，室内外工作结合起来，找典型单位做实验，及时吸取经验及时指导这一工作的进行。这是工作中的环节工作，必须设法下最大努力做好。第三步，即完成后总结经验，比较容易了。这个初步意见，提出后处长表示同意。

处长令起草关于评级社论，感到有困难，预备在放假三天中去研究而后动笔。

1951.2.5　晴　风　于北京南池子

风沙扑面，本不拟到街上玩，金芳非去不可，遂到东安市场玩。没有穿大衣，风甚冷，难受。与她说了两句牢骚话，彼此尚不大愉快。感到她对自己体贴不够，夫妇间生活要想过得好，除政治上互相关心外，在生活上关顾也属必要。她可能在此考虑不够周到。今后宜从自己方面着手去启发她，不可发脾气去代替之。

1951.2.6　晴　于北京南池子

切实体会到我们伟大的共产主义运动中，越是伟大人物，越是表现出朴素和气平易近人。昨天张满生主任前来召集干部讲话，便具备了这种特质，充分显示出老干部的本色，给人一种良好的印象。个人今后宜注意此种修养。

上午同她去逛故宫博物院。这是第三次去看。前两次并没有感到怎样了不起的宏伟，唯在此次中确有深刻的感受。这个建筑确实规模大，而且里面的享受设备非凡，确实可以代表封建阶级典型享受思想，高高在人民头上，压得人民简直翻不起身来。今天解放了，人们千千万万成群结队去参观，心情何等愉快呀！从各方面去看，一切都变了。这次到首都，感到最大的不同，就是处处表示了愉快、和蔼、生气勃勃的气氛。由于刚来京，对各方面街道均不熟悉，不仅警察，而且三轮车夫都能耐心告诉自己。记得幼时在开封念书时，问拉洋车的，你若不坐他车，他都不愿意认真告诉你真实的地方。现在呢，完全不同了，处处表现了和气，讲道理，人类和谐友爱的象征。

1951.2.8 晴 于北京南池子

今天是年假最后一天，也是自己值班一日，从早九时许入室研究文件，收集日记至四时，可以说很紧张地工作了一日。

准备于晚饭后把社论草稿写出。

1951.2.9 半晴（冷风终日） 于北京南池子

今天张处长在午间传达此次组织人员到朝鲜问题，当时自己要求去，愿意执行这一出国的光荣任务，但被拒绝了，因这里工作需要。

用了六个钟头时间写好社论及补好评级工作经验要点介绍，往往工作完成后，感觉到非常轻松愉快。相反，每当完不成任务时，是心中最难过最不舒服的时候，在数年斗争中养成了这种习惯。

1951.2.11 阴 于北京南池子

今天是礼拜天，本打算很好地休息与玩一天，清早未起床，王科员叫起开小组会，爬起时腹疼厉害，即与周终日连闹脾气未出门。但她也闷着气不作声，这是夫妇间很不好一种习气，今后宜改善。晚间互相均做检讨，订出今后改正的计划。

1951.2.12 阴 于北京南池子

午间张处长谈话，对自己不安于此工作，想到朝鲜战场，给予解释：一、具备钻研的工作精神；二、有一定文化程度，加上努力，即可完成今后这个岗位上的工作。这种分析很对的，今后再不做这山望着那山高的想法了。不论何种岗位、何种场所均应抓紧现实埋头苦干。以往最大思想毛病，即不能抓住现实，总存在着超现实的想法。这是小资产阶级思想根源，非无产阶级的思想。要狠狠地打掉它，再也不叫它害人了。所以到哪里工作，就到哪里工作，不论做什么工作均可。只有革命工作之得失，不应该有个人工作岗位之高低。

午后二时到文化宫听从朝鲜战场上回国的蔡部长介绍志愿军英勇作战情况，其艰苦情况值得学习。

1951. 2. 13　半阴　于北京南池子

午间于平打电话前来会面，他这次要到朝鲜战场，所以特来告别。请假到宿舍扯谈一次，特约晚间请他看电影作为欢送。

1951. 2. 14　晴　于北京南池子

午间同安二人开科务会议，初步研究一下科中工作制度建立问题。

最近工作比较不忙情况之下，如果能够有较长期的如此工作环境，应该充分地利用它，绝不可把这样大好时光荒废在热闹城市生活中。经验证明，随时随地掌握现实特点，才是一个现实的革命者，以往这个指导思想异常不足，因此革命工作应该做得更好些。现在宜充分利用此条件，除做好本职工作外，还应该附带做好两件事情，即：一、有计划有组织地从理论上、文化上再提高一步，理论上着重马列主义基本东西的学习，以便增强原则政策水平。文化方面提高总结写作能力。二、加强体格保养，长期斗争中，个人身体很弱，没有像今天这样安静正规的工作机会，因此应该充分利用此机会，将组织上所照顾的保健费正式用在保养身体上——订饮牛奶。

今天除办理两件工作外，整日学习达六小时之久。

1951. 2. 15　半晴暮风　于北京南池子

午间欢送了几位同志出征朝鲜，他们以高度愉快的心情离开了我们！我军有一个最优良的传统，就是都愿到前方工作，认为到前方是最光荣、愉快的一件事，这种传统仍然光荣地保留着。

午间写了几封信给前方同志。

准备写两封家信。

晚间听了陕北几个小调，如《有吃有穿》等非常感动人，直至广播完方返宿舍。

1951. 2. 16　晴　于北京南池子

上午处理了个别下面请示的问题后，一直在学习着。

逛游中山公园，从公园的升旗处侧面探视皇宫，夕阳西下之际，阳光斜射着宫殿碧瓦，金光反射，与松柏相陪衬，异常雄伟典雅，不愧为我国珍贵建筑品，欣赏良久方才返回。

1951.2.17　晴　于北京南池子

上午头痛，可能用脑子过度关系。午间广播唱片陕北调歌曲非常好听，对人思想触动很大，听播完四个后方停止。今后有钱时购置一副以作消遣。

1951.2.18　晴　星期日　于北京南池子

上午同周到大华电影院，首次看到苏片《第三次打击》，片中留印象最深刻者即上从斯大林下到每个战士那种高度的勇敢和责任心。以及执行每一个任务时缜密地研究计划，走群众路线，发扬军事民主，因而把大家的智慧紧紧结在一起。另外留下深刻印象的是，不论在什么时候作战，战场上指挥者的机智，例如草人一事，整个吸引和暴露了敌人的火力、兵力，从而以炮火给予极大杀伤，取得反攻的胜利。这个片子使个人开阔了军事知识的眼界。

由于战争中不慎与处于无奈情况而造成双膝发痛（大概伤寒腿），到京后因工作忙碌无机会医治，最近痛得不堪，今晚利用一小时时间去洗个澡，想几次以后会好些吧！

1951.2.19　半晴　于北京南池子

因为爱子心切，所以日记上常常想记载一些关于其生活情形，曾建议其母保存孩子衣物以做未来纪念，但她往往做不到这点，或许她不明了其意义。还得加以说服。

在这里不能有一个很好学习军事的机会，甚为遗憾，考虑到未来战争中，若分配到前方，那是非常坐蜡的一件事情呀！

1951.2.20　阴（微雪）　于北京南池子

星期二，今天是阴历正月十五，在上班时人们议论着今天该放假。北海公园今晚太热闹了，许多人预先买了票，去观花灯。晚饭后（已五时半）满街男女老少不断向北海公园走，因为怕人满买不上改变主意不打算去。金芳找到两张票到司令部大礼堂看影片《党证》。途中看到北海公园上空的烟花，各式各样，高升天空中伴随风雪而分散，格外美丽可观。

看完影片，已经十时许，但街上行人依然来往不绝，特别是公园的门口，人满为患。人民警察很忠守职务地在指挥着，维持着良好的秩序，人们脸上均呈现着愉快的样子。

1951.2.21　晴　于北京南池子

昨晚降雪，近五指厚，清晨步雪地前往办公室，但并不感觉到丝毫冷，很愉快地到办公室去了。今天工作仍然不多，开始阅读关于我们祖国的介绍，我们伟大祖先许多光荣伟大的创造肯定地被我们接受，并发扬光大起来，在这里打破了以往反动者诬蔑我们共产党人，说我们信奉马列主义，祖国许多伟大的创造均破坏不要了。今天恰恰证明我们是最能继承与发扬我们祖先伟大研究创造精神的，我们真正发扬了光荣传统。我们祖国，以及劳动人民实在可爱呀。只有劳动人民才是世界的创造者。自己在伟大的劳动人民中仅是小小的一员，应该老老实实地为劳动人民尽忠于任何一种工作，需要做什么工作即做什么，需要到哪里即到哪里，假若要是不会的时候，就应该努力——学、问、钻、研究，绝不应该斤斤计较于个人小圈子打算的错误想法，那实际上是无聊极了的。应彻底打倒它。

冀平在予晚上返室后见面，再也不肯离开，见什么学什么，曾拿上铅笔在桌上写字。今后宜加强抚养教育工作，大力尽到为父母之责任。周常常厉声相骂（她常常吓唬她）作为教育方式，实际上最易影响限制孩子的发育，特别是脑子的发育。曾数次建议周，但未见她彻底改正，还要彻底帮助她改正为是。

1951.2.22　阴　于北京南池子

今天在工作中下面开始提到许多问题，这些问题都很实际，在解答问题时深感自己的学问浅薄、能力有限了。以往曾有一个时期感到自己行，上级没有很好地提拔自己，但依今天尺度来衡量，这是错觉，是幼稚的个人利益打算，可以说坐井观天吧。今后宜打开眼界，打开视力，打开思想，去看，去想，去分析认识，从阶级觉悟上、共产主义的修养上去提高自己。

1951.2.23　晴　于北京南池子

上午到军委找周副处长谈关于知识分子待遇及评级问题等，认为答复比较好，接触面广泛，见识日益提高。

以往学，多限于浏览，欠缺进一步细心耐心的钻研，一知半解，不遇实际问题，帮助并不大。所以以后学习应区别粗读精读两种，需要精读者，反复玩味以彻底领会其精神，以便于具体运用到实践中。

1951.2.24　阴　于北京南池子

竟日在办公室拟订试评工作计划，初感机关工作不熟练，文牍工作不行，说明在往日长期对新事物学习尚不够。

1951.2.25　阴　于北京南池子

今天是个人值班，加之具体要拟订试评工作计划，所以在办公室坐案竟日，谨以收音机调节之。

1951.2.26　降雪　于北京南池子

礼拜一。晨雪寸许，步雪经天安门广场，不同往日，许多烟雾随风而来，刺激鼻子难受。今天感到特别清爽。

张处长上午阅读试评工作计划，下午修改特别在确定两项规定，亲自下手，细心耐心指导上是好的，但运用方法不恰当，组织力量、使用力量不够。当时自己也觉得难以为情。

1951.2.28　阴（冷风竟日）　于北京南池子

根据昨天讨论精神，花费六小时时间进行讨论研究，感到实在费脑子。晚上完成时脑子发晕。

张凡同志来访，特约六时到街上玩。

晨与周不良语言相刺激，不好。她可能有小孩身体不甚好，宜多加照顾。

1951.3.1　晴（冷）　于北京南池子

终日开会，直到夜十时。午后讲座评级工作中，从两位即董、林发言中，充分看出他们观察问题的原则敏锐性以及组织能力。最重要的是从实际出发，在实际问题中善于把它提到原则高度去认识。这种充分的分析能力来源于两方面：一、首先是原则理论的学习。因为这些是前人摸索到的经验；二、从当前具体工作中所摸索到的经验。把这两者加起来经过自己的分解而具体地运用到工作问题上。感觉到自己最缺乏这种能力了。近年来在下层中满足于一些日常狭隘经验，而忘却进一步努力从学习中去这样（理论与实际）提高。所以今天落后一步，宜迎头赶上去。怎样赶上去呢？现在来到了机关，正对着这缺点补救，多钻研以解决之。

1951.3.2　晴（冷）　于北京南池子

根据昨天会议大家所补充意见，今天整日在家拟订计划，直到夜十时方完成。然而并不十分恰当，主要在文字方面组织不起来，十余年来从未像今天这样考验自己的文化程度。前几年未很好注意到提高，这一次教育了自己，进一步认识到自己必须努力学习，提高文化特别是文字组织能力。

1951.3.3　晴　于北京南池子

到组织部参加研究几个干部处分问题，想不到许多同志在自己思想支持不了自己时会发生各种各样的错误，如政治部主任打人，干部伪造工作历史而达到提高地位目的，要求当政委、给副的不干等怪现象。这完全是受了当前封建的反动的旧社会有形无形、直接间接的影响，而刺激其思想上发生变化，从而忘掉了其共产党员的革命立场。或者这些人基本立场就未坚定，抱着个人种种目的而投机，在革命的洪炉中有时造防空洞，隐蔽起来，在一定时间内要爆发，严重地显露出不纯的本质来。教育了个人，在革命潮流中应该老老实实地去为人民服务，巩固为人民服务的思想基础，不断地从工作中、学习中改造自己成为坚强的共产主义者。

只有不断地发现自己的缺点，不断地改正缺点，才有可能不断地进步，不断地吸收新鲜事物，才不至于掉队。共产主义者本来处处都是很愉快的，因为已有崇高的理想，为这种理想而奋斗是最愉快而光荣的，许多人为什么反而表示不愉快呢？主要在于为了个人利益打算出发，如果能取消了这点，进步才能快。

1951.3.4 晴 于北京南池子

上午没有去街。周要去街，周平在家玩。人们均讲她很调皮，确实感到她如此。上午看了两个钟头，觉得很疲劳，她不仅要不停止地找各种东西玩，而且看到什么非要不可，否则即发脾气，不要命地闹，还摔东西，流泪。

午后到街上学车子，回来腰很痛，还未学会上，竟日未开卷。

平自生以来占去了若干时间。因爱关系，也往往甘心于此，牺牲了许多时间。

1951.3.5 阴 于北京南池子

指示经韩处长写后，很通顺，反视个人所写确实欠条理，自己文字组织力不强，这是机关工作最大不足，努力补救起来。

下午到护国寺司令部大礼堂听报告。

1951.3.6 晴（春风） 于北京南池子

于游完故宫返室后便接家信，告曰：祖母精神身体尚好。顿觉高兴，万想不到她后半生中经历那样大的痛苦遭遇而具有如此高龄，特别是去年到家探望时身体瘦削，形似朝不保夕状，然经年后今日身体尚好。虽然今遥远居公不能常返里探望，当常尽养育抚爱之情，多写信告慰，可能时以物质寄之。去年一年中在这点可以说没有做，现在宜马上补足起来。笔至此，心中一时觉得异常难过。

1951.3.7 晴 于北京南池子

昨天与今天两天工作中更加露骨地暴露出来文化上低劣，不足以应付机关工作，因而自己深感不能胜任。主要因个人努力不够，加上天资不足，以及工作环境不佳。如今天所发指示，里面文字常常表示不通顺，字眼用得不得当，也可说生疏，感到这是当前值得努力改进的。今天确实深刻地认识到予本领之不足。

革命工作放在自己身上时，就要无条件地做好，这是革命工作干部起码的认识，也可以说是最基本的品质。因此不论摆在何种工作岗位，只有你做好工作的义务，而没有潦草马虎应付特别是因为不满意自己愿望而不高兴讲怪话不干工作的权利，往往一些干部在这个问题上存在着极其庸俗的"地位观"及"享受观"，爱和别人在这方面比，这是"低级趣味"。以往个人这种观点今天打消了，弄通了为人民服务的道理了。因此，今天予随时随地在精神上感到是愉快的，任何一种革命工作都是有趣味的。更宝贵的是当分给你的工作任务完成最好，有新的突出成就而得到荣誉，那才是最大的愉快。今后所争取的应当是这样的荣誉，时刻要和小资产阶级那种低劣的极端的从个人利益出发的思想做斗争。

1951.3.8　晴　于北京南池子

天气格外晴朗温暖。

许多妇女成群结队聚集劳动人民文化宫，以最愉快的心情来纪念这个伟大的妇女自己的节日。华北局特召开妇女代表会议，首长亲自讲话指示，号召男同志要尊重妇女，张致祥副主任讲："今后男的不准打妇女，否则即犯法。"各游艺场所今天免费招待妇女游览，各单位妇女组织会餐。其盛况是予参加革命以来首次所遇。

金芳今天也风尘仆仆往返开会、参观、游览……

昔日对周有些粗暴，今后宜彻底改正之。到机关工作对个人政治上涵养有极大帮助，特别在最近有很大进步。

1951.3.9　晴　于北京南池子

终日无什么事情。晚间于张处长宿舍研究评级指示至九时半。

1951. 3. 10　晴　于北京南池子

晨四时即起赴办公厅，这是在北京工作月余中起床最早一次，经天安门时行人稀落，清洁夫在打扫街道。天安门数百次经过，令人百视不厌，艺术雕刻品很美丽，所缺那一块石装今天也补上，觉得很高兴。到办公室门口，叫门，大门工作人员尚未起，随叫起打字员，让打这份指示，伴随而完成，因为赶上九时军区党委会时带去。

身体有些不舒服。荨麻疹复起，到家与平稍玩后即专去洗一次澡，想可以消失，不意回去后变本加厉，满身更加浮肿，难受异常。入眠。

1951. 3. 11　晴　于北京南池子

满脸满身起荨麻疹，浮肿，终日不能起床，亦未进食，略食稀汤耳。

1951. 3. 12　晴　于北京南池子

今日身体仍然难过异常，故未上班工作。日间医生治病不力，甚不快，晚间许多同志下班后来问候。

1951. 3. 13　半晴　于北京南池子

上午到陆军医院检查皮肤病，原检查医生给开葡萄糖钙注射即可治愈，但经一位戴眼镜负责医生复查修改成为一针苏打，因而晚间仍然无效，又闹起来了。从本身具体体验，到城市后，每办一件事情手续繁多，一旦遇到不负责或责任心不够者，即发生很大困难，引起了一些不满意。但，以最大忍耐力消除了它，想这种强烈的忍耐力，往往助事成功。

晚间周的一位攀亲来京购货借宿于此，麻烦得不行，但又忍耐下去了。

1951. 3. 14　晴　于北京南池子

今天特别感到春暖。十时许步办公室上班，感到科里太不健全了，连一位誊写者均无，向上下发出信件，没有写得拿出手的。大机关应像大机关的样子，现在所写者均不堪。自己正规书写也不行，自己在此工作，不像在下层那样纯熟，因而感到憋闷。

1951.3.16　晴　于北京南池子

终日在桌案办公，感到工作效率不大，主要对业务方面文件少，上级得力的指示不够，加上新成立没有成套成文东西。深深感到文化不够用。

1951.3.19　晴　于北京南池子

"文化程度"对工作来说，对进步来说，对革命来说实在是一件大事情。直到今天从自己亲身从事机关工作，以及到此打开脑子学习中，深深体验到文化太不够用了。从而检讨自己在以往有组织有计划不间断地提高自己的文化与政治学习太不够。今天连续不断地三番五次地起草不好一个报告或一个指示，落为一个名不副实的知识分子，实在太冤枉了。这种局势宜在两三年后改观。

1951.3.20　晴　于北京南池子

晚七时，看中央艺术学院演出几个节目，碰到十二年前在延安抗大同学王谷总同志，彼此细看后，他问到我的名字，即回忆当年在抗大情形。犹想到今日之情形，立刻检讨到，自己吃了骄傲亏了，"骄者必败"千真万确。这对自己是一个严重的教训。从而也深刻体会到毛主席教导我们的"甘当小学生"精神是何等深刻而伟大呀！自己所知道的事情是非常有限的，因而应该随时随地不断地学，虚心地学，自己的知识才能不断增长，才能不断地进步，假若满足于所知之一点浅薄东西，无形中是要落后的。

一切事物都是在不间断地向前发展着，它往往是不能迁就落后或为落后现象所阻挡的。所以"摆老资格"不论在什么时候什么地方都是没有地位的，那也是最"低级趣味"了。

1951.3.21　晴　星期三　于北京南池子

终日在办公室静而待之，缺乏生动活泼气氛。或许在这种工作场合没有找到工作的规律吧。

晚间，由军务处转来天津速成中学一份报告，系由本处前次转去的，未盖章，属于工作上的粗枝大叶，亦属方法不良。今后宜"组织起来"，发挥组织力量。

1951.3.24　阴　于北京南池子

上午研究了试评工作问题后，于午后二时到军区政治部办公室参加军区纪律委员会，讨论许多犯错误同志处分问题，其中最严重者，伪造工作历史，无理地要求地位，耍无赖，因此大家同意开除党籍送军法处裁办。这种人毫无干部气味，党内这些有意识违犯纪律的，应该很好清除，保持党的纯洁。一个干部随时随地去提高自己的觉悟，加强共产主义人生观和道德的修养最重要。

会毕，张南生副主任让与他同乘车赴干部部，谈及军衔工作任务重大，全区七万余干部，搞不好，偏了，即了不得。使思想上负担加大。

1951.3.25　晴　于北京南池子

本拟今日出去稍玩。找吴树隆学骑车子，结果计划被打破了。午前在办公室值班，看"老丑"，午后再看"老丑"至黄昏，精神疲惫不堪。

平常常想去街上玩，若不依即立即发脾气，有时甚至于气得满身发抖，即依其脾气而行。由于爱子之心切矣。

1951.3.27　半晴　于北京南池子

今天终日思想上波动很大，很想到朝鲜战场上工作，对于机关工作感到有些拘束，但目前此工作岗位上又缺人，组织上不可能答复。另一方面来说，身体的情况也需要在这种较安定的工作环境中恢复一下，以便今后重大任务降临很好担任之。今天在此矛盾情景中很为苦恼。午后下班与张同志往故宫一游，越看工程越大，令人百游不厌。

变天关系吧，近两日来，伤寒腿很痛。

1951.3.28　晴　微风　于北京南池子

前两天接连不断发生思想上波动，愿到下面或朝鲜战场，今天又想这种思想很不好，仍属于非现实思想，未免空想，宜克服。这种思想缺乏战斗性，今后值得改正。

1951.3.29　晴　于北京南池子

今天在工作中弄通了几个工作上的困难问题，所以感到工作中愉快，这差不多属于一般工作上发展的规律性，平时细小工作如此，巨大的工作甚至于在与敌人严重斗争中仍属于此。这是平凡，突出也是从这平凡中产生的，以往不理解此点，也不能很好掌握它。予今后要下定决心作为一个现实的革命者而努力，这是多年来所证明了的一个教训。这个真理没有及时摸着，而走了许多弯路。

午后下班时，孔程同志特来找，他家系北京，特约我到他家吃面条。并谈及梁中英事。

1951.3.30　晴　于北京南池子

今天开试评工作会议，由董报告后即讨论，各单位发表很多具体意见，每一件事情，若能细心去听取群众的意见，常常会丰富领导上的认识，经过分解后，把群众良好的经验充实到工作计划中，那么这工作计划即成生动丰满的切合实际的指针。评级工作虽然是一件新的没有经验而要立刻进行，并要求一定做好的艰巨工作，由于能反复地从各方面利用各种方式去钻研，集思广益，收集经验，结果就找出了经验，想出了办法，就不困难了。最初到这里来毫无头绪，但经过钻研找到头绪了。这是我们革命者所以能完成任何一件工作所依据的法宝。

晚间赴大华影院看《海上风暴》，异常生动。任何一件事情，中间均含着困难，困难本身即存在着伟大而胜利的前途，问题全在于能否克服困难。自己在这方面表现得还不够坚强，今后宜更进一步加强这方面修养。

1951.3.31　晴　于北京南长街小桥2号

今天又进行终日讨论。这个会议中唯一缺点在于集中不够，下面发表很多意见和问题，最后缺乏集中而有力的统一的一个答复。因此使下面感到答复不够完备（当然没有提出意见），其根源是没有专职领导关系。

1951.4.1 晴 风 于北京南池子

春季，北京城内很干燥，三天两头刮风，虽然街道很清洁（小街同样），但不知何处来的风沙随风摇荡。十时应邀到孔程家玩，唯因饭时已过，克军强留吃饭，"终日只一餐，腹中饿过劲"。

晚上，周去看戏，冀平睡醒后，啼哭不已，弄得无奈，只得抱而待之。至十时许，周方返，又闹脾气。冀平脾气很冲动，往往一事不满，你又猜不到，脾气即一发不可制止。难以想象的那脾气。最后结局还得依其意愿而解。这种脾气与己相仿。想也不大好。

一周之间所期望的这个星期日，过得很不好。或许自己不会过城市生活的关系吧。

1951.4.2 晴 于北京南池子

古谚：君子自重。意思不是自高自大、目空一切，而是指要做一个好人，要有能为人民服务的坚强的毅力，不为任何挫折所中断，在工作中、斗争中，能很谨慎地、细心地、小心翼翼地做好事情，不可做有损于人民声誉的坏事情。这是非常有益于修养的一句格言。这一件事，由于以往认识不够，因而行动上有一个时节孤注一掷，不自重的。当时其结果相当危险，幸而立刻中断，逐渐觉悟改进了。以前由于认识事物的本质不够，只从皮毛表面上看问题，这也是历史条件限制了，没有经过考验的斗争知识，看问题太幼稚了。今后绝不应该重复历史教训。

下午二时到组织科开纪律检查委员会议预备会议，同样有许多类型错误问题，许多错误令人可笑，但犯错误者思想上认识上何尝不是那种高度地发展了个人主义利益而轻薄地看待自己呢？其结局往往可笑、可怜至极。从这里又领悟了伟大领袖毛主席的教导：要甘当小学生，要随时随地地学习。确实一个人知道的事情太少了，事物是不断在发展着，社会不时在进步着，我们革命斗争过程即不断认识过程，正确地认识事物的发展规律，犹赖于不断地学习，对人进步的伟大意义即在此。这一点今后宜紧紧地掌握之。

1951.4.3　晴　于北京南长街

今天下午当办完对下答复后，突看到所发来公布之命令，己职已宣布为科长。说明今后更应自重，忠心耿耿安守职务，完成自己所应该完成的任务，宜从各方面搞好。就是说首先看问题，应该透视到本质上，绝不可单看现象。

事实证明在同志中往往有些随波逐流缺乏深刻修养和认识的问题，以往警惕不够，同流合污了。有损于己，无助于他，结果对革命对人民对党何益呢？今后对这样的同志不能和平共居。最近科里有这样的同志，当设法帮助之为正道。今后特别注意团结人问题，加强写作能力，致力于完成组织上所给予的光荣重大任务。

1951.4.4　晴　于北京南长街

幼儿教育很为重要，小时给予很坏的习惯，对今后成长中留很大阻力，如若在幼时赋予不良影响，对后日阻力甚大。今后对平教育应特别注意之。

1951.4.5　晴　于北京南长街

最近几日，周反映，平自从前礼拜日晚受惊后，近些日子在晚间害怕，说梦话，不敢进黑房子，胆子小了，闻此心中很难过。本来平很聪明，在此时应耐心抚养，但由于不大注意，受惊者数次。今后宜改善之。

1951.4.7　晴　于北京南长街

晚六时返室与内兄相谈颇久，他说脱队后悔不已，那时因厌倦战争，想回家借以苟安，没有想到今胜利。这是由于他在政治上缺乏远见，没有树立为人民服务的坚强意识，因而产生了动摇，乘机而逃。但，一碗水自己洒地，无法挽救，赖于今后自己改正，多为人民服务。对个人教育意义颇大。给予这样一个经验教训，凡一切事情主要在自己努力，自己去认识事物，去决断，去执行，不可依赖于人。昔日依赖于人的地方尚有之。

今后多与群众接近，多提些问题，对自己知识领域拓宽些。

1951.4.8　晴　微风　于北京南长街

本拟今日与内兄、岳父等前往北海公园一游，但因风大，冀平送回。现园中桃杏花怒放，小鸟啼鸣，金鱼畅游，游览人民特别多，风景较比隆冬好十数倍，游后精神十分畅快。这样优美公园，今日为广大人民所游览。于摆渡船中一老夫称赞说今日人民政府之注意建设，昔日这公园均无人管理，日形破落，自解放后人民政府不绝地修建。但到海北岸，那些名建筑物均未修理，观后甚为可惜，准备向该部门提供一个建议。

因打预防针关系，终日身躯不快。

1951.4.9　半晴　于北京南长街

下午办公，很累，约内兄到中山公园游谈，劝其继续努力进步，为人民服务。这种相助，是应尽之责任，他表示接受。

冀平，在种种问题上表示颇聪明，一看即会，善于学（本系儿童特性，或者说注意儿童生活不够关系）。她脾气很怪，往往所视即要，并所要者非到手而后已，否则不惜一切要发脾气而大闹。常常怕孩子脑子受到刺激而任性行事。

1951.4.10　竟日风沙　于北京南长街

晨携平送内兄至南池子电车站，突吉普驰面前，吓得平顿急惊哭，立即抚耳紧抱，车过即返回。最近出街常常抱平，因而养成她常要求出街玩，每每到街，返家少停即要求走，不允自走。今后宜改善之。常常到杂乱场所，影响与刺激平脑子的良好发育。

1951.4.12　晴　于北京南长街

入春以来，春风伴沙，连日不绝，即停天已热，这是一般人民对首都气候称为最不好季节了。不过由于人民政府特别注意人民之卫生事业，大小街道，尽行修筑，公共厕所的新建者差不多每街都有，防疫针各机关普遍注射……人民对政府赞扬不已。你只要到公共场所，随时皆可闻人民的称赞声。自己也感到兴奋。

1951.4.13　晴　于北京南长街

又到政治部参加纪律检查委员会预备会，讨论许多犯错误同志的问题。这一课对自己（对任何同志）政治上的教育意义太深刻了。它教育一般同志从个人利益出发的狭小低级圈子中跳出，去考虑在为人民尽职中树立成就，这不仅是刻苦努力的过程，而且最重要的还是在政治上的修养方面。

1951.4.14　晴　于北京南长街

以异常迅速之工作方法将试评指示发出去。

午后打了第二次霍乱、伤寒预防针，顿即感满身不大好过。晚间早息。

1951.4.15　晴　风　星期日　于北京南池子

因打针关系，终日未出室，亦未做任何事情。

1951.4.16　晴　于南长街

晚间细雨。

药劲已过，清爽。日间赴大华旅社参加二处所召开任免统计工作会议，传达关于全军干部履历书以及统计的填写法，这是干部工作开始正规化，今后干部工作就不像以前了，由下面报告申请提升任免，而是由上级机关掌握之，依德、才、资标准慎重地使用之。这个工作其意义相当重大。与会者均能聚精会神听取报告。

1951.4.17　晴　风　于北京南长街

酝酿已久之搬家今日要实现了，人们均欢欣。在城市生活本来用钱之处过多，加之最近办公、宿舍相距甚远，每日往返，无形中即用钱。但月薪两万四千元，略用即完，有时来一客人即无法办，因而希望搬一个僻静而集中之地才好。

1951. 4. 19　细雨　于北京南长街

五时即起，予没有吃早餐即行搬家，由于交通工具便利，尚属容易。到梅处早饭，备车专送。

张处长很细心地以小手工工作方式为予与田更换了住房，虽系好意，但实在为予所不能接受，而不满发了牢骚，甚至于言辞有不当处，事后后悔，不必要。事情往往因这一阵脾气而弄恼了。

1951. 4. 20　晴　于北京红庙胡同

张处长可能闻知大家不满意住室分配，今天利用缓和方式征求大家改住意见，予以婉许推之。

午后开处务会时，提了几个意见恐怕也不大好，张未作回答。有的意见属工作，亦有属生活上的，恐也不大好。

1951. 4. 21　晴　风　于北京西单红庙胡同

上午科务会，计划了试评工作掌握计划，请张处长修正指示，他完全同意了，准备依此执行。这个工作虽然没有经验，但经过最近钻研摸索已打开大门，今后仍应继续努力之。

1951. 4. 23　晴　于北京西单红庙胡同

从今天起收集各试评单位的工作布置情形。被选上支委，分工学习委员，负责干部学习。晚间张处长谈些工作上问题，征求些意见，指示这次搬房子问题，提及个人。有点小脾气，有点冲动，恰巧这正是自己缺点要害，每到一地无形中总要暴露，什么时候能根绝此种缺点，我想一定会大踏步前进一步的，必须致力克服，下决心克服它。

1951. 4. 24　晴　于北京红庙胡同

刚打完电话，得知各省军区及直属队的试评工作布置情形后，马上通知停止该项工作，推后进行，刻下即进行整党、审干工作，如此大有利于评级工作。今后可以顺利完成此项工作。

1951.4.25　晴　风沙　于北京红庙胡同

准备到河北省军区参加干部管理部工作会议。

1951.4.26　阴雨　于保定市

晨五时起床即急赴车前，昨天入寝时间较迟，已十时许，故精神疲劳，在车上时间休息。

1951.4.27　阴　于保定市

昨晚此处举行欢送新兵五团赴朝鲜作战，战士们均欢欣鼓舞，面带笑容。

抗美援朝运动现在已进行到深入阶段，各地各界到处举行着反对美帝的事情，墙报、唱歌、开会游行、标语、漫画，甚至小学生的左胳膊也戴抗美援朝的布章。

1951.4.28　晴　于保定市

今天继续参加讨论，大家发表了许多具体实际的事情，例如武装干部中特别在区县中现存所谓"不下炕干部"，认为今天革命胜利了，在家门口工作以照顾家里生活，何必到远处，有的公开说若调我到别处工作，我就开小差。很显然这些人不够共产党员的条件了，已经退化。因此党就开除他们的党籍。我想这是完全应该的。

1951.4.29　晴　于河北保定市

我晚后去找丁一同志，听说她从马列学院回来了，恰她派人去找。如同昔日毫无拘束地畅谈了一番。她仍然对己尚有昔日之热情，予对她仍如故。不过理智上双方均有些增强，在这方面之表示特别冷淡些罢了。或许在她本身夹杂有难以逾越的一种心情，也难所免——这就是昔日与丁之关系问题。当然绝不因过分顾虑它而中断昔日那种友情。

在谈话中不时地回溯昔日那段可怕的情景。曾很为它而在声誉上留下不可估计的有害的影响，但是时间空间已经过去了。今天已经从思想上改造了，并且那种可贵的经验能够真正实践了——老老实实地永远地为人民的革命事业好好地工作下去，奋斗下去。

扯谈至九时许方返室。

她现患严重脑病，可能在马列学院初学理论用脑过度所致。采用组织疗法医治。

1951.4.30　阴　于北京

早晨向夏副部长交谈会后情况，并准备告辞，但夏副部长再三地热情挽留，让在此过五一节，但，为了赶往参加比此更加盛大的首都五一劳动节，故坚决辞别。

达北京站已夜半。过天安门时，灯光满照，人们还在用洒水机洒水，这时的天安门已与平素不同了，打扫得格外清洁，会场周围红旗高悬。心中难以形容的愉快。

到家与周少叙而寝。

1951.5.1　炎热（微风）　于北京市红庙胡同

不到四点钟人们已经起来了，大家急忙洗漱、打扮，就是要按规定的时间到达会场，有的心慌简直吃不下去饭，想去参加会，要看毛主席。但自己起床迟了，把这个机会失去了。因为昨天晚上回来迟了，太疲劳了。失去机会，在心目中留下很长时间难以消失的遗憾。

1951.5.2　晴暖　于北京市红庙胡同

"吃了饭去逛万寿山。"这个消息传到人们的耳朵里，大家兴高采烈地急忙吃了午饭，驰汽车前去。

沿途人们异常拥挤，到万寿山去的道上，汽车不能快行，因此三时许才到，到时本急欲前往参观，但金芳还未到，她坐的车坏了，延迟一时许方到。今天是免费游览。昔日是独夫——皇帝个人的玩乐场所，今天成为劳动人民的玩游场所，人们在这优美场所表现出无限的快乐。它本为劳动人民所建，今天又为劳动人民所享受，理所当然，这也是人民斗争的果实。

它同其他伟大的建筑一样，充分地表现出中国人民伟大的天才建筑艺术，游者莫不交口称赞。

园中遇宋一之同志，他游后请吃饺子——这是他特令小张同志预先回去准备好了的。

1951.5.3　晴　于北京市西单红庙胡同

准备审干工作，因而评级工作往后推迟进行。今天通知下属单位。

1951.5.4　晴　于北京市红庙胡同

晚间听取杨科长汇报检查六十六军在朝鲜作战情况。他们在朝鲜共经历第二、三、四诸次战役。在第一、二次战役中，战士、干部作战思想均不够明确。对美存在"三怕"（怕飞机、怕大炮、怕坦克），特别是解放军官（国内战争解放蒋匪军官）提出"十大死"——跑死、累死、冻死、饿死、渴死……

此时团委提出支持朝鲜战争，打到底，并打好仗，为华北部队争光荣。另外强调爱兵，战士不入房干部不入，干部给战士挖防空洞，战士病了，干部帮助背炮……

部队中发动立功运动，树立典型。普遍觉悟提高了，宣誓坚决和美国鬼子拼，他们突破三八线时首先过去的，不要求回国也不怕美国人了。

确实数月来抗美援朝教育了我也教育了全国广大的人民，更加深刻教育了在战争灾难中的朝鲜人民及中朝部队。美国是我们共同的最凶恶最狠毒的敌人，对敌人不能抱丝毫的幻想，只有坚决地英勇地同敌人周旋到底，在敌人面前不能有任何侥幸心理。

1951.5.5　晴　于北京市红庙胡同干部部

最近几天组织起干部学习，准备今天做动员报告，七号正式开学。今年初步学习一下理论，甲组学政治经济学，乙组学社会发展史，丙组学政治常识。明年全国开始干部理论学习。自己亦想趁机会很好下一番苦功夫学习一下。

被选为支部学习委员，协助韩处长编好学习组织。

1951.5.9 阴 于北京市红庙干部部

王平部长刚到职，今日午后三时各处长向他汇报工作情况，予等参加旁听。

由于刚成立不久，工作尚很不正规，将来须大力为之，迎头赶上去。

1951.5.10 于北京市红庙干部部

最近（可以说到干部部以来），工作中精神上轻松愉快，其主要原因在于思想上问题解除。自到北京以来，在政治生活方面加强了，思想水平提高了——共产主义的进步看得更清楚些，理论学习（老老实实为人民服务）提高一步，能随时随地多懂些革命工作，比多说一百句空话价值都大。现在听到那些不能兑现的空谈家，简直头痛，讲出的空话简直难闻。

我想（可以说认识到）共产主义者，除多做和做好革命工作而外，再没有可贪求的东西，假若一定要去贪求别的东西的话，那就毫无疑问地将陷于渺小之途，成为共产主义行列中的庸人，所以地位呀，待遇呀……都是从如此渺小的认识和现实社会影响出发的。

但自己不久以前在此种渺小问题上有不够冷静处理的地方，应戒，应戒。

1951.5.11 晴 风 于北京市红庙胡同

今天上午十时，韩处长给了一张理论旁听证，军委开办了理论教员训练班，培养理论教员，作为明年理论学习开始时之教员，让我去旁听。午后一时到新闻总署大礼堂听于光远同志解读毛主席《实践论》之报告，主要解释认识论。

1951.5.12 晴 于北京市红庙胡同

对自己同志的看法应该从优点方面去认识，从本质上去分析，然后从缺点方面去帮助，如此才能取长补短，领导机关和领导干部首先宜具备此种工作水平和风度，否则不称职的。这种问题的解决，在大的方面，毛主席以整风、整党等方法有力地解决了全党的干部问题，基本上讲，全党干部是团结的，是因才而用，发挥了其长。干部积极工作，力求进步，蒸蒸日上，心情是高兴的，因此在我们自己所担负的具体工作职务上，更应该具体地发挥这种精神。

1951.5.14　阴　于北京

上午开处务会议，张处长总结这一段工作指出，缺点是工作制度没有建立，工作重心未很好提出，业务学习未很好搞起来，工作中尚存在粗枝大叶的地方。如未盖公章即发出信件、生活散漫等。

这里给予一个很大教训，在大的机关工作，更应该细心审慎，于任何一件哪怕是细小问题，均应反复考虑，提到原则上去分析，三思而后行，绝不能像在下面处理问题，这点必须有足够的警惕。因此须经常不断地提高业务水平，从不断地学习、研究、不耻下问中去求得。

1951.5.15　晴　星期二　于北京市干部部

孙定国同志今天讲世界观问题。地点在北京妇联大礼堂。由于对京城地理不熟，反复地找花费一小时，因而影响了一小时听课，只有从第二个问题——辩证唯物论的世界观听起。甚为遗憾。

课均讲得很好，在这个难得的学习机会中，个人把午睡都牺牲了去听课。就像昔日行军打仗，以高度战斗情绪克服了一切疲劳现象。

可惜的是，课后没有复习时间，主观上也没有积极地做这种争取工作，参考书也缺少，甚或没有，效果尚不大，结合问题不够深刻。

1951.5.16　晴　于北京

金芳很久即要求回家探望其母，予也未曾积极地帮助她。今天恰有其本乡人，她愿借此机会回去一次。张处长批假，晚间即搭车，午后也牺牲了午睡帮助她上街买了些东西。她情绪极高涨。

亲自将平送往车上，玩十余分钟，车快开而返。

1951.5.17　晴　星期四　于北京红庙胡同

一、感到往日对金芳，特别对她缺点上帮助改造颇不够，往往在具体问题上以暴躁发脾气代替耐心的说服教育。虽然在夫妇间，特别在对方觉悟程度不高条件下难以随时接受帮助，但并不等于不能帮助改造，以这种简单方式绝不能解决问题，只能日益使彼此感情低落，甚至走到破裂。究其根源，在于对于她存在一种统治思想残余，这种做法，完全无助于她，今后应改之。

二、以往关于工作学习这一个问题两方面的统一做法不够重视，在工作上很无经验，整理经验不够，对日常现实工作重视不够，不善于从现实具体生动问题中去研究分析提高到原则上、理论上，轻易让其付诸东流，因而形成理论不能指导具体实际行动。实际工作中发生问题，不能即时地提高到理论原则高度，这便是历年进步慢的一个真实原因，待立刻纠正之。现在条件许可了，革命实践中一切工作、生活、学习的活动均应保存，克服过去随做随弃现象。今日很平凡的材料，转眼即成历史上很有价值的参考材料。

1951.5.18　晴　星期五　于北京红庙干部部

本周开第二次科务会议，具体整顿工作制度问题，这是使工作正规化的首先必要条件，然后从具体分工到责任制，到逐渐从业务上提高，学习上、思想上不断提高。实现过程中首当以个人积极的模范行为去影响才能实现，这点很重要，今天所处工作环境同任何历史时期有所不同，须知随时都在具体实现计划，做日常具体工作。到任何工作岗位若首先不把工作性质、任务弄清，其行动必然发生错误。

1951.5.19　晴　星期六　于北京红庙胡同

午后一时到东交民巷空军大礼堂听取孙定国讲"劳动创造人类社会问题"，这个问题很重要。去年在部队上没有学社会发展史，对于这个问题连基本的概念知识都不知，由此证明自己的学习精神太差了。

散课后，突然碰到孙化育，热情相谈。

晚到劳动人民文化宫看石景山发电厂工人所演出的节目，很好。

1951.5.20　晴　星期日　于北京红庙胡同

范汤同志邀游北海公园，本拟到大华电影院看中华民族大团结片。

1951.5.23　半晴　星期三　于北京红庙干部部

晚同李科长无意中到西单商场人民小戏院看《左连成告状》，当时清朝极端黑暗残暴的统治，令人恨之入骨，今天社会与之比较，真是处于天堂生活。诚然，今天尚不是我们最满足的高级社会——共产主义社会，这样的理想或者在我下一代或后一代即告实现。

在北京，若你留神的话，随地随时均可体会到我们的友爱、文明、和平、幸福。礼拜日到大华看电影，因观众拥挤，不知谁家小孩衣服掉了，被一位卖冰棍的孩童拾了，该孩童并没有私藏，而高声大喊："谁家小孩的衣服？"这不足为奇，最令人感动的是在门前找不到物主时，他掷冰棍箱于门外，举衣服到电影院观众面前找物主。有一次在一家小摊上给冀平买了四百元东西，因为观街上游行队列，急忙掏给五百元走了，但摊主还叫回给找一百元。"不义之物，不为己有"，今天已经成为广大人民的道德，在北京最显著。街上任何商店或市场小贩，卖一切东西均明码，到北京近半年，没有见到或经历一件敲诈、拐骗事件，首都人民政治觉悟高呀！

西藏问题，今日和平解决了。北京市人民通宵欢呼庆祝和平解放西藏。

1951.5.25　半晴　星期五　于北京红庙胡同

终日听取几个科长检查工作报告。这些报告有一个共同点：叙述一般现象，缺乏一个分析，因而许多问题还得由听者听后用脑子去分析、思索，有时分析不够深刻，不如第二者在检查工作之后进行一个分析研究，回来领导再进行分析研究，比较易于解决问题。就是说检查工作后，不仅能看出问题，而且能提出解决问题的办法。如此在检查工作时首先得下一番苦功夫去调查研究和分析，绝不能走马观花从表面去看问题，若不从本质的联系去观察分析问题，免不了片面主观。今后自己去检查了解工作时宜注意此点。因为今后这样机会比较多。

1951.5.26　晴　星期六　于北京红庙胡同

午餐后同样没有进行片刻休息，立刻去听关于生产力与生产关系问题的报告。能够听懂，通俗不够，因此在解释不清某个问题时，台下有哄嚷现象，听众也是不对的。自己在此时仍然很平静，精神更加集中地去听。毛主席曾讲道，要想当好先生，首先做好学生。当学生就该虚心点，凡客观一切自己不懂得的，都应该学。学的时候很重要一个办法，要与现实问题联系起来，千万不可机械地孤立地把问题限制于课文的圈子里，经过主观上去分解认识它。对听众此种举动表示不满。

没有汽车坐，又不会骑自行车，故依靠两脚走，时间来不及时，坐一段三轮，我感到很满意于这种城市生活。看问题方法上，不要死板地去看，不要在现实物质生活待遇上与人们去比较，应该因时制宜。

1951.5.27　星期日　于北京红庙胡同

金芳同冀平在家时往往感到麻烦，课外学习一点，或者公事休息一会儿均不能安然达愿。冀平总来找抱或让给玩弄东西，孩子脾气很大，顿时哭不出气，因而我总是愿牺牲一切，不愿意让孩子哭或不愉快。她们走时，想这一下可以安然休息或学习，但她们走后不过十天，感到异常寂寞，想念中简直休息不安或学习不好。因而给她们发信两封慰问。周很不懂事，简直只字未复，令人生气。

1951.5.28　晴　于北京红庙胡同

上午到军区司令部大礼堂，参加华北军区第二次组织工作会议，这次会议主要内容即布置审干和整党问题。自己是以旁听的资格参加的。

听此报告后完全拥护党的整党方针，认为这个措施十分必要，只有如此才能继续保持党的纯洁、党的战斗性，以及同广大人民的密切联系，同时对党员也应该而且十分必要地进行一次深刻的共产主义思想教育，借此奠定为共产主义事业奋斗到底的明确而清晰的概念。

"为党的事业奋斗到底"，更加在思想上坚固起来，这次整党对个人来说，即在此。决心以百倍的信心和热情为党员的事业尽忠到底，这种观念愈是明确，则为共产主义事业奋斗的心情则越加愉快，这是自己的体会。

1951.5.29　阴雨竟日　于北京红庙胡同

午后于部长办公室讨论关于审干、整党与评级相结合问题，在审干中，应该积极参加，以达熟悉干部情况，但如何参加，未明确起来，自己也提出具体意见。

1951.5.31　于北京红庙胡同

早支委会议，晚钟处长召谈"爱护公物问题"。

最近检讨自己，尚存一种不正当的思想，除工作以外，在私人问题上与人们存在一种敬而远之的冷淡的意见，这是不对的。我们共产党员，应该有宽大深厚的胸怀，在个人问题，在同志中没有任何得失计较，应"忠守职责，克己奉公，严己宽人，坚持原则，不断学习"。对任何同志均应热情相待，个人成见是阶级社会的产物，今天在我们共产主义思想领域中都不应该有此种非无产阶级残余思想的反映。

1951.6.1　晴　于北京红庙胡同

今天是儿童节。今天各地都在开会纪念，儿童们都在热烈地欢呼他们自己的节日，北京市的电车一律免费乘坐，整日电车上快由天真活泼的孩子们坐满了。

八一小学的孩子们乘着大卡车通过大街时，看见身着黄色军服的同志在两旁便步走时，热情高呼："解放军叔叔！解放军叔叔！"街门口小孩子看到我们高兴地说："我认识你，你是个人民解放军。"门口斜对门房子的小孩不足三周岁，在街上正步走，嘴里唱"跨过鸭绿江，打败美国鬼子……"字都还咬不清楚，别的小孩子随时可以看到唱着"海拉拉，海拉拉，……天空出彩霞，……打败美国兵呀！"做着表演。

1951.6.3　晴　于北京红庙胡同

军区组织工作会议，经一周讨论，今日午后三时由张致祥副主任总结，在结论中强调指示：要为更高的党员条件而革命。自己在此次会后不仅要在口头上积极拥护党的这一极适合时宜的处理，而且在行动上积极见诸实现，加强理论学习、实际工作，决心进一步改造与提高自己，进一步清除还存留的小资产阶级残余意识，加强为共产主义崇高理想奋斗到底的信念，在工作中积极努力。这是此次参加会议的个人结论。

1951.6.4　晴　于北京大华招待所

继组织工作会后，今天召开干部工作会议，会议重点讨论培养干部问题、审干与试评工作相结合问题，在干部问题上强调如何完成培养三套干部计划问题。目前干部虽然困难，然而还要完成这样巨大的任务，这是极其远大的一个任务。应该充分认识到今天的国际局面特别是亚洲趋势，弱小民族解放运动如火如荼在澎湃发展之际，新战争威胁正在加深，朝鲜战争尚在惨烈地进行着。我们中国虽然已取得胜利，但，伟大的国际义务尚在眼前摆着，我们无论如何不能放下，作为共产党员的自己今天不能认为天下太平，百事大吉，应该积极地做准备，随时准备帮助其他尚在被压迫中的兄弟民族。

在会议中并没有讨论如此深刻，仅讨论最现实问题——如何培养法。

评级问题，当前还没有摆在最重要位置，仅作为重大问题之一，而在空隙时间内进行罢了。

1951.6.5　晴　于北京大华招待所

午后四时由王平部长总结，仅答复解释明确了一般问题，基本上没有解决什么别的重大问题。张处长谈，最近把各大战略区评级经验综合介绍发下，这是会后唯一工作。

1951.6.9　晴　星期六　于北京红庙胡同

处长总结了上两周工作。指出，今后要求在工作上以积极主动精神，坚持制度，钻研工作，以积极负责的热情态度处理下面一切问题，生活制度要很好坚持。在抗美援朝中，前方紧张地在打仗，后方不应该有丝毫松懈，养成正规的生活作风。这是完全对的，应该这么做的。

午后召集直属单位研究机关干部的生活待遇问题。

连给金芳写两封信均未见回信，不知冀平情况，甚念异想。今日派郭志安去接她们，说十五日返回。

1951.6.12 星期二 于北京红庙胡同 20 号

晚间开支委扩大会议，正式布置审干工作。

六月十二日到二十二日为学习阶段，这个责任落在自己肩上，主要目的在于明确政策，敢于大胆地坦白出自己最要害问题。自己任一个学习小组组长。

1951.6.13 晴 于北京军委大礼堂

听范文澜教授讲中国的封建社会。讲得很好，唯口音有些地方听不清，虽有助写，后细听还好些。

1951.6.15 晴 于北京军委作战部大礼堂

听商品生产报告。理论基础感到不太够了，昔日在很长的时间内，由于利用时间与工作中主动积极挤时间不够，因而未能打下基础。此次在北京能够借此机会下苦功夫对理论学习做一番努力。

原定金芳今天回来，但没有回来，最担心的是她在途中出问题，她怀小孩七个月了，在大车上有性命危险。

想念冀平甚切。

1951.6.16 晴 于北京红庙胡同 20 号

清晨还未起床，但已在深梦中想念她们。忽然赵会计推门告曰，郭志安在车站打电话，说冀平等在车站候。遂急急叫回来。继而自己前去接，刚步西单大街，正遇金芳乘三轮来，她消瘦不堪。本以为在家可能吃得好些，不意如此。冀平到面前亦消瘦不堪，即叫醒孩子，发愣半天，心中一时表示不快，午未进行学习，与平玩两小时。

午后四时，到司令部大礼堂，张致祥副主任传达审干第二阶段（坦白）工作。进一步阐明党的政策方针，号召莫失此良机，应很好坦白。

由于与金芳月余时间未见面，感情甚笃。

1951.6.17　晴　于北京红庙胡同 20 号

晚与金芳、冀平到西单商场逛游到深夜。因领导审干工作，仍按时起床，严守作息时间，加上没有午睡，去听理论学习报告，每天睡眠不及五小时，格外疲劳，但以战斗精神克服它。

1951.6.18　晴　于北京西单红庙胡同

六时到八时学习，八时半到十二时办公，处理一些零碎问题。编好试评经验，准备住院。午膳后，因平玩未睡，只得陪着玩。三时半开始学习至七时，七时半到十时去街上游玩。终日无余暇稍息。

1951.6.19　晴　于北京西单红庙胡同

晚七时半于办公室收集学习情况至十一时一刻钟，疲劳不堪。新参军者，个别有问题者，仍然对政策不明，抱探讨态度。大家意见做一次联系，大家可提出具体问题，做启发报告一次，打通思想。

1951.6.20　阴　于北京红庙胡同

早晨韩处长做解答性报告。

午后一时于军委礼堂听龚士其讲剩余价值，即资本论中最重要部分。

连日经过反复若干手续，才办好入北京医院手续，但刻下尚无有床位，得等床位。但右眼皮瘤子已化脓，连日不时流出血脓，甚为担忧。金芳也为此事着急，属于无奈。但多年夙愿总算今日找到着落，可以给治好，这是奋斗的战果。

1951.6.21　晴　于北京西单红庙胡同

学习今天结束第一阶段，可能领导学习方法不良，诱导启发不够，大家在会议上发言不够多，或者学时间长没有言可发，表示愿意谈出自己问题。

1951.6.23　阴　于北京长安大戏院

八时赴长安大戏院听艾思奇同志讲"帝国主义"，远在一九三八年听他讲课后，一直没有机会听他的课，今天又听到。课后的印象是深刻而通俗。

《帝国主义论》这部名著未能很好读。光听一次报告还是解决不了问题，真正弄通还得自己下功夫去钻研。最近购了《列宁文选》两卷集、《列宁主义问题》、《联共党史》等书，精神上已准备好利用工作之暇钻研理论。

午后四时，张副主任又做审干研究报告。

1951.6.24　晴　风　于北京红庙胡同 20 号

在审干领导上，注意不逼不追。强调自觉自愿，先在小组会上坦白然后再写笔记，以免影响坦白。

1951.6.26　半晴　于北京红庙胡同 20 号

于办公室召集直属单位保抚工作会议，由张处长主持，到会人员很多不是主角。召开会议但准备不够，因为提出问题、解决问题，均不够明确。个人感到意义不大，召开会议必须明确解决何种问题、如何解决，必须做周详计划、充分准备。轻而易举，当作儿戏也不好，白耽搁时间。

张处长想把工作做好，这种积极心情倒好，但在组织方面及办法方面有欠缺，现在搞任何一件工作，若没有良好计划与办法，是做不好的。不用脑子是不行，没有科学方法，瞎用脑子也不行。没有理论，没有实际同样不行。没有专门知识同样不行。今后工作中宜努力者即在此。

1951.6.27　半晴　于北京红庙胡同 20 号

清早，又给全体干部重新解释审干问题，这次真做到所谓反复地讲明政策、解除顾虑、耐心帮助、说服教育，以达治病救人之效，从而澄清内部，达到巩固与团结，要求老老实实为人民办事情。自己亲身体验中，真诚感到党的耐心教育、改造人的方针伟大，诚如母亲对儿女之关怀，无微不至。

1951.6.28　半晴　于北京红庙胡同 20 号

金芳很不懂事，费了很大劲到陆军医院挂特诊而给开的药，不吃。肚中胎又异常不稳，医生诊断有流产可能，她还不知其利害。善言说之不行，今日以态度行之，复去吃，但药又坏了，反成毒药。遂停止，她或者感到不快。

夫妇间之教育难以进行。她在这方面实属自私，不知进步，不知关怀，或者说不懂情。

1951.6.29　阴　于北京红庙胡同 20 号

晚间召开临时支委会议，讲座如何参加明天北京市所召开之党的三十周年庆祝大会，会议在先农坛进行，参加人四万余，并邀请有民主人士、各国贵宾。

审查了与会者讨论之诸保证事项。

1951.7.1　阴　星期日　于北京红庙胡同

上午十一时赴大华电影院看《翠岗红旗》，内容生动，教育意义深刻。反动者对人民的残害，令人看后恨之入骨。

回时抱平偕芳赴万寿山游园毕，找丁玩，少许返。平至与战生等小孩玩，动手即打人，几个小孩称她为"野孩子"而避之。

1951.7.2　阴　星期一　于北京红庙胡同

前日向周发了一阵脾气。她表示很不满意，她对予最不满意者在此。虽然她不懂爱情，不懂人们心理，但尚有优点，淳朴、忠厚。自己对她要求不宜过高，设法在文化与政治上帮助改造方为良法，否则感情日益不佳，令彼此精神不快。

1951.7.6　晴　于北京

全国爱国主义运动形成空前的热潮，到现在为止，全国各地捐献飞机已超过两千架。我们中国人民在我们英明领袖领导之下认识了敌人，尤其是能看出它在任何时候、任何情况之下所玩弄的花样、阴谋，因而朝鲜谈判我们是欢迎的，诚愿和平解决，但并不忘却了一切必要警惕和准备，因而谈判之际前面作战部队仍在加紧战斗准备，随时对付敌人的突然袭击，后方加紧抗美援朝运动，并为此而丝毫不疏忽大意。我们正是和平也不怕，战争也不怕。和敌人这种暂时妥协于我们有好处，可以赢得时间去建设，但若不成功，打下去，我们也不怕，有力量、有信心、有把握打下去，而敌人在全世界人民面前战争的政策又暴露无遗，更加引起人民的反对，我想前途即如此。

上午听艾思奇讲共产主义二。

1951.7.7　半晴　于北京干部部

战争已经解除了，晚上到民安戏院，看《林冲夜奔》，因照顾平母子，因而未很好看成。

1951.7.8　晴　于北京红庙胡同

到京以来，星期日利用得不好，学习或玩哪一点也未做好，差不多时间都用在平身上，平实在太令人喜爱了，从而不愿到别处去玩，也没有很好地进行学习。这一天往往很疲倦。今后宜有计划地很好地运用。

1951.7.9　半晴　星期一　于北京红庙胡同

今通知叫住院去医治头部静脉瘤，感到十分高兴，希望这一次一定能够根除头部的瘤子，并计划，住院期间学习一些理论书籍。午后，要以积极的态度做好一切准备工作。

1951.7.11　晴　于北京医院

今天能够住得如此医院，是由于我们共产党人多年奋斗的结果，假使没有毛主席和党的正确领导，没有今天的胜利，断乎不会有今天这样住院的机会。今天完全相信，党的利益完全与党员的利益不能分离，与群众的利益不能分离。党由于有马克思列宁主义的眼光分析，在任何问题上均有英明的标示预见。对党的任何指示应该无条件地信任，坚决地执行。

1951.7.12　半晴　于北京医院外科病室

医院大夫、护士态度均很好，做到细心、耐心，特别是苏联马大夫，每日除正式看病时间外还能于早晨去慰问病人。他不会说中国话，但他要向每床每人问一句"你好"。不是形式，而是真正的关心，最感动人的更是他的科学家态度。就我的病，除在门诊时反复看外，近几日详细诊断、照相等，一般同志评论他下诊断很准。不深入了解情况不做结论。我想他是个军事指挥员的话，一定也是很好的一个，据说他是苏联大学教授、东亚医学组长。对个人启发很大。

1951.7.13　半晴　星期五　于北京医院

在住院几日内，由于医生、工作人员均具有细心、耐心的工作态度，所以让病人感到非常温暖，精神上感到愉快。不仅在医院如此，在任何工作中均应该具备此种态度。将来到了共产主义社会中，人们都是相亲相爱，态度和气，再没有互斗不团结自私自利等不良现象。这虽然是很远的事情，但，今天一个有觉悟的共产党员在工作中、战斗中，一切场合中，除对敌人要无情地斗争以外，对自己的同志应该态度友好，相亲相爱，循循善诱，绝不应该以脾气态度出现。这么一想，以往在工作中那种态度完全是错误的，应该克服掉它。

上午外科谷大夫为我放大瞳孔检查眼，因而什么都不能看，感到不舒服。

1951.7.14　晴　于北京医院

上午八时照 X 光，十时，马大夫与中国大夫会诊，结果十二时范大夫通知说，头部静脉瘤牵连到脑髓神经，静脉瘤很多，不仅是已呈现的这几个。它发展很慢，现在不需动手术，因为这个手术是个大手术，动的话对我不好，故不动。今天即可出院。听后好似有所失望，但自己头部情况平素有所了解，虽情绪顿时影响，尚无重大影响，不过自己知道详情更好。要求仅把眼上瘤子动了，他提及马大夫决定。

1951.7.15　晴　于北京红庙胡同 20 号

清早等马大夫，他未到病房，饭后马大夫偕诸外科大夫、翻译等至，他们像昨日范大夫所通知我的情形，以肯定的口吻告诉了我不需要再动手术，顿即下定决心立刻出院。

待将来发展到不堪交代时再说。或许将来科学发达，个人病能治好；或许发展很慢，十年二十年后等待上那个好的科学之日。先天生理上不好那是无奈的。

不管怎样，现在好好为革命事情工作下去。

1951.7.20　午雨晚晴　于北京红庙胡同

在长安大戏院听艾思奇的《国家与政治》的报告，讲述通俗深刻，给予认识上打开一条道路，便于研究目前时事、学习马列主义理论，感到非常可贵。

1951.7.21　半晴　于北京西单红庙胡同

冀平现在成了精神上唯一调剂人，工作外的时间差不多都叫她占去。她每当见得我的面，任何人不扯，一直玩得精疲力竭方止。良久不见时，她还要到办公室来找。我因此也不愿做别的游戏，差不多时间均被她占去。

晚饭后到中山公园玩两小时，她在水泥地上高兴地玩，再也不肯离开。

物价昂贵，不觉此一玩即一万元出去，一瓶汽水即一千五百元，一壶开水即两千……金芳还埋怨不该前来玩。

1951.7.22　晴　于北京西单红庙胡同 20 号

今天礼拜天，除午间到大华看《上饶集中营》影片，没做什么事情。天气酷热，狭小的寝室及办公室直射，院中工人修房，嘈杂得不安，又无别的地方可游玩，出门即大街，就得花钱。在这儿尚不如乡村。

1951.7.23　晴　于北京红庙胡同 20 号

星期一，今天上午继续到长安大戏院听艾思奇同志的《国家与政治》的报告。

1951.7.24　晴　于北京

终日集中力量办公，解决了所请示的一切问题。在工作中安这个人用脑子钻研与高度责任心差，加之以往游击主义习气，在公文手续上不按规定，自己随便批写，形成有些问题最后无法批写的困难。曾及时批评了的，对同志于工作上不能放弃，应贯彻认真负责精神，不迁就，不马虎，公事公办，一是一，二是二，有原则，有根据，上情下达，办事情才对。

1951.7.25　晴　于北京红庙胡同 20 号

下午召开支委会议，讨论审干总结及纪念八一节问题，直至深夜十时许。

1951.7.26　倾盆大雨

今年第二次暴风雨，在大宇宙间这一点上人们又格外地显得渺小，科学杂志上讲人类将来可以同别的星球上的人们交往，已经研究出来飞船，若人们离开地球以外，生理问题解决了，就可以去，但这种学说距实现尚有十万八千里，是否能实现尚属很大问题。

1951.7.28　晴　于北京红庙胡同 20 号

晚七时到长安戏院，中国人民华北革命大学文工团出演的冷战话剧，很好。美国的卑鄙行为令人恨之入骨。联系到今天的朝鲜停战谈判，美帝总想耍鬼，其基本问题——撤兵总不想实现，我们必须深刻警惕阴谋，以坚决的实际斗争对付它。抗美援朝的呼声，随时随地皆可听到。到西单商场买一把大扇子，商人首先自动介绍说："这个小扇八百元，抗美援朝时期用着最经济。"结果就买了。

今天用我们自己的热血换来的胜利、取得的自由，在我们自己的大地上自由地呼吸着，空气是多么的新鲜呀！再也闻不到半点臭味。

1951.7.29　晴　星期日　于北京西单红庙胡同

今天未出门，上午做八一建军节干部学习计划，午后稍玩，弹琴乐之。

1951.7.30　晴　于北京西单红庙胡同

昨夜因枕头低的关系，起床后头部疼痛，不能看书与思考公事，只能休息，是否因右侧静脉瘤发作尚属疑。

1951.7.31　晴　于北京干部部

午夜过后方睡，冀平反转啼哭不已，脾气暴躁异常，前后院游转。后到街上给买了两块西瓜食后方快。脾气特别，所要什么，一心一意非达目的不可。

清早闻铃即起。花半小时传达干部学习计划，精神不佳。

1951.8.1　阴雨　于北京红庙胡同20号

伟大的八一建军节二十四周年纪念日的今天，各机关学校在热烈地纪念它。《人民日报》上发表了朱总司令、陈毅、贺龙、郭沫若等重要文章，值得很好地进行学习。早饭后分头乘车去游园或者看电影。今天书店廉价优待军人及烈属，公园免票游览。我们（金芳、冀平、乔书符同志）游北海公园后游了游泳场，最后又游览了雍和宫，工程是相当大，特别大佛殿那座从云南花费三年工夫运来的大白檀木树所雕刻成九丈二尺高（带根，不带根是七丈五尺高）、二丈五尺宽的大佛，说光大佛所穿的丝绸大褂即七匹半。该佛在全中国只有两个，此即其一，二在青海省，这是一个伟大的工程同伟大的艺术作品。目睹后无不同声称赞其伟大。

1951.8.2　晴　于北京红庙胡同20号

上午继续部务会议，大家仍然对领导上发表了许多意见。参加这次会后，我得到了一个很宝贵的经验，就是毛主席一贯倡导的为人民服务的精神问题。虽然这是一个十分熟悉的问题，随时可以听到，随处可以看到，但是，我们过去往往不能与自身的工作联系，嘴上可以这样讲，实际就不这样做。这样的工作者或领导者最后还是被群众检举出来，被迫地去进行工作。因此今天应该更进一步，牢记毛主席对我们的谆谆教导：要老老实实地、全心全意地为人民服务。今后应随时随地做到：一、工作上要积极地、主动地钻研学习，做好自己所担负的工作，以最大的努力去完成。要有做好工作的进取心、不为工作中任何困难所吓倒的顽强精神、不达目的誓不休的魄力。二、平时工作中不能一意孤行地主观地行事，必须很好地与群众相联系，就是说多听取些群众意见，随时随地向群众学习，以补足自己脑子之不足。另外，所做工作也易于为群众所了解，最后也便于检查和总结。对工作上的帮助意义很大。

另外，最近几日可能因天气热的关系，用脑又有些多，头经常有些发晕。易于形成高度神经衰弱或脑痛病，值得引起注意。

1951.8.3　晴　于北京西单红庙胡同20号

人们特别是青年同志们热情地在布置今天的会场，青年人的特点，遇事情不冷静，特别是碰到钉子多情绪上易于受影响，故领导上宜注意使用之。晚上因未准备好会，韩处长找商议改作明天，当时批评了协理员工作上不够认真严肃，对工作不能够有丝毫马虎，应将原则精神与具体情况相结合，缜密地恰当地处理，并且要主动地抢前做完，不应该往后推。就是说在工作中也要争取主动权，"赶前不赶后"，只有树立起主动做好的工作作风，那么工作才能谈到做好，才能去钻研，才能有创造。

主动工作精神是建筑在高度政治觉悟的基础之上的。

1951.8.4　晴　于北京红庙胡同20号

以积极负责精神观察了安保同志的工作，作风上不够严肃、认真，发展下去，有害于工作，不利于他个人进步。因而采取"治病救人"方针，急需打一针清醒剂——在今天的处务会上严肃地批评了。

1951.8.5　晴　于北京

天气炎热，往往星期日未曾出门玩，在家或学习一点，或休息休息脑子。最近天气酷热关系，脑子往往发晕，不能多看书，一小时以上即头痛，头发有少许脱落，当然没有去年那么厉害了。

1951.8.10　阴　于北京红庙胡同20号

午后三时到大学礼堂听党课报告，马列学院同志报告《共产主义社会》。今天只有加强党员的共产主义思想教育，才能进一步提高其阶级觉悟，开阔其眼界，坚定其信心，从而工作上的积极性及进取心才可能提高。个人在学习上到北京后是加强了，在此基础上更进一步努力为佳，千万不可迁就于此点小小基础上，我想若能在北京这样的环境里待上一年两年，照此继续下去一定会提高一步。

1951.8.11　晴　午后阴　于北京红庙胡同20号

晚上到辅仁大礼堂看完戏后，乘大卡车返室已十二时许，稍洗入寝，片刻即满身起荨麻疹，精神发疲，睡觉不安。

1951.8.12　晴　于北京红庙胡同20号

好几个星期天均未上街玩玩，本拟今天去玩，不意天明倒卧床不能起，满身出荨麻疹。头部、眼部均起，发热至三十九度，饮食不进，房中炎热难待，别处又无可乘凉之地，感到痛苦不堪。医生处刻下又无治此病之药。夏日住都市实不如住乡村矣。无奈之际，金芳给买一瓶汽水，饮后尚好一时。

1951.8.13　晴热异常　于北京红庙胡同

终日仍然未进食，金芳设法借钱购以各种各样水果调食之尚好，但天气炎热与荨麻疹发烦，精神闷怅无常。

1951.8.15　阴雨　于北京红庙胡同20号

上午邢医生给打一针后稍好，饮食少进。

连日金芳累得不堪，身怀小孩，冀平闹，又不断照顾我。但她仍未发半句怨言，并以耐心抚慰之。她虽然有许多缺点，但她也有许多优点，特别在紧急关头，可以考验出这种优良品质来。

今后应该从多方面去帮助她，提高她的文化，培养其工作能力，不该再有意无意与她为难，增加她精神上不必要的痛苦。许多革命道理给别人讲了，懂得了，但最重要的一点即首先在自己身上彻底地全部地实现，问题关键不仅在于懂得，而是在于懂得后能否彻底实现，如果不能实现，那就变作一个空谈革命者，若不改观，那么以后会发展成危险的预兆。

革命就是像毛主席所不断教导的老老实实为人民服务，耐劳耐怨，不辞一切劳苦，经得起任何考验，在各种情况下始终坚持如一地把赋予肩上的任务做好。这个教训一定要记取，一定要这样做下去。

1951.8.16　晴　于北京红庙胡同 20 号

精神稍好些，但身体有些未安，头部发晕。通知听课，勉强去听，不愿意牺牲这一课。但到课堂，这位蔡教员的课实不能如愿，也无提纲，杂乱无章，内容缺乏，分析批判差，所举例子说明问题并不大，有点老资格意味。老资格确实如此运用的话，实在害死人，所以老资格无论如何是不能提倡的。资格是应该重视的，这点要群众体会，在个人本身千万不能以此引以为骄，不知高下，那就毫无意义，那就必然会碰壁。

1951.8.18　晴　于北京红庙胡同

上午同杨科长到长安戏院听胡乔木同志的党史报告。分为四个时期、六个阶段，讲得很好，讲者都是很虚心的、冷静的、有分寸的，值得很好学习。

1951.8.19　晚雨　于北京红庙胡同 20 号

终日未出街，本拟补办近日所积累许多问题，但亦未能如愿，只进行了少许。

1951.8.20　晴　于北京红庙胡同 20 号

早饭后到武英殿参观党史展览，达四时许，聚精会神浏览一番。这是很实际的一课，这一课最主要的是表现共产党人为工人阶级不屈不挠的艰苦奋斗和英勇牺牲精神，如顾正红、林祥谦、施洋等。头可断，志不可屈，没有前人这种勇敢，今天的胜利显然是不可能的。但今天落在我们肩上的是继承其伟大精神建设我们伟大祖国，随时准备为打败美帝而斗争，如此方能努力于祖国的社会主义建设。

前人一切活动中均表示出战斗的勇敢精神。

1951.8.21　晴　于北京红庙胡同20号

晚间支委会议上书记让拟订干部业务学习计划，在该计划中以学习干部政策为中心，结合业务工作中发生的重大问题而由各个处拟订学习计划，大体上做了规定。

最近弄通一个极其浅显而普遍的道理，不论何种革命工作，只要组织上能够赋予，那就是最光荣不过了，因表示着组织信赖，作为人民一个公务员不说，只有接受的义务，而没有推诿的责任，此种愉快的接受不仅在顺利情况下，在困难的情况下也要想尽一切办法去做——不达目的誓不休。

昔日在工作中有不高兴、不愉快、不如愿的时候。组织上给予任务就心悦诚服地愉快地去执行，总觉得工作中产生的许多意见是不必要的意见，思考这些意见而占去了很宝贵的时间，这种损失是很大的。这是小资产阶级的意识反映，应该彻底清除它，今天把它清除了，心中很愉快地为党工作着。因此任何事情只要赋予个人都愿真诚地去完成。

1951.8.22　晴　于北京红庙胡同20号

冀平最近正学说话，懂得很多事情，她的言行以观察大人的神色行事。她见什么学什么，学得极快。表现另一方面，脾气很大，不如她意者，立刻发脾气，因此也不敢往八一小学送去。她自己会讲"不去，不去"。

我十分地钟爱平，每逢下班后先找抱之。她过一会儿不见了，也要到办公室找。

1951.8.23　晴　于北京红庙胡同 20 号

今天业务会议正式开始，终日听取下面汇报，有准备、准备不足或没有准备的意见，从发言中能很清楚听出来。在工作中准备工作思想——工作的预见性，很重要，任何一件工作，要想做好，必须事前要有慎重而周详的准备计划，开始实行起来后很好地研究发展趋向以及发展中可遇到的困难，及时地予以恰当解决，以利工作顺利地发展下去，达成任务。

工作中的抓一把方式，是一种个体经历所影响下的手工业方式，见什么做什么，想到什么做什么，没有预见没有计划，根本就不科学，就不能做好工作。此种作风在去年自己尚还严重存在着，因而影响在工作中任务的完成和自己水平的提高，群众对此提过很恰当的意见，接受与体会尚不够深刻。

1951.8.24　晴　于北京红庙胡同 20 号

星期五。终日在大华听取各单位汇报，体会最深刻的一点，即群众政治觉悟提高了，水平提高了，尤其与切身利益相关的问题，大家看法是清楚的，是正确的。有时坐在办公室里想出的问题，往往不合于现实具体情况，不适合群众的要求，所以在工作中重要的一环：不要忘记随时随地联系群众，应该经常熟悉群众情况，考虑决定时，从当前群众实际情况出发，实际情况与要做决定问题的意图密切而恰当地结合起来，才能做出比较合理的决定来。千万不可脱离现实情况而空洞做决定，否则其结果必将失败，劳而无功。方法：多谈话，多找人研究问题，了解情况。

1951.8.25　晴　于北京红庙胡同 20 号

星期六。今天各单位相继发言，在发言中可以听出下面各单位联系群众好坏与准备成熟与否。联系群众才能把群众的思想、情绪、感情、困难、问题反映出来，那么领导才能根据群众的呼声意见全面地考虑各系统问题。

领导机关及首长最重要的任务，是随时随地要掌握住群众的呼吸——了解其工作的、思想的、生产的情形，一切决定指示与他们紧密地联系起来，并真正地为他们解决问题，不断地诱导、启发其工作情绪，进而才能顺利地完成工作任务，以往自己还做得不够，因而工作中收效还不那么多。

我想这是自己应该随时把联系群众与上级相结合起来，作为在工作中考虑问题的出发点，这是工作中的关键问题之一。

1951.8.26　晴　于北京红庙胡同20号

星期日。天气很热，未出去游玩，而且数个星期均未出去。上午同安、张花费四个小时，汇总与整理出来各单位所发表意见材料，作为明天自己发言根据之一，在机关，因为是个司令机关，一切问题处理应该特别小心谨慎，万一不妥害人误事，为祸不浅。规定是根据情况之不断变化发展随时可以变的，不可绝对化，应该从道理上，更重要的从当时当地具体存在的条件和上级意图，也就是说要多做上请、下问和具体研究，切忌主观地随意发号令，机械地搬弄原则。

1951.8.28　晴　于北京大华

数年以来在繁忙工作战争中，对写字这项未重视过，因而未下功夫习字。现到机关来，讲究写字，感到写字不好，愿下功夫去习正楷字。但写不好，感到苦恼。花费时间于此价值不大，不如用于学习与工作中，干脆照旧写下去吧。

终日继续参加小组讨论。

1951.8.29　晴　于北京大华饭店

今天仍然继续小组讨论。现在各单位召开会议，差不多所用方式：开会、报告、讨论、大组讨论、汇报、总结。当然这是最完善的一种方法。

从大家发言中，得出一个结论，今天群众的革命觉悟程度提高了，理论水平提高了，一个不正确或不够正确的问题是会立刻被群众所甄别出来的，因此处于领导地位的首长也好，机关也好，对下发的指示应十分注意其正确性同严肃性，否则威信极易丧失，如此领导机关干部应有较高的政治工作水平，而且还要经常保持与群众相联系。我认为机关干部应该不断地提高其理论修养、工作水平，更新知识。属于经常工作任务之一。

1951.8.30　晴　于北京大华招待所

大会汇报讨论问题，新有问题不多。本来根据大家汇报问题，应该很好做研究分析、归纳，很系统地做分解性总结。里面有许多问题，诚然是不能有结论，有待于军委总干解决，这步工作做好要花费一些时间，但把许多宝贵时间浪费了，并没有如此做。

1951.9.3　晴　于北京红庙胡同20号

到总干参加预备会议，周副处长报告起草诸问题的精神及其经过情形。午后进行职责问题的讨论，感到专区科长在机关工作方面有经验，文化可能比较高，深感自己在这方面不足。但认识了一个共同问题，所发生情况、群众反映的意见，任何区域均相差不远，在工作中熟悉下面情况是基本工作环节。

1951.9.4　晴　于北京北池子51号

继续讨论，发言中，许多经验值得参考。

终日讨论"整党和评级相结合问题"。

这次评级，主要强调德、才，资为次要，否则许多人从资方面去看问题，会影响他停留不进，造成新老干部对立。资完全不要也不对的，特别是资在军队中应作为条件之一，从历史中培养了德才，不能割断历史去看问题。

老的成分多的地方则强调资，新成分多的地方则强调德、才，在老资格多的地方应强调进步，在新成分中强调做重点，要从两方面去看问题。

予在半年来军衔工作岗位上，客观上、工作上迫使对这些问题不得不做深入的细致的研究，因而在政治上、阶级觉悟上，提高一步，从而个人主义的思想包袱消除了，思想上愉快。革命却是最愉快的一件事，最光荣、人生最愉快者莫过于此，深感，深感！

1951.9.5　晴　于北京红庙胡同20号

终日继续讨论评级中许多具体问题。

1951.9.6　阴　微雨　于北京红庙胡同 20 号

晚间钟处长继续谈工作调动问题，本来他谈调动在意料中，可是今天对个人说没有任何意见，意见没有存在的必要，只要把思想问题解决了，就是说为革命和党的事等忠心不贰，不论在何种岗位上只有做好的义务同权利。做好引以为荣，做不好认为是最大耻辱，革命不论东西南北、工作岗位大小……只要组织上认为能够胜任而且必须去做，那么个人毫无讲价钱余地，就要愉快地去接受它。因此感到任何工作都是重要的革命工作，都是光荣的，凡组织上给予的任何工作，均感到光荣愉快。

1951.9.9　晴　于北京红庙胡同 20 号

几个月来不断在戏院看戏（因会娱乐），使得最近脑神经发痛，终日不敢思索问题和看书。天气炎热，公用宿舍嘈杂不堪，城中又无可逛之地，加之没有自备交通工具和钱，因而在北京城反而形成苦恼状，不如在下面工作。

1951.9.10　晴　于北京红庙胡同 20 号

朝鲜战争，停战谈判，美国人毫无诚意，玩弄花样，然而我们早已预料到了他的花样，其丑恶罪行在世人面前暴露无遗。最近虽然停战，我们在政治上都获得很大成就，起码影响到中立者对美国的看法。在朝鲜战场上，美国人在军事上政治上均没有得到便宜，谈判中发动几次进攻，均遭受到应有的打击。

国人抗美援朝的情绪日高，信心愈大，抗美援朝成为衡量每个中国人爱祖国的唯一标志，自己也时刻做抗美援朝精神上的准备，只要许可去，立刻可以武装前去，认为这是十分光荣的、伟大的一件事情呀！

1951.9.11　阴　于北京西单红庙胡同 20 号

上午闷热，在办公室里感觉十分烦闷，不能办理公事又不能不放下书籍。午后惆怅，晚间倾盆大雨，顿时天气凉爽，幸得一时畅快。

1951.9.12　晴　于北京红庙胡同20号

从早起，终日头痛不堪。入夏以来，金芳对己照顾不到也是原因之一。连开近月会议，每天用脑时间均在八小时以上，加之天热，晚间住处吵闹不得以充分安眠，形成空前脑痛症状。不愿提出去疗养，设法减少用眼睛时间，多休息，争取在工作上恢复之。用此法以观成效。

1951.9.13　晴　于北京西单红庙胡同20号

大概高度神经衰弱、贫血关系，入夏以来，脱发甚是厉害，头发不敢动，手拂即满掌。

1951.9.14　晴　于北京西单红庙胡同20号

半年余机关工作中初步对以往工作思想、作风等加以整理，真正地认识到以往的幼稚。其唯一根源在于小资产阶级劣根性害死人了，工作道路中唯一障碍在此，防止小资产阶级的气味侵袭我们，随时警惕性思想提高，不能与小资产阶级自由散漫气息同流合污，不客气地同它做斗争。唯一致命缺点在此。

老老实实踏踏实实为人民服务，仅仅站在党的立场上生生不息地工作下去。这便是唯一的努力方向。

1951.9.15　晴　于北京西单红庙胡同20号

偕平与金芳同游西单商场。每逢下班后，平要求抱之，继而上街，尤其晚间非闹着上大街，喜食之物葡萄非买不可，片刻不可停，否则大哭无气。怕受到刺激，往往依从之，因而工作疲劳之际到家也不能息，由于爱平心切。

1951.9.16　晴　于北京西单

为着国庆节，天安门广场正在修建，工人们夜以继日地在突击，中间补以仿古大石块。天安门修建得辉煌夺目，因而不避烈日临头，玩近两小时。

1951.9.17　晴　于北京西单红庙胡同 20 号

冀平脾气特别大，往往开端一句话不如意者，马上大发脾气，常常气得哭不上气，性情奇特，不愿与别的小孩在一起玩耍，因为迁就她，她要什么即随之。人们夸奖她学讲话，每学一字，咬字很真，特别令人喜爱，每天精神调剂起很大作用，半日不见甚为想念。平如此，不见即要求到办公室来找。

1951.9.20　晴　于北京西单红庙胡同 20 号

今日终日讨论整党与评级相结合问题，评级系普遍实行年级制很重要的一环工作，中间特别是解放起义军官问题及试评暂时批准与否讨论甚久。对这些人不能长期地迁就下去，又要照顾到对他们的政策。怎样策略法，尚无结论。

1951.9.21　晴　于北京西单红庙胡同 20 号

上午继续讨论评级问题，午后由王科长报告起草奖励工作草案精神与经过。

在讨论此草案中，顿时想起昔日自己存在那种侥幸不踏实心理，特别在一些场合中好义气，从义气出发，不能坚持始终为人民服务，而又为客观一切所系，因而减少了在工作战斗中最高集中的表现，今回忆至此甚为忏悔。当然还有挽救余地，来日方长，尚可继续积极地努力为中国革命事业建树功勋。对革命应有这种前进心，这是人民的英雄主义精神，而不是个人主义精神。人民英雄主义精神，嫌自己为人民工作少，没有尽到应有的责任而忏悔，并非向人民要报酬，今后努力以补足昔日不足。今天解决了小资产阶级那些脱离现实、富于幻想的思想，代之是积极努力负责的作风，处处从维护人民利益而出发，所以今天在工作中是十分愉快而真正感到为党为人民工作，实属无上光荣。

1951.9.23　晴　于北京西单红庙胡同 20 号

午后二时参观八一小学，历时三小时。边校长介绍了学校发展情况。学校对儿童教育照顾很好，幼稚园同托儿所儿童，均对参观者招手欢迎，特别是幼稚园儿童表演了许多节目。孩子均活泼高兴，笑容可掬，他们实在幸福。快出院时看到木匠忙建筑，三座大房即将落成，这是准备给高小部孩子念书用的。

途中观欢迎我们的人民炮兵预演行列，感到十分欣喜。

1951.9.24　晴　于北京红庙胡同20号

庆祝国庆，连日空军不断演习，特别是喷气式小飞机像小燕似的在空中穿梭飞翔。这是我首次观到中国人民自己的空军，它虽然诞生不久，然它像步兵一样，表现出英勇、果断，在未来的新的战斗中，他们不会落后的，因而感到愉快和兴奋。

1951.9.25　晴　于北京红庙胡同20号

军事学院学习的高凤舞战友来京受检阅，邀周到大华去看他夫妇，他们恰出门前来找吾，正好相遇，随进大华住处扯谈良久。子英在此学习，小孩想送到八一小学，恐怕批不准。她刚生小孩有许多困难，在私情上讲应设法一助，但尚有许多困难。对一个革命同志，要尽到情义。

1951.9.26　晴　于北京红庙胡同20号

抗美援朝的爱国主义运动，现已达到历史上空前的高度，同时在首都我们可以看出已深入到广大人民思想的最深层，就连还不懂事的小儿的思想中也印着对美帝国主义的憎恨。如随时在街上在各种场合中可以看到儿童们唱着抗美援朝、保家卫国的歌子，就连我的爱女冀平，尚不足两周岁（差两个月），刚学会说话，甚至话还说不清楚，但是可以唱憎恨、厌恶美帝的歌子："根拔！根拔！嘿啦！"这是何等感动人的事情呀！

这是由于我们伟大的中国人民站起来了，人民觉悟了，在首都随时可以看到人民在觉悟，不断地在提高，在前进！

1951.9.27　阴　于北京红庙胡同20号

除在办公室处理几件公文、学习一点理论外，无事。

1951.9.28　晴　于军区干部部

上午参加部办公。

准备召集有关部门研究干部发展问题，部队现未进行评级，等级不明，因此在处理其生活待遇问题上发生很大困难。处理此类问题时要细心研究出过渡办法。

连日脑痛不堪，但从未向组织提过，仍然坚持工作。

1951.9.29　晴　终日开会于军委总干

听取赖副部长关于军衔奖励抚恤、保健工作一月来讨论的结论。

1951.9.30　晴　于北京华北军区干部部

夜下三时到天安门参观十月一日阅兵预演，这是首次看到我们中国人民自己强大的各兵种，充分地象征出我们中国永远是不可战胜的力量。天气很冷，冷风拂面，因着单衣不能抵抗，但在十分高兴愉快的心情中并无感到怎样寒冷。

1951.10.1　晴　于首都西单大街

拂晓就起来了，青年人们已经反复数次跑到街上去找会场的行列，我同金芳、冀平没有去，但盼望着很快开了饭去街上看。金芳还是大肚子，但她非去看不可。西单牌楼人已挤满了，我在前面开路，她跟着走，冀平只是不时地指喊着，每逢见到毛主席的像即向我们做介绍，不足两周岁的冀平对我们伟大的领袖太熟悉了。我们也不知道疲劳同饥饿，整整看了七个钟头，因为今天太愉快兴奋了。

偕金芳、冀平在牌楼观工人、学生、党政机关工作人员、民兵等行列愉快地举花歌唱着《亲爱的祖国》，人们个个满面笑容，精神奕奕。终日尚未进食（只给平买了两块饼干、牛奶冰棍），尚不觉饿。

这一天天气特别晴朗，人民都是充满了成功者愉快的心情，但人们更知道我们祖国更大的荣誉和幸福还在将来，还需我们百倍的努力，对于我们祖国未来的胜利、幸福、光荣，充满了信心。

1951.10.2　晴　于华北军区干部管理部

今天北京各公园免票招待党政军民各界，人们挤满了各个公共场所。金芳虽然大腹便便，午后，我们还是到北海公园游览。

上午到办公室听取情况汇报。

1951.10.4　晴　于北京西单干部部

上午于司令部大礼堂听时事报告。

我们解放军目前的任务，即是正规化、现代化的问题。明年的全国军训，即首先达到正规化，这个庞大的军事训练计划在我军史上尚属第一次。

在此次军事训练中，自己下定决心积极地学习军事，以备未来具体任务放到肩上不困难。听后，予以极端愉快的心情准备迎接这个伟大任务的到来。

1951.10.5　晴　于北京华北军区干部部

上午草拟评级工作指示，审查下面评级工作指示。

昔日因忙于工作，又考虑在下层，注意亲自动手实际解决，不习惯于行文。现在到机关工作，随时随地都不能不注意文字上的修改，所以在文化上是一个很好的修炼时机，已经开始在这方面努力。

1951.10.6　晴　于北京干部部

为了冉子英住房问题，连日往返于各派出所、交易所及寻找私人关系，由于北京市人口不断地增加，人民住房特别感到困难，一间房子（瓦房）需小米六十斤。与高深厚友谊所关，他又处在困难情景中，不能不做此种必要的努力。

1951.10.7　晴　于北京西单红庙胡同20号

上午到军区司令部，听取张致祥副主任关于明年军训中的政治工作报告。

1951. 10. 11　阴　于北京干部部

中午休息时间反复往返于交易所、派出所给冉子英找房子，现首都人口突增，人民房子异常缺乏，今年虽增加一万间，但仍解决不了拥挤之困难。

1951. 10. 12　阴　于北京干部部

利用公暇继续为冉子英找房，脑中甚为着急。她仍不能上学，也着急地啼哭，予尽全力相助。

1951. 10. 15　晴　于北京干部部

上午到司令部礼堂，听关于保守国家军事秘密的报告。

为了我们中国人民的安全与利益，要百倍提高政治警惕性。因此在日常工作中、生活中以及与社会亲友往来中，均宜随时随地注意，了解其情况背景，不可马虎大意，以免造成对人民事业方面的损失。这种政治警觉性，要自觉提高起来。

1951. 10. 16　晴　于干部部

吕科员继续汇报平原省试评问题。

我们工作中很重要的一个方法，就是亲自动手。凡工作中重大问题，非亲自动手细密研究了解才能做好，因此官僚主义作风是我们工作死敌，只有实际情况与原则密切地结合起来，才能够分析问题以及最后解决问题，主观主义的解决问题的方法是不能够存在的。

1951. 10. 17　晴　于北京干部部

手工业的工作方法，今天（今后亦然）是不能够存在了。以往在山沟里，环境分散，整个处于游击环境，客观上尚有原谅之处。今后完全处于统一的高度集中的情况下进行工作，每一个工作任务均在统一步骤时间下，所以要用科学的工作方法，严密计划布置，检查督促，总结，断非抓一把的工作方法能完成工作任务，否则事倍功半尚难以完成工作任务。

领导上遇问题，宜深思熟虑，三思而后行之，不宜马上下结论。

1951.10.18　晴　于北京干部部

昨天晚上夜半同周吵，良久，本来最近些日总高度神经衰弱，失眠严重，每每影响到白天不能办公，同时病未到严重阶段仍然坚持工作。我们国家、党正处在抗美援朝与建设中，从责任上讲，应该积极地加倍努力工作，丝毫不可在个人小的利益上打圈子，设法克服个人本身上困难，使组织上少为个人问题考虑，多为工作问题考虑。因而应从生活上工作上调养脑子，辅之补足以医药，不至于耽搁工作。最近收到些微效果，但，夜半田英自己返回，周为好奇心把我从熟睡中叫起，因而不高兴地吵了一架。本来不吵亦可，由于一时生气，如此做她有许多地方欠考虑，属于幼稚的天真举动，本应予以帮助教育，不可以脾气代之。但不能彻底改之，还要下决心改之。

1951.10.21　晴　于北京干部部

约七时至天津四马路找税务分局苏民局长，请问关于医治脑静脉瘤情形。他很耐心热情地将他在住院中所了解的情况告甚详，赵大夫为中国可数的脑静脉瘤专家之一，并为其中最好一个，自开中华医院，今年春曾赴朝鲜战场。黄市长很注意团结改造，常请他到市立第一医院动手术，已动过二十余次，效果良好。我想借此佳机而动自己脑中正在发展的静脉瘤。

夜十二时至家。

一个共产党员，应具备谦逊和蔼、虚心学习的态度，万不能高傲自大。为人民服务的精神应该贯彻在具体问题的各方面，如待人接物也是问题的一个方面。这次苏局长就很好，很耐心地告知其详，对予来说给了很大帮助，今后在工作中应该切实地、深入地学习此精神。

1951.10.22　晴（冷）　于北京干部部

午后二时开支委会议讨论十一十二月份工作，继续深入彻底地贯彻整党学习，为明年整党工作思想上打下良好基础。其次，加强军事学习，学习主导战争的技术，上级要求干部部门干部要懂得现代化战争的战略战术原则，但目前干部水平尚不能达到此种目的，在个人来说这方面尚很差，有待于努力学习。

1951.10.27 晴 于北京干部部

军委总干李处长解释干部政策中德才资关系问题，使用干部中着重德才不能强调资，但也不能完全忽视，确实光资不能解决问题。我们共产党员是经过特殊材料改造了的，是要推动历史向前进，本身应具备先进的科学的马列主义思想方法和高度的积极工作精神，不断地接受新鲜事物，不断地前进，一时一刻都不能停顿，若停顿下来毫无疑问就失去了应有的作用，对于革命事业讲没有什么意义。因此不能强调资，资与德才不能分割，资是依附于德才的，不能单独成立的。我想这是问题的实质。

自己极鄙视那些人，竟不知耻地伸手向革命要地位，要待遇，要享受，不扪心自问，又为革命贡献几何？德才倒有多少？

现在真正懂得了毛主席所讲的忠实地做人民的勤务员，不论在任何工作岗位上，都要踏踏实实工作，"有一分光，发一分热"，永远为共产主义崇高的目标而奋斗下去。

1951.10.28 晴 于北京干部部

星期日。终日忙为冉子英整理房子。

1951.10.29 晴 于北京干部部

晚间对金芳进行了很深刻的耐心的说服教育，为时近三小时，数年以来首次，她也能很虚心地接受之，对同志帮助应该多采用此种方法。

1951.10.30 阴雨 于北京干部部

同张处长于上午十时到军区司令部汇报关于对干部奖惩工作问题。

午后二时开纪律检查委会议预备会议，历时四小时，到六时结束。

六时至八时到盖志良同志处慰问。她再三留吃饭。

很紧张地开了一天会，脑子又发痛起来。

1951. 10. 31　晴（冷）　于北京干部部

终日在办公室中头发痛，不能多用，清晨勉强拟出草稿。

1951. 11. 1　晴　于干部部

张处长因明日参加军区党委会议要个材料，故忙于晚十时方入寝，脑子颇痛。

1951. 11. 2　晴　于北京干部部

脑痛，于办公室简直难以支持。只有少用，解决与研究处理一个问题后休息一会儿再用，往往晚饭后不敢用脑子。如此既坚持了工作又休养了脑子，避免了住院。

冀平聪明异常，看什么学什么，每天成为调剂精神唯一依托。每于办公脑子发晕时找其玩耍。平不时找到办公室，因此形成极其浓厚的父女感情，每逢见面不愿离开，往往偷避之。

1951. 11. 3　半晴　于北京华北干部部

星期六。偕金芳同志到陆军医院检查病，因未有医生介绍病历，故不应诊，只好陪着金芳在院玩三小时许。医院严重地不负责任，事故不断发生，人们舆论非常坏。一医生不负责任可以随便用针刺死人，领导上还迁就，从单纯的技术观点出发，我想这简直是罪恶，应采取断然手段处理。

1951. 11. 8　晴转暖　于北京干部部

脑子仍发痛，准备到天津检查一下脑静脉瘤后，决定动手术否，这个时间最近尚无拟定。

1951. 11. 9　阴　于北京干部部

上午九时到总干听苏联顾问讲干部工作业务问题。

在工作中唯一的基本原则是从政策从原则出发，丝毫不能渗透个人主观的意志，因此首先应不断地学习政策学习理论，熟练业务，掌握原则性，否则工作中要犯错误的。

自调到华北以来，自己的政策水平提高了一步，今后还须加强努力。

1951.11.10　晴　于北京干部部

午后三时，开支委会议，此即改选后第一次会议，讨论学习党史问题。本来脑子不好，想在此次支部改选中改掉，也好休息一下脑子。不意又选上委员，这是群众信赖的结果。因而还要继续努力领导学习任务，还应很愉快地担负起来，凡党与人民所赋予自己的任何一件事情都应该无条件地接受起来，尽最大的努力完成之，只有完成的责任，没有推卸的责任；只有办好的责任，没有做坏的责任。在这点上可以说思想上觉悟上提高一步。

1951.11.11　阴　于干部部

今天是星期日，但呢子衣问题已决定。今天未休假，率全科同志办一天公，因为一科同志休息是小事情，全军人员等着穿衣服是大事情，小事情应该无条件地服从大事情，即毛主席所教育我们的大道理和小道理。

忽然在中午办公中胃痛复发，痛得不能坚持。同志相劝返室休息时许后办公。

1951.11.12　阴　于北京华北干部部

清早收集汇报情况。

午后二时到政治部开纪律检查会议预备会议，至六时毕。

1951.11.13　阴　于北京干部部

午后到广安门外听金洪同志报告参观东北工业问题，至晚六时方返。

晚间，李宏征团长来找，在谈话间冀平捣蛋非叫抱着出门，因而气得打了一下，哭得泣不成声。顿时金芳不满意，但她接抱后又打了两下，平哭得更加厉害了。这是破天荒第一次打平，这是不对的，但闹得人们在客人面前实在没有办法了。她的脾气很怪，最后非予前去抚抱，才解除了她的哭。余心很难过。平很聪明，绝不该以此对待孩子，今后应注意改正之。

1951.11.14　晴　于石景山工厂

十时半由住地出发，十一时半到达西郊石景山发电厂。待时许，由该厂长介绍该厂发展的情况，特别将解放前后两种情况做对比的介绍。继而参观了炼铁、炼焦、铸管三锅炉后，工人很详细地介绍了进程。

1951.11.15　晴　于北京华北干部部

除办公外，加紧理论的学习。理论是做好工作的发动机，没有理论的指导，想做好工作，那是空的。工作中所以犯错误的人，不仅是理论水平不高，而且还是理论与实际不能结合，所学到几个字眼条文，死板地到处搬弄。如前几天到政治部与胡科长接谈发干部呢衣服问题，军委规定团级以上干部发，但干部未经过评级，级别不明，去年政治部拟出几个条件，其中一条为任八年医生、报务员者发呢衣。今年为了坚持此条文，白白花费了月余时间在此问题上打圈子。小资产阶级出身的人，善于在具体问题上搬弄名词而不从具体情况研究分析，还玩弄手笔，要小智术，这都是非常不对的。予在此宜力戒！力戒！代之以老老实实地为人民服务，在工作中宜反复地细心地从多方面去研究考虑，从原则上分析，从具体情况上了解而后决定，执行，并毫不犹豫地去执行到底。

1951.11.16　晴　于北京华北干部部

上午办公时，关于工作问题提出意见，可能在方式上、态度上不够温和。科已分开又不做具体分，房子不解决，两个科在一间小房子无法办公。组织不健全，只有一个科员，工作上施展不开。但是，予完全从工作出发，把问题提在工作前面，首先从困难方面着想，然后考虑克服困难的办法，如此才不至于被困难所吓倒，从而才能谈到做好工作。若在工作中首先抱定乐观，麻痹大意，不去预先研究工作环境、情况困难以及所发生的问题，毫无方案准备，遇事遇困难着急马虎处理，必然发生错误。困难不可怕，应该正视之。只有正视、重视，才能想出办法克服之，任何工作中都是有困难的，没有没困难的工作。予在工作中首先找出严重障碍、如何消除这些障碍，而后才能做好工作。党所给予的任何工作，从没有在面前表示胆怯过。应设法完成之。

1951.11.17　晴　于北京干部部

午后人们去听关于生产节约的报告。予脑子发痛未去，随便溜到西四北街小杂货摊上，给周买些生育麻纸外，买到一九四九年二三月《人民日报》，甚喜。

复到政治部印刷厂，遇赵金良同志，他非留吃饭，摆酒相待。扯谈时许，方返。

1951.11.18　阴　于北京干部部

星期日。几个月以来假日均未出去玩过，城市中出去无多大意思，每次出去非花钱而没有钱，因此不愿出去了。同时也不愿接见客人，最近每月用于招待客人者五六万元，占了冀平奶粉花费之半。

冀平常常要求上街，由小街而大街，她看中什么东西非买不可。今天又到西四北街买一九四九年九月份报纸，甚喜。

1951.11.20　阴

昨天广播上已经讲今天寒流要到来，降到零下十度，警告人民，自来水管等均宜注意保护，因此人民早在精神上即有准备。果然清晨起即突然冷起来，在今年尚属首次。

午后二时到组织部开纪律检查委员会预备会议，讨论若干同志犯错误的处分，对于自己来说又是上了一堂很好的政治课。共产党员如果不前进，不能时刻吸取新鲜事物，满足以往的有限一点，必然赶不上发展所需，必然掉队，必然发生错误。

因此细心考虑，资格不能成为推动个人进步的动力。在个人来说，脑子里不应该丝毫存在资的观点，解除束缚人思想的包袱，这种权力应该交给组织上。个人时刻所考虑的是自己进步了没有？工作做好了没有？"吾日三省吾身"，重点要放在此。

1951.11.21 晴（冷） 于北京干部部

昨天开了科务会议，研究了奖励处分工作，特别是处分工作问题，强调对干部进行处分时要详细调查、了解、研究，根据过错的大小予以适当的处分，既不迁就又不夸大错误，真正达到所谓治病救人。为了慎重与教育本人起见，在可能范围内又找到本人谈话。今天找了犯错误的孙海谈了话，他本人尚表示满意。总之，这个任务交给了自己，要尽全力完成得更好。

1951.11.24 晴 于北京华北干部部

午后二时半开支委会议讨论党史学习总结问题、保卫工作学习问题、响应主席的生产节约号召问题，这是要组织学习，首先从思想上解决问题，至六时毕。

1951.11.25 晴（冷） 于北京干部部

星期日，清风吹得如针刺，终日在办公室准备后天讨论发言提纲未曾出门。

与周扯谈起祖母事，突然甚感难过。我在十四年中回家一次，无祖母无今日。在道义上讲，当返里看一次，因此拟定今年借新年放假机会请假返里，现准备几个钱。

1951.11.26 晴 于北京干部部

清晨主持讨论，由曹处长发言，谈关于革命的领导权问题。

日间准备关于十月革命与中国革命问题发言提纲。

1951.11.27 晴 于北京干部部

上午预做发言提纲准备工作。理论东西实在费脑子，但觉得不论怎样费脑子，主要在于方法问题，以往特别在初期，有些为理论而理论，理论超现实，没有很好与实践结合起来。理论能正确解决实践中所发生的问题，才是真正学到理论，若理论不能与实际相结合，则此种理论毫无意义。

午间金芳腹中有阵痛，因陆军医院条件不够好，因而她总不愿早住院，予也无形中迁就了此种思想。晚饭时张处长提醒曰：宜早去，以免出危险。决定立刻送住院。

1951.11.28　晴　于北京干部部

清早七时到九时，予发言，最后结语不够清楚，听者有些意见。大家共同起来弄清问题，这种精神是非常好的。在学习上应该发挥探索的钻研精神。

冀平终日玩耍很好，这是首次离开母亲，然丝毫未哭，人们均称赞曰：懂事。利用公暇探视数次。甚喜。姥姥也甚耐心抚之。

1951.11.29　晴　于华北干部管理部

上午办公研究犯错误人员处理问题，在研究处理的观点上，应是严格从政策出发，不迁就不打击，经反复了解研究做到恰当处理。

午后到辅仁大学听志愿军特等功臣崔建国报告在朝作战的英勇事迹。许多可歌可泣的事情，予数次眼泪盈眶，教育我们在后方应该百倍努力工作，把自己的工作做得更好，否则实在对不起在前方杀敌的同志们，同时应准备随时到战斗中去！

1951.11.30　晴　于北京华北干部部

整理了一些在抗日战争中的剪报，花费四小时之久。

最近因学习上考虑一些理论问题，用脑过度，因而脑子又痛起来，尚待细心地长期注意之。另外胃消化不良，连日减食，金芳给做挂面汤以调养之，幸赖，中午及晚饭后均有休息时间，尚不误上班时间。

1951.12.1　晴　于北京华北干部部

张处长通知开处务会，等上午及下午最后仍未开成，因而断断续续地处理与研究了几个干部受处分的事情。我想在处理此问题上应该严格掌握。既不迁就干部，也不过分打击干部，一定要经过研究了解，根据此原则给予错误者一适当的、及时的处理，绝对要持对人民严肃而负责的态度，不能马虎从事。

午后到北京妇幼保健实验医院为金芳接谈住院生产事。这个医院虽办不久，但在人民中存有良好影响，较比陆军医院好得多。我想应该以积极态度向军区建议改造陆军医院，不允许其不负责任地错误发展下去。

1951.12.2　晴　于北京华北干部部

早饭后偕岳母及苏林同志前往故宫参观，因岳母脚小走得特别慢，游中西两路耗时近四小时，特别感到疲劳。其中特别在太和殿参观了伟大的中国艺术展览，从周朝到清末有系统的陈列，留在脑子里印象是：我们民族原来是如此伟大，在历史上即有如此伟大的天才的创造能力和潜在优秀天才，今天我们这个民族终于在伟大的领袖毛主席领导下站起来了，它将会出现一个文化建设的新高潮。观后对未来的光明感到无限兴奋。

1951.12.3　晴　于北京华北干部部

上午办公至十一时许，头有些发晕，到公安后勤找范汤同志，使予以放松疗法，估计对脑神经痛及肠胃病有些帮助吧。第一次开始用胎盘注射液。

午后二时许，到组织部开纪律检查委员会预备会议，研究若干人的犯纪律及错误的处理。

金芳快生，据有经验的老太太讲，她肚子特别大，可能怀两个小孩，为此，不可粗心大意，以防发生意外。今天准备陪她到保健医院去检查，但没能抽出时间来。

1951.12.4　晴　于北京华北干部部

终日参加军区高干会议，历时六小时许，加之清早看书，总共用脑子八小时。脑子仍有些痛，因而节制了用。

详细布置了明年工作，思想上下决心，坚决完成分予自己的工作，这是不论什么时候、什么地方，都应该抱定的工作态度。

从这些工作布置中看来，我们中央非常英明，一切布置非常深长远大，因此不论何时何地均宜以实际行动来回答中央。

1951. 12. 5　晴　于北京华北干部部

金芳胎位据检查尚正，盆骨亦大，估计易生，但腹中特别大，可能系两胎，依有经验特别是亲身生过的老太太讲此种可能性甚大。她特别发愁，上午请何领她到妇幼保健医院检查之，尚无最后结论。

冀平性情奇特，所要什么非达目的不止。最近几天专心吃橘子，非买不可。因此常常省别花销而适此。另外很懂话，只要细细把问题给说清楚后，常常会依从，令人甚喜爱。

1951. 12. 7　晴　于北京华北干部部

冷风终日。下午着手拟一个通告处分。拟订下周科务会议内容。

终日在室伏案，良久了身体成问题。近日每天午饭后时许到街上一游，因为街巷再无半点可游之地。书店里列宁、斯大林著作一律打八折，为了明年开始的理论学习，准备有计划地购买一批，但每月三万元之零用费不够用，尚待积蓄。可是时间又赶不上，加之金芳生小孩用钱也多，刻下无法解决了，浏览一趟而归。

近几天由于金芳照顾，在家吃饭，饮食尚佳。

1951. 12. 8　晴　于北京华北干部部

今天是星期六，突击了本周应完成的几件工作——草拟通令及关于奖励工作方面之规定，处理几件文件——精神顿感愉快。确实工作完成之后是最快乐的时候，在工作中特别在困难中用心钻研，一旦研究通了问题之际也是最愉快不过。革命工作的原动力就是马列主义，就是觉悟，一旦掌握了马列主义这个法宝，有了高度无产阶级之觉悟，工作中虽有困难，也能积极地以负责认真态度钻研并从原则高度去分析认识，那么在一个过程内就可以做好工作的。自己所担负的奖惩工作即以全力，以全部精力来完成，虽然没有做过，存在许多困难，但并未使工作停止过，刻下最感不足者即文化程度不够高，宜着重此一方面之努力！

1951.12.9　晴　于北京华北干部部

星期日。晨呼吸空气活动身体以后，于办公室阅读文件终日未上街游玩。但午后四时冉子英来找，到阜成门外十三区百万庄她校新校舍找一所房子，该村村长闫度才及妇联冀主任均以热情相待，答应予以解决。往返走了十余里路，运动一下于身体很好。

返阜成门外 193 号访魏雅琴大夫，准备请她到家给金芳接生。原介绍她到陆军医院，该院为人民服务精神太差，常出事故，到该院生产，对母子均不好，甚至有生命危险。片刻尚难以扭转，予已积极地提出改善该院意见，党委尚未重视之。当继续再提，绝不允许不负责任的现象发展下去。

1951.12.10　晴　于北京华北干部部

晨召开学习小组会议，讨论节约的办法，决议首先要以实际行动从个人工作和生活为起点进行检查，而后再检查科、处、部，严格地与贪污浪费现象做斗争，个人在近一周学习中，政治认识及觉悟提高一步。

早饭后开科务会议，布置了年终工作，一定要提前完成，不往明年拖。切记工作要赶前不赶后。

1951.12.11　晴　于北京华北干部部

六时天色还未亮，起床到小胡同去游荡。很清爽，没有烟味。最近已经注重身体锻炼，每天花半小时做深呼吸同体操。

冀平今天体温发热到三十八度四，大概不注意，感冒了，这是平生第三次伤风，除此以外再无闹过任何病。

上午罗克志同志前来玩耍，占去了上午四小时办公时间，虽老同志需要谈谈，但意义不大，花费了几小时实属可惜。予到北京以来从不愿找人，以免白白牺牲大好的工作时间。

1951.12.13　冷风　于北京华北干部部

早间为了生活细节同周发了脾气，当着岳母喊周几句，同时对她虽属刺激口吻，也起到某种程度上的教育意义。午后在办公时，一直闷闷不乐，感到她有许多地方不够进步，如她认为自己带小孩即痛苦不行，实际上近年余，未做一天工作光待着，简直是腐朽。另一方面又有深厚的情感，她许多地方对个人很好，在吵架后常常发生异常难过心情，因而在气中想离婚，但顿时又打掉此种念头。今后设法送她念书，提高文化，做革命工作，才是唯一正确之道。克服此种冲突，非从此着手不行。

1951.12.14　冷风　于北京红庙胡同20号

在干部部半年工作中体会到，对于干部最重要的是从思想领导着手，而思想领导的关键在于必须从建设方面着手，善于巩固与发展思想成果，时刻要站在思想领导前面，在屁股后面推那不是治本的办法，解决不了问题。

在干部中必须进行及时的正确的思想斗争，必须发扬批评与自我批评精神，建立经常的必要的制度、办法，借此发挥、推动干部的积极创造精神，从而推动我们党的人民的事业前进。

离开这种立场同方法，那么我们的干部工作都会做不好的。

晚间与金芳交谈良久，她耐心地劝导我提高政治警惕，特别为冉子英家兄介绍职业事，她再三地警告我说，千万不可管，家庭成分不好，问题不清。对个人帮助很大，我想她在政治上特别是阶级立场还站得很稳。

1951.12.15　晴　于北京华北干部部

昨日舅父来后，称祖母今年身体尚好，年已八十有五，准备活到百岁。祖母屡经摧残折磨，历尽人生最大痛苦，犹能活如此高龄，实出予预料。离开老人家十四年，她在十四年漫长岁月中是如何度过呢？予与祖母关系，无祖母断无予今日，每每思起，常常难过，因此决意今过年请一周之假，返里看她一趟。宜节省津贴及保健费为她购买一些东西。

1951.12.16　晴　于北京华北干部部

昨天晚上同赵金绎扯谈问题过久，因而起床后脑子仍然发沉，简直不能进行任何思考。

十二时后到大华电影院看《辽远的乡村》，区长王汉龙同志对于老婆的耐心改造精神顿时引起自己的反省，以往予对金芳的帮助教育不够，有时以脾气代替之，这是十分不对的。其思想根源在于旧的剥削阶级思想的影响，没有完全以平等互助眼光对待。为政治上不成熟的具体表现，今后当致力改正。

1951.12.17　晴　于北京华北干部部

十二时前金芳到大街上，午后二时半尚未返，便便大腹，即日可能生，若在街上发作，那就异常危险了。派人四处找，均未见，在开纪律检查会中，脑筋都是在分用，六时返，幸未发生意外，幸甚！

凌晨三时许，她腹痛，岳母喊起，急送中央妇幼保健实验医院，该院值班的人员即迅速办理住院手续。甚快。

六时，喜闻金芳生一男孩，但尚未决定适当名字，预计明天前去找她商议决定。

岳母夸奖金芳会生——一男一女。

1951.12.19　晴　于北京华北干部部

午后二时偕岳母前赴中央卫生部妇幼保健实验医院探望金芳，她满脸笑容，尚健壮，精神愉快，连称院方为人民服务精神好——极端负责认真，耐心，态度和好，照顾周到，孩子及她均异常安康。孩子生即八磅半，健壮，不好哭，能吃。金芳给起名叫都明，考虑此名很好，以前思考久之，但终无适当之名。孩子不好地方，即似冀平处，鼻子中低陷，是否可施人工手术。因为会探时间已到，别之。

1951.12.20　晴　于北京华北干部部

最近特别感到精神上愉快，主要因素在于放弃了个人主义的一切打算，树立下全心全意为人民服务的思想基础，对于我们未来的伟大事业抱定无限信心。在个人来讲，一切问题中心在于努力不断提高马列主义水平，提高工作效率。

午后二时半赴医院探望金芳。

办事情应该仔细地全面做考虑，这时脑筋就要冷静些，单凭一时的脑子发热，无论如何问题是考虑不成熟的。

辗转于生活细节问题上，实在没有什么大的意义。思想狭隘的同志专计于此，影响团结，缺乏革命者气魄。其思想本质属于小资产阶级的自由主义及农民意识范畴之内。昔日吃此亏不小。

1951.12.21　晴　于北京干部部

连日鼻阻塞难受，可能系感冒，精神难受异常。

午后约六时，丁一来，随同到前门外其住所交谈至十时许方返。她要求去从事专业，考虑到女同志在部队发展前途不大，实际上这种估计也是相当的。现在个人得失在个人脑子中不占地位，发展前途如何，在予脑海中打破此种没有意义的考虑。把唯一的注意力放在工作上，放在党及人民所给予个人的责任完成得如何，放在检讨自己的缺点上，尤其有害于工作进步的思想上，如果在这方面能做得好，保持住无产阶级的纯洁、清爽、简单朴素的作风及勇往直前的工作精神，那才是最有意义的。我想那才是真正最愉快的时候。自己任何时候均应该保持这个方向。

1951.12.22　寒风　于北京华北干部部

星期六。寒风于昨日到达到我国东北及内蒙古边境，今日已达内地，故特感冷。

午后张处长又做第二次检讨，工作中看问题不尖锐、模糊，幸赖在此运动时发觉，以免发展严重。这事件予个人以严重教育，工作中时刻严格要求自己随时警惕自己，不断提高政治觉悟，保持时时站在斗争的最前面。

晚九时到丁处扯谈至十一时许方返，她说我面黄肌瘦，今后宜注意身体，否则不能坚持革命工作，并允诺给找药，不失昔日之热情。

1951.12.23　晴（冷）　于华北干部部

上午丁约同志前来玩，扯四小时，昨晚夜半虚梦惊醒，因而今天精神不佳。

午后赴院探视金芳，她一切很好，产后面容甚佳，甚高兴。

1951.12.24　晴（冷）　于北京华北干部部

九时到院接金芳及都明返室，同志们中还有点旧观点，因此称为"大喜"，予不以为然。当然，同志们语中有带开玩笑性质。

冀平捣乱不已，决定跟姥姥另息，金芳此次产后精神亦甚好。

1951.12.25　阴　于北京华北干部部

工作中虽主观上愿意办好事情，但工作方法亦很重要，方法不良，难以实现，体会到工作中方法与耐性亦重要。

1951.12.27　晴　于北京华北干部部

请假部长未准。拟以后再请假，念祖母抚养之恩，当于年高之际返里探望。实属必要。

午后于部办公室开会之际，因感冒头痛不堪，现特感身体不好。

在为共产主义奋斗的征途中，各方面的有形的无形的敌人均在不断地侵袭着，我们这时如果不时刻提高警惕性，不从各方面做斗争，最容易被其俘虏，变作最可怜、最下贱的人民的抛弃者，因此觉得应该时常做到下面三件事情：一、不断地进行马列主义理论学习、毛泽东思想的自修。二、时刻多倾听群众的意见，不论群众赞成的或反对的意见。特别是属于反对方面的意见，应该加以重视，并且要细心加以研究分析，正确的立刻采纳见之于行动，不正确者作为实际学习资料。抵触思想完全有损无益，因此应该铲除它。三、时常进行党内正确的思想斗争，正常地开展批评与自我批评。对于不正确的现象进行斗争，对自己也不希望别人迁就，别的同志提的意见抱以欢迎态度。

1951.12.31　晴　于北京

午后召开党小组会议，动员同志们站在党的立场上，态度一定要端正，反对自由主义态度。小组会大家检讨较深刻。

予在会上真诚地表示拥护中央这个英明而适时的决定，并见诸实际行动。

第 四 编

1952. 1—1952. 12

1952.1.1　晴　于北京

今天新年，门口只搭个简单牌坊，会一顿餐，并不像往年，什么请客呀，恭贺新年呀！我觉得这样很好，为国家不知节省了多少钱，另外亦无丝毫坏处。

另外，大家的心情都很紧张，一方面是贪污分子紧张，如何做防空洞，如何混过去；另一方面是大多数同志希望开展这一场战斗，才是大快人心，才能扫清建设社会主义道路上的障碍。

1952.1.2　晴　于北京

上午十时开支委会议，讨论三处经济问题。

晚七时，军区政治部张致祥做战前五分钟动员，群众情绪激昂万分。

1952.1.3　晴　于北京

午后三时，支部委员会议决议，立刻打响，即四号宣布战斗动员，大家进入冲锋出发地。决定高度发扬民主，领导上撑腰，有竟敢抵制运动、压制群众的，严办。

1952.1.4　晴（冷）　于北京

召开军人大会，韩处长正式宣布向敌人——贪污的、浪费的、官僚主义正式开火。

1952.2.9　晴　于北京

邢医生医术不高又缺乏高度工作责任心，病中请之勉强来了一下，应付开了数包阿司匹林而去。予未敢服，体温达三十九度，连服阿司匹林，

151

有虚脱危险，随将旧存的奎宁服两包后，方解热。

这点奎宁保存达十年之久，还在抗战的艰苦年代（1941 年）于敌人残酷的扫荡中摆子甚厉害，江一真同志批给。不是这点的药，早被病魔夺去性命了。舍不得尽服，尚留至今日。回忆前事，甚有意义。

工作上不能官僚主义，对同志要耐心关怀，真诚关心同志的疾苦，不负责任的态度简直是对人民的罪恶，予引为借鉴。

现在在工作中每逢任何大小工作，主观上均抱积极的态度，并以雷厉风行办法处理之，无丝毫苟且之心理。

1952. 2. 14　降雪　于北京

昨天完全出乎意料，万没有想到久别之彭静斋、刘满夫两同志从朝鲜前线寄来信，本应提笔回信，但无暇即复，拟最近几日复之。

1952. 2. 15　晴　于北京

予在病中，王协理员写条子不供给家属吃饭，心里很不满。新的制度未制定，补助津贴未发下，为何如此苛刻同志呢？当时耐之，后复以条子，让其计算吃饭费予付之，事后想此人不善于处理问题，何苦为此生事呢？

遇事能忍者还是再三忍之，为上策。

1952. 2. 17　冷风　于北京

星期日。一周来本来很疲劳了，今天想睡个懒觉，但舅父准备走，临二十余日尚未很好谈谈，加之给祖母购点东西，因此亦起早。不意因一点小事而同金芳口角。早饭后，同其母与舅父与周几乎打起，顿时感情冲动，难以抑制。

舅父再三劝阻，进而责斥，劝说，晚饭后偕舅父出街给祖母买点吃物，晚返回舅父另购一包点心，举家食而欢散之。

1952. 2. 18　冷风　于北京

起床即与舅父交谈，舅父曾以正直言再三劝努力工作，安于职守，并与周和好。以酒色财气四字比方劝告，含义颇深刻。

周为特作饯饭，即偕周赴前门车站送之。

舅父临别之际还劝言：夫妇和睦。

1952.2.19　冷风充足　于北京

午间办公。

舅父曾言，祖母不喜冀平命名，决定改名为华英，小的叫华都。

1952.2.21　晴　于北京

为了解决这几个拒不坦白的贪污分子而开了历六时的支委会议专门进行研究，最后通过艰苦的调查研究，证实材料处理问题，形势不像初期以闪击办法可以解决，死顽固的贪污分子，不觉悟已达极点了。但支部指示，一定还要耐心依靠政策稳步进行，万勿动感情而形成逼供，造成错误，最后问题难以处理。

这点使自己警惕，在政策修养上起了很大作用，在任何工作、任何时候，紧紧地掌握政策，完全按政策办事情，即领导干部的责任，应切记！切记！

晚饭后脑子发晕，抽时步商场逛游，碰大鹏略谈。顿时心神恍然发慌，遂返室。

1952.2.22　晴　于北京

今天《人民日报》党内生活栏，有件最富有教育意义的事情，读后使人十分惊骇：方志敏烈士遗作《清贫》文章描述他被俘时国民党那些无耻之徒企图从他身上发财，而他虽系那样大的负责干部，经手大批金钱，实际上廉洁清贫到令人难以想象的程度，革命多年竟只有一只手表与一支水笔，再者即去年穿的几套旧袄裤。听此事情后决心始终不渝地走前者的道路，坚定自己为共产主义伟业而奋斗到底的决心。

1952.2.24　阴　于北京

今天是星期日，但仍开了六小时支委会，坐得浑身发痛，脑子发晕。

于会后未食，即赴西单大街一趟，此系两月以来第三次到街上。来来往往的人还是如平日，但往返的汽车少很多。

1952.3.1　巨风终日　于北京

一、研究八一学校几个工作问题。

二、考虑生活制度问题（伙食方面），因这方面贪污浪费严重，予以严格制度约束之。

人们思想问题搞通了，工作中即随时应在愉快中！累点儿，毫不觉苦。

1952.3.2　巨风终日　于北京

今天星期日，巨风大作，风沙刮得眼睁不开，街上摆小摊子亦收摊。春天在首都最感刮大风苦恼，因而不想上街，正好在家。在家开半天会，处理研究一些工作，找华英、华都玩玩而调剂精神，尚感甚快哉。

午间开会中，后勤米科长打电话，未做上三项经费总结，耽误时间，本属公事，毫不能客气。指责是对的，对于方法上不够讲究引起不满，缺乏此婉转对之，今后宜加注意之。

1952.3.3　冷风　于北京

彭静斋同志从朝鲜战场来信数日，今天抽时复信，该同志尚保持当年热情活泼作风。

昔日因战争关系，工作手札随便弃之废之，转眼即成历史材料，有许多问题可供考虑，但无处可找。今后如此番整理，分段记载，定期检查，严格保存之。

1952.3.4　晴　于北京

晚间召集数人研究临时评级问题，席间有两件事情令人很不愉快。一、钟在事前光笼统说开会准备，并无具体嘱托、授意方案，因而无从准备起，在会议中意见不集中，走了很大弯路，才回到主题，对主题中心重点强调亦不够。二、话间谈予"逍遥自在"，虽似戏言，但其中颇有含义，我想此逍遥并非自愿。

会后形成很大的不快感。

两点：甲、今后做任何一件工作，召开任何一种会议，事前应有足够准备，目的、时间、方法、解决何种问题等均要有充分准备，起码要有方案。乙、讲话，应该是有分寸，伤害人的言辞要注意，评判性意见要有场合，不可不分场合、时间乱讲一顿，光自己痛快，不管别人能否接受，起不到任何良好影响，反而造成坏影响。

此两点今后工作中力戒！力戒！

1952.3.5 晴 于北京

近日本部人员对周金芳有些反映，在此长期未工作，什么待遇问题不清等。历来如此，每在运动中一切问题都揭露。

切记，平素别贪图小便宜。共产党员在任何时候宜牢牢记着，不该贪图东西，丝毫不可索取，否则那是十分不义、缺乏共产主义认识的行为，按制度办事情，依规定享待遇，应得即得，不应得一点不贪图。

1952.3.8 半晴 于北京

十时许人们正在饭堂吃饭，一位同志以十分紧张的腔调把大家招呼出去，予以疾出。原来是我国女驾驶员所驾驶的六架飞机徐徐地从首都天安门飞翔过去，这在我国历史上是首例，在短短的两三年内能有如此不可想象、这样快的事情出现，实在令人高兴。活生生的事实教育了人们，我们祖国实在是伟大可爱，有人才的，它不愧为世界文化大国，今后在我们伟大的、光荣的、正确的党同毛主席领导之下，国家的前途将是光辉的，同时对人类也定能做出更大的贡献。

金芳在今天受到些刺激，不论是幼稚的讽刺性意见也好，正确的意见也好，激励她坚决要求去学习，借以提高文化，打下今后工作的基础。我想此种意见是正确的，应该予以帮助。

1952.3.16 于北京

收原部下老战友孔程同志从朝鲜前线来信，顿即复函，致谢并加慰问之。

1952.3.17 阴 于北京

组织上决定予专以精力搞临时评级问题。因很长时间未致力研究，所以有些生疏，临时有些抓瞎。决定以最近努力补上，这是予在任何时候所抱工作态度，从未在困难面前表示低头。

1952.3.19 晴 于北京

办公，解决零星问题。修改八一学校专题报告及抚恤科三项经费总结报告，此为首次代表军区向军委做的报告。经上级阅后，钟处长指示，分析不够；王部长指出，写得不够明确。

1952.3.20 晴 于北京

总干临时评级指示发下，本日上午开部务会议，予做起草指示问题发言，而后讨论。

午后即起草成指示，晚七时经王部长批准后即发之。

任处长雷厉风行作风及果断又细心精神值得学习之。

1952.3.21 晴 于北京

早七时参加本部支部委员会议，研究本部干部临时评级问题。

午后二时召开直属军干部处会议，传达评级指示。

1952.3.22 晴风 于北京

向八一学校、军区招待处补评级指示课。

研究干部档案，了解干部情况。

1952.3.23 晴 于北京

同后勤财政部科长研究评级后与总结有关系若干规定问题，如保健、年老金、中小灶、客饭管、扣补贴的时间等问题。

1952.3.25 阴 于北京

起草评完单位干部名单、级别，组织人夜以继日完成之。

处理评级中下面请示问题，应接不暇。忙于夜十二时许方寝。精神疲劳不堪。

1952.3.27 晴 于北京

早开军衔科务会议，布置评级工作分工问题，补个别遗漏单位。

1952.3.28 晴 于北京

上午假政治部办公室评定直属队团级干部。一般评得严，但由于不了解，档案不全，免不得有评过高过低现象。

予部初评为副团级，而在会议上，部长评为正团级，感到在整个历史中看是适合的，若在某些人眼中从片面的一点观察是高了。总之，在于进步，高低都没有多大关系。

在评级与王部长接近中深深体会到部长看问题是深刻、细微而又全面的，值得学习。

1952.3.29 晴 于北京

一、答复下面一些关于评级中的零碎问题。对评级主要意见，人武干部普遍反映比地方低两级，其次发生互比现象。起义干部评级问题亦多。

二、起草关于评级问题通知。

三、王部长简单概括总结此次评级为两头小中间大，即大部分正确的，少数过高或过低。

1952.3.30 晴 于北京

上午赴军区党委评级，午后处理评级问题。

夜晚同金芳扯谈中，她指出发脾气今后值得注意，遇事即怒，怒则解决不了问题，今后要特慎之。此言甚佳，改之，改之。

1952.3.31 大风 于北京

处理评级中下面所请示的若干问题，终日忙碌无暇。

1952.4.1 晴 于北京

第一，从评级中发现：后勤干部资历老而政治上发展慢，原因：学习不够，觉悟不高，进步不快。而政治干部发展则快。由此证明推动我们进步的唯一源泉处即加强政治学习，不断提高其阶级觉悟，坚定其革命人生观，做好革命工作，是革命干部、共产党员最基本的，今后宜加强此种修养。

第二，准备明天上午在大华开会的材料。

十二时接受二十三兵团汇报。午后到军委总干汇报起义干部评级问题。

晚七时召开科务会议检讨布置如何完成评级工作。

1952.4.2 晴 于北京华北干部部

终日忙于处理评级工作中一些具体问题，特别是起义军官评级问题，情况颇为复杂，军区党委难以确定，有待请示军委决定，许多具体问题均牵连到政治问题。

因连日工作格外紧张忙碌，往往不能按时吃饭、睡觉，甚至于到下半夜两点休息，虽以最大的努力克服一切疲劳，如同在战场上同敌人搏斗一样，但不料，人的精神终于是有限度的，结果又发起摆子。午后不能到办公室办公，但许多问题由安召科员拿至前里处理之，六时摆子发过去后去办公室，继续工作，只脑子发晕。工作仍然坚持下去，因而感到还是很愉快的。

1952.4.3 晴 星期四 于干部部

终日脑子发痛。但仍然很自然地在工作着——准备召开干部会议研究评级的一些具体问题。钟处长指示了一些问题，工作比较易于进行，但有些手工业方式。

评级以德才资评定，对干部来说是一次历史的、全面的审查、考核、鉴定。因此教育意义亦十分深刻，以往对此认识不足，进步不快，对工作贡献不大。在此深深回想到毛主席许多至理名言，如"老老实实为人民服务""甘当小学生"等，其意义多么深刻，而在当时并未能渗透于思想最深处，此次是渗透了（今后不论在何时何地均以最大力量贡献于人民）。克服以往尚存在的小资产阶级毛病——名誉、地位、前途等。

1952.4.4　早晴　星期五　于干部部

一、早参加干部评级会议。王部长总结初步评级情况。

二、午后召开直属队评级会议，收集各单位干部对评级的意见。综合起来分为两类意见，一类认为自己评得低了，对组织表示不满意，修养不好的直截了当地写信质问，或借题发挥。这种人斤斤计较个人得失，并静置地观察问题，思想方法上亦不对头——以自己的长处比别人的短处，未能全面地、发展地去看问题。这也是政治觉悟不高的具体表现，除暴露自己的缺点以外，别的任何意义也没有。这一点对自己也是个很大的教育，因而自己在评级中冷静地把自己衡量一下，十余年来主要对革命贡献不大，成绩没有突出地方，有赖于今后努力，现在组织评什么即什么，表示毫无意见。另一类在评级中很好地检讨自己，寻找自己缺点，树立克服缺点决心，对自己估计低，因而对组织上所评的级别表示满意，甚至表示感激。此点对个人亦是很好教育，作为一个革命干部、共产党员，应该时刻检讨自己：对人民事业贡献如何？缺点克服彻底否？政治觉悟提高否？学习进步了否？工作任务完成好坏？等等。除此以外不应该而且没权利去寻求关于个人一些得失问题。这种觉悟在以往不够，因此自己实在是从政治上进步太差了。应该决心改正，力求进步，做好工作，完成任务。

1952.4.5　晴　星期六　于干部部

上午赴军区党委开评级会议，从而又教育了自己，在工作上兢兢业业，一个事件一个工作，再也不敢粗枝大叶、草率马虎从事，反复地、细心地研究、分析而后行之。这也可以说是从思想方法上来了一次彻底的大革命。

1952.4.7　阴　星期一　于北京

今天正式召开全军区评级会议，各单位汇报评级情况。会后忙于接谈各单位所有零碎问题，至深夜十时。

1952.4.9　晴　星期三　于干部部

逐个研究团以上干部级别问题，因刚发过疟疾，浑身难过。

评级过程中一般同志均考虑自己级别的高或低，而反映低的人多，反映自己高的，少数。一个真正修养好的共产党员在各种场合下，特别是紧急关头与严重问题上，应该严格检查自己的德以及对党的事业贡献如何，以资不间断吸取经验，提高水平，提高工作效率。绝不该有自己私欲不满之表现。处处不满，正是自己低级，除此以外，说明不了任何问题。

1952.4.10　阴　星期四　于干部部

因最近连日工作疲劳过甚，疟疾虫突破了防守大门，因而午后又发起摆子了。头痛，身累，难过极了。六时摆子发过后，又步办公室处理评级中一些问题。

1952.4.12　晴　星期六　于干部部

开始准备评级总结问题，最近头发开始脱落。

1952.4.13　晴　星期日　于干部部

顷接家书，祖母逝世，顿时如冷水泼头，无以依附。因为同祖母感情甚佳，并对自己教养无微不至，今生未能回报，故甚为惭愧。今无片刻补足之机，打算事后请假返里探望。

1952.4.14　晴　大风　星期一　于干部部

一、研究评级中若干问题。

二、午后送金芳学习，在她来说是毕生首次正式进入学校学习，彼下决心去学习，可能学习好。

1952. 4. 15　晴　星期二

今天批准一周假期，本拟搭晚车，误了车。日间处理一些日常事务，并将一周工作详细交代布置。

1952. 4. 16　晴

晚八时搭车返里。

1952. 4. 17　晴

拂晓通过黄河大桥时不知不觉已过，速度并不慢。记得十三年前到安阳考学时，通过此桥，行车速度非常慢，此次虽年代又增加，反而速度快了。主要由于苏联专家勘察，经修建后还可以用相当长时间。

沿途庄稼甚好，农民们在田间辛勤耕作，是太平年景。

午后近六时到家，微风尚吹，到家门口时全出来探望，华英啼哭不进门，要回北京。天色渐黑，至院而室仍啼哭，要开电灯，母亲将余幼时玩具拿出始息哭。

家中清贫如旧，大家都吃粗粮，母亲特为蒸白面馒头。

邻二娘谈及祖母临终深深念余而不瞑目，最后叫了一声含泪而入棺材，闻后难过至极，后悔去年未归家探望。

1952. 4. 18　晴　于家中

乡亲很早就不断前来探望，因而母亲早叫起，息祖母故室，寄生虫各种甚多，咬得满身难过，遍身是红疙瘩。

终日接迎不暇，母亲告祖母临终尚十分明白，再三嘱曰：不叫通知余返里探望，怕耽误国家事情。

终日难过。

1952. 4. 19　晴　于家中

未起床被母亲哭声惊醒，她为死去的人们经常不断恸哭，因而精神不佳，营养不良，面色特别苍白。

母亲终日为家务事而忙碌着，故抽时扯谈事情并不多。

华英形影不离。

1952.4.20　阴　于家中

终日未出门，母扯谈一些往事，并申述其苦难情况，舅父终日勤耕，无暇扯谈。

数日未阅报，甚感闷怅。

1952.4.21　半晴　星期一　于家中

做了一切离家准备工作。舅父准备了一篮子鸡蛋，母亲为华英做了一个屁股帘子。母亲深有恋恋不舍之感，感到家中人少，深愿留家。但华英舍不得留家。

午后至车站打问行车表，准备假道太原看金芳。

1952.4.22　阴　星期二　于家中

近午于大风细雨中舅父及站前送吾父女二人，等了两小时方乘车而走，此时雨已洒湿其衣服。

1952.4.23　半晴

夜达北京。

1952.4.24　阴　星期四　于干部部

十二时曹处长谈评级复查问题，准备总结问题，并准备意见。
因此整日工作近十小时之久。

1952.4.25　阴　星期五　于军区干部部

整日整理评级材料和收集意见，工作仍达十小时之久。

1952.4.26　阴　星期六　于干部部

写总结问题，曹处长告曰王部长已同意按其所提意见写，在工作中还是以稳当为宜，订出计划，并细微切合实际才易于执行。开始进行考虑，今后工作注意以组织路线群众工作方法解决之，千万不可一意孤行。

为人态度应和气，有问题平心静气讲出。戒之松懈！

1952.4.27　细雨　星期日　于干部部

四个月以来连日在紧张繁忙工作中，特别是评级中，平均每天工作到十四小时，加之发摆子后未得片刻安息，加之思考评级总结问题，终日用脑子近十一小时，因此脑子发痛。只有工作一会儿，出门散步调剂一会儿。

为此华英之闹引起对其发脾气，而小孩母不在家，不懂事，发了火又解决不了问题，之后异常心疼。

夜看电影——《军事学院河川战斗联合兵种之河川战斗演习》。有很大教育意义。

1952.4.28　晴　星期一　于军区干部部

终日听取平原省、炮司、后勤等单位汇报评级工作问题。达十时许。

1952.4.29　晴　星期二　于北京

终日听取山西军区、步校等单位汇报评级情况，达十时许。给予很大而且深刻的教育。

1952.4.30　晴　星期三　于北京

晨开科务会议。布置评级善后工作。

午间听取二十三兵团张科长汇报评级工作，此同志认识分析能力强，予个人以很大启示。

1952.5.1　晴　星期四　于北京

一、余抱华都至郭科长家与谈话，不慎，孩子后仰腰脊椎被折断，顿时啼哭不已，并拉绿水，急忙至门前一位老先生处即刻正骨，不放心并至陆军医院透视，后无大变化，始安心。

二、五月节有感。昨晚大街、天安门前洒水车已洒得很清凉，十时许到西长安街观游行队伍，大家高唱国歌，持花结队游行。女的搽粉抹口红，象征着解放了的中国人民的尽情愉快，其盛况难以用笔墨形容。

1952.5.2　晴　星期五　于干部部

终日未出门。一、照顾华英。二、考虑（评级）总结问题。

1952.5.3　阴　星期六　于北京

上午于大华参加军区干部会议，收集下面对干部工作及评级工作意见，在大家汇报中学习了许多问题。

关于评级复查问题，大家提了许多意见，有的高了有的低了，许多干部在此计较甚厉害，数次提意见，不干工作，骂大街，还有发精神病的（当然少数的）。说明：一、对人民没有功绩没有德才者不足以服众。二、政治不开展者斤斤计较个人得失。革命最主要为品质道德问题。不断提高共产主义的道德观是余最值得修养的。客观方面所发生的一切事情都要加以分析研究，和提高自己认识密切结合起来。

1952.5.4　晴　星期日　于北京

今天是星期日，大家都出去玩耍，而自己终日执笔写总结，达八小时。正因为人们均出去，办公室特别肃静，利于写作。

1952.5.5　晴　星期一　于北京

一、三兵团留守处李参谋长谈干部评级问题。

二、同曹处长研究复查问题。

已初步写好评级工作总结，交于曹处长等审阅。

1952.5.6　晴　星期二　于北京

向马副科长交代评级工作问题，总结已最后定稿，部长已同意。

午后进一步向马详细交代军衔科工作及其评级工作，在主观上以高度的积极负责精神将工作交予新到职不熟悉情况的同志，减少其工作中的一些困难。

1952.5.7　晴　星期三　于军区干部部

上午处理评级中几个干部等级问题。

午后同曹处长至军委汇报评级情况，研究了原起义干部评级问题、德才资的掌握问题。

曹介绍，周是很有思想、有朝气的一个干部，应该向其学习。晚间实在疲劳不堪，而华英哭捣乱，于夜半打了两下，竟日心中难过异极。

1952.5.8　阴　星期四　于干部部

连日头疼痛不堪，头发脱落，食欲不佳。但完成了评级工作，感到轻快得多。每每于工作完成之后，尤其完成比较好时，那是人生最愉快之际，但易于伴随而来骄傲情绪。后者今后在工作中，深宜戒之，前者应该发扬。

1952.5.10　晴　星期六　于北京

上午在科处理一些日常事务。午后至先农坛参观匈牙利文工团表演，历三小时。太阳晒得头发痛，主要节目为舞蹈及音乐，特别是舞蹈较比我国在内容与技术方面要高得多，因此看上瘾。另外，他们用中文歌唱了《东方红》，观众热烈鼓掌。

最后令人产生异常不好印象，即我们礼貌太不够。当最后快要献花以及献花之际，我们的观众徐徐而离会场，也制止不住，说明我们人民的组织性、纪律性不够，当时予很为发急。今后首先从自己本身纪律性组织性加强之。

1952.5.24　晴　于军区

上午讨论军区几个受刑事处分问题。

午后于公安二师大礼堂听张副主任关于整编定员等问题的报告。

1952.5.25　晴　星期日

最近仍然一个任务继一个任务，脑子相当疲劳。今天利用这个假期休息一天，同华英玩耍，调整身心。

1952.5.26　星期一　军区办公室
早学习政策。

上午下午时间均放在讨论研究材料上。

一切问题的关键均在于清白自己，打破个人主义思想圈子，那么一切问题均好办。

晚间通宵失眠，影响日间工作，精神不佳。

1952.5.27　晴　军区办公室
早阅毛主席《矛盾论》，主席能够正确地掌握矛盾发展规律、主要矛盾同次要矛盾的关系，从而解决了中国革命问题，引导革命走向胜利。自己没有很好地学通掌握矛盾问题，因而在工作中一些小问题尚未完全处理好，甚或处理错误了。我想这是由于以往学习不够及学习联系实际不够的结果，今后加强这种联系实际的学习。

午后研究直训团问题。

1952.5.29　晴　星期四　北京
讨论三兵团定案问题。

午后讨论利民公司管训大队情况。

1952.5.30　晴　星期五　军区办公室
终日头痛，不堪工作，遂利用时间至门诊部请医生诊治。初诊可能为散光所引起，我想不完全属于此种原因，因而就算了，坚持工作。

1952.6.1　晴　星期日　北京
今天是六一儿童节，到市场给两华购买一些食物同玩具。

华英最近心眼大增，别人教语就记，如李科长教"叫你爸给你买一大堆车子，不买就哭"，果然见面照办，弄得无法，最后只得照办。

华都不吃别人奶，衔住不吃硬咬。

1952.6.4　晴　星期三　北京

上午于八一学校礼堂听王部长传达全国干部工作会议精神，关于配齐干部问题，强调德才兼备，资不能作为提拔干部一个标准，否则就要犯错误。今后要大胆地、破格地提拔，当然这是指进步快的、能够完成或更好地完成工作任务、德才优越而具备良好的发展前途的干部。

每每因怕华英啼哭不叫上班，因此利用下班后短短时间在旁边窥视其行动。今天色已晚，院中已无一人，唯华英独坐在石凳上静思，遂返，她天真地扑来抱之。

早起床而啼哭，在无办法之际厉色而待之，因此走后心中不快之极，遂在听报告中心中不安。

天资聪明，现能识一字。今后宜注意加强其教育。

前些时因工作过于疲劳，在休息时间华英搅闹不已，因而曾有时对其态度不良，今后要改之。

1952.6.6　晴　星期五　军区办公室

今天仍相继听取汇报，从各单位汇报中听出一个问题：下面很少单位在最后处理中完善地掌握中央政策精神，其原因有二：一、对政策精神琢磨不清；二、对实际情况了解不十分透彻，加之态度马虎，就把问题处理不好了，领导干部所以犯错误就从此基础上产生了。因此我想今后在工作中认真地钻研政策那是何等重要啊。在工作中处理任何一个问题时完全以政策精神办事，绝不能渗透丝毫感情成分，这是学习过程，亦是修养过程，也同时是觉悟程度提高的过程。

1952.6.9　晴　星期一　于军区办公室

华英今天上午因不愿离开再三哭，其中一次闹得最厉害，因为急于要走（开会）而打了一下，终日在工作中为此甚为不快。平均每天每次离开总得哭一次，关于这个问题很矛盾，送八一学校现不收，不送又十分妨碍工作而且使孩子受罪。自从其母亲离开平均每天得花费四小时照顾之。

晚上携华英去商场，并至冉子英处付三十万元。

1952.6.10　晴　星期二　于军区办公室

起床后华英即很警惕地醒了，哭不叫走，在孩子泪中别之。心中十分不快。

早，讨论本职工作几个问题。

入夏以来孩子问题形成很大一个负担，因此终日就没有休息时间，终日精神异常枯竭。

1952.6.11　晴　星期三　军区办公室

早，学习。

最近在工作中增加了许多知识，这不仅在于政策水平提高，而且对旧社会的黑暗面从具体而可怕的事实中得以深刻的了解。这些活生生的实际问题深深地教育了自己，这比在学校学习几年，或读千本马列主义的书收效大。因此在研究每个人的材料时是异常用心的，把它当成最宝贵的最实际的学习材料。

1952.6.12　晴　星期四　于军区办公室

早开处理组会议。

李福海同志工作嫌多，自己对他耐心教育解释不够，也有点态度，这样不大好。当然这个同志有些娇气，属于年轻幼稚，这也是年轻人一个过程，今后宜注意。

1952.6.13　晴　星期五　北京

早，研究政策。

十一时返部。打预防大脑炎针，两华在此时亦打。

晚华英因洗澡患重感冒，着急，夜半叫起医生，开药，服而发汗，但终夜未很好睡眠。

1952.6.14　晴　星期六　北京

上午十时唐参谋长在直属队干部会议上动员学习文化。关于学文化问题，以往没有提，觉得马马虎虎过去了，但今天提起并加以严格要求就感到自己文化太不够用了，在长期间的战争中自己也没有有意识有计划有步骤地加以提高，今天在机关工作感到有十分提高的必要，因此决心在学文化运动中提高写作，从学语文着手。

张副主任谈到学文化三个保证——第一领导保证，第二党、团保证，第三自己保证，不怕笨就怕懒。

午后听取直属几个团队汇报工作。

1952. 6. 15　晴　星期日　北京

早四时趁华英未起床，赶街上购一个三轮。孩子患感冒，终日未出院。陪同孩子玩耍，因而华英带病玩竟日，由于在她身边，孩子虽病精神上亦愉快。

1952. 6. 16　阴　星期一　军区办公室

已快夜半尚未入眠，为其奶妈家写信。奶妈因年大（快四十）怕奶不足而常常检查，想换又怕影响孩子，因此从各方面迁就同照顾。本来知其奶不够孩子吃，晚间为其写信，一方面借此从中了解情况，另安慰其工作。但晚间华英体温上升到四十度，恰有一包阿司匹林，服后时许下降。终日工作达十小时，晚间又劳动达四时许，共休息不足四小时，上班甚感疲劳，并挂念华英。

工作中蛮干瞎干不行，直训团就是如此，所以弄得最后难以收场，推手不管，表示束手无策。此种缺点为政策观念不强，单凭感情，一时情绪简单地处理问题，那怎样能符合政策要求呢？令人后怕，给自己以深刻教育。

从今天起全区开始实行半日工作制，那半日完全学文化。

1952. 6. 17　晴　星期二　北京

今天请假为两个孩子看病，午间乘电车到中央妇幼保健医院检查，结果华英乃系感冒，华都身体发育正常，院方责曰：孩子健康检查宜放在午后。

从最近几个月带孩子经历，了解到女同志带养一群孩子实为不易。

1952.6.18 晴 三办公室

终日开会，至午后八时方结束，已十分疲劳，但从里面进一步了解到许多问题——小资产阶级劣根性未彻底改造的人，在党内仍然乘机玩弄小智术同自私自利的小打算，对党不是完全一条心，最后会原形毕露的，自己最讨厌这种行为。另外在入城市后，在资产阶级那种可怕的进攻下失去立场，变成很可怜的俘虏，令人观之可恨可怕，对个人又是异常深刻而实际的教育呀！终日亦是自己学习最紧张的一段。收获是很大的。

1952.6.22 晴 休假 北京

周末甚为疲劳，故今天除阅十五分钟报纸外，全部时间休息脑子，另外大半日时间在照顾华英。

1952.6.24 晴 星期二 三办室

午后讨论后勤部数名干部处分至四时五十分时，顿时心神发慌，精神不快，急至水管前，洗头后方觉好些。此为数年来首次发作，事后细细研究，主要为连日尤其今天用脑过度所致，今后宜特别注意之。亦未请医生就诊。

身体疲惫异常，但工作繁忙，难以一时恢复。

1952.6.28 细雨 三办室

月余未降雨，许多地区已成旱灾，人民希望下雨甚切，今天降雨仍不大，为此政务院发下抗旱指示。上午所讨论为七一前最后一次办公。

1952.6.29 星期日 北京

终日亦未好好休息，在家照顾华英，另外在思想上以高度的愉快精神准备欢度同迎接党的三十一周年纪念。

1952.6.30　晴　星期一　北京

今天忙碌终日，以积极兴奋的心情纪念党的三十一周年纪念日，上午八时到师大大礼堂听取张致祥副主任关于党的生日的报告。午后八时到中山公园听报告。

晚饭后放映苏联名片《斯维尔德洛夫》。

散会步寝室已十二时半。

1952.7.1　晴　星期二　于北京

今天放假游园。

一、午睡后英不叫离开，致痛训后方行，在办公室内由于疼爱心切故长时间难过，影响到思考问题。

二、终日讲座处分问题。

三、为贾科长介绍女保姆而碰钉子，由于情况不了解及过分热情，对问题没有考虑透彻而行事，给予很大的教训。我认为这种教训是完全必要的，没有这种必要的实际教育，将来还可能在工作中不自觉地弄出大乱子，今后在工作中为戒！为戒！

我们共产党员在工作岗位上，完全应该在任何一件事情上廉洁奉公，忠守职务——这是在今天这件事后给予自己的一种觉悟。

1952.7.2　晴　星期三　于北京

上午请假，未上班。住一小间房子很热，两个孩子在闹，管理科又准备此房做办公室，故今天在家准备往堂子胡同搬家。有许多困难，这困难完全在两个孩子身上。这种困难不得不分散工作精力。

午后继续上班，并向曹处长汇报工作概况。

1952.7.3　晴　星期四　于北京

今天天气炎热。

华都最近闹气管疾病，华英又未打卡介苗，很好地照顾两个孩子，这是做父亲的天然义务。前其母在家时，这些具体照顾完全交付于她，但现在就得时刻操心。午后请假未上班，牺牲午睡，偕他们姐弟二人及女保姆到中央人民政府妇幼保健医院诊治，医生说他们发育良好。甚喜。

准备下周给华英种卡介苗。

夜华都啼哭数次，不详其因——因臭虫咬呢，还是饥饿呢？

在办公室深感一件事情、一个工作任务，在未行之前或办完之后，里面有许多的或一整套道理。这些道理研究了解往往不够，因而在工作上提高不够快，我想这是工作上停滞原因之一，今后应该改变这种不深钻研、不求甚解作风，代之而为细嚼慢咽地学与用相结合的作风。

1952.7.4　阴　星期五　于军区办公室

终日在办公室讨论绥远军区受处分干部问题。现在办公室人员调遣变化很大，工作上甚为紊乱，易出乱子。故在工作上宜特别细心谨慎，不可丝毫马虎塞责。

1952.7.5　阴　星期六　于北京

今天军直召开党的代表大会，余为干部部代表团代表之一。这次会议的任务是总结工作，但总结得异常不具体，故感到教育意义不十分大，这就是周致远秘书长总结的。但我在这个会议学习到许多宝贵的东西——阶级觉悟上又大大地提高一步，因而观察问题的方法明确了。首先要从阶级立场出发，领导工作和总结工作等亦有所提高。这是在历史上得到党的教育最为深刻的一次，深感个人的小资产阶级思想应该很好地清除。

1952.7.6　半晴　星期日　于北京

今天虽系星期日，本该休息，但未休息，终日阅读文件，小组进行讨论。我们革命家工作时往往就是如此——工作任务不完成，别的一切都是可以牺牲的，所以我们事业始终是战无不胜的。

晚六时，暴风骤雨，雷声巨响。

华英首次经历这种天气，因而连连称"怕""怕"，遂抱余甚紧。

半小时后，街上水达半尺之深，今年庄稼当是很好。

1952.7.7　阴　星期一　于北京

上午代表发言后由王部长报告。在这里又体会到一个问题，在工作中应该很好地去教育群众，组织群众，这是领导干部的责任。当群众的政治觉悟提高了之后，认识、分析问题能力强了，积极性大了，他们对领导干部会给予很好的监督同教育，他们许多建议往往是非常正确的。他们这种建议和帮助，如果领导干部能虚心接受、采纳，常常补足了工作不足，使任务更好地完成。可惜在工作中往往有许多领导者笨得很，对群众这种情绪不但不支持，反而给予打击。

这种干部，不学习，不懂得毛主席教导我们的方法——由群众中来，又到群众中去。在工作中满足现状，不能及时地吸取新的经验教训，那么，他的工作无论如何是提不高的。

今天在大会上，可以听到群众发表的许多意见都是很正确的，对领导都是十分有裨益的。

1952.7.10　晴　星期四　于北京军区办公室

今天终日工作仍然是非常紧张的。周秘书长谈，于本月十三日左右准备结束此工作，我想他的计划仍然不周，主要在于不摸底，到底下面进行如何不能具体知道，只能概念上了解，工作中概念了解是不能很好地解决问题的。

这样实际的具体工作，我认为是自己的一个学习佳机，这是在书本上完全学不到的，因而非常重视，全力进行工作。

午间下班返室，华都很快乐地躺在床上玩，发现新增加一种动作——自己将手绢盖住脸，并哼两声，后又能取下，而自己笑。前后反复数次，证明并非偶尔，完全是有意识的、自觉的动作，今后宜经常注意其发展情况。

1952.7.12　晴　星期六　于北京军区办公室

午后参加支部委员会议，讨论党、团员教育问题，发展新党员问题，干部工作问题，新老干部团结问题，保密工作问题。

午后四时相继召开党的小组会议，传达支部工作。

晚到室，华英、华都见面后坚不让离开，直闹到熄灯。这差不多成了私生活中唯一的经常的现象了。

1952.7.13 晴 星期日 于北京

上午领舅父至天桥游玩。

晚六时领华英在小公室门前玩，并同玩者有春晓，华英喜同她在一块儿玩。中间突然春晓大哭并倒于地，该女保姆证明是华英打的（用空瓶子）。问华英老不言语，其母不满，最后打了华英两下。我想这是由于以前金芳教育方法不良——每逢不顺当时教以"打他""打他"了结，养成了这种习惯，今后在教育中宜注意改之。

1952.7.14 半晴 晚雨 星期一 于北京

一、下班后准备为华英打卡介苗，但未睡醒，故未打。

二、今天感冒，精神不佳，其原因在于近日工作过于疲劳。

三、晚饭后偕舅父、华英至大华招待所看萧大鹏、田波等同志。返室已十时许，因天气炎热，难入寝。

1952.7.15 雨 星期二 于北京军区办公室

终日精神不佳，因同舅父同室，昨夜数次被小动作所惊醒，公务期间精神极为疲惫。

日间强打精神主持讨论连中几个贪污分子材料，给予个人最实际的沉痛的教训。一个旧社会出身的人，如果不下决心从革命实践中努力学习，注意积极改造自己，提高自己，即随时随地都有落伍的危险。

午后偕舅父至北大医院拔牙。

1952.7.16 阴 星期三 于北京军区办公室

晚六时至大华访高凤舞、贺诚健等同志，他们从军事学院返，满意此次学习，认为深造一步。我打算前去学习一番。

晚间，华英数醒啼哭，因而影响休息。但是这一方面为父义务，不得不很好地照顾孩子，特别是母亲不在家时。另外，亦是为了金芳的学习。

人们均称："你太消瘦了。"确实今年感到公私事情特别繁重，白天不能很好休息，晚间不能很好安眠。长期下去较比现在脱发症、脑疼症还要严重。

1952.7.18　炎热　星期五　于北京军区办公室

晨，学习中国民族资产阶级问题。

最近由于室内工作紊乱，发生文件找不到的现象。内在原因在于人事调动频繁，值得引起注意，故即行做了一个周密计划，于最短期间处理妥当。

晚饭时进行搬家——堂子胡同三号。

1952.7.19　晴热　星期六　于军区办公室

昨晚因搬房子，十时许方入寝，故迟起床时许。

午间审阅材料。并为舅父、小孩等筹划饮食问题，花费时间不少，耗费精力很大。

1952.7.20　阴　星期日　于北京

本拟睡个懒觉，以缓解一周疲劳，不意孩子们很早就起床闹，亦未午睡。

晚偕舅父前去北海公园一游，又适倾盆大雨，往返徒劳。

华英纠缠，甚为烦恼，斥责顿引起剧烈啼哭，后又动员入八一学校，初步答应去。

工作中带孩子实在不行，平均除每天八至十小时工作外，再加上三小时许照顾孩子，精力实在不敷支配。这是刻下炎热之夏最大的困难。尚无有良法解决之。

1952.7.21　雨　星期一　于北京军区办公室

终夜细雨。

下班后，老奶妈闹增贴问题，别同志反映孩子吃老奶，终日饥饿，故常啼哭。待查明情况。因终日不在家，难以一时查清，同时尚没有时间去找新奶妈。

1952.7.22　晚雨　星期二　于北京军区办公室

早选为政治学习组组长，今后应注意很好地帮助大家学习。

上午研究材料，两华闹未午睡，故终日精神疲惫不堪。

1952.7.23　竟日大雨　星期三　于北京军区办公室

上午赴办公室，至大街，倾盆大雨，一切交通均停止。贾科长开会，均未工作。返回时还是大雨，步行至家亦疲劳不堪。午间亦未休息。午后即行上班。

1952.7.26　晴　星期六　于北京

今天未去办公室，参加军区师以上党委书记会议，布置全军如何学文化问题。

自己打算在这个运动期间在语文上提高一步。

1952.7.27　阴　星期日　于北京

今天仍没有休息，上午参加小组讨论文化学习问题。

1952.7.29　雨　星期二　于北京军区办公室

今天仍然上班，上午正在研究内蒙古军区灭火问题时突然发冷——摆子又发起来，不能坚持讨论，始返宿舍。但两个孩子即摸来，故仍不能进行休息。片时后继发热，终日未进食。另从最近带两个孩子中体会到带孩子的母亲之困难了。

1952.7.31　晴　星期四　于北京军区办公室

晨，因发摆子后四肢无力，加之气管同发痰症，满身不适，未进行学习。

午间诊断后即上班，仍坚持工作。

1952.8.1　晴　星期五　北京

今天放假。

曹处长语，他到训练委员会工作，日常工作交余负责。

近几天因孩子常啼哭，不明其原因，请几位女同志前去帮助检查。奶妈刚由乡村出来，没有卫生常识，加之无人照顾，是个问题。

1952.8.2　晴　星期六　北京

午后曹处长正式交代处理工作，今后工作任务加多了，准备到天津检查脑静脉瘤成问题了。但工作第一，先坚持工作，以后有机会再说。

1952.8.5　晴　星期二　北京军区办公室

午间萧副部长动员文化学习问题，应把它当作一个战斗任务来执行。

在工作中体会到几个问题：一、在工作中指导性要明确，提倡什么反对什么，把当前中心环节工作深刻地动员到每个人的心窝中。只有意图被群众所懂得，才能够为大家所掌握，才能变成群众工作，才能发挥其潜在力量，任务才能很好达成。二、在方法上，步骤、时间要科学，否则往往事倍功半。三、在执行中，随时检查情况的发展变化，必要的时候要修正。四、多听取群众呼声。

1952.8.8　半晴　星期五　北京干部部

上午召开科务会，布置工作，中心工作就是如何很好地按时地完成军事、行政各项工作，这对全军干部进一步教育有很大的意义。确定月底完成起草工作。

我认为每个工作应该有头有尾，即有布置，中间有检查，有督促，最后还必须要有总结，以得出经验。这样对推进工作都有非常扎实的意义。

为金芳捎去十万元，作为学习中补助，为了鼓励她的学习热情，故常写信安慰之。

1952.8.9　阴　星期六　北京

今天开始我在中心工作——修改通令，感到这也是一个最实际的学习机会，在政治上同语文上有很好锻炼的机会，在这方面要下功夫。脑子发疼，房子小，早晚太阳东西照，很热，写一会儿到外面散两脚，又回来写，只适当调剂解决之。

1952.8.11　阴　星期一　北京

上午修改通令底稿。午后参观八一运动会闭幕式，并表演文艺节目，相当精彩。

华都奶妈是乡下人，很朴实，但刚来不久，不懂孩子的性情，因此，常常啼哭，为此特意给介绍华都脾气。

1952.8.14　阴　星期四　北京

舅父坚决要回去，准备秋收后再来。

1952.8.16　晴　星期六　北京

竟日集中精力修改通令底稿。天气炎热，脑子发晕，在脑子疼得厉害不能忍受时，到门外遛两圈。

在办公中，时常想到华英的饮食、休息等事，已经影响工作与健康，在此深深体会到做母亲的心，其伟大意在此。

1952.8.17　半晴　星期日　北京

今天星期日，未很好地进行休息，上午在家照顾两个孩子，午后领华英到前门玩。遇李建功。

1952.8.18　阴　星期一　北京

上午集中精力修改通令。

老奶妈在此很不放心，两个孩子饮食不佳——大的吃不好饭，小的吃不饱奶，到下月要想法解决之。

1952.8.19　晴　星期二　北京干部部

仍集中精力修改通令底稿。

新搬到这座住所——堂子胡同之后，虫很多，把华都咬得满身大疙瘩。故今天特牺牲午睡，为他清除床上的寄生虫，其间疲劳不堪。

1952.8.20 晴 星期三 北京

最近几天，天气热得很，为孩子准备饮食、检查身体而牺牲了个人的时间，感到特别疲劳、乏力，支配不了，在工作时思考时往往打瞌睡。

1952.8.22 晴（后巨雨） 星期五 北京华北干部部

一、今天炎热，那所低矮的小房子里住着五六个人在办公，大家无转身之地。当太阳西照直射到大家，满身汗流无法工作时，大家到外面转一下，又返回工作。我就是在这样的环境中同大家一样地工作着，但脑子又疼，头发不断地脱落。

二、现在华都奶妈已解决了（换了），稍微放心些，但华英饮食不够，仍负担很大，每上班时她总啼哭不已。但细心地照顾孩子是我的责任，必须尽到。

1952.8.23 晴 星期六 北京

终日修改通令工作。

准备让其姥姥前来照顾华英。

1952.8.24 晴 星期日 北京

终日脑子发疼，故今天准备好好休息，任何事情未做。上午到天桥去玩。巧得很，从小摊贩处买到一九四九年发行的报纸，很为高兴。

1952.8.27 晴 星期三 北京干部部

今天集中精力开始第二次修改通令，定稿即下达。在这个工作上必须很好地工作，因为这是对全军最现实、最深刻、最深入的一个教育，全军干部正在注视着这一个事。

每晚下班，返室（二里）至门前，华英常常独坐门口低头默默地等着我，有时就打瞌睡，走到面前未醒来，有时到面前即高兴地跳起来。有时因公返回迟，她便问别人："叔叔，你们都回来，我爸还不回来呢?"见面叫一声后即直扑来并说："我肚子饿了，上街给我买点东西吧，我要喝水啦!"从此时前后再不敢离开了，片刻不离，看着离开则啼哭不已。因此，自从六时下班见面后，立刻玩到入眠以后。次日在她未醒时偷偷上班。数月以来，日日就是为此耗费精力，身体消瘦不堪。

1952.8.29 阴 星期五 北京华北干部部

上午九时到政治部燕山机场，在机场中王部长给今后的工作提出四点管理意见。王部长的观察成熟而老练，其原因在于他们工作很深入，把原则同实际结合起来，分析比较全面、长远、客观，因而解决得比较好。得到很好的学习。

1952.8.31 晴 星期日 于北京

今天仍未很好地进行休息——上街为孩子购买下周食物，指导奶妈为孩子做一些事情。

劳动（体力劳动和脑力劳动）已养成习惯了，每当不做点劳动，总感到有些不舒适，做些劳动之后，反而感到好些。

天气稍微有些秋感，因而稍微感到好些。

金芳在太原发愁干着急，赶紧安慰、鼓励。

1952.9.3 晴 星期三 北京

在工作中，对一些细小的仍不苟且，有始有终。从前尚未完全认识到这样深刻。现在完全了解了，所以我觉得在行动上是这样地贯彻了。

1952.9.4 晴 星期四 于北京

最近曹处长到军区训委会工作，工作暂托余办。因为上午召开发动会，总结及布置工作。上午十时许，继而即行修改通令工作。

1952.9.5 晴 星期五 北京

在办公完毕利用空隙时间让大家进行语文学习，同志文化普遍低，大家都愿学好，但基础差。学好语文不是一日两日的事情，而是一个长期努力修养的过程。

1952.9.6　晴　星期六　于北京

上午到财务部大礼堂听张致祥副主任传达关于国际国内形势的报告，对自己的启示很大。

午后开始党的活动——成立新的支部，自己选为支部委员。

1952.9.7　晴　星期日　北京

今天用了八小时进行搬家——宿舍是两个单间。

1952.9.9　晴　星期二　北京

上午赴卢沟桥参观战事表演。午后萧副部长布置十月份工作。

1952.9.11　晴　星期四　北京

上午赴西苑飞机场参观十月一日受检部队预演，不禁令人感到异常兴奋。工作中需要我更加努力，所有的现代科技接踵而至，新的东西，需要知识的太多了，而自己知识实在太少了。

利用闲暇时间为金芳购双鞋，回去两华已熄灯。

1952.9.12　晴　星期五　北京

上午办公时间整理一些零碎公文。

利用时间，领奶妈前去图书馆学习喂养孩子经验。

1952.9.13　晴　星期六　北京

最近带深秋气味，晚间很凉。孩子也高兴，宜抓紧时间进行学习，莫虚度时光。

办公室分配，未进行学习。

1952.9.15　晴　星期一　北京

要弘扬艰苦摸索、踏实的作风，反对华而不实。

不懂的东西，要及时请示。某些地方的错误和缺点要采取正面批评、自我批评的办法，只有这样自己才能不断地进步。

1952.9.19　早晴转雨　星期五　干部部

今天开始搬到新的住地。

1952.9.20　阴　星期六　干部部

早饭后搬家，因昨天吃油炸的东西，今天即开始腹中发痛，在往车上抬东西过程中，越来越厉害了。因为搬家是一件大事，勉强坚持，忍痛到底。接连数次，到晚六时不能坚持时，返室休息，但疼痛难忍，乘吉普到门诊部急诊。

历来在工作中，若自己身体发生毛病时，仍要坚持，除非在迫不得已时方停止，这是共产党员天赋责任。因而在每个任务完成后总感到愉快，相反如果任务没有完成或完成得不很好，就格外不愉快。

1952.9.21　晴　星期日　干部部

急性胃疾，连日吃稀饭。

1952.9.24　阴　星期三　于军区干部部

最近学语法修辞后，感到只能初步增加一个知识，打造作为阅读的好行为。

午后四时金芳返，欢喜。

1952.9.25　晴　冷　星期四　于干部部

金芳学习受到了教育，因此作风大有改善，今后决心继续培养一个时期。

1952.9.27　晴　星期六　于干部部

为了庆祝国庆,公私营商店均行九五折,优待人民,因而街上人特别多,特别是公营商店,拥挤不堪。饭后金芳上街为孩子购买些食物及衣服,大家以最愉快的心情来迎接国庆节。今天将我积压的工作清理和完成,作为国庆节一种最实际的表现。

今后在工作中多埋头一些,深钻研一些,少空谈一些。在工作上多准备一些,生活上朴素一生。

1952.9.29　晴　星期一　于干部部

一、参加支委会。开展文化专题学习是目前压倒一切的行动。

二、会后初步考虑在此次文化学习运动中如何使自己扎实。

三、利用午间休息时间同金芳到街上为其买裙子。

四、午后三时开支部大会,动员全体,制订计划。

1952.10.1　晴　星期三　于干部部

今年的十月一日与往年格外不同,自开国以来,在伟大的英明的领袖毛主席领导之下,三年内使国家面貌一新——国内土匪肃清,社会秩序空前安定,空前地统一团结,物价稳定,生活已经稳定,抗美援朝胜利,外交上的胜利,亚洲及太平洋区域和平会议定在北京市开幕……到处飘扬着中国的红旗,到处欢欣鼓舞。

阅兵已开始,天空铁鹰及地面坦克、铁骑、摩托等部队已通过,人们看到自己强大的国防部队,以最愉快的心情在招手欢迎。受阅部队走完接着为各族人排队的游行,有数不清的和平鸽,游行者每人手中拿着红花,妇女们大都着花衣服,学生穿着异常整齐的各色校服或运动衣,少年儿童系着鲜红的红领巾。上午十时即开始,走完已经到下午三时了,长安街游行队伍往前不断地走过,街上远看好似红海浪头一般不断地在翻滚。

1952.10.2　晴　星期四　于军区干部部

亚洲及太平洋区域和平会议今日在首都开幕了,这样的会议能在站起来了的中国人民的首都召开,实为中国人民及亚洲人民最大的光荣。以最愉快的心情庆祝会议的召开，相信一定会成功。

1952.10.4　晴　星期六　于首都

上午办公。

午后党内活动，开小组会议，参加支委会议，论述干部特殊补助账以及发展组织问题。本来我们党的伟大的历史使命就是为着社会的发展，为着将人类生活提到更高更美满和幸福的程度，使人类和平发展于大好的地球上。于这个原则应该随时随地联系自己，联系在工作中、生活中，使自己思想完全符合此种精神。这是一个长期的艰巨的任务。

1952.10.9　阴　星期四　于干部部

别人的经验不见得是正确的、完整的，但对他们一点一滴的经验通过自己思想上的能动性加以研究分析与自己的经验相结合，就会变成自己良好的经验了。

在重要工作中，证明自己在工作上面不够细致、科学化，曾发现这个缺点，今后更进一步提高科学化工作方法。

1952.10.11　清冷　星期六　于干部部

上午开发动会议，组织写自传的问题。

午后在支部活动——讨论计划问题、干部特殊补助问题、发展党员问题、时事政策学习问题。

1952.10.13　晴　星期一　于军区干部部

开发动会议，由余总结及布置九、十月份工作。毕，大家反映尚无意见。今后在总结工作方面多加以研究分析，提高到原则上去认识。

1952.10.18　晴　星期六　于北京

上午办公，处理几件零碎工作。处理任何一件工作，切要有确切的原则根据，不可从印象或感情出发。最近工作中此观念加强了。

午后开小组会通过计划。

1952. 10. 20　阴　星期一　于北京

九时至东交民巷军委空军大礼堂听取甘泗淇副政委报告志愿军出国作战两年的政治工作经验，内容颇为具体生动。

午后处理几件零碎工作，并发朋友两封信。

1952. 10. 24　晴　风沙　星期五　干部部

晨，研究总结评级问题。

午间开动员会议，传达工作总结，布置工作，强调提出以高度责任心及原则精神处理工作，并做到清廉，最后研究了考勤登记问题。

1952. 10. 25　晴　星期六　于干部部

终日工作，研究管理，考虑问题用脑力达十时之久。布置了几个工作，研究了奖励工作机制。准备了到天津检查病的一切手续事宜。

此次如能顺利地完成检查治疗，那么今后便可以更愉快健康地为党为人民事业多工作和更好地工作下去。上月王部长那种至诚关怀，令人非常感动。

1952. 10. 27　晴　星期一　于天津

九时特乘快车至天津，请赵以成大夫诊治。住红光小学校。

1952. 10. 28　晴　星期二　于天津红光小学

早饭后，要到市政府谈谈关于治病问题，白副处长备车并要求陪同。因她们忙于写自传而谢绝了。市政府一秘书很迅速地办理了手续——介绍到市立医院请赵大夫予以诊治，遂挂星期六赵大夫号，为此将等待四天样子。这种等待并不漫长。

到新华书店特价部购了几本书，并到小市场为金芳购了一条旧毛裤。

1952. 10. 30　晴　星期四　于天津红光小学

最近因为一段时间离开了金芳，由于浓厚的、深刻的夫妇情感所驱使，不时地回溯、深思和想念，特别在回溯以往中检讨了有些地方有失于为丈夫和为父身份。在结婚纪念之际，深深感到自己对金芳真的是真挚的爱，但对她的缺点，没有用适当的、耐心的教育，往往以简单的粗暴的发脾气方式解决，使她曾数次啼哭，今天再次感到特难过，主要是自己共产主义品质不够高，修养不成熟。曾在十月待她回时，向她做检讨，并道歉，她亦虚心做检讨。她是很好、很笃情的一个妻子，因此我想她是很可爱的。今后决定以最大的宽容以及良善的方式去教育她，把情感寄托在她身上，白头偕老。

1952.11.1　晴　星期六　天津

上午到市立医院门诊部请赵大夫初诊，他做了初步检查后，叫住院并且观察后再决定动手术否。为此特定今天返部取款，并赴太原征求金芳意见，若有万一，后事未及实为大憾事。

搭快车抵北京，至家首先看华都，已入睡，细看后觉头上碰伤，当时未追原因。

1952.11.5　巨风清冷　星期三　干部部

前去太原探望妻子，上午做一些准备工作，提前即赴车站。因时间还有三小时，特到前门外新华书店廉价部随便买了几本书，吃了几个饺子后即到车上去，明天上午十一时即到家。

近几日因格外忙碌，故甚为疲劳，登车即蜷曲在双人软铺上。同不相识的军人闲扯即睡着了。

1952.11.6　冷　星期四　到太原

昨天整睡了一宿，达十小时之久，因此精神方面感到舒适。

午后时许达速小，此为前阅兵时代一个兵营，很大。好久才找到金芳，不巧她患了重感冒，热到三十九度许。

1952.11.7　晴　星期五　于太原

芳起床，班长来叫她去考试，此次他们初小年级要升高小，称作过关，故加油学习，紧张异常。

1952.11.8 晴 星期六 于太原市

吃饭后同芳到太原城逛逛街，到新华书店特价部买一本书她即返回。路途高低不平，尘土飞扬。

1952.11.9 晴 星期日 于太原

张秀福、白秀玲二人结婚特邀请到城内吃饭。毕，逛逛，到新华书店买了数本时事手册。

太原到处可以看到工人在建设，几条街也拥满了行人，汽车同三轮、自行车少得可怜。

另外，城南新高某区正在建设，新中国在蒸蒸日上。

1952.11.10 细雨 星期一 于太原

今天准备返天津就诊，金芳今天开始到高中，并已经学习地理了，其学习情绪很高涨。

她利用下课或休息时间不断返室看看，谈些问题，她在离校半年收到中学毕业证书！初步有了工作的基础，今后不断加以努力即可以解决问题。为她的前途而欢欣。

1952.11.11 半晴 星期二 于天太路线上

几日来我们欢度着最愉快的生活，从而深深感到在工作上总有高度的忘我的毫无个人计较的革命工作精神，在个人生活方面总有高度的共产主义生活精神，只有两者的紧密结合方能造成坚强并且愉快的支配的精神。在金芳方面，近年来她不断地力求进步，特别到速小学习以来有突飞猛进的进展，这也是十分可庆的一件事。

午间又等了她两个钟头。下了课后送我至城，嘱咐其返回上课，太原三轮比北京贵一倍，送十分没有必要，但到车站下车后，不想她突然出现在背后，到站房逗留半小时后，促其返回上课，余乘车离开。

1952.11.12　阴　星期三　于天津小刘庄

本拟六时到北京下车后到家探视华都近况，后赶九时至天津快车，不想车误点达两小时，到北京已快九时。

进门，奶妈抱着华都在院，孩子尚好，即赶赴天津。

六时许到天津，在一小馆中吃面条，遇王云浦，他已特意再三邀请至他处。

1952.11.13　阴冷　星期四　于天津红光

天津市一般小饭馆非常便宜，烧饼三百元，馄饨一百元，有两千余即可很好地吃一顿，饭馆大都趋于大众化，我想这是非常好的一种现象。

午后二时正式至天津市立医院办理住院手续，当即住院，更衣后住第十病房。同室五人，四人已动手术，看检查结果而后再决定动否。

1952.11.14　半晴　星期五　于天津市立医院

昨夜华北首降雪。

昨晚六时用完晚饭，感到特别疲劳，即睡。从昨晚六时至今晨六时起床整睡十二小时，数月以来首次得到充足睡眠。

九时半女萧大夫前来做初步检查，结果在四肢、神经、五官均无毛病。十一时赵大夫至，后再做细查。

十一时半抽血3cc。

取小便大便做检查。

院子外面一定是很冷了，人们穿着皮袄，戴着围脖、手套，而我们的住房里不感到怎么冷了。仅住了一天而感到十日似的，使人反而感到格外寂寞，不如每天讨论着问题、研究着工作那样有趣。因为在那个时刻中，工作、学习、玩、休息……都是有节奏的。

1952.11.18　半晴　星期二　于天津市立医院

晨，萧大夫查病房时告知，初步检查，右脑有蛋大一块东西，可能是瘤子，待再细检查。早饭后，赵大夫上班时，又告再行其他检查。预计今天下午抽脑脊液，明天下午打气照相。

1952.11.19　晴　星期三　于天津市立医院

昨天晚上睡眠很好。今天脑子清爽，精神良好。赵大夫上午语曰：明天为其打气照相。

1952.11.20　晴暖　星期四　于天津市立医院

昨晚睡前因沉思家中问题特别是华都的近状，而影响到良好的安眠。

午后两时半开始打气。一时四十分剃头，一时五十分服药剂。

当萧大夫开始打第一针时，空气进脑后满身发汗，直到第五针时，满身发抖，汗珠不断滚流，疼痛几乎失去知觉。打气完毕，从病床下电梯至X光室照相，速照头部四面四个相片，停片刻萧大夫告没有看出什么，便抵回室休息。于昏迷中就睡觉了。

1952.11.21　晴　星期五　于天津市立医院

六时试体温后，头发晕，腹部特别是胃部疼痛厉害。勉强起床大小手后洗漱毕，早进大米稀饭，九时又进半磅牛奶。

赵大夫偕二大夫至床前问好后，研究头部及眼部瘤子情况，说在脑子照相中没有看出什么。

在个人请求之下，赵大夫又研究了右眼角瘤子，确定明天八时动手术。

终日卧床。

1952.11.22　午后晴　星期六　于天津市立医院

七时护士通知不要吃饭喝水，八时外科室护士拉上手术室上手术台。两个护士将一切准备完成后，约半小时赵大夫至，并向北京黄大夫介绍了我的情况，黄大夫告别后即开始手术。

在手术过程中毫不觉痛苦，就是最后快要结束时有点知觉。在手术过程中胃中很想呕吐，幸好未吃东西。

十时下手术台至室休息片刻，腹中发痛，要吃一碗藕粉，大约又过半小时，右眼角才开始有些痛。精神亦有些疲倦，即睡时许，被同室姓李的呻吟声所惊醒后，精神良好并止痛。

午后呕吐。室内吵闹，心乱不堪，心想出院。

赵大夫六时告曰：可能明日伤处发炎。

1952.11.24　阴　星期一　于北京

九时赵大夫到病房检查了眼以后说可以出院，并叫自己看。余对手术表示满意，决定十二时前办完手续，乘午后三时快车到北京。

十二时出院。

1952.11.25　阴　星期二　于北京

吾母此次特从河南前来探望我及华都，昨夜同母亲相谈至十时。

今天利用工作空隙检查了华都健康同饮食情况，尚好。

1952.11.26　阴（细雨）　于北京

一、终日听取情况并汇报。

二、午后，曹处长布置总结及年关工作。

三、准备明天开科动会布置工作。

四、利用时间检查华都情况并计划布置饮食。

1952.11.27　晴　星期四　于北京

上午开科动员会议布置了年关工作，总结了本月份工作，并拟订在此半月期间利用每日空余时间完成自传工作。自传工作在自己来说是一件大事，对自己进行分析总结，对今后进步方面有良好的意义。

午后利用时间为华都制定十一月到十二月的饭谱，并到街上为其购买有营养价值的食物。

1952.11.28　晴　星期五　于北京

今天开始考虑写自传问题。阅读了自传委员会所发的比较典型的一个干部自传。

最近几天睡眠特别安适，对神经衰弱病恢复比较好些。

1952.11.30　阴冷　星期日　于北京

今天本来母亲想去故宫参观所谓金銮殿，但因天气冷，月余未见华英，不明近情如何，甚为想念，特此于午饭后前去。至，良久保育员给抱出，见面低声不语，不明原因。以食物诱之仍不语，到午间仍不回去吃饭，始抱至门外饭馆吃一顿鸡蛋汤，喜食醋。晚了一些后，回去后仍不回室，最后无奈，只得哭而别之，甚为难过。她想跟我回去，但因北京最近流行麻疹等症，不许接回，只得以后有待病过去以后接之。

孩子个子则长大了，并不很瘦。

1952.12.1　阴　星期一　于北京

今天寒流开始从西北进入，将降到摄氏零下十度。

上午开科动会议准备将两个工作总结后交于李、张执行，自己则抽出时间专门写自传。在脑子里开始从全考虑。

华都最近饭食很好，比较按时，因母在，两人每天专门照顾。母异常喜欢他，每天照看他花去几小时。

1952.12.2　冷风终日　星期二

人在世界上已知的东西太少了，是一个学不完的过程。没有学习即没有工作，如果满足于现状，觉得学的东西已经够了，维持现状就会落后了，这种现状不能迁就和允许存在的，所以立志今后永远虚心学习。

1952.12.3　晴（冷）　星期三　于北京

今天开始考虑自传的轮廓。

晚间领母亲前往前门外参观。

1952.12.5　晴　星期五　北京

今天早晨本组评论完毕。在评自己过程中，同志们发表了许多看法，其中主要一点，是在政治上开展得好。今后加强学习，充实为人民服务到底的决心与能力。

另外，科内问题，感到在工作中表扬多于批评，今后工作，对于问题掌握方面注意严肃性，是优点即优点，缺点即缺点，不可认识不到。否则达不到教育人的目的，不能鼓励其对新鲜事物很好地学习，造成满足现状，那是最危险的。

批评是教育人们最有效的方法，是砥砺前进最有力的武器，因此没有批评即没有进步，以往掌握此武器不够，今后宜很好地注意掌握。

1952.12.6　晴　星期六　北京

清晨继续开了小组会议，结束了评定工作。群众是我们最好的教员，是最能教育人的，要虚心地研究分析群众意见，良好意见要认真地接受。

午后同张科长、李副处长去阜成门接华英，后半天整个照顾孩子，什么事情未干。

1952.12.7　晴　星期日　北京

终日哪里未去，在家同华英玩。她一事不如所愿即长时间地哭，其奶奶说她脾气坏，不如华都。晚五时请其奶奶送回，阿姨热情相迎，精神甚佳，如此颇为愉快。

1952.12.8　晴　星期一　北京

由于母亲在此，她要求到故宫参观，逛北京名城。既要照顾华都饮食，进行年终总结，又要严格地完好地完成自传，为此最近思想分散不集中。

1952.12.13　阴　星期六　于北京

晚偕母至大礼堂看《小女婿》剧，由军委文工团演出，颇受观众好评。

午后开始写好自传第一部分——家庭环境及其影响。

1952.12.14　阴　冷风　星期日

终日在室写自传未曾出大门，反思过去历史，并加以分析评判，提高认识，现在很好地认识，可以很好地了解自己，我想这是对自己一个很大的教育。

回眸之余，突然思绪转到金芳身上，想给她写一封爱情信，又怕影响她的学习情绪，很久才把这种异常浓厚之情感压制下去，这完全由于我们深厚的爱情所驱使。

1952.12.16　晴　星期二　北京

早饭后办两件事外，终日在寝室写自传。今天又进一步，考虑到自传的深刻性觉悟和认识是不断地提高着，发现了自己许多缺点，同时也进一步认识到自己的优点。

这次写自传就是一个最好的自我总结，是一面镜子，很深刻地照照自己，对未来进步意义甚为重大。

1952.12.23　清冷　星期二　北京

一、今天上午完成了自传工作。

二、午后发金芳一封信，准备在年关见面一次。

1952.12.31　晴　大风　星期三　北京

清晨完成了总结。

午间参加发动会议，布置传达军衔工作会议精神，并预告余明年准备参与此项工作。当时余在会议上表示，组织上怎样分配即怎样做，没有任何意见。此不仅为此次工作态度而且为今后持久的工作态度，只要思想方法对头了，不管干什么工作也是愉快的、新鲜的和有兴趣的——常常工作就是最有乐趣的和最为光荣的。

第 五 编

1953. 1—1953. 12

1953.1.1　晴　冷风　星期四　北京

天气很冷，终日未出室。

1953.1.2　晴　星期五　北京

今天单位开了两个会议，学习政治——联共十九次代表大会的会议。
午，开秘书会议总结去年十二月份工作和布置元月份工作。

1953.1.3　半晴　星期六　在北京

今年前半年工作异常忙碌，参与完成重大工作任务，为了在精神上做
准备，今天即在科内布置了工作。

午后参加支部大会（总结评奖）后，想借此工作尚未开始之际赴家探
视金芳一次，但请示手续未办好。

1953.1.4　晴　星期日　北京

上午到大礼堂看了《金色英雄》，很受教育，认识到今后在工作面前，
特别要认真学习，接受新鲜事物，若失去了这种嗅觉，工作就不能前进，
那就是最危险了。

返回后，细细地考虑了一下，最后还是把探望金芳这件事放下，并向
金芳写一信，鼓励她努力学习，完成学习任务。

1953.1.5　晴　星期一　北京

在最近新的工作尚未完全开始前，抓紧此空隙时间学习，以提高自己
的政治觉悟及眼界。

晚饭后苏林致电告金芳在一月一日那天因出操跑步，患小感冒，决定

买票乘明早六时车前去太原接回。

1953.1.7　午后巨风　星期三　在远途中

等太原车达五小时之久,巨风四起,无处可去。

1953.1.8　晴（冷）　星期四　太原市

早饭后至金芳家。金芳因病在家休养,苍白不健康,因此确定返回养病。

1953.1.10　半晴　星期六　北京

六时由前门站返室。

上午上班,参与研究实施评军工作计划。

1953.1.15　晴　星期四　北京

终日听取王部长关于干部工作的报告,在他的报告中进一步启示了我们——在工作中,在为我们共产主义奋斗的途径中,要不断地努力求进步,永远不能停留在原来水平上,随时随地要站在新事物一边。要从两个方面着手,一、从政治上不断前进;二、从工作上不断提高。两个方面哪一方面都不能缺少,只有不断提高才能不断地充实我们的战斗意志及生活力量。

1953.1.18　晴（冷）　星期日　北京

天气寒冷终日不愿出门,上周开会用脑过度,今日休息,同女儿玩,颇不寂寞。

1953.1.21　晴　星期三　北京

上午研究如何迎接即将开始的评军衔工作活动,历时四小时。

在工作中应该有互助精神,应是指派能贤,凡比自己强的领导,工作拥护他做,对党有利,绝不存有丝毫相争之心。

1953.1.22　晴　星期四　北京

九时参加军区参谋、主任会议，听了报告之后有两点很深刻的体会：一、官僚主义是工作中危害最大的敌人，工作中有的情况不了解或了解不够，处理时就会有偏差或者错误。二、工作组织计划性必须加强，今后进行任何一项工作，凭一时热情，抓一把，想到啥做啥那是不行的，在工作中顾此失彼，形成辛辛苦苦的官僚主义，因此在工作中须有很好的计划。

1953.1.25　晴　星期日　北京

今天花费四小时时间到街上为两个孩子购买一些食物，华都最近会行走七八步，这与这几个月在营养方面加强分不开。

1953.1.26　晴　星期一　北京

上午参加军区首届人民代表大会闭幕式，在这个会议上有自己的深刻的新认识——一切事情的成功均同党的领导和个人忠实努力相关。检查以往工作的事业心不够，因此工作上特殊的贡献不足。一切成就都是从主观上的努力而符合为人民利益而来的，处心积虑计较个人利益个人得失的人断乎没有什么成就的。

1953.1.30　晴　星期五　北京

晨举行政治学习计划。

因胃病突发，午饭未进。

1953.1.31　晴　星期六　北京

早饭后发热炎症，头痛难以支持，勉强办公。午后到门诊部做检查，夜晚亦头痛不堪。

1953.2.1　降雪　星期日　北京

发热，头痛。

上午到门诊部，一位外科医生很细心很耐心地给换了药，并开了内服及咳嗽药，予精神上很安慰。

这种精神也教育了个人，说明为人民服务精神在我们今后的年代里那是何等重要，不论是任何工作岗位上的任何一件工作（哪怕是很微小的），都要以细致、高度负责的精神对待。随时随地可发生的活生生的事情都在教育自己。

1953.2.2　终日降雪　星期一　北京
上午参加军衔鉴定。
午后，头仍有些痛。完成会议后一系列工作。

1953.2.4　阴　终日降雪　星期三　北京
支部将领导学习共产主义理论任务交付自己，虽然考虑到自己的政治理论非常薄弱，想借此学习机会进行学习，但任务驾临，帮助大家学习更为重要。要继续完成此活动，午后即进行研究布置。
深感理论学习不足，抓紧时间进行学习。

1953.2.7　晴（冷）　星期六　北京
学习对我自己来说，是随时随地都需要。前些年中，最大一个缺点就是学习不经常，因而在认识上、进步上，表现跳跃式，有时就快，有时就缓慢。只有不断学习，不断认识新鲜事物，进一步认识到事物的本质同全貌，才能把自己提高一步。

1953.2.14　晴（冷）　星期六　北京
今天是大年初一，人们兴高采烈地欢度这个节日，因天气冷，终日在家未出门，同孩子同欢乐，深感新年之乐。

1953.2.18　阴　星期三　北京
今天开始上班，学习文件，讨论军衔的事。

1953.2.19　晴　星期四　北京
上午办公。

午后上军事课。这是一九五三年首次开始军事学习，今后决心坚持下去，并用心去学习。

1953.2.20　晴（冷）　星期五　北京

早，学《辩证唯物主义与历史唯物主义》。

上午参加直隶部区召集的学习情况研究会议，决定坚持下去，并一定要学出成绩。

1953.2.21　晴　星期六　北京

上午办公。

午，研究《共产主义同共产党》学习方法论。

午后开支委会议，研究几个零碎的问题。

1953.2.23　晴（冷）　星期一　北京

早，学习评级体验。

午，办公。为了把工作做得更好，迎头赶上去，所以抓紧时间不间断地进行政治的、业务的学习，以达不断提高自己的政治、业务水平，充实自己的服务能力。

能担任什么工作就做什么工作，不做超现实想法，因而我在工作中最为轻松愉快了。

1953.2.26　晴　星期四　北京

昨晚夜半突然被金芳叫醒，原来她身体很衰弱，下地已不能上床，意想不到她的身体今天却到这种地步。因生育后未得以良好休养，给了一个很大的教训。近几年来在婚后未能很好地重视身体，如此发展下去，大大有损工作和幸福，今后应特意扭转这种情况。

最近本部小孩闹麻疹，华都在这两天身体有些发热，故不叫其母返家，以免都被传染。

1953. 2. 27　阴　星期五　北京

今天上午开始考虑总结的事。很费劲。

一、思想性不够，工作经验同政治理论水平有限。

二、文化程度不高，往日对于这方面的提高不够，今后要有组织有计划地提高。

午后，接受几个单位报告，达三小时，今天终日感到很累。

1953. 2. 28　晴　星期六　北京

早，开始阅览评级材料。

午后，开党的小组会，准备近期自我批评同困难补助粮的讨论。

1953. 3. 2　晴　星期一　北京

早，将总结完稿，请张科长帮抄写，所以顺利地完成任务。

午后开发动会议，讨论了今后工作，原来做得不具体，现在准备重新搞一下。

1953. 3. 3　晴　星期二　北京

终日于办公室研究评军衔前之鉴定工作的事，按昨天上午布置的精神，今天在研究中发现不少新问题。今后在工作中，三思而后行，并召集群众多研究情况，少走弯路。

1953. 3. 12　阴冷　星期四　北京

今天紧张地工作达十小时，因办公室没有火特别感到冷（大约在零下十度），仍着皮袄办公。在办公中，做慎重的考虑，从原则精神出发以及了解实际情况并紧紧相结合，以达恰当解决问题。

午十二时从政治部公办利用空隙去防司保育院探视女儿华英。她正午睡，遂同院长、班主任打听她的近况。称，她刚回去两天不高兴，她很重感情，喜欢爸爸，想回家，听到回家便多吃饭，高兴。喜欢同妹妹在一起，爱听讲故事，爱听留声机，爱阅读小人书等。很聪明，记忆力好，说话很清楚。

1953.3.14　晴　风　星期六　北京

上午参加部党委会议，讨论如何保证完成干部认定工作，进行政治、业务学习，但参加人员不多。

今天我想金芳该回来，但仍未回来。是其母不叫走还是发生了什么意外的问题呢？因工作忙碌，没有更多时间考虑。

午后收集汇报材料，很吃力。今天工作很紧张，脑子有些发疼。

1953.3.18　晴　星期三　北京

今天终日紧张地工作了十小时。清晨很早就从梦中被工作责任心所惊醒，昨天萧副部长告修改一个材料，昨天晚上因看影片，今天起床未学习，完成了此任务。每天能很好地完成自己的工作任务，精神上感到无比的愉快。

今天金芳仍然没有回，我想她如果没有特殊情况的话，实在太不该，有事应该写信呀！我想她在最近几日内一定要回来的。

1953.3.20　星期五　北京

昨天会议至九时，计昨天工作至十三小时。

今晨赶总结提纲，上午花费四时完成，午后听总结。

会议期间脑子常吸引在华都身上，因为奶妈最近要走，恐怕对孩子不利，故在会议期间抽时间去探视孩子。

1953.3.28　晴　星期六　北京

今天花费六小时时间着重考虑军衔认定的工作。

午后党的小组会议上又做了检查，以往工作没有很好地完成，除客观原因外，主观上有两点：甲、主动性不够，没有及时地克服客观原因。乙、亲自动手不够，往往派下面同志着手。以后应及时克服以上缺点。

1953.3.29　晴　风　星期日　北京

星期天照例总是多睡两小时后再起床。一周之工作疲劳在此解决。星期天没有事情，往往不出去，在家做点辅助工作，或进行简短时间的学习，或同孩子玩。

上午时间就是这样过去了，午后一时准备修改鉴定意见草稿。

在最近的学习中进一步体会到，学习能够不断给予一种新的动力。所以不断地进行学习，特别是政治学习，能够不断地增强对新事物的观察力，就能对党的各个时期原则政策精神领会得较好，对当前斗争新的形势能有较清晰的认识。

1953.3.30 晴 星期一 北京

最近几天因忙于写材料，影响到及时阅报，《人民日报》上许多大篇文章是需要很好地学习的。这说明有两个问题尚未很好解决：一、文化程度仍然不足，写起东西感到文辞语汇非常贫乏。二、时间支配不够好。在时间支配上，家中小事占去很多时间，金芳在这方面还不能成为有力助手，还得需要一个培养过程。

解决办法：今后学习努力求精，语文方面加以很好注意，家务力求减少。

1953.3.31 晴（午后风） 星期二 北京

今天上午金芳将华都抱至中山公园，影响到午餐及午睡，并可能传染上疾病及影响孩子脑力发育。为此在午后一时返回时，严格予以批评。她表示不接受。对此深为不快。在这些问题上她不体贴我，不能减少我的思想上不必要的负担和不必要的烦恼。

许多休息时间均用于工作中，今后需要调剂。长期下去，影响身体的健康。

1953.4.1 晴 星期三 北京

收集各组了解的下面工作情况，准备写个总结，但由于材料不够，分析综合能力差，因而不能如期达到。为今后提供一条很重要的经验：缜密地注意事情内存在的本质的细微联系，特别是突出矛盾点，提到原则高度分析，不用脑力深加考虑那是断乎不能提高自己的观察能力的。

1953.4.2 晴 风 星期四 北京

今天在家里办公桌上处理了一些零星事情，好多问题自己一个人闷着头半天想不开。实际上，问题很简单，若同周围一些同志加以研究，或者再到实际中加以现地了解，道理很简单，故很快地就弄通了。因此今后在实际工作中要注意与实地联系，同群众密切结合，防止闭门造车现象。不论任何工作，除三思而后行外，还应该再多征求周围同志一些意见，其中总有些可贵的意见。经验证明，这样做往往使得问题考虑得更加圆满些。这就是遇事善于同群众商量的民主作风。

1953.4.4 阴（微雨） 星期六 北京

上午将拟好的鉴定方法交报社，于星期一出版，并准备进一步收集经验，加以研究。

因工作忙，一月之久未将华英接回，今天准备早些接回玩玩，我亦是非常重父女之情的一个人。

今晨，华都梳了两个小髻角，见了我特别高兴地说着笑着。

1953.4.5 晴 星期日 北京

午后三时偕同华英、金芳、外爷到西郊公园参观动物。返，本想送华英，但再三哭不走，她疑神疑鬼地只怕送走，形成了很大的思想负担。怕她脑子过于受刺激，故初步考虑不送走，过六周岁以后再送校念书。华都不怎样哭，准备于两周岁时再送去，代替华英，征得其母同意后即如此办。

1953.4.6 晴 星期一 北京

一件事情若想完成得好，不经苦心钻研，不走群众路线断乎不行。最近工作中，最初因没有这样做而且依靠李明哲同志，因此任务完成得不好，许多问题考虑不成熟，影响到问题及时解决，今后注意工作的及时性、敏捷性。

华英实在不愿意走，故再三同金芳商榷留华英在家，以减少孩子的思想负担，以免影响智力发育。

午后同胡部长到炮司研究军衔鉴定审查定稿问题。

晚间因华英问题同金芳争吵两句，但顿即改正了态度。夫妇间爱情牢固发展、双方政治觉悟程度不间断地提高，在于双方照顾、体贴以及对革命后代的爱护等方面，今后宜加强这方面注意力。

1953.4.8　晴　星期三　北京

终日写指示，感到写东西很吃力，文化程度不够用，文字方面总要来回修改多次，不能很快定稿。今后加强。但要加强学的东西又太多，一个人的精力毕竟是有限度的，非有长期性的一个提高文化同理论的计划不可，准备做这个计划。

1953.4.9　晴　星期四　北京

今天又重新修改指示。

最近忙于反复修改起草材料——指示、报告，因而差不多中断学习报纸、杂志。

学习亦未钻进去，无形中形成自流，尚未考虑改进办法。

1953.4.10　半晴　星期五　北京

晨，组织大家进行第一段《共产主义同共产党》学习总结与讨论。大家发表许多意见，主要对学习领导不满，大家希望多学，而领导未能及时启发诱导同联系实际，因而大家有意见。经验证明，领导群众，只有多关心、想办法、解决问题、多联系，才能把事情做好。

上午参加部务会议，记录，王、萧部长检查下面工作情况，发现许多问题，反映：司令部有些科长不了解情况，到下面随便发言，出了很多笑话，影响机关威信。给自己以很大启示——随时随地要细心钻研政策、指示精神，不可到处随便发言，发言要正确，要有意义，要能解决问题。不负责任乱扯，只会增加思想上混乱，把事情搞坏，别无任何好处。

1953.4.12　晴　风且冷　星期日　北京

今天天气很不好，终日未出门，在家整理文件，有的准备装订。

另把时间用于同两个孩子玩耍，往往调剂了精神生活。

1953.4.14　晴　星期二　北京

晨未进行学习，修改鉴定审查工作指示。最近光忙于这方面工作，未能很好地进行学习。报纸亦未很好地阅读，晚间又想休息。

1953.4.16　晴　星期四　北京

经过小组两天总结后，认识到自己在学习领导方面不够具体、深入，在检讨后即修正了这个缺点。在每个课题之前，做到具体研究指导，并在昨天利用时间这样布置了。

经验证明：在工作中只有随时随地注意很好地接受群众意见，这种意见是最实际最可贵的，能够把它加以研究分析，往往就能更进一步明智起来，会产生新的力量、新的办法，就能将工作做好，自己就能提高一步。在这方面一定要更加虚心些，那里面的好处是无穷尽的。在工作中能及时地、虚心地吸收群众的力量，进步一定是快的。

关于学习问题做了一个简要总结，利用上午时间完成之，并送报社，我想做这种努力完全是必要的。

1953.4.18　晴　星期六　北京

总结一下本周工作。工作一般做到一周一结，一日下班前一结，一月一结，其范围：一、在工作上，这一周之间所要处理的问题是否完成。完成了的，检查是否合原则精神；没有完成的拟于下周办理，订于下周的工作计划中。最后，这一周之间工作中有什么经验和教训。二、在学习方面，首先本周之内所学的东西是否切合实际，是否同实际联系起来，把所学到的东西运用于思想指导上如何。其次在学习方法上如何，是否科学，时间支配是否恰当。三、在个人修养上是否有进步，就是说小资产阶级残余思想克服得如何。

自己的一周工作、学习计划是着重于这几个方面，拟订此计划后，不紊乱，能够科学地支配时间，使学习较为系统化。

在本周，工作上，受领每个工作任务均能细心负责地去考虑研究，慎重处理，在所处理的十余起事情中尚未发生偏差，但缺点就是在考虑具体问题时有的思想性、全面性尚不够。这一方面说明水平低，另外说明思想方法上有问题，不能进一步思考，在这里应该向曹处长学习"三思而后行"的精神。

在工作方法上，最近领了一个小黑板，所要做的工作随时写上，以便于随时检查，以免贻误事情，这一点很好地发扬下去。利用这个方式每天总结和计划明天工作。

在学习方面，在四种学习中均注意到联系自己，联系实际：一、共产主义和共产党学习是目前主要课题，在方法上深钻，着重刻下我国所进行的新民主主义五年经济建设具体情况的了解，因此兴趣大增，体会到只有精读，才能发现问题，才能掌握问题精神同实质，才能提高自己。二、时事学习。每天看报中特别看第一、二版，除国际事件、重大问题外，特别注意到批评、自我批评开展的情况。三、注意阅读《建设》杂志。它的思想指导性最丰富，原则政策性最高，因此对上面文章均能认真地仔细阅读，重大问题做学习笔记，因而它成为自己最好的一种学习读物，觉得在政策水平上有显著提高，今后应加强这方面学习，克服以往间断的学法。四、在实际工作中，对具体问题均能仔细加以分析，尤其在处理过后随时加以检讨，若发现错了，有纠正余地，不至于堆压一起，最后成为系列的错误时难以克服，并直接影响了工作。

1953.4.19 晴 星期日 北京

今天是星期天，照例除阅读本日报纸外，注意到休息，借以缓解脑子疲劳，以便在下星期中工作学习顺畅地进行。

1953.4.21 晴 星期二 北京

上午听各组汇报，午后领葛科长到总干认门，因为高级步校交军委领导，故带去认门。毕，到东安市场一游。今天未很好地进行学习。

1953.4.23　晴　星期四　北京

今天处理了直政部所请示关于军衔鉴定的几个问题，并学习了《建设》关于民族政策问题的两个报告后，觉得今后在任何工作中要注意思想性。但不很好地读、学习，不提高马列主义、毛泽东思想水平，不具体领会政策精神，工作中思想性就不会强，工作就会做不好，甚至要犯错误的。学后给予自己很好一个警钟。

晚饭后给华都照相，但到了照相馆闹得一塌糊涂，未照成走了。

1953.4.27　阴　星期一　北京

参加部务会议，萧副部长总结工作，体会到一个问题：今后工作光依靠热情肯干，完全解决不了问题，非有周密计划不行。这种计划必须要有预见，预见的正确有赖于原则思想性做基础。盲目地工作完全不能解决问题，并费力不讨好，还会出乱子。

1953.4.28　阴　星期二　北京

今天上午召集全区干部部门助理员研究军衔鉴定用语问题，午后听《共产主义与共产党》补充报告。其间打瞌睡，精神不佳。

1953.4.30　半晴　星期四　北京

上午开业务会议，研究关于军士评级问题、知识分子待遇及其级别问题，继续处理了本周的工作，均加速完成了。准备明天度五一节，并发了一张观礼票，准备明天去参观一下。

本周星期五、六放假，故两个科学的鉴定尚未做出，只得往后推。

金芳最近害喜，宜特别加以照顾之。

1953.5.1　阴雨　星期五　北京

昨天发一张五一劳动节观礼票，连夜进行了参加的准备工作。九时乘车疾驰文化宫后院，于细雨蒙蒙中步入观礼台（南二台），天安门广场披上了节日的盛装。

十时，主席台上出现了伟大的毛主席，人们掌声如雷高呼领袖万岁。

彭真市长宣布开会，鸣礼炮，奏国歌，主席即宣布游行开始。工人、市民、学生……以最愉快的心情穿着盛装，拿着花，扛着领袖的画像，通过主席台时满面笑容地向领袖致敬，而领袖以同样愉快的心情不断招手。整个游行历时三小时。

晚间同金芳、华英又看《莫斯科在建设中》影片。

1953. 5. 2　半晴　星期六　北京

今天竟日未出门，街上人们到处游逛欢度佳节。电车、汽车拥挤不堪，无别的交通工具，故未出门。

1953. 5. 3　晴　风　星期日　北京

今天开始上班。经验：随时保持精力充沛，那么学东西记忆才强，才能更好地钻进去，才会更好地体会问题的精神实质。问题才能处理得更好一些。

1953. 5. 5　半晴　星期二　北京

最近发现自己有时在观察问题上是存在着片面观点。这种情况在过去有人反映过，但未引起足够重视。现在发现其关键在于不冷静时则易于不全面，这个问题的克服就有赖于意识修养，理论与实际联系。工作中信口开河随便乱讲，易于出乱子，尤其是不择对象地乱说，更易造成问题，完全无助于事。

小资产阶级出身的人，往往任性，任性实质亦是自私自利的个人主义表现形式，它同无产阶级集体主义有原则上的区别。今后宜加强集体主义修养，克服任性表现——它是有害于无产阶级思想的。

1953. 5. 8　晴　风　星期五　北京

午后带金芳到中央妇幼医院检查，怀孕已五十天，营养不良，须特别注意，个半月后再去检查。

1953.5.9　雨　星期六　北京

金芳今天午后突然患偏头疼，很厉害。据朱医生讲，这是由于怀孕所引起的。她在此次害口非常厉害，故晚间出去设法给买些东西吃，但什么也不愿意吃，最后吃了冷饼、酸梨。对她宜很好照顾之。

1953.5.10　半晴　星期日　北京

今天金芳精神清爽，早饭后带至文化宫，参观德意志工业展览。

参观中没有人代为解释，因此有许多大机器的性能、功用不了解，等于白看，上面又未很好注解，但总的方面对德国工业的先进从此可以目睹一斑，学到不少东西，给自己在思想上以很大启发：一个人在社会上应该树立一种坚强的为人民服务的事业之心，那么才能做出对人民有利的贡献来，华而不实那是完全无济于事的。

我打算在京工作期间，研究首都的建设问题。

1953.5.11　阴　星期一　北京

上午九时欢送王部长到朝鲜工作，在部长讲话中给予自己一个很大启示：部队将来要实行单一制，许多同志要做军事工作。那么，另外一方面，不能做者就要实行转业。根据这种情况，自己应该加强军事学习，在理论上，新的先进的军事科学要深钻细研，如果像现在这样马马虎虎下去，那是很危险的，这一点应足够警惕呀！

1953.5.13　大风　星期三　北京

晨，聚精会神地学习《共产主义同共产党》，同时参看马列主义一些原著，很用力，感到脑又发痛，影响到对工作问题上的思考力。结果午后给张现同志写鉴定时异常发疼。今后在用脑力方面宜节制，调剂之。

1953.5.15　晴暖　星期五　北京

计划了半天学习，花费了四小时，但未与领导上进一步确定时间问题，结果领导上布置大多数同志到下面检查工作，因而趋于流产。说明在工作之前考虑问题尚不周到，是今后工作中一个教训。

1953．5．16　晴　星期六　北京

上午九时，参加军政高干会，杨参谋长布置下半年工作，关于军事练兵问题做详细阐述。从这次会议中又学习了许多新的东西，其中最主要的两个问题：学习和工作上的计划性（科学的工作方法）。最后顾问专门又讲了计划工作方法问题，给予很大启发，今后在工作中值得努力地加一把油。

1953．5．17　晴　星期日　北京

今天是星期天，是数月以来度过的最好假日。早饭后偕华英、金芳到中山公园游玩近五小时，心情很愉快。很集中地繁忙了一周，应该这样地调整一下身心。

夜十一时送王部长赴朝。

1953．5．19　阴（夜雨）　星期二　北京

上午九时到大礼堂听高干会议结论，在杨参谋长结论中明确许多问题。我认为在此次会议后不仅明确许多问题——工作计划性、正规训练、领导方法等，而且进一步体会到党与群众相联系的政策。作为一个领导干部，不论在任何工作岗位上均应时时刻刻掌握住这一精神。只要同群众密切联系着，诱导启发群众的工作热情，并把这种热情变作团结的、有组织的力量，就能发挥创造性，就能提高自觉性，那么工作中所发生的困难就能设法克服，完成工作任务。

由于在会议中聚精会神地听，加上时间过长——六小时，因而会议之后几小时脑子仍然发痛。

1953．5．20　阴　雨　星期三　北京

最近感觉脑子很好，在工作中思考问题较清爽，因而比较周到。在这个问题上得到一个很大启发——平素注意补足身体营养，适当休息，充分的睡眠，是唯一的保证。

午后花费四小时补抄工作日记。抄一次对自己来说又是一个很好的

检查。

1953.5.22　晴　风　星期五　北京

晨，到司令部听报告——总结动员《共产主义同共产党》学习，主要在于思想指导差，未能很好地解决问题。在工作中，应该是针对着当前情况提出问题，解决问题，在思想领导上提倡什么，反对什么，在工作过程中进行这一步预计下一步，严密地计划工作组织力量，按部就班进行。当前学习的领导方面正是缺乏这个，这对自己也是很好的学习。客观实践就是最好的学习，尤其是在现实斗争中、生活中随时所发生的事件，形成问题，丝毫不可疏忽过去。

上午开支部会研究总结改进问题，我进行了检讨，作为支部学习委员，对全支部学习组织不够，并因怕繁重而提议与支部委员分管办法，今天证明不当，接受这个教训——在任何工作任务面前，应当积极地敢于负责，不推诿责任，在施行中不怕碰钉子，敢于揭发进行过程中的缺点，利于改正，并进一步虚心研究，找出问题关键、经验教训，把这些可贵的经验运用到下一个工作中。那么我想，工作就一定能够前进一步。我想，工作能力的提高就是这样一个过程。

经验证明：只有高高地举起批评、自我批评的武器，才能够前进。

1953.5.23　大风　星期六　北京

今晨利用半小时重新布置了学习。午后支部活动——改选支部，并被选为支部委员，初步分工为副支书，按个人意愿，愿担任学习委员。不过这是几位同志均同意了的。

晚上到商场选购几本参考书。

不断地同群众联系，随时听取意见，学习并帮助群众，自己在群众的不断教育同督促之下才能够不断地进步。

1953.5.24　晴　星期日　北京

今天星期日，时间未支配好，在家同孩子未玩好，亦未做任何事情。今后需要科学地支配时间，以往没有这种科学的支配，浪费了很大的脑力。

1953.5.25 晴 风 星期一 北京

最近几日内工作少些，因此抓紧时间加强学习，准备开始系统的理论学习。

在最近每天平均自修六小时。

1953.5.28 晴 星期四 北京

今天早未起床，大大地睡了一个懒觉，这差不多是数月以来在工作时间唯一的不按时作息了。不过这是由于昨天实在太疲劳了，证明身体不太好，值得注意保养之。

上午工作期间脑子有些发晕，故在讨论干部职级悬殊问题时，亦感到很痛。

1953.5.30 阴雨 星期六 北京

金芳今天早返家，本拟送，但早间开会布置工作。

午后韩玉奎同志请去商谈他同其老婆问题——感情不睦，准备离婚。我主张结婚宜慎重，婚后要注意巩固与发展感情。

1953.5.31 晴 星期日 北京

今天是星期日，约好上午送韩玉奎同志到北戴河疗养院，但碰到李思敬政委，扯谈了几分钟误了时间，又听说他老婆前来送他，去怕妨碍谈话，故未去。

本拟午后去北京图书馆，一时，看两个影片，整个时间花到同华都玩耍方面。今天曾监督他吃了两顿饭，均吃得很好。他现在增加了心眼，又像华英似的见面后坚决不让离开。他的心眼更多，一看情况不对，就是一个老主意，紧紧地抱住，死不离开。

1953.6.1 大雨 星期一 北京

上午到总干请示问题，毕，返东四人民市场，适肚饿，即在平民小吃摊吃了一碗馄饨两个烧饼。在京几年中最喜食的即此。沿途目睹成群结队的儿童们在欢度他们的佳节，汽车、电车都为他们开设专号，公园免票游览。

儿童们生长在这个时代，真是如同太阳似的温暖，是多么的幸福呀！

今天给华都买半斤荔枝以庆祝他们的节日。

1953.6.2　阴雨　星期二　北京

拟最近将《共产主义同共产党》正课学习结束，计划在学习中除正课外，订一个长期的理论学习计划。六月份做准备，七月份开始。

午后用两小时抱华都玩。他最喜欢看鸡，住户有一家养一只老公鸡，他每天要去看一会儿，并且还要照例去买一块糖吃。

1953.6.5　晴　星期五　北京

今天数次检查华都饮食情况，均良好。对女保姆很感兴趣，孩子精神很好。唯见面后坚不离开。

上午开本组会议，研究总结问题，时间很紧凑，要用大力收集材料才能按时完成之。

晚饭后抱华都至一条非常静肃的小胡同玩时许。现在每天在游戏时间抱他玩，差不多成为唯一的调剂工作之游戏了。

1953.6.8　晴　星期一　北京

现在更进一步认识到，摆在我们面前的是许多许多新的事物，这些都是自己所不熟悉或根本不了解的，需要用大力去学习，去钻研，不学就不能工作，更不可能搞好工作。

一个人的主观能动性是有限度的，认识问题难免有片面性和错误的地方。因此，在工作中应该高高举起批评与自我批评大旗，大胆检讨自己的缺点和错误，勇敢地接受同志们的善意的批评。同志们所提出的意见，很好地加以研究分析，运用到工作中，对工作，对个人进步只有好处而无坏处。如果是错误的，它有提醒之效，有充分改正之机会，不至于一错到底。其最大价值在此。所谓"良药苦口利于病"，坚持缺点错误，势必发展到最后不堪交代，把事情弄坏，不得不离开这个岗位时，才警醒过来，才接受，但已无济于事。凡是这样做的，那是笨伯。

记取教训呀！高高举起批评与自我批评大旗勇敢地前进呀！

1953.6.10 阴 星期三 北京

今天正式开始军事学习，上午是团进攻战斗。讲得非常有原则，聚精会神听课。

有两件事情：一、在今后学习、工作中应做出计划，严格地按计划执行。二、很好地注意体质保养，最近得到一条极为宝贵的经验——充分地使脑子休息。"不会休息就不会工作"，一点儿不假，今后宜善于掌握这个精神。

1953.6.13 晴 星期六 北京

早，主持学习讨论。上午研究几个材料。

晚饭后的时间完全花费到照顾华都上，女保姆要求要走，周金芳不返，令人甚为着急。这个人太马虎了，太不体贴人了，这样实在影响我的工作、学习同精力，并影响了孩子。考虑叫她今后就在家带孩子。

1953.6.14 晴 星期日 北京

星期日，本应进行休息和调整精神，做些文化活动，但情况不是如此。花费了四五小时照顾华都，另花费四小时去给找保姆，但均未找到，因而令人实在着急。

1953.6.16 晴 星期二 北京

现在还有些同志，习惯于在解决个人问题时走小道，我对于这样的习惯表示非常厌恶。这些同志思想上还存在着不同程度的小资产阶级个人主义不正确想法。证明不断克服小资产阶级个人主义不正确想法在个人来说是经常性的一个工作任务，不可一日放松。

1953.6.18　阴　星期四　北京

今天修改两份科员鉴定，并改向总干呈报的一个文件——关于奖励条例。之后脑子发疼，晚饭后同金芳到市场游逛。

晚间为舅父同母亲发一信，述其保身之法。

1953.6.20　晴　星期六　北京

晨，布置支部的学习问题。

午后阅读各小组的总结材料，总结对于不大喜于动手写作的自己是一个很大督促，这也是一个最好的学习过程，对语文有很大的提高。

1953.6.22　阴　星期一　北京

今天开始考虑总结轮廓，准备在几天之内先把体裁考虑出来，再填充具体内容，而后再在文字上面加工。从前对写作不注重，现在重大的工作任务加在头上，这个问题不得不很好加以注意和努力。

1953.6.24　阴　星期三　北京

终日阅读总结，收集材料。

上午参加军区支部工作会议听结论，并由张致祥副主任传达主席关于党的总路线问题的报告，聚精会神地听。

1953.6.25　晴　星期四　北京

阅总结材料，感到自己语文程度不高，还得在这方面努力，需要大大地提高一步。

1953.7.6　半阴　星期一　北京

今天拟订七月份工作计划，将利用这个时间将所有遗留问题处理完毕。

1953.7.7　半阴　星期二　北京

今天请假未上班，领金芳到东四一玩。

晚，老高来找，解决冉子英就学问题。小孩是不好处理的，了解一个最重要问题，今后一切一切均正确而严肃地、正规地按条例办事情，切忌潦草办理。

金芳如果学不成，打算叫她在家照顾孩子，我想（根据近年的经验）为孩子负责，为革命负责，这个工作也是非常重要的，同时今后亦起到助理作用，这种分工是科学的。

1953.7.9　晴　星期四　北京

今天午后同张现同志到军训处同徐副处接谈研究关于几个军事用语问题，争取很快将这个文件定稿报军委。应该改变过去老经验主义办法。过去经验是宝贵的，但不可照搬，只有将里面有利于现在工作的抽取，同现在实际情况相结合运用，才能对现在工作有裨益，如果是硬搬，势必要犯错误。

现在的环境需要高度的集中，一切行动都是在高度集中下进行，发挥工作的威力。如果标新立异独出心裁，那是必然要犯错误的，所以，我们在现实工作中如果随时随地注意研究学习的话，摆在我们面前的事物是太丰富了，日新月异的事情那是太多太有趣了，它就是我们学习的最好对象，今后宜特别注意呀！

1953.7.16　晴　星期四　北京

日记对我自己来说，一、记载了许多革命斗争中生活、学习、工作过程，以后查看很有意思的。二、最重要的是起到一种督促作用，这就是对自己不断地反省、检查，及时地、深刻地发觉自己的缺点或错误，得到很好改正，使自己的行为、思想、工作更加正常起来，正确起来，从而成为党同人民的一个良好工作者。这就是自己的目的。在最近日记中很注意关于这一方面的检查，因此，我觉得自己在许多方面有很大的提高。

记日记，我认为这也是最好的一种自我批评武器，因此，每天都要记日记。

1953.7.20　雨　星期一　北京

除办公处理几个零碎问题以外无事。

午后透视肺部，良好，甚幸。今后能更好地为党、为人民工作下去。

1953.7.23　雨　星期四　北京

上午进行学习总结，并准备全支部学习总结问题，原来打算做，现在非自己做不可。在这里说明一个问题：今后每进行一个工作时，要从头至尾做一个计划，做布置时即计划出总结，工作要做得有头有尾，只有如此才能提高工作效率。工作中不仅要完成数量，最重要的还在于质量的提高。

1953.7.24　晴　星期五　北京

支部指定由个人做四个半月的《共产主义和共产党》的学习总结，今天花费四小时写出，午后四时在支委会议上讨论通过。

经过最近几年来的学习总结，对自己在观察问题、分析问题、认识问题上有很大提高，因为要写必须首先把事物本质、内在联系弄清楚，然后分析研究，提到更高角度，然后再下断语。这对自己来说是最实际最好的一个学习，通过这样的学习，对自己首先在政治上提高一步，次之在语文上也提高一步，但，这还非常不足，须今后继续不断努力。今天我觉得这是值得很好总结的一件事情。

1953.8.5　阴　星期三　北京

今天未上班，开始在街上买些零碎东西。数年未曾这样请过假利用假期看他们，而他们是时刻在盼望着。这次请半月假满足他们要求，这也是一种责任和义务。

晚间十一时搭车，因把车票留家，回家取回后已经开车五分钟了。说明：做任何工作都要细心，在工作之前细心检查一次，这是工作方法问题。

1953.8.6　晴　星期四　北京

今天仍然很忙碌地准备了一天。晚十一时搭车，在检票时又出了一个岔子——昨天误车，车站签字为今天上午列车，故票作废，金芳又粗枝大叶。一切经验证明：工作完全是一套科学过程，因而在进行任何一件工作时都需要事前进行一系列的严密计划组织，那么事情才能完成得较好或好，并且依靠深入了解情况和预见，事情才有可能做好。

1953.8.7　晴（午后六时雨）　星期五　太平堡村

今天乘大马车六十里，步行三十里沙河道，完全生活在大自然中，这是三年来首次，因而身心感到特别爽快。

1953.8.8　晴　星期六　太平堡村

终日休息，这是岳父家。岳父母忙于招待。数年前——抗日战争、解放战争时代曾在此活动，之后数年离散，今又重逢，人民安居乐业，共享太平，真是同村名相符。

天气清爽，除中午热几小时外，早、晚很凉，很好的避暑地，感到脑子甚为清爽。

1953.8.14　晴　星期五　北京

准备明天返里，今天做了一些准备工作。特为舅父准备些牛骨髓，他很喜欢它，常言"这是他的保命药"。对于他的供养，我是十分应该的，没有他的苦心供学，则无今日。在道德上说亦应该供养之。

1953.8.15　晴　星期六　北京

上午十一时半乘直达西安车，偕华英同其姑母返里。

两天前即售完卧铺车票，故买硬座票，沿途乘车者每站均上下不绝，甚热。

沿途（河南、河北）庄稼颇好，人民满面喜悦。

1953.8.16　晴　星期日　家乡

午后四时达家，母亲正忙于锅灶之间，面见甚喜。前信语返日，故接连数次未成，估计不返，今日突返，实出意外。

舅父还如同当年似的全力从事农活，每晚满身发疼，到底是上年岁了。始劝其减少劳动时间，但老当益壮之心切矣，老人此种精神很值得学习的。

1953.8.23　阴　星期日　北京

此次半月往返探视家母同岳母，对她们来说给予精神上很大安慰同鼓舞，这是应尽义务，同时今年夏天由于工作不甚忙，尚有此佳机。但对个人进步来说，对工作来说不能不是一个损失，少学好多东西，少做好多工作，今后尽量减少此种对人民意义不大的消耗吧。

1953.8.24　阴　星期一　北京

检查这半月科内工作进行情形，并督促报军委补充总结数字，另外补学半月来时事。

1953.8.25　雨　星期二　北京

上午到大礼堂，顾问讲师防御战斗，甚详细，并联系苏德战争实际又多，收效甚大。

午后到华北局听关于党的总路线问题的报告。今天在听时最大的损失是坐在一个犄角中，听不清楚。听这样一次报告胜于学习一个月，因此每逢这样报告力争来听，并聚精会神地听。

听后觉得，今后在工作中，对于自己的工作情况、环境首先做细腻的、有步骤的、深刻的了解，不熟悉工作情况，不了解环境不能工作。这还不够，必须懂得党的政策，把党的政策同当前自己所处的实际工作环境密切地结合起来才能工作，这样才具备做好工作的条件。另外，还得加上虚心，丝毫不能骄傲（尤其是做得稍微有点成绩时，更要细心研究、总结其经验）。向上级同群众很好地进行学习，这个经验须在工作中时刻深切注意。

1953.8.27　晴　星期四　北京

集中精力学习党史第一章参考材料——《中国共产党产生的历史条件》。每每由于用脑子思考过度，因此脑子发疼大半天，还是另外由于他种原因造成，尚不得知。

晚间到商场旧书摊寻找买点参考材料。

1953.8.29　晴　星期六　北京

连日头有些发晕，可能因睡眠不足所致。午后参加支部活动，集中力量学习党史，每日达六小时。近些日子工作不忙，加强这方面，深感知道的东西太少了。

晚，到前门外探视吴坚同志，予以安慰同鼓励。

1953.8.31　阴　星期一　北京

致力于研究毛主席初期革命活动情形：一、好学精神。二、品质道德。三、坚韧意志、远大理想同抱负等等。在学后予自己以深刻的启发、激励和鼓舞，更进一步要学习领袖这种崇高美德。

因为《中国青年》连续刊登、出版，即到街上购来，缺一期，今晚从商场旧书摊上找到，甚喜。

午后六时到托儿所了解情形后，以十万元购《辞源》一套，虽目前经济很困难，但必须。

1953.9.3　晴　星期四　北京

晨，准备今天送华都入托儿所，因工作人员未到齐，故暂不收，待十号再收，因而只好等待。最近因女保姆得走，金芳怀孕已近七个月，身子非常不便，故担心她的健康。尤其华都调皮，发脾气，抱之，两足乱踢，故从楼上搬到楼下居住。

1953.9.5　晴　星期六　北京

今天早、午后以五小时时间讨论党在过渡时期总路线问题。

深深地了解到：作为一个革命干部，其责任的重大。受人民及党的重托，应当随时随地了解下面的情况——联系群众——把党的政策结合下面实际情况，非常适时而恰切地贯彻下去。在执行过程中当极细心、谨慎地去研究随时随地的变化。这种变化的情况同问题随时报告上级，请示批示，以利行动更加健康，免出偏差。这样，工作才能完成或完成得更好，并且在完成之后善于总结这一段工作经验，以期运用到下一阶段工作中。

在领导的责任上说，要把最大的勇敢负责同极端细心和随时随地联系群众密切结合起来，才可能避免在工作中发生错误。

切记：任何工作过程就是一个学习过程，是一个尽责任和义务的过程，新的东西是在不断地发生发展着，而在个人知识领域中活动的范围以及所了解的东西那是微乎其微。所以，工作要做得好，就要不断地向别人、向客观学习，必须要努力、积极而谨慎细微地去工作，很好地联系群众，请示上级，研究问题，随时随地改进思想，改进工作，切忌狂妄自大作风。

1953.9.7 晴 星期一 北京

在工作中为什么常常处理问题不是过"左"便是过"右"呢？就是因为把工作中情况没有闹清，没有把政策同实际情况相结合起来，我们当干部的责任就在于把两者紧密地结合之，从而问题才能恰当地解决。

1953.9.10 半晴 星期四 北京

头疼，学习不能致力。午后进行保密工作布置。

检查：上午主持学习讨论会未进行好，原因是事前未做具体布置、严密组织，而自己亦未进行充分准备，结果在会上大家未发言。会后顿即同部秘书（学习委员）进行研究改进之法，收集大家共同性疑难问题之后进行组织，指定发言人，并检查其准备提纲，如果仍有不足者，指定后备发言人，并且自己亦做良好准备。因为这是群众所交付自己的一个重大的政治责任，宜以全力完成之。

1953.9.13　晴　星期日　北京

利用今天假期做了一个劳动——花费三小时时间完成了近二百斤造煤球工作。这是给孩子华英做饭用，经过劳动之后出了满身大汗，感到非常舒服，体力劳动同脑力劳动相结合最为发展身心，因此，在劳动之后脑子不发疼。今天在我的脑子中完全打破了那种鄙视劳动的腐朽的资产阶级的残余观点，今后更应寻找这样的劳动机会。

1953.9.15　晴　星期二　北京

今天精神甚好，上午到司令部上军事课，及午后办公时间内，脑子均未发疼。午间做了一个小时劳动——劈柴。我想，如果不是脑子中长瘤子的原因，那恐怕就是神经衰弱了。今后应该多多注意体力劳动的配合，当是最为有效的克服办法。

1953.9.16　晴　星期三　北京

根据细心地对脑子发疼问题研究，凡用脑过度，思考集中往往发疼；用得少比较好些，连着用，往往发疼。这种情况，回溯在幼年时就有些病状，带有先天性的神经衰弱症，原因是幼年发育时营养不良，幼年玩耍时遭受刺激过度所致，加之连年转战，生活战斗紧张，营养不足，过度疲劳等，长期形成高度神经衰弱症，现在需要很好的调养。到京工作近三年中未能很好地注意这种情况，从现在起，加以调养。

在工作中，凡问题到来时，首先了解全面情况后进行深刻分析，而后从阶级立场出发考虑，然后再决定如何下手，这就是方法问题。如果首先把方法问题摆在首要地位考虑，势必闹出错误。所以，我自己——小资产阶级出身的人，应该时常随时随地注意改造自己这种不良的考虑问题的思想方法，随时检查自己的无产阶级立场是否稳当，并进而检查工作效果是否同立场一致。这是工作中一种经常性责任，同时亦是自我修养过程。

1953.9.22　半晴　星期二　北京

最近几日由于调剂用脑子，较好，休息睡眠充足，故脑子不大疼。
上午上军事课，集中精力倾听，李健参谋长讲得较深刻，收效较好。

1953.9.23　阴　星期三　北京

午后到中央团校大礼堂听财经会议的报告，给予自己非常深刻的教育。使自己进一步了解到小资产阶级出身者，应该长期地注意在实际工作中，从组织纪律上、思想上、政治上不断加强修养，克服非无产阶级的意识。经常注意克服那种在一定时期工作中可能有一丝成绩，因而产生骄傲、自大妄为的个人英雄主义思想。如果到这时仍不能警惕改正，则势必变成行动，这就会与党的利益相违背。由于这时错误的思想主导着，往往还坚持己见，形成错误，给党造成损失。这是历来犯错误者的规律，然往往不能为一般人们所接受。这个时候我们应领会毛主席对我们的告诫："要老老实实为人民服务。"这是多么深刻而诚恳的教导，当在今后在工作中深深记取。这就是我最深刻的体会。

1953.9.24　晴　星期四　北京

终日倾心于党史的学习，其他工作没有开始。中间抽时间研究支部领导工作。目前支部存在主要问题即思想建设不够，民主未能很好发扬，批评、自我批评未很好开展，拟于明天支委会讨论，自己准备意见。

1953.9.30　晴　星期三　北京

上午即结束一切工作同学习，机密文件存放保密室。

午后同郭秘书至首都电影院看《彼得大帝》片，受到深刻教育。

晚，金芳接回华都，全家玩至熄灯后时许方寝。

1953.10.4　晴　星期日　北京

晨洗漱时头发脱落异常多，由于体弱、血压过高缘故，宜加强休息和营养，这是由于多年战争环境所积累的长期神经衰弱症。入城以来工作仍然很重，虽增加补贴，但多用于照顾家庭及孩子，为此，仍然保持着艰苦的作风。我想长此以往不足以更好地工作下去，决定今后加强营养同适当调整休息和工作，俾使身体得以恢复。

今天这个星期日得到充分的休息，精神很好。

1953. 10. 6　晴　星期二　北京

上军事课，战车部队徐司令员讲授很透彻，收效较好。将来战争的全面性、立体性，加强军事学习非常重要，预备参加此次集训工作，科内无事情，但尚不知最后怎样确定。

1953. 10. 7　晴　星期三　北京

给母亲、舅父回信，因今年秋歉收，缺雨，春麦未种好，他们不来。本再三邀请舅父前来治牙，但也没有给他们寄去钱，他们花两三个月口粮做一次路费感到不合算。

我的经济现在仍然很困难，仅仅能以维持最低限度开支。

我们国家前程非常远大，我相信在第一个五年计划完成之后，工业化基础已经是要打下了，那么在第二、第三个五年计划之后，我国当发生根本变化，那时，我国人民生活当大大改变。

最近报纸上连连登载各地响应中央号召，厉行节约，数字非常浩大，说明我国以工人阶级为领导的潜在力量之强大。只要有毛主席的英明领导，任何一件工作都能顺利地完成。

自己责任在于不断提高能力，做好工作，今天所愧者是能力非常不足，当不断努力之。

1953. 10. 9　阴　星期五　北京

上午带华英去项大夫诊所为其治臼齿，不意应诊时间改为午后二时。返，双栅栏十四号设高小补习班，到明年七月毕业后可报考初中，适金芳入学，学费为十二万元，准备叫她去。

午后参加支委会议活动。

1953. 10. 20　晴　星期二　北京

晨五时即起床乘车赴房子县参观十五团炮兵连演习，历时四小时。午后一时，利用休息时间到城内同老乡扯谈，老乡们还回忆到解放前八路军的英勇作战情况。不禁又想到房子县山区群众情况，当年在山区打柴生产，那时我从山林里背回竟须花费四小时，并得休息三小时，因为完全在羊肠小道中走。然在辛苦而愉快的劳动之后，我们特别感到高兴，房东感到我们很辛苦，肚子一定饿了，常常给我们送点东西吃。那时吃的是两顿饭，中间距离很长，往往不到开饭时间肚子饿得直叫，今天回忆起来当年这些生活时感到特别有趣。

孩子们围着看我们同汽车。同孩子们开了几个玩笑之后就招手告别了。

返回时至卢沟桥——当年抗日战争爆发点，下车参观，这个名桥现在划归北京丰台区，不久的将来这里要成为首都一个美丽的风景区。

1953.10.23　晴　星期五　北京

上午集中力量自修四小时党史，脑子有些兴奋。午后偕金芳、华英参观波兰文化展览会，劳动人民伟大的创造精神犹如其他国家人民的创造精神，极其丰富。世界上任何一个民族都有它独特的劳动创造精神，都有它独特的贡献，在我们这个伟大的年代中，由于马列主义、毛泽东思想照耀着各个民族，各民族中优秀的传统、科学的劳动创造精神一定能够更好地发扬光大起来，发挥它无尽的热和光。将来人类是大团结的，是十分团结友爱和劳动互助的，那么，人类的智慧将是无限制地发挥出来，将来人类的幸福是无止境的，我们高举着共产主义大旗，勇敢地前进吧！

1953.10.25　阴　星期日　北京

上午偕金芳、华英去探视华都，他的面部打架时被别人抓破的伤痕老的未好新的又增，该所称：他仍然好打，好咬，所有的小儿班的孩子均惧怕他。另外他饭量很大，他是全所最能吃饭的两个小孩其中之一，他的脾气很大，好发脾气。玩耍一刻钟之后，买了几块糖由金芳哄至后院交给保育员哄方脱身。他微哭几声，我们也很愉快地返回。

别的时间真正放到假期休息方面了，现在感到身体非要充分休息与营养，否则不堪坚持长期的革命工作。

1953.10.28　晴　星期三　北京

集中精力自修党史。

午后办公，仅做两件事情——回国人员授勋问题，属于行政范围内奖励问题。在工作中，细心处理须经常掌握原则又照顾到实际情况，只有把两者结合起来，统一地分析而后方能正确地处理解决问题，我觉得现在解决问题并不像以前那样单纯地从热情出发，这也就是说老练多了。

1953.10.31　半晴　星期六　北京

全日致力于党支部工作。早开支部委员会议，上午起草关于贯彻条令问题的决议。午后开支部大会，由个人做此问题的专题报告。

今天我们国家开始在城市实行计划供应粮食，特别是面粉，对购白面有限制，这是社会主义改造的必要措施之一。

1953.11.2　晴　星期一　北京

今天花费了四小时阅读了中央关于实行粮食的计划收购同计划供应的决议，之后心坎中感到非常高兴愉快，我国在过渡时期一切之一切英明措施，完全可以说明在我们伟大的党和极其英明的领袖毛主席领导之下，十年或十五年时间完全可以取得更加伟大的胜利。将鼓舞我个人更加努力学习，完成自己的工作任务。

1953.11.3　半晴　星期二　北京

工作中应该而且必须要兢兢业业地把工作做好，这是我的责任，而且是我们革命的目的。但是，万一把工作做坏了，造成错误，那么，这时对待错误应该正视，虚心地检讨错误，勇于改正错误，如此才能不至于一错再错，同时从这次错误中得到宝贵的经验教训。从另一方面来说，错误不可常犯，因此还须注意平素在工作中要努力地学习理论，提高自己观察问题的观点、立场和方法。这还不够，还要向有经验的同志虚心学习。只有这样，才能使自己不断地在实际工作中提高。

快下班时收到张现同志来信，并表兄及家来信。

1953.11.4　半晴　星期三　北京

最近集中精力阅中央关于我国第一个五年计划中许多问题措施，特别是最近关于粮食问题的措施文件。一系列问题，在自己面前都是新颖的，应该特别用功地学。在学的方法上要精读，细心地、反复地读，以达深刻地领会文件的精神同实质，只有真正地领会到精神实质，才能与实际结合，在工作中才可能避免犯错误。

1953.11.6　阴　星期五　北京

十时至午后二时四十分，到军区听北京市委张部长传达粮食问题的报告及北京粮食问题——面粉实行供应的情况。之后检查了自己的思想及其纪律性，认为还能很好地遵从党的利益，认为，只要党所提出的问题对全体人民来说都是有利的，那么自己的一点小小利益毫无疑问要服从党的利益，即全体人民的利益。在任何情况下若把自己利益突出地看待，放在大众利益之上，势必犯错误，这就是个人利益同组织利益关系问题。切记在处理个人问题时，要从最具体问题方面着手，只有这样，言行才能切实地从具体问题上结合起来，这样对自己的锻炼最有实际意义。

1953.11.13　星期五　北京

集中力量准备了党史测试题。

为了考虑慎重计，应该反复地进行考虑，成熟而后行，百次考虑一次行，在考虑时广泛地从多方面征求意见，以求问题的全面性。最后在施行时要坚决顽强，不达目的誓不罢休，绝不能无故而中途动摇、妥协。一切工作都应该是这样的。

1953.11.14　晴　星期六　北京

集中上午四小时复习党史，今后在学习问题上提供极其重要一条经验：在一些重大问题上要反复地、深刻地了解问题的精神与实质，就是说只有将问题的精神同实质——观点、立场、方法——掌握住了，真正地懂得了，那么才能运用到实践中，才能够与当前具体实际情况相结合，才能保证正确，这是个大问题。

在处理重大问题方面要下功夫反复进行考虑研究，万不能儿戏马虎，必须把上面精神、下面情况弄通了，了解清楚后，才能订出步骤、计划去完成，完成时大胆勇敢行事。所谓"九次衡量，一次剪裁"。

错误，不能打保票说谁不犯，但在工作中只要细心谨慎，努力肯学，经过钻研之后，同群众很好联系，不懂的，向群众向领导学习，同党请示，大体上可以弄通。加之在实施当中不懂或有偏差立即再行研究纠偏，还能保证工作顺利进行，最后取得成绩，不致犯错误。在这种意义上说，错误是可避免的。

错误是不可犯的，要知形成一个错误，它对党和人民的损失是多大呀！对自己来说，精神上何等刺激。人一生若连着犯几个错误，不就完了吗？所以，工作中要兢兢业业，细心，用功，忠于职守，努力刻苦完成任务。切记，不论在任何工作中、环境下均要做好工作，绝不能把事情办坏了。事情办坏了就是对人民不忠。

1953.11.16　雨　星期一　北京

天气甚冷，初冬以来第二次的冷，许多人已加厚棉衣，而自己仍着呢衣，尚不感觉怎样冷。今冬注意加强体格锻炼，最近自觉身体较比去年好些。身体是革命的资本，毛主席教导我们要身体好、工作好、学习好。需要牢记。最近金芳亦注意从饮食方面加强营养，因而入冬以来体重增加了五市斤，这是好现象。

1953.11.17　晴　星期二　北京

经验证明，若能得到充分的休息，脑子会比较清晰，从此估计脑子疼，可能不是脑静脉瘤的关系，但最好经检查得到科学方面的确凿证明。如果脑子没有毛病，决意还要到国防军方面工作，以继续担任保卫国防的神圣任务。将来到地方工作，也是对工作有利的。

上午听军事课，今天讲师防御中后勤工作，比较好。另外，集中力量准备测试题。

1953.11.19　晴　星期四　北京

数日准备试题，很轻快地答完。

在这里充分产生一个指导思想——一切工作要想完成得好，须依靠平时的刻苦钻研、充分准备以及临事的努力，没有前者断乎不会有后者及其结果。一切事情平素要用最大细心和用心去学习它，注意它，到时候总会用上或有参考价值。

午后到新华书店购了三万余元书，其中一部分系家庭卫生常识及幼儿卫生护理常识，我想对孩子今后照顾上当有所帮助。

晚间，与韩玉奎同志扯谈至十时。

1953.11.21　晴　星期六　北京

今天虽然是晴天，但充分显示出严冬气候，冷风刺骨。

一个干部在政治上不断地提高自己，加强政治修养，提高共产主义道德观是何等的重要呀！我充分地认识到，一个共产党员他的言行应随时随地贯穿到日常工作同生活中，看人就要从这些方面去观察，绝不能满足于表面的一时现象，否则就要发生偏差，或不全面。

午后同王庶廉同志扯谈达四小时之久，晚间请到街上吃饭。

1953.11.23　晴　星期一　北京

今天接到吴坚同志从广州的来信后，顿即复信加以慰问同鼓励。这个同志本来很热情，为党工作积极，但年轻幼稚，小资产阶级劣根性未根除，在严重的困难当中有动摇。在此进一步了解到工人阶级的革命坚决性同彻底性，值得钦佩。只有工人阶级才能称得起是革命的领导阶级。小资产阶级出身的人只有不断地改造自己，让自己具备无产阶级思想、观点、作风，那么才能更好地为工人阶级服务。

1953.11.25　半晴　星期三　北京

午前同林克铭谈问题，他请张现同志给他写去年了解他问题的情况。

午后参与研究评卷问题，余时间进行学习。

1953.11.30　晴　星期一　北京

今天为入冬较暖的一天。

上午到司令部开军事测验问题准备会议，感到这次军事学习很不好。

晚间欢送萧部长，给予自己一个很大的启示。在工作中同志们在一起是很难得很宝贵的，应该以最大限度的热情帮助周围的同志以及向上级和同志们学习他们的长处，以补自己的短处。"要学会善于同别人商量问题的态度同作风"，而原则问题，当然要坚持而且要坚持到底，但属于非原则问题则不可闹无原则纠纷。这样在工作中和同志们相处，一定会处得很愉快，工作能做得更好，这点经验教训今后应加以很好运用。

1953.12.1　阴　星期二　北京

今天北京气温已到摄氏八度，因而相当冷，这是今年第二次寒流入侵到华北。

上午上军事课，午后同李科员做预算。收到贾福田同志来信后给予个人很大启示——今后在工作中，观察一个问题，首先从本质上加以分析和认识，而后再联系周围具体情况全面地、历史地加以分析判断，最后才能达到客观确切。切忌轻易地、随便地给人家做出不正当的、武断的结论。要知武断地给别人做出结论的人那是何等的令人讨厌。凡是那种人都是自作聪明地以小资产阶级观点出发，绝不是从无产阶级观点出发。

1953.12.4　晴　星期五　北京

上午到司令部开会——点验工作。由韩副参谋长报告意义及内容后，分别召开会议，计划一下小组工作。此次指定个人担任小组长。这样的体验，每逢一件具体工作放到肩上时，总感到能力不足，深感一行的专职重要性。现在这个工作，对自己来说并不是很紧张的，我打算还是到部队工作，在高级机关这几年，我进行了总结，思想改造这方面还是可贵的。今后如何把这些经验运用到新的工作中是很重要的一个问题。

预计明天做好点验准备工作。

1953. 12. 5　阴　星期六　北京

今天集中精神准备点验工作报告及计划（小组）。新的任务到面前一定要预先做精细的准备，任何工作，哪怕是很小的，都要以全力完成并且要做好，因而这次点验工作亦需要尽心地完成任务。

头发仍稀稀落落地脱。

1953. 12. 8　终日降雪　星期二　北京

今天是入冬以来首次降大雪。

我在军区、军工作几年，好处是把前若干年的工作经验做了比较深刻的总结，而战斗经验并未真正得以总结，也未有力地、刻苦地进行军事学习。我认为在这几年中简直是失去了重心，现在赶快挽救这种损失，要立志到前方部队中进行学习，更好地工作。时间对我们来说是最宝贵不过了，现在是生活中最美好的时间了，要把它充分地利用起来。过去美好的时间还利用发挥不够——由于两个因素存在而损害了它，第一，小资产阶级的个人主义思想；第二，坚韧不拔的意志尚不足。现在要无情地克服它，抛弃它，高高举起为党、为祖国忠心耿耿、坚韧不拔的精神旗帜来，勇敢地前进吧！

1953. 12. 9　晴　星期三　北京

上午集中力量学习军事。

午后至通信处开点验小组会议，由个人传达了点验计划，屈传达了小组活动日程及其注意事项，保证很好地完成这次任务。对于任何一个工作任务，必须持认真负责的态度并以精密的计划、科学的方法完成之。我相信，任何工作，不怕它有何等的困难，只要在党和上级原则政策的正确指导之下，以积极钻研精神结合群众路线的工作方法，以坚韧不拔意志去进行，并坚持到底，我认为没有完成不了和完成不好的。我对待工作就是抱定这样的态度的。

1953. 12. 10　晴　星期四　北京

今天报上公布一件大事——中央人民政府公布一九五四年国家经济建

设公债条例，发行人民币六万亿元，将用于祖国的伟大的有决定性意义的第一个五年经济建设方面去。这是在建设中适时而有效地增加了突击力量，它充分地象征着我们伟大的第一个五年计划可以胜利地如期，或者提前完成。在我国人民不断增长的政治觉悟基础上，我满怀信心地认为，一定能够在最短时期间完成购买公债任务，我个人即准备以最大节余去购买。

1953.12.14　晴　星期一　北京

早七时参加会议，午后讨论，继而进行点验动作演习。

晚间议程上开小组准备会，本部李科长未在未开成，利用此时间探视金芳情况。

几年来与部队可说是处于隔离状态，而今天又开始接触，许多方面感到生疏。几年来部队进行新的正规训练，我未真正与部队接触，将来再做部队工作时会有困难，我认为现在要做即做部队工作，将来不能干时，干脆转业。

1953.12.16　晴　风　星期三　北京

五时半用餐，六时登车，七时半达该团驻地，稍休息即按照预定的时间开始点验。全团指战员精神饱满，纪律良好，上午两小时操场点验，虽西北风如针刺般刮着战士们的面孔，战士们仍然在行列里岿然不动，静待点验同志仔细地点验。这时我的手腕有些冻得麻木，我想，我们的战士不能例外，但他们的队列观念、守纪律听命令服从指挥精神值得钦佩。我认为我们有这样的战士，我们难道打不了胜仗吗？

汇报与休息之后，于午后一时又开始对车辆点验，由于车辆尚未修好，车场就在大沙河滩。在溪旁大河滩上，整齐地排列着两列雄伟的战车、自动推进炮，战士们身着驾驶衣排列在车前，严阵以待，车辆均面朝北，因而战士们均面朝北。我们开始了检查。我同技术部李科长连续检查了三辆坦克，他帮助我介绍了许多常识（可说机密），使我得到很好的学习机会，我感谢他。

学问随地皆是，因而我们要随地就学，日积月累，我们的学识才能丰富起来。

天气很冷，大家都有共同心理，希望早结束点验。赖参谋长在寒冷的夜晚中简单地讲评了今天的点验后，我们顿即整顿，登车疾驰返回。

紧张的一天生活结束了，今天一天胜于数月的机关军事锻炼，学习了改变的制式动作，了解到一些条令和部队的情况，得益不小。

由于紧张的生活，晚间睡觉很舒服。

1953. 12. 19　晴　风　星期六　北京

终日写总结，很紧张，原拟十二时完，后因情况不熟悉，拖至午后六时。

通过总结后进行小组阶段工作总结，均公认此次工作当中同志均积极努力完成了军区给予的任务——检查、帮助，因而同志们精神愉快，欢乐而散，深尝彻底完成工作任务后之乐。

我在最后提议结束后把每人工作情况做个概括评价转交所在单位。

我们这次工作进行得有头有尾，可作为今后工作中的一个经验。

1953. 12. 23　晴　星期三　北京

今天利用大半天时间誊抄解放战争时期一小部分日记。

晚间同韩玉奎同志扯谈良久。

1953. 12. 28　晴　星期一　北京

金芳昨夜半即开始腹疼，终日叫疼不堪。医生告下午三时为临产期，因此，午后往东、西城给找保姆。六时后，每隔五分钟疼一分钟，继续下去。

上午集中力量补抄前段日记。

1953. 12. 29　晴　星期二　北京

昨夜金芳临产，很顺利，一刻钟即结束。

孩子生下全好，唯鼻子令人不快。九时带孩子到陆军医院为其诊治，大夫讲，六个月以后方能动手术。

第 六 编

1954. 1—1954. 12

1954.1.5　晴　星期二　北京

终日集中力量学习师防御战术，并阅读《瓦杜丁将军》。

夜三次起向炉子添煤，结果火灭，同华英在室甚冷，影响到睡眠，起床精神不佳。

要想工作得好，就要很好地休息。

1954.1.8　晴　星期五　北京

今天集中力量学习了军事复习题，从今以后着重军事学习。不努力不足以完成党和人民所交付的任务。

午后四时半参加部党委会议研究购买公债问题。在目前最困难的经济条件下购了五十万元公债。党和国家的任何号召，向来都是以最积极的态度和行动响应的，并全力以赴。

1954.1.10　晴（冷风）　星期日　北京

终日未出室，在家整理了文件。

晚间同金芳扯谈引起了争论，随便说了几句刺耳话。今后值得注意，她还是理解问题能力低，不从政治上、文化上提高那是断乎不能进步的，亦不能作为有力的助手。为她、为孩子的确消耗我许多精力，今后设法送她去学习，华英送托儿所。

1954.1.11　晴　星期一　北京

晚间，金芳做了关于生活方面亦即处理问题方面几种很正确的建议，对我帮助很大，我想今后她从文化上加以提高，还可能有相当的进步。

1954. 1. 13　半晴　星期三　北京

晨，给战士们上总路线的课，因昨天韩来扯至深夜，今天疲倦，午间稍眠。

午后学总路线问题。

晚间，看《智取华山》影片。久闻名山，今在银幕得以瞰全景，名不虚传，实在险要，风景美丽。侦察英雄刘参谋勇敢机智，堪称为全军的表率，很值得学习。

1954. 1. 15　晴　星期五　北京

午间花费四小时学习苏联卫国战争史，自修时发生极大兴趣。

最近开始内服胎盘丸，最近几日消化很好。

由于实行了按时、充分的睡眠疗法，因而脑子感到好转，但头发仍然在梳头时稀稀落落地掉。金芳亦加以劝说，叫加强营养。

到北京几年特别是从去年实行补贴以来，对家庭老人及孩子照料而忽视了对自己的照顾，在营养上仍然像战争时期那样，因而我的身体仍然像战争时期那样瘦弱，并没有及时而有效地恢复起来，将来重大的任务加于头上，难以完成任务。

1954. 1. 18　晴　星期一　北京

上午听甘泗淇副主任关于军队中党委制工作的报告，讲得非常实际、深刻、通俗，对我的启发很大。现在我非常厌恶那些夸夸其谈的人，那种人谈了一大堆，最后解决不了什么问题。这样首长谈了问题之后，常常把问题渗透在思想的最深处，从而很好地指导了自己的思想和行动，使人在新的问题面前感到眼亮心清。

这种报告对人们才有实际教育意义，因而最为人们所欢迎，今后在自己的实际工作当中应该注意这样地同人民去联系。

1954. 1. 21　晴　星期四　北京

今天为学习日，上午韩得富处长传达中央李富春同志关于经济建设问题的报告，传达得较具体，令人满意。在工作上细心、具体，是韩很大的一个特点。

现在在我的思想中最讨厌那种夸夸其谈而不做实际工作的人，这种人虚伪，往往"两面手段"出现，当面一套，背后一套，为人圆滑，八面光，这就是小资产阶级或资产阶级个人主义思想在工作中的反映。

1954.1.22 晴 冷风 星期五 北京

上午到司令部听关于总路线问题的报告。

今天予自己最深刻的觉醒，我们无产阶级革命者最重要的一个问题，就是资产阶级或小资产阶级个人主义思想同共产主义思想的矛盾未得以彻底的解决。所谓"德"就是指的这方面，是全心全意毫不计较个人得失打算，忠心耿耿为共产主义事业奋斗，还是一面奋斗一面谋划个人一切打算呢？这是关键，这是根源，过去没有能很好地、有效地、及时地把它——资产阶级或小资产阶级思想——彻底根除，阻碍了自己的前进，那么，这次学习总路线中应该很好地予以清算吧。让自己痛痛快快地大踏步向共产主义康庄大道前进吧。

1954.1.24 晴（冷风） 星期日 北京

上午取回学习合订本。

午后二时半听取华北局张副书记关于工农联盟问题的报告。

1954.1.25 晴 星期一 北京

上午听魏副部长传达李富春同志关于国家工业化问题的报告，传达得很好。

1954.1.26 晴 星期二 北京

早，学习。午到军委卫生部找检查脑子的造影剂，之后又到苏醒同志处并前去探望刘光第处长。

现在到处可以看到我们人民的那种新生气象，为我们国家伟大的前途可以设想而感到是愉快和幸福的。值得自己注意的是，努力前进，加紧学习。我想脑子瘤子取出之后对工作上当有更大的帮助呀！

1954.1.27　晴　星期三　北京

上午听杨参谋长传达军委高干会关于总路线任务下的军事建设方针和任务的报告，午后听张致祥副主任关于最近总路线学习的总结报告，听后对自己的启发教育很大。学马列主义的核心在于树立为无产阶级、为人民切实的强烈的全心全意服务的观点。个人的责任就是要随时随地检查自己是否服务得到家，任务是否按照要求的那样完成了，或是超过了。所做的、所想的、所计较的，应该说是这些，除此以外再不应该是自己的个人主义狭小圈子里的那些自私的打算和想法。凡是有个人主义打算和想法的，终究不会做好工作，对人民事业做不出重大贡献的，因为他的精力就未能真正地用到工作上来。

确实应该注意在实际工作中养成共产主义思想和气魄，那就是一切为了集体利益，多为集体打算，少为个人打算，多想些办法搞好集体的事情，少为个人利益而斤斤计较，这是衡量干部的一个道德标准。听到报告后感到个人在许多方面非常不够，今后宜进一步提高在这一方面的觉悟。

今天确实脑子装的东西太多了，有些发沉。

1954.2.9　晴　星期二　北京

这两天春意甚浓。

午后又购买了一些养育孩子的书籍，准备让金芳学保育工作。

最近孩子放假十天，占去了许多时间，影响了学习、办公。今后宜设法做处理，避免此种损失。

1954.2.11　晴　星期四　北京

八时半到七间房参观一九六师所演习的司令部工作。这是军区组织的规模比较大的一次形象化的教育，它完全同在战场上的实际情况相吻合，演习者动作很逼真，给我的印象很深刻。

至晚八时返。

1954. 2. 12　晴（冷风）　星期五　北京

早六时半同李科长参观该师所举行之现地侦察，之后师长下达进攻命令。现代战争中最重要的一个问题是时间的精密计算同兵种的科学组织的协同，战争的胜否常常取决于此。这是我军战略上的转变，这种工作演习得好，将来在新的战争中我们就能取得胜利，我想这种学习丝毫不能放松。午后三时又到七间房参观了司令部业务部门所进行的战斗文书工作草拟。后又参观了八一学校，返回。

1954. 2. 13　晴（冷风）　星期六　北京

午后到海淀参观后勤军事演习，学到现代化战争中一些新的东西，特别是卫生营野战设置很合乎标准。这些新事物很值得一学，不学实在不能前进。新的事物确实是时刻都在不断地产生着，因此要时刻地注意去学习，这一点当是我们最迫切的任务——成为人们进步的一个关键。

1954. 2. 16　半晴并冷风　星期二　北京

起床头发晕并出冷汗，上午未出席今天本部的干部工作会议，勉强地坚持到司令部去听总顾问讲解演习计划问题，但至场，头发晕不能坚持，返回。又因到报社去一趟，疲劳过度，赶回，发晕，头疼，全身发酸，随即卧床不起。

1954. 2. 18　晴　星期四　北京

上午稍好，披衣于室内蹒跚踱步，但头仍发晕，脖子发直不能动。

1954. 2. 21　晴（冷风）　星期日　北京

今天身体基本上痊愈，注意恢复健康，从这次病后，特别注意加强营养。

午后三时半参加人民慰问中国人民解放军第六分团、华北部队大会。会后观看名演员言慧珠表演的节目，半途退席，因身体不佳，想早休息。

1954.2.25　晴　星期四　北京

上午继续学习中央决议——关于增强党内团结的决议。

在北京三年，未能很好地注意锻炼，因而体质未能增强，如此不能很好地支持未来的工作，特别是一旦战争到来，不堪支持。胜利后条件好了，特别是增加津补然而并未能利用此条件增强体质，这是很大遗憾。今后特别补足这个缺点，把身体很好地恢复起来。

1954.2.26　晴　星期五　北京

上午听"关于国家资本主义问题的报告"，午后进行支部委员会议，听取一个科总路线学习以来的思想情况汇报，并布置了今天党日活动的程序。

1954.3.2　夜半巨风，竟日细雪纷纷　星期二　北京

晨，学习《八一》杂志上的"东山岛战斗经验"，内容很好，自己在这方面有两点很重要的体会：一、军事指挥员在个人平素的战术素养中最重要的是树立积极的作战思想，经常准备歼敌，只有树立起这种指导思想，才能在部队训练上、敌情研究上、侦察工作上、战案准备上、政治工作上、后勤工作上等方面主动。这样，一旦战争摆到面前，才能有把握歼敌。二、勇敢，必须同上述的战术思想相结合，即建立在上述战术思想基础之上。近代战争是打组织战，谁能将战争组织得好，谁就能打胜仗，因此在战前即平素要能很好地训练部队，技术纯熟，战案周详，情绪饱满，计划精确。战争开始后坚决、勇猛地投入战斗，我想战斗是有胜利把握的。平素不做这样刻苦的努力，胜利是不易取得的。

午后继续研究志愿军实战经验。

1954.3.3　晴　星期三　北京

八时起，即行洗漱、进食，九时参加本部干部工作会议总结。之后朱主任谈干部工作保证问题，对培养使用干部问题的阐述颇为深刻，对本人启发很大。

在工作中要打开脑子思索问题，工作中最中心的问题，是不断提高无

产阶级的政治觉悟，把忠实于无产阶级事业、党的事业的坚定信心具体
地、随时随地地贯彻到我们日常工作中和生活中。只有不断地钻研，特别
是对党的各种政策不断地苦心钻研，只有把它的精神和实质切实掌握了，
与自己当前所肩负的工作密切结合起来，那么工作任务才能完成或完成得
更好。

确定自己的工作岗位之后，把它很好地坚持下去，这是自己的工作
志愿。

1954.3.8　晴　星期一　北京

晨，干部政策学习。

上午到司令部参加研究高干军事学习问题。午后，阅读《建设》。

1954.3.9　半晴　星期二　北京

今天以八小时时间阅读了最近六期《建设》杂志，政策水平有所提
高，特别在领导上有深刻的感触。

领导者本身除对工作要有全盘计划，抓住重点，适时地检查帮助下属
工作，及时总结出经验教训，借以迅速提高工作效力之外，同时更为重要
的是发扬民主，发扬大家的智慧，采纳大家的正确的工作意见。如果把大
家发动起来，工作中的困难就会由群众创造性地解决。群众中是有很大的
潜力的，万万不能忽视群众这种潜力。领导应该善于发挥出群众那种无穷
尽的潜力，这就是领导同群众时刻联系着的目的。

在领导干部本身，要发挥集体领导的作用，在作风上反对那种独断专
行的个人主义领导。

领导者做到这样，才能形成核心，工作任务才能很好地完成。

1954.3.11　晴　星期四　北京

气温降到零下一度。

上午坚持听取"北京市市政建设问题的报告"，午后进行一些学习。

晚七时，钟处长征求工作意见，语曰：此次整编不可能到下面，亦不
可能学习，准备调动任材料科科长。后提出，由于以往调动频繁，在本部

工作的话，仍愿继续在奖励科。

1954.3.15　晴　星期一　北京

上午听报告，中途到生英同志家，谈及药的事，不在，同其女保姆相谈十余分钟。姓邱，年方二十，很秀丽、稳重，举止大方，很会说话，答应给介绍本院一女保姆。人民大众是最可爱的，切记，不论什么时候，不管有多么大的困难在面前，凡是能同群众紧紧地相结合，那么再大的困难都能够设法克服。生英同志给介绍了若干找女保姆的关系，反复跑两个多小时后，返室。金芳又找妥一老太太，据说很会喂小孩。同时又接到广州寄来的药品，甚喜。

1954.3.22　晴　星期一　北京

今天给予个人学习的良好机会——过午赴燕京造纸厂参观。该厂从总厂长到分厂长都来亲自带领我们参观，略介绍情况后即分组至各车间进行参观，全部过程详尽地做了介绍。每一个过程均有详细分工，全部生产过程又是一个很细腻的组织和科学的分工，谁也离不开谁，因而自然而然地产生了强烈的组织性同纪律性。由于这样的集体劳动，创造出来大批的财富。我今天参观就是得到这种教育的一个好机会。参观以后更进一步加强了我的团结性、纪律性和组织性。今后能够抓紧更多的机会同工人同志们接近，向他们学习。

今天花费三小时的参观顶一个月甚至一年的学习。

1954.3.26　晴　星期五　北京

学习《联共党史》第九章。

午后一时参加支委会议，讨论尚明山同志的恋爱不当问题，予以批评。该同志缺乏从政治上、原则上去考虑问题的意识，只是单纯地从资产阶级爱美观点出发，这就形成了他错误的根源。共产党员考虑问题首先不从政治原则出发，不从党的利益出发，不全面地了解和分析情况，那么工作中处理问题势必要弄出错误。

任何客观事物都是自己的学习对象，时刻要从这客观事物上记取教训，如果拒绝接受教训，那就要付出代价来学到这个教训。

晚七时，到司令部大礼堂听西藏工作队同志介绍西藏解放以来的情况。

1954.3.29　晴　星期一　北京

早，学习《建设》生产建设经验总结。

上午，关于鉴定问题与曹处长扯谈三小时半，语：取消"理论同实际脱节"语句，关于个人英雄主义问题仍悬而未决，关于遵守政策问题未增加上，最后说以后了解一下再修正。对朱更新同志那种硬性结论表示不同意。

1954.3.30　晴　星期二　北京

早、午学《建设》。宣布整编，找本部同志谈话。

午后正式宣布整编，之后做些零碎解释工作。

学习《联共党史》第九章。

1954.4.2　半晴　星期五　北京

上午接回华都，全家合影。

午后学习高干会议总结。

经常注意开展批评和自我批评，把它当作我们改正错误、改进工作、提高觉悟、防止腐蚀、增进团结的有力武器。

现在深刻地体会到，只要能时刻在工作同生活中大胆地、勇敢地高举批评和自我批评这个武器，我想便能够进步快，能够更好地改进我们的工作。

1954.4.3　晴　星期六　北京

六时半到城北二里庄参观军事演习——团进攻，至午后三时结束。

在此次参观中，缺少笔记，此为最大缺点，如果笔记之，可能学习得更好些。

1954.4.5　晴　星期一　北京

上午学习《八一》杂志。

午后一时四十分同金芳去看匈牙利影片——《卡塔琳的婚姻》，对教育同帮助老婆有很大帮助，检讨过去在这方面对金芳有很多地方帮助得不够，今后很值得加以注意。

晚七时到大礼堂听传达第五单元学习问题，室内空气不好，传达者宣读，因而感到不适，愿急结束。

去时未吃饭，急食几块白薯，返回后胃中难受。金芳做一碗面汤，食后尚好。我们需要温暖的爱，但切记，不论在什么时候、什么地方，也要把它扩展到自己所接触的人们——工农中间去，把每个人的热爱变成共产主义的劳动热爱，那是真正的爱的高点，也就是说最崇高的爱了。

1954.4.8　晴　星期四　北京

上午九时到陆军医院为华都检查嘴，朱大夫讲现在还小，抵抗力弱，不能动手术，过若干时候再动，并语：由于病得过于厉害，里面难动，将来准备到北大请来大夫予以诊治。

1954.4.9　晴　星期五　北京

晚同金芳研究其转业问题，余愿其做保育工作，而彼坚持现在学习而后再工作。

1954.4.15　晴　星期四　陕县

午后四时四十分到家。

该时间气温二十三度。

1954.4.17　晴　星期六　途中

早未起床，村中乡亲们即不断前来探视。母亲于昨晚才下决心随同前来北京，因而今天由于大家探视忙乱，行李未准备好而发烦。母亲本离不开家，由于想念华都、华英甚切而弃家前来。

午后三时四十分很顺利搭上车，到郑州后又换成软卧铺，因而精神比较愉快。

1954.4.18　晴　星期日　北京

终日乘车。母亲精神过于兴奋，不断地谈及往事，她肚中曾发疼，但勉强坚持过去了。

晚八时四十分顺利到达北京。

1954.4.20　晴　风　星期二　天津

午后三时五十分到达天津，六时到市总医院探视床位，刻下尚满，待明天办好手续。晚间无事，阅读《战争与和平》第一卷第二部。

我能够利用瞧病这个空隙时间读完《战争与和平》一书是最大一件快事。

1954.4.21　晴　星期三　天津

准备明天到医院办完住院手续。今天终日阅读《战争与和平》。这部书描写得实属生动，恨不得一口气阅读完。

1954.4.22　晴　星期四　天津市红光学校

上午到市政府办理介绍信，并看影片《带枪的人》。之后到新华书店买到一本《库图佐夫传》，花费四小时一口气读完了，它将大大有助于我刻下阅读《战争与和平》一书，为此，我感到特别高兴。

读后我得到很大的鼓舞同教育。

我认为我们作为一个革命工作者，最重要的责任之一就是要在工作中、战争中、生活中迅速地吸取教训，学到经验，否则万不能得到显著的提高，势必不能完成人民赋予的使命。

学习是十分重要的，但是，学习一定要有目标、有方向和有重点，学与用密切地相结合起来，万不可乱学，什么也想学，结果什么也学不会，最后弄得一事无成。这就是以往的经验，然而这个经验并未很迅速地被接受过来，这就形成了很痛苦的教训。

教训是要时刻记取的。只有记取教训，才能取得成功。

切记，任何成就都是归功于党同人民的，断乎没有什么个人单独的成就，如果不这样认为，就要犯错误。

1954.4.24　晴　星期六　天津

到此饮食良好，精神亦佳。

上午阅读《战争与和平》。

四时找几位老同志玩耍。

六时半乘快车返北京。

1954.4.26　晴　星期一　天津

早，安慰母亲并与金芳谈论家事。别于十二时。

八时半到天津下车。车上，遇萧部长扯谈半程。

九时许至红光，因乘错车反而绕道，故徒步两站，反而比不乘车路程更远。但运动身体较好。

一切事情均充分证明，凡做任何一件事情绝对不能盲目，事前必须有一个细密的计划，否则往往事倍功半。

1954.4.27　晴　星期二　天津红光学校

最近几个月脑子不大发痛，神经较好，能吃饭，亦能睡觉，这是我身体方面空前的大转变。此次在市总院若检查脑子无病，或有而治好后，我还能更好地为党和人民的事业工作下去，这就是我最大愿望和深深的愉快之所在。

1954.4.29　晴　星期四　天津红光学校

得本星期六方能再去检查，怕最近几日内尚不能住院吧，精神上感到有些寂寞。人在工作时候往往感觉不到工作中的愉快，一旦离开工作岗位后就会感到工作中的愉快，人要是不工作，那就失去人生的伟大意义了。人生最伟大的意义就是劳动——工作。一切一切都教育着自己，要好好地努力为党和人民的事业去工作。所以，我认为人生最大任务就是把自己的工作任务完成，完成得越好，精神上所得到的愉快越大，生活就越会感到丰富。因而，我认为，老老实实地为党和人民事业不疲倦地工作下去，并且在工作中，不能因功而有丝毫骄傲情绪，这应该说是天赋的责任吧。

晚，阅读日内瓦会议公报。读苏联茹可夫《真威信与假威信》一文，对个人的教育作用非常大。这篇文章应该反复地去读它，因为它把那些不老老实实工作的哗众取宠者、企图往上爬的官僚主义者、游手好闲者、自高自大压制批评者，以及政治品质成问题的人揭露入骨，使我更进一步体会到我们伟大的领袖毛主席所教导我们的要老老实实地为人民服务的精神同实质了。切记：只有老老实实地工作，并在工作中始终不渝地、正确地执行党的政策，不断地联系群众，进行批评与自我批评，特别是要能正确地对待自下而上的批评，那么，自己的威信很自然地就会树立起来，这种威信完全不是欺骗、做作、玩弄手笔所能达到的。

1954.4.30　阴　星期五　天津红光学校

起床即不适，勉强进早饭。

午间请罗所长给开点药，服后静息。午后好转，又到市总院，许下周六日就诊。

1954.5.1　阴　星期六　天津红光学校

上午，坚持看完周总理在日内瓦会议上的发言，又阅读了十余页《战争与和平》后，我满身难受，发疼，头发晕，几乎到不能忍耐的地步，本意还想坚持，但事实上再也坚持不下去了。

这天特别冷，这是由于六级西北风的影响，天气突然发生变化。从北京来没有带毛衣，仅着呢衣，现在为此不能再去北京取。

前天晚上不慎感冒了，这几天非常难受。想到自己身体不好，将来难以在军队中服务，按我的愿望、意志和习惯来说最喜于在军队中服务，我认为这是自己的神圣责任。

我的身体先天性不好，加之连年战争，受到很大的摧残，胜利后几年来又未得到很好的保养、恢复，这都是很不利的。现在虽然注意了，但有些迟。不过，我认为此次脑子治愈后，我的身体基本上没有什么毛病，加以注意的话，还是可以为党和人民工作下去的。

今天大街小巷挤满了人群，到处有工人、学生、商人、店员……着节日的盛装，以愉快的面容，三三两两欢度佳节。今天公共汽车、电车均已停止，夜九时人们成群结队仍然在大街小巷游逛。

1954.5.2　晴　星期日　天津

最近三四天来连着不大舒服，清晨起来不快活，因而未读书。午间阅读一小时《战争与和平》，利用空隙时间到新华书店买书。

这次把头部病看好后，我认为我没有其他大的病症，还能够在人民的军队中工作下去，因而我应该利用这个大好的时间，努力学习军事，以利更好地服务下去。

另外，认识到一件事情：身体现在还未恢复到健康的程度，从现在起，应该注意锻炼自己的身体。我认为只要经常保养和锻炼，是完全可以健康起来的。这是人民的需要，万不可忽视。

午后给金芳写信问及孩子们及母亲近来情况。晚饭后到南市一游。

1954.5.3　晴　星期一　天津红光学校

早，阅读《战争与和平》。九时到市总院就诊。赵大夫嘱照相（十二时照完），于本星期五复诊而定。

今天精神良好，饮食正常。

现在真是随时随地都可以看到社会上发生着变化。

农村中不是在如此剧烈地变化吗？城市里同样地在剧烈地变化着，如果你好几天不上街，突然就发生变化，这种变化就是社会主义成分增长——过几天就会成立一个新的合作社，而且从它一同群众见面就是那样受到群众的热烈欢迎，从开门到关门都是异常的拥挤不堪。假若有新颖的东西时，顾客们往往就排成一条很长的长蛇队鱼贯而入，静静地等待售货员给取货。记得当我们刚入城时，这些商人们看不起我们，进门待理不理，你要叫他取货物，首先反问："你要吗？这是多少多少钱。"态度异常傲慢。

1954.5.5 晴（风） 星期三 天津红光学校

上午未进行学习，仅读日报。后到幼稚部同盖志良同志扯谈，并参观幼儿活动。午饭后到劝业场游逛。完成《学习》第一卷，之后返回。在我的好奇心之下，将《学习》找齐备，准备在经济条件许可下将它全部装订起来。在我学完了报纸杂志之后，愿意把它很整齐、完整地装订起来，准备在以后和平时期和我退休时期做研究工作之参考。

1954.5.6 晴 星期四 天津

上午气温达二十三度，天气晴朗舒适——有了太阳，有了光明，就有幸福。今天感到精神特别愉快。上午阅读《战争与和平》。

午后向时代出版社致函，要求介绍苏沃洛夫、库图佐夫、斯大林的传记、事迹及军事活动成就的具体材料，以利加强学习军事，从而提高军事素养。这是自己现在努力学习的中心，这就是党和人民交给自己的任务。

1954.5.7 半晴 星期五 北京

早，阅读《战争与和平》三卷。

午到市总院就诊，赵大夫未在，因而未得结果，约下星期一。

十二时张科员打来电话，家母惦记，决定乘二时二十分快车返北京。

1954.5.9 晴 星期日 天津

金芳送至车站赶七时四十分到天津快车，以十五分钟时间相谈家庭细节，中心在于善于抚养孩子。开车后就累了，睡觉直到天津方被唤醒。

在今天阅读了《人民群众及个人在历史上的作用》一文，对自己帮助很大。

现在实在感到自己所知道的事情是太少了，现在感到最迫切的任务，是如何使自己在工作中和学习中丰富起来。为了更多地更好地做些工作，在不久的将来希望能到军事学校学习一下。

十时半到红光即入眠，睡得挺好。

1954.5.10　晴　星期一　天津红光学校

上午到市总院确定住院检查，但刻下尚无床位，须等待。午后除阅读了日内瓦会议消息之外，集中读《战争与和平》第三册，并一鼓作气读完《苏沃洛夫》《库图佐夫》两本小人书。学好这两位伟大的军事家的军事思想，这是我当前最大的愿望。但是，刻下苦于没有这方面的学习材料，急需组织和同志相助。准备利用这个等待住院的空隙，读完《战争与和平》一书。

感到之前学习毛泽东同志的著作不够。许多问题毛主席早已明确指示，而自己还在摸索。走了弯路，输了时间，如何是好？只有补上。今后，除了学习业务之外，学好毛泽东思想，当是个人最为迫切的任务。

1954.5.12　晴　星期三　天津

早，同师大附小王校长扯谈。上午陪同其到市总院看病。午后阅读《战争与和平》。

晚间看影片《飞行的开端》。完成一件事情非苦心钻研不可，有志者事竟成，我自己的夙愿就是能更好地对人民有所贡献。

我须完成三件事情：一、如果在工作岗位上就做好工作。二、能如愿地到军事学校的话，那我要百倍地努力学习。三、注意锻炼身体。我认为我有毅力这样坚持下去，可以达到要求。

1954.5.13　阴　星期四　天津红光学校

今天天气很清冷，午后一时，给舅父、金芳、内兄各致书一封，晚间阅读《战争与和平》。

在今天的学习中，使我有很大的收获，有许多感慨。

时间在人的短短一生中是最宝贵的，时间这个概念应该清楚地摆在一个最适当的、最高贵的地位。如果把它摆得恰当，就是说能够善于把它巧妙地运用起来，把它用在工作中，特别是战斗中，或者是有利于提高工作效率的当前最有益的学习中，或者旨在提高共产主义道德品质观念的修养方面。那么，时间对人们、对自己来说，是多么宝贵啊！它是非常短促的，所以一生、一年、一日、一时甚至一刻一秒都要科学地去支配它，把它运用到有益于推进和提高，也就是说工作同学习当中，用到党和人民的事业当中去。我认为无端地玩忽时间和无端地占取他人时间等于犯罪。以往我是没有认识到，起码没有充分认识到这一点，从今天起我要科学地支配我的时间。

1954.5.16　晴　星期日　天津红光学校

明天准备到住院处打听一下，若最近几天不能住院，回北京，以免母亲着急。史同志此建议即行接受。多倾听同志们一些建议，对事情最有裨益不过了，所以不论什么时候都要拉长耳朵倾听同志们及来自各方面群众的意见，并且要耐心地加以研究分析，这就是自己经常的最好的补剂。以前我是不理解这种精神，所以不能从这方面得益处，现在呢，由于党的教育及群众批评，因而懂得从这方面认真地学习，现在是受益不少，深感大进了一步。

1954.5.17　半晴　星期一　天津红光学校

阅读《战争与和平》。

如果短期不能住院，当先回北京照料母亲。

1954.5.18　晴　午后六级大风　星期二　天津红光学校

阅读《战争与和平》。

晚间同张必隐同志、杨昆元同志扯谈几小时。

我在总结自己过去情况时认识到：只有随时注意虚心接受批评，在任何的事件中注意记取教训，那么自己才能大步前进，也就是说才能把人民所给予的责任做得较好，不至于做坏。要知做好那是自己的天然责任，做坏就是没有尽到职责，一定要受到惩罚。切记，在任何时候、任何地点，都不能对工作儿戏，均要持严肃和认真态度。

1954.5.20　半晴　星期四　天津红光学校

早，阅读《战争与和平》。十二时半正式入院。

天气寒冷，着病号服不能出院子。

1954.5.21　午后出太阳　星期五　天津市总医院

午后五时大夫来给检查，语上午未守诊断时间外出。"我不懂诊断时间，后定遵守。"我做这样保证。在他详细检查后语，要做一个检查——摄影造像。

饮食不良，护士服务态度尚不够令人满意。我认为今后一切工作的标准，就是要令人们满意，这就是革命工作的最高标准，在工作中时刻要切记这个标准，时刻向这个标准努力。

看人家工作缺点是很容易，并且清楚，而自己工作中的缺点就不是那样及时发现和改正了，因而，要随时随地多吸收下面以及周围各方面的意见，以利改进工作。

医院实在很寂寞，一日犹如十日，这一天就烦了，想很快出院。

给金芳同母亲写信。

1954.5.22　晴　星期六　天津市总医院

病室中，一天到晚号叫声、呻吟声，人们多么不愉快呀！在此，人们充分地要求大夫尽速地为他解除痛苦，需要的是各方面的安慰。然而，医院在这方面工作还差得远，需要大家给予建议改善。

我在这种沉闷中消磨时间的办法：和同室两位工人同志谈谈话，看看《战争与和平》，到室外游玩一会儿。

晚饭后到大门前砖墙上探视街上的行人，他们三三两两地走来走去，谈，笑……多么好呀！在这时想到工作——向上汇报，研究分析问题，写报告，写讲话提纲，检查工作，了解问题……虽然是复杂麻烦，然而是何等的有趣味呀！尤其当把工作完成时，上级给予了表扬，那是何等的愉快。人生最大的愉快我想就在此。我认为人生就应该在这方面去寻找愉快。

工作就是劳动，劳动是人生来的天职，对工作是丝毫不能够轻视，是要认真的，是要全力以赴的。在工作上要有计划，要考虑、思索、研究、分析、调查了解情况，并且还要检查和总结经验。工作能做得有始有终有成绩有心得，那是多么大的收获呀！人生最愉快的时候即在此。所以，我得出结论：人能够为党和人民事业完好地工作下去，那是最大的快事。如果在工作中不犯错误或少犯错误，那更是最大荣幸。

这点过去任何时候都没有像现在体会得如此深刻。

1954.5.23　阴　星期日　天津市总院

今天未检查病情，仅晚六时薛大夫告明天做检查和照相。

终日阅读《战争与和平》第四卷。

晚，托张必隐同志向北京打电话，请金芳于明天来。

今天虽然仍处在同室同志们的病痛叫号声中，但我尚能休息，并且比较好，证明近半年我的神经由于充分地得到休息而健康起来。在这里得到最大的一个教训就是，工作要有规律，生活要有秩序，无论在何种情况下，脑子要得到充分或比较充分休息的机会，那么，它才能健壮，才能持久下去。

1954.5.24　晴　星期一　天津市总院

上午阅读《战争与和平》。

午后一时半张现、金芳并爱女华英来探视，华英见面有些扭捏状，到病室看了之后不走了。孩子不准进病室，门房如此提出意见。我认为是正当的，因而接受了。

午后四时开始注射造影剂后照相，期间头部有些发疼，拍四张照。此次照相即决定头部手术动与否。返室，因中午未进食（照相大夫不许食），此时腹中甚饿，遂进食，由金芳照顾。

金芳谈到华都近日患病并消化不好，甚为难过。他本来胃口很好，由于嘴不得劲，始终吃饭不舒适，影响正常的发育。嘱金芳一定要设法下功夫抚养，经过此困难时期（手术）后，就能步入正规发展道路了。

晚间睡得很好，脑子恢复了正常状态。

1954.5.26　晴　星期三　天津市总院

八时赵大夫检查病房时语：吾脑子内部未发现瘤子，而外部瘤子未找到通往内部管子，动了之后怕引起反作用（凝血），因而决定不动。并在以后若干年内尚不至于发生什么变化，故暂决定不动出院，在出院前把牙治一下。

为此，精神尚感到愉快。

1954.5.27　晴　星期四　天津红光学校

早阅《战争与和平》。

午间诊断牙，那位胖胖的主任看了之后，轻易地就下结论：为了治好这一个牙就要拔掉三个牙，并且还要住两个星期的医院。我很不喜欢这个结论，故决定出院。

当办完手续后出院，刚到红光，金芳来了，正好。同到此玩玩，为母亲买点东西。

1954.5.30　晴　星期日　北京

休息。

华都月余来很有进步，懂话、仁义，特别是夜间自己起而喊"我要尿尿"。母亲甚爱之。

十时携两孩子同母亲游中山公园，午后二时返回。母亲心脏很不好。

1954.6.7　阴　星期一　北京

今天开始上班。

早参加小组会议，听马书庆同志的学四中全会的检查报告。午研究军委奖勋章条例，午后同政治部研究之，历时三小时。

1954.6.8　星期二　北京

本拟今天上午到门诊部去为母亲检查身体，不意今天大雨，不能前去。

上午办公。午后阅读《建设》杂志。晚招待钱凤洲同志。午后脑子有些发疼，睡眠不大足。

1954.6.10 晴 星期四 北京

早六时进行四中全会文件的学习。八时到十二时带母亲到陆军医院诊治牙。

午后办公，阅公文，向舅父写信告诉母亲近况。

1954.6.11 晴 星期五 北京

早，听取苏科长传达整理个人材料问题。说明，老老实实的作风是最科学的（科学就是老实的、不能欺骗人的），许多人曾玩弄智术，以达个人目的，因而在运动到来时战战兢兢，用尽心机企图躲避过去。我认为这是最愚笨不过了，把脑子用于此，而不如用于钻研工作为佳。

对党和人民事业，老老实实，什么时候，什么运动到来也是坦然愉快的。

今后切记，做任何事情都要老实诚恳，并做到有据，以便离开后党和人民好检查自己的工作。

家庭问题不好处理，特别是周金芳这个人，对自己负担很大，长期精神上得不到安慰。不懂事，任性，轻易教育不起作用，确实对自己进步、工作妨碍很大，处于苦恼状态中。

1954.6.13 晴 星期日 北京

昨上午偕母亲到陆军医院诊治牙，决定不动前下犬齿，以注射医治，避免拔掉。

华都最近很懂事情，一不同其姐姐争抢东西，二给解释问题认真听。

1954.6.14 晴 星期一 北京

早阅读《建设》。上午办公，并利用时间报账。读昨日报纸。

午后读《战争与和平》《建设》，并与赵仲生同志谈话。

1954.6.16 晴 星期三 北京

上午办公，研究奖励工作条令问题，拟定下星期一报总干，并附带解决付、张同志本身问题。

在工作中不仅工作要做好，而且同志们本身问题亦要随时加以注意，关心群众的疾苦是领导干部的责任。

午后到卫生部谈母亲镶牙事情。

1954.6.17　晴　星期四　北京

晨，阅读《建设》。

上午偕母亲及华英到陆军医院治牙，过了预约时间，因而延至十二时许。

天气炎热，温度达二十九度，母亲拔牙后感觉很难受。

1954.6.18　雨　星期五　北京

早，学习《建设》。上午到政治部组织部、宣传部同该部长交谈征求关于奖勋章条件意见。

午后同张现同志交谈关于学习四中全会精神个人检查的交换意见。该同志所提意见很中肯。

晚间脑子有些痛，所以同金芳上街一游。

1954.6.19　晴　星期六　北京

晨听董主任关于宪法问题的解答。

上午韩处长召集汇报科思想工作情况。午后参加党小组会议，讨论党委工作总结，感到自我批评开展不够，总结上所点的名，点得不够透彻。

自我批评不能害怕，对于来自任何方面的任何批评，应该抱着真诚的欢迎的态度。因为这种批评好似一面镜子，可以将面部的任何污垢照出，从而很快地洗涤。

1954.6.20　晴　星期日　北京

上午偕金芳、华英到中山公园参观了两个展览会——蒙古人民共和国展览、印度艺术展览。在这两个展览会上充分表现出两个民族的高度艺术创作精神，特别在印度，远在十三世纪以前就有那样高度的艺术创作。

1954.6.22 晴 星期二 北京

今天开始阅读宪法。

终日体温高，故感到不适，但亦未休息。

1954.6.23 阴 星期三 北京

早，学习宪法。——未去上军事课。

今天精神仍然不佳，但一切工作仍然坚持下去，而未休息。

1954.6.30 晴 星期三 北京

早，贯彻条令——操场动作。

上午，阅《建设》及报纸，并准备明天本处学习总路线第二三单元的布置工作。

午间，用饭时很不耐烦的态度对待华英，为此午后感到精神上不快。金芳不能起到组织家庭、教育孩子的作用，今后宜设法对其进行教育，当然还是非常艰苦的工作。

1954.7.2 阴 星期五 北京

今天精神较好。早读《苏沃洛夫传》。上午办公，午后天气炎热，脑子发晕未学好。直到晚上九时大雨，气温始下降，方能很舒服地入眠。

1954.7.3 阴 星期六 北京

早听董主任时事报告——日内瓦会议动态。上午带母亲至陆军医院诊牙，毕，游东四人民市场、东安市场。

午后读《战争与和平》。

晚间未出玩，在家同华英讲故事，并整理文件。

1954.7.5 半晴 星期一 北京

早，阅读《建设》。

上午到陆军医院治牙，十时返部办公。

午后办公。

午后四时开始写四中全会的书面检查。

1954.7.6　晴　星期二　北京

早，开始总路线第二章学习。

午，开会研究业务，阅读报纸，并准备学习四中全会精神的检讨材料。

1954.7.7　半晴　星期三　北京

早，参加队列动作。

上午开业务会议。今天会议开得比较好，会议之后展开讨论，个人意见能够提出，解决比较满意。此种方式会议今后注意吸收之，与以前领导比，截然不同。

午后参加支部委员会议，讨论本届支部工作总结，确定四中全会检查学习总结由个人写。此次会议对个人启发亦很大，学习到许多实际问题。

1954.7.8　晴　星期四　北京

早写支部工作总结。午到天桥剧场听张友渔关于我国宪法问题的解释报告，讲得比较深刻，解决了许多问题。给予个人很大启示：一件事情只有钻进去，把事物内在关系弄清，而后对照党的原则，才能把工作问题解决得好，工作中浮皮潦草断乎做不出什么成绩。

午睡未睡，午后精神有些不好。

1954.7.9　晴　星期五　北京

早，学条令。

上午带母亲到陆军医院治牙。

午后给舅父、希根、岳父母及志良同志写信。

1954.7.10　阴　星期六　北京

早，郑希文同志传达首都人民代表大会决议。

上午办公（研究科七八月份工作），并准备学习党的四中全会决议之个人检查材料提纲。

午后参加前届支部总结工作，继而在本处组成新支部，被选为支部书记。同时韩处长告，担任中级组总路线学习辅导员。这是大家及上级组织对个人的信任，应该打破那种不愿担任的观点，积极地做好工作。

之后初步做出计划，并选出新小组长。

给史锡五同志写信。

1954.7.13　半晴　星期二　北京

今天很紧张地过了一天。

早，以一小时半时间钟处长传达周总理报告日内瓦会议情况。

上午传达邓子恢同志农业社会主义改造问题的报告。

下午听取张部长关于审干工作的报告。

今天学到许多东西，受益不小。

晚，偕母亲、华英到北海公园玩。

1954.7.16　半晴　星期五　北京

早学军事条令。国家一切制度，一定要很好地遵守，这是公共生活所必需，因而在遵守上要做模范。

午后召开支部委员会议，讨论下半月工作计划。这是参加党的活动，是在思想上的一个根本转变。之前，或多或少地存在雇佣观念或负担观念，未能自觉地去认识到，积极地参加党的工作是每个党员为党应尽的光荣义务，党员群众能选举出自己到党的领导机关中去工作，这是同志对自己的信任。现在，特别是学习了党的四中全会决议之后，充分认识到这种重要性。过去的理解是错误的，其原因，基本在于个人主义的想法，斤斤计较个人得失，只顾眼前利益、个人利益，而看不到党的利益和党的长远利益，往往把自己局限于狭小的个人主义圈子里。个人不能跟上革命形势发展的需要，常常掉在时代后面，所以说个人主义是害人主义，坚决地抛弃它，积极地为党的工作努力吧。

1954.7.17　晴　星期六　北京

早，阅读《建设》。上午办公，处理几个零碎的日常工作。十一时召开支部大会，传达本月下半月工作计划。

午后听取工业化同国防现代化关系的报告。

现在处于一个划时代的巨大的社会主义革命即社会主义改造的斗争中，思想应该赶上这样的潮流，即以社会主义总标准来衡量我的工作及其他方面。内容是多么生动而丰富呀！祖国的一切都进步着，祖国的前程是多么壮丽呀。这就需要自己加倍努力，赶上去。

1954.7.21　阴雨　星期三　北京

早，韩处长召开辅导员会议，研究今后工作。此次党员大会后，群众提意见，党委对学习领导不力，所以加强了此工作，让自己担任辅导员之一。本想多学点军事，依此情，恐怕不可能了。

上午办公时间精神不佳——主要是昨天晚上未睡好，现在已感到一晚睡不好，次日终日工作不好。最近在办公室睡觉尚比宿舍肃静和凉快，因而对缓解疲劳方面较好。

午后学习，做关于宪法问题笔记。

1954.7.22　雨　星期四　北京

早，自修总路线第二章。

1954.7.24　晴　星期六　北京

早，参加军人大会，发慰问品，佩戴纪念章。我认为世界上最宝贵的东西就是荣誉，人民给我们的荣誉才是真正的、最光荣的，因而，我们应该为人民事业不遗余力地尽职，当是我们的义务。

上午完成宪法学习笔记。

午后参加党的小组会议，讨论支部工作计划问题。

1954.7.27　晴　星期二　北京

上午学习总路线第二单元，并做笔记。午后研究军委发来的奖励章条例，特别在午后三时因阅读过于用脑子而甚发疼，因而停止到街上一游。

1954.7.28　半晴　星期三　北京

早，学条令。

上午研究奖勋章条例。午后听北京市商业局彭局长报告副食品供应问题，听后对自己在工作上启示甚大。

在工作中，唯一的标准就是对人的服务程度如何，对人服务周到细致，贡献大，则人们就得到福利多，则个人就算尽到了自己所应尽的义务。尽好义务，这是国家工作人员、共产党员起码的标准，所以，当在工作中稍微做出一些成绩，或成绩较大些，那都根本不能够作为骄傲的依据。工作是要精心钻研的，是要很好地学习的，学习党的政策，学习马列主义，这还不够，必须还要向实际学习，向有经验的同志学习，向广大的群众学习。而且还要很好地总结一段一段工作经验，借以提高水平，更好地完成下一个工作任务。

1954.8.2　晴　星期一　北京

早，业务学习。

上午九时到陆军医院为右犬齿动手术，孙大夫细致耐心，令人感到满意。期间遇到白冰秋同志，扯谈良久。该同志请为其在一九四九年入党时延期两年余写个证明材料，以利存入档案材料中，顿即应允。我认为我们革命干部，应持一个态度：对工作积极负责，对同志对群众关心帮助，这是起码的一个条件。对工作采取应付，对同志对群众漠不关心，对群众的问题一推了之，那是资产阶级思想作风的具体表现，最恶劣不过，最令人切齿。今后应随时检查此种非无产阶级思想作风的残余，对有此行为者积极提出批评建议，如此方能推动我们党的事业前进。

午后阅了一部分时事测验卷子。

最近适当地调整了工作、学习、休息，因而脑子比较好些。今后坚持工作学习每天不超过十小时，睡眠八小时，休息、娱乐六小时，并注意饮食同适当运动，如此方足以经常地进行工作和学习。

1954.8.3 半晴 星期二 北京

起床，独到街上练习自行车，这是初次，没有走过下坡路。出太仆寺街到自由街时，滑车而不知刹闸，几乎撞车，急行停止而摔倒，擦伤左腿。

终日阅完百余份测验卷子。在卷子中发现很多同志好读书不求甚解及不爱读书的现象，这点应引起自己今后注意。

1954.8.4 雨 星期三 北京

早，阅读苏沃洛夫传记。这位军事天才统帅，他的生平，尤其他的治军、打仗、训练，应该很好地学习。遗憾的是学得太晚了，同时感到材料太少了。

午后办理了两件支部工作，阅读四中全会的个人反省材料，同审查连营干部党员听四中全会报告资格问题。

1954.8.7 阴 星期六 北京

早，传达报告——自己传达北京市彭局长报告。

上午，办公解决一些零碎问题。李士明同志到军事学院学习到此告别，对自己触动甚大，本想很早去学习一下，但至今未达，对于改行甚为遗憾。感到锻炼身体重要，在一个适当机会提出此问题。

午后在支部大会上报告八月份工作与总结七月份工作，预计时半，结果因转移到李海同志问题的讨论而超过时间，在此期间，下半肢开始发荨麻疹。

1954.8.8 晴 星期日 北京

于拂晓感觉到满身皆荨麻疹，面部皆是，身体甚感不适，步入宿舍卧床不起，早餐仅食半磅牛奶。母亲很亲切地照顾。

晚饭未进食，仅吃西瓜。

1954.8.12 雨 星期四 北京

拂晓倾盆大雨，起床后，下身仍遍是麻疹，早饭后落下去。

培昂同志协助阅完、评完测试卷子。

1954.8.14　晴　星期六　北京

早，起迟。

上午带母亲到陆军医院就医，未能很好地进行工作同学习。午间因孩子到办公室搅醒了午睡，午后学习亦勉强支持。

今天精神很不佳，因而今天的学习总结亦未完成。

1954.8.17　晴　星期二　北京

工作中、事业中，从来没有一帆风顺的，总会有许许多多的困难，往往所出现的困难是难以想象的，那么，这时，要把问题的实质看准，非毅力达不到。毅力是成功很重要的条件之一。在困难面前万不可被一时的假象所吓倒。"一切都是从斗争中得来的。"革命本身就是一件困难事情。要不怕困难。

另外，再一次告诉自己，一切事情都需要耐心地长期地老老实实工作下去，没有长期的艰苦的钻研便没有心得。痛恨过去做得非常不够，因而没有什么工作上的成就，这种教育要牢记在心头呀。

午后进行透视肺部，情况良好。

晚间学习《苏沃洛夫传》。

1954.8.18　阴　星期三　北京

早，读《士兵与统帅》。

上午仍然进行学习。现在是我一个最好的学习机会，过去学习计划性尚不够，重点不明，现在纠正这一缺点，学习还是按部就班地进行。

1954.8.19　晴　星期四　北京

终日读《士兵与统帅》。

细查，一切不良行为，一切错误事情的发生，一切妨碍自己进步的东西，归根结底就是由于自私自利的个人主义观念存在而造成的。这是旧社会的遗毒，是剥削阶级的人生观下的残余思想，这种思想在个人虽不严重，但还有，这就是个人进步不够快的基本原因。过去的斗争，为党和人民都能够牺牲个人一切，为何今天革命胜利后又在这方面不能警惕？不知不觉地为私利打算呢？这种打算，曾影响工作和学习以及健康，对个人来说，对革命事情来说，已经或多或少造成了一些损失，应该立刻纠正。时代的进展太快了，现在已处在一个伟大的新的历史时期，即社会主义革命时期。我们所进行的就是要消灭阶级，消灭剥削，即消灭自私，树立集体观念、劳动观念，爱护人民利益，为人民利益而奋斗。这个时代的转变，要求人们的观念形态要赶上它，而自己现在尚没有赶上，对个人来说这是多么大的耻辱呀！现在应该立即抛弃那种可耻的、被人民大众所遗弃的个人打算思想，而代之以积极地为劳动人民服务、毫无个人打算的先进的集体英雄主义思想。现在读《苏沃洛夫传》，他那种坚韧不拔，不为反动势力所屈服，而始终坚信俄罗斯民族，从而真正地为俄罗斯民族而奋斗到底的伟大精神，对个人启发很大，教育意义很深刻。在读后感中说：这位伟大的天才元帅的英雄事迹，对个人来说是有多么大的裨益呀！我想我是十分需要读它，它能鼓励自己，鞭策自己前进。

1954.8.21　晴　星期六　北京

早，听韩处长报告。

上午记日记。

在工作中不可轻易给同志、给自己的下级武断地下断语，不应该做那种有损害于团结的、微不足道的、非原则性的、吹毛求疵的一些冷酷的批评。如果是正当的、必要的原则性的问题，那么，就直截了当地，从一定组织内或个人间做善意的、同志式的批评和建议。这样做有利于团结，有利于党的事业。

1954.8.26　晴　星期四　北京

上午学习总路线文件。

午后听总政管部部长报告解放台湾问题，七时半方结束。回家用饭后，肚子有些发疼。

晚给白冰秋同志递信，写历史问题证明材料。

1954.8.27　晴　星期五　北京

上午学习。

午间，督促金芳体检准备转业，由于过急而引起反感，此时双方均不冷静而口角，最后打了她一下，她大闹到操场，致造成非常不良影响。这是空前的，同时令人最痛心。

打她一下是错误的，而她毫不接受意见，真使人没有办法。总的说明是忍耐不够。今后对于某些问题应该是置之不理态度。

1954.8.28　晴　星期六　北京

金芳这样闹，给人的刺激太深刻了。为了这样一个不识大体的老婆，若干年以来下了很大功夫，并且曾受到无谓的不良影响。现在回想起来，太令人伤心了。午后在小组会上亦谈了此种思想情况。

晚间，借其兄在此机会谈了准备离婚的思想活动。心情矛盾极了，难过异常，如何是好呢？想不到这样的结果。

1954.9.4　晴　星期六　北京

早，参加军人大会——总结时事测验。

给舅父写信，动员家庭参加土地合作社。

午后主持总路线学习讨论会议。

1954.9.5　半晴　星期日　北京

刘根满同志来找扯谈良久。该同志现任石家庄市卫生局副局长，进步较快。

任何一个人工作只有认真地、埋头长期努力地钻研，才能为人民做出有贡献的事情来，不用脑子，东摇西摆断乎干不出什么名堂来。过去并未深刻认识到此，现在还未实现这样的愿望，我想这是由于努力不够的结果，这个经验教训被深刻地接受了。

1954.9.6　晴　星期一　北京

早即精神不佳，仅阅读《建设》，并订支部工作计划。

范科长通知周金芳转业学习，计划她八号走，华英九号送八一学校。为此大大减轻家庭负担。

1954.9.7　晴　星期二　北京

午后召开支委会议，总结八月份工作，并计划九月份支部工作。

1954.9.9　晴　星期四　北京

早，布置临时完成总干给予的调查职级工作任务。

上午为学习日，阅读《建设》——武汉市党代会的经验，受益不浅。

午后阅读《建设》杂志。

1954.9.10　晴　星期五　北京

早，请假未学习，八时送金芳到前门站——到定县文化学校学习。在新中国的伟大时代里，女同志好强，不甘心落后的上进心理是值得发扬与赞扬的，我对她此次转业学习积极帮助，因而走时精神尚愉快。

给内兄写信。

午后学习《八一》杂志。

1954.9.11　晴　星期六　北京

早，听传达日内瓦会议情况达半小时。

八时到西苑机场参加今年国庆节的预阅兵。当我看到我国人民力量如此强大庄严时，高兴地流下眼泪。

今年的国庆节比往年更热闹，将以高度热情把九月份工作提前完成，以更好地欢度这个盛节。

1954.9.14　晴　星期二　北京

十一时开支部会议，研究审干问题。

午后阅读苏联一位经济学家的儿子被判处二十年徒刑的事，这种结果完全由于家庭放纵、母亲溺爱而没有同学校的教育结合起来进行正当的教育，虽然孩子很聪明，而最后仍然免不了断送孩子。充分说明：教育孩子是做父母的一种社会义务，在孩子接受教育和成长过程中，家庭严格的、正当的教育是何等的重要啊。我对这几个孩子都很喜爱，今后如何履行自己的责任，在读了这篇报道后给敲了警钟。

母亲准备急于返里，华军照顾不好，因而写信给岳母，请其来代替母亲照顾。她很聪明，心眼逐日增多，礼貌，很为人喜爱。

1954.9.15　晴　星期三　北京

上午参加审干会议，汇报本支部的情况。

近周发生鼻膜疾，致引起气管肺管炎，并轻度感冒，因而精神不佳。未进行请假休息，出操、学习、工作照常进行。

1954.9.17　晴　星期五　北京

上午阅读"奖励工作手册"。

午后，天气炎热，精神不快，特别是气管发炎及鼻炎，格外难受。

1954.9.18　晴　星期六　北京

早，阅读《建设》。

上午带母亲去陆军医院检查牙，医师说可以进行镶，遂办完手续，预定二十七日前来。母亲甚喜。

母亲盼望看老虎很久，为此，牺牲午后时间带她去西郊公园游玩，她的精神很好。

给金芳写信，并让其动员其母前来，以便于母亲走后照顾华军。

1954.9.20　晴　星期一　北京

午后开临时支委会议，讨论招募救灾。刻下因送小孩入学、母亲镶牙及客人过多而花钱多，本月已超支，并借有亏空，但是党的救灾号召不能不响应。响应党的号召是党员的政治责任，同时全国灾难区同胞身处困难环境中，在人道主义立场上也应该见义勇为地挤出一些东西。

1954.9.22　晴　星期三　北京

早，阅读《八一》杂志。

1954.9.23　晴　星期四　北京

早，阅读《八一》杂志。

上午到大礼堂听取北京日报记者关于解放台湾问题的报告，内容比较丰富。

下午王庶廉同志来找，并加之头疼因而未能上班，扯玩半天。

1954.9.24　晴　星期五　北京

早，军事亦未学习好，讨论住房分配而把时间虚度过去了。

上午，学习解放台湾文件。

最近两周以来头发脱落厉害，原因不明。初步估计，一、今年七月间患过两次荨麻疹，之后满身脱皮，这是主要的。二、金芳今夏在家有意识地气人，神经上受到较大的刺激。三、患一次胃病、一次轻度感冒，也影响到血热，恐怕今年脱发为上述原因造成，加上，不知缺乏某种营养。

现在吃些清凉中药剂。加强营养为根本治疗之法。

1954.9.25　半晴　星期六　北京

早饭后没有参加节目，因而不打算参加运动会，后经韩处长动员，参加。到会场由于缺人，临时充数参加了拔河，用了很大力量，因而致腰发疼。

午后未去，阅读报纸。

1954.9.26　半晴　星期日　北京

终日身体得到很好的休息，未出门。华军实令人可爱，心眼巨增，母亲甚喜。

本月由于金芳走，内兄来，华英送学，因而花钱超过计划，借几万块钱，到处借不到，后经马科长批，向司务长借五万元，才解燃眉之急。今后适当地要储蓄一部分，还要厉行节约，切记可买可不买的东西不买。

晚间，带母亲上街一游。

1954.9.27　晴　星期一　北京

早，学苏军奖勋章条例。

上午带母亲至陆军医院镶牙——印模。

晚间到司令部大礼堂参加欢送苏联专家招待会，至十二时散会。

1954.9.28　晴　星期二　北京

早，阅读苏军奖勋章条例。

上午，带母亲至陆军医院镶牙。我母子二人精神均好。唯最近头发脱落不堪。

给金芳、内兄写信。

1954.9.29　阴　星期三　北京

早，学习条令。

上午处理支部工作几件事情，并准备时事测验，韩处长指定由个人负责组织大家准备一下。

午后参加处务会议，讨论下季度工作，本科如果奖勋章不颁发，仍然事情不多，须帮助别科工作。在此期间，深深感到能得到为党同人民工作的机会，尤其是安定的工作机会，那是最幸福的。因此，就应该以全力付诸。

晚间又同同志研究讨论明天测验问题，之后，脑子甚为疲劳，亦未学，提前入睡。

1954.9.30　半晴　星期四　北京

晨，赴政治部参加时事测验，抽签两题：一、美帝在东南亚、东北亚的阴谋活动。二、我国外交政策的任务。答得比较好。学习有赖于平素的努力，临时抱佛脚显然是不行的。今天学习军事实属重要，否则将来上战场难以完成任务。但现在始终不能如愿进行，时间简直大半被零星剥削掉，甚为可惜。

上午带母亲至陆军医院镶牙，快好，再一两次即可，因此母亲甚喜。

午后给金芳、盖志良同志写信。

1954. 10.1　晴　星期五　北京

清晨，即抱着十分欢乐的心情来欢度国庆，母亲很早就吃完饭，穿上新衣服，并安置好华都，准备上街参观。九时许即领母亲到西四南大街百货公司门口找一座位坐下。典礼开始了，这时各小巷的人们到大街，而大街已经挤得水泄不通，母亲说："幸亏咱们来得早，否则的话，连看的位置都没有了。"当我们的战士同炮兵通过后，母亲以非常惊讶的口气说："人民的力量是这么大！这样大的大炮呀！战士们都是那么年轻力壮，有这样的军队还怕打不胜仗？"我亦心中想，我们能为祖国人民如此服务，实感万分的庄严和荣誉，只有做好工作，人民给予荣誉时，那才是人生最大的快事。因此深深地体会到毛主席时常谆谆告诫我们的："老老实实为人民服务。"党和人民交付的任务永远要努力地并全力以赴完成它。

1954. 10.2　大风　星期六　北京

一切一切，人民的事情，凡交给自己的，要做好，做不好，就是完不成任务，如果做错了，将给人们招致何等的罪恶呀。所以，结论就是：凡党交给的工作、人民交给的工作，一定要小心谨慎、战战兢兢地做好，万不可以粗心大意、满不在乎的态度去对待。

晚六时，萧剑平同志来看看。他调到沈阳学习炮兵，给予自己很大刺激，后悔自己不慎重乱改行，结果无专业知识，将不能美满地完成任何一项工作任务。如此做四年干部工作，成绩不大，割断了自己以前的工作，今后如何是好，值得很好考虑一下。不论怎样，一、人民交给自己的工作一定要以全力完成。二、工作要专业化，借以积累经验，更好地完成工作任务。

1954. 10.4　晴　星期一　北京

晨，阅读一些文件。

上午韩处长叫听军衔科检查工作汇报，并叫代处理生活问题。

午后一时半，集体到苏联展览馆参观。苏联人民劳动创造出辉煌的、伟大的成果给予个人实际的、深刻的启发教育，鼓舞自己为我们未来的美满生活而勤恳工作。

任何伟大的成果断乎不是一个人所能创造出来的，都是群策群力的结果，所以个人的作用不能由自己去夸大，它只能起一定的作用。在这里应该明确一个观念：相信群众，依靠群众，同大家一块儿创造出成果时，万不能贪污，应写到集体的英雄主义账簿上，从而鼓舞大家，教育大家，教育自己，使自己同大家一块儿前进。

在取得成绩时虚心些，谦恭些，研究原因，吸取教训，以争取下次更大的成果。所有这一切道理，党中央同伟大的毛主席曾数次反复地总结过。在过去，自己并未深刻地认识到它，因而就不能很好地进步，今天从具体而生动的事实中教育了自己。

一切一切群众的伟大创造，充分说明了上述那些道理。

经验要很好地接受，教训要深刻地记取。工作中要钻研，要学习。在劳动中、工作中要遵守纪律，要守法，要起模范作用，这都是须奉行的，今后在这方面要特别加以努力。

1954．10.6　半晴　星期三　北京

早，学习。上午带母亲至陆军医院镶牙，今天正式开始，母亲精神良好，唯对我的时间消耗过大，然而此为理所当然。

午后结束对苏联奖励工作手册的学习。

我的工作游弋不定，不能满足自己的愿望，这完全是自己以往的不努力和轻易改变工作的结果。我十分愿意在国防部队中服务，喜于军事生涯，但在此成就不大，归根结底是以往努力不大。今后如愿意学，到部队的话，将以全力甚至以生命为祖国和党的事业而效劳到底，除此以外没有任何个人打算。

今天精神良好。

1954.10.7 半晴 星期四 北京

早，参加讨论部里对学习问题的总结。

上午代替韩处长参加部联合办公，在处理问题方法上予个人以帮助，但还有些陪绑性质，浪费了些时间，证明：任何工作得事先充分做准备，以周密计划行之。通过群众集体智慧之后，计划将更接近实际，更加完整。

午后三时散会，今天亦未很好阅读日报。晚间，向金芳写信，向华都奶妈写信，并同母亲扯谈闲话。

1954.10.8 晴 星期五 北京

早，记日记。并处理几件零星事情。精神良好，睡眠充足。

上午九时带母亲至陆军医院镶牙。

夜半金芳返回。

1954.10.9 晴 星期六 北京

早，未出操及学习。

上午，办公，处理几个零碎问题。

午后，出席总结三个月支部工作。在实际工作中最能锻炼人，若能很好地接近群众、吸取经验的话，那么就能随时随地提高对新事物的认识。我觉得几个月来在支部工作中予自己以很大的锻炼，钢铁是炼出来的，今后特别注意实践，同时应注意不断提高到理论原则高度，如此方能得以提高。我最近特别注意到此点。

1954.10.10 晴 星期日 北京

因月余未见华英，故同金芳到八一学校探视孩子。见面后华英伤心啼哭不已，质问为何数次不接，并说："不接我，我念书以后就不认识家了。"坚决要回家，带玩数小时后仍然要回。未午睡，未吃午饭，最后离开时还是大哭。我想这是我的几个孩子的共同特点，但不能迁就她，以往曾迁就而犯了错误——在家带得不好而影响孩子身体健康，不能重蹈覆辙。

今后在孩子教育中很好地把家庭温暖同教育结合起来，两者不能偏废，使其身心很健康地发育起来，使孩子得到良好的教育，以利将来到社会上很好地为人民服务，而不致犯错误。这应该是自己的责任，为此，给金芳以警告。

1954.10.11　晴　星期一　北京

早，学习农业社会主义改造问题。

上午，继续写完笔记之后，处理了一些问题。给郭生同志、许清水同志、李玉荣同志写了信，并给金芳写了数个信封。她因自己写得不好，常请人写，为此特予以批评，不锻炼永远写不好。

中午阅报。

午后参加审干会议，处理生活问题。

晚饭后给孩子写日记。

1954.10.12　晴　星期二　北京

早六时到北京医院探视老战友盖志良同志，手术后甚安全。

上午研究审干工作问题。做出十月份支部工作计划。阅读公文。阅读日报。

现在深深尝到能为党的事业工作，为人民工作，那是最大的愉快。

最近在韩处长走后完成的几件工作中，注意了方式方法，因而进行比较顺利。因为都是同级科长，因而采取多协商方式，取得了良好效果。

今后在实际工作中，经常注意同个人主义思想做斗争，不叫它萌芽。今后做到吾日三省吾身。

1954.10.14　晴　星期四　北京

早，写总路线学习笔记。

上午带母亲至陆军医院检查牙。之后到军委总干汇报、请示工作，奖勋章于此即颁发，群众多年盼望即将实现。期间，让母亲在大街上电车站等候，甚为不当。母亲在此期间甚疲劳，考虑不周。

午后主持讨论。

最后利用简短时间研究学习方法，同志学习努力、主动，因而由以前的预先指定准备发言方式，改为普遍准备、当场指定、必须发言、大家补充的办法。经验证明，在工作中必须不间断地虚心地及时地注意总结群众工作的新的经验，以便及时提高，一定要反对老一套的工作方法。

1954. 10. 15　晴　星期五　北京

早，进行条令学习情况的检查，并于此机会阅读了数页第二次世界大战期间罗斯福、丘吉尔会谈的一些秘闻。这是由罗的儿子写的。因而，我的兴趣很大。

上午开科务会议，布置三个工作，准备在此两周内完成它。

午后四时接回华都。

1954. 10. 18　阴　星期一　北京

午后，到北京医院探视盖志良、范学新同志病状。

五时返办公室，处理几件公务。

晚七时到总政排演场看长征话剧《万水千山》。

中国人民的优秀儿女在伟大的党同毛主席领导之下，在国内外反动势力的严重威胁之下，经历了最严重的考验，完成了中国历史上空前的英雄史诗——二万五千里长征，终于突破了敌人大军的重重包围，战胜了亘古未有人到过的雪山、草地和天险的大渡口、腊子口，最后到达陕北。直接北上抗日的壮举大大振奋了全国人民，鼓舞了全国人民的抗日高潮。至今学习我们中国革命这一段伟大的英雄的光荣历史，在个人来说仍有十分深刻的意义，这就是说，要学习那种中国历史上最伟大的舍己为人的英雄气概，以利于在现在、今后的实际革命斗争中更好地为人民服务，有效地根除个人主义的一些残余渣滓。

我看此剧受到的教育十分深刻，因此，我说是今年得到的最好的一次教育。

1954. 10. 20　晴　星期三　北京

早，学习总路线。

上午参加部办公，准备不充分，时间有些浪费。

1954. 10. 21　晴　星期四　北京

早，学习总路线。上午办公，午后办公，给子英、凤舞写信。

1954. 10. 22　晴　星期五　北京

早，王秘书讲评军事学习问题。

上午偕金芳、母亲至苏联展览馆参观，历时四小时。

今天是我第二次参观，给我的实际教育太大了，太深刻了。

午后，准备明天传达李维汉同志"关于国家资本主义问题"，因而下午做了准备，并继之到七时，感到理论程度还是很差，有些问题打电话予宣传部，寻求具体帮助。

1954. 10. 23　晴　星期六　北京

昨天晚上因为给母亲找孩子的几张照片找不到，因而用尽脑子思考，这几张照片是我最喜欢的，准备留为纪念。

说明一个问题：做任何一件工作，都不能有丝毫马虎态度，必须有头有尾，还得加上科学的方法，无组织的事务主义做法断乎应付不了复杂的局面。

今天早上及上午两个小时，将历年照片做了编号，系统地加以整理。

阅读报纸后，又读《八一》杂志。

战争是不可免的，重要的在于如何学好军事。在目前说，不能得到一个系统的学习机会，令人焦急，一旦工作任务轮到头上，将不好应付，这一点应有足够的警惕。

1954. 10. 24　晴　星期日　北京

午后高凤舞同志夫妇来访，扯谈三小时，之后又到北京医院探视盖志良同志。

晚间，母亲要求回家甚切，余对她表示不够耐心，但思想不易一下子打通，准备于最近数日内请假送回她。

1954.10.28　晴　星期四　北京

今天为政治学习时间，终日集体学习总路线第四单元——国家资本主义问题。

1954.10.29　晴　星期五　北京

早，开始阅《俄国一八一二年战争》一书。上午，处理几个公文，修改文件。午后，找韩处长研究干部问题：我主张积极地使用干部，培养干部，不主张长期地压干部，因而同意张现同志的职务提升。我在各方面做这样的支持。韩处长亦同意，准备将这样的一致意见告李处长。一切问题应该从党的长期利益着眼，绝不应该从短小的、片面的、局部的、一时的利益出发，一定要把局部利益同长远利益结合起来，并且局部利益要服从长远利益，那么，在工作中方不至于犯本位主义、保守主义等错误。

一切工作都要从积极的建设性的党的长远利益出发。

午后起风，为今年入冬以来第一次起风沙。开始安炉子，但现在穷苦人家冬难过，在此，注意节约，进一步养成并坚持艰苦奋斗的光荣传统。

今天突然接到丁一同志来信，甚为高兴。晚七时参加党委扩大会议。

1954.10.30　晴　星期六　北京

早，未进行学习。

中午应丁一同志之请前去住处（河北办事处）扯谈近四小时，用午饭后同出。从这些谈话中，使予对于最简单的道理做了最深刻的了解：工作是需要埋头去干的，由于一个人的智力有限，因而需要长期地致力于一种具体业务。过去对此了解不够，因而在事业上未能有对于党和人民做出更大的贡献，今天认识到，但历史永远不复返，时间是过去了。这一教训对人的教育意义很大，今后在工作中我想能够很好地接受。

1954.11.1　晴　星期一　北京

早，写日记。

上午研究工作问题。

午后，阅报，处理几件零碎事情。

晚间到河北办事处同丁一同志谈至十时半。

1954.11.2　晴　星期二　北京

腰疼，精神不好。今天请假未上班。午后上班，应丁之请，为她准备个材料，初步找出，但不知对象同要求，打电话未通，因而未写好，准备明天给整理出来。

晚间萧大鹏政委从家里回来，探视，扯谈良久。

1954.11.3　晴　星期三　北京

早，进行学习。

上午，处理几件业务工作。

母亲及舅父需要供养的事情，均要设法进行之。为母亲镶牙，舅父的寿衣等，均要办理，虽然在经济上仍非常困难。

我们共产党人最重视道德精神，那么，在自己家庭问题上，处理同此精神一致才是。我认为，对年老的人不管，那是不道德的行为，不道德的行为不论在哪种场合均要反对。

1954.11.4　晴　星期四　北京

上午，母亲身体不适，要个车去陆军医院看。平素很少要过，因为制度规定很严，在生活中，我想还是对自己严格地约束些好。

之后，仍为丁整理材料。

午后，准备支部大会总结和布置十一月份支部工作，拟订半月工作计划。阅读《八一》杂志。

1954.11.5　晴　星期五　北京

早，阅读《八一》杂志。

上午，阅读《八一》杂志、《工作通讯》，拟订支部工作计划，并处理马玉林申请困难问题，而这些问题须急速地处理。

另外，今天有较为深刻的感觉：从四中全会学习以来，自己的无产阶级觉悟提高上有显著进步，认识到，同志关系和工作关系是两个问题。同志关系是我们中间最亲密的关系，犹如党同人民的关系一样，这种关系最为突出的特点是"团结友爱，关心照顾"，而不是个人主义的处处比较得失，互相埋怨，互相攻击。当有意见时，从团结出发，从工作出发，从党和人民利益出发提出来，在会议上或一定场合中说清楚。我想我今后一定能够如此地去做。

对同志的关系一定要从社会主义原则出发，我想社会主义的同志关系应该是：团结友爱，关心照顾，彼此学习，并且互相尊重。

前次党的小组会，我请假未参加，付助理员给提出，在下班以后抽屉中有的文件未放到保密盒中，这意见很好，并随即着手改正。

在工作中，甚至生活中，随时随地多吸收同志们一些批评性意见，对自己益处实在太大——提醒自己。如果在工作中能够经常得到同志们的提醒的话，那么，毫无疑问地就能够少犯错误或不犯错误，使工作任务完成得更好。

今天深深体会到，我们需要批评，犹如自己每天需要空气一样的重要，常常能呼吸到新鲜的空气，那么我们的精神是何等清爽呀。

1954.11.6　晴　星期六　北京

今天参加韩处长召开的辅导员会议，布置关于总路线测验问题，从发下的三十三道题目中来看，自己学习还是十分的差，急需在此次复习中努一把力。

上午九时开支委扩大会议，总结十月份工作，布置十一月份工作，并在支委中做了分工。

切记，一切工作均要从具体的、小的方面着手，万不可忽视小的地方，小的缺口可以形成大的漏洞。所以工作中不仅要从大的方面做全盘考虑，而且还要善于从小的地方着眼，那么，工作才能做得比较完善。

十时半开完支部大会，总结与布置完支部工作。午间休息时，协理员先做书面总结，总结三个月以来改选后的支部工作，因为在六个支部中做得比较好。一切工作，都是要脚踏实地老老实实地去做，这是在这一段党的工作中的经验。

在工作中，切实遵守原则，具体地联系实际是做工作的关键。

晚间，拟定最近几天的工作日程，并从今天起，开始建立书面的工作日程表。过去是游弋的不定型的，因而过去之后无法查考，今后用此种形式固定下来，以利查考，同时最大的好处是养成有组织有计划有步骤地进行工作、学习、生活的一个良好习惯。

午后听董主任关于改造资本主义工商业的报告。

1954.11.8 晴 星期一 北京

早，复习总路线。上午，向韩处长汇报交代工作，准备到总干汇报材料。

请假，准备开会研究总路线复习方法。

午后一时半到总干汇报。

1954.11.9 晴 星期二 北京

晨，因身体不适而未上班。

上午，给孔世君同志、舅父、张现同志写信。

看报已成为生活习惯，为政治生活中不可缺少的事情。准备回家事宜。午后写总结，并且同江枫同志研究为青年团大会送的祝词。

在斗争中、工作中、生活中，对待和处理问题，哪怕是细小而不值得一提的也要加以注意，注意着眼点从群众观点、群众利益、约束自己出发而思考如何处理，并在处理完了之后，再检查一下是否符合群众的公共利益。如果错了，作为教训下次注意，长期下去，方能修养良好。

政治上成熟是一个长期的刻苦修养过程，说是思想斗争过程。小资产阶级出身的人，在这方面十分必要。过去若干年来，自己认为在这方面修养是不够成熟，今天在社会主义革命新的历史时期中，提高觉悟，从思想上彻底改造自己实属必要。

午后拟好支部工作计划，并开始写总结材料。

1954.11.10 晴 星期三 北京

晨，写完行政、党内工作计划。

上午同下午到政治部参加研究机关党委工作经验，对自己有很大的提高。

理论同实际的联系是马列主义、毛泽东思想的精髓，而理论联系实际的原则，从理论到实际，又从实际到理论，由浅而深，由简入繁，循序渐进，螺旋上升。这是实际中要切记的方法，只有如此，才能一方面不致死啃理论而陷入教条主义，另一方面又不致光注意实践，而忘记随时提高到原则高度去认识，去总结经验，陷于事务主义当中。今天的会议就是解决理论联系实际而实际又提高到理论上去认识的。会议精神很好，唯主持者仍然事前准备不充分，使收效上欠缺。

实践一次，就有一次宝贵的经验或教训，所以，任何一种实践都有它的丰富内容，因而每次实践中很好地注意开动脑筋多想办法，发动群众，请示领导，请教有经验的同志，苦心钻研，克服困难，以全力完成任务。紧接着的一步工作，就是总结材料，分析研究，得出结论，提出教训或经验，把这些经验再提到理论原则高度做研究。

我想这就是我们做好工作、力求进步的方法步骤和道路。今后要十分重视。

1954.11.13　阴　星期六　北京

早，听韩处长动员总路线总结测试的报告。上午，向韩处长汇报到总干开会情形。处理几个零碎问题，阅读若干任命命令。

晚间，准备送母亲返家事宜。

1954.11.14　阴　星期日　旅途中

早八时二十五分乘31次列车同母亲离开北京，母亲精神很好。

午间阅报后稍午睡，精神甚佳。

1954.11.15　阴　星期一　乘车中

昨晚睡眠良好，午后有些晕车（车内空气不好）。母亲昨晚因食冷面而致胃病复发。

午后四时同舅父步行至家，乡亲探视等候不绝于室，应接中有疲劳状。

1954. 11. 17　晴　星期三　途中

家中今年歉收，食粮不足。在家往返探视人员过多，母亲该管不起饭，因而同意叫早返队。再说吃人民的饭，早到工作岗位免得贻误工作，因此，今晨挺早母亲就叫起来，乘七时火车。

急忙杀三只鸡，未吃饭。家中舅父、立昌、根曾等送站上。正好上车登记后还有一卧铺，因而此次虽长途亦舒适。

母亲给金芳带的土产品过多，而车上亦加照顾，未叫打行李票——这是由于军人的荣誉，这荣誉是党和人民赋予的，应该处处珍视它，这种基础是完全建立在积极为人民事业努力工作上的。这种实质应该充分地看清楚，否则就会产生骄傲。这点要牢记在心。

1954. 11. 18　晴　星期四　北京

十时到北京，金芳给做好饭后，进食。午后实际上未休息成，被两个孩子交替缠着，华都不断地说：爸爸我喜欢你。形影不离地跟着。华军虽然不会说话，但仍喔喔地直扑。在党的关切之下，我们已形成一个温暖的家庭。

1954. 11. 19　晴　星期五　北京

今天已经很冷，完全成了隆冬天气，室内已生着火炉。

给家里写信。

上午上班，办了一件党务工作外，带华都到门诊部诊断。医生说他的肝、脾脏发肿，但还未找出原因，而托儿所始终说他是吃坏了，此次其母坚持叫孩子回来养病，孩子老说"肚子疼"，这样才引起注意的。

午后进行总路线复习。期间，金芳来找，王庶廉同志来，因而影响到学习，中间作陪闲谈，整个消耗四小时。

1954. 11. 20　晴　星期六　北京

早，听韩处长做宪法问题报告。

午后，复习总路线。

1954.11.21　晴　星期日　北京

日间带华都玩，前后形影不离。

午后五时送回托儿所，虽然口口声声说不去托儿所，但今天送时还顺利，待到所后啼哭几声，总的还未大哭，实出意料。

1954.11.22　晴　星期一　北京

早，学习总路线复习题。

上午做出两题的答案。

给母亲写信，禀知华都病的情况。

午后托儿所刘医生谈华都到陆军医院检查结果：肝脏肿二指，脾脏中间肿，还须再检查。但饮食仍良好。

在实际工作中深刻体会到，对人民的工作，哪怕是极其微小的一件事情都不能丝毫马虎，必须要有始有终地办完而后已，除过责任心上要加强外，科学的工作方法亦属重要。

一切新的东西都在等待着我们随时随地地去学习，在工作中千万不能满足于自己一时一地极其微小的成绩，要不断学习，不断改进工作，总结经验，力求进步，更好地完成工作任务。

刻下集中力量完成总路线的测验任务。

1954.11.23　晴　星期二　北京

早，学习。上午参加审干会议。中午，到托儿所探视华都病情。我的意见，准备叫住院——儿童医院说没有床位，可住陆军医院。

晚间，心中很烦。

家庭事情前后扯住，影响到学习同工作。

1954.11.25　晴　星期四　北京

早，学习。

上午到儿童医院探视华都做门诊检查的情况，托儿所护士去得迟，未挂上号，误诊。华都见我，坚决要求回家，送到托儿所大哭特哭一阵，给买了个玩具和橘子送去，阿姨抱住玩了以后过关，此时心中甚为难过。不看而想见面，见面啼哭非要回家，弄得难过已极。

午后学习，做答案。

1954.11.26　晴　星期五　北京

早，学习军事（条令），效果不大。

上午到司令部大礼堂听总路线复习题的辅导。

午后进行学习，并有柯言来找，谈一时许。

晚间亦进行一小时复习。华都今天情况仍然照旧。

1954.11.27　晴　星期六　北京

早，韩处长召集大家研究与检查复习情况。

上午做答案。

午后开小组会。

今天开小组会解决家庭困难补助问题。在我的思想中，认为一定要贯彻集体领导，在党内要做到切实发扬民主，切实遵守集体领导的原则，养成民主作风是在我们生活中、工作中非常重要的一件事情。

1954.11.28　雪　星期日　北京

晚七时到大礼堂看《战线南移》，予个人以极大的教育。作为一个人，尤其是一个革命者，应该牢牢记住自己的历史任务——无条件地、忘我地为人民事业奋斗到底。

1954.11.29　阴　星期一　北京

早，学习。

上午、下午共用四小时为华都办理入院手续。

今天胃口有些不好——昨晚刚饭后跑步，为华英追汽车而致。

1954.11.30　阴　星期二　北京

早，学习。

上午做答案。下午修改前天支部大会讨论行政管理问题记录。

上午华都住院。

1954.12.1　晴　星期三　北京

晨，室外气温到零下四度，因室内炉灭致未学习成。

上午参加审干会议。午后仍然进行复习。

晚七时，到陆军医院探视华都，他很顽强地动员医生同护士送他回托儿所，说："给我雇三轮回托儿所。"

江大夫说预期会很好的，没有什么，为此，很放心。

1954.12.3　晴　星期五　北京

早，学习军事（条令）。

数月以来，深感对此学习不解决问题，谈不上什么学习成绩。

午后参加处务会议，研究十二月份工作问题。工作不多，但未能成套地学出东西，主要是把时间零崩了。过去许多人好找，因而无形中把许多大好时间消磨在这一方面，甚为可惜。无端地占去人家的时间，无疑等于谋害，今后注意不要随便地去浪费他人的时间，亦注意爱惜和节省自己的时间。

1954.12.4　晴　星期六　北京

早，写复习题。

上午，亦写。

午后，除处理一件公务外，一题尚未完成。学习有赖于平素努力，临时抱佛脚总是解决不了问题的。

上午通知明天去参观联合兵种作战演习，甚为高兴，但这一周复习又完不成任务了。我想这种良好的演习机会——哪怕是暂时的，不能放松过去，将来总有用得着的时候。

晚间高凤舞同志来找。

1954.12.5　晴　星期日　北京

六时半，司务长两次叫去用饭，说，别人都在吃饭啦。很快奔到饭堂，吃了两碗面条。

七时，我们十余人乘着大轿车奔向北京城西北部的七间房演习场去，今天参观一九六师的师团对抗性的士兵演习动作。不巧，时间未掌握好，改为九时半，而我们还按原定七时到，因而白白浪费三小时。

今天最令人注目的是午后到炮司参观战术沙盘作业，全是电动化，在我的脑子中产生了异常深刻的感觉：一切一切新的事物，在我们面前飞速地发展着，这就是祖国人民建设社会主义的热情的具体表现。你看，沿途建设不断地改变着旧的面貌。就拿军事演习说吧，大家都学得是多么好呀，而自己总感觉闷在机关中赶不上形势飞速发展需要。值得自己特别加以努力。

另外，返回后感到体力疲劳——本来今天并未做更大的劳动。我开始发觉，这几年在北京，并未很好地恢复战争时期身体的不好状态。入城市以来，许多人身体均恢复了，而自己还没有，这是赶不上形势需要的，基本条件不备。从本月起开始补充半磅牛奶，并有计划地进行身体锻炼。

1954.12.6　阴　星期一　北京

工作中要有科学的工作制度，而且在工作中要养成良好的习惯，首先必须从高度的爱国主义严守国家机密出发，麻痹的工作作风显然是对党和人民事业不够负责的。我过去在工作中对文件注意，未遗失过党的秘密文件，自从实行保密制度后，更加给自己敲了警钟，在自己工作范围内要严格地加以掌握。

1954.12.8　晴　冷风　星期三　北京

阅读《人民群众、个人在历史上的作用》。这一课题的复习，对个人有深刻的教育意义。

今后还得在伟大的社会主义革命中不断地在具体方面改造自己，提高社会主义觉悟，以能更好地为人民服务。

午后七时，芦增智同志前来找，解决其婚姻问题。

金芳快要生产了，胎位有些不正。据昨天助产师检查好似两个小孩。

1954.12.9　晴　星期四　北京

早，写答题。

上午仍思考二十四题——个人与个人崇拜思想的错误。

1954.12.10　晴　星期五　北京

早，写日记。

日间未很好地进行学习，同张现同志闲扯。

午后，阅读军事演习计划。

1954.12.11　晴　星期六　北京

早，做答题。

上午，拟订支部工作计划，并主持支部委员会议。

午后，到军区听时事报告。

晚间，同华英玩。

1954.12.12　晴　星期日　北京

上午，到医院探视华都。

午后，送华英到八一学校，登车时啼哭，之后尤其到校表现良好。

晚间，同科内同志研究勋奖章条例时许。

1954.12.13　晴　星期一　北京

终日到城北观战——师军事演习——师进攻，士兵实战演习。早六时半开始到午后五时结束。

今天是现代化的联合兵种作战，是我首次观看，在运动中每个阶段看得比较清楚，虽然我没有实际参加演习，但，就此粗学，得莫大裨益。

今天精神良好。

1954.12.14　晴　星期二　北京

腰仍有些发疼。

上午做准备工作——为参加总干会议，并到协和为华军看病，已协商好住院。医生决定初步先缝好外嘴唇。

午后听杨副司令员军事演习讲评，受益很大。

1954.12.15　晴　星期三　北京

终日参加总干预备工作会议。

赖部长做指示，受益很大。会议中赖部长虚心征求同志们意见，并以良好态度从高度原则出发解答问题，我认为这是很好的榜样。

晚间，到大华访吴仲华同志。

1954.12.17　晴　星期五　北京

午前仍于总干开会。

午后于家处理几件零碎事情。同金芳交谈，战争仍然是不可避免的。因此，要高度警惕，丝毫不能因为我们已取得胜利就麻痹大意。

重视实践，重视群众，工作就会完成得更好，脱离实际，就会失去支柱。

一切事情都不能空想，要同现实紧紧地相联结。抓住现实，不放松现实，这才是一个现实主义的革命者。

1954.12.19　晴　星期日

午间去问华都在所内情形，并向所长提出了注意的意见。此次对托儿所采取的方式方法是正确的，但以何种方式方法达到问题更好地迅速解决，亦是非常重要的。解决问题，靠分析研究，用科学的办法解决，而不能以感情处理之。

1954.12.20　晴　星期一　北京

上午开科务会议，研究明年工作问题。

午后到协和医院为华军办理入院手续问题。晚间，同吴仲华同志扯谈到夜十二时许。他介绍许多朝鲜战场情况，特别介绍二〇三师在去年金城反击战役中，一个化装班深入到敌纵深搞掉了李承晚的老虎团，打下搞掉敌师的基础，从而造成反击的有利条件，从此李承晚部队中的士气低落。

这个班长的机动勇敢尤似《智取华山》中的那位英雄参谋。

这说明群众中有人才，群众力量是伟大的，只有把群众的政治积极性鼓舞起来，群众中的无限战斗潜力才可无穷尽地发挥出来。我认为作为指挥官的职责有二：一、首先要在政治上时刻启发战士的积极性，使其充分了解战争的性质、目的及我们的事业的正义性。只有这样，他们才能够自觉地为它服务。二、耐心地教育战士，要学到良好的技术，只有技术掌握到手，才能在战斗中发挥其作用。政治加上技术，我们的战士就可以成为小老虎，就可以战无不胜，攻无不克。

1954.12.21　晴　星期二　北京

早，张现同志传达时事问题。上午参加处务会议，讨论明年一二三月份工作。午后参加审干工作会议。

晚间，召开临时支部委员会议，讨论补助粮同特殊困难补助问题。

1954.12.22　阴　午后降雪　星期三　北京

早，同韩处长闲扯。

上午参加处务会议，研究工作直到十二时许。午后参加学习情况汇报。终日处于不紧张的、内容不充分的消耗时间性质的会议，使人感到烦恼，因为它解决问题不大，把人弄得筋疲力尽，不仅耽搁现在事情，而且影响到以后工作——好长时间才能恢复。开会这个问题也应该来个革命，首先从个人做起。今后开会，首先很好地准备，切记：不开无准备的会议，即开会，要有内容，开会之前要通知大家做充分准备，以便开动大家脑筋，集中智慧，更好地解决问题，切忌磨时间。

1954.12.23　晴　星期四　北京

上午未学习，请假到协和医院探视华军，一切尚好，准备于下周三动手术。

下午参加四大条例讨论。

1954.12.25　半晴　星期六　北京

早，韩处长补充四大条例说明。上午，参加支书联席会议——布置明年一二月份工作。

下午，参加支委会议、支部大会，布置明年工作，传达党委工作计划。

晚，同张现同志扯至夜半。

1954.12.28　晴　星期二　北京

早，参加会议研究四大条例。

上午回答关于自传履历中提出的几个问题。

精神有些不大好，脖子转筋发疼。

1954.12.29　晴　星期三　北京

今天协和医院确定给华军动嘴唇手术，通知即前去。

八时开始到手术室，十一时二十分出，初步观察，将来可能不错，大概出来半小时就能清醒过来。我认为使用麻醉剂尚恰当。

午后写信给母亲，并复写会议准备材料。

1954.12.30　晴　星期四　北京

早，写材料。

上午参加部干部大会，内容是四大条例问题。

我党我军历来注重发现培养新生的东西，这是推动社会前进的有生力量，在新的东西面前要虚心地去研究、重视，不能大意，不能马虎，更不能旁观。

午后完成材料草稿，老张誊写，工作进行尚顺利。

利用中午休息，到协和医院探视女儿，伤口良好。

阅报。

1954. 12. 31　晴　星期五　北京

早，阅报。

上午参加处务会议——韩处长总结一年来工作。

午后，修改材料，写支部工作计划，并做年终一些总结工作。

晚间，两个孩子均回来，团圆。他们因过于兴奋，致十时尚未入眠。因金芳不时说肚子发疼，故夜间亦未休息好。

1955.1.1　晴（冷）　星期六　北京

晨五时许，金芳分娩，甚顺利，孩子身体发育良好，甚为快乐。

终日未出门，对金芳予以照顾。

中午利用时间去探视华军，很好，大夫叫下周准备出院。

1955.1.3　阴　星期一　北京

早，出操。加强体质锻炼。

上午，开科务会议，总结一年来工作，大家对科的领导上表示满意。

午后，处长召开科长级会议，研究明天会议程序问题。晚间又举行审干会议，研究苏问题。

中午利用休息时间去看华军，已拆线，大夫告曰：明天准备出院，下周二再去拆嘴两边线。这是做父母的责任，已胜利完成，甚满意。

1955.1.5　晴　星期三　北京

早，汇报参加小组讨论情况。上午，请假到协和医院接华军出院，孩子稍带点感冒。

1955.1.6　晴　星期四　北京

早，写日记。上午，参加讨论会。午后，参加讨论级别站队问题。其间利用空隙时间向母亲写信，并阅读《人民日报》《正确处理人民来信》，对个人思想方法同工作方法上有很大的提高。

作为一个共产党员，时刻要站在时代斗争的最前列，随时随地注视新的事物的萌芽、发生、发展。注意点儿可以看出，新事物都不断地在自己面前出现，它带来了新的力量，因而要好好地向它学习，只有不间断地吸收新鲜血液，自己才能保持经常的活力。事实、群众特别是党，教育了自己，不敢有丝毫骄傲表现，在新事物新时代新任务面前努力地、虚心地、刻苦地去学习它。

时代要求我们前进，因此党时常告诫我们说虚心学习、努力学习、永远前进，要老老实实记住党的教育。

晚，汇报情况又三小时半。

1955.1.10　晴　星期一　北京

上午处理了科工作后带志书同志到市公安局扯谈工作，并借机同魏科长谈金芳任保育员工作。虽然金芳思想还不通，我认为这是为人民服务的良好机会，这是社会上最有益的一种事业，我认为应该长期工作下去。

午后上班，研究科内最近确定的几件工作。

1955.1.11　晴　星期二　北京

早，复习总路线。上午，处理几件零碎事情。之后，因身体不适至午后四时方步入办公室。晚间，阅读报纸后，到吴仲华同志处，后又到王师长处玩了一会儿。

给舅父写信。

1955.1.15　晴　星期六　北京

旁听军委总干干部会议。听赖部长、曹部长关于军装工作报告。

党同人民对于我们的贡献，那是丝毫不能忘记的，实行军奖制度，既为工作所需又为给予个人荣誉。这就说明了人生的伟大的真实意义，在于很好地全力以赴对待工作，做好工作，那么就是完成了自己的工作使命。我将在今后为此更加努力工作下去。

1955.1.16　晴　风　星期日　北京

上午听袁部长的军官服役条例的报告，使个人产生了矛盾的感觉，一方面深愿在军队中为人民服务下去，并且在将来为保卫祖国的战争中效力，党多年培养，这是自己应该完成的任务。另一方面经验不足，感到自己已三十有余，不能在军队服役很久，而光依主观愿望不能解决此问题。在此痛恨自己昔日在工作中某些地方未曾尽到应有的努力，因而在工作中未得到应有的效果，后又想，这已成历史事实不能挽回，只有以后在工作中加倍努力以补偿。

1955.1.17　晴　星期一　北京

今天很紧张地开一天会——上午听刘志坚部长关于实行军衔奖励制度的报告，很实际很生动，对我们共产党员来说，是上了最实际的共产主义一课。对个人一个很大的启示，今后在工作中，我坚决要消除比的思想，与其把脑子花在比的工夫上，倒不如用于具体工作和学习上去。由于前者除了腐蚀自己的情绪，增长小资产阶级意识外，没有任何益处，后者，它是会鼓舞自己，会学到东西，有很大益处的。

今后在工作中一定要如此做。

现在在伟大的社会主义革命中，周围小资产阶级思想重重地包围着我们，一定要警惕自己，出淤泥而不染。坚持自己积极为党的事业埋头苦干、不计较个人得失、做好工作的精神，并且在修养上还要很好地注意。

午后又听了关于兵役法的报告。

对我国在未来战争中抱有十分坚定的信心。我国人民在党和毛主席的英明领导之下，实行一系列的建设改革，这些改革完全是以马列主义观点、苏联经验和中国当前具体情况而定，如兵役法，那是最实际而科学不过了。

现代化战争最大因素之一——兵源问题——从而得到彻底解决，加之武器很快制造出来，干部很好训练出来，那么在未来战争中，我们一定能取得彻底胜利。

我对我党的事业——未来战争中完全战胜敌人并从而保证我国社会主义建设彻底完成，具有十分坚定的决心。

在工作中要全力以赴。

1955.1.18　晴　星期二　北京

早，召开学习会议（复习总路线测试题）。上午代处长参加部办公。

午休后向党委汇报思想工作同发展组织工作，并在期间处理几个零星工作问题。

晚间利用时间研究会议中表册。

1955.1.19 晴 星期三 北京

早，学习会议文件。上午送吴仲华同志到前门站赴朝。午后处理安的问题，并考虑工作上两个问题。

晚间处召集临时性会议研究立功问题及军衔鉴定问题。

1955.1.20 晴 星期四 北京

早，复习对营总路线测试题。上午处理工作问题外，审阅两个文件，到街上去买些东西。

午后同张现同志谈话，并问其历史材料，准备对其历史问题做出结论。认真地把同志们的问题切实弄清楚，我想对党对同志都有很大好处的。

1955.1.21 晴 星期五 北京

上午为了理发到街上走了两次，并且在理发馆内等了两小时之久。新年到来，许多人都要理发、着新衣过年，因而都在排队等候。这种排队现象越来越严重——这是我国历史上空前未有的良好现象，这是革命革出来的。这种情况充分说明我们国家中生产大大赶不上人民不断增长着的物质需要和文化需要，这就是我们面前的一个严重任务，在各方努力工作，积极工作，完成工作任务，以满足人民需要。这就是党和国家所负的重大责任，即每个共产党员革命干部的重大责任。我十分懂得这种责任的重大，要以最大努力完成我的岗位上的工作。

午后韩处长召集开会研究今年工作任务问题、开会问题。

我同金芳谈决定她退伍，专门照顾家庭，以利我今后专心致力于工作。我想这样分工亦是科学的。

1955.1.22　晴　星期六　北京

今晨提前吃饭，到总干听赖部长总结。予我最大的启示是荣誉感，从来没有像今天体会得这么深刻。人生最真实的意义在于不息地战斗，在同敌人的战斗中要坚决顽强，奋不顾身，那么，完成得好，党同人民自然而然会给我们以适当的荣誉。我从来没有向党同人民要过荣誉，我只是感到我为人民服务得不够，我在过去工作中没有能尽到自己最大的努力，今天深感抱歉。我立志要以最大努力弥补以往不足，并且在今后一定要老老实实地工作下去，决心学好业务——特别是军事，要格外加强学习，那么将来在工作中、战争中才不至于受制。

午后，给青年团上课。由于时间关系，准备不够充分，课上得不够完满——在完成任何一件事情之后，一定要进行检讨，绝不能马虎而造成工作的损失响。

1955.1.26　晴　星期三　北京

今天是春节假期最后一天，因而进行了一些结束工作——整理文件，特别是检查了思想，整顿了战斗意志，确定今年内努力方向、工作任务，最后同孩子们欢乐，因而今天感到很为愉快。

1955.1.27　晴　星期四　北京

晨，主持总路线测试题的复习。上午、下午均处于会议中——研究今年本业务工作会议及工作任务完成问题，最近几天以内写出两个文件。

1955.1.29　晴　星期六　北京

早，参加军人大会，听动员购买公债的报告，并购买三十万元。

中午，搬房子未完成材料。午后主持支部委员扩大会议，讨论评功问题，相持之下，没有结果，休会酝酿后再行讨论。

1955.2.1　晴　星期二　北京

早，未起床。

上午，写总路线问题，准备给初级组上课。午后写计划。

晚间，李科长送票到中和剧院看戏——《伊帕尔罕》。看后对自己教育意义很大，进一步启发我的革命英雄主义精神。另外，对历史上若干问题后悔不已，但这已经把时间输了，这种历史绝不能重蹈覆辙。

1955.2.2　晴　星期三　北京

上午开审干会议，未按时完成所分配的任务而受到批评，检讨原因：一、工作计划性不够，特别是在繁忙情况下，必须如此。二、主观上对此工作疏忽。

经验：在工作中，中心问题在于支配时间，科学地支配时间才能做好工作。

在工作中，被动反而更费力，并打乱工作步骤，消耗时间更大。今后，一、大小工作来了，都很好把它纳入计划中。二、科学地排列时间，组织力量，按部就班地去完成它。

午后同韩处长计划最近几天内要完成的支部工作同审干工作。

1955.2.3　晴　星期四　北京

早，主持小组的学习。上午，研究今年全年工作议程表。午后处理几件零星事情——写好田芳同志审理材料同安保昌同志研究材料。

晚间，同田、韩开会研究苏、安、李、解等同志问题。

1955.2.4　晴　星期五　北京

早，韩处长召开会议布置工作。上午处理审干工作中两个问题，并审阅工作计划。

奖励工作执行计划表由于昨天计算不够细致，因而在十月份工作中有遗漏掉的一项重要工作，说明自己还存在不细心的工作作风，今后还应该警惕。这个问题存在原因主要还有对上的依赖思想，今后坚决克服之。

今天组织上又发来《持久和平报》，要求今后要很好地阅读，这就是说党要我很好地学习政治，以往对此方面学习得不够，今后要特别加以注意。今后要学习的东西太多了，因此，要有计划并且还要有重点。

我的重点在军事，但总是在现在岗位上学不好军事，这是最为烦恼的地方。目前也没有军事学习材料，唯一办法即阅读《八一》杂志。

组织上给我分的临时任务太多了，影响我对中心问题的学习。准备将来请组织上解决此问题。

1955.2.5　晴　星期六　北京

早，学习讨论。

上午处理业务工作问题。

午后，听取甘副部长传达周总理关于目前时局与任务的报告。

1955.2.6　晴　星期日　北京

今天因张柳病了，而金芳一个人照顾不了四个孩子，我亦忙得不堪交代，实在烦得不行。今天准备学两个文件计划被打乱，同时连报纸都未进行阅读。

晚五时送王智书到北京市公安局谈谈工作。

1955.2.7　晴　星期一　北京

早，处长找研究会议材料。上午，草写好此材料。处理工作中几个问题，同新调来干部谈工作。

午后，研究支部工作，并同韩处长研究立功人员的问题。

晚间，处召集办公。

1955.2.8　晴　星期二　北京

上午，阅读文件。午后，参加审干工作会议。晚间，韩玉奎同志来玩。

今天检讨：在以往对同志关系上和工作上，说话还不够谨慎，原因就是问题到来没有经过深思熟虑及分析，因而造成影响是难以收回的。从今天以后，提醒自己特别注意。

1955.2.9　晴　星期三　北京

今天在承办工作中，阅读了军区首长（朱副政委）的自传后，给予自己很大的启示和教育，比我阅读几本理论书籍的得益都大。第一，那么任劳任怨、毫无怨言、始终如一地为党和人民的革命事业工作的精神值得自己进一步效法。切记，不论在什么时候、什么地方都要老老实实地为党工作下去。第二，那种学习掌握原则、政策、指示的精神。第三，联系群众。我认为首长有许多宝贵的优点是我所赶不上的，觉得自己很差。过去确实有很多思想错误，但我立志要改正，并且自己绝无任何可骄傲的地方，今后只有努力忠心为党的事业奋斗下去。

1955.2.10 阴 星期四 北京

早，阅读总路线习题。上午，带华都至门诊部检查其肝脏病的情况——不日可完全好，甚慰。

为党和人民事业办事，不仅要具备良好的德才，而且这种德和才要时刻小心谨慎地用于当前斗争形势中和工作中，并且要取得良好的效果，最后人民鉴定德才的标准、任务完成的情况，是用效果的尺子去衡量的。一个共产党员，一个干部，他所担负的职位越高，说明他的任务越重，而党和人民对他要求也就越高。我想自己不论在什么工作岗位上都不能有丝毫骄傲，时刻记着革命导师所教导我们的"努力学习""学习，学习，再学习"，不断地学习理论，提高原则、政策水平，并联系群众，虚心向别的同志学习，戒骄戒躁，兢兢业业，老老实实，努力地、小心地、科学地、百分之百地完成党和人民所赋予的光荣的工作任务。我今后在工作中绝无任何怨言。

切记，毛主席所教导我们的，工作只能做好，而不得做坏。

时间对于我们革命者来说是最宝贵不过了，工作过程，不仅是个斗争过程，而且还包括赢得时间过程，谁能更科学地支配时间，不浪费时间，那么，谁的工作就能收到良好的效果。

说明今后工作要善于支配时间，要把良好的时间运用于工作和学习中。

晚间，举行支委扩大会议。做完测试题答案。

1955.2.11　晴　星期五　北京

上午，参加军区干部部会议。

午后，处理支部工作中几件事情——总结报告，拟订计划。

1955.2.14　晴　星期一　北京

早，阅读总路线题。

上午，听汇报。午后，处理公务。

战争是不可避免的，落在我们肩上的任务是如何准备好为战争服务，并且很快准备好，达到服务得好。我想这就是党和人民交给我的任务。我抱定决心履行我的光荣任务到底。

1955.2.15　晴　星期二　北京

今天终日听朱副政委的关于干部工作问题的报告。第一，是党的干部政策以德才并重的问题。第二，是以工农为骨干的问题。这是我党过去、现在和将来永远不变的政策。这就是我们的无产阶级立场。他这个阐述是非常通俗而深刻的，因此我的体会是最深刻不过。这要算是第一次领会得入骨。因此，这对于我的阶级觉悟提高上及今后工作中有十分重大的帮助。

在工作中，考虑一切问题时，首先从党的利益出发，从无产阶级的长远利益同眼前利益相结合出发，在这方面要坚决、勇敢、毫不留情。当在这方面与党的利益有矛盾时，要采取铁面无私的态度，坚持原则，维护党的利益到底，中途不能有丝毫妥协、调和，要知道，有一点调和、妥协，就会对党和人民事业造成严重损失，便会形成罪恶，这便是党性不纯的表现。所以，朱副政委给我们上的是一大课，是一活的马列主义课，是给我最深刻的一次阶级教育。朱副政委这一课很值得我反复地温习，不间断地去检查自己，提高自己。

1955.2.17　晴　星期四　北京

上午，处召开会议布置工作。

午后，王钧师长请去帮助写两个报告，并进晚餐。在此得到很大的经验教训——一个革命者在任何情况下都要不断地进步，这个标志就是首先要时刻从党的利益、国家利益和人民利益出发，并且要不休地、老老实实地、任劳任怨地埋头苦干，还要钻研。当钻研不通时要很好地请示上级和党，并且还要多请示，千万不要自作聪明，犯分散主义错误。这还不够，当工作行不通时，还要在工作之先很好地同群众商量，走群众路线，吸取群众的经验，发挥群众的潜力。要知，群众的力量是伟大的，任何工作不怕有多么大的困难，只要把群众动员起来，组织起来，潜在力量发挥出来，情绪提高了，那么，困难一定能够克服的，一定能在最后取得工作中的胜利。

作为一个领导者，这还不够，还要善于总结经验，并且把这经验又推广到群众中去，提高群众的觉悟和能力，以便发动大伙完成下一步任务。在方式方法上要灵活，善于启发诱导群众，教育群众和干部。

作为一个干部尤其要努力学习，不断地吸取新的经验，要走在群众的前面。我认为积极求进步应该是首先从这些方面着手。

这是今天得到的一个很大的教益，因此我感到很愉快。我想，我如果能每天得到一个教益，长此下去，我的进步亦是可观的。

1955.2.19　晴　星期六　北京

最近，我十分珍视我的时间，并且有计划地进行军事学习，这是党、人民所交付我的任务，因而不能当儿戏。

我现在才恍然大悟，到北京这四年大好时间未能很好地用于完成此种任务，十分后悔，现在该补上去，因而要格外地努力才是呀。

平素努力对军事学习，加之有机会争取到学校学习，我想，将来可以在前方工作。帝国主义又快要武装到牙齿了，而我，作为一个共产党员，就不能不警觉起来，不能不加强战斗准备呀。

1955.2.20　晴　星期日　北京

我最近加紧力量准备复习总路线，尔后再集中力量学习军事和完成工作任务。总路线为当前党交付我们最重要的学习任务，因此，最后再做一把努力，争取测验成绩良好。

1955.2.22　晴　星期二　天津

十时乘车到天津速中公干。公干毕，趁暇到天祥市场一游，除买学习杂志及《毛泽东选集》（老版本）外，又买了两本上海、天津名美照片集。唯一特点，典型地形象化了我国妇女在封建时代所受的严重痛苦和压迫，我目击此情，表现无限同情。今天加紧工作，推进我国社会主义事业。

夜十一时返北京，金芳责备说花钱多，但我认为这是很宝贵的研究我国历史的参考材料。

1955.2.24　晴　星期四　北京

上午，处理日常工作。午后进行学习。今天思想甚为动摇，这种现象就是最大的忏悔所致。过去工作不能如愿地尽到最大的坚持而得到应有的效果，当然，要依靠今后的努力。

另外，对科内同志们以最大化努力去帮助他们，提高他们的政治觉悟和工作能力，这在同志关系上和责任上都需要这样做的。

1955.2.25　晴　星期五　北京

早晨研究为总干所报的几个问题。上午处理几件业务工作后，参加处研究副营以下干部调整级别问题。晚间到书店买到一本《马恩文选》（两卷集，莫斯科版），感到很高兴。今后开始有计划地去学习理论，提高自己的马列主义水平，做好工作。

1955.2.27　半晴　星期日　北京

十时后，王庶廉同志找谈，扯谈二时许。我们老同学关系，对其不满消极情绪，予以至诚帮助相劝。

午后四时又进行两小时的学习。

1955.2.28　晴　星期一　北京

昨晚有些失眠，日间精神有些不快。但工作、学习仍然坚持。

一切都是从斗争中得来的，在工作中，对于不正确的意见、有损于党和国家利益的现象，要以不调和的态度斗争下去。

由此而提醒自己：第一，为此要不断地加强自己的社会主义觉悟，随时努力注意学习政治，提高对新事物的敏感力，随时注意接受新鲜事物。第二，对所谓"照顾"的认识。过去（现在亦然普遍存在）到处所看到的是在工作中处理问题时常提到所谓照顾，不加照顾仿佛就把问题处理得不够圆满，对方也就会提出意见说：组织上对我是照顾不够。这在实质上迁就了干部的资格——我为党工作，好似党和人民应该给我这样（我可以提出要求）的照顾，理所当然。这样易于促其资格同骄傲情绪，这是完全没有好处的。我过去对这点认识模糊，现在充分认识到了，今后在工作中，我要打破此种观点，首先自己不向党和人民要求照顾，其次在遂行工作中大公无私，彻底做到廉洁奉公、铁面无私。

1955.3.1　半晴　星期二　北京

早，复习总路线。上午，处理几件公务后，阅报。

午后向党委汇报"党内团结问题的检查"（一小时）。四时主持科内二月份工作总结。

1955.3.6　降雪　星期日　北京

午后乘空隙到办公室继续写一段社论。知识当具体需要时总感到不足，因而，平素不断地学习、积累知识、注意工作经验就很重要了。

1955.3.10　半晴　星期四　北京

终日复习总路线。其间对助理员研究答复正面一些问题时表示不够耐心，应注意立即改正此种不良作风。

1955.3.11　雪　星期五　北京

早，进行总路线复习。上午，到直属政治部听取七个月以来的审干工作报告，总结得很好。之前准备请假，李处长还说好好听，午后讨论可以不去，并批评对李祥材料整理得不好。遂接受了批评，准备于今晚重写好。我对同志们的批评随时接受改正，并且得出一条经验，即，工作忙时，往往容易出岔子，还会遗漏，为此宜注意两条：一、工作在最忙得不堪交代时，最后稍加努力就完成了。好似打仗，最后多坚持五分钟就取得胜利。二、工作一定要有科学的分工，并且做这一步工作时，还要为下一步工作打下基础，这就是所谓工作中还要有预见性。

1955.3.14　晴　星期一　北京

早，韩处长告复写社论问题。上午仍复习并处理工作上两个问题。

给母亲写信。舅父午间来到，适中午休息，至大门口相遇，他消瘦不堪。

午后到军委办公厅听取军衔奖励工作报告。

1955.3.15　晴　星期二　北京

早，处开会研究军委讨论文件。

上午十时前参加处务会议，十时到十二时参加审干会议。

午后处理科内事情。

1955.3.17　阴　星期四　北京

阅报。上午准备写材料而未完成，书店一个商人来接谈，学习合订本事。

昨夜未休息好，今天精神不佳。为了赶出社论，同张现同志又至夜十一时许方寝。时华都尚未入眠，而在同瞌睡挣扎搏斗等我回去，最后又强打精神玩半小时同时入眠。

1955.3.21　微雪　星期一　北京

上午，初步审定军级干部授勋，之后参加部务会议，听取钟处长传达总干会议精神。

午后处理公务，之后又出门为张现及韩得富同志问题而分别找志愿军及军事学院干部部长谈，我对此工作均以对党对同志完全负责到底的态度彻底完成之。

1955.3.23　晴　星期三　北京

早，同胡处长研究工作问题。上午先检查身体，结果良好，没有什么疾病，甚慰。之后处理一般公务。

午后，至处开会，研究授勋中疑难问题。

昨晚睡眠良好。

1955.2.24　晴　星期四　北京

我对我的工作、学习、生活安排：一、阅报，如同吃饭穿衣睡眠，每天都不缺少，思考今后如何利用时间进行阅读的问题。二、工作，必须上清楚下联系实际，多调查研究，了解情况并多征求群众意见而进行，万不可主观行事。三、学习，要有主体。我的主体即学习业务、军事课程、政治课程。军事课程当前是进攻战术、防御战术、原子战术。正当课程除所布置的临时性学习外，还要系统地学习毛主席著作。四、总结经验。利用日记，随时加以检讨和总结自己工作、学习中的一切，特别注意纠正自己的缺点，随时扫清前进道路上的障碍。这是非常重要的。唯一办法，是随时自我检查，自我批评，并很好地接受党、上级和同志们的批评意见。

1955.3.25　晴　星期五　北京

早，学习《八一》杂志上有关军事方面的文章。

上午处理公务，并准备为舅父办理住院手续问题。给五舅、立昌及仲华同志写信。午后处理公务。

1955.3.28　晴　星期一　北京

早，学习军事。

终日听取检查工作同志的汇报。午后七时，特同傅培昂同志谈到速中帮助工作问题。

利用午间休息时间到西单大街工地做了一次有益的学习，许多工人集中力量在做马路的展宽工作——拆房子，拉土，挖沟，架线，推土……成套的工作在紧张地进行着。工人们是那样卖力气，他们说这要赶今年的五一节前完成，那一天人们要在这条宽敞的新马路上游行，从而再不像以前那样拥挤了。参观了这里紧张而生动的工作后，使我深深认识到：劳动是最伟大的，人民群众是最伟大的。只有劳动，只有人民群众才是创造社会和推动社会的原动力。所以在我们的工作中——任何工作中，一定要重视劳动，重视人民群众的创造力。在自己的工作方式方法上，就要善于发挥群众的潜力，任何工作中都有潜力，群众就是潜力的来源，群众中就蕴藏着无穷无尽的潜力。个人同群众比那是非常渺小的，个人只有在人民群众之中，才能发挥他那一点作用。

工作没有做好，那么对一个领导干部来说，他就是没有把群众的潜在力量发挥出来，群众的积极性、创造力未激发起来；对个人来说，工作未完成，就是他未很好地虚心向群众学习。

在工作中要经常注意锻炼和加强自己的劳动观和群众观点，道理我想就在此。

1955.3.30　晴　星期三　北京

早，研究军级干部中八个疑难职级的问题。上午，开支委扩大会议，研究营以下干部授勋意见。午后参加审干会议。

在业务工作上，感到在开始布置时，有的问题尚不够十分细致，就是说留有机动余地。因而在工作过程中，不断发生疑难请示现象，有的因精神上有变非请示不能明确，有的属于已经很明确了的问题，只要能加以钻研即可明确。这个问题在领导上该有如下经验：

一、今后在工作指导上从开始即要很好地考虑，力求具体，一旦不能做到，也要在工作过程中随发现随修正，随做切合实际情况的具体而细致的指导。

二、善于用示范办法指导。

三、亲自下去或派得力干部下去，在检查工作中予以督促帮助。

1955.4.1　晴　星期五　北京

终日同张、李助理员共同审定师级申请五十份，并研究干部疑难职级意见。从最近工作中检查两个问题：

一、前些日布置工作时，对于填表申请栏申请词，在开始布置时未能很好研究，那时思想上认为下面能够理解的，因而未能很好具体地指导，形成以后反复不断请示，贻误时间，影响工作。

从这一经验中说明，领导工作中最重要的一个工作方法是要具体地进行指导，这种精神要从布置工作开始的，因而在布置工作之前要能很好研究，了解情况。

二、在进行工作中，有时耐心不够，在交代任务中，与同志们研究工作任务或问题时，虚心倾听意见以及当时耐心解释说服不够，如此，可能影响同志们的工作积极性。

在工作中，不断教育同志，以多样性的方式方法启发诱导同志们的积极性、创造性，这是领导者的责任，亦为领导的艺术。

午后到陆军医院探视舅父，他精神愉快。

1955.4.4　晴　星期一　北京

早，听党委关于团结问题的检查总结报告，对个人的启发很大。今后要把对党和人民的服务精神贯彻到自己的具体生活中、工作中和斗争中。任何一件工作，不论大小都是要以最真实的态度去完成。党和人民所交给的任何工作，都是对个人的信任，而个人应该毫无推脱地去完成它。如此态度，才是正确的共产党员应有的态度。

上午研究师级干部的授勋。午后到陆军医院探视舅父，付大夫找去面告其病情：为胃瘤，因年龄大并就医稍微有些迟，因而带危险性，至于能动手术否，尚待本星期六会诊后而定。心情颇沉重。

工作中最近尚感有些紊乱，微感计划性不足，即行改正之。

1955.4.6　晴　星期三　北京

早，学习联合兵种战术。

上午听韩处长学习总结当中，突然胡副科长要报党委的申请军以上干部的授勋材料，本拟两天之内完成（原来未确定这样紧迫），于是顿即紧张起来。这实在出人意料，最后忙了半小时总算赶上。

这件事情说明两个问题，第一，在工作中要确定一个指导思想，就是只有提前，不能拖后，做前一步工作要打下一步工作基础。如此，方能争取工作中的主动。第二，工作中要严格制度，要有科学的分工。

我想今后在工作中首先从这两方面进行克服和建设。

审阅发出数封群众来信。晚间找张、安助理员谈话。

1955.4.11　晴　星期一　北京

上午，参加苏共党史（第九到十二章）训练班的旁听学习，由朱政委及苏联政治顾问讲话。

午后二时半到陆军医院做肺部检查照相，毕，探视舅父，大夫称：他患的系恶性胃瘤，已过了七八个月了，发生转移。并告此病从发生到结束不到一年。遂决定明天出院。时心中很为难过，原来未想到如此突然。

1955.4.12　晴　星期二　北京

早七时到大礼堂听《联共党史》第九章的讲课。《联共党史》内容非常丰富，是理论同实际结合的典型，惋惜自己读得太晚了。

我近年身体很好，继续注意锻炼，很好地把精力贯注到工作同学习上面。人能为党和人民工作的时间是非常短暂的，因此，服务党和人民的事业是非常可贵的，在服务过程中宜十分珍视时间。

午间利用时间将舅父接回，心情很为难过。

金芳是个心肠很软的人，富于同情心，闻知舅父病情而伤心掉泪。

1955.4.13　晴　星期三　北京

上午听课。午后参加审干会议。其间李处长指出张现材料还是整理得不合乎要求。我对这个事情检讨，机关工作细致性尚不够，在这方面要很好地学习韩处长，他的细心程度实在令人钦佩。

不断地提高政治的、业务的水平，细心和适时地大胆行事，我想这是做好工作、完成任务的主要因素。今后宜在这方面很好地努力。

1955.4.14　半晴　星期四　北京

上午到大礼堂听课，结束第九章。午后处理工作零星问题，并审定完师级干部授勋。准备进行一切事宜。

晚七时，利用课余时间邀请原做过人武工作的同志座谈对人武干部的授勋标准问题，收效很大——从座谈会中了解了基本情况，从而能提出接近成熟的意见。这种多调查研究的群众工作方式方法，今后在工作中宜特别注意应用。

1955. 4. 15 阴（微雨） 星期五 北京

上午办公，处理几件公务。在处理中注意研究分析调查，征求同志们对问题的看法，力求问题处理得合理公允，符合党的原则政策精神。

午后修改张的材料。四时主持支委扩大会议，总结布置四月份党的工作。

向母亲写信告知舅父的情形。

1955. 4. 16 雨 星期六 北京

早，阅读国务院颁发的关于研究三定问题的指示。

昨天午间带舅父去街上照相，发现自己头发仍然不断脱落，不知系何种原因，因而亦无有效办法克服，舅父说这是用脑子过度或自然现象。

在这个问题上，我检讨自己，前几年对身体的保养不足。新中国成立前，在战争年代中身体所受到的损害，至今未能恢复，这点不能不算是主要原因。具体事实和今后形势迫切需要自己加强身体的健康状态，否则不堪支持今后斗争形势发展所需。

午后，支部委托于支部大会上做三月份工作总结、四月份工作布置。

1955. 4. 21 晴 星期四 北京

上午，到大礼堂听五小时《联共党史》课（第二章），因患微感冒刚恢复，精神不佳，其间打瞌睡。

晚为舅父画像事到勤劳街与画像社接洽。晚间韩处长召开会议，布置业务会议准备工作。

1955. 4. 22 大风 星期五 北京

上午听《联共党史》第十章最后一课。这一章对自己的教育意义异常深刻：第一，进一步明确我国过渡时期总路线的精神同实质。第二，加强了我的阶级斗争观点，从而在工作中、思想上指导思想明确了，这保证了在工作中少犯或不犯错误。

最近很好地为舅父准备一下一切善后事宜。

1955.4.28　晴　星期四　北京

晨，学习军事，但有些乱，应先拟订计划，按计划进行。过去缺乏这种长期的学习计划。

上午旁听干部部部长会议，其间心情不快，退场为舅父返里购买一些东西。

1955.4.29　晴　星期五　北京

早，参加处务会议，由个人传达昨晚党委所布置的工作。

上午及午后，参加会议听汇报，因同本业务完全无关，因而感觉有些浪费自己时间，有碍于自己的学习、工作计划。其间抽时间退场办业务、公务同私事（舅父走的事）。

我认为，现在能抓紧机会学习军事，为当前最重要的备战工作。

1955.4.30　晴　星期六　北京

早，代表支部在全处布置五一劳动节的保卫工作。

午后，亦未参加会议，学习了一段军事课程。

最近舅父在此，为其办理一些返里事宜而影响到一部分工作与学习。

1955.5.2　晴　星期一　北京

今天当星期天过。

应华都之坚决要求并为舅父开心，同金芳、华英上午同游中山公园。

午后胡云长同志全家来玩，特地招待之，于四时告别。并于四时由绍柳送华都至托儿所，至，由其阿姨接过去并未啼哭，并说："你到下礼拜早些来接我呀。"这是破天荒的转变，实令人高兴。这个孩子聪明、勇敢、主意大，今后宜特别注意教育。

1955.5.3　晴　星期二　北京

上午办公。午后参加审干会议。

事实教育自己：第一，要忠于党，在党和人民面前，不要玩弄那种小聪明、小智术，凡是玩弄者，结果总是害己损党。第二，中国社会小资产阶级像汪洋大海包围着我们，因此，要随时随地警惕其他阶级思想意识的影响，以免犯错误，给党和人民造成损失。

为母亲及多祥写信。

1955.5.6　晴　星期五　北京

早，送舅父返里。

上午参加部审定干部授勋疑难问题：我力主审定之后，普遍公布征求意见。在工作中一定要贯彻同领导群众相结合路线，就是在领导决定之前，一定要走群众路线，切忌犯主观毛病。凡是通过群众后而决定的问题，总是要切合实际些。

午后二时半至四时，举行支委扩大会议，汇报整编后的思想情况，并讨论五月份工作计划。四时到六时半，向部委汇报思想情况。

1955.5.7　晴　星期六　北京

早，向部委汇报支部保卫工作执行情况，至上午十时。

会议掌握时间不严，我感到浪费一半。返办公室后，阅读革命领袖在掌握会议十分注意节省时间的有关论述，对发言无准备而浪费时间的人予以批评、限定，另外对那些有好的意见的发言人而予以支持，保证其将宝贵意见全部谈出，对我教育意义很大。

在我思想上，现在最怕开那种可开可不开的会议，或者开无良好准备、无内容、无头绪的杂乱会议。将来大家水平提高了，我相信可以克服这种现象。

十一时到十二时处理公务。

午后，同韩处长商议工作计划，并处理零星事情。

1955.5.10　晴　星期二　北京

早，学习军事。上午，办公。午后阅查完师级干部上报党委材料后，开科会议研究审查团级干部方法问题，并通过五月份工作计划。

1955.5.11　晴　星期三　北京

早，阅读军事材料。上午十时前到前门同仁堂购药，十时返回。

午后钟处长找谈话，花了两小时，指出对鉴定所提出的意见不够全面，含有个人成见。我想一方面是事实，但另外，朱起草鉴定太武断，始终难以说服人。这里面有经验教训，很宝贵。

另外，钟有许多话很中肯，颇有教育意义，帮助很大。四时后接受韩处长交代党委通过勋章后上报问题。

1955.5.14　晴　星期六　北京

早，主持支部大会，自己负责总结上月的支部工作。上午上班时，处理公务，对证和审查师级干部授勋。

午后二时半到大礼堂听传达时事报告，听后对当前形势的了解方面帮助很大。

阶级觉悟越高，斗争勇气和工作热情也就越高涨，精神就愉快，人生最大的意义在此，这是我越来越深刻的感觉。

1955.5.17　晴　星期二　北京

早，学习团的战斗组织与实施。

上午十时，遇曹师长，他已于速中毕业，住两个月，尚未分开工作，因年龄大不能在国防军工作而感到苦恼。给予个人很大的启示：人能为革命工作，那是最宝贵的，时间已过，那就心有余而力不足了。所以应该珍视自己的时间，千万不能把大好的时间白白浪费。过去有很多浪费，造成损失，今后要善于科学地支配时间，以便在这个宝贵的时间里学到更多的东西，将来为人民贡献出来。现在我不愿平白占去他人的宝贵时间，亦不愿他人无故占去我的时间。"无端地占去他人的时间等于谋害行为。"

午后，开始审定团级干部授勋，在完成了师级干部授勋工作后，做总结吸取教训，采纳了同志们的意见，改进了工作方法，因而提高了工作效率。同时注意了工作方式，加强了思想工作，从而鼓舞了同志们的热情。经验证明，工作中万万不能墨守成规，要随时总结经验，改进方式方法，虚心研究群众的合理化建议，勇于接受批评，细心研究上级指示精神，并随时多请示。这些还不够，还要紧紧掌握住同志们的思想情况，做好思想工作，那么，我们的工作任务才能够谈到起码完成。

晚间，观看苏联影片《同志的荣誉》，对我的教育有二：

第一，作为一个党员、一个革命军人，尤其是军官，在人民中间，在工作中、战斗中，要处处做榜样，要以模范行为表现在各个方面。如，在战斗中要勇敢；在工作中要忠于职守；在生活上要约束，要艰苦；在学习上要努力，要随时注意吸收新鲜事物，勇于自我批评，大胆接受别人意见，特别要注意实践。在对待自己的阶级——工人阶级、人民，要十分友爱和有礼貌，更要十分警惕自己，在党和人民面前不敢有丝毫的骄傲。切记：什么时候有骄傲，什么时候就会停止不前，就会碰钉子，就会犯错误，就会从时代车轮上掉下来，就会被人民唾弃，就会失去为人的价值。

第二，检查自己，现在还存在着致命的缺点，即还有小资产阶级的思想残余，这就是表现在对同志关系还有自私行为，这是多么可怕呀。这是我观看电影后恍然大悟的。今后一定要做到对同志对人民处处热爱、关怀，一切问题，首先从党、国家和人民出发，反对先从自己利益出发。

1955.5.20　晴　星期五　北京

早，阅读团防御战术。上午，处理公务。

午后，于部参加审干会议后相继审定团级干部授勋工作。最近工作上进行得比较顺利。一、由于工作开始时组织计划周密细致。二、在订计划之前广泛征求同志们意见，大胆发扬民主，采纳了同志们的正确意见。

晚间同甄进章同志谈话。

1955.5.21　晴　星期六　北京

早，阅读团防御战斗组织与实施计划，我认为这一课题的学习实际意义很大。我过去几年，始终主题不明，因而未能整套地学习一个完整的业务知识，现在主题明了：为国防军服务到底。因而学习、工作，一切一切都系统多了。可见，思想是我们最宝贵的武器，一切问题都要从思想问题上着手，只有把思想问题搞通了，其他问题即能迎刃而解，所以在现在繁忙的业务工作中，十分注意掌握同志的思想问题。

1955.5.22　晴　星期日　北京

今天按时起床，十二时前仍于办公室内学习团步兵战术。午后王庶廉同志来，扯谈良久，从他身上学到许多宝贵的经验教训——随时要求自己，检查自己，而虚心地接受研究同志们的意见，对于进步对工作来说是起码的条件，没有这一条，就不能前进。

1955.5.25　半晴　星期三　北京

早，阅读团战术。上午，处理公务。

午后，上班。郑副处长找谈：组织上决定派我到南京军事学院进行学习，征求意见。我想这是求之不得的机会，现在我军进行国防化建设没有成套的现代化的军事知识，那是无论如何不行的。但，学习目的在于出来当军事教员，我想我过去没良好的基础，光依靠简单的学习而承担这样艰巨的任务，是不大可能的，不过，我要以最大的努力争取。

另外，郑又提出在这个阶段（干部部）的缺点和工作上的优点：工作上几年来积极负责，埋头苦干，并且是有能力的，但是，思想方法上还存在些问题，在生活作风上好似与同志们打成一片不够，有些特殊，与同志们接近少。我想这些问题是符合我的情况的，今后值得特别注意改正之。

午后花费两小时时间审定百余团级干部授勋材料。

1955.5.27　雨　星期五　北京

早，完成团防御战术的初学。

上午，向张现同志移交科的行政工作；处理公务中一些具体事项。下午，参加审干会议，研究定案问题。

阅读《八一》杂志，介绍苏军战术素养和部队严格执行条令的精神，对自己有很大启发。我想这次能到军事学院学习，这是最好的机会，当努力学习之。

晚间同张现同志扯谈至十时。

1955.5.28 晴 星期六 北京

晨，同胡处长交谈，交代工作并征求其意见（今后有意见直截了当地谈），对其提供意见表示满意，今后注意改正之。

上午，处理公务，交代工作，并于十时以后进行了两小时审定工作。

午后，主持支部委员会议，交代了工作，提出今后支部工作意见（包括健全支部的意见）。

1955.5.30 晴 星期一 北京

阅读文件，写日记（这个时间成为我习惯性的学习时间，一日不利用即感到不大痛快）。

上午，主持最后一次科务会议，交代了工作，提出了今后工作意见，并征求了同志们的意见，接受了同志们善意的批评。之后时间又处理了公务，交代了工作。

1955.5.31 晴 星期二 北京

早，阅读文件。

上午，钟处长离别谈话，并征求意见。我就很直接地诚恳地把在干部部几年工作当中的意见都提出来了。同时钟处长也交流了关于我个人的意见，我认为很有益处。他指出：几年来中心任务完成较好，不论有直接领导或无直接领导，均无原则性错误，并积极努力完成了工作任务。临时任务多，均能积极完成，说明有进步，并有理论文化水平（提至此，自己感到很惭愧，未能把它更好地用于党和人民的事业上）。

另外提到缺点：一、在某种情况下对自己的问题考虑不够完善。二、谈问题有时还不够直爽，对原则性问题，直截了当地提出不够。三、生活作风上同群众打成一片不够，好似性情孤僻。

除了以上缺点，又提了许多建议。我对钟处长所指出的表示完全接受。这番谈话，十分深刻，对我的教益十分重大。归根结底，只有一个问题，即上述问题之所以发生，还是由于个人觉悟不高，某些问题当时从个人主义方面考虑较多而形成。今后，彻底树立无产阶级的思想作风——大公无私，团结的、勇敢的作风。

至十二时，交代完工作。午后进行了行装（特别是书）的初步准备。

1955.6.2　晴　星期四　北京

工作已交代完毕，今天最后同王秘书对证了秘密文件之收交。

1955.6.3　晴　星期五　北京

上午，办妥行政手续。午后特赴政治部办完党的关系转移，之后向老战友刘丰年告别。晚间准备好行装。

这次学习是十分难得之机会，为了将来工作得好，一定要努力完成学习任务。

1955.6.6　晴　星期一　北京

出早操时间赴站，同处同志们握手告别。

金芳同张现同志亲送车站，八点二十分离开首都，我的心情是十分高兴，准备以最大的毅力来迎接这次党交给的新的任务。

几日来交代工作、准备行装，甚疲劳，午后于车上睡得甚熟。

1955.6.7　晴　星期二　于故里

十时许下车，车站无人，因为农民们忙于收麦。

午后三时到家，母、舅均大喜，唯舅父病情较以前更重。

母亲精神较比以前好，她忙于准备饭，亲邻均来探视，一一接谈。

1955.6.9　晴　星期四　故里

舅父病日益严重，不能进食麦面，仅能食水果之类，故决定今天到县城为其购买一些。

早起，步行三十里到三壮头村，借此机会探视幼时在河底村念书时相助之表姐及妹，并为其留二十五元，见之大喜，并款待。午后带表妹至南关，到陕中探视绪辰弟，八时返。

1955.6.11 晴 星期六 郑州市

晚八时到郑州，时已夜半，疲劳，始于郑州二马路新隆旅社休息，睡眠甚甘。

在家数日，母亲精神兴奋，日夜不眠。我很喜食家乡之干面条，母亲自做，每天一次，吃之甚适。

五舅父、立昌、俊昌等均送行。临行前并向立昌拜托家事。

1955.6.13 晴 星期一 津浦线列车中

夜十二时许到达南京。

干部部助理员热情相待，工作态度十分好，给予自己很大感动。的确，社会主义的态度，在工作上应该是十分积极努力，以高度的钻研和创造精神来对待工作。表现在生活上，应该是艰苦朴素，厉行节约，爱护人民的公共财产。在与人的关系上，应该对同志，对人民，处处十分关怀、体贴、相助。

我想，自己的觉悟应该迫切向这个水准提高和发展。

1955.6.15 阴 星期三 南京

上午写了日记，并向北京军区干部部写信要薪金介绍信同服装介绍信。午后三时，赴大华影院看《乌沙可夫》下集。十八世纪俄国这位伟大的海军统帅，他的领兵和英勇作战给自己以很大的启发教育。平素要十分注重训练，只有训练得好，战争时候才能发挥勇敢精神，即所谓勇敢加技术和战术，并且还需要毅力而后才能战胜敌人。

战争不能冒险的，要想取得战争的胜利，一定要付出代价。

1955.6.16 晴 星期四 南京

上午整理装订军事材料，以免遗失。午后独游雨花台。眺望南京市，南京确实天险。

晚间，到刘秉真同志处，征求学习方面意见。最后考虑，还是努力学习军事，提议和请求到基本系。决心学好，以备将来之用。

1955.6.17　晴　星期五　南京

阅报。上午读《巴格拉齐昂》。午后洗衣服。

这本书对我的教育意义很大，我将在这本书中学习如何更好地爱护我的祖国、我们的工人阶级和人民。我想这就是作为人，特别是作为革命干部的最天然的义务。

确实不能有丝毫的马虎、粗心大意，随时随地要注意学习，吸取经验，以提高自己的服务能力。过去在这方面未能钻研军事，未能在这方面取得一定成绩，颇为遗憾。今后努力，但已经失去这一段宝贵的时间，那么这就需要自己百倍地努力迎头赶上去。这里唯一关键，在于自己要相信党的教导和群众集体力量的帮助，个人一定在任何情况下——不论是工作顺利或不顺利，受到奖励或受到批评的时候——都要相信和接受党和人民的教育，并且这是无条件的诚恳的，只有这样，才能谈到在各种情况之下完成任务。

资产阶级的自私心理是我们无产阶级队伍中绝不允许存在的，它是同我们集体利益不相容的。谁有自私心理，谁就不能进步，谁就要犯错误。

1955.6.18　午后晴　星期六　南京

准备从下周一开始旁听军事课，以免荒废这大好时间。

到南京几天，天虽然很热，但午、夜均能有良好睡眠，这是我能学习好的吉兆。

1955.6.19　晴　星期日　南京

今天天气很热，上街完全没有意思，应该抓紧时间进修军事科学。能争取时间学好，那么未来的工作就能做好，否则不堪设想。

我学习完全是为了做好我的工作，完成党和人民交付我的天然任务。真正完成了任务，也无愧为人民的一个公务员。

1955.6.20　晴　星期一　南京

中午干部部张科长来谈工作问题，征求工作意见。予提议请求组织根据我的实际情况，还是先学而后再工作（任教员）为宜。彼谈，此种可能性并不大，还是做先工作的准备。最后并未封口，说向上面反映一下。

1955.6.22　晴　星期三　南京

阅读报告。

上午，天气炎热，在院中树下阅读《巴格拉齐昂》，他在抗击拿破仑侵入国土时，亲临前线指挥，英勇战斗，尤其在负了伤后仍不下火线，仍在督战，临死还念念不忘祖国，还关心莫斯科的存亡。我读至此，被感动得掉下眼泪。热爱祖国、热爱人民、热爱战士的俄罗斯不朽的英雄巴格拉齐昂，实不愧为伟大的苏沃洛夫的学生。

1955.6.23　晴　星期四　南京

昨天夜雨，天气凉快，因而安寝甚甜。

上午最后读完《巴格拉齐昂》一书，准备假此期间读完《日日夜夜》一书。

午后赴南京博物馆参观社会发展展览，得到深刻的阶级教育：一、从我们祖先起就进行着伟大的创造性的劳动，推动了社会向前发展。二、从原始公社崩毁之后，人类即进入残酷的阶级斗争，这个斗争直到今天尚未结束，并且正在剧烈地进行着。我们为着我们最理想的没有阶级没有剥削没有压迫的共产主义前进，必须将阶级斗争进行到底，彻底将那些剥削阶级铲除。现在我们完全是具备完成这样任务的客观条件，问题就在于我们主观上的努力，至此我想到身担的任务是何等重大呀。迫切的工作任务要求我们的是学习，是提高水平，更好地完成所肩负的重大责任。

在京几年，在此方面做得不够，即须改正之。教训深刻呀。要更好地接受教训，否则，不能前进。

今天气候较凉，甚快活。

1955.6.25 晴 星期六 南京

天气炎热，如同在火盆中，火苗直烧着，无一点儿凉风，树叶一点儿也不摇摆。午睡刚入睡，就在此种火热中热醒了。这是初次到南京，不习惯。现在此还不算最热，但已到三十二度了。我最近头发直脱落，预计过不久可能脱成光头。不幸。但碰到许多医生都说不能医治此病。

晚间八时，看《乌沙科夫》上集，给予深刻的战略思想和作为军人的那种应有的坚决、勇敢、忠心卫国、坚忍不拔、威武不屈的崇高的品质教育。

1955.6.26 雨 星期日 南京

室内挺热，快十二时室内气温仍三十二度，一动满身皆汗。头发晕，因而今晚支起蚊帐到房檐下睡，不巧跑进去数十只蚊子，咬得满身红疙瘩。早七时才起床。

几日未工作，感到寂寞异常。深深体会到：人生最大的幸福是健康，最大的愉快是胜利地完满地完成党和人民交付的任务。

1955.6.27 雨 星期一 南京

日间阅读百余页《日日夜夜》。

今天气温达二十八度，很凉爽，似深秋天气，实为舒适，这是读书最快活的时刻了。我想在我们最黄金的时代中，一定要努力呀，这是丝毫不能松懈半点儿的。

午后向金芳写信，这是第四封。我想该接到她的信了，不意就是未接到，她无论如何应该写来的，真是应该受到责备的。

1955.6.28 阴 星期二 南京

上午，阅读《日日夜夜》。

午后到街上旧书店一游。

向金芳写信询问几个孩子的近况。这几个孩子简直是我心头上的一颗颗宝珠。关心他们、教育他们，这是我天然的责任和对国家应尽的天赋义务。

血热，照数年前的那个旧中药方到同仁堂抓了四服，他们说给煎好并给送，煎收五分，送不收费，甚喜。对顾客服务太好了，这才是社会主义的态度，今后在自己工作范围内要将这种态度提得更高、更高。

1955.6.30　晴　星期四　南京

十时，最后读完了《日日夜夜》一书，给予自己深刻的教益。

现在该是有计划、有步骤地学习军事的时候了。不学便不能继续在军队中工作了，将要被淘汰，这点要充分警惕到。

1955.7.2　晴　星期六　南京

上午开始阅读《十个歼灭性的突击》一书。

午后同几位同志前去参观捷克艺术造型展览，留下深刻的印象。这个民族在欧洲亦是古老而多才多艺的，很多东西值得学习。

晚七时收金芳、张现同志来信。金芳详述几个孩子的近况，令人非常高兴。

1955.7.4　雨　星期一　南京

接立昌来信，陈述舅父情况，他已返回后地村，为此情而心中十分难过。遂又草拟一封安慰信并选购三盒极品水果罐头寄去，因雨未逞。

晚间，同曹羽同志扯谈至十一时，颇有益。

1955.7.5　晴　星期二　南京

阅读，无重大消息。

上午到新街上，又为血热症继续抓五服草药，代客煎送，服务甚周，甚满意。此为社会主义性质的工作态度，今后在自己的工作范围内定要效法才是。为舅父寄去三盒罐头，为立昌寄去几本书。

给舅父写信安慰病情。给金芳写信探问孩子近情。为大娘放大一张像，以志纪念，并计议为弟再放一张。

整理旧照片。

1955.7.7　阴　星期四　南京

今天没有读书。

上午同同志们扯谈扯谈。

午后游夫子庙。

我碰到拍卖行一大方墨盒，想买，因为我极爱写毛笔字，手中无钱，最近到南京来，将钱花光了，最近几天甚为紧张。提供今后两条：第一，花钱一定要有计划，支出一定要按比例按计划，不能乱花。第二，必须要有积蓄，其目的在于防止发生突然事故。在观念上要明确，国家已给我们薪金，因此个人有特殊事故，必须要依靠自己从计划经济中、从个人积蓄中去解决，发生经济上困难要再靠公家解决，这是无理要求。

今后可买可不买的东西不买，不需要的东西或可以延缓的东西一定不买，必须要用的要花的才花钱。

1955.7.9　晴　星期六　南京

上午干部部谈话——决定我到地形教授会任副主任，并征求意见。自己欣然接受了组织的分配，随即办理工作手续到教授会去。李主任介绍了些情况，感到工作生疏，决心努力钻研，完成组织上交付的教学任务。

午后三时突然通知去参加整风，随即听了教育长的动员报告。

1955.7.10　晴　星期日　南京

准备到院接受工作后详细做出一个工作计划，决心克服以往缺点，搞好工作，并且还要改造思想，提高觉悟。

晚间，给金芳写信，准备医款。

1955.7.11　晴　星期一　南京军事学院

昨晚天气炎热，故直到十一时半方入寝，今天通知参加整风学习，这是完全按照学院的新的作息时间——上午六小时一贯制——进行，感到很不习惯，但是这是苏联新的教学时间，要坚持学习，时间长了，自然习惯。身体的一切机能同样都会习惯的。

今天感到很疲劳。我想接受任何新的东西，首先一定在思想上搞通，要从研究新的事物的好的方面着手，坚决克服那些陈旧东西。在新的事物面前自己首先要进行思想革命，不要留恋那些陈旧的过时的东西，该抛弃的一定要抛弃，该保留的就要把它很好地运用到新的事物当中，如此，才能推进工作。

1955.7.12　半晴　星期二　南京军事学院

今天上午六小时中，四小时阅读文件，两小时漫谈。利用中午时间搬家，午后又相继阅读文件、思考。

在中午时间为金芳母子们汇去一百四十元，为华军、华京购两盒蜂蜜。买一极喜欢之墨盒、十二元一支的钢笔、一张凉席并半斤茶叶。

此次整风非常重要，是个人主义同共产主义界限的划分。是进步，还是退步呢？关系非常重大，因此下定决心要整，坚决要克服那种个人主义残余。今天终日就是自我的思想斗争的一个初步过程，对自己来说收效还是不少的。

1955.7.13　晴　星期三　南京军事学院

今天仍然很紧张地度过一天十小时的整风生活。七时至九时听取大组两位同志的典型整风检讨报告和院副政委的讲话，对个人启发教育意义很大。决心要挖掉那种极其丑恶的个人主义、自私自利的思想根子，以便向着社会主义、共产主义坦途畅行，这就是我的整风立志。

午后亦阅读文件，联系片断反省、检查自己。

晚间利用时间补写了两日来的日记，并为金芳写信。

1955.7.14　晴　星期四　南京军事学院

今天整风进度：上午六小时写好检讨初稿，并利用一部分时间和同志们进行了交谈。午后修改和进一步检讨，今天基本上一些问题都挖出来了。

可以说是激烈的自我思想斗争的一日，即个人主义思想同革命的集体主义思想的严重的斗争的一天，对自己来说是非常需要。我认清楚了这一点，所以我很愉快地进行挖掘自己的个人主义思想根子，把自己的无产阶级思想更进一步纯洁起来，以免在伟大的社会主义革命中，在激烈的、复杂的、深刻的阶级斗争中犯错误。

1955.7.15　晴　星期五　南京军事学院

今天很紧张地战斗了一天。上午本组内三个同志的检查报告、下午大组内四个同志的检查报告，都是向危害个人进步的资产阶级思想、个人主义开火，听后给余实际教育。

我在这次整风中决心克服自己的个人主义思想，使自己愉快地、光荣地朝着社会主义、共产主义前进。

个人主义打算人人皆有，只是程度不同、表现出的形式不同罢了。大家在工作中都闹个人主义，各有各的打算和心愿，那么，这样任何革命工作也不能满足任何同志的个人心愿，那么，革命工作如何能完成好呢？社会主义大业如何能够完成呢？哪里谈得上什么创造性呢？当然不能的。

今天听了同志们的反省报告，人人均有自己不同的个人主义打算，实令人可怕。在个人来说急需要克服。

我想这次整风是为完成社会主义大业打下一个强有力的思想基础。我充分认识到这一点，以十分愉快的心情决心克服自己的缺点错误，并订出计划，按部就班地检查，保证完成整风计划，达到彻底改造自己的目的。

1955.7.16　阴雨　星期六　南京

今天仍然很紧张地进行了十小时的战斗的整风生活。上午小组会议进行四人的检查，午后以支部为基础的大会进行了九人，共十三个同志，这是最生动宝贵的马列主义的学习。看吧，同志们虽入党多年，斗争了多年，但是自己的思想大海中存在着各种各样的个人主义打算，仅仅是轻重不同而已罢了。以往的整风并未有此次这样深刻。

现在已经进行到最紧张的阶段。我下了最大的决心将自己多年来的个人主义打算、想法和做法全部端出来，请同志们和组织上给予批评指正。我也下了决心，订出今后努力方向和改正自己缺点、错误思想的具体计划，尤其揭露得比较深刻，批判得比较彻底，因而感到十分愉快。这就是说将思想包袱解下了，向着我们伟大的、多年所奋斗的理想——社会主义道路奔跑，速度快了，马力足了。

今天接到张现、金芳的来信。本想回信，但因紧张的整风而准备以后抽时间回复。

1955.7.17　晴　星期日　南京军事学院

今天同样进行着整风学习，上午十二时小组通过个人的检讨。今天共复查了昨天大会上发言的八个同志，通过了本组内四个同志。

1955.7.18　阴　星期一　南京军事学院

今天又继续整风，这是最后阶段。上午四小时听了十位同志的整风报告，继而进行讨论。午后进行小组总结，又一次了解到整风对全党和个人是非常适时的措施，使自己思想得到进一步改造，觉悟得到提高，革命警惕性大大提高。

1955.7.19　半晴　星期二　南京军事学院

上午完全誊写好个人的整风检讨材料，并在小组内互相阅读提供修改意见。

午后三时半到四时半参加支委会议通过总结提纲，相继参加十天整风总结大会。

这十天时间很短，但是这是我最生动、最为深刻的一次马克思列宁主义实际的学习，给我进行了一次最生动的共产主义教育。经过此次整风，深深了解到个人主义之危害性，为此，已下定决心，拟出改造思想计划，有决心、有步骤地克服那种资产阶级自私自利的污秽的个人主义，切实树立起伟大的集体主义的共产主义思想。因此，我在此十天整风中，经过了严格的自我思想斗争，能够彻底地检查出那些非无产阶级的思想渣滓，甚为愉快。

以后，第一，在阶级斗争中要紧紧地靠近党，随时向党呈报自己的工作、斗争情况，请求党随时给予行动特别在思想上的指导，从而使自己的斗争性愈强，立场愈稳固，真正做到有话要随时向党说。第二，在斗争中，时时刻刻要小心谨慎，对任何事情都要深刻地研究分析，上请下查，断乎不能盲目地相信。如此要加强辩证唯物主义的学习，以提高自己辨别事物的能力，所谓慎思之，明辨之。

1955.7.20　晴　星期三　南京军事学院

最近计划：第一，学好这两个月军事集训。第二，集训期满后拟订一个比较详细的工作计划。

另外，给金芳写信，商议他们搬家于此地事。又向张现同志写信，准备韩赴北京时带之。

1955.7.24　晴　星期日　南京军事学院

利用假日到街上买些零用物品，工作、学习非常紧张，很少到街上。

炎热（三十六度），未午睡和阅读任何书籍。刚到南方，处在酷热的夏日，脑子发晕，仅仅阅报。

1955.7.25　晴　星期一　南京

积极地参与斗争、工作，应该紧紧地掌握现实，从现实中去锻炼自己，提高自己的无产阶级觉悟。这是理论同实际相结合的唯一方法。从前，不能掌握这点，因而往往局限于空想的错误旋涡中，那种错误思想残余要立即克服，彻底克服，勇敢地迈步前进。

1955.7.26　晴　阴　星期二　南京

今天又紧张地参加了一天的思想斗争会议。初步考虑到现在要开始的工作，我打算，第一，在今年半年内把业务工作弄熟。第二，关注行政工作领导（主任可能逐渐脱手，以达将来离开）。第三，有计划地学习军事科学，学习前了解情况，吸收经验，然后拟订一个可行的学习计划。第四，经此次整风后，拟制措施，克服自己思想上那些污秽的个人主义残余，使自己能大踏步地前进。

1955.7.30　晴　星期六　南京

今天仍然参加会议。

人民代表大会发言打算一一阅读，这是代表各阶层各角落的发言，是了解我国社会的良好学习材料，可惜没能抽出更多时间去读，每天平均只能读一至二篇。

1955.8.1　晴　星期一　南京

今天在《新观察》杂志上刊登了纪念聂耳同志的文章及照片，读后给个人以很大启示：这位青年党员同志，入党后仅仅四年（1921—1924），对人民事业做出那么大的贡献——国歌（《义勇军进行曲》），现在每天早晚升旗中对人们还是那样鼓舞，激发着前进的情绪。回想自己在前一段大好时间内未能提早把思想提高，更好地为党工作，在人民军队中没有发挥更大的作用，甚为后悔。我想这个是障碍前进的，就是个人主义思想残余在不时地起着作用，现在是恍然大悟，一定要痛改前非。

1955.8.3　晴　星期三　南京军事学院

上午搬家，办公室于新盖大楼中。午后举行会议。晚七时到九时又参加本会党的骨干分子会议。

1955.8.7　晴　星期日　南京军事学院

今天仍停过星期，继续围攻作战。上午利用短时间到和平新村看了一下房子，定后，并分配两教员房子，返回到炮校收拾行李后，继续参加会议。

忽然工作员告曰，原分房子又移动，甚不快，又沉静一下，房子小事，了事。

经验：工作中，想周到，交代具体，方不至于出岔子，一旦出后，且易于弄清责任，给自己一个很大的教训。因此，午后又嘱他们工作时要具体细致。

午后继续指导整理材料，晚间协理员找来谈运动进行问题，提到主任事，特别是涉及以往领导有关问题。我认为，过去问题另行解决，以不妨碍目前运动为前提，想尽一切办法，以全力赴之。

又找主任研究解决并部署明天战斗。

1955.8.8　晴　星期一　南京军事学院

午饭后紧接会议研究午后会议进程，毕，主任为庆祝今天立秋，特买大西瓜食之，甚甘美。

1955.8.11　晴　星期四　南京军事学院

早七时起床，利用开饭前十分钟，洗了积了几天的内衣。

午后三时半赴训练部开教育会议，准备九月一日开课问题。到会上不了解情况，急打电话问李主任关于时间的问题，他即令宋前来补告，始解决问题。会毕，利用时间理发。

接金芳来信告知了诸孩子的情况，甚慰。并利用午睡时间写了回信。她说，因岳母、内兄去，放假，孩子在家零花较多，故上月寄一百四十元不够用，拟在本月寄二百元。

1955.8.12　晴　星期五　南京军事学院

给金芳写信。给舅父写信，探问病情。

1955.8.13　晴　星期六　南京军事学院

为金芳汇去二百元，并写信问候岳母及诸位孩子的夏日情况。

几天来连续用盐加卤水洗头，据说此法可以巩固头发，但仍然脱落不已，不管如何继续施行之。

十余日来腰发痛，原因为前在新盖大楼窗前赤身午睡或夜睡被贼风吹坏了。张所长有方可治，但无暇去访。

今年体重增加，精神好转，食欲亦增，睡眠良好，主要原因：一、摆脱金芳母子影响；二、食胎盘制剂，促使食欲增加，睡眠良好；三、用脑节制兼药控制。此为今后做好工作基础。

今天气温达三十六度，人们以"立秋——老虎的开始"，形容南京之热，终日行、坐、吃饭、睡觉手不离扇。直到晚九时西面打雷，才微起风，稍凉快。

1955.8.14　晴　星期日　南京军事学院

天气炎热，气温三十七度五，午后四时半起巨风暴雨，始气温降低，微好。

终日身体微感不适，特别天午难过，头发晕。

研究提前退出战斗而准备授课当教员。

1955.8.15　晴　星期一　南京军事学院

两个问题的感觉：

第一，我认为作为一个人，最宝贵的是思想，所以应该培养忠心耿耿地全心全意为党的事业人民的事业服务到底的精神。在自己来说应该有计划地自我培养和树立高尚的共产主义思想，对自己的孩子们来说特别应该灌输共产主义教育，随时避免资产阶级的影响。

第二，同时间比赛。我认为人应该是在同敌人战斗、自然斗争外，还要同时间战斗。时间要不加以很好利用、掌握，它便会转眼消失，百事无成。时间对我们来说还是非常有限的，因此，是非常宝贵的，应该把宝贵的时间用于对革命事业的创造上面。我感觉在过去输了两个大好的时间。第一，在抗日战争中一九四〇年前后把思想用于闹一些个人义气错误中；第二，在北京工作四年中未能做到有计划地学习和总结历史，因而未能很快地更进一步，提高社会主义觉悟。时间、事情已过去了，只能作为沉痛的教训，从现在起很好地努力，痛改前非，努力前进。

中午，利用休息时间搬了家，金芳未来，住四间房子有些浪费，为此，发信商其来宁时间。

晚，洗漱毕，入寝已是午夜整。

1955.8.19　晴　星期五　南京军事学院

利用空隙请黄教员带观看专修室，约十一时半到门诊内科诊断腰痛症。

午间接立昌信，舅父已于本月十三日晨逝世，悲痛异常。他对余不遗余力地培养、关怀，于此永别，实感万分难过，悔在逝世前未能见一面，他在生前语，愿予写一祭文。准备抽时间写，以答其愿，慰其九泉。

1955.8.20　阴　星期六　南京军事学院

八时到九时主持开教育准备会议，部署九月一日开课事。

十时到图书馆浏览。

十时半给母亲、金芳写信。

我想在工作中必须谨慎行事，谨慎用于了解情况和工作中的情况变化，当把情况掌握住之后，就要大胆地行动，在这个主义上可以说谨慎是大胆行动的基础。

金芳来信告诉孩子们的情况，今夏都很好，未闹病，甚喜。

1955.8.21　阴雨　星期日　南京军事学院

昨天主任开会返回时告，师资训练班已决定停办，根据这种变化，决定今秋冬两季加紧学习本业务。另外估计主任要到函授系集中学习三个月，而行政工作将落到肩上，加之情况不熟悉，当然会有许多困难。因而我想必然还是很忙，学习如果计划不好，抓时间不紧，方法不当，可能学习不好，此种前途可能充分存在，自己未能争取到一个学习现代化战争的机会，非常遗憾，无奈只有主观上努力争取吧。

1955.8.22　晴　星期一　南京军事学院

八时半到大礼堂听解副教育长传达全国人民代表大会第二次会议的精神。

几日来服用医治腰疼水剂效果良好。

晚七时到九时办些零星事情，洗漱毕入寝，头发脱落甚多，这个原因总摸不到，甚虑。

1955.8.24　晴　星期三　南京军事学院

上午动员全体同志学习《人民日报》，号召对党和国家要忠诚老实，这是一个公民起码的道德标准。十时半的预约诊断时间，听错而提前去了一小时，因而浪费了一小时时间，脑子现在记忆事情是不十分准确。

从晚六时起又服水杨酸剂，以解除腰痛症。

太阳落山，风起，气温大降，大有深秋感，甚快活。

晚十二时入寝。

1955.8.25 晴 星期四 南京军事学院

利用休息给五舅同立昌写信。

午后仍阅读材料。

晚听各级汇报战斗情况，研究以后部署，利用一小时和吕德胜同志接谈。

今晚研究毕十时过一刻。

1955.8.27 晴 星期六 南京军事学院

上午处理教学方面零星事情，侯主任前来谈运动情况后，利用空隙时间阅读《解放军文艺》上两篇英雄史诗。

1955.8.30 晴 星期二 南京军事学院

中午阅读档案毕，考虑问题时，忽然思想飞到孩子和金芳身上，很想念，打开思路，又想遥远的未来，想到未来的国家面貌——社会主义的情景。不由得联系到学习现代化军事还未开始，甚为发愁，又决心准备学，很快地办好到秘密图书馆的阅览证，订出计划，加紧学习呀。又想到未来的孩子，对他们的教育，特别是共产主义道德上的教育。为此，又如何培养金芳，首先把她训练成为一个良好的教师，决定她到此后为她订两份杂志，以辅导其学习。

我这几个孩子，我每逢想到就高兴，他们都是我们共产主义事业的继承人，要很好地培养他们的为人民服务的优良品德，这是做父母的责任。

晚七时到市公安局开会，情况介绍后他们分析很快，当然由于业务熟练，但我们业务不熟，又钻研、请教不够，常识不丰富。今后在工作中要做到手快，善于运用文字帮助脑子去记忆和分析问题、处理问题。似是而非的记忆，依此而处理问题时，必然造成危险。我从前对这个道理了解不够清楚，而现在我完全懂得了，因此，组织上把任务交于自己时不仅要懂得用原则和热情去做工作，而且还要拿出一套科学的方法来，方法就要从群众中产生，首先就要把群众组织起来，动员起来，智慧发掘出来，积极性提高起来。总之，今天参加这次会议又学习到许多新的东西。越接触实际越是感到自己的空虚、无知，因此我认为摆在我们共产党人面前的是随时随地吸收新的事物，在新事物面前永远要虚心，丝毫不能自满，假若有半点自满，就会立刻掉到时代的车轮后面。

1955. 8. 31　晴　星期三　南京军事学院

中午失眠。

午后精神微受影响，由于对周他们思考过甚。

晚研究情况后十一时入寝。

从明天起开始执行新的作息时间，即早五时半起床，六时开饭，上午六小时一贯制，唯开始不习惯，中间需吃点小吃。

1955. 9. 1　晴　星期四　南京军事学院

在刘院长耐心教育之下，学院所有人员工作态度均很好，自己今后要很好地学习这种社会主义的工作态度和精神。

写信给金芳，请其准备来南京。

1955. 9. 7　炎热　星期三　南京军事学院

一、为金芳来南京而交涉车票事，颇周折。

二、消化开始恢复正常状态。

1955. 9. 11　晴　星期日　南京军事学院

今天气温突然增到三十七度（室外）。

中午被热醒，通宵身未止汗，我想这大概是南京的"秋老虎"吧。

中午，黄克宗突喊起接电话，因而下午头痛不已。要工作得好，非休息好不可。今后特别注意这两者适当结合。今天在头疼中，几乎忍耐不住，当时理智压下去，要检讨这样的思想根源，并决心根除之。

1955.9.14　半晴　星期三　南京军事学院

午后参加研究下半年工作计划，排队工作，根据中央政策精神进行衡量之。

晚间七时到九时半进行零星事情处理。

金芳母子三人于中午到达。两个孩子在别后几个月均有很大变化，华京营养状态良好，精神活泼，喜笑，而华军营养状态不好，发色发黄，好啼哭。金芳介绍说脾气大，哭后面色发黄，很久过不来。

1955.9.15　半晴　星期四　南京军事学院

午后三时半参加训练部公开协同课业会议，并利用散会时五十分到下关搬回行李。

给内兄写信。

给母亲同岳父各汇款十元。

1955.9.19　阴　星期一　南京军事学院

在自己来说，赶快把思想提高到社会主义水平，这应当是首先的思想改造工作。

天很冷，利用午间休息回宿舍探视华京、华军，并增加衣服，南京气候冷热变化甚巨，易于生病，故而近日感冒人甚多。

1955.9.20　阴　星期二　南京军事学院

中午同金芳母子去看病。华军伤风。

昨天因睡眠不足，今天精神欠适。

午后吕德胜同志从南京军区来信，即复信。

1955.9.22　阴　星期四　南京军事学院

我认识到我的责任，就是准备自己的一切，随时等待着未来的光荣任务驾于肩膀上。到那个时候就能够完成它，能把党和人民交付的光荣任务完成的时候，就是我最快乐的时刻，我想随时随地要争取这个时刻。

1955.9.24　晴　星期六　南京军事学院

上午，修改两份订案材料，精神不大好。

晚，处理几件零星事后返宿舍，两个孩子，特别是华军兴奋得闹，休息不好。

1955.9.27　晴　星期二　南京军事学院

晚间同李主任谈至九时半，接受许多教训，这些东西我想是属于小资产阶级出身的个人英雄主义思想支配下的义气、自负、骄傲、自满等不良表现，这些在自己身上也表现过，应该随时警惕为宜。

1955.9.29　晴　星期四　南京军事学院

上午七时半到第三会议室开会研究军衔问题，准备公布名单，最后一次征求意见，上面没有自己的名字——可能还在华北军区未转来。考虑自己评什么，这是每个人很自然的思想；荣誉不是争的，它是建筑在忘我地勇敢坚定地为党和人民事业奋斗而党和人民赐予的一种表现。当我能为党和人民的事业工作和斗争时，那是最宝贵和最伟大的时刻，因为里面有许多东西，即新的东西要从我们手上建立和创造出来，而旧的东西必须也要我们把它消灭掉。这就是一场斗争，这就要开动脑筋，要勇敢，还要用智慧，还要发动群众。我现在真正体会到工作和斗争、生活和荣誉的真实意义，即人生的真实意义，就在于热爱人民，为人民的美满生活而斗争。我认为除此外，没有其他。

从这个意义上打开了我的思路，我只有更加勇敢、坚决为这样的意义而奋勇前进，就不会考虑个人的得失。

1955.9.30　晴　星期五　南京军事学院

今天中秋佳节。天气晴朗，人们喜迎我国六周年之国庆，祝福我国伟大的第一个五年计划的胜利完成，我愉快的心情像海一样深。

上午相继研究总结到十一时，历四时。

午后四时，主任传达训练部开会传达院长指示，原子条件下作战，司令部工作简化及通信器材方面以无线通信为主，为此而进行学习和改写教材问题，今后任务是十分繁重的。到院很晚，需格外加油学习原子条件下作战问题。我对此任务非常发愁，但是，我还有很大的信心。

五时到六时布置假期保卫工作。

1955.10.1　晴　星期六　南京军事学院
欢度国庆。

八时起床，时李主任夫妇访，他们稍停即上街。

另外时间同孩子们玩了。

午后三时到七时同孩子们到玄武湖玩，有八万人民到此尽情地欢度国庆。

1955.10.4　晴　星期二　南京军事学院
今天开始上班，上午主任召开座谈会。

午后顾问谈工作。问及个人情况。感到自己非常外行，不懂业务，甚为遗憾过去未专心致力于军事工作。今后环境良好，当努力迎头赶上去。这是组织交给自己的责任。

晚七时开始写总结到十一时半，写好第一个问题，与原估计有出入。问题往往同脑子中所想象的是两回事，就是说脑子想象的往往臆测多，事情常常搞坏或不能完满地完成，其主要原因即在此。领袖告诉我们一个科学方法，事情要从最困难方面着想，那么在订计划、想办法时就能在这方面搞得好，结果事情就能办好。如写总结（任何一件事情均如此）预先做好其他必要准备工作，临事好完成，这是一个在工作上最重要的指导方法。

切记，临阵磨枪，断乎是打不好仗的。

1955.10.5　半晴　星期三　南京军事学院
上午写好总结，未参加主任召开会议，在起草中有崔鸿飞、荆再生同志帮助。

中午十二时完稿总结。

晚七时到九时半阅读渡江器材示范演习说明。

1955.10.6　晴　星期四　南京军事学院

早四时起床参观渡江器材演习，从上午八时开始到午后三时止。

对现代条件强渡江作战，我是首次见习，今后得继续从书本上加以研究。

晚间，在大礼堂欢迎到北京受检同学晚会上，陈院长讲到小资产阶级情调，说得很好。今后宜进一步树立集体主义，克服个人主义。

1955.10.7　晴　星期五　南京军事学院

上午参加学习动员会议，另找郑殿起谈话，给宋宏作布置工作。

就诊时医生说，脱发乃是由于理发等原因而引起的癣症所致，我今年脱掉了许多，他又给开了两瓶药擦。

我最近苦于不能开始业务学习，自己在这个工作岗位上，简直是新兵，须以大力学之。

1955.10.8　晴　星期六　南京军事学院

气象预报，今天寒流来，气温降至摄氏八度，这是今年的初次寒流。

上午，七至九时研究学习通报有关单位良好经验，我们恰恰违背了这几条缺点的教训，这一方面由于经验不足，另一方面还由于组织上不细心，接受群众意见不够，没有认真遵循毛主席的谆谆告诫，多从困难的方面着想。

利用时间回答郭志安同志信。

1955.10.10　晴　星期一　南京军事学院

午后，参加训练部讨论装甲速成系课业进度，因要接一九五七年度训练，故定为一年。顾问同志谈准备学原子条件下装甲战术问题，但刻下一无教材，二无教员，需在一年以后进行。在新的技术条件下，自己知道的东西太少了，战术素养太差了，如何迎头赶上，是要很好解决的一个问题。

到此地来，工作上尚未出什么问题，但由于不了解杨先烈工作员的情况及特点，因而令其抄写一秘密报告，不当。今后在工作中要多考虑，做到三思而后行。

1955.10.11　晴　星期二　南京军事学院
午后参加讨论审干达四时。

1955.10.12　晴　星期三　南京军事学院
上午研究总结，之后做修改，毕，利用时间阅读《狱中十六年》一书。

午后，一、研究关于教员情况，即定留或去问题。二、准备授衔见面问题。

晚八时至九时，处理几件公务，准备明天开会的内容，书写日记。

1955.10.13　晴　星期四　南京军事学院
一、上午八时处理几件零星公务。

二、十时参加训练部课业会议——排课一方面与本业务关系不多，另不了解情况，未用脑子。利用时间阅读了五十页华斯狱中日记，并于午后结束。写了阅后感于该书后。

三、晚七时，主任、政协开会研究明天会内人员军衔见面事。

中午借休息时间，返回宿舍看了孩子。我的每个孩子都同我的情感十分深厚，在他们不懂话的当儿，每当下班后见面后就不让离开，总以种种巧妙方式避开。深深享受美满家庭的幸福，这是党和人民赋予的，现在不要忘记千千万万的劳动人民还在苦难中，拯救他们就是我们的光荣任务呀。

写日记成了我每天的习惯了，但是我从没有利用时间温习过它。这也是习惯，应该改变吧，如果有温习它的习惯，我相信得益更多呀。

1955.10.14　晴　星期五　南京军事学院
干部部打电话要一个照片——授勋证书上贴，当下照来不及，反复跑了两次，从旧的合影中剪下了一张交去。

上午阅读赵文中的档案材料。

午后仍相继阅读几个干部材料。

1955.10.17　阴　星期一　南京军事学院

今天南京气温降至十二度（摄氏）。

上午阅读完六名青年教员材料。

返宿舍又同金芳扯时许，方入睡。

1955.10.19　晴　星期三　南京军事学院

上午阅读文件，研究材料。

午后处理零星事情，并阅《解放军报》上几篇有关训练、共产主义道德及革命警惕性方面的文章。阅读之后一定要很好地将前事前人的经验教训运用于未来的工作计划中，特别是预防工作中，那种读之了事、无所用心的读书法最无济于事，浪费时间和精力。

1955.10.22　晴　星期六　南京军事学院

午后，听取陈副教育长传达教学中存在的几个问题的报告，我认为这是我党所倡导的群众路线的工作方法，即从群众中来，又到群众中去，今后在自己任何工作中要贯彻此种方法。

1955.10.30　晴　星期日　于镇江

因暑期未休假，故利用今天假日训练部特地组织逛游该镇。到已十二时，由于晚两小时到，故只看了金山寺古迹。我仔细地欣赏了我国这种较典型的古代艺术建筑，寺上半截极为美丽，摄影留念。

又参观了展览，藏有很为珍贵的古代文物，尚有宋时岳飞的亲笔字，写得漂亮。

因时间关系未来得及观看其他名胜——焦山寺及甘露寺，据该院和尚称，两寺于一九三七年日寇进攻我国时，主要古迹被烧掉，令人恨之异极。

1955.10.31　晴　星期一　南京军事学院

上午到政治处同主任做了研究。

零星事情处理。

拟订下月开始学习业务计划。

利用中午休息到新生拍半身照片。

晚间参加军人大会（善后工作），余讲话未带提纲，免不了有失口地方，今后宜改变这种讲话不备底稿的作风。

1955.11.3　晴　星期四　南京军事学院

一、上午到野外（小红山）测地形图。

二、午后政治活动时间，借此阅读明天团进攻演习作业。

到学院后，深感入了学习大海，要学的东西都太多了。但是一下学不了，过去又没有很好地学（客观上没有此机会、环境，主观上未能积极努力），过去特别是在北京那个工作岗位上四年半的时间使用价值不大，时间是挽不回来了，只有努力补上。

1955.11.4　晴　星期五　南京军事学院

四时用饭，五时出发，六时半达句容县东演习场，七时开始辅导原子条件下团的进攻演习，准备工作完善。讲解员讲得详细、清楚，我十分用心地倾听这些新的课目。

各个课目都是由战士亲自示范，动作逼真、积极，因而给予教育印象甚深，在此应感谢战士同志。于此更进一步启发我认识到战士是可爱的、伟大的，人民是可爱的、伟大的，要百倍地爱护战士，爱护人民，这应该是我们的工作起码的观点。

1955.11.5　晴　星期六　句容县演习场

今天仍然早四时吃饭五时登车赴演习场，七时半开始演习。今天的见习是原子条件下团进攻。由于原子条件而进攻正面加宽，速度加强，许多问题尚弄不清楚，亟须努力学习。

这次见学学到的东西太多了，但了解到的东西又太少了。

1955. 11. 12　晴　星期六　南京军事学院

上午：一、战术概则。二、近代战斗原则。

午后自习。

晚间阅读报纸后于八时看电影——《人往高处走》，反映合作化中对农民的思想改造过程，说明领导最重要的一个原则是既不能急躁而形成脱离群众的情况，又不能自流形成尾巴主义。那么，这就需要我们领导者拿出适当的措施，就是要耐心地教育、典型地示范而后加之以其他方法，一定可以把群众教育得好，一定能把群众组织起来。

1955. 11. 16　晴　星期三　南京军事学院

气温降低。

上午四小时见习炮兵编制及各级火炮种类。

两小时见习自行坦克火炮，由于形象化教育，所以花的时间短，收效大。形象化教育实为良好的教学方法之一，尤其对工农同志的教育，更为适合，因此，我意在部队中应广泛实用之。

午后自习两小时，打一小时瞌睡。近日总有疲劳感，也许因突然不习惯于此种十分紧张的生活吧，不过，身体尚好。

晚到图书馆阅读两本画报。

1955. 11. 17　晴　星期四　南京军事学院

上午：两小时美国武装力量课，四小时地面炮兵射击方法。

今天收效较良好。

午后自习。

1955. 11. 19　晴　星期六　南京军事学院

上午，六小时炮兵战术原则，学习很吃力，但是，自己的兴趣很高，缺乏的是时间和辅导。午后未自习，到城外岔路口（紫金山左脚下）观看为航空照相所用的美军防御工事，由董教员带领。今天很紧张地度过去了。在紧张而繁忙的日子里生活和工作，则特别感觉时间悠长，盼望到一个例假日感到特别甜蜜，因此，今天早点收拾了一周的事务摊子，返回宿舍。

1955.11.21　晴　星期一　南京军事学院

上午，到野外观看航空照相，不意未联络好，因而未出动，要下午一至四时才照完，深深体会到现代化联合兵种作战协同的困难程度，因而学习这一科学对现代化，特别是原子条件下组织工作是何等重要啊。到此，我深感输了战略时间，于此时突然难以赶上去。马上又要开展一个紧急的业务学习，如果战争到来时，又将有十倍的紧张的、科学的东西，又赖于平素的努力学习，断乎不是一日两晚靠几个突击可能完成的。过去对此点认识不足，因而行动就不够。我现在到学院来是好事，但目前业务未掌握到手，军事学术水平不高，这是困难，迫切需要努力解决的。

午后参加支委扩大会议，讨论评奖问题。

1955.11.22　晴　星期二　南京军事学院

上午两堂坦克运用原则的课。

讨论后四小时上侦察课，精神不充沛，打瞌睡，收效不大。

午后三小时自习。

因十二月份工作十分紧张，并且这种形势直到明夏方能改观，因而应该很好地计划如何科学地支配这一段时间。

1955.11.23　晴　星期三　南京军事学院

今天未上课。

上午处理：一、组织保密检查。二、草拟一个处理刘、于、宋的报告，做六中全会笔记。

午后动员保密检查。

召开各组长研究受奖人员名单。

找梁、张做个别谈话，毕，九时。

1955.11.26　晴　星期六　南京军事学院

上午听六小时原子问题的军事课程，午后听取汇报。

晚间研究旧军官处理意见。

1955.11.27　晴　星期日　南京

刘杰同志从北京返，带来张现同志的信，说华都在托儿所情况并不太好，也不胖。我知道这个所工作情况不好，孩子在那里精神不愉快，特别是怕出事故，为此甚忧虑。初步考虑接回来的方案，给张现同志写信又问其详情。

准备留华英一个人在北京，因为八一学校条件较好，同时华英也大了，快到入学年龄。

给母亲并岳父母写信并附华军、金芳及个人照片。

同金芳上街给岳父买寿衣。

为华都买玩具，他喜欢玩炮，因此给买了大炮、手枪等。

晚阅读六中全会中央诸首长发言文，并摘记两段。

1955.11.28　晴　星期一　南京军事学院

今天气温室内降至九到十度。终日学习农业合作化——进行讨论。今天通知参加授衔典礼，但是未通知我，因此组织上亦向几位同志问了，但华北尚未转来。我对此倒不以为意，迟早总是要寄来的，最重要的在于思想上的进步、事业上的贡献，而不在于这个衔。我想我的思想上倒通了。

晚间研究两位旧军人的上报材料。

1955.11.29　晴　星期二　南京军事学院

上午上六小时防护原子课。

午后本拟见学坦克，因前已见学过，遂利用时间整理好两个旧军官的上报处理材料。

接吕德胜同志来信，他准备到北京接其爱人，初步考虑托他把华都给带回，不知吕能否同意。

今天南京军区举行将相授勋、授衔典礼。

它给人们精神上以很大感召启发、激励，因而，回溯以前许多过错，与一个共产党员相衡量，实在不相称呀！但是这些已成往事，今后有待自己努力，百倍努力于工作，千倍修养于思想，时刻注意提高觉悟。

1955.11.30　晴　星期三　南京军事学院

上午六时五十分到汤山东北之九华山演习场见学坦克连进攻战斗表演，这是我首次观看原子条件下演习。我聚精会神观看，得益不小。

1955.12.1　晴　星期四　南京军事学院

今天十分紧张。

上午听六小时课——两小时坦克使用原则，四小时见学飞机。午后四小时防御卫战斗原则。共计十小时，收益甚大，很费脑力。

晚上整理两个干部材料，计约两小时。今天共劳动十二小时，并且为紧张的劳动。

1955.12.2　晴　星期五　南京军事学院

上午听了六小时工程兵课。

午后最后一小时又听了防坦克课，这是在午后举行的工作会议之后，抓紧时间机动的。在工作中也要充分地利用时间，宝贵的时刻万不能浪费掉。

巧妙地支配时间，不使浪费，并且善于机动。这应该成为今后工作、学习中的一个指导思想。

晚间主持并修改李、刘二人结论材料。

1955.12.3　晴　星期六　南京军事学院

上午听六小时课——四小时防空原则，两小时工程保障。我在听课中最大一个缺点是思想不集中，因而影响收效，今后改正。

午后：一、整理材料；二、参加关于保密检查会议；

明天准备很好复习战术（防御概则）课程。

1955.12.7 晴 星期三 南京军事学院

上午听六小时课，两小时通信课，四小时美军营团进攻。

午后因粗心不慎将三小时美军步兵营团进攻课误了。

今天得到一个教训：现代化工作方式，一定要有计划有组织地进行，抓一把万不行，必须在前一天将第二天工作日程排出，并在遂行前逐个进行检查，有一点粗心大意都会造成漏洞，为此，还需要有适当的方法以辅之。

1955.12.8 晴 星期四 南京军事学院

上午前三小时为通信联络课，后三小时参加讨论专修室布置事宜，李主任走群众路线这种工作方法很好，值得学习。

午后四小时听营防御课，教员讲得甚好，很满意。

晚间看电影《天罗地网》。这部片子实际教育意义很大，提醒自己，今后在工作中，特别在细节的工作和生活中注意，不留漏洞。在阶级社会中，不注意就会就给敌人留下空子，而敌人的特务则是无孔不入，那么就会给人民造成工作上的损失，这就是自己在政治上没有尽到应有的责任，今后要再努力，努力提高自己的政治警惕性。在工作中不要因犯缺点或过错而首先自己原谅自己，相反首先要自我做深刻的检讨，随时纠正错误，提高政治警惕性。只有本着痛改前非、虚心接受教训、勇于学习的精神，自己才能够大踏步地前进。

1955.12.11 晴 星期日 南京

上午在家阅读陈毅元帅传达中央若干问题指示，阅读后对我的教育很大，启示很深，眼前开阔。

夜间未睡好，保姆带华军，常于夜间突然啼哭，从熟睡中惊醒，不仅睡不好觉而且使孩子痛苦，而女保姆不识教，为此不快，准备另请一个。

孩子自带，培养其个性天资的正常发展，这是做父母的天然责任。为此，给金芳订《中国妇女》，并不断予以教育。

1955.12.12　阴　星期一　南京军事学院

上午听取小组个人检查报告。

午后自修。

1955.12.13　晴　星期二　南京军事学院

今天开始学习业务课。上午听航空判读。到军事学院以来，如入学术大海，茫茫然，什么也不懂，什么也想学，什么也学不好，过去在军事学术上钻研太差了。

复信母亲。

给内兄写信劝其积极入社。

1955.12.15　晴　星期四　南京军事学院

上午，自习六小时航空照相。

午后听三小时课。

晚间布置党内工作，今日共计十一小时劳动。

1955.12.16　晴　星期五　南京军事学院

今天为南京最冷天气，室内到摄氏十度左右，开始生火炉。

上午听课四小时，作业两小时，午后又作业两小时。

今天训练部又通知从本月二十一日开始学习原子武器和化学兵器条件下步兵师攻防理论及兵种理论，到明年一月底至共计四十八小时。这个学习未结束又开始学习新的课目，充分说明学习任务十分繁重，而我以高度积极性来迎接这个学习任务，但特别注意的是要讲究学习方法。

1955.12.17　晴　星期六　南京军事学院

上午自习六小时。

午后自习三小时。

在学习上要学得快，并且学习得好，非讲究方法不可，因而：一、听课；二、阅读；三、请专业教员同志个别辅导。三者交替，以达步步深入。

1955.12.19　晴　星期一　南京军事学院

终日开党的小组会议，进行农业合作社运动的思想检讨。

我详细地把自己的情况和思想活动向组织上做了交代，又得到同志们的批评（虽然不多）。自己却愉快了。

经验教训：有问题要及时地向党交代，也只有如此，才能及时得到教育，从而警惕自己，以免今后重犯。

晚开始了课外补习业务，学到九时一刻。

1955.12.21　晴　星期三　南京军事学院

上午听航空照相战术判读部分。午后听三小时师防御（原子条件下），终日听课精神良好。我虽然聚精会神地学，但在听课某些时刻思想上还不够集中，因而某段收效就不够大，此种情况要改善。

1955.12.22　晴　星期四　南京军事学院

上午自修四小时立体判读，并听两小时课。

午后听半小时原子条件下师防御课，其间侯主任谈及军衔及入伍任职概况，顿时感到甚为惭愧，古谚"少壮不努力，老大徒伤悲"，昔日小资产阶级意识未除根，在革命斗争中大大影响了自己对党和人民事业的贡献。但时间不留情，就这样掉在时间的后面，应该记取此种沉痛的教训，在这伟大的社会主义革命中勇敢地克服缺点，努力前进吧！

不论党给予什么样工作，愉快地迎接过来，就努力去干吧！

晚饭后补习一小时业务。

1955.12.23　晴　星期五　南京军事学院

终日到野外（岔路口、紫金山左侧）做航空照相现地对照。我的精神很好，收效亦很好，特别是反复爬山，证明我的体力还好，犹如在战争年代里那样。学院很注意人们的身体营养，因而我到学院以来，体重在逐渐增加。

1955.12.24　晴　星期六　南京军事学院

上午到南京郊区青马进行六小时航空照相现地对照。

午后三时参加讨论黄伟慎定案问题，会后李主任让余写处理报告。

给母亲写信。

阅读《解放军报》纪念苏沃洛夫二百二十五周年纪念文章。

发放参加授予军衔典礼、宴会、晚会通知书。

1955.12.26　阴　星期一　南京

一、午前第一、二小时开会研究成立支部问题。

二、午前后四小时听航空课。

三、午后参加授勋授衔预演会议，副院长解释这方面有关思想问题，深刻而实际，收益颇大。

一个革命者，应该要讲实际，要客观，要谦逊，古语"谦受益"，意思很深刻。

1955.12.27　晴　星期二　南京军事学院

八时参加授勋典礼，由陈伯钧上将授予我的中校军衔。

会议隆重，有刘伯承元帅参加，有苏联专家，还有其他单位来宾。

由于这种最实际的阶级教育——最为光荣时刻的教育，使我更进一步真正懂得要如何工作，要更好地、顽强地为我们党的事业、工人阶级的利益而工作下去！战斗下去！同时亦深感那小资产阶级意识存在脑子中，害人实在不浅，那些肮脏东西早清除出去一天，在思想上早解放一天，精神上早愉快一天。

从而体验到革命——为党和人民事业而奋斗，那真是人生最大的快事。

五时参加宴会，七时参加晚会。散会到家已下一时。

1955.12.29　晴　星期四　南京

上午，参加训练部公开会议，讨论关于使用苏联专家问题及五年来向专家同志们学习的经验，历时六时。其间抽隙阅读会报告，脑子发疼，古语"一心不二用"，其意甚科学。

午后听完师进攻一课。

1955.12.30　半晴　星期五　南京军事学院

今后最重要的，言行问题，即实践问题。行动要替言论负责，言出即行，行而后言，言必信，行必果，这是一个革命者的起码条件，过去对这方面做得不够，今后要特别加强这方面的修养。

一个人要工作难免发生错误，因此要具有不怕犯错误的精神。重要的是，犯了要很好地改正错误，这诚然对，古语说得好，"有过能改，则为无过"。但是，发生一件错误事情已经给党和人民的事业造成了不少损失，我认为，最好事前每一件事情多请示研究调查访问，彻底弄清情况，拟出切合实际情况而可行的计划，事情才能够说具备了起码的做好条件，这一点今后在工作中要特别警惕。

第 八 编

1956. 1—1956. 12

1956 元旦　雨　星期日　南京军事学院

九时一刻冒雨赴院参加团拜，刘院长讲话，勉励同志们前进，并且指出学习方向同学习方法。

方向：马列主义，学中国近百年史。军事科学要学我国军事史，特别要从鸦片战争学起。

方法：马列主义一定要结合群众，结合现情。过去脑子里对长期学习规划不够明确，因而在时间支配上很不科学，抓一把现象很严重。院长的讲话，对我启示很大。在学习上要钻进去。

1956.1.4　晴　星期三　南京军事学院

上午，进行六小时航空照相考核作业，十分不熟练，因为未掌握技术，因而做了一半。这个课程特点易了解而不易记忆，唯一方法多作业。

午后学习两小时军事课——临战队形。

1956.1.6　初降雪　星期五　南京军事学院

上午复习航空照片四小时。

午后听原子课——有些不大懂，学得深感困难，科学知识太缺乏。

复张现同志信。

1956.1.7　晴　星期六　南京

这是到南京以来首次遇到的严寒。

正确的无产阶级思想是我们自己最宝贵的财产，只有正确的思想，才能正确地指导自己的革命行动，才能为党和人民做出一点有益的事情，也才不至于犯错误。这种正确思想并非天上掉下来，而有赖于平素有意识地修养和锻炼。这还不够，还要赖于不间断的批评、自我批评，不断地学习马列主义以及亲身参与实践，虚心地向群众学习，尤其在群众的监督之下，自己才能进步。

1956.1.9　晴　星期一　南京军事学院

上午预习外国地图六小时。

午后参加讨论会内工作。

晚饭后参加分支部大会。

1956.1.10　晴　星期二　南京军事学院

午后阅读文件，特别杨春甫副部长传达中央指示精神，对个人教育启示甚深刻。一个人，作为一个革命者，尤其是一个共产党员来说，我们是为共产主义社会的实现而奋斗，所做的是翻天覆地的事情，一个人站在这样伟大的事业面前是微乎其微，正如沧海一粟。

中央提出反对保守思想非常重要。自己亦要随时清查自己脑子中是否有保守思想，如有，当及时克服，随时斗争。需很好养成观察分析问题的能力。

我想在军事学院很好利用和平的空隙，学好军事科学。这是党交付自己的光荣任务。

晚间开支委会议。

1956.1.12　晴　星期四　南京军事学院

上午学习晒图。

午后开军人大会，主任做总结及布置工作。

晚，同华都、金芳观看影片。

1956.1.13　晴　星期五　南京军事学院

今天业务上课正式结束，但还得细细复习。午后听了两小时原子条件下侦察课程。

中午参加院召开会议，讨论编写教材问题，自己不了解情况，所以无发言权。体会：在科学面前，在党和人民面前，一定要老老实实、实事求是地学习和工作。

1956.1.15　晴　星期日　南京军事学院

今天学院五周年纪念日，举行隆重纪念，特地着新服参加庆祝会。上午听院长长达四小时的总结报告，特地指出战争的特性及学习军事任务的重要性、艰巨性，而自己军事科学未学到手，这点压得甚重。

1956.1.18　晴　星期三　南京军事学院

上午处理零星事务后，参加支部委员会议讨论几位同志转正问题并研究院授奖后的思想情况，同志们中间存在有不同的看法和想法。

事实证明：工作要做好，有赖于领导同群众相结合，在工作之先要进行充分的组织工作和思想工作，事后要进行善后工作和说服工作，因为群众看问题水平绝不会一样的。不仅如此，领导上最重要的还在于慎重地按照上级指示和原则而又紧密结合本单位的实际情况公平地行事，方能公允，这条经验要切实记住。

昨天南京市三十万群众游行庆祝社会主义高潮。

这种高潮开始于北京，继而天津、西安、沈阳、上海……全国各大城市接踵而起，我想不久这种高潮将普及全国各地，这是全国人民多年来向往的事情。不久之前，党中央、毛主席批评了党内某些同志的右倾思想后，就指出社会主义革命高潮即将到来。果然现在排山倒海之势到来的社会主义革命高潮是多么令人高兴，每天报上大号字刊登各地高潮的消息，如同打胜仗似的，胜利消息在不断地激动着人心，激励着我积极地工作和学习。

1956.1.19　晴　星期四　南京军事学院

上午参加组内讨论上课用之模型。

午后听关于工业化报告。

1956.1.21 大雪 星期六 南京军事学院

为了今天参加营进攻演习，四时半用饭毕，遂登车，五时到院，正大雪纷纷，雪已半尺深，之后通知今天不演习了。终日利用这个大好时间复习。

攻读军事在我来说是个负担，因为我还不能马上掌握军事学术，虽努力，还需要一个过程，现在还没有一个完善计划，我想还得摸索一段，才能订出一个切合实际的计划。

1956.1.23 晴 星期一 南京军事学院

今天特别清冷，达摄氏零下三度。

午后主持支部大会，讨论康明、康一春、谢勇的转正问题，并阅读了数件公文，处理了几件零星事情，同谢勇、荆再生等谈话。由于主任出门，工作特别紧张。

1956.1.25 晴 星期三 南京军事学院

上午自修。

午间处理零星事情，晚间偕金芳、华都看苏联故事片——《街上足球队》。

切记，什么时候什么地方都要重视新的事物，正如中央指出要发现新的事物，培植新的事物，在新的事物面前只有向其学习的责任，而丝毫没有排斥的权利，因为，新的事物是推动党和人民事业不断前进的原动力，这是千真万确的一条真理。

在工作中凡是这样做，就能不断地发现新生力量，就能够发挥群众的创造性、积极性，就能够克服任何情况下的困难。回溯过去，凡是这么做，工作就完成得比较好，否则就完成得差。

1956.1.27 晴 星期五 南京军事学院

今天六时即出发到句容县境参观营进攻演习（原子条件下），因为事前充分地阅读了材料，因而此次收效比较大。

现代化的工作，完全是一种精密的组织协同过程，工作能否做好，首先决定于组织如何、协同怎样，这是工作方法上的一个彻底的革命。这次演习给了自己十分深刻的启示。

1956.1.28　晴　星期六　南京军事学院

上午处理事务，准备学习方案。

午后听原子条件下炮兵战术。

今天在工作上存在一个最大缺点，即本周一个工作问题未抓紧时间处理完，这就是答复院关于与科学研究院发生工作关系问题的一个检查。这是责任心上的问题，今后要改正。

1956.1.31　晴　星期二　南京军事学院

以六小时听同志们试教。

以三小时办公。

午间陆国宾教员问地形方面一个问题，不能回答，很愧。当努力完成这个业务学习计划。

1956.2.2　阴　星期四　南京军事学院

上午以四小时集中力量阅读周总理在全国政协的报告，对当前国内外斗争形势予以透彻的阐述，把我国对外政策予以重申，使我的脑子感到格外清晰。

花两小时解决工作中实际问题。

准备旧年前将工作清理一下。

为内兄购送一本《中国农村的社会主义高潮》，以鼓励其积极工作。

1956.2.3　半晴　星期五　南京军事学院

上午进行第一部教材的自修，有些具体问题还是不通，准备继续请同志们相帮。在学术上我抱不耻下问态度，用多听、多问与自修相结合的学习方法，我相信能够学好的。

午后，阅读毛主席著作《实践论》，还是很吃力，说明自己理论水平仍然不高，需要多努力钻研。

1956.2.4　晴　星期六　南京军事学院

上午听高立让试教，黄克宗叫出，忙于处理行政事务，特别是房子问题，纠缠了四小时，最后算是定下来。要搬，同志们不快活。午间进行了充分动员说服工作。

午后阅读《矛盾论》。

1956.2.6　晴　星期一　南京军事学院

今天整个在党内活动：上午前三小时参加小组会；后两小时讨论二月份支部工作计划，并总结一月份支部工作。午后开支部大会，布置总结工作。

利用时间收集汇报，准备向主任交代半月工作概况。

要重视自己的思想改造工作，要注意同志们的思想改造工作，这是在当前社会主义革命中非常重要的一项任务。

1956.2.7　晴　星期二　南京军事学院

上午前两小时向李主任汇报半月来工作，后三小时听教员同志试教。

午后三小时听徐副主任传达中央关于知识分子、农业合作化及国际形势问题的报告，对余的启发教育甚大。我们共产党员的任务就是时刻站在斗争前面、科学前面、新的事物前面，不断改造和提高自己，从而完成任务，做好工作。过去对此点精神与实质领会不够，即个人的小资产阶级意识改造不够彻底，今天甚为后悔和遗憾，当努力赶上前去。

1956.2.8　晴　星期三　南京军事学院

午间布置年关工作。

午后听最后一次原子条件下师防御战斗课程。

1956.2.9　晴　星期四　南京军事学院

上午学习《实践论》。

午后开始度假日。

1956.2.10　晴　星期五　南京军事学院

上午同孩子在家玩，十分欢乐。收听《实践论》学习的解答问题报告。

晚间，看托尔斯泰的小说《安娜·卡列尼娜》，教育意义重大，但在年关中，在阅后精神上不快。

1956.2.11　晴　星期六　南京军事学院

欢度寒假。我以最大的愉快迎接未来的工作任务，但是，由于科学未掌握到手，思想上压得沉重，仍有不安之感。

韩玉奎同志送礼，并同金芳到彼处回送。

1956.2.12　半晴　星期日　南京军事学院

上午参加本会团拜茶话会（余同李主任各出十元做筹划资金），开得很好，大家精神愉快。

午后，李主任宴请顾问，请余同金芳参加，又学会一套生活知识。

1956.2.14　晴　星期二　南京军事学院

感到假期完全虚度时光太不经济，因而今天已开始到办公室进行学习。华都前后不离开，这个孩子十分喜欢骑车子玩。

1956.2.17　半晴　星期五　南京军事学院，寒假中

今天花八小时阅读毛主席著作《矛盾论》并写出初步心得笔记。

办事一定要讲究方法，节省时间，不可单凭主观臆想办事，否则定要出乱子。

期间利用时间同会内领导同志研究几个教员的调整级别事情。

做任何事情一定要客观、公正，为此，必须进行周详而系统的调查研究。分析工作，调查研究在前，发言处理在后。

1956.2.18 晴 星期六 南京军事学院

上午，阅完思想方法改造问题学习心得初稿。

晚，到刘光第同志处扯谈。

1956.2.20 晴 星期一 南京军事学院

今天党日，全部时间是党的活动，上午到小组内听取同志们的思想检查，午后参加支部委员会议讨论发展组织问题。

1956.2.21 晴 星期二 南京军事学院

上午花三小时完成学习心得修改稿。

开始自修第一部分教材。还利用时间整理了一九五四年的报纸（《人民日报》），因为我十分重视它，从它身上得到的教益太多了，每天必须阅读它，决心把它完全收齐。

李主任在工作上分了工，由余管教育同行政工作。

参加行政工作会议至九时半。

1956.2.22 晴 星期三 南京军事学院

上午，听试教半小时。

听蔡协理员传达院委关于干部的学习计划。

处理几件行政事务工作，并参加管行政工作的几位同志开的会议。

以己推人，切忌侵犯他人的任何利益——哪怕是极其微小的，能完好地重视同志的和人民的集体利益，当是共产主义道德的重要标志之一。

在运动中，在群众中，在工作中和日常生活中，处处要检查自己的一切言行是否提高了，是否与党、国家和人民的利益有违背之处。

要时刻反省，并要觉悟，不觉悟那是最危险的。

1956.2.24 晴 星期五 南京军事学院

终日参加院召开队列会议，布置整顿军风纪、礼节问题，陈院长讲话十分富有思想性。在时代面前、历史面前、党和人民面前只能虚心学习和听取教育而不能丝毫表示骄傲，这个真理由历史事实已经证明了。

1956.2.25　晴　星期六　南京军事学院

深深觉悟到自己多年以来并未下定应有的恒心，利用一切可利用的时间有系统地阅读马列主义的基本理论知识，同时军事科学亦未以同样的态度和方法进行钻研，这是在很大程度上输给了时间，现在已经觉悟起来，该克服这种错误了，否则今生就再无时间了。

1956.2.27　阴雨　星期一　南京军事学院

上午参加研究地形部分军语。午后参加行政组会议，听取各位组长汇报。经验：作为领导要十分注意把业务与思想结合并重，如此方能发挥同志们的潜在能力，完成任何情况下任何工作任务。

继而参加支部会议，听取汇报，研究下月工作。

1956.2.28　清冷　星期二　南京军事学院

上午四小时听代总顾问讲原子条件下步兵军进攻、防御战斗中若干问题，讲得甚好，听后甚满意，可惜自己未有系统的知识。

接内兄来信，该地区发生严重传染病，其身体已不佳。复信，并告在经济上相助之。

午后研究地形军语。

1956.3.1　晴　星期四　南京军事学院

午后阅读业务教材，并找同志谈话。

1956.3.2　阴　星期五　南京军事学院

上午听试教地图坐标六小时。

午休息期间处理一些零星事情。昨天看戏，今天精神实在不佳，今后要特别注意。

学习的材料和课目对我来说是异常繁多，因而刻下摆在面前的事情是如何以科学的方法进行学习，这个问题解决不好，断乎是学不好的。正如院长所说的，"努力加方法"，方法我想最主要的是有重心地学，不能乱抓，目前唯一重心当是钻研业务——地形学，其次为学战术（团的）及政治理论。我初步考虑方向应该是这样的。

1956.3.3　晴　星期六　南京军事学院

上午用六小时时间参加一组听试教。

午后主持讨论关于本会保密问题。

在未能完全掌握学术以前，任务压得很重。

1956.3.5　晴　星期一　南京军事学院

上午，主持会行政工作会议，由李主任做报告，之后参加讨论。

午后参加党的小组会议，历三小时。总感到会前未有很好准备，时间拖得过长，问题反而未得到解决。这是党内普遍存在的问题，今后宜设法解决之。

1956.3.6　早降雪　星期二　南京军事学院

上午随一组教员同志到仙鹤门一带见学现地用图，感到自己在学术上不内行，于下午返回后，蔡协理员交给《毛主席在中央知识分子问题讨论会上的讲话》，阅后给予个人以极深刻的启发。

在科学面前，在真理面前，在新事物面前，一定要老实，是就是，非就非，一是一，二是二，绝不能有丝毫马虎和做作。

要加强学习，提高文化水平，提高科学水平，提高马列主义水平。

晚间，阅读今天的报纸。处理几件零星事情后，准备早返回宿舍同孩子们玩玩。

1956.3.8　晴　星期四　南京军事学院

终日自修业务——地形学第一部，里面许多问题感到理解尚困难，须加以辅导和改进。从最近几天内开始赶紧自修，业务——学术一日不掌握到手，思想上压得很沉重。

晚间还准备进行一小时的自修。

1956.3.9　晴　星期五　南京军事学院

上午，听课四小时，开会两小时。

午后，阅读与管理文件。

晚，自修一小时业务。

1956.3.10　晴　星期六　南京军事学院

上午自修六小时地形学，许多问题尚不能以自修方式解决，有待领教和进一步钻研解决之。

今天是学院第三批授衔——尉官。大家为我军的强大和荣誉而欢欣鼓舞。

1956.3.11　上午阵雪　星期日　南京军事学院

工作到来首先撇开个人打算，客观地全面地考虑、分析情况，以原则做衡量，然后再考虑时间步骤和方法。这是布置前的工作。当工作展开之后，紧接着进行试点、检查，吸取经验，采纳合理化建议，修正计划，传播经验，克服困难，贯彻到底。

最后要全面总结、吸取经验、改正缺点，再大胆地进行下一段工作。

关键全在于打消主观，坚持上级指示同原则，走群众路线，相信群众，发动群众，依靠群众，那么，事情才可能办好。

上午参观著名的紫金山天文台。

1956.3.12　晴　星期一　南京军事学院

上午阅读教材。

午后进行学习，参加支部会议。

晚饭后召集行政组长传达事情。

在事情（工作面前）上和人事方面虚心冷静，只有好处，没有坏处。相反，凡是不虚心的人，只有坏处，而断乎得不到好处。今后要更加注意。

1956.3.14 晴 星期三 南京军事学院

主任讲，院开会布置今后加强考核工作和教员备课。感到学科学不是一件简单容易的事情，实有赖于素日专攻一门苦读。

在现代化战争中，不懂科学，断乎不能成立的，过去将若干时间放过，今后再不能无端放松时间了。

今晚仍自修业务。

1956.3.15 阴雨 星期四 南京军事学院

上午进行六小时自修业务——方法不当，尚须改进方法，方能达到收效（一、多与同志们研究；二、多听课、试教；三、多作业）。

午后听宣传部长的军官理论学习动员报告。

1956.3.16 午后 晴 星期五 南京军事学院

上午物资保障部开会，这个会议很好，吸收大家的批评、建议，上下左右互相通气，今后在工作中要特别注意。

顾问特别提出节约，徐副主任讲话亦甚实际，给自己很大启示。

很多人提意见还是局限于老一套经验方面，今天有许多意见还限于过去的供给制的旧习惯，而今天已实行了薪金制。由此可见，人们要能随时随地吸收新鲜事物，接受过去教训。

在工作上、生活上千万不要跟那些浮漂的华而不实的人学习。如果跟他们学，势必要倒霉。

晚间偕金芳观看尚小云的拿手戏——《梁红玉》。

1956.3.17 晴 星期六 南京军事学院

上午进行自修，午后连续进行两个会议，解决会内课业计划的时间排列及行政问题的处理。

晚间同孩子们看苏联彩色片——《河上灯火》（儿童故事片）。

1956.3.19 晴 星期一 南京军事学院

今天为党日（本月第二个），终日参加党的会议，听党员同志对各级党的代表大会所提的提案意见，我觉得很好，涉及范围甚广，有许多意见很好，对自己今后领导方面帮助甚大。党教导我们什么时候、什么地方也不能脱离群众。多接近群众，多倾听和采纳群众意见对工作是十分有利的。

1956.3.20　晴　星期二　南京军事学院

上午听试教"通视与遮蔽"一章。

午后自修和讨论提案。

晚间同张钧绎研究个人学习业务计划。

1956.3.21　晴　星期三　南京军事学院

上午自修六小时。

午后听两小时试教。

1956.3.22　雨　星期四　南京军事学院

上午自修六小时业务。

在工作中要注意对问题的分析、研究，实行中还要讲究方式，最近由于这样注意了，工作中就得到比较良好的效果。

1956.3.27　晴　星期二　南京军事学院

今天连听六小时试教，对个人有很大教益，尤其体会了许多东西。

中午休息时同崔之海同志扯谈了一些问题，特别是领导方法、个人修养和联系群众等方面，给予启发十分深刻。午后又参加支委会议研究支部情况。

1956.3.30　细雨终日　南京军事学院

上午参加六小时研究讨论编写测绘教材的问题，午间传达许多文件，午后参加司令部教授会研究组织团司令部演习事宜。

我现在才深深地了解到学习共产主义理论要紧紧地同实际密切地结合起来——即学即用，即行即学，理论检点行动，从行动上及时总结经验，上升理论，深刻认识，提高觉悟。假若理论离开了实际，最无价值；光行动不学习就会盲目地行动，就会落后于实际，就会犯错误。

于此，我深刻地体会到做一个共产党员其历史责任十分重大，因此，在工作中一定要虚心地、小心翼翼地而又要勇敢地顽强地将工作做好，除此以外没有任何的打算和要求。

1954.4.2　晴　星期一　南京军事学院

七时到雨花台为中国革命事业中英勇殉难的十余万烈士扫墓，沿途成群结队的儿童扛着花圈也到雨花台去扫墓。雨花台，绕山皆长着新植的柏树和花草，异常清洁静肃。在我祭后下山时，扫墓的人流仍然不断。我想，无数的先烈为中国革命而光荣牺牲，未得到任何享受，所得的只是千古不朽之清名。我们今天革命胜利了，得到荣誉，得到享受，但是这是同他们分不开的。有些人还不满意，闹情绪，嫌党和人民给他待遇低了，这些人今天在烈士们面前应该有所惭愧吧！

中午参加训练系党员大会，选举参加院代表大会名单。自己被选举上（600名党员490票当选）。

上午利用时间参加共青团会议，听他们提给领导方面的意见。

1956.4.3　晴　星期二　南京军事学院

上午前三小时处理公文，干部部郭协理员前来谈干部问题。

处理零星事情消耗了上午时间。午后阅读测绘教材。

晚间阅读政治经济学。

1956.4.5　雨　星期四　南京军事学院

前两小时参加一组总结会议。

中间两小时考核康明上课，并于午间提出其上课优缺点。

午后三小时听讲政治经济学课。极有指导意义——理论上的、实际行动上的，因此，还应该很好地阅读几次。

1956.4.6　雨　星期五　南京军事学院

上午研究调整干部级别事。

午后参加空军系课业会议。在空军讲，晴朗的天气对于飞行如同鱼得水，因而在进行课堂课业中应该服从这个条件。我以前不了解这点，从今天参加会议中深深体会到："真理总是要靠经验的帮助才能理解的。"说明理论重要，而实践亦重要，两者不能分割的。在工作中，千万不能官僚，不能常坐办公室，不能光听汇报，不能光听一面之词，最重要的还是要从各方面去了解。为此，要做到"四到"：眼到、耳到、腿到、手到。既要常常请示上级，研究指示，又要了解情况接受下级汇报，而且还要倾听群众的呼声、反映。因而在工作布置下去之后，还要下去检查、倾听，修正计划，总结经验。

金芳在此不能给我以应有的帮助，这就是由于她的文化、政治水平所限制，我对她虽有意见，但无怨言。

自从四个孩子团聚以来，我大多数的晚上未睡眠好，回来时他们群扑上来，争先恐后地来闹——抱呀，要东西……早上还得偷着上班，因为他们不叫离开，之后，成了习惯，清早非给留点吃的东西才能离开，否则就大哭一场。

1956.4.7　雨　星期六　南京军事学院

上午参加会议，汇报、讨论四月一日实行着新装以来执行军风纪礼节方面的情况。

新的事物、新的生活方式往往不习惯，但是要下定决心从思想上到行动上严格进行自我斗争，克服旧的东西，树立新的东西，那么，自己在新的事物面前才不至于表现落后、误事或造成犯错误。

午后处理公务，阅读文件，并于最后一小时参加编队——院今年五一节阅兵。

1956.4.9　晴　星期一　南京军事学院

上午自习四小时，后两小时参加训练部排课业会议。午后听四小时试教，晚间又进行时半的补课。主任告诉五月开始上大课，这期间任务十分繁重。

阅读抗登陆战役组织材料。

学术大海，任务深重，这完全由于输了时间了，深为教训，不敢再输了。

1956.4.10　晴　星期二　南京军事学院

今天同队列部李协理员约好办华英到北京八一学校事，为此修书两封——给学校及张现同志。

上午最后两小时听主任试教空照课。

午后进行三小时操课——准备五一阅兵。

晚间同李慕超同志谈话。

1956.4.11　晴　星期三　南京军事学院

上午自修四小时，最后两小时听主任上空照课。

午后，到大礼堂听苏共二十次代表大会赫鲁晓夫报告。

1956.4.12　晴　星期四　南京军事学院

上午办公，阅读几份文件。

午后，听政治经济学第七章报告，由高舛同志讲，讲得很好。今天接到立昌信，述说他及他媳妇均入团了。青年人进步快，这是十分好的现象。晚间自修了时半。

母亲病了十余天刻下尚好，准备给买点吃的东西回去，并即复回信。

照料妥当华英离别的事情。

1956.4.14　晴　星期六　南京军事学院

上午六小时备课。

午后请假同华英玩，因为她今晚就乘车到八一学校，别后很长时间不能见面。孩子想去，对学校印象良好，但始终要求叫我送，为此有些难过。

1956.4.15 晴 星期日 南京军事学院

拂晓三时将孩子叫起。她就不愿叫叔叔带去，一直要求叫我送，到车站上还要求叫我亲自送去，经解说不能送理由后，改变要求要叫其母送，直送到车上快要开车时，还坚决不离开金芳。开车时间到了，金芳才强行下车。此时华英大声号哭，我们在这个时候是最难过了，感到孩子这一点要求都不能满足。

四月份我的工作格外忙——备课，熟习工作，准备参加党代大会；而金芳有华京吃奶，难以一下断奶。客观情况处于困难状态中，为此我们终日感到十分不快。

午后骑自行车到托儿所看华都并给送蚊帐，本拟不直接看他，但阿姨带出来了。华都给我介绍了一些情况后，他说他药（红色补丸）吃完了，还要，继而买东西，进而又要求回家，最后以商量口吻说："我今天回去，明天再来。"当我没有答应时就啼哭了。这个孩子办法多，其特点如下：第一步，慢慢来，一步一步深入下去。这个办法不行，又来第二个办法。第二，不论用什么办法，非要坚持完成他最终目的，而这个目的，不直接暴露出来。如今天要回家，开始并不直接说出，总是绕许多弯子，这是孩子的聪明。

今天找华都，带他的那个阿姨很好，她很耐心地为我介绍了华都的详情，我趁此机会介绍了华都的特点：

一、晚间好蹬被子，此毛病由华英给他介绍经验说，晚上要热时，把脚丫露出来，要盖着肚子，以免闹病。而华都在所，阿姨说，已经按照这个法子进行，晚间没亮肚子。

二、好打人，一般情况下不易犯，犯了甚为厉害。

三、介绍他过去患肝脏病的情况，望其注意之。

1956.4.16 晴 星期一 南京军事学院

今天天气很热。

"南京没有春天。"果然不假。前天还穿毛衣，而今天突然要穿单衣，这种气候变化最易闹病。

上午学习四小时经济学，午后又继续两小时，办公一小时。

又阅读一次《真理报》关于反对个人崇拜的社论。

1956.4.19 雨（午后晴） 星期四 南京军事学院

上午办公，接谈有关宋的问题。

准备教案。

午后听政治经济学三小时。

晚间进行自修。

现在，时间对我成了最大的威胁，一切一切都感到时间不足，科学地巧妙地支配时间成了一个中心问题。现在除学好业务和政治经济学以外，从明天起又加上军事的学习。

1956.4.20 晴 星期五 南京军事学院

上午前两小时考核张幼然教员。

午四小时准备教案。

晚，了解若干教员教课情况，发现其中以荆再生、王文海较好，准备提倡。

1956.4.21 晴 星期六

上午给母亲写信。

准备教案。

今天打混合性防疫注射液，吃饭时已有反应。

晚间准备了一小时课。

1954.4.23 晴 星期一 南京军事学院

早准备一小时教案。

上午五小时参加测绘勤务起稿工作讨论。

午后参加党员大会，唐正杰解释提案处理情况。

晚间参加团内和党内布置工作事宜。

最近集中精力备课，准备教好课，钻研学术，已成为战斗任务。随时抓紧自己的现实工作，并且于最短时间就能搞好它，这就是共产党员的职责，忽视现实、迈过现实都是极端错误的想法。

最危险的事情是自己对自己原谅。唯一的办法，就是勇敢地改造思想，纠正缺点同错误，努力前进。

这种觉悟过去不够，今后要很好接受它才是。

1956.4.24　晴　星期二　南京军事学院

上午讨论测绘勤务，其间感到学术水平太差，将来得很有计划地学习，这有赖于决心同恒心。

午间休息时讨论教员的级衔调整。

午后出操课。

晚间回家准备教案，但同梁静之同志扯起来了，到九时许，雨来了，输了时间。

我觉得我现在身体情况比较好一些，终日如此紧张劳动，觉得没有什么。

1956.4.25　晴　星期三　南京军事学院

上午讨论六小时教材。

午后讨论三小时。

午间休息时间向全体人员解释提升（级、衔）干部命令。

1956.4.26　晴　星期四　南京军事学院

上午讨论六小时教材，由于研究不够，插不上言，感到闷得慌。一切事情只有经过自己的充分劳动之后，真正钻进去，了解到它的内在联系时，才能体会其精神同实质，自己才能消化它，运用它。这是做任何一件工作所必要的劳动过程。

午后听三小时政治经济学课，晚间又自修了两小时。

1956.4.27　晴　星期五　南京军事学院

上午参加党委扩大会议六小时，研究唐教育长准备院党代表大会上的发言底稿，因为自己不了解情况，因而未能提出意见。午后机动一下，请了假听了四小时进攻战斗原则课。晚间主持研究工作量问题。最近苦于开会，影响业务、学术的钻研，今后设法改善这一关键性问题。

1956.4.28　晴　星期六　南京军事学院

上午五小时写教案，一小时办公，午后出操。

1956.4.30　晴　星期一　南京军事学院

上午阅报一小时。

阅读彭总关于战略问题的报告。

午后处理公务。

1956.5.1　晴　星期二　南京军事学院

五点五十起床，进食后即乘脚踏车前去集合检阅。检阅在十分严肃中进行，一小时后即九时，检阅完毕。

经此次检阅给予个人十分深刻的队列和纪律教育。

1956.5.2　晴　星期三

上午参加测定方位角课程路线测量工作。

午后听政治经济学问题解答，午间亦未休息——到大街为华都购水果，最近在托儿所感染上疹子，发烧，满身起红点，卧床不起。

晚间参加支部委员会两小时。

1956.5.3　晴　星期四　南京军事学院

上午阅读七份院党代大会所发文件，此乃第三次参加党代大会，首次一九三九年夏秋间在延安参加总后勤党代大会，第二次即一九五〇年六十八军二〇四师党代大会，第三次即此次的军事学院第二次党代大会。这三次大会给自己以十分深刻的无产阶级的思想教育，这是活的马列主义教育，因此以最大兴奋和愉快心情来向大会学习，并决心在今后随时改正缺点，做好工作。

午后参加党代大会预备会议。

最近给立昌写了几封信，不见回信。不了解母亲的病情，甚急。准备寄去点食物。

1956.5.4　晴　星期五　南京

今天学院第二届党代大会正式开幕，我参加了。上午听钟期光副政委关于军委扩大会议精神的传达。午后陈伯钧副院长做关于两年来院委工作的报告。

中央又提出克服保守思想，十分重要。

另外，今天会议中自己犯了一个错误，就是午后为了家务事情迟到半小时，因而影响了听陈伯钧同志的报告。大会秘书处给予批评完全正确，自己为此也做了书面检讨。今后要特别注意加强时间观念和纪律观念的修养。

1956.5.5　晴　星期六　南京军事学院

上午听取本院各部门工作报告，其中以物质保证部王学修副部长发言为佳，因为有提出问题和解决问题的办法，具体实际可行。说明在工作中，当检查缺点时毫不留情地去做，不仅要检查出缺点或错误的事实，还要挖掘出发生缺点和错误的根源，集思广益，研究和找出今后改正、克服缺点的办法，提高工作效率和质量。我认为这就是领导者的工作中应有的指导思想。这一点今后要很好学习运用之。

午后进行小组讨论。

在小组讨论中，在提缺点时缺乏积极的精神，主要表现在：一、联系自己少；二、对于改正的办法提得不多。我们党的工作目的在于改造世界、改造人。那么，我们对于任何问题的提出也应该以改造的基本精神出发。这是个基本观点和立场问题。

华都病已痊愈，玩耍挺好。

1956.5.6　晴　星期日　南京军事学院

上午六小时小组讨论。

午后两小时小组讨论。

金芳修养性很差，为孩子哭的问题要了点孩子气，今后设法加强对她的教育。她现在还担负不起单独管家的责任，影响我的工作，特别现在学术还未掌握起来的时候。因此，我在这方面感到有些苦恼，但是当苦恼中看见天真活泼的孩子们的时候，就把它打消了。

母亲身体有病，写几封信终未见回信，可能同亲戚们生气了。金芳屡次说把她接来，但她不肯离家，对此问题尚难以决。

1956.5.7　雨　星期一　南京军事学院

今天是代表大会第四日。上午听取十余位代表发言。午后五时进行选举，选出院党委出席南京军区党代表大会代表和院委的监察委员会。

1956.5.8　晴　星期二　南京军事学院

上午听两小时课。

其余四小时阅读今年全军训练计划。

午后一小时办公。

曹羽同志扯谈占去一小时余。

1956.5.9　晴　星期三　南京军事学院

昨晚因几个孩子反复闹未能很好睡眠，致影响到今天的工作同学习。由于以上原因长期存在，致上午工作期间往往打盹，今后设法克服这种反常现象，否则，不仅影响工作同学习，而且会影响到脑神经的健康。

昨晚金芳谈华都现在胆子确实很小，小朋友打他，不仅不还手，而且坐（站）在那里动也不动，别人用很危险的工具打他时，他亦不动，据她说这是在北京托儿所把孩子带成这样了。原来很勇敢的一个孩子，为何现在这样了呢？这个问题，最近才发觉，值得研究改正和重新培养那种有作为的性格。

华都现在自觉性很强，不叫说他的弱点，否则会大声啼哭的。教育祖国后一代，是做父母的重大责任。所以不能丝毫放松对孩子的社会主义教育。

上午准备业务花了三小时，之后李主任介绍其在本会几年来工作经验称，基本经验有三点：第一，集中精力钻研业务，变外行为内行，业务不通就搞不好本会工作，完成不了任务，难免同志们看不起。第二，加强考核，只有从具体的、系统的考核中才能发现问题，提高大家的教学能力，不然教学工作会出毛病。第三，思想工作甚为重要。不断地克服错误思想、保守思想，反对邪气，树立正气，才能使工作顺利开展。以上三点不能分开。这对自己启发帮助很大，今后当接受此经验，特别学术上要检讨，最近数月来所下苦功夫还非常不够，要迎头赶上去。

午后二时继续开会，宣布选举结果。

参加这次大会，给予以最实际、最生动的马列主义的教育，今后特别注意联系群众并在群众中进行学习和思想锻炼。

深深认识到，如果一个共产党员不能勇敢地前进，大胆地进行批评、自我批评，反而自私落后，不能接受新鲜事物，那么毫无疑问这是最可耻的行为。我现在痛恨自己过去的觉悟程度太低了，太落后于形势了，现在已感到有些晚了，但是我还是要以最大决心改正错误勇敢地前进。

1956.5.10　晴　星期四　南京军事学院

前两小时听叶振欧同志试教。

自修三小时，最后开一小时会议。午后，合影后听江苏省委书记传达中央政治局会议精神。

晚间自修政治经济学。

1956.5.11　半晴　星期五　南京军事学院

上午考核代右天、唐明海四小时课，开会评奖一小时。

午后听三小时军事课。

晚间总结军风纪工作并上报队列部。

1956.5.14　雨　星期一　南京军事学院

终日以七小时左右阅读商品同劳动的二重性问题，觉得甚为吃力，但决心攻读。

给《解放军报》写建议。

给李毅同志写回信——十余年未见，今突接来信，实感高兴。当年一时不慎，对她生活上造成遗憾，真是无法消除的。

晚间同主任研究工作，并拟定明天工作事宜。

1956.5.15　雨　星期二　南京军事学院

上午考核陈友雄五小时课。

上海民建成立分部，这一件事情，又具体体现了党的政策，这是伟大的政治措施。

高级知识分子纷纷入党，表示决心为人民事业奋斗到底，这又是党的政策的一个伟大的胜利。

1956.5.21　暴雨竟日　星期一　南京

上午参加支委会议，讨论几个同志入党问题。

午后钻研业务。

中央的政策精神要十分注意学习，并且将体会到的灵活地运用到自己的实际工作中，这就是学与用的结合问题。在实际工作中要随时随地注意到学与用相结合，那么，自己才能时刻得到进步。

1956.5.22　晴　星期二　南京军事学院

上午钻研业务。

午后阅读总结考核内容，准备传达，其中若干问题有待详细研究。

找谢勇谈话，耐心地说服其安心工作，进行了反复的教育。

1956.5.23　半晴　星期三　南京军事学院

上午研究考核意见。

阅读教材。

反殖民主义斗争日益高涨，这也是当前国际形势中一个特点。注意阅读这一形势发展材料。

处理问题一定要广泛收集材料，了解情况，全面分析研究，慎重处理，万不能先入为主地片面处理。

语言上，亦应注意修辞和分寸，不可信口开河。古语云"病从口入，祸从口出"，不良言语出去造成坏的影响，难以挽回。

给内兄写信，劝其努力搞好农业合作社工作。

现在身体较好，今后特别注意保养身体，否则这样艰苦的教学工作任务难以完成。

1956.5.24　晴　星期四　南京军事学院

上午自修业务四小时，后两小时解答和评奖、教课，感到业务上很吃力。在这个问题上应该预见到今秋情况：课业紧张，准备上课，因而若放松这一段准备，下半年就形成不可克服的困难。

一切事情都不可过于空想，应该把理想建筑在实践的基础上，只有如此，现实的意义才更大些。一切事情一旦脱离实践，就变成无意义的东西。

1956.5.26　晴　星期六　南京军事学院

今天上午考核于海涛同志四小时，加之最近对第一章课的研究，进一步认识到这门课程是非常精细的，在教授时示范、讲解、作业相连并用，不同于讲其他理论性课程，应抓住这样一个特点进行进一步准备，千万不可疏忽大意。

午后研究考核意见，拟订工作计划。

晚饭后到医院探视华京。

1956.5.27　晴　星期日　南京

今天本预计完成预定的课程，但仍然被孩子们的琐碎事情给消费过去了。今天上午和下午两次到医院探视华京，家里华都、华军前后不离地闹着，纠缠着，这，在父亲来说完全是天然义务，对工作来说实在影响太大，并且还常常影响到精神的健康，太烦人了。简直什么也未干成，我的工作计划被这样的家务事所破坏着。金芳在这方面不能帮忙，太烦恼人了，实在难以找出一个良好的方法解决它。

1956.5.28　午后雨　星期一　南京

午后利用和支配时间恰当，并按计划进行工作，在教学准备方面收益不小。

上午为等送华都到托儿所误了四小时，烦恼得不行。

上车后华都很懂事，急着督促我下车说："你走吧。"觉得甚为高兴。这个孩子十分喜爱机械学，望今后向这方面发展发展。

明天一定做好考核，本来坐标课难懂，所以考核两次。

晚间找叶振欧谈话，解释对上课意见事，经调查决定适当予以解决。经验：处理问题要客观，就得对事情进行调查研究、客观分析，恰当地得出结论。今后宜特别注意运用这种工作方法。

今后阅报特别要同学习党的各种政策密切结合起来，收效才大，认识问题的能力才能加强。

1956.5.29　晴　星期二　南京军事学院

上午考核四小时，开会汇报一小时。午间探视华军，见了坚不离开。午后课间，自修本章，感到钻研有若干困难，深深体会到钻研学术是一个非常艰苦的长期的劳动过程。

晚间到医院探视华京，喉头已痊愈了，最后做个检查就出院。

1956.5.30　晴　星期三　南京军事学院

上午准备六小时教材，头有些发晕。有些问题牵涉到数学、地理知识，深感这方面知识不足。过去对科学钻研不够，在这个问题上走了弯路。

午后参加三小时教材讨论，之前阅读材料不足，发不起言，同时感到方法亦有些不当。感到太费时间。

晚同郑教员相谈两小时，意义不大，今后特别注意改正之——切忌把大好时间消耗于无用之地。

1956.5.31　晴　星期四　南京军事学院

上午前两小时阅读詹天佑传记，他那种正直、钻研科学、热爱祖国的精神给我以很大启发。

今天除钻研业务以外，在学习政治时事课中，特别注意对报章杂志的学习。

午后听经济政治学第十二章，由江苏省商业厅厅长讲课，很好，甚为满意。

这个学习很吃力，值得努力，到学院来三种学习——业务、军事及政治经济学——都是很吃力，由于过去自己艰苦自学不够所致。

准备在三五年内解决这几个问题。

晚饭后奔医院探视华京，他经华东医院小儿科检查无任何疾病，明天即出院。

晚间自修一小时经济学。

1956.6.1　晴　星期五　南京军事学院

今天为儿童节，特为华都托儿所赠一张儿童幸福生活画。

今天终日参加讨论测绘勤务教材编写工作，这一门学术甚生疏。

晚饭后批阅文件两件。

为母亲写信。

今天上午华京出院，异常活泼可爱，姊妹三人呈现非常欢乐的景象。

1956.6.2　晴　星期六　南京军事学院

今天终日参加讨论测绘勤务教材，午后听取汇报。

晚间学习政治经济学。

知识是从自己不间断的刻苦钻研中得来的。在科学面前，不能有丝毫虚假，要老老实实地去进行劳动。我十分清楚自己所知道的太少了，今后不加强对学术上的劳动，断乎不会有任何成就。

1956.6.4　晴　星期一　南京军事学院

午后主持支部大会，通过转正同入党（荆再生、汪宜楷、黄克宗）。

千万不要主观，随时随地多同群众接近，多听取一些群众的意见，对事情、对个人只有好处而没有坏处。

1956.6.5　晴　星期二　南京军事学院

今天上午到野外考核。

午后参加讨论教材三小时。

晚间研究学术并同尹立同志谈话。

对学术问题，只要钻进去，我坚信总会有成绩的。

1956.6.6　雨　星期三　南京军事学院

上午考核四小时。

午后参加讨论教材两小时，晚间阅读处理公文。

对时间支配零乱，主要时间未能集中运用到主要方向上。如同作战，一定要将主要兵力、兵器运用到主要的突击方向上，平均使用兵力断乎不能打胜仗的。自己已经在工作中犯了平均使用"兵力"的错误，今后要特别注意。现在应该集中力量研究业务，准备教课，这是今天的突击方向。

1956.6.7　雨　星期四　南京军事学院

今天上午讨论四小时教材。

午后听三小时政治经济学课，听众不够满意。可见，人们对于我们工作人员所要求的是工作的效果，而不是资格。

1956.6.8　雨　星期五　南京军事学院

梅雨已成。今天野外课已经因大雨而无法上。现在田野里有些麦子没有收回。有经验的农民往往八成熟就收割回来，没有经验的，会遭受到很大损失。社里的领导者要负这个责任。

领导的责任在于预见和出意见、想办法。否则就降低到群众水平，便不能称为领导者。

处理公文。

午后研究干部级别，深深体会到做工作一定要稳当，为此，对上级指示精神一定要反复进行研究，做到把精神与实质体会出，然后才能掌握住；其次要把实际情况做到充分调查研究，掌握足够材料，然后上下、纵横、反复研究，一定要了解到内部的规律，才能得出正确的意见和结论。这还不够，还必须预先同群众联系，多方征求群众的反映和意见。走过群众路线之后，这才接近决定阶段。事实证明，任何一个问题，只有如此认真去做，事情方能办好，或比较好。这次对知识分子级别调整，过于急行，缺乏以上过程，因而工作做得不完善，大家有意见，影响情绪和团结。工作中不能任性，不能单凭热情出发，一定要冷静，三思而后行。

晚间请教同志。对学术方面我抱定不耻下问精神，只要我不知而别的同志知，我就抓住一切可利用的时机不耻下问。

利用一切可利用的场合找同志们谈话，了解情况，解释、解决问题。

1956. 6. 11　雨　星期一　南京军事学院

我最近在钻研学术方面思想仍然不够集中。今后如能完全摆脱家庭事务就好了，这个理想恐怕难以于最近实现。设法叫金芳帮助解决，只有把她动员起来，问题才能得到解决。

1956. 6. 12　晴　星期二　南京军事学院

上午考核四小时。

自修两小时。

午后自修两小时。

晚，到中山陵考核方位角。

1956. 6. 13　晴　星期三　南京军事学院

上午自修六小时方位角。

午后整理照片，并于晚饭后送至照相馆加洗二十余张。

晚间，阅读陆定一同志关于党的文艺政策问题的讲话，启示甚大。并预习了明天到野外现地用图课，因为时间计划不好，未预习完。

1956. 6. 14　晴　星期四　南京军事学院

今天终日随教员听现地用图课，体验比较深刻。

明天就要开全国人民代表大会第三次会议，这个会议恰在今年的党的第八次代表大会之前召开，有它重大的意义。我党处理党内外各种问题已十分成熟，对于任何一个问题的解决，是那样令人信服。这种工作方法和思想方法是要好好学习的，我想，只有正确的思想方法指导的工作才能正确。

工作一定不能任性，一定要深思熟虑。

1956.6.15　晴　星期五　南京军事学院

今天终日自修现地用图理论。对于任何一个学术问题，一定要把它钻透，因此，大问题要钻，小问题亦要钻研清，弄明白，然后才能达到贯通。

1956.6.16　晴　星期六　南京军事学院

自修业务，参加支委会议，讨论工作，协理员同志准备不充分，感到这位同志工作欠深入，表面化，今后要予以帮助。

给八一学校写信，介绍华英特性并问她在校的近情。

下午办公——这是每周例会。

晚间本拟补修二课，因孩子回来就陪同孩子们玩。

1956.6.17　晴　星期日　南京军事学院

今天星期，基本上休假同孩子们玩，但几个孩子把人弄得更疲倦。

华都最近非常懂事情，他很喜欢看电影，喜欢到山上玩。本答应带他到山上玩，因下午走得早，未能实现。今后利用假期多带孩子们到旷野玩，多吸收一些自然知识。

华京气管发炎，到同仁堂给买药，服之有效。

1956.6.18　晴　星期一　南京军事学院

今天党日活动：上午前三小时参加小组活动（个人检讨），后三小时参加支部活动，讨论机关党委工作总结。这是第二次，不拿稿子。

晚间，观看电影《牛虻》，这是一部非常有价值的影片，准备买一本小说再阅一次。

1956.6.19　雨　星期二　南京军事学院

上午六小时，处理零星工作与学习。未做集中性使用，这是今天不当处。

午后阅读考核材料。

晚间，同李主任到医院探视周、刘二教员的病情。

1956.6.20　晴　星期三　南京军事学院

上午自修六小时业务课。

午后进修两小时，晚间向王子诗同志请教两小时，讲解满意。

今天共花十小时劳动，另外抽时间进行了课外工作，并以一小时参加授奖会议。本星期六授予各个革命战争时期有功人员奖章，其中还有自己一枚八一奖章，给予以鼓励，今后要进一步珍视荣誉，继续为革命事业努力。

作为一个共产党员，应该随时把党的政策精神具体地体现出来，那就得努力提高自己的思想方法和工作方法。李主任昨天谈"协理员说工作困难不好进行"，我说在这样有利的条件下，再谈工作不好进行那是无道理的。其实问题完全是思想方法同工作方法上存在有问题。一个人思想方法同工作方法如果不改善，不随时提高，断乎是很难进步的。

1956.6.21　晴　星期四　南京军事学院

上午自修六小时业务。

午后参加教员政经学讨论一小时，自修第十五、十六两章，晚间继续自学两小时。今天劳动成果很好。

1956.6.22　晴　星期五　南京军事学院

今天上午参观专修室两小时，自修四小时。

午后学军事——战术作业。这是我初次战术作业，很不熟练。现在要利用一切可利用的时间，用到学习上去（但要讲究方法）。

晚间阅报，自修政治经济学一小时半。

1956.6.23　阴（微雨）　星期六　南京军事学院

上午，参加两小时研究编写教材的几个问题（不懂之苦），继而自修政治经济学。

午后三时参加授奖大会，接受组织上授予八一奖章一枚。

今天因睡眠不足，精神极不佳。保证每日不间断的良好的工作效果，非得经常注意工作、学习、生活和休息的适当调整不可。

今天我深深体会到被党和人民时刻关怀着、鼓舞着和教育着，那么，自己就应该百倍努力前进。

1956.6.24　晴　星期日　南京

今天应华都很久之要求，于上午十时到紫金山腰去玩。这是华都首次登山，因而他很高兴，往返均走得很快，兴奋得连午睡都不睡了。

这个孩子好奇心很强，对事物钻研精神很好。他往往给你提出很多问题，有的问题使你都答不上（在这个意义上又督促了我的学习），有时都问得你疲倦，但这是孩子的最大优点。

今天同孩子们玩得身心很快活，调剂精神，很好。

1956.6.25　晴　星期一　南京军事学院

上午自修六小时，午后讨论半年教学总结提纲，并参加讨论第一章教材修改意见，期间利用时间处理了机关调查材料。

1956.6.26　晴　星期二　南京军事学院

上午，考核刘启密要图调制三小时，处理行政业务和外来调查材料。

阅读陆定一部长在若干省委干部会议上的讲话，许多问题讲得很深刻，在我读后总的感到：一、不论在什么情况下做革命工作都不能主观片面，一定要客观、真实、公正、全面，一定要先调查研究，后分析讨论，集思广益而后定决；二、不论在什么时候，一定要将党的原则政策精神与当时实际情况相结合，要知我们革命的目的是改造人、改造世界，工作一定不能同我们的目的相违背，一定要朝着目的去努力。

在工作中一定要冷静地观察问题、分析问题，而后才能做出正确的决定，切忌那种东风来了向西偏、西风来了向东偏的影响，要依自己的观察分析和刻苦的劳动结果而产生自己一定的主见，当然他人正确的意见仍然要虚心地考虑和接受。

报上公布，成昆铁路开始初测，将沟通南北交通和物资运输，对祖国的社会主义建设具有伟大的意义。祖国的建设真是一日千里，令人十二分满意。自己要警惕落后，赶快前进呀！

1956.6.28　晴　星期四　南京军事学院

上午到海军系听顾问报告海空战术问题，由于昨晚感冒，听了两小时，简直坚持不下来，返宿舍即卧床，体温达三十八度，饮食不进，这是一年来第二次患病。

1956.6.30　晴　星期六　南京军事学院

今天上班脑子仍有些发晕，不能阅读，只能做别的一般性劳动。

接华英从八一学校来信，并附有照片，甚为高兴。

午后参加政治处会议。

晚间，开支委扩大会议，讨论七月份工作。

1956.7.3　半晴　星期二　南京军事学院

最近南京最为潮湿了，书及衣物均生毛。

上午批阅文件，处理行政事务，阅读教材，给内兄、立昌写信。

午后参加政治处召开的征求意见会议，陪绑三小时。

晚间到街上理发，陪同曹羽同志消耗了。

1956.7.5　晴　星期四　南京军事学院

今天南京正式开始热，室内达三十二度，没有风扇，难以办公。

上午阅读原子条件下地形材料。

午后参加三小时编写教材讨论。

晚间，阅读一些文件，安排明天的事情。

1956.7.6　雨　星期五　南京军事学院

上午前两小时研究工作计划，后四小时自修。

深感理论水平不高，过去基础太差，努力不够，今天一下不能迎头赶上去。午后阅读政治经济学，有些烦闷，但是知道这是不应该的，不是共产党员所应有的态度。这种困难，要经过一个长时期的努力才能克服之，我具有这种决心。

1956.7.7　晴　星期六　南京军事学院

上午考核三小时观察要图调制，自修两小时。

午后参加协同会议，达四小时。晚间休假。

1956.7.8　晴——雨　星期日　南京军事学院

今天未进行学习，充分休息，因而精神特别好，脑筋很清楚。革命工作是长期的不间断的工作，为了工作做得好，这种假日的休息是调整脑力的很好方法，因而今后特别注意应用。

一周之内要尽力工作，假日要忘却一切，休息和玩耍。只有把工作、学习、生活调整得好，才能更好地进行长期不断的工作和学习。

今天特别体会到带孩子是一件很艰苦的工作。金芳去看一次电影，看几个小时孩子，两个（华京、华军）闹得简直令人不能转，转眼两个就打架——往往是没有分寸地打，因而产生很大程度的危险性，要特别小心地看管。

1956.7.9　晴　星期一　南京军事学院

抽四小时参加支部、行政会议。由李主任布置工作。李主任负责、细致的工作作风很值得学习，但某些地方放手不够。

在工作中随时注意吸取同志之长补自己之短，如此才能不断进步，万不能自满、自封。

晚间本拟进行学习，因老韩同志来家扯谈，加之两个孩子闹，时间就滑过去了。

现在感到时间对自己来说是最为宝贵不过，今后主要就是同时间竞赛。

教材中还有许多问题靠自修难以完全理解，应该请教他人。

1956.7.10　晴　星期二　南京军事学院

上午自修六小时，总感到效果不大。午后自修两小时，参加一小时布置工作。

今天室内气温达三十四度。

行政工作占去很多时间，特别蔡协理员集训后。

晚，进行政治经济学的自修——价值法则问题。

提醒自己，今后再不敢输时间了，工作中一定要兢兢业业做好工作，不能犯错误了。

给内兄、岳母各汇十元。

1956.7.11　午后雨　星期三　南京军事学院

今天上午炎热，室内气温达三十三度，无电扇，几乎难以办公。

考核两小时，自修两小时。

午后听解元副教育长传达人民代表大会第三次会议情况，内容极为丰富，当是最好的一次学习。

1956.7.12　晴　星期四　南京军事学院

今天终日自修政治经济学——价值法则问题。感到理论学习实属一个艰苦劳动，诚然，要想学好，断乎不是一日两晚之功，有赖于平素不间断的辛勤劳动。过去对任何一门学问都未做这样的打算和努力，这是过去不对，今后一定不能再重复了。

头发晕，晚间未用功，上街为孩子们买一个大蚊帐（放暑假，为他们准备的），顺便到旧书店买到两本书，甚为高兴。

书店老板说："你一定收藏许多书！"

我回答："是。"

这一方面是为阅读方便，另外亦由好奇心所致。

1956.7.13　晴　雨　星期五　南京军事学院

上午处理两件公务：王文海入党问题中关于参加教会问题，回答地方调查材料事。

阅第一部第一章教材。

给内兄和母亲写信。

摘阅《解放军日报》上有关货币问题的解答，阅读原子爆破后的四种杀伤因素。

午后听曹主任报告参加华东团登陆演习汇报，这是全国性的示范演习，我想这是非常重要的，里面产生一系列的新问题。而自己呢，战术素养太差了，甚至连基本知识都不足，在短时间简直是不可能赶上去。最好前途为参加学习，但是，我认为这是目前不可能的事情。

晚间布置工作，解决零星事情。

1956.7.14　时晴时雨　南京军事学院

上午参加训练部召开排课会议，感到中途退席不好，特别给同参加会议的宋教员影响不佳，今后宜改正之。

晚饭后找三个同志谈话，了解许多情况。

至今仍在学术上生疏，特别注意努力加方法。

阅读原子地形材料。

复习步兵团登陆演习汇报材料。

1956.7.15　半晴　星期日　南京军事学院

今天，利用时间处理了家务事情，帮助妻做个大的蚊帐，并为金芳、孩子撕些布料。在她雇到保姆前这些事情都很难完成（因为两个孩子一时也不能离开，转眼就打架并最容易出乱子）。我午间也未睡，到街上往返三次。今天还有一个很不好的地方，即对华军很不耐心，在她闹得我没有办法时动手打了两下。事后很难过。本来孩子很聪明，且有残疾，应各方面特别加以照顾，我也如同其他孩子一样地喜欢她。这样错误做法，很长时间留下了难过的心情。这件事情留下个经验：孩子在这么大——懂事和不懂事交际时期，应专门请一个保姆照顾，如此虽多花几个钱，但大人、孩子都有莫大好处，大人能不影响工作，孩子能照顾周到，不受刺激。因而，今后一定要在其他方面节衣缩食，雇请一个保姆专照顾孩子。

最近经验：在工作、学习、生活调剂上，每周假日要很好地休息，脑子得适当休息、恢复，下周就能很健康地进行一周的劳动，并且效果还十分良好。

今后一定要很努力地进行学术的研究工作。

平素多听同志们一些意见、反映，对工作来说十分有好处，对个人进步亦有帮助。

1956.7.16　晴　星期一　南京军事学院

上午考核张先知四小时，该同志讲得很努力，层次比较清楚。在听的当中精神不够集中，今后特别注意养成集中运用思维的能力，对于学术研究工作是很有意义的。

后两小时阅读匈牙利的一个关于原子条件下地形参考材料。

午后传达政治处关于开党员大会事。研究政治经济学复习计划问题。找个别同志谈话。

接赵文中同志来信，本月十八号他同华英即返回南京，很高兴。很长时间未见女儿，十分想念。

母亲未来信，不详近情，甚为挂念。难以决定返里问题。

1956.7.17　晴　星期二　南京军事学院

今天党日活动，终日参加党的小组活动，给予最实际的活的教育。同志们反映出来许多问题，对领导上来说，有官僚主义、主观主义以及政治工作不深入、不及时、不生动，在思想教育上软弱无力，说服教育不够，政治空气不浓，有的党员甚至感到生活不愉快，活动于低级趣味的事情，计较个人得失比较严重。

总之，这是非常生动的课程，我很注意听。

在工作中正派为好，不迁就错误思想和行为，不打击人，对是非态度要分明，对同志要大胆、诚恳从团结出发提出善意的帮助意见，并要很好学习他人之长。对自己要时刻从倾听反面意见出发，克服缺点，肯定优点，热心革命事业，勇敢地前进。

1956.7.18　半晴　星期三　南京军事学院

上午参加考试四小时，自修两小时学术。午后主持参观专修室讨论意见，大家提出了许多良好建议，充分说明每当进行一件工作，如时间、条件许可，都要广泛地征求群众意见，集思广益，有利于工作又可以防止主观。

午后赵文中同志带回华英，下班后急奔家中探视。华英长高长胖了，十分高兴。晚间又为其批注在八一学校的作业。

1956.7.19　晴　星期四　南京军事学院

上午同主任研究两小时工作，对一些问题看法上不同，或许主观一些。今后注意团结与斗争问题，这是一个问题的两个方面，必须统一起来。

午后参加组内讨论教学总结问题。

晚间解决指导个别工作问题，并同周伯照教员谈话（他申请入党问题）。

回复张现同志的信。

1956.7.20　晴　星期五　南京军事学院

上午参加行政小组听取教学工作总结。

午后同主任研究处理总结工作中若干具体问题。

晚间参加小组会，并同唐明海同志谈话。

今天气温达三十四度，很热。终日精神不佳。

1956.7.21　晴　星期六　南京军事学院

今天参加训练机关党员大会，听取党委书记工作报告。我感到太一般化，并且某些地方带学究式，思想性、战斗性不强。我对这次大会思想准备不足，大会时机选得不够适当。

午后进行三小时小组讨论。

1956.7.22　晴　星期日　南京军事学院

今年较比去年热。

终日进行小组讨论，晚上同余国华同志整理明天会议上的发言稿。

在工作上大众化、民主化、群众化比较好些，千万不可摆臭架子，同志们反映对大家的思想工作和接近上较好些。

1956.7.23　晴　星期一　南京军事学院

今天小组讨论一天，晚间整理发言稿。

1956.7.24　晴　星期二　南京军事学院

今天上午大会发言。有的支部代表发言很好，开门见山，针针见血，揭开内幕，提出问题。如此才能真正解决问题，提高觉悟，提高认识，从而提高工作效率，完成任务。

1956.7.25　晴　星期三　南京军事学院

今天是党的代表大会第五天。一天的发言又给我以实际而深刻的教育。

1956.7.26　晴　星期四　南京

终日听大会发言。发言都很实际，指出领导上深入下层不够，民主作风差，关心群众疾苦不够，个人决定多于集体讨论，缺乏群众路线精神，如此就阻碍了群众积极性的发挥。这一方面又给予个人以实际教育。

给母亲写信。接托儿所给华都的鉴定。

1956.7.27　晴　星期五　南京军事学院

今天听大家发言一天，对于自己在思想上有深刻而实际的教育。

1956.7.28　晴　星期六　南京军事学院

今天是大会发言最后一天，因为许多个人发言未完，延至晚八时十五分才完。最后几位同志个人发言，提出了许多重要问题，对于今后党的工作及大家的政策水平、思想水平、共产主义觉悟……都有实际意义。

另外，在选举问题上，对候选人的认真讨论说明大家对党委领导人选的重视。这个问题给自己以很大启示，我们一个领导者一定不能偏听，要多听，要多接近群众，多听呼声，多注意对实际问题的了解和解决，切实从我们工作中树立甘当人民公仆的思想。要从我们自己的工作中体现出"民为贵"的优良思想作风。

今天华都放假回来，很为瘦弱，在托儿所一定闹了严重疾病——可能为重感冒、肠胃病之类。

1956.7.29　晴　星期日　南京军事学院

今天休息。

午后为母亲购买些东西，并写信，托李楠同志路过家帮捎。

金芳对此不满，加以说服。

1956.7.30　晴　星期一　南京军事学院

今天上班，开始实行假期的半日制。上午主持支部大会，讨论尹立同志的转正问题。

处理零星事务。

对黄克宗未准假，背后有意见，荆再生来反映，回头合理予以解决。说明大众化的工作作风有好处，它能广泛接近群众，群众有意见可以随时谈，有问题敢反映，有助于克服官僚主义作风。今后特别注意树立此种作风。

今天同金芳谈，我们共同认为华都这个孩子很有主见。他平素一般不无的放矢，说话很有考虑，说出话很有意义。今天金芳不耐心（因为头痛）打了孩子，因而华都、华英都表示不满，而华英提出说不要妈妈（金芳），要个后妈妈，华都不表示意见。最后征求他意见时，他回答说，要。并且说得很肯定，轻易还不放弃他的意见。

华都昨天肠胃病犯了，一晚拉了两次稀，今天稍好些。

1956.7.31　晴　星期二　南京军事学院

上午第一小时到政治处开会——汇报大会后的反映，次两小时处理公务、阅读文件（历行暑期三小时办公制）。

1956.8.1　晴　星期三　南京军事学院

处理公务，阅读文件。

几个孩子闹得不可开交。

华京病，同金芳应诊。

1956.8.2　阴　星期四　南京军事学院

参加政治处会议，汇报党员大会后的反映。

午后处理零星事务。

1956.8.3　半晴　星期五　南京军事学院

今天上午参加干部部召开的关于处理部分旧军官转业问题的会议。

华京今天病愈，甚喜。

金芳这个人，今后要特别注意对她教育的方式方法，不然，将使家庭生活处于不正常状态中。

1956.8.4　晴　星期六　南京军事学院

上午，主持研究了基六期教学计划，布置了下周一的党日活动，并花出一部分时间装订了《解放军报》九十期。我喜于保存文件，这是我的固有特性。

午后到街上为孩子购买些零星用品。华英十分喜欢画画，今天特地买一盒蜡笔。今后宜特别注意培养孩子这种天然爱好。

到会一年来，大家感到能深入群众，民主作风好些，但是这不是主要问题，主要问题是如何掌握学术。

1956.8.5　晴　星期日　南京军事学院

今天精神不佳，同几个孩子在家玩，未进行工作。

上午韩玉奎同志来玩。

午后五时步办公室进修。

1956.8.6　晴　星期一　南京军事学院

今天为暑期中第一个党日。

上午参加党的小组会，座谈对党员大会的感想和认识。

午后自修地形文章。

1956.8.7　晴　星期二　南京军事学院

上午参加训练部的会议，唐教育长传达关于讨论实行八小时训练问题。十时结束。返回后，向李主任汇报这一周的工作情况。

后到街上找保姆。因金芳在此问题上不能完全自理，必须抽出时间相助，对我的工作影响实在太大了，这种情况不改变，将来实在不堪设想。

晚间准备到北京参观事。

几个孩子打闹，每天十一时他们入眠才能就寝。

1956.8.8　晴　星期三　南京军事学院

上午参加支委会议，讨论工作及对某些旧军官转业处理问题，历时四小时。

午睡亦未睡好，为华英准备行程。华英未玩够，实在不想离开。

我深感做父母之难，需要在才学上、共产主义道德品质上不断提高，以模范行动教育和影响孩子。

午后清理文件，交代工作。结束了地形篇文章的抄录，准备好暂离职参观的工作交代。

明天八时三十分登车。

1956.8.9　晴　星期四　津浦线上

沿途观看农作物，苏北、山东、河北南部都不很好。今年这些省份都歉收，原因是水灾，报上登政府已拨出款子救济。

农民生活都有改善，沿途许多村庄都建了许多新房屋，农民都在田野里劳动着。

天气很热，车上气温达三十八度，热得华英不想吃东西，只吃两顿饭。

九时到北京站，倾盆大雨，因等车关系到十时许才达华北招待所（海运仓），时已疲劳不堪。华英近两天精神紧张未很好睡眠，但还能坚持下去，不简单。

1956.8.10　半阴　星期五　北京海运仓

上午八时到广安门外军委工程兵仓库参观原子条件下工程保障展览，历时四小时，给自己以深刻的、形象的教育。

晚上张现同志来玩。

1956.8.11　晴　星期六

今天休息。

上午带华英到八一学校小学部一年级报到，交半年学费九十九元。晚间带她玩。

同张现扯到十一时返回。华英已经疲劳不堪。

张现同志未予以提拔，感到卡得有些过头。

今天心情很乱。

1956.8.12　晴　星期日

上午带华英参观王府井新落成的百货大楼。今天是星期日，市面上特别繁荣，远不同于一年前的北京。社会主义建设真是一日千里，什么都在变。

到商场买了一副（四扇）广东绣和一副（四扇）西湖制风景绣花，特别如意。

华英跟阿姨睡眠，甚熟。

和同志们的接触中深刻感到，自己今后下定最大决心摆脱事务主义，致力专攻学术，以便更好完成工作。

1956.8.13　晴　星期一

上午六时出发到羊坊参观化学战，内容异常丰富，在学习现代军事科学概念上给予深刻的启示。但感到时间短，有些走马观花。

返回已下午三点，稍息，洗漱毕即看华英，她此时已睡醒，阿姨说她已睡了三个小时。我到她床前，她已醒，抱过她。

晚，带华英到中山公园、天安门广场玩至十时返。

1956.8.14　晴　星期二

今天上午应华英要求带她玩耍，但一直是不快的。不断地要求不到八一学校。我在此时很矛盾。留下吧，不到七周岁孩子留于北京，她精神上难以支持下去，而为她的长远利益还是留到北京上学为宜。最后还是决定带她到八一学校。花了一元五角雇一三轮拉到八一，沿途孩子欣赏北京市的繁荣情景，要求我同她做不间断的谈话。我这样做了，孩子希望走的时间能尽量地延长，使她迟到学校。终于在一小时半到学校了，她不进去，到了幼稚部不脱离我手，揪紧衣襟。

王主任出来了，她说，正值假期，还是带回为宜，因为学校教职学员均回家，除少数几位教员同几个烈士子弟外孩子们均回家，衣食均不方便，无专人照顾。张老师插嘴说，因无小朋友玩，说不好会闹一场病。这句话顿时打动了我，立刻决定带回去，不惜财力精力，于开学时再送来。这样我就留下了她的行李，向刘、边校长及张老师告别，又带她回去。华英立刻变成笑脸。

这一周孩子旅行，精神消耗很大。实践得出这样一个结论：假期一定要接孩子回家玩，开学送去，大家都去，很快地会把个人情绪变成集体情绪。

孩子是可爱的，人民的事业是可爱的，为孩子的幸福，为人民的事业而不息地工作，是我们天然的义务，只能做好，不能做坏。

男同志们都喜欢逗她玩，但，她差不多每次都拒绝了，并且她发生了异常厌恶的心理。华英不喜欢一般男同志的玩耍方式，喜欢阿姨的玩耍方式，但是，这里阿姨太少了。

我的全部精力都是照顾华英，晚带她参观天安门前快要落成的人民英雄纪念碑，并游玩中山公园，参观了绝技艺术雕刻。

1956.8.15　晴　星期三

上午八时参观原子能和平利用的展览，天气很冷，所着南京夏服难以应付，大家都冻得打战。

感到自己的学问实在太差了。过去输了时间，今后继续加紧努力，这是我的信念。

午后，我带华英吃了馄饨，我理了发返回，她少睡即出发，五时从前门车站离开了北京。

首都同一年前大不相同，就是现在更加繁荣，高达数层的楼房不时出现，新的街道不断加宽、增修，衣食行的排队现象更加严重。

1956.8.16　半晴　星期四　南京

午后二时五十分达浦口，四时到家，华都十分盼望我回来，华英精神十分愉快，情绪高涨，深感家庭之乐。

1956.8.17　晴　星期五　南京

气温下降到二十六度。

上午办公，了解一周工作进行情况，同李主任交谈。

晚，自修政治经济学。

1956.8.18　晴　星期六　南京

上午四小时办公和自修。

1956.8.19　阴　星期日　南京军事学院

上午十时观看意大利电影《希望之路》，使我们对资本主义国家工人阶级所受压迫和痛苦有更深刻的了解，并且事实再次为我们清楚地指出，腐朽的资本主义制度在哪里不消灭，哪里的人民就不能得到真正的解放。

午后利用两小时阅读完中宣部韦同志《关于目前时事问题的报告》。

晚间，烦于几个孩子的吵闹，而金芳在家务治理上不力，引起争吵，不快已极，今后设法改进。

1956.8.20　阴　星期一　南京军事学院

今天是暑期中最后一个党日，按支部计划进行。我参加非党同志座谈会，他们反映了一些我们党生活中一些很实际的缺点，对改进今后工作益处甚大。

1956.8.21　晴　星期二　南京军事学院

上午阅读政治经济学，中途处理问题和接洽谈话，闲扯占去若干时间。

午后到街上办理一些零星事又占去几小时。晚间几个孩子闹，华都、华英两个追到办公室玩闹，顽皮得不行。真是一则以喜，一则以烦。

1956.8.22　晴　星期三　南京军事学院

上午参加研究四个教员的转业鉴定，会后由自己再加以整理成稿。

十时后相继参加政治处开会（协理员离职）。午间到家，几个孩子合伙闹，难以休息。寒暑假孩子放假，格外不能休息。

1956.8.23　阴　星期四　南京军事学院

上午起草三个转业教员的转业鉴定，为了全面分析，写出中肯、全面的鉴定，特召集有关人员做补充。

午后拟定自修政治经济学复习题，华都、华英前来闹未自修好，两个合伙闹，顽皮得不行。他们常常要求讲故事，不论何时，只要给讲故事总是聚精会神地倾听。华英会打毛衣。

晚间未按照计划进行工作，韩玉奎同志前来扯些家务事，至十时。

部队变化很大，韩的介绍给予自己极大影响。

1956.8.24　晴　星期五　南京军事学院

上午参加政治处会议，党委书记唐延杰报告大会总结方法问题，后参加本支部讨论。

午后又参加小组之讨论。

1956.8.25　晴　星期六　南京军事学院

上午阅政治经济学，午间孩子闹未午睡好，精神不佳。

晚间汪家振同志前来玩，几个孩子闹，客人走后打了他们一顿，才稍好。

提出一个严重教训：父母一定要重视家庭教育，万万不能姑息迁就。

华英鼓动华都说：爸爸回来咱们故意同他闹。果然，每当下班返回，见面先要东西，你还未回答完或回答稍不如意就跺脚发脾气大闹大哭，过去对此迁就了，发展下去势必闹成娇生惯养，不知天高地厚，将来前途不堪设想。今后一定要注意改变这种方式方法，重视其教育。

接萧大鹏同志来信，准备回答所要求，今后一定要保持通信关系。

1956.8.26　晴　星期日　南京军事学院

上午在家整顿房子，劳动了四小时。

之后到办公室处理点零星事情，拟定下月一号到三号送华英到八一学校。

1956.8.27　阴　星期一　南京军事学院

今天上午两小时阅读党委关于训练工作同科学研究工作的意见，教育意义甚为深刻。

午后自修政治经济学复习题，并为送华英事而写请假报告。

1956.8.28　细雨　星期二　南京

今天上午参加支部研究党员大会总结初稿，历时四小时。

送华英入学，准备同曾威同志联系合送小孩事。

今天精神不佳，昨晚休息不足及华英啼哭未午睡好所致。金芳对此组织得十分不好，经常影响我的休息。

午后办公，研究修改转业干部鉴定，处理教学中若干问题。

同黄克宗订处理文件手续、办法。今后在工作中一定要设法摆脱事务主义圈子。

1956.8.29　晴　星期三　南京军事学院

近日气温适宜，工作、学习均甚为舒适，应加紧钻研学术，因而虽仍处暑期半日工作制，实际上实行的是八小时工作。

午后进行政治经济学的自修，晚间又加了班，到十时。

学到十时，回家又为华英剪些报上的画。今天劳动过多，脑子又有些发痛，因而入寝良久未入眠。

完成送华英的入学准备工作。华英在家待着，直陪到工作完同睡，这是同华都一个共同的特点。

1956.8.30　半晴　星期四　南京军事学院

批阅四个文件。

同李楠谈话。他传达了母亲的近情，母亲的心情是矛盾的，想来南京而离不开家。

午间回家吃饭未吃好，反而吃了一肚子气。今天蒸莜麦面吃，华英不知请对门邻居，金芳强叫来，结果华英大闹而特闹，大家都未吃成，骂了孩子一顿。保姆打饭时许不返。华京、华军闹得乱了营。

今天这件事情影响我半天头痛而工作不下去。考虑不出适当的方法。这个人太庸了，还有一股子拧脾气。华英也类似有这种拧脾气。晚间，金芳不三不四地讲一通，令人不快极了。

1956.8.31　晴　星期五　南京军事学院

上午，自修政经学，参加会行政会议，处理业务。

午后，自修政治经济学，准备出发。华英思想打通，精神愉快，因而自己说要去八一学校。

1956.9.1　晴　星期六　于津浦线上

晚八时半到北京。

昨天晚十时乘车，送华英入学（八一学校），这次入学精神较为愉快，饮食正常。

到北京学院办事处，怕明天不能返回，随即请该处给买车票。

孩子跟随，精神兴奋，同我大体一样的作息，因而她的精神很疲劳。怕她患感冒，服几片预防感冒药。

1956.9.2　半晴　星期日

华英七时起床，八时带到街上吃早饭，后乘三轮赴八一学校。今天学校大不同前次，学生连连不断地入学，家长排队在交款。为她办完手续，检查完身体后，交华英给杨爱华教员，这时孩子们（华英在幼稚部时的小朋友）都来亲切地喧闹，唯独华英在流眼泪，要求离开，经解释随队去吃饭。

当我最后给她搬去行李，办完手续，要走时，华英却在大门口啼哭，又带回交给常教员，解释一番才脱离。

我此次亲自交代、处理，十分放心。这个孩子现在又识若干字，在乘车途中不断告我两街旁字号的字，孩子小心谨慎，用功，喜爱画画。

到同仁堂为李主任问药，后到前门购些零用品，于夜十一时五十分乘车返南京。

北京日益发展，其迅速程度，真是日新月异，可以象征我们祖国的伟大前程。

各方面都呈现繁荣景象，如乘车，同样地供不应求，想买个睡铺，需五日以后才能买到，因而我就急忙请办事处为我买个硬座，沿途因天还不很热，尚好。

1956.9.3　半晴　星期一　于津浦线上

下两点到家，精神很疲劳。

405

1956.9.4　阴　星期二　南京军事学院

十时上班，处理公务。

接刘彦麟来信，迁移甘肃，须帮助安家费用。念昔日其父之助，今天不得不相助之。

午后听陈为试教"军队战斗任务的地形保障"。

晚间，因雨未进行工作、学习。

1956.9.5　半晴　星期三　南京军事学院

上午参加讨论试教后教材问题。

午后，同主任研究现行工作计划、步骤诸问题。

午后同主任研究若干工作问题，并记北京几日的日记。

晚间因脑子有些发晕，故做两小时些体力劳动——到街上理发、收拾房子、擦车……

今后注意把脑力劳动同体力劳动恰当地结合起来，以提高工作效率。

1956.9.6　晴　星期四　南京军事学院

上午参加院政召开的政治工作会议，布置学习五大文件。

午后参加党员大会听取书记总结报告。

其余时间处理一些日常公务。

晚间，给刘彦麟表弟写信并给弟妹汇钱十元，虽然现在花钱头绪太多，开支不过来，但哪一项也少不下来。我国的传统，大义不得不顾，人情不得不尽。

晚间回信给舅父、彦麟兄妹二人，告立昌注意书报勿受潮事。

昨晚睡眠良好。

1956.9.7　晴　星期五　南京军事学院

今天上午阅读完战役系某学员《关于学院训练方法问题的建议》，我认为很好，很有参考价值，给我很大启发。

现在还未上课，应该广泛地积极地从各方面收集授课的经验，积极地备课，真正彻底地嚼烂问题、搞透问题，辅之以良好方法去授课。

在顺序上，应该先准备大课，后准备小课，先弄通原则问题，后弄通细小问题，加重中心的理解，然后才能达到全部贯通。

1956.9.8　晴　星期六　南京军事学院

上午阅读文件，处理行政事务同外来几个人的调查材料。

半年来协理员受训加之工作很不得力，因而把自己搅入日常行政工作同政治工作圈子里，大大影响到业务的钻研。是个较为严重的问题，得注意改进。

午后参加支部委员会议，由书记报告半年来支部工作。

1956.9.10　晴　星期一　南京军事学院

上午参加支委扩大会议。

在党的会议上应该把问题是非弄个明白。

素日在工作中应该积极地进行思想斗争，开展批评、自我批评，只有如此，我们的工作才能顺畅地健康地进行下去、发展下去，在同志们中间才能真正地从政治上团结。否则，弄得最后不堪交代矛盾百出时，工作已经受损失，同志间也不团结。

午后杨先烈临时通知去听钟副政委的学习五大文件的动员报告，给予自己很大的启发和教育。

晚间，同王子诗同志谈话。

对同志要关心，要亲切。

1956.9.11　晴　星期二　南京军事学院

上午进行四小时的支部工作检查，大家又发表了许多意见，这些意见代表不同认识和各种水平，同时也有正确与不正确之分。但是它为我们工作上提供了许多宝贵材料，创造了有利条件。因此，我特重视这样的会议。这也是联系群众、改进领导的一种好方法。

午后四小时阅读中央文件。

晚间又进行四小时支部工作检讨，十时半休会。

1956.9.12 晴 星期三 南京军事学院

上午进行四小时支部工作检讨。

午后听步兵营进攻战斗课。听课还有些不集中，今后要注意改正。

晚间又进行两小时支部工作检讨，完满地结束。

对个人缺点进行全面分析后将这些改正意见拟定出步骤，充实到工作、学习计划中。

今天共劳动达十小时许，因而头有些发晕。

暑期以来，南京天气炎热，曾排在休假之内，但仍然未休成假，并且每日劳动都在十小时以上，可喜的是身体还好。

1956.9.13 晴 星期四 南京军事学院

上午考核康一春一小时课。

自修步兵营进攻战术。

处理几个工作问题。处理工作要做到周密调查、全面考虑，符合实事求是的精神。今后特别注意汲取这一个经验。

晚间阅读《论对抗》一文，很值得研究。

装订了最近的书报。我是善于保存书报的一个人。

期望我党八大的开幕。后天报纸就可以看到八大开幕的消息了。

1956.9.14 细雨 星期五 南京军事学院

今天花六小时自修营进攻战术原则，并着重考虑研究主攻方向的问题。军事是那样生动而极为丰富的一门科学，过去未曾得到良好的学习机会，加之在工作中自修不够，因而军事科学水平很低，十分遗憾。

在同事中，主任对自己工作帮助很大，而蔡协理员简直是有名无实，并且把他的工作全加到自己头上，因而又要以大部分时间来搞政治工作，大大地影响对业务的钻研。

这是革命工作，丝毫不能推诿，并且还要做好，今后需要讲究工作方式方法，需要科学地支配时间，还要加上对工作的努力。

我们革命工作只要把思想方法搞好了，什么工作都能做并且什么工作都能做好。在工作中只要虚心，深入群众，倾听群众意见，总结经验，就能不断地提高自己的政治觉悟、工作能力、思想水平，并且还能密切同群众的关系。

所以，我认识到，革命简直是一个乐曲。

下班的时候，我以最愉快的心情，并以对工作对学术的积极努力来迎接明天我党第八次代表大会的开幕。

1956.9.15 晴 星期六 南京军事学院

上午自修营进攻战术。

午后听汇报，处理数起公务，花四小时。

今天欣闻我党八大开幕盛况，有许多国家兄弟党代表团参加会议。

深入群众，群众给领导提了许多意见，要求提高领导水平。我会群众普遍要求进步，这是非常好的现象，如何更好地适应群众的这种正当要求，就是我们的重大责任。

在什么时候都不能满足于工作现状，如果满足，势必阻碍工作的进展，这一点今后在工作中宜特别注意。

1956.9.16 晴 星期日 南京军事学院

今天星期日。华都纠缠，要求到长江边去观轮船。午后二时赴浦口接顾问爱人，华都对轮船发动机部分十分仔细观察，在往返中对汽车司机动作亦在仔细观察。断定这个孩子将来十分喜爱机械，并在这方面有很大发展，应特别注意加强培养。

阅读今天大会简报。

晚，同李主任研究明天总结意见。

金芳处理家务经验差，帮助不够，指责多，今后值得注意。

1956.9.17 晴 星期一 南京军事学院

今天为党日，竟日以十一小时进行支部改选。大会充分发扬民主，大家提了些很宝贵的意见，关于工作方针方面和群众呼声方面的意见，我认为都是很正确的。我过去对这些不够明确。另外对个人亦提出很多中肯的意见，如到会一年对业务钻研还不够——可以说十分不够，处理问题不够及时，积压文件，对保密制度做得不够，家务事情纠缠多些。这些意见都很宝贵，今后得立刻改正，并纳入计划之内。

此外，工作中存在老一套工作方法，千篇一律不看对象，因而有些问题的处理并未收到预期的效果，这就是未能对症下药、教条地进行工作的结果。

另外，今后帮助和鼓励金芳搞好家庭生活，使得自己完全把精力用于钻研业务和学术工作，否则势必完成不了上级给予自己的任务。

1956.9.18　晴　星期二　南京军事学院

上午听取汇报（团的），初步研究非党军官授军衔问题。

午后抓紧时间听了两小时步兵营进攻战斗。

今后在工作中讲究计划性和方法，特别注意善于利用客观条件。

晚间举行会议研究对旧军官评衔问题。

阅读八大文件至十时许，头有些发晕，今后要调剂用脑子。

1956.9.19　晴　星期三　南京军事学院

上午阅读本会行政总结草稿。

开支委会议讨论旧军官评衔问题、支部分工问题，并通过自己任书记。今后特别注意时间的科学支配和计划性。

阅读八大文件。

午后，布置动员旧军官评衔会议。

晚间早回家欢度中秋节。

1956.9.21　细雨终日　星期五　南京军事学院

开支委会。参加干部部召开旧军官评衔会议。午后布置若干项工作，处理几项文件，接受同志们所提意见，迅速处理文件。

1956.9.22　细雨　星期六　南京军事学院

今天上午同主任到野外考核目测要图作业四小时，由于自己未能亲身体会过，因而不够深刻。

回家之后拟订最近期间业务学习计划，自修第一章，准备大课。

自修第二部教材。

准备第三部教材，并准备第一章大课。

复习第一章。

午后自修两小时目测要图课。

1956.9.23　雨　星期日　南京军事学院

上午冒雨到珠江路为孩子买些过冬用品，返回，吕德胜夫妇来玩，至晚七时别。为金芳整理《中国青年报》。

人生时间甚短，应科学地支配时间，过去注意不够，计划不周，影响学术，工作上成就甚差，今后引起注意。

无端占去别人时间是最不好的。这方面也应引起足够注意。

1956.9.25　晴　星期二　南京军事学院

今天开了八小时会。

原准备在支部大会上发言，因时间没有了，就算了，留待以后。

午后四小时讨论了几个地形军语。自己对这方面修养甚差，今后致力于军事科学的学习。

卫生处深入调查干部的健康情况，经过申述后，提醒自己一点，今后应该经常地有意识地注意身体的营养和锻炼及卫生情况，否则不足以坚持长期的——可能的战争情况——革命工作。

1956.9.26　晴　星期三　南京军事学院

上午参加支部委员会议，讨论旧军官军衔问题。

午后布置五大文件的学习问题。

晚间又补充白天未完成的工作，批了两件文件，阅读今天报纸，记日记等。夜晚给母亲写信问安。

1956.9.27　晴　星期四　南京军事学院

上午到野外考核作业四小时，王文海确实讲解清楚，作业指导细致，说明该同志辛苦的劳动效果良好。

午后处理公务一小时，阅读毛主席《改造我们的学习》一文，其现实意义仍然十分深刻。说明毛主席的思想是非常远大的，今后一定要抽时间很好地进行自修，这步苦功夫不得不下，否则断乎提不高觉悟，做不好工作。

照例晚间深入群众。同康庆同志谈话，关于个人恋爱问题的处理。

到街理发。

阅读今天的《人民日报》。

1956.9.28　晴　星期五　南京军事学院

上午以两小时参加修整专修室以备外宾之参观。

明天工作：

一、布置十月份行政工作；

二、布置十月节的工作；

三、上报军衔意见。

1956.9.29　晴　星期六　南京军事学院

上午，计划处理本月结尾工作，并到青干部汇报军衔评定情况，处理研究工作计划。

午后连开两个会议布置十月份工作及国庆节前后的行政工作。

进行工作既要提纲挈领地抓住主要环节，又要及时进行具体的督导检查，反对官僚主义的工作方式。此次布置工作即按此方针进行。我想这种做法会是行之有效的。

返回家后，几个孩子围起来闹，有时为一件东西或一种食物而不遗余力地争夺，实在使人难以处理，甚至常常把你弄得精神疲惫。这种情况常常影响身体的健康，希望金芳能协助我解决。

1956.9.30　晴　星期日　南京军事学院

今天星期日，休息。午后到街上旧书摊购买到几本旧的军事参考书，甚幸。

晚间同华都为华英剪一些各国画片，因为她十分喜爱画画，借以有所帮助。

1956.10.1　晴　星期一　南京军事学院

今天是国庆节，人们很早起床，欢庆这个伟大的节日。

我骑车带上华都到处去观光，他不断地问我许多问题，使我了解到这个孩子的求知欲很强，十分高兴。

1956.10.2　晴　星期二　南京军事学院

上午同金芳母子三人到同新街观光国庆节盛况。果然到处都有人满之患。怕孩子小抵抗力差而感染上疾病，请他们先返。我准备选购与装订两本《八一杂志》而于午后一时归。

午后阅读日报。

1956.10.3　晴　星期三　南京军事学院

第一小时处理公务，之后到鸡鸣寺参观科学院举行的地理及历史展览，给我以十分深刻的教育。

1956.10.4　晴　星期四　南京军事学院

上午备课，听取汇报教学情况，同干部助理员研究军衔问题。

午后参加政治部召开的支书联系会议，并部长布置学习五大文件。

现在，我又进一步体会到为革命而工作而学习，实为人生的最大乐趣。

1956.10.5　晴　星期五　南京军事学院

今天上午四小时到野外考核尹重教员的行军路线侦察图课。该教员讲解清楚，收效较好。首先自己要完全精通而后教人，再加之良好的方式方法，才能收到良好效果。近年来我已完全改变过去作风，做事、讲话、讲问题，十分审慎，不轻易开口，出口就不容易收回。

一切问题都要了解情况，分析情况，找出问题的症结，然后对症下药去设法解决问题。

午后，阅读完《反对党八股》一文。参加组内讨论。

晚间，头发晕，骑车到街上一遛，稍微好转。

今天接母亲来信，问华英情况，即行回信。

1956.10.6　阵雨　星期六　南京军事学院

上午到野外考核王子清写学图课，讲解作业均很好。亲自体会，证实了一个真理，自己亲身经历一下，体会就是深刻，说明我们共产党人注重实践，尤其重视理论同实践密切结合，其道理即在此。今后在革命工作中，着重这一方面的努力，随时警诫官僚主义作风。

午后，处理日常公务，接谈政治助理员研究迎接苏加诺总统来时参观专修室的保卫工作、外面来人调查材料工作、布置五个文件学习工作等。

下班前同李主任商定下周工作日程。

1956.10.7　雨　星期日　南京军事学院

阅报。

选了自己做本单位支部书记。计划加强这一工作，进行一系列的改进。先整顿组织，加强组织生活；第二步加强思想教育和思想领导工作；第三步加强对教学的保证工作；第四，发展组织工作。

1956.10.8　晴　星期一　南京军事学院

今天为党日。上午准备午后会议，检查专修室，阅批文件，阅读地形教材。

午后，前两小时主持支委会议，讨论旧军官评衔问题，次为通过下半年支部工作计划事。后两小时，主持支部大会，布置本月党的工作：根据现状，特别着重思想建设。晚饭后到托儿所及白下路医院了解华都病情。

1956.10.9　半晴　星期二　南京军事学院

到专修室演习接待工作。当教育长前来检查预演时，个人未做好。对任何一件事情都不能马虎行事，并且在事先要做充分准备。

午后准备零星事情，协理员的一些工作都堆在我身上，实影响工作进行，不快。时间对人是太不留情了。收集政治学习（五个文件）情况，准备明天向政治处汇报。

令人感到最大的一个苦恼，无暇于学术研究工作。

1956.10.10　雨　星期三　南京军事学院

上午七时，即冒雨列队欢迎印尼苏加诺总统。因雨持久而将礼服打湿，但完成党和国家交给的政治任务还是愉快的、高兴的。

午后修改教员的军衔鉴定，处理公文，同主任交谈工作意见。

晚间同刘杰同志谈话，从谈话中进一步体会到了同群众联系、教育群众和提高自己水平的一致性。

1956.10.11　晴　星期四　南京军事学院

今天终日修改部分同志的军衔鉴定，起草军衔意见，中间召开临时支委会议，复查张行泽军衔。

在工作中不可过于急躁，冷静些，多了解些周围情况，全面分析处理问题，要比较稳当些。

午后正在办公间，突然接到李海同志来信称：华英于六日晚上突然发生急病，发烧抽风，病势十分严重，当夜即送来陆军医院，并派一护士照顾。边校长是夜亦来看望。看到信后顿时办不了公了，心中十分焦急。孩子——这个不满七岁的孩子，在这个时候那是何等痛苦啊！十分难过，马上回宿舍将此情告金芳。

这时我心情很乱，不知如何是好。接回吧，又想为她长远利益起见，不宜脱离北京和八一学校；又想她很小，小小的心灵哪里能经得起疾病和意外之事情发生呢？

给李海、张现同志写了信，请他们告其详情和病的发展情况。

晚间到白下路医院探视华都。他向我提出了许多要求，以理说住了他，所以他不跟着我回家。这个孩子自私，这一点我不高兴，为他今后担心啊。这件事情如此：我给他送了香蕉和蔬菜，同室一起住三岁许的小朋友为了想吃他的香蕉而主动送给他两块糖，他接受了，并且非叫我吃一块，但叫他送给小朋友一个香蕉，他坚决不给，说他的两块糖少，而我们的香蕉大。怕人家吃，自己吃了一个后，立即将香蕉装入口袋送到床前小柜子里，说叫我明天再买来如此大的两块糖还给他。这种事情不仅这一次，这是受到社会的、家庭的影响吗？对他发展非常不利，今后特别注意加强对他的思想教育。

1956. 10. 12　星期五　南京军事学院

今天南京初寒，室很冷。

上午修改鉴定，同主任研究教学总结事，阅读教材。

午后准备南斯拉夫军事代表团参观事，修改鉴定稿，处理零星公务。

照例晚间写了日记。

对李主任，我认为他是一个诚恳、热情、直爽的忠于革命事业的好同志，就是方式注意不够。

1956. 10. 13　晴　星期六　南京军事学院

上午参与接待南斯拉夫军事代表团参观地形专修室后，借机陪着参观了中共党史及海空炮专修室，这是一个良机，增长了很多知识。

午后修改完毕鉴定稿，处理完本周公务。

晚间到医院探视华都。

1956. 10. 14　晴　星期日　南京军事学院

上午十时到医院陪同华都玩耍两小时，他带我去看鱼池、球场等，并介绍说阿姨如何说他、限制他活动，并对他关心照顾不够。回告金芳后，她顿即打电话告说可另换一位。

午后同郑教员逛小书摊，准备买一部《孙子兵法》，另买了几本杂志，准备为金芳找本《中国妇女》，并为其购草纸、红糖，近两小时，走四条大街均未逞。她平素无计划致如此狼狈。提建议，她尚不高兴。可见她接受问题太慢，遗憾！

1956.10.15　半晴　星期一　南京军事学院

上午唐教育长召集汇报外宾参观经验。今后加强军事外交活动。其间阅读富兰克林小说。我们共产党人的任务，就是时刻虚心学习，不断地随着时代前进。

午后阅读报纸。

1956.10.16　晴　星期二　南京军事学院

为岳父母汇款二十元。年老无靠，抚养为当然所承担之义务。

上午前三小时参加干部部会议研究评衔问题。午后复习教材，阅读一些资料。召开小组长会议，了解支部改选后一些遗留问题。

了解情况，处理问题，本身就是一种学习和对自己的一种教育。

晚七时半到医院探视华都，医生称于本月二十号再做一次检查，如果没有什么，于下周即可出院，其肝、脾脏均正常，饮食、精神均良好。

1956.10.17　晴　星期三　南京军事学院

今天上午到野外考核几位教员的目测要图课。

午后处理公文，参加组内学习、五大文件讨论。教员老何水平不高，翻来覆去在那几个问题上打圈子，提不高认识。今后加强对他们的教育。一个人如果不在政治上及时提高自己，很容易变成一个庸人，到那时就很可怜了。

准备明天炮兵实弹射击见学事。

1956.10.18　晴　星期四　南京军事学院

今天终日到汤山见学步兵师进攻、炮兵实弹射击。由于没有预习及阅读有关材料，因而并不十分深刻，这是今后见学的一个经验教训。

晚间利用时间探视了华都，他精神良好，在门口接待室等待我去看他。

1956.10.19　晴　星期五　南京军事学院

上午四小时听完陈副院长传达八大的精神，我听到这个非常真实而具体的报告后，受到深刻的教育和大大的鼓舞。

午后自修业务。

晚间开会研究教员半年中教学优劣情况，到十时半。

1956.10.20　晴　星期六　南京军事学院

上午参与训练部召开的会议，研究接待印度访华代表团事宜。

午后又相继讨论，并利用时间参加本会李主任总结半年工作。

晚间向孙宏发布置专修室工作，准备参观。

去医院探视华都。

1956.10.21　晴　星期日　南京军事学院

今天上午参加训练部召开的关于接待印度军事代表团参观的会议，根据中央指示：大方、诚恳、友好、热情。依昨天在总高参观情况，有大国派头，不够虚心。应特别研究如何符合中央军事外交政策的精神。

午后办了几件重要事情：

一、到梁妈妈那里，请给华英带去些东西，请她探视孩子病情。

二、到医院探视华都病情，医生称再住一周即可出院。

三、到升州路以十六元买了五十本中式装订册作为日记，如此可节省个人很多时间，很满意。

体会到，善于在工作学习中抓紧客观条件，有很重大的意义。

另外在旧废纸店中又买到自己所想阅读的毛主席在抗大时的哲学演讲稿，甚喜。

金芳常责备我买书为多余，上街老地方——书店，这是由于她的文化低，知识差，不能体贴我，在学术上不能帮助我。

1956.10.22　晴　星期一　南京军事学院

今天上午忙忙碌碌布置迎接印度访华军事代表团，接着主持开行政会议，总结这个时期工作，主任做报告，我做了补充。午后参加讨论。

晚间向小组长布置了救灾调查工作及明天选举人民代表工作。

过去在谈话中表示自己意见过多、过早，多听他人意见不够，这是今后要严加克服、改正的。一定要虚心多听取他人意见，充分研究分析。当自己发言时，一定要从原则出发，十分慎重有分寸，同时又要从实际出发，密切结合具体情况，以对方乐于接受的方式方法出现，这是十分重要的。

1956.10.23　晴　星期二　南京军事学院

上午自修业务两小时，后两小时听取汇报。

午后同主任研究工作，主持本室的基层选举（产生两名代表）。晚饭后到医院探视华都。

他照例在门口等我，见面首先责备我昨天不看他（他要求每天去看他，而医院规定隔日才能看），接着介绍说他会钓鱼，今天钓了一条鱼，是借人家的竿子，阿姨说确实是钓了一条鱼。

这个孩子办事非常积极认真，好钻研，所喜欢的事情，情绪十分高。我对他这种钻研精神十分满意，抱有很大希望，将来能成功处便在此。

另外，罗阿姨说下周一即可出院。

1956.10.24　晴　星期三　南京军事学院

上午到野外考核（蒋庙—燕子矶的行军路线侦察图，代佑火教员）。

午后，参加党小组会过组织生活，并进行自我检讨。

午后小组会期间突接张现来信说华英病情快好了，一两日内即可出院，大喜。觉得孩子单独在那里，精神十分寂寞，又想接南京——为了眼前利益，又想仍在北京——为了她的长远利益，究竟何去何从，一下子难以下定决心。初步措施，今后多给孩子写信为宜。

1956.10.25　晴　星期四　南京军事学院

今天上午四小时到野外考核代佑火教员的行军路线侦察图课。午后两小时自修业务，两小时参加一组行政小组会议。最近深刻体会到我们会领导方法不够艺术，处理某些问题欠妥当，引起一些意见，加上其他一些工作方法有些不够科学，造成被动。几个月来忙于开会，大好时间呀！十分可惜。过去了解情况不够，提意见少，也坚持少，今后非改善不可。作为一个领导干部，在工作中首先是提高领导水平，其次要全面分析问题，稳健地处理问题，言行一定要审慎。

晚间到医院探视华都。医生决定他星期一出院，他要求先回家住几天，因为几个星期没有回家了。近日说话口音又变了，跟罗阿姨学到几句浙江话。

1956.10.26　晴　星期五　南京军事学院

今天一天又生活在会议中。上午听汇报，谈问题，并抽出时间参加小组会议。

1956.10.27　晴　星期六　南京军事学院

今天上午主持全室学术讨论会议，决定第二部教材修改方针。

午后同于海涛同志谈话，把工作计划往后拖了。遵上级政治机关指示，布置了防范匪特分子捣乱事宜。

晚间到医院探视华都，孩子腻了，十分想出院，说什么也不想继续住下去了，说下星期一出院。

1956.10.28　晴　星期日　南京军事学院

今天这个星期日过得不好，毫无成果。上午九时到午后三时，上街为金芳买呢料，简直把大好时光虚度了——不快。

返家后甚烦，因而对华军态度不好，并打了孩子一下，后十分懊悔。孩子残疾，一贯贯彻特别优待方针，今发此错误举动，真是不该，不该。我最爱子女，素很少指责。

金芳不求政治上进步，不求管好家庭，带好孩子，教好子女，现又羡慕城市生活方式，对我实在帮助不大。为此实令人不快。

不能设想，在工作中不犯错误不发生错误，问题在于在工作中、学习中、生活中时刻警惕，随时反省，一旦犯了，决心纠正，更为重要的是不断地学习，力求从思想水平上提高，从基础上克服那种主观、官僚、自满不致错误发生。

1956. 10. 30　晴　星期二　南京军事学院

今天上午自修四小时行军路线侦察图。

午后观看三个苏联原子条件战斗防护片子，颇有实际教育意义，晚间又观看两个，共五个片子。

于海涛同志传达政治处指定为我军三十年写一篇稿，惋惜以前丢掉了在战争的日子里收集的可贵的材料。

又于熄灯后阅读何香凝所写的回忆孙中山先生的文章，对我启发很大。伟大的革命家毕竟是伟大的革命家，那种舍身为人民的精神永远值得学习。

在我过去革命工作中，阅读人物传记对我的教育很大，今后宜进一步加强。我在这方面也很有兴趣。

1956. 10. 31　晴　星期三　南京军事学院

今天上午听汇报，准备下午总结，并处理若干行政问题。

午后前两小时处理个别问题，后两小时开全体大会，总结上月工作，布置下月工作。准备开完支部大会后，转向学习任务。

午后接梁妈妈来信，称华英已回八一学校，甚慰，并利用晚间给梁回信致谢意。

1956. 11. 1　晴　星期四　南京军事学院

从昨天起南京气温突然下降。

上午研究教材一小时，后三小时到炮校见习苏联坦克、自行火炮。这个见习同昨天看苏联军事影片相结合，印象颇为深刻。

午后到图书馆阅《北京日报》，介绍孙中山伟大的生平事迹的一些文章给我启发甚大。

研究教材，处理日常公务。

给华英写信。

给五舅父写信。

接上级政治机关指示，为我军三十年撰稿。准备了两个体裁，但其中还有若干困难，设法克服，尚不知能完成否，不过要尽最大的努力。

1956.11.2　半晴　星期五　南京军事学院

今天上午处理几件行政工作，自修业务。

午后到军人影院看完苏联原子条件下步兵军进攻战斗演习片。这是十分宝贵的形象化教育影片，因此我十分高兴，聚精会神地看，对今后战争意义重大。

战争的残酷性随着原子化学武器的出现而不知增加了多少倍，摆在我们面前的一个重大任务就是如何学好军事科学。否则，在未来战争中，很难适应客观情况。

1956.11.3　晴　星期六　南京军事学院

今天上午接政治处通知于午后听时事报告，因而临时改上午听取各小组本月份党的工作执行情况汇报，继而开支部委员会议，进行总结和布置本月的工作。今天终日处在会议中。晚间去探视华都，换了个胡阿姨，对其照顾比罗负责多了，我表示满意。

1956.11.4　晴　星期日　南京军事学院

我照例星期日上午要睡到九时，以便休息。但之后仍照例要做一些事情，往往比平日还忙，处理些家务事、孩子的事。上周未完成的工作亦要在这个日子里完成。星期天又往往因完不成而感不快。今天有些家务事同金芳又口角而更感不快，今后须改善之。

午后金芳未告出去六时许，两个孩子要妈妈真着急。深感家庭之爱、父母之爱是人类之爱的基础，必须重视。现在存在着不爱老少而贪图个人享受的那种同志，应该斥责的。

1956.11.5　晴　星期一　南京军事学院

今天为党日。上午第一小时听取了三小组的汇报，继而召开支部大会，我总结上月及布置下月工作的报告，历时两小时，之后同志们发表些意见。

今后在工作中，应特别注意理论与实际的联系，特别注意提高思想，提高理论，加强实践。此外在工作中应注意方式方法，方法不当，方式不灵活，虽内容丰富，好心好意往往达不到所期的目的。

这种方式方法在一切方面，甚至于家庭方面亦同样需要讲究。

1956.11.6　晴　星期二　南京军事学院

今天上午考核四小时定位课，这是首次考核。应加强这一门学习。

午后参加政治工作会议，布置学习八大文件。之后向主任汇报这个时期会内工作情况。

七时到街上为华都买了一个手风琴，到医院去探视。孩子十分喜爱听打仗的故事，知道痛恨坏人，要当队长，愿打仗，但怕被打死。常提出许多有意思的问题。

1956.11.7　晴　星期三　南京军事学院

今天上午第一小时参加布置教材讨论会议，次三个小时阅读文件，准备明天布置政治学习事宜。午后听了李毅少将传达国庆节到东北参观事，增加不少知识。在党中央正确领导和全国人民积极忘我劳动之下，我国在工业上突飞猛进，实令人高兴。

最近些日子仍忙于行政工作和政治工作，协理员回来后要好些。抓紧业务学习才不致成为口号。

1956.11.8　晴　星期四　南京军事学院

今天上午自修四小时教材。午后正在开会布置学习时，突然接到张现同志从北京来信：华英突然又病，于本月三日住陆军医院，入院后曾抽风三小时之久。医生称：经协和医院和红十字医院会诊，初步诊断为：

一、慢性痢疾。

二、癫痫。

据医生又称：抽风过去后精神很好。

令人十分焦急。孩子怎么突然得此重大的病症呢？即同金芳商议，先发航空信请梁妈妈帮助带回。晚间又复信，决定还是请假于明天到京去接回。

晚给岳母、母亲写信，她们甚关怀华英、华都的病情。

1956.11.9　晴　星期五　南京军事学院

上午本应考核，因零星事情而放弃。办理到北京事。准备午后开支委会处理几个工作。

金芳为华英病而着急，昨晚致失眠。这个事件对她亦是一个教训，管理家庭、教育孩子不是一件小事情，而是一件严肃的有意义的工作。

午后开支委会议，研究军衔问题、救济问题，历时三小时。毕，五时即出发赴北京。

六点二十离开下关北上。

1956.11.10　阴　星期六　津浦线上

昨夜六时许于车上进食不适，致今日终日胃中不舒服，未进食。

误买直达天津车，于此等车两小时才达北京。

工作粗心一点儿就会出乱子，经验证明任何事情都要周密计划，这还不够，施行前还要进行检查，以免造成无法弥补之事故。这应成为工作上一个指导方法。

乘三等车，头发晕，状甚剧。

八点五十到北京，即到陆军医院探问华英病情。闻稍好，始放心，入寝已十二时。

1956.11.11　冷风　星期日　北京洋溢胡同41号，办事处

上午十时到陆军医院小儿科探视华英，谷主治大夫谈华英病情如下。十月初首次入院情况：抽风，但不发烧。当时做脊柱穿刺，主要是检查看脑子里有什么变化，并做了脑子照相，没有发现病变。肺部亦做了检查，很好。大便检查发现有脓球，据此判断可能是痢疾而引起抽风。入院后未抽过，遂于十月二十四日出院，共住院三周。

十一月初突然又抽风，到院后抽了三小时之久。

治疗：又做一次腰脊椎穿刺，检查结果正常。血压高一百二十，估计肾里有毛病，但尿正常。大便还有些脓球菌，血液有病毒球。

后请协和专家检查，说脑中有坠性病灶，可能为兴奋刺激引起癫痫发生，痢疾亦可引起。又说以上病情对脑子影响不大。

我对以上分析：孩子单留北京，脑子受刺激很大，六岁余孩子承担不起这种离开父母的生活，实为处理错误。

午后到市面观光，首都社会主义建设真是日新月异，日益繁荣，星期日到处拥挤不堪，买什么都要排长长的一条长蛇阵。为金芳购买呢料，在王府井百货大楼，把人挤得气都出不来。

到梁教员家探视，夜气温降至零下三度，悔未穿大衣。华英班上朋友询问华英得病情况，办休学一年手续，有赵金泽同志帮助，减少许多困难。

于走廊中遇到一群小朋友，他们问"你是谁的家长"，我告诉孩子说我是刘华英的家长，孩子们告诉我说，华英病了，住院了。我接着问华英学习情况，孩子们一致回答说，刘华英是好孩子，可老实呢，功课好，都是五分，大家都喜欢她。另外又补充，她想家，好啼哭。

我听到此，很难受，洞悉孩子的心情莫过于此时深刻了。我决意接回去，但又不舍八一，想留机动余地。刘校长说可休学一年，很欣慰，办完手续。

今天返回后入寝已十二时许。

1956.11.13　晴　冷风　星期二　北京

上午到前门大栅栏为金芳买了毛衣裤，并到王府井一游，三时到陆军医院看华英。本来今天不是探视日，说接病人，门岗放行。到小儿科，护士长给予方便，准接见了。华英要个栗子，应许带给。

晚七时找张现同志扯两小时。上午利用时间到中山公园参观孙中山先生诞生九十周年纪念展览，购了三个中山先生纪念章。我深刻地感到孙中山是一位真正伟大的为国为民的民主主义革命家，其精神实属永垂不朽。参观先生生平革命活动事迹，深受教育和感动。纪念他就应当永远学习他那种不屈不挠、革命到底、不畏艰险、克服困难的精神。真正的革命家，风度、气魄的确不同。

晚间为孩子选购食物，并照例到街上吃馄饨就烧饼。

1956.11.14　晴　星期三　北京

上午到街上观光，并游东安市场小书摊。午后二时阅《伟大的孙中山》影片，后三时到陆军医院准备接华英，时诸大夫正在会诊，五时谷大夫告曰：可以出院。血压：高一百一十，低七十四。总的说有些高，到家里还要注意。

五点半等华英吃了饭，办完手续带孩子走出医院。华英精神十分愉快。

1956.11.15　晴　星期四　北京

上午带华英到前门一游，十二时应梁妈妈之邀前去家吃饭，十分客气。华英于饭后小睡，三时返招待所后，收拾行装即赴车站。五时离开首都。

离开有些难过。首都建设之壮丽，人民之可爱，有不舍状。

1956.11.16　晴　星期五　南京

午后五时乘三轮车到家。沿途观看群众生活仍然处于相当低的水平。感到我们今天生活实在不能再高于群众，应当同群众一起保持相应水平，如若脱离群众生活水平太远，必然要犯错误。不论在何时何地都要保持住艰苦奋斗的作风。

今天仍然要十分注意节约。

1956.11.17　晴　星期六　南京

上午八时上班，阅读邓华关于海岸防护工事论文，而后参观高炮武器。

晚，阅看高尔基伟大作品《母亲》电影，仍然具有现实的教育意义。

1956.11.18　晴　星期日　南京

上午，于办公室补写近日到京日记。午后应华都、华英要求到小红山、玄武湖观看菊花展览。四个孩子日间未午睡，中途已感疲劳。

我对子女之爱，这是天然的。

对于未来战争中如何贡献出爱祖国、爱人民的一份热忱，这是今天自己所努力进修和提高的思想基础。

晚为华英记述日记，这是对孩子的责任，今后有很大的价值。

1956.11.19　晴　星期一　南京

今天系党日，上午照例参加小组生活，了解同志们的思想、工作情况。

午后，在全体军人大会上报告处理罗继军同志的错误，并同其谈话。

一个同志如果不在政治上力求进步，很容易变成一个政治上的庸人。在政治上求进步，同每日吃饭是同等重要的。

1956.11.20　晴　星期二　南京军事学院

今天上午连听赵文中同志六小时空照课。第四节课后又处理了一些零星事情。

1956.11.21　晴　星期三　南京军事学院

今天终日以六小时听顾问报告集团军战役部署——进攻同防御中的若干问题，讲得非常实际而客观。这个课题对自己来说非常生疏，越发感到自己的军事学术水平浅薄，想现在学军事都有点晚，但我还是有决心赶上前去。

午后，布置明天开会，请顾问解答问题，讲见学化学兵注意事项，处理日常行政数项事情。

给北京陆军总院顾主任写信，请那位抄写病历者重新抄写一份，因为所写这份病历大部分字大家都认不得，写得非中文又非外文，非牛非马的呀！文风不正。

我写的字亦不够十分正确，今后应该改变。

事事处处检查自己，多反省，少讲多做，常责己之不足，少批评人之不足，才能不断提高自己的觉悟和认识。

1956.11.22　晴　冷风　星期四　南京军事学院

南京已进入隆冬，达零上五度。上午同顾问谈学术问题，顾问二十五号即返国。之后总干部来人谈情况，问及自己能否上课、编写教材等，给予自己很大刺激，需要马上解决这个问题。

抓紧现实，解决现实问题，成为工作中一个指导思想。

午后听任副政委传达中央八届二中全会决议及其精神，历时五小时，内容丰富精湛，是最实际的一堂马列主义课，可惜许多话听不懂，是个很大的遗憾。

得到一个经验，处理问题一定要切实地了解清楚情况，指出问题，找出原因，想出办法，治病救人，全面分析，既不打击也不迁就，在方法上耐心诚恳说服教育，不能生硬。我工作中的方法上有欠妥当之处，处理问题上有过急过硬之现象，要再进一步检查改正之。

晚，李主任请客，宴会至九时结束。

1956.11.23　晴　早室外零上五度　星期五　南京军事学院

上午向李主任介绍昨天时事报告内容，之后研究几个工作问题。

中午未休息，支部研究对李乙问题的处理方法及其他几个问题。确定十二月休假。

午后自修业务四小时。

决心于明年上半年上课并基本上弄通地形学二十三个课目。今后要抓住现实行动，超越现实的想法和做法不是我们唯物主义的工作观，是非常不正确的。

1956.11.24　晴　星期六　南京军事学院

今天是第二日冷，结薄冰。室外早三度，午五度，室内尚未生火，不适，办公有些不快。上午听了三小时航空照相课。午后听取各组汇报，了解组内情况。

几个孩子闹。华英、华都打玩哭闹，入舍即停住闹；华军、华京闹麻疹，亦不快而闹。到家不得一休，只得整理了半天东西，到办公室自修。

1956.11.25 晴 星期日 南京军事学院

今天终日集中欢送顾问。

上午忙于写送留念字画，不巧午后将计划送的另外两幅齐白石画未裱好，晚五时半登车时不慎将金芳送的民间剪花从车上掉下来未找到，十分遗憾。

晚宴会后八时半到车站欢送顾问，彼此依依不舍，洋溢着中苏两国人民的伟大情谊。

这件工作未能如心愿完成，心中不快。

任何一件工作都不能疏忽大意，在事前必须很好地进行计划和组织。在实施之前必须预先进行检查，以便有修补余地，免得形成缺点或造成错误。如今天给顾问书写赠言，掉了一个暂时的"时"字，这个缺点就无法弥补。

今后，完全是一个精密组织的科学时代了，不是过去抓一把、单打一的工作方法所能胜任。

一切事情本身都是矛盾地存在着，既有优点又有缺点，有利有弊，这是事物的本身特性，那么，我们革命工作者的任务便在于如何去深刻地识别这些特性，了解内部联系，充分地利用其有利方面，发挥这一方面，克服不利方面，主观能动地发挥作用。为此，事情须预先预见、研究计划。

这是今天的一点工作体会。

1956.11.26 晴 星期一 南京军事学院

为了慎重处理李乙教员党籍申请材料，上午阅读四小时材料，午后同有关人员研究了两小时，最后确定于海涛同志同谭代森同志前去北京、西安调查。

对党、对同志负责，这种做法是必要的。

顽癣对我有很大的侵害。从一九四三年由于理发不卫生和不注意而被传染上，至今十余年，不仅未治好，而且传染到四肢上，影响工作。今天发现又在头上"复辟"，影响到头发脱落。

1956.11.28　晴　星期三　南京军事学院

上午听谢勇四小时空照课。

午后四小时参加考核鉴定会议，大家讲了许多教员同志的教学情况。我最后提了一个问题，即：我会最近强调简练，有的过于简练，影响收效，必要之处特别是重点之处可以重复，以达清楚。但李一同志起而反驳。这个人主观、急躁，气量不大，当时说完后拂袖而去，片刻又返回，说了一大堆，那种表情实甚幼稚。今后特别值得在方式方法上注意团结之。

人，稍微有一点工作成绩，很容易表现出骄傲的神气来，好似革命几乎离不开他，除过他对人民有功劳以外，别人都是吃干饭似的，除过他是正确的，别人在工作中好似都是错误的，只有他才忠于革命，他人都不忠实。总而言之，这就是工作上的主观主义、个人英雄主义，不能发挥群众的积极性，领导方式方法缺乏的具体表现。至此，我检查在这个时期某些地方受其影响，这是错误的，今后加以注意改正，必要坚持工作中的独立见解，一定不能随便地中途弃之。

今后在工作中多加强对问题的独立思考能力。晚间协理员扯谈会内最近以来的思想工作。此外，今天午后四时十分，在会议中突然脑中枢跳动十余次，不详其因，过去也曾偶尔有此现象。怀疑脑静脉瘤。

晚上我检查血压：高压一百一十八，低压七十八。

1956.11.29　晴　星期四　南京军事学院

今天上午听四小时教员考核情况汇报，进一步了解许多情况，会后蔡协理员提了一个意见，认为被考核人可以参加听，不必退席，这个意见值得考虑。

午后又对罗继康问题进行批评。对这种方式，许多同志表示不同意。我同样感到不太必要。个别谈谈就可以，随便把干部弄一通又一通，又违背耐心教育说服的方针。思想教育不能过急，必须要予人一个思考过程，要有余地，如果余地都没有，势必出偏差。从实践中证明李一这位同志气量过于狭小，性情急躁过甚，方式方法太不讲究，没有大的作为。最近我才真正体会同志们的意见精神，要引起自己足够注意。

今后在此种情况下注意从正面解决问题，防止用背后的小手笔方法解决问题，以免引起原则纠纷。工作一定要从原则出发，打好原则基础，处理才能有依托，不致犯根本性质的错误。

昨天提出讲课不能简练而形成简单——到简化影响收效，而实际上今天在发言中有许多同样认识。任何事情都是发展的、前进的，不能够把它死啃不放，这都不是我们辩证的马列主义观点。

1956.11.30　晴　星期五　南京军事学院

今天上午参加考核总评会议四小时。会前李一主任那么地沉不住气，气量那样狭小地带着火气来质问昨天开罗继康同志的批评会议。那样强制性开会，企图立刻解决思想问题，我认为不够妥当。对同志要有气量，处理问题要讲究方法。

会后紧急地开支委会议，那样不讲方式，不沉着，无计划，单凭主观行事，我不迁就之，在会议中坚持了我的意见，提出我的工作建议：坚持原则，坚持对同志说服教育，批判不良倾向，统一思想和认识，从而做好工作。这个会议直开到晚七时而散会。

我坚持在桌面上解决问题，不在背后解决问题。

在工作中一定坚持开大门发扬民主，把问题摆在桌面上谈，防止背后小广播、自由主义。

我在支委会上详细交代了工作，总结了前段工作，提出十二月份工作意见，总结十一月份党的工作后，再休假。党的工作什么时候也不能拒绝，一定要全力以赴。

1956.12.1　晴　星期六　南京军事学院

今天上午听四小时汇报发言，进一步了解下面具体情况。

午间研究了星期一党日的工作日程后返回。午后开始度今生首次休假生活。本制度从一九五四年全国全军实行以来，个人尚未休过假。

昨晚草拟了个休假计划，在休假中准备一下上课问题。工作，特别是党政工作已交与蔡协理员，今后抓紧业务学习，不过还应该注意方法。

晚间我整理并装订《人民日报》，这是我最为喜爱的事，决心把其整理齐全。

1956.12.2　晴　星期日　南京军事学院

五时半即起床，因迟十五分钟，未吃饭。带点冷干粮，急忙赴小营，登车出发，行一小时半到达南京东部汤山附近演习场，八时开始防原子条件下各种器材见学的演习开始。今天见学共六小时，收效很大。将来战争中，喷火器材在近战中也是非常厉害的，如重型喷火器，能高喷一百五到二百公尺，平喷一百五到二百公尺，其速度一秒钟，温度竟达摄氏一千四百度，因喷出持续时间短，金属厚的如坦克，一下烧不化，若时间稍长即化了。

今天演习见学，使我体会到近代战争，预先组织、计划要周详，而且要先发制敌，稍微犹豫都会招致失败。这是十分重要的指导思想。

昨晚未休息好，但今天精神最好，同时今天是最后一天见学，要抓住时机。天气晴朗温暖，是隆冬中难得之气候。

晚七时赴办公室写好明天支部大会上的总结报告提纲。

1956.12.3　晴　星期一　南京军事学院

上午由个人做上月工作总结与本月工作布置，历两小时。会议后李主任提出几点意见，我感到理论原则性不足。如群众团结互助问题，怕大家谈出问题，不可谈别的，仅谈谈生活问题而已，而实际上脱离政治。

1956.12.4　晴　星期二　南京军事学院

上午为孩子取药奔跑。

中午带华都洗个澡，已经快两个月未洗了。午后参加解副教育长所主持的对苏联首席顾问报告的几个战术问题的讨论。学战术不能死啃教条，亦要了解其精神实质在战斗中灵活地具体运用。

1956.12.5　晴　星期三　南京军事学院

终日同金芳为了华京的麻疹病而奔走门诊部。午，医生说可能住院。晚上，视病情发展不致形成肺炎合并症。孩子精神尚好，体温降至三十七度。

午后为着华英、华都的坚决请求而带他们到小红山玩时许，并在此期间阅读了曹羽同志的论文稿。这稿的思想不很高，并且里面有许多论点值得商榷。

总的感到这篇文章写得不够成熟。写文章，提出论点，首先非占有充分材料不可，没有这个起码条件，那是写不出好文章的。

1956.12.6 晴 星期四 南京军事学院

今天终日忙于照顾孩子（华京）及收拾家务，华都、华英两个搅得实在麻烦不堪。

晚间订好几种报纸。明天定开始业务钻研。

要善于从错误中（包括直接的同间接的）吸取教训，才不致重犯错误，若更虚心些，收益更大。

1956.12.7 终日细雨巨风 星期五 南京军事学院

今天系南京入冬以来的巨冷，终日未出门，在家学习了业务。由于几个孩子闹，还有些不安静。

华京病情今天大大好转，病已回头。为此大喜。

1956.12.8 晴 星期六 南京军事学院

上午听何军教授报告美军的机动防御问题，很好。这个问题在新条件下很有价值，很值得进一步研究。报告误了时间，午饭未食而听。

几个孩子闹得简直休息不下去，令人哭笑不得。今后对孩子们的教育是一个大问题。孩子们聪明可爱，教育实为天然义务，在这点上接受其母教育孩子的意见，十分有意义。

今天精神有些不佳，主要为生活不正规所引起，阅读《新华日报》上如何长寿一文，很有启发意义。今后生活一定要注意正规化。

革命是长期的，因而工作、学习、生活一定要和谐，反对一冷一热的生活方式。

1956.12.9　半晴　星期日　南京军事学院

终日主要做访问工作。这是很久以前预定的。下午到医院探视康明教员、王子伟教员之母。上午到和平新村探视几位教员，同梁书斋教员扯谈两小时，谈话中得知许多知识。此乃同旧高人员（中将）首次谈话。到处皆学问，因而要十分注意广学博览，随时增加知识，做好工作。

1956.12.10　晴　星期一　南京军事学院

今天上午研究军事地形第一章，准备授课。由于几个孩子大闹而特闹，大有影响，休假不成，学习不好，还未赶多少。休假已过，计划还未实行及半。证明一切事情，主观愿望到客观实行起来往往有很大出入，因而工作计划拟订时要有弹性，在执行中只能提前，不能拖后。赶早不赶晚，应是一个指导性思想。过去对此方面执行不足，基于认识不够，结果吃亏不小。

1956.12.11　清冷　星期二　南京军事学院

上午为华都生了气，并打了两下。他未啼哭，并向其母说："我不哭，我是勇敢。"午后要求带至小红山玩时说："刚才我拉了衣服上屎，为了那么一点小事情你还值得打我？"说得我闭口无言。这个孩子很讲理，同时他顽皮得很，有时往往玩得脑子发痛。我仔细分析一下，他玩耍主要是在钻研问题。在他的好奇心之下，对一般事物都善于钻研，追根问源，这是正当的，是他的聪明、钻研两个优良品质的结合。这完全是好的现象。今后注意发扬、培养。现在由于孩子小，往往烦人，对此点有打击情绪，错误，今后力加改正。

晚间请郑教员客，交谈中可能有某些不妥处。"病从口入，祸从口出"，这是很有哲理之格言，今后切记切记。"话到口边留三分"，更要牢记。

今天，妻在招待中表现出独特的组织能力，我十分满意。

1956.12.12　晴（冷）　星期三　南京军事学院

午后参加支委会议，讨论授奖问题，旧军官教员提级（为了生活待遇）。会议上发表了我的意见，并且坚持了我的意见。对上级一股风的思想方法提出建议，提级应结合刻下评衔及德才全面的衡量为宜，不宜单打一，直出直入，强调一面，忽视多面，强调此而轻视彼，结果形成被动。另外对李一同志那样急躁主观，不讲方式方法，既召开会议，又在会议上缺乏民主精神，先入为主地坚持自己意见，拐弯抹角地设法要使自己的意见成立，对人家的意见缺乏仔细考虑研究，并且以包办代替支部职权，实令人感到幼稚。最近对其认识：在政治上并不成熟。

以言语打击人，尤其无说服性的言辞打击人，解决不了问题，往往起反作用。革命工作中，要以道理服人。

在工作问题上一定要大公无私；在私人问题上一定要避免借人之力、取人之巧，尤其不宜占人之便宜。今后私人往来行为宜公务来往为佳，因为公事大家都公，来而交流经验，私事少，来往少出错，少伤情感。

1956.12.13　晴（冷）　星期四　南京军事学院

今天下午自修业务，因为基础不好，兴趣不高，因而内心自发情绪不够，自觉不自觉地带出任务观点，但我尽力完成任务。

感到我们的四个孩子非常活泼可爱，有时孩子闹起来，令人实在烦得不行，特别是华都事事好问，格外烦人，对他们态度不够好。金芳在这方面缺乏教育知识和管理能力，对我的工作帮助不大，反而有所影响。晚饭后这种情况非常严重。

晚间又阅读《中国青年报》上一篇关于人的性格的文章，对我了解人方面很有帮助。

1956.12.15　半晴　星期六　南京军事学院

夜半时起床，吃了几个饺子，五时登车前赴句容演习场。今天六小时实战演习见学取得成效很大，对原子条件下团进攻战斗较前次体会更好。我认为要注意解决几个问题：第一，协同好坏是决定战斗胜败条件之一。今天演习中，在冲击开始，步坦协同不好，当原子突击两分钟后，战士们已跃出堑壕，而坦克还未赶到，航空兵在步坦已开始冲击时未赶到，冲击时刻是攻击最为重要的关头，在这个火候上的良好协同是制胜之道。第二，进攻速度问题。敌我双方都使用原子武器，谁善于巧妙地利用突击效果迅速前进，以及如何避免原子突击或绕过原子突击地区前进，亦为取胜之道。当战士们突破第二阵地向第三阵地前进，战士搭乘坦克成临战队形前进，我认为完全必要，而李主任说不必要，此时可能遭到敌人炮火或步兵阻击。这有些经验之谈，不合将来原子条件下战斗的。

战士体力能连续支持攻占敌人几道阵地，亦为取得胜利条件之一。没有强健的体质，便不能忍受现代战争昼夜连续的战斗活动。体会到体质锻炼的重要性，今后要特别注意经常不间断地进行体质锻炼。

午后三时结束，六时到家，尚不感到疲劳。

1956.12.17　半晴　星期一　南京军事学院

今天南京地区降雪。

上午阅读一小时业务。我对于教课实在还未钻进去，值得下功夫。午后读一会儿书，因女儿华英要吃鸡蛋，上街走了一圈未找到，随便买几本旧书。

天气寒冷，着薄呢不足以过冬，准备收拾去年旧棉裤，再做一件棉上衣，凑合过冬。一切要从节约、适用出发，那种生活上铺张浪费、工作上华而不实的作风，永远是应该鄙视的。

家中杂务事情每天牵扯的精力不小，这将是我钻研学术方面的一个大问题。今后设法克服。

华都这个孩子，每每遇事追究，并疑心过大。对他十分喜爱，教育好了，将来甚有作为，否则也是个坏事精。

1956.12.18　晴　星期二　南京军事学院

今天上午阅读一小时，午后阅三小时，晚间读书到十一时半。

国际形势复杂，许多问题真相还是不太清楚。

给刘彦麟表弟回信，寄中山纪念像。二十天快过去了，但休假预想计划并未如期完成。

1956.12.19　晴　星期三　南京军事学院

今天心情很乱，学习工作均未能按计划进行。上午几个公务员不负责任，美其名曰打扫房子，占去了我四小时，午后几个孩子又闹，本是十分正常的要求，以我来说实在受不了。身上压着沉重的工作担子，虽然休假，而实际上并未顺利地按照正常习惯去休。准备备课，几个孩子吵闹不堪，烦得不堪，已经向华都发了不正当的态度。

有个经验：不论做什么工作，必须提前计划一步，临时乱抓，断乎不行。需要的是科学方法，反对的是手工业方法。有组织、有计划、有预见、有步骤，并且还要有良好的方式方法，这才是科学的工作方法。无组织无计划无目的地抓一把，零打碎敲的工作方法断乎不适应今天党和人民所要求的，定然不能完成任务。

还准备叫他们几个上学或托儿所，一是受正当教育，二是减少家中之炊，三是饮食。另外，千万不能让其自流。这是指身体情况而言。

1956.12.20　晴　星期四　南京军事学院

晚上本来进行演习，因为金芳被邀去看电影，我在家照顾几个孩子，到九时半。

1956.12.21　阴冷　星期五　南京军事学院

上午微患感冒不适。被请参加会讨论授奖定案事，我主张宁缺毋滥，如此才足以服人心，安情绪，从而激励上进心。在做法上我十分赞同上级指示的领导同群众相结合，这种方法才能取得公允。我不同意李的主观情绪用事。光满足于过去成绩是不行的，人是进步的，事业是不断向前发展的。个人思想行动如果一时停顿不前，那么就立刻掉到现实的后面。历史是不留情的。这一点一定要充分地认识到，谁不能充分地认识到这一点，谁必然是碰壁的。

华都在几个孩子中最能闹，他带头做了许多事情，令人头痛。批评不接受。这个孩子教育是个大问题。最近以来同金芳常打，也不是办法。

1956.12.22　晴　星期六　南京军事学院

上午在家阅读一段地形对战术的意义。

老战友武思要别，午后特地前去迎接到家并为饯行，同时又请多年不见的郝振林同志到家同欢。

晚送武到车站，登车已十二时，甚疲劳。

1956.12.23　半晴　星期日　南京军事学院

阅读两天的《人民日报》。

几个孩子实使我没有办法，天真活泼可爱，只是烦起来不允许我休息和学习、工作时，又令人可恨。金芳若能管教好孩子，省出我的时间，当是对我的最大帮助，但常常是遗憾的

随时都要准备在党和祖国最为需要的工作岗位上尽最有效的义务，这是素日的最重要的精神修养。

1956.12.24　晴　星期一　南京军事学院

阅读捻军战术，其运动战思想对于我国未来战争当有裨益，研究颇感兴趣。

给母亲写信。

1956.12.26　晴　星期三　南京军事学院

上午阅读两小时地形对战斗运动的影响。午后阅读目前国际形势讲话材料及两天报纸，对目前错综复杂的国际斗争局势应该有精神上的准备，特别是美国动向很值得注意的。

日间几个孩子顽皮可爱地闹，占去了我几个小时和许多精力。保姆不力，金芳照顾不过来。对孩子义务不能不尽。

晚九时孩子们入眠后静静的时间，才能考虑一点儿问题和学习一点儿。

1956.12.27　晴　星期四　南京军事学院

午后清理了保密文件后，同李主任交谈了一下工作中的意见。他对一

个教员的处理提出了很狭隘的意见，喜欢以强行方式令人接受。思想问题不能强行接受，只有以理服人。其人思想方法不改变，今后工作中要碰大钉子的。

1956.12.28　晴　星期五　南京军事学院

上午阅读报纸。午间到刘光第同志处扯谈，并同王绚同志谈论目前国际形势问题，其共同点都是关心目前世界共产主义运动。

华英、华都顽皮地不离身地向我缠来缠去，说话也不听，午睡也不睡，弄得我无奈，很粗暴地训了一顿。虽然他们不闹了，但带来的是思想不快，一直到晚九时登车。

到车上不久即入寝。

今后处理好家庭问题，当是工作中成就与否的一个关键性问题。

1956.12.29　阴　星期六　于津浦线上

与同志们谈了三小时后，午睡一小时，阅读了《保卫延安》第一篇。

准备抽空到久别的曲家庄一趟。

1956.12.30　晴　星期日　北京广安门外总参招待所

今天上午阅读了三十余页《保卫延安》后，利用没有开始参观这个空隙，到涿鹿县探视内兄，并准备接来岳母。

1956.12.31　晴　星期一　于河北省涿鹿县

八时许到涿鹿县，这是初次到这个具有历史意义的古城。据说黄帝战胜蚩尤就在这个城。到内兄家，他很热情，尤其小侄女更为热情。

我利用时间观看了这个城的里外貌，它在军事上十分有价值。

晚间同内兄谈论如下两点，他对目前国际形势甚为担忧。我则不然。虽然目前共产主义运动中产生了若干困难，但是这些困难一定能够克服的，在困难过去后一定接着又是下一个高潮。这个高潮的形成，我们中国共产党将起到巨大作用。我这种看法是有科学根据的，这就是有很高的马列主义理论水平，有以毛主席为首的正确领导，有正确的各种策略和路线，再加上有强大的军队和地大物博人口众多的国家。我们对未来的伟大革命充满了乐观。

此外他还反映了许多农民的思想情况。总之说明一个问题，无论何时何地都不能脱离群众，要艰苦朴素，不要特殊，不要看不起群众，相反，要深入群众，体贴群众疾苦，并为解除其种种疾苦而想办法。这些对我很有教育意义。

最后他建议在此建立一个家，以利诸孩子今后落脚。这个意见，很值得考虑。

第 九 编

1957. 1—1957. 12

1957.1.1　星期二　北京

午后一时，内兄送汽车站。二时到四时于下花园等车期间，阅读三十余页《保卫延安》。晚八时半到北京。

昨晚未看上官厅水库，甚为遗憾。步行十余里，格外疲劳。经常加点体力劳动，我想对人总是有好处的。

1957.1.2　晴　星期三　北京广安门白广路总参招待所

今天到测绘学院听解答问题，上课七小时，甚为疲劳。

晚间，召开会议，布置了几个修正工作。给金芳写信，接着给边、刘校长及内兄写信。

补写出门三天日记，入寝已十时半矣！

1957.1.3　早雪晚晴　星期四　北京广安门白广路

上午听了三小时讲解制图课，午后参观制图过程。

晚间处理了一些准备走的行政事宜。

给内兄写信，决定岳母赴南京事。

不善于接受历史教训、不能很好地进行自我批评的人，就不能提高政治觉悟，不能前进。

1957.1.4　晴　星期五　北京

真烦！新的一年来了，然而脑子里总是记着一九五六年，因而这几天写日记总是提笔写错，可见，老的东西铲除，新的东西树立，总是在开始时困难。在我们共产党人面前就不能如此了，一定要时刻面向新事物，要看，要听，要研究，要学习，要支持新的东西成长，要不断地以新的观

443

点、方法来改进自己的工作，不然就要成为前进的绊脚石了。

今天参观了地图印刷工厂及随军印刷车，这是未来战争中不可少的东西。徐处长请去商谈关于准备开全军军事地形会议，我对此知识、经验均感不足，因而晚间召开组长座谈会，以收集教学经验，了解到不少东西。面向群众，有事多同群众商量，就有办法。

晚九时到十时阅读了三十余页《保卫延安》。

1957.1.5　晴　星期六　北京

上午到测绘局听了三小时航空测量课，不大懂，无兴趣。过去许多组织、同志对自己鉴定说做政治工作最为恰当，今天改来改去，实为不佳。人生当几何？哪能经得起反复变动改行。

午后参加三组总结会议。

晚间听取各组汇报，布置以后工作。

又召开会议解决李中信的问题，到十时结束。在我们革命工作中，一个极为重要的普遍真理应贯彻在一切工作中，作为指导思想，就是要"以理服人"，才能达到心服，切忌以粗暴态度、强硬手段、命令方式行事。

1957.1.6　晴　星期日　北京总参第二招待所

今天以六小时时间到测绘局参观航测队工作，大部分都是专业的女同志，她们都是初高中程度的学生，受过专门训练，有实际经验，讲解很熟，但我是外行，只能作为入门知识。没有科学知识断乎不行。自己今天学其他东西不行了，恐怕成为定局。但是，还要利用在军事学院这个机会加强军事科学的研究，以备未来战争到来，效力党和祖国。

晚间，观看电影《黄花岭》。

阅读三十余页《保卫延安》，当周大勇亲切地关怀他的部下，战友在临终时现出那种难过的情景时，使我回忆当年我的部下、战友。战友之情是世界上最宝贵、最伟大的。至此，当年的战友的形象历历在目，但他们已经与世长辞若干年了，他们是尽到了为祖国为人民为人类的最大责任，无愧于生。寂寞难忘是友情，不禁凄凉、难过，但他们留下来的伟大的未竟事业、历史责任，仍放在我们肩上，勇气倍增。当努力呀！前进呀！

1957.1.7 晴 星期一 北京

上午到测绘局交谈工作经验。自己甚为抱歉，谈不出什么经验。只有实践才能取得丰富的知识，光纸上谈兵，什么时候也不能打胜仗的。

午后到八一学校，找到校长扯谈良久。回头到高庆珍处，因而误了晚饭，顺便到街上吃点儿，溜达到十点钟。晚上几个小时报销了，未阅成《保卫延安》。

对我们革命者来说，不仅要养成节约的习惯，还要养成节约时间的观念。时间对我们来说是有决定意义的。广义讲，人生时间仅短短的几十年，转瞬即度过去了，良好的服务基础都在青壮年，如果在这时间空间内未能打下良好基础，再要努力，如同日落西山。输了许多宝贵的大好时间，将无法挽回，十分痛惜。

这次回去以后，下最大决心来科学地支配时间。

我十分想留华英在南京，而刘校长仍然说叫华英以后来。还看今后情况而定。

1957.1.8 降雪 星期二 北京总参第二招待所

上午到测绘局参观各种测量仪器。

午后布置开总结会议后，阅读三十余页《保卫延安》。处理公务。

接内兄信，岳母不来。金芳汇七十元，无用。

张现同志来访，扯谈时许。

1957.1.9 晴 星期三 北京

今天上午到北部参观防空展览，沙盘模型的形象化教育深刻，对国土防空增强莫大信心。

午后到测绘局开了三小时会议，确定统一军事地形学问题。拟定三月份开，恐怕还要自己参加这个会议，对自己来说有很大帮助。会议本身也是个学习。

晚间请孙为教员吃北京有名的街上大众化小吃——馄饨、酥烧饼，并到康明家访问。后，张现、李海扯谈到十时许。李谈到华英抽风之情况，实令人捏一把汗。希望孩子未来好，上学，学北京话，不考虑她的现实情况，这就是工作中的主观。

1957.1.10　晴　星期四　北京

上午到长辛店坦克学校了解其教学情况。他们有许多良好的教学经验。另外发现自己学习中存在一揽子的学法，今后要改变。重要的即本身业务要用窄而深的学法，次要的要用宽而广的学法。可学可不学的，有时间的话浏览一下，没有时间可以不学。不要妨碍主要的东西。这是学习方针问题，影响今后学习成功与否。

晚间处理结束参观后的一些工作（汇报、开会、布置解决问题）。

找李楠谈话，既诚恳又讲究方式方法。这条经验今后要保持。

1957.1.11　晴　冷风　星期五　北京

上午到测绘局听取解答问题并向他们告别。连日未能睡眠好，每天只平均休息不足七小时，因而甚为疲劳，利用午后空隙时间睡眠两小时。处理了零星事情，晚间读几十页《保卫延安》，准备今晚结束，但由于同同志们扯谈而贻误了，计划明天早上结束它。

阅读这本书最大的好处是开启了我的战术思想。

1957.1.12　晴　星期六　北京

吃了早饭，一口气读完了《保卫延安》的最后两章。

午后乘车离开北京。

1957.1.13　阴雨　星期日　南京

午后四时到南京。开始还是降雪，到南京附近降雨，此次雨正是时候。阅报，准备明天购买《六韬》。

今天开始阅读新闻参考资料，以前未读。

1957.1.14　晴　星期一　南京军事学院

今天上午同李主任交谈了工作，午后整理了文件、画报，阅读了新闻资料，晚间和韩玉奎同志扯谈了良久。另外，今天到街上买了一部《武经》，甚喜。

1957.1.17　晴　星期四　南京军事学院

今天上午阅读四小时地形学。

午后又开会四小时，会前无准备，会中缺会现象严重。这就是会议多的主要弊端。

下晚班到队列部报告赴北京于空隙中去内兄家事，吴部长不在，报告何值班员。错误要随时检讨，缺点要及时纠正，这是应该具备的也是应有的态度。

晚间，看刘光第同志，他说学院未能赶上形势，学术上落后了。另外，他又提供了对学术研究的方法，争取离职学习最好，抓紧时间于工作中学习亦是良好方法，决意以全力钻研学术——地形业务及战术，他说把师战术弄通后其他就容易了。我对其意见甚为感谢。

1957.1.18　晴　星期五　南京军事学院

今天上午四小时听讲授理论课经验，报告中体会是：中心问题在于精通学术。学术上不深不透，断乎教不出好徒弟来。我认为今后中心工作是抓学术，钻研学术。这就是在军事学院的中心一环，检讨去年做得十分不够，应马上纠正。工作中若不抓住主要环节，就犯了平均主义的错误。

利用两小时阅读了数日的新闻《参考消息》。

1957.1.19　晴　星期六　南京军事学院

自修地形的战术意义。

同蔡商定最近些日子工作程序，交谈情况。

晚间，请杨先烈交涉明天的空军演习事。

观一次演习胜于读若干本书。

1957.1.20　晴　星期日　南京军事学院

参观了空军团的原子条件下进攻演习，获得了一个概念的而又深刻的知识。

午后返家，已近六时。腹甚饿。妻准备好饭。进食后，甚疲劳，故未再进行学习。同华英、金芳下跳棋至熄灯。

1957.1.21　晴　星期一　南京军事学院

上午阅读两小时《地形的战术意义》一文，大大启发我的战术思想。这一课题在军事科学中意义十分重大。

在革命工作中，善于从团结出发，以治病救人的态度对待同志，看问题要客观，要全面，取人之长，补己之短，万不可揭人老底。从最近同志们的反映中，发觉自己这一段工作中仍有许多缺点。

1957.1.22　晴　星期二　南京军事学院

午后参加研究到北京开会事情，并布置一些准备事宜。

晚间本打算阅读一些文件，但王均、韩玉奎前来扯谈两小时，吸收到许多东西，又丰富了我的想象力。

1957.1.23　晴　星期三　南京军事学院

与新来的八位同志交谈并为其处理问题。动员大家提学术问题。召开小组会布置了到北京去的准备工作。花了三小时同蔡协理员交换了工作意见，了解下面反映。

晚间同老韩交谈，拟订同他研究军事课目的计划。

1957.1.24　晴　星期四　南京军事学院

今天集中力量二次阅读并笔记了顾问同院长交谈记事的战役战术及指挥上的问题，及张学逊参谋长所提学院的学术思想问题，给我们很大的启发开导。花费六小时。

复陕西军区政治部信，证明梁中英同志脱队问题。

1957.1.25　晴　星期五　南京军事学院

今天开了八小时支委扩大会议，对过去一年来工作大家谈了一番，然而只限于重复，并未提出新的意见来。这种会，属于可开可不开范围，是不应该开的。

我认为李一同志领导方法无力，缺乏以理服人精神。

1957.1.26　晴　星期六　南京军事学院

今天开了九小时的支委会，互相间进行检查。李一同志上午同下午发言即占了四小时，多半重复。我认为既然这样一次又一次检讨，倒不如放在多考虑改正上，在思想上属于抗上、排中、压下的个人英雄主义味道。这种人幸亏就这么大一点功劳和本事。

我向来在支部会上对同志不客气地直言，对李一同志都直言了。

另外对蔡纲同志不是抱一种帮助、教育、原谅的态度，而是算老账态度，上半年缺点本在前期已经检查过了，现在再重复一道反而有损无益。

1957.1.27　阴　星期日　南京

今天精神不佳。午至街上装订几本杂志，并为华都买一顶布帽。阅报，同金芳下棋。

晚步办公室补写昨天日记。

今后生活，特别注意从艰苦朴素出发，不论何时均应保持住已经树立起来的艰苦朴素的作风。

1957.1.28　半晴　星期一　南京军事学院

今天上午开四小时会议，讨论到北京开会提案问题。

午后书写为李楠结婚送的屏。

同蔡交谈中，黄伟慎岳父来交谈。

1957.1.29　薄雪　星期二　南京军事学院

上午到办公室阅读四小时文件，思想不集中，杂乱无章。我认为最为苦恼的在这个时候。

精神不好，午后睡了几小时，晚间到韩玉奎住处玩至七时。

1957.1.30　晴　星期三　南京军事学院

上午给院首长写了一份申请学习的报告。

任何一件事情脱离不开主观上的努力。这种学习决心是由于最近某些事情进一步形成的。

午后到刘秉真同志处交谈良久。

1957.1.31　晴　星期四　南京军事学院

今天春节。由于我的印象十分浅淡因而误当成明天。十时左右拜年人流涌来了，我也出去应付了。实在不喜欢这样的应付。消耗了四小时。

1957.2.1　薄雪　星期五　南京军事学院

上午到王均、王志春同志家玩，强留吃午饭。

午后阅读报纸。

心情杂乱，思想不集中。

晚阅《孙子兵法》，其优秀的战术思想给我以很大的启发，决心利用一切可用时间进行钻研。

明天拟定支部工作总结，并拟订二月份支部工作计划。工作力求主动，这应成为指导思想。

1957.2.2　清冷（阴）　星期六　南京军事学院

上午写好去年支部工作总结及二月份支部工作计划，因五号即赴北京开军事地形会议，提前完成此工作。工作上什么时候切记要主动和预见行事。

午后阅读军事论文，进一步体会到近代战争特性——夜战、机动、迅速勇猛、出其不意，平素练兵一定要基于这些，否则，将来打不了胜仗的。

给解放军报社建议刊载军事论文要全文刊载，不宜删节、摘编，以免损害原意。

工作中要体贴他人，照顾他人，新闻参考材料不及时转达，则是政治上的不关心人。

1957.2.3　晴　星期日　南京军事学院

午后到街上理发后处理一些零星事情。到王均同志家告诉准备叫孩子赴北京时间。话间他扯到对干部要诚恳耐心，并且看法要全面，我十分同意他这种看法。

话间又扯到一九五○年底不该到北京，应到朝鲜战场锻炼，对自己来说走了很大弯路。他同意争取学习，否则将来要落后。

同他一小时的谈话甚为有益。

七时到九时半，同韩玉奎扯谈，白浪费些时间。

1957.2.4　雨　星期一　南京军事学院

今天上午办公，召集赴北京人员开会，准备检查一下临行工作。阅读文件，同王文礼谈话，解释去年那次谈话后引起的反映。

在工作中一定要实事求是，看对象讲方法，有分寸。这是一个深刻的经验教训。光凭热情，不讲方法，不看对象，往往达不到预期效果。

李主任对前天支部工作计划和总结又提出几点不同意见，我看非原则问题，然而他认为了不起，要开会纠正，仍然甚急。这个人思想上有问题，很值得引以为戒。

我对他，本着团结搞好工作，对事不对人，又团结又斗争，不盲从，不跟风。

1957.2.5　竟日降雪　南京军事学院

上午阅读完三份资料，即：训练计划、编写教材方针、培养师资计划。

午后李同志前来访问，就我军三十年征稿事给予很大鼓励，决定写些一九四六年在北平活动的场面，尽最大的努力完成之。

下班时同郑殿起同志交谈，对我的启发甚大。

为人只怕不觉悟，只要觉悟，只要有恒心，一切事情都能好办。

我现在最缺少的是系统的军事科学知识，决定要百倍努力，现在都有一些晚了。但若再贻误时间，那真将是一事无成。

1957.2.6　竟日大雪　星期三　南京军事学院

上午步办公室参加支委会议，讨论二月份工作计划、去年支部工作总结。

处理了行政事务。阅读近几天新闻参考资料，交了党费，订三四月份《人民日报》同《解放军报》，要长期阅读而不能中途间断。这是政治生活中一件大事情。

晚韩来扯谈到九时，后准备行程已十时。

1957.2.7　晴　星期四　于津浦路上

四时出发，四时半到王均同志处携其三个子女，此时彼亦起床等候，并一起送往下关车站。途中司机不慎，几乎造成事故。闹得几个孩子未能很好休息与学习。

1957.2.8　晴　星期五　北京

九时五十分由前门下车，到前面小铺小吃后即乘电车到测绘局，沿站拥挤不堪。人口剧增，这也是祖国社会主义事业繁荣的良好象征。

十二时同徐处长交谈后车送到东直门招待所。

1957.2.10　晴　星期日　北京

今天天气十分寒冷，终日大风不停，未出门，在家自修，并与王子清、郑殿起同志交谈良久。

给立昌、母亲、内兄、金芳、岳父母写信。

晚间陈为、王子清到街上进晚餐。

1957.2.11　晴　星期一　北京

上午参加开会四小时，领导上确定叫自己担任此次领导筹备工作，任务重大，不能推辞，只有勇敢地担当起来。同徐剑处长交谈后，晚上又开会布置工作。

晚又参加了本院小组会，讨论明天陈军同志报告材料，拟定了明天的工作日程后始休息（已十时）。

向冉子英写信打问老高下落，准备了解当年在京北活动情况，以完成我军三十年征稿任务。

1957.2.12　晴　星期二　北京东直门北小街甲 21 号

今天参加一天会议，听各院校介绍地形教育实施情况。晚十一时洗涮完入寝。长春师范学校两同志又赶来交代开会情况。

到北京以来伙食虽不好，消化却很好，甚喜。

1957.2.13　晴　星期三　北京招待所

上午参加开会四小时。午后布置了各小组工作后参加第一小组会。晚间听取汇报，布置了草拟工作计划问题。

张副局长打电话说，送一张票，明天八时到北京军区大礼堂听张副总长传达军委扩大会议精神。

1957.2.15　晴　星期五　北京

上午参加研究材料。

晚，考虑到本职工作抓得不够紧。这两天听了报告受到影响，陈为同志为此提醒一下。明天就马上进行检查，并实际帮助二组——秘书组。

晚间谢名益、黄言华二同志来接谈工作。

我总有这个想法，就是工作越变越离题目远，这就是个严重的困难，今后首先接受这个教训。

1957.2.16　晴　冷风终日　星期六　北京

上午，召集各小组长汇报，陈为同志抓得较紧。上午向张副局长汇报并请示工作，午后进行了党团的编组工作，并进行了动员，要求大家努力完成这次预备会议的任务。大家工作情绪很高，继而又叫行政小组进行讨论。这是很重要的一种新方法：事前的计划组织、开始进行中的具体指导和不间断动员群众，并以群众自我教育相结合的方法，确保完成预期工作任务。

晚间，同郑殿起同志交谈至十二时。他建议搞好本职业务，从现在开始应立刻进行。

1957.2.17　冷风竟日　星期日　北京

上午处理一周间零星事情，并与在一九六师时的老战友杨天恩同志扯谈，谈及高凤舞同志评为少校，大为吃惊。该同志很老，但自己努力不够，因而掉了队。

中午到街上进午餐，菠菜炒肉一盘、饭一碗、馄饨一碗，食之甚适。

我最近接受了郑的两点建议：一、注意饮食营养。身体是工作的基础，因而别处节省，此处不可过分节省。二、早睡早起，按时作息，以达适当调节精力。不可过分，保持精神的正常。

这是非常对的，只有如此，才能持久地为革命工作下去。

我除早睡早起这一条外，其余照做。

晚，研究阅读长春师范学校教学经验总结。

午间给金芳、高凤舞写信。

1957.2.19　晴　星期二　北京东直门北小街招待所

下午一直参加一组教学提纲的讨论，上午到测绘局开会。张副局长工作态度诚恳，细心，值得学习。

晚间总结今天工作情况，讲评并提出下步工作进程，听取几个小时的汇报。

近两天睡眠不太好，晚睡缘故。

给立昌、金芳写信。

1957.2.20　晴　星期三　北京北小街招待所

上午参加旁听小组讨论，其间到局汇报，因时间未计划好，他们开会，空返。切记，今后任何工作均要事先进行充分组织，否则定要失败，若是打仗，将丧失多条生命，为国家造成损失。

从哪怕极为微小一件事中都要锻炼工作中的组织性、计划性。

今天接金芳来信说，华都肺炎病仍然未好，闻后甚为着急，时间久了，转为慢性结核病就麻烦了。遂利用时间嘱其订出在家休养计划，切实把病人照顾好，附一份计划单子。

学军事先从条令同概则学起，十分重要。今后利用时间长期慢慢细读，如同攻读理论。最近始学苏联野战条令。

1957.2.21　晴　星期四　北京军委第五招待所

今天参加了一天小组讨论。我脑子里产生这样的想法：凡是问题考虑不成熟，甚至当一些较为复杂的问题还是杂乱无章时，如果能走走群众路线，同大家商量商量，扯谈扯谈，那么，就能为你提供许多材料，启发你的思路，定能考虑出个结果来。如果再进一步把群众的力量发动起来，一定能更好地完成任务。

纵有天大本事，如果自大，脱离群众，那就必然要最后失败。联想到过去若干时间内，我就是不能接受这样性质的教训，所以我的进步受到了限制。

利用时间阅读野战条令。

我回想我过去太不会处事了。我所处的许多环境始终是很顺的，但是自己骄傲了，把自己估计错了，失败了。今后不然了，对于党的事业不论在什么困难情况之下，都必须克服而达胜利。在这种科学信念基础上，善于分析当前具体环境，拿出切实的办法克服困难，注意一定要相信群众，组织力量，并具有妥善的方式方法。

切记，个人裸体跳舞的办法是最为愚笨的办法。

1957.2.22　晴　星期五　北京军委第五招待所

今天参加一天小组会议。

多听群众的意见，少发表些空话，话说多了完全是无济于事的。在会议中自己要少说些，给同志们、群众多留些说话机会，万不可不自觉地都占去。让人说话亦是反映情况的最好机会，对于自己的工作是十分有帮助的。

晚间，徐处长来谈工作，张现同志亦前来扯谈到十时，彼在此次整编裁军中思想较混乱，给予安慰同鼓励。

一个人若在政治上不开朗，不进步，断乎经不起大风浪，可见，学习政治力求进步，对于我们革命者来说完全如同需要空气一样。

给内兄、吴仲华同志写信。

日间利用空隙时间，检查自己过去有十余项不同程度、不同性质、不同场合的错误和缺点，有的是幼稚所致，有的是个人英雄主义骄傲所造成，有的是生活上不注意所堆积起来的。不管怎样，总是自己在主观上经常克己不严的缘故，今后一定下定决心克服之。

多学习，以理论联系实际的方法去学习，对任何一个好或坏的经验都要同自己联系一下，检查一下自己，借以吸取经验。

对事物多研究调查，多听取群众意见、呼声，关心群众疾苦，借以锻炼自己的群众观点。

加强修养，随时准备迎接新的任务，在艰巨困难的事业面前，只能向前，不能后退。

古人所谓"不进则退"，我想就是这个意思。

对工作要有坚决顽强的精神，而且要善于讲究工作的方式方法，不讲工作方法的人也往往是做不好工作的。

对同志要和气，要耐心，要团结，要帮助，要虚心，要学长处，对敌人要狠，斗争要彻底。

1957. 2. 23　降雪　星期六　北京军委第五招待所

昨夜未睡眠好，日间精神稍微不佳。

上午参加小组讨论会议。同张局长研究下阶段工作。午后布置各行政小组开会，收集汇报，处理问题。

晚间到高凤舞同志处，到十一时步行返回，到家已十二时。

首都今夜灯光下飘雪花，景色绝美，空气清爽，我十分愉快地行走，可惜未有陪同，尚有些单调，不禁引起我深感：首都美丽无比，江山可爱异常。手执铁矛紧紧保卫它，当是自己的天然职责。

1957. 2. 24　降雪　星期日　北京

上午十二时同郑、周赴天安门瞻仰烈士纪念碑。

接着参观了祖国伟大的艺术雕刻展览，特别看白玉佛，使我更加感到我国历史悠久，创造丰富。我们拿枪杆子的人，一定要好好学本领，紧紧保卫它。

给金芳、舅父、岳父母写信。

1957.2.25　半晴　星期一　北京军委第五招待所

今天主持开一天会。

晚间利用空隙时间给岳父、内兄写信。

处事当中一定要从友爱出发，从和善出发，并从关心人出发，这是共产主义道德品质的一部分。

写至此，想起了已故的祖母，后悔在临去世前未回家探视一次，以报当年抚育之恩，为此沉痛。

接受此教训，寻找适当时间回家探视母亲。

我特别重感情，恩不能报，心中总是愉快不起来的。

1957.2.26　晴　星期二　北京军委第五招待所

今天带春意。

终日主持讨论教材纲目。古语"世上无难事，只怕有心人"。说明任何一件事情只要肯干、钻研和走群众路线，没有不成的。

午间休息时利用张局长车前去探视、送别高凤舞并合影留念。

晚观中央歌舞团演出，其中几支陕北民歌，其旋律深深打动我，使我流出了眼泪，感到我们这个民族实在是多才多艺、伟大可爱，一定要爱护它，保卫它，使它再也不能遭受帝国主义的欺侮。肩负卫国之责重大，本事实在相差太远，有待加倍努力。

老高谈到当年在京北活动情况。他记忆力甚强，活动的许多村庄、事例历历在目，对完成三十年征文有莫大帮助。准备再找到雷自德同志谈些情况。

1957.2.27　半晴　星期三　北京军委第五招待所

终日主持开讨论会议。

晚间发一话剧票，到总政排演场观看《同志间》，反映目前部队中所存在一种代表性的真实情况，思想性很高，有非常深刻的教育意义。

入寝已十二时许。

1957.2.28　晴　星期四　北京军委第五招待所

今天主持讨论教材纲目。

晚间，召集组长们汇报并研究了明天的工作，征求了大家意见，认为主持会议某些问题结束太迟，明天即行改正。到街上洗澡、理发。排队等了一小时，这是首都的寻常现象了。

入寝已十二时。

1957.3.1　细雪终日　星期五　北京军委第五招待所

今天终日主持召开讨论会，第一个节目讨论完，开始讨论第二个节目。

在午后开会休息期间，收到来信，说华都因患肝癌病已送医院，如晴天霹雳，顿时使我愣住了，断乎想不到我刚满五岁的爱子能患如此危险之病。他勇敢，他聪明，他的长期病色……一切一切如同在眼前，我主持不下去了，思想飞到儿子身上了。或者孩子从此结束了他的生命，他还没有生长起来，还没有开花结果，还没有尽他为人的天然责任，就这样白白地被病魔夺取了他的生命。这完全是由于我们做父母的太不关心孩子，太大意了，这简直是不可饶恕的罪过呀！至此，我难过极了，后悔极了，我们是没有尽到做父母的责任呀！

又想，他在今天较为良好的环境中也许能够得救，因而我又积极地为抢救孩子的生命从各方面打听良医，给金芳写信，给张现同志打电话，郑教员找其弟相助……

万万没有想到我这个爱子如此不幸！这完全是父母之过呀！

这是我最为沉痛的事呀！

前天买了一张《岳云》京剧票，今天晚上看，无心去，又没有人去看，为一元不得节省，并在同志劝助下还是勉强去了。在台前，看到岳云那样多才多艺、勇敢机智，他们的父母那样地耐心教育、抚养，我实在有愧于心。

愧心，疼爱，不时泪流盈眶。

今晚又受到一次爱国家、爱人民的教育。

金芳是没有受过较好教育的一个人。她是不能很好担当起教育孩子的义务的。今后这个责任仍然要由自己担当起来。

1957.3.2　晴　星期六　北京军委第五招待所

今天终日主持开讨论会。从今天看，所主持的讨论会基本上可以如期完成，工作中一个基本经验：

拟订计划要切实可行。

发动群众，即所谓进行工作以政治做先导。

及时检查执行情况，随时修改计划，提前完成工作，即所谓赶早不赶晚，早有机动余地，晚无活动余地。

以上即此次工作经验。

从各方面打问营救华都的方法。金芳是个迷糊人，至今还不赶快写信告我孩子的实情，怕影响我，采取大事化小事、小事化无事的态度。这是十分危险的呀。

急发数封信问孩子的病情。

初步给金芳拟定一个工作日程，请她准备来京，想尽一切办法要抢救华都呀！

1957.3.3　半晴　星期日　北京

上午到海军参观展览，给予实际、形象的保卫海防知识，甚为有益。

午后唤建华同志交谈至六时，送行后郑教员来谈，红十字医院可治癌症，据最近两天调查结果，初步决定叫金芳带华都前来北京医治，告金芳做准备工作。

若能医好，当是毕生一大快事。

1957.3.4　晴　星期一　北京军委第五招待所

上午主持开会。

午后为华都病事，许多同志劝助，特别利用午后空隙时间到北京市人民医院、协和医院打问治癌症情况，基本上说对此病无根治之法，尤其长到重要部位，绝死无疑，次要部位尚可。闻此，心神十分不安，断乎没有想到精神上能受到如此重大打击。

最后把希望寄托在一丝侥幸中，同郑教员商议后决定来北京一治，就是无奈，也是尽到力量，死而无悔，只有埋怨以往，接受教训。

忙中加上如此重大的精神打击，实在使人受不了。

昨夜在梦中见华都，惊醒后再也不能入眠了。

检查与布置了明天的工作。

1957.3.5　晴　星期二　北京军委第五招待所

近一周来，每晚噩梦连连，都是关于华都的病情。在这个时候回忆到孩子的以往和可爱，尚不知孩子为人的幸福能否争取到。

午后阅读《八一》杂志。

晚间到局听传达报告。

局领导对小孩病情甚为关心。甚为感激。

为华都病，整日思想不安。

1957.3.6　晴　星期三　北京军委第五招待所

今天竟日在室内准备大会报告，于晚九时完稿。

阅读野战条令。

野战条令阅读有些迟了，当迎头赶上。

今天接金芳的信，中述华都住院尚好，仍为肝炎。倒是肝癌还是肝炎？弄不清楚。尝到无知识无文化之苦恼，这点小事情都弄不清。不管怎样我要让他们来京医病。得了一条经验，今后对孩子一定要耐心，十分关心他们的饮食、营养、健康、教育，这个分工应由金芳多担任，不该大意疏忽。如果华都非肝癌，那真是阿弥陀佛，万幸，万幸。

正巧有谢名益、介华返南京，请其顺带书与口信，务必要来。

1957.3.7　早雪　午后太阳　星期四　北京军委第五招待所

今天微患感冒，精神不佳。上午主持一个会议，之后准备了发言稿。午后连续参加张副局长及徐处长主持的两个准备会议。精神不好，头痛，坚持。

晚饭后接到张朋信同志来访。说华都是肝病，非肝癌，无大碍，可以治好。大喜，但还是来京予以根治为宜。

这一个"癌"字不大紧，弄得精神上好大负担。做任何事情都要细心，负责任，万不可马虎、轻率。

这一字，弄得劳民伤财不浅，发一个电报花十余元，分散了开会的精力。

立昌又寄来了日记本，准备到邮局去取。精神不佳，坚持着去。这个孩子忠实可靠，甚喜。

今天报纸未来，甚为闷怅。一日不阅报，如同一日不吃饭似的。

晚间准备明天的报告词。

1957.3.8　阴　星期五　北京

今天精神仍不佳，坚持赴会。上午十一时做了报告，感到准备尚不够成熟。

只有经过自己的劳动才能创造出较好的成果。

感到这场病（感冒）是闻知华都患癌病后造成精神上的严重负担所致。

鼻疾亦甚严重，不通气。

晚又接李一同志的航空信，说华都肝炎，不日在医院就可以治好，不必来京医治。

精神疲惫，准备早息。

1957.3.9　晴　星期六　北京测绘局

上午参观农业展览会。这些东西虽然都熟悉，但是并没有集中起来系统、全面地看过。今天是我首次看到全国各地人民在我们祖先所留下来这块广大而肥沃的土地上辛勤劳动所创造的各种惊人的成果。这些为衣食所

461

需的各种东西，能够使我们生活得非常愉快，舒服。在三小时的参观中，这些伟大的劳动成果使我感动得数次掉下眼泪。看那些大豆、高粱、谷子、麦子、白薯、莜麦、棉花，各种各样水果……世界上很少有像我们这样富饶的国家，我们有什么理由能不好好地保卫它呢？

现实的活生生的事实随时随地都在教育着自己，一定要看护祖国，把祖国的社会主义事业进行到底。

午后参加讨论会。

晚间因精神不佳，故未看电影，提前返回。

严重呼吸系统炎症，终日难受极了。这是最近生活不佳（在街上吃豆浆油馃时被油炸味所呛而致），另在精神上闻华都病受些影响。

1957.3.10　晴　星期日　北京

上午九时到街上进食豆浆、馃子。到玉泉路吴仲华同志处玩数小时，吃面条后同吴同至八宝山烈士公墓参观。毕，返回已九时。至室内桌上放李一、金芳、刘秉真、王智书等同志的信，顿即复以上同志的信，并给母亲、希声兄、岳父母致信。

恰黄克宗同志来送材料，了解了家中的情况，特别是华都的病情较好，甚慰。

1957.3.11　晴　星期一　北京军委第五招待所

今天精神仍然不佳。上午主持主席团开会，因为今天是自己当值班主席。

卫生员同志给开了几种内服药。

午后参加小组讨论。

思想问题是一个人的根本问题，一切错误行为的发生，都是由于错误的思想根源。思想产生过程是看不见的，错误行动是看得见的，因而我觉得思想修养是个大问题，是要经常下功夫的一个问题，要经常进行自我检查，自我反省。这种反省要从小处着手，不仅自己要下功夫，而且对孩子亦要注意其道德修养的教育。自己在过去不进步的最根本原因，我想就在此。

今后对哲学还要在百忙中抽出时间学一学。

吴仲华同志昨天介绍清华大学某体育教员，今年已七十三岁而异常健壮，如同五十余岁人也。讲述了许多健身之法，值得效法。没有健康的身体，即没有健康的工作。

给金芳写信，介绍杨之华同志当年地下活动时期之艰苦奋斗的生活，对彼有现实教育意义。我从各方面设法培养我的妻子，使她在今后能够更好地教育孩子，使孩子能成为为人民服务的有高尚道德的人。

1957.3.12　晴　星期二　北京军委第五招待所

今天精神恢复，病愈。

上午参加研究讨论会内所提出意见。午后参加主席团开会。晚间到街上，买金芳信中所叫买的东西，即妇女们最喜欢的北京化学卡子，按所要求的黑、白两种颜色外，另加了两种。

办事有原则，应该尽量达成人的愿望，不仅自己的爱人如此，对他人更应该如此。

另外买了十包孩子们喜欢吃的北京特产——糕糖。

我体验到一个革命者应该从各方面把工作做好，应尽量做到做一个较为完善的人。工作要做好，同同志们要处好，对家庭还要组织好，对孩子要教育好，总而言之一切一切都要朝着克己为群、为人的好的方面发展。

1957.3.13　晴　星期三　北京军委第五招待所

今天开了一天会议。

昨晚十二时才睡眠。今天精神非常不佳。上午打盹数次。

经验证明，只有适当地休息，才能更好地工作。休息不好影响工作，妨害身体。今后应注意适时调节身体。

晚间看总政文工团演出。

1957.3.14　晴　星期四　北京军委第五招待所

今天上午听顾问报告原子条件下地形保障问题。内容一般，但也很有启发。今后战争特点为：迅速、分散、宽大正面的、大纵深的，因而战前的充分准备是取得胜利的一个重要因素。要熟悉情况，熟悉战法。

一切事情的成就都是长年累月钻研而来的。世界上断乎没有侥幸的事情，即使有也不会稳固。

午后我到前门为孩子们买点东西，《北京日报》上，一位姓张的家长呼吁大家设法帮助教育他十三岁的无法管教的女孩，这件事给我敲响了警钟。今后也得研究妥善方法对孩子进行教育，否则孩子将来也会变成社会上无用的人，那就是没有尽到我们做父母的义务。

还得通过金芳加强对孩子的教育。

晚间观看沈阳军区文工团的演出。

给岳父买虎骨酒，放张现同志处。

1957.3.15　晴　星期五　北京军委第五招待所

上午未去参观制图队，准备午后去参观炮兵展览。

利用时间给金芳写信，请其加强对孩子们的教育。

午后一时参加主席团会议，二时一刻参观炮兵展览。内容十分丰富，可惜不能仔细地长时间观看。

我从幼就想习武，但是直到今天并未很好地学到一手好武艺，实为惭愧。不讲客观原因，主要为自己主观上努力不够。

利用在军事学院工作的时机，一定要很好地努力去学习，能争取到的学习机会，一定不遗余力。

1957.3.16　晴　星期六　北京军委第五招待所

同室少尉同志很幼稚，不懂得维护公共利益，生活上只管自己，不管他人，早睡晚起，或晚睡早起，随意动作，毫不照顾同室，令人讨厌。这是今天青年人中间很多人所犯通病，缺乏共产主义道德的教育。数日来如此，大大影响我的健康，因而今天开会时打瞌睡。

对我的孩子要加强这些教育。

晚间，到张现、李海同志处玩。

为人万不能自满自高，对事情方面要认真实事求是，对同志要从团结和善出发，讲究方法，在思想方法上照顾四面八方，不可单打一。

1957.3.17　阴　星期日　北京军委第五招待所

今天休息。

上午阅读苏联军事小说《在主要战场上》一书。

抽时间同本所两位青年女执行员谈话，帮助其解决思想问题。

晚间上街为孩子买些食物。

1957.3.18　晴　星期一　北京军委第五招待所

今天为此次到北京的最后一日，午后五时即离开可爱的首都了。

上午利用时间到街上买上些金芳所嘱托的东西，一一照办，唯没有面粉口袋买不成小米。

午后二时，张副局长、徐处长前来送行，甚为感谢。

待人接物相当重要，上级对下级不可摆架子，应多联系，真诚相待，共同处事。

1957.3.19　半晴　星期二　午后五时到南京

金芳及四子均列队于路旁欢迎，深享革命家庭之乐。

沿途望农民辛勤劳动，穿着不佳，但精神愉快。特别到苏北，春暖花开，成群结队的男女社员愉快地挖地，青苗已开始长起来。今年年景一定不错，为此甚高兴。

1957.3.20　晴　星期三　南京军事学院

今天在家休息，明天上班。

收拾了书报，稍有疲劳状。

1957.3.21　晴　星期四　南京军事学院

上午向李、蔡谈工作情况，阅读文件。午后听四小时政治经济学。在今天听课中取得最大经验：听课一定要集中精力听，并记笔记，这样既便于理解、记忆，又便于今后温习，我认为这是在课堂听讲课的最好方式。今后注意吸取之。

另外，准备五月份大课——地形对战术行动的意义，否则将造成被动。

岳父母来信为华都事甚为着急，为此晚间复信。

1957. 3. 22　晴　星期五　南京军事学院

上午阅读完月余压存文件，准备传达会议事项。午后听了一小时心理学课，返室为华都补写日记。

工作一定要抓住中心，一定要拟订计划，并且按照自己的计划进行。去年工作中最大的一个失败，是失去了中心，形成一揽子推，跟着李跑。这位同志主观、个人英雄主义成分大，对问题在工作中帮助不够，或者说甚差，这些教训今年一定要记取。

1957. 3. 23　晴　星期六　南京军事学院

上午阅读完文件，研究课业问题，处理公务两起。

午后听取汇报。看样子可能确定李一同志先学习，立刻要抓业务，去年已经失去了这个重心，实为大错。

1957. 3. 24　晴　星期日　南京军事学院

上午偕金芳及四个孩子到小红山玩，孩子们心情愉快，今后多注意调剂生活。一定要利用星期日进行休息。

午后到王均处玩，并进晚餐。王谈两个问题，很值得研究。第一，今后一定有计划节约，这件事情要依靠金芳进行。第二，在军事学院学习战术的方法，将毛主席战术思想做先导进行研究。学战术要从多方面想，从困难方面着想，只有如此才能锻炼出真正的指挥员来。

1957. 3. 26　晴　星期二　南京军事学院

今天上午向解方副教育长汇报在北京开会情况后，解谈到前次要求学习问题，肯定要学，但方法上亦未出乎预料情况，组织上让李一同志先学，答复两年后再学，这样也好。

在此段时间内下决心进行中心的学习。

另外，今天同解谈话中，有一句失言，当解预先说要指示某问题时，我插言说，"请首长随便指示吧"。这是极不当的，形式上不讲礼貌，实际上由于不冷静，当时过于兴奋所致。在一切场合，举措、动作都应该表示有礼貌，应该慎重。中国古语所谓"礼多人不怪"，礼貌对人对工作都有很大的影响。今后注意在这方面加强修养。

午后向大家传达在北京开会情况。

晚同韩交谈些问题，甚有益。

解今天谈话中还对我进行鼓励及工作方法的指导，特别在作为支部书记的领导方面，应多研究情况，多提出问题，多具体分析，而后再行统一认识，统一思想，统一语言和行动。这一点十分要紧，今后特别重要。

解副教育长说"你还是很好的"，今后要在教育长鼓励下继续努力前进。

1957.3.27　晴　星期三　南京军事学院

上午听了三小时空照课。

开始自修业务课，午后后两小时听考核汇报。我想里面有些经验可以进行总结之。

晚间给周素琴写信，另外给张现同志、内兄、母亲写信。

1957.3.28　晴　星期四　南京军事学院

上午自修业务，后一小时同李、蔡研究处理王文海问题，精神相同，方法不同。王在去年提级入党经受表扬后，就经不起考验。这件事完全由个人负责。经得起考验，应该用历史来证明，嘴巴上说的不顶事。

观察事物，一定要从本质上去看，不能只看现象，因为现象中往往有假象不能一下子识出。

午后三小时半听传达三月份中央宣传部开会内容，主要为加强全国的全军的思想教育工作。会议中听了毛主席的八条重要指示，对我的启发教育甚大。

晚间带华都理发、洗澡。华都近两个月未理发洗澡，身体甚脏。

1957.3.29　晴　星期五　南京军事学院

上午听周白照教员介绍绘海图知识，午后自修两小时，最后两小时同李主任研究基六期课业问题。教员不够确定，第一，向总高借兵，万一不成，全体总动员，如此，我想我是以前又失去了时间，课业未准备好。去年后半年失去中心，陷于事务主义状态。第二，未抓住学术，到什么地方抓住中心工作是确定不移的一个真理，自己过去一年在这方面主观能动性发挥不足。

从明天起，处于紧张的备课中，应该摆脱那些事务工作。蔡纲同志要求多负责搞些工作，这是十分好的，应该支持他这种积极性，并且给予具体帮助。不能同意李那种态度乱抓，对人不能进行中肯的帮助。在这方面，吃其苦头不浅，到接受教训的时候了。

1957.3.30　晴　星期六　南京军事学院

上午听顾问讲方面军强渡江河战役及追击战问题，讲得既深刻又通俗，十分满意，为学习军事打开大门。

午后参加支委会，听汇报，通过四月份党的工作计划。

晚间，金芳观戏，几个孩子闹得烦恼，不能学习。对保姆态度欠佳，今后要注意改正。这不是对人的正常态度。今后要加强修养，有礼貌，关心、爱护人民，这都要从细小地方进行。

1957.3.31　晴　星期日　南京军事学院

今天终日主要偕金芳、华都、华京到韩、王家去玩。

为上课事情，心中总有负担。体会到一个老问题：言和行，言容易，行难，问题在于行。行，就是所说联系实际，理论若不变成实际，那么，理论就没有现实意义了。今后注意即知便行，即行就干到底，不完成不休止，以其作为指导思想。

1957.4.1　晴　星期一　南京军事学院

今天为三月份最后一个党日。

上午拟订备课计划，并进行了两小时的自修。最近要上课，这是当前压倒式任务。

讲话一定要有分寸，分场合。进行斗争要有理有节，办事要讲究方式方法，要看对象，鸭子吃菠菜平推方式和抓一把方式都是行不通的。切记。

对同志，一定要团结、友爱、关怀，万不可鸡毛蒜皮。

关于军衔问题，本打算今天向干部部写个声明，但又想没有多大必要写书面材料，将来有机会面谈一下，不必小题大做。

蚊子已开始活跃起来，昨天晚上已开始咬人了。

金芳今天晚上打华军，甚为不满，因为午间就有一次。她很不接受。当时不可同其顶那几句，因为她怀孕。应忍耐一时，用适当方式在适当场合进行教育之。

我见不得孩子啼哭，见啼哭，我就着急了。

几个孩子实在可爱，天真、活泼、顽皮。可惜我没有很多时间亲自进行教育，而妻又教育不好，为此亦不大放心，又影响到我的工作。我的工作最近入门，并且也有兴趣，不久还要进行学习战术课程，时间对我来说是最为宝贵不过了。能争取到时间，就是我工作胜利之半了。

今天晚上，本拟去办公室，先孩子闹脱不离手，后韩同志来扯谈两小时，计划随之破产了。

1957.4.2　晴　星期二　南京军事学院

今天上午备课四小时。

午后听传达全军干部工作会议精神。集中精力备好课是自己当前的战斗任务，一定要完成这项任务。晚到郑教员处，他积极为个人备课。

一个人最宝贵的是思想品质，这种品质的标准就是"一切要从人民的意志、人民的要求出发"，同人民同甘共苦，也就是"以民为贵"的思想。人民是主体，要把自己修养成善于在这个主体下怎样都行的思想，即所谓能进能退、能大能小、从不为个人打算计较的高贵品质。

1957.4.4　晴　星期四　南京军事学院

上午同郑教员研究教案中若干问题，午后开始写教案。

晚下班时大雨，我也未带雨衣同雨鞋，正在徘徊间，华都、华英给送来雨衣，甚喜。今后只要教育好，他们是能为人民做点事情的，所以教育子女是一个天然的责任，应百分之百尽力才是。

今后在本院工作期间，一定要利用一切可以利用的时间用于学术研究方面。军人一定要很好地培养卫国爱人民之德。

昨天在《解放军战士》上读到徐向前元帅艰苦朴素、爱国卫民的故事，使我大受感动，特为此购一本书让金芳学习。她近年在学习方面颇有收效，今后宜多为帮助。

1957.4.5　晴　星期五　南京军事学院

上午听四小时政治经济学，午后写教案，精神不佳。晚上不支，估计可能被传染上流行性感冒了。此病为此世界上三大流行病之一，我国最近蔓延甚广。三月八号在北京开会时，军委测绘局即流行。那时身体感到不适，虽已被传染上，但由于注意斗争，才免于躺倒。自此以后至今，身体总是不佳。今天特别感到不适，好似潜伏期已过，快发作似的。几个孩子近两天也好似不快状，特别小四，疲劳，饮食减少。

适刚来的《解放军报》上介绍中药预防流行感冒症，即，四两萝卜、五个新鲜青果煎一碗作为一日量，分三次服之，服三至五日。

骑车到太平门买。平素一分一个两个的青果，现在都涨到三分一个，据小高说还是由于控制才三分，否则要涨到五分一个，这是最近自由市场开放后的结果。有组织市场往往太死，自由市场太松，这是今后值得进一步调剂和改良之处。

午后办公时，我对本会今后工作方针有这样的考虑：一、新旧图，图式并学，以应未来发展之需。二、制一套不同比例的美军防卫工事配系的航空照片。三、重新考教学大纲，有的课目要减，有的课目要改、要增、要取。作为合成军指挥员，测图课可不要，加强识图用图及航空照片判读即可。现在那种鸭子吃菠菜平推战术要改进。四、研究原子条件下地形防护性能问题。五、设法研究夜光地图等新东西。六、发动教员进一步研究地形这个军事科学问题。七、教授法的进一步改进问题、教材的改写问题。这一系列问题都亟待着手解决，但这里面尚有许多困难，其中最为主要的困难是我对这新科学还未完全钻透。尚有李一同志这位以专家自居的保守主义者存在，这就是说还需要有一个斗争过程，斗争还要十分讲究方式方法，刻下时机尚不完全成熟。

这些问题需要进一步考虑。

接武思同志信，即回信，并寄合影照片。

1957.4.6 晴 星期六 南京军事学院

上午自修，午后写了一篇反对华而不实的报道，因带孩子门诊，未完稿。

1957.4.7 晴 星期日 南京军事学院

上午到办公室抄写一篇稿子，十二时送王均师长到车站，但由于时间闹错，去时已经走了，白跑一趟。返回时十分疲劳，晚同金芳阅读巴金的《家》，这是十分有教育意义的作品。

1957.4.8 阴雨 星期一 南京军事学院

今天气温升至十九度，棉衣穿不住。上午完成向解放军报社一篇投稿，午后写教案，并且开会决定上地形对战术行动的意义一课。

今天军委电报确定我会调二人参加编写《全军军事地形学》。

晚，阅读中央关于罢课、罢工的指示，分析深刻。今后在工作中一定要反对官僚主义，注意自己的官僚主义，一定要时常深入下层，接近群众，倾听呼声。最近些日子，接近群众少了，应立即纠正之。

随时向群众学习，关心群众生活，经常注意接受教训，这在党员和领导干部来说，应该是必修课。

1957.4.9 晴 星期二 南京军事学院

上午气温升到十九至二十度（室外），人们都热得纷纷脱棉衣，而怕感冒者又想脱而不敢脱。午后气温降四至六度，并刮六级大风。

学会党内斗争，我认为这是一条很大的收获。团结—批评—团结方针是正确的，我完全依此方针对李一同志进行批评、斗争与团结。北京（军委）发电报指名他参加编写军事地形教材，这是完全正确的，而李仍然依他的哲学观点以不变应万变的手法又来试探我的口气，打算叫我去参加编写工作。当然，在革命工作来讲，我什么工作都可以做，没有什么，但当组织上指定他要完成的工作，他算来算去地从个人利益角度出发，企图从中讨便宜，结果致革命工作受损，我不能同意这种人的做法。我想解副教育长也不会如此无原则地迁就他。

为了委曲求全，还是忍耐一下，最后忍耐三分钟，如同打仗一样，坚持最后五分钟同样重要，过去就是胜利。

任何一点成就都是从辛勤的劳动和正当的斗争中得来的，从这个基本观点出发，一切事情非要通过自己亲自劳动不可。凡有劳动机会时，万不可偷懒，一定要自己下手，"要想知道梨子的味道，非亲自尝尝不可"。在工作中善于团结人，又要善于在原则问题上同错误的意见进行斗争，万不能和平共处。当然进行时一定要十分讲究方式方法，不可蛮干一场。

终日写了七小时教案，脑子有些发晕。

1957.4.10　晴　星期三　南京军事学院
今天完成教案。

阅读完院关于重新开展反教条主义的决议，对本会工作着手考虑。

经验切记：不论到哪里工作，首先要抓中心环节，现在的中心环节是学术问题、施训问题。

1957.4.11　晴　星期四　南京军事学院
上午听三小时炮兵战术课，午后修正教案。

阅读院政通知，准备即行反教条主义，为此同蔡做了交谈，作为思想准备基础。

晚间向郑教员请教，之后又谈论些问题。他提出的领导方法上一些问题，颇有帮助。

接张现同志信。

昨日接萧大鹏同志来信。

1957.4.13　晴　星期六　南京军事学院

上午继续研究了地图比例教材，午后对宋指示了几个工作问题：考核问题的组织、教学问题的总结、干部休整、军事学习等。

上午参加训练部开会研究青年教员到四步校受训问题。

晚间准备补习问题。周金芳给买电影票，不佳，中途返回。这个时间支配不当。

科学支配时间对今后事业有决定性意义。

1957.4.14　晴　星期日　南京军事学院

上午到办公室自修三小时，并请教郑教员几个学术问题。

本想午睡，华都、华英不见。他们被孩子们带至小红山，中途被弃。怕出问题，因而同金芳急找。

1957.4.15　晴　星期一　南京军事学院

上午到人民大会堂听陈副院长动员反教条主义学习。这是思想方法上的一个革命，不但今天反，而且以后在工作中要注意反，只有在经常的、不间断的斗争和自我斗争中才能不断得到提高。

午后和测绘局陈参谋谈，把几小时白白浪费了。晚间本拟自修，老韩同志扯谈到九时。

无端浪费他人时间，等于谋害。深有体会。

1957.4.16　晴　星期二　南京军事学院

日间自修六小时教案。

晚阅读周总理的时事报告。

近日讲话中有某些问题不够注意，今后仍要加以注意。中国古语说得好："病从口入，祸从口出。"今后还是守口如瓶好些。

1957.4.17　雨　星期三　南京军事学院

终日备课，思想有些不集中，这是唯一不良之处。

当在午后备课中弄通一个学术问题后十分愉快，感到最为愉快的进修莫过于当工作完成后和学术问题弄通后，特别是最困难的情况下弄通了，那真是人生最为愉快的时候。

晚间本拟自修，但因几个孩子，特别是小四病，纠缠住未能去办公室。

1957.4.18　雨　星期四　南京军事学院

上午自修备课，后两小时同蔡、李研究问题后胡扯。时间掌握不好，这是个大问题。

午后到大礼堂听反教条主义补充动员报告，解副教育长发言，甚有思想性。

晚，探视黄克宗病情后，准备教案。

1957.4.19　半晴　星期五　南京军事学院

今天为第一天进入反教条主义文件学习。

晚间本拟加班，因为约好曹羽同志前来，扯谈了。

现在我深知时间是最宝贵不过了，因为苦于无法应付那些白白占取他人时间的不道德行为的人。

1957.4.20　晴　星期六　南京军事学院

检查昨天在工作中态度尚有不当处。工作员杨先烈不懂事，未办好工作，不该当时重语批评，我感到是不当的。同时，用人还不当，杨先烈宜办内部事务，不宜办对外的复杂性工作，他在这方面缺乏经验，而自己取其所长、补其所短不够，使用干部、分配任务都做得不够，今后特别注意之。

上午复习了教案，中间参加讨论李一同志召集研究的一个问题，即六横柱问题。他个人所坚持的和提出的有点画蛇添足之嫌，因而我退出了。现在我应按照我的计划进行工作，避免在他那种一把抓、手工业工作方法之下再把若干宝贵时间牺牲了，对任何事物要分析，要研究，要有自己的主见，要有自己的计划，断乎不能盲目和依赖，否则将招致不堪设想的损失。

午后仍进行阅读反教条主义文件学习。在学习中深深体会到：理论性的东西，特别是经典性著作，往往都是概括了的。因而光在这种理论性上面想求得解决问题的方法还不可能，就是说它只能做引子，诱导启发，指出了方向，而真正要解决问题，非得同实际相联系起来不可。我们学习理论的目的，重点也在于密切地联系实际，只有联系实际，才能真正了解问题的精神同实质，只有了解了其精神实质，才能掌握行动，做好工作。

接母亲来信，要求时常写信，以免挂念。

1957.4.21　晴　星期日　南京军事学院

上午到会本拟自修，因王文海告教育计划有改变，此为李擅自独决，余不知，考虑本会会后计划问题，未按原计划执行。午后到街上小书店，随便买点杂志、书籍，为孩子们买点东西。

晚，冒雨同金芳携小四去门诊部打针，孩子为上呼吸道炎症。

1957.4.22　晴　星期一　南京军事学院

上午听试教三小时。

午后进行文件学习。

晚，阅读中央文件。

1957.4.23　晴　星期二　南京军事学院

今天上午测绘局徐处长来，因而上午两小时可贵时间又白白报销了。

午后进行学习酝酿，最后利用一刻钟进行研究领导工作。决定李去参加编写工作，解方副教育长这个决定十分正确。

1957.4.24　雨　星期三　南京军事学院

上午未干成什么事情，蔡协理员前来扯了两小时。午后四小时进行小组漫谈，我集中倾听同志们意见，未发言。

1957.4.25　晴　星期四　南京军事学院

晚六时许返家用饭，饭后去探视宋教员病情。

抓住现实，做好现实工作，亦是今后一个重要指导思想。当前最为重要的是做好本会的反教条主义工作。

1957.4.26 晴 星期五 南京军事学院

上午听试教三小时。

午后参加学习。反教条主义应当作一个伟大的思想改造的艰巨工作，最重要的是树立正确的观察问题方法，方法不正，不论什么问题都会有自己的主观片面看法。

周金芳喜于游手好闲，不善于管家，做事粗心大意，如前些日子当气候剧变时，再三嘱其格外注意照顾孩子，结果放任，抓机会去看电影，致华京连连发烧周余，体重大减，孩子消瘦得体若棉花，无力行走。为此批评她还不满，返家后精神抵触，不快已极。

近几日来精神不快，事不顺心，但，我也知需要耐心说服解决之。

1957.4.27 雨 星期六 南京军事学院

上午听外军教授报告：根据美军观点研究有关进攻的几个问题，讲课为四小时，我聚精会神地听，因而收效甚好。这是今后学习的一个较好办法，另外在课后（最好当日，最迟不超过次日）进行复习，有疑难问题即提出讨论研究，这样才能很好地巩固下去。这应该是一条成功的经验。

午后进行反教条主义学习。

对人民群众的意见要采取冷静分析的态度，万不能粗暴、简单，李一同志在这方面是做了我们的老师了，但是只能为戒，不能学习。

在不合理事物面前不能袖手旁观、忍耐和等待，而要用适当方式方法进行批评和斗争，必须把问题弄清为止。

给李海写信。准备下周召开支委会议，讨论下一步反教条主义工作的计划、部署问题。

1957.4.28 晴 星期日 南京军事学院

上午自习。

同曹羽同志研究我国战略方针问题，并为其到北京写信。

午后偕金芳、华英、华都到小红山玩时许。

晚同韩玉奎同志扯谈我院反教条主义问题。

1957.4.29　半晴　星期一　南京军事学院

今天上午主持了支部委员会，历两小时，讨论了本会反教条主义的工作步骤，大家发言积极。

午后阅读中央文件。

1957.4.30　晴　星期二　南京军事学院

今天上午抓紧时间进修了师团二梯队的使用问题。

我深深体会到在战争的空隙时间内要十分重视学习军事科学，尽全力并利用一切可以利用的时间进修，为将来学习和为战争准备好条件，在执行党、人民交付的这一任务中间，不可受外界任何的影响和动摇。

午后，参加院召开的会议。

1957.5.1　雨　星期三　南京军事学院

今天是伟大的五一国际劳动节，终日在家进行自修，检查自己，准备迎接党和人民随时交付的新的任务。

"准备力量，继续战斗。"这是共产党员什么时候也不可忘记的天然责任。

1957.5.3　半晴　星期五　南京军事学院

今天很紧张地劳动了一日，主要为脑力劳动。阅读了十小时书，上午阅读业务方面，午后阅读完我军战略方针问题，又阅读英国元帅蒙哥马利对未来战争战略问题的论述。这种对比的学习加深了我对未来战争的了解，从而增加了我的责任感，感到不学好军事，断乎在未来战争中无法完成任务。

今天捐了五十元，应上级号召救济江苏省受灾的人们。我们位于江苏，江苏是我们伟大祖国的一部分，江苏人民有光荣的革命历史传统，尤其在新民主主义革命时代，对中国人民解放军的支援更属热情。值此人民在困难之际，我们不能坐视不管。

在革命斗争过程中，主要就是要锻炼我们的群众观念，即一切从人民出发的思想，只有随时随地同人民生活在一起，同甘共苦才能真正养成。

今天中午解副教育长征求关于整风方面的意见，准备下周一开院委会讨论。

我决心这次进行一次彻底的思想改造，把小资产阶级的思想彻底肃清，从而轻快地在社会主义事业的坦途上迈进，这就是我的愿望。

1957.5.4　雨　星期六　南京军事学院

很吃力地攻读技术方面的材料，今天共阅读了七小时书，前三小时脑力不集中而又感到脑子发痛，后三小时阅读政治性报告就好多了。

晚间带华英、华都到图书馆阅读青年工作展览陈列的大革命时期、十年内战时期的文件，我十分感兴趣，因而想仔细地翻阅，可是孩子们十分不耐烦地在屁股后面直叫回去，只好粗阅一下就走了。

1957.5.5　雨　星期日　南京军事学院

昨天由于用脑子不得法，致今天起床即发疼，显然是用之过度和调节不当。这个教训当时常记取。

我十分喜欢收藏所喜的书籍。上午到街上，一调节脑子，二借此各书摊转一圈，购了几元钱的旧书，尤其收藏到一些抗战时期的书，如获至宝。

午后，稍午睡，于四时开始阅读完几个文件后，一口气阅完李伯钊同志所写的《女共产党员》一书。

1957.5.6　雨　星期一　南京军事学院

今天是党日。主要活动，一、阅读了中央发出整风的社论《为什么要整风?》一文，阐述深刻。二、参加小组生活。

中央指出，今后要实行体力劳动同脑力劳动相结合，这是理论结合实际，亦即改造我们思想的最有效措施，因而我十分拥护。

1957.5.7　晴　星期二　南京军事学院

阅读地貌篇。

午后参加小组会听人民内部矛盾问题的学习。后两小时参加陈副教育长召开的会议，布置整风学习。目前步骤尚不一致，精神尚模糊不清，领导上工作相当被动。

不论什么工作，力求主动，一旦被动了就麻烦了。工作被动当然就产生了不良的效果，甚至要闹出缺点或错误。检查我目前的工作，未掌握住业务，这是最大的被动，现在马上着手克服这种被动，扭转这个局面。

晚，赴白下路医院探视摔伤的蔡纲同志。

1957.5.8　晴　星期三　南京军事学院

上午阅地貌篇。后一小时又开会讨论了反教条主义进度问题。这个会属于可开可不开。午后阅读毛主席在南京干部会议上的讲话，又进一步得到教益。

最后一节课又参加陈副教育长布置停课反教条主义问题的会。

接高妻信，告知雷自德同志下落，甚喜。老战友数年不见，甚念。晚复信。

曹、韩来座谈。

晚复冉志英并雷自德同志的信。

1957.5.9　晴　星期四　南京军事学院

今天上午自修整风文件，午后集中阅读两小时，此外被一些零星事情纠缠住，思想非常不集中，这是很不好的一种现象。

几天以来学习中，回想过去在工作方法上存在抓小辫子的工作方式，缺乏一种耐心的说服，用不可置辩的真理说之，无形中形成一种压的办法而不是说服的办法。记得在我军政治工作传统中有一种习惯，就是用"说服"去改造教育人。今后在思想工作方法上，着重以说服达到缺点错误的改进、纠正，当一下子不能不接受时，应当允许其保留。思想上转变，往往有一个过程，对于任何事物、任何人，都有一个认识过程，所以，这种做法也是合乎逻辑的。

1957.5.10 雨 星期五 南京军事学院

今天上午，我参加了二组整风学习漫谈会。

午后到南京飞机场参观航空照相机，这是喷气式，能在一万二千公尺高空进行照相，并且还能在恶劣天候条件下进行照相。这门科学应该进一步研究才行。

1957.5.12 晴 星期日 南京军事学院

金芳这个人的脾气，在今天的实践中又有进一步的认识。个性强，遇事办法少。对人的认识，都是从错误与正确、好与坏、优点同缺点的比较中得到和加深的。

本拟多学习学习，但又带孩子们同妻出去玩至午后一时。

1957.5.13 晴 星期一 南京军事学院

今天终日参加小组会，听取反教条主义检查。

晚间与同志谈话。

1957.5.14 晴 星期二 南京军事学院

利用空隙时间与同志谈话，日间参加小组会，听取反教条主义同官僚主义检查。这是十分丰富的一课，应当很好地去接受宝贵的经验教训。

1957.5.15 晴 星期三 南京军事学院

今天又进行了一天整风，参加小组会，听取同志们的批评。

我们平常受教育有三种：第一，党和上级的教育；第二，人民群众的教育；第三，自我教育。三种教育是密切贯穿而不可分割的。某个时期偏重于某一方面的教育，如现在运动，既偏重于听取人民群众的教育，而又结合党和上级的教育加以自我反省，三者关系是随时依据客观情况变化而变化着，哪一方面均不能忽视偏废。这里面要注意最为基本的一个问题，即经常地随时随地要同人民群众在一起，打成一片，取得教育。群众的眼睛是亮的，所谓旁观者清，因而经常听取些群众意见最为有益，没有任何损失。

因为党不断地总结工作中、运动中的经验教训教导我们，这些指示、指令，指导着我们的思想、行动，在前进时保持正确的方向、清醒的头脑，所以这也是不可缺少的，缺少就会变成一个盲目的行动者，会犯错误，会失败。

当然，这些均属于客观的，即所谓客观教育。另外，最为重要的是主观好学上进，这是基本的，这需要经常地、刻苦地自学。

只有不断提高思想，才能提高工作能力。当工作不好，群众起而责备的时候，当检查出工作缺点或错误的时候，这时就回忆到自己知识的不足，觉悟程度不高，分析力不强，官僚主义、主观片面之危害，感到难过，但，后悔不及。当犯了错误，做坏了工作，而群众往往是不能原谅的，特别是有着骄傲情绪的人。

处理问题要公正，要以理服人，为此，对问题就要分析研究细查，不能坐办公室简单处理，要学"包公"精神。

晚间解副教育长指示几点工作，思想性甚高。其间，李一同志表示仍然急躁，我未采纳他的意见。

1957.5.16　晴　星期四　南京军事学院

今天上午听关于人民内部矛盾的录音报告，很清楚。

上午第一时讨论一些问题，未同意李的意见。

午后参加小组会，听取群众发言。

运动中受到的教育是最大的。

接到王均同志来信，他被任二〇〇师师长职务。

党所分配这个工作岗位，工作应该做出成绩，其办法就是自己钻研学术，正确领导，走群众路线，团结好同志一起完成任务。

晚间利用两小时阅读完周总理在政协全体会议上所做的访问十一国的报告，受益颇深。

1957.5.17　晚雨　星期五　南京军事学院

上午听五小时报告。

午后听取小组发言。

晚间听取荆再生代为开会汇报，并找两个同志谈话。

计划明天动员，贯彻党中央关于各级领导人员参加体力劳动的指示，准备于二十日参加南京中华门外某合作社挖渠。

这是党中央根据目前国内形势发展进一步联系广大劳动人民，从而鼓舞全国人民积极为建设社会主义而努力的英明措施，我衷心拥护，并要积极行动。

1957.5.18　晴　星期六　南京军事学院

今天上午参加训练部、政治部主持召开的各教授会主任会议，内容是解决住房不合理问题，历时三小时。我在这个会议上得到两个教训，第一，小题大做。当前学院主要问题是解决最主要矛盾，即教学方针问题、教条主义问题、思想问题、官僚主义问题等等，而这些大问题抓得不紧，现在尚无头绪。第二，就住房不合理问题，亦未抓住要害解决问题，着眼于技术上解决问题，即多从照顾出发，发展成平均主义，如军委规定少校以上发自行车，学院规定任教员大尉可发自行车，那么上尉教员就有意见，非教员大尉职员亦有意见。又如教员座椅即分五等，也引起意见。这些意见都是人为造成的，趋于平均主义。人的物质享受观念都有的，并且也是无穷尽的，因而从这个角度解决亦是无法满足的。思想工作在这些具体问题上未跟上去。

我认为，在解决这方面问题时，应该是：

第一，维护中央统一规定精神，如少校以上发自行车，就少校以上，大家对此无意见，维护制度的硬性精神。

第二，解决物质待遇时，各级等级不可相差过远，一定要维护这个社会主义原则。这样解决问题，各级意见不大。

第三，加强思想工作，从政治上多提高觉悟，所谓政治做先导，只有提高认识，才能把大家的分辨能力提高。

午后参加陈副院长主持的首次参加南京市体力劳动问题的会。后在会内做动员报告，并传达印尼军事代表团访华问题。

1957.5.19　晴　星期日　南京军事学院

上午阅读一份中央文件。

午后到街上买了三元的旧书，这是我生活在城市的一项主要私好。如此，收藏了许多旧书，也花费了许多钱。

晚间，到曹羽同志处扯谈到十二时。

我发现，我同别人扯谈中有个毛病，就是我说的多，让别人说的少。谈话，原则上应该大家互相扯出些问题来谈，这才有意义，也才能在和同志谈话中取得教益。今后改之！

1957.5.20　晴　星期一　南京军事学院

今天六时出发到光华门外约十五里处一个合作社进行挖渠劳动。这是入城后首次劳动，也是响应中央关于参加劳动的指示。我们五百余人参加这次劳动，大军出动在群众中，大家注目，心中愉快。途中还有群众锣鼓队欢迎。

我是有劳动习惯的，因而感到自然。

劳动创造世界。劳动是光荣的。只有不断劳动才能把脑力劳动同体力劳动紧密结合起来，才能不断提高自己的思想意识，才能更好地做好工作，得到进步，受到人民群众的拥护。因而，劳动是十分可贵的，万不能鄙视。

今天往返行走三十余华里，劳动近四小时。

1957.5.21　晴　星期二　南京军事学院

今天上午参加小组会，听取发言。午后到政治处汇报。在汇报中由于事前准备不足，有一句失言，即，谈同李一同志关系问题时称：其矛盾不解决将用思想革命方法解决。而侯主任插言说：用"团结—批评—团结"的方法不行吗？

错误往往自己不能直接感觉到，必须经过思想交流，打几个回合以后才能洞悉。

1957.5.22　阴　星期三　南京军事学院

一、阅读文件。

二、拟订支部工作计划。

三、同预备党员王文海谈话，给予批评、教育、鼓励。

四、午后听王文海试教，晚听全国华试教。

日间头有些发晕。

1957.5.23　雨　星期四　南京军事学院

上午第一、二小时同李一同志到解副教育长处汇报工作，报告下一步工作计划，他表示同意。在解面前李一提出不符事实的矛盾问题，在被动之下我做了具体批驳。李在无理之下还强驳。最后解急于开会，表示不愿听了，李还拦住要进行辩解。此时，我主动告退。

到干部部谈非党军官评衔事，之后语徐助理员转告胡科长、部长，关于李一无理捏造对军衔不满事。

听陈副教育长传达钟副政委传达的总政会议精神。

午后主持支委扩大会议，布置第二阶段的工作，讨论三小时。

支部委员会委员片面性大，所以今后多采用扩大会议形式并适当地吸收非党群众骨干参加。

1957.5.24　阴　星期五　南京军事学院

上午向陈副教育长汇报工作。

在本会军人大会上报告工作计划。

午后三小时看军事影片，一、辽东半岛集团军抗登陆演习。二、海、陆、空登陆演习。三、资本主义国家（主要是英美）演习短片，军事技术装备影片，导弹、火箭短片。

这使我打开了眼界，增加了新知识。由于用脑过度，晚饭后有些发疼。到老韩同志处谈谈心。

老韩同志说：身体为革命资本，所以要特别注意保养，以利长期坚持革命工作。完全同意这种意见，过去我注意不够，今后一定要纠正之。

1957.5.25　晴　星期六　南京军事学院

上午听钟副政委传达军委、总政关于整风问题的报告，听了近两小时，连百分之二十都听不明白，因而利用这个时间到医院同蔡纲同志交谈了工作情况、李一同志情况。

午后同几位业务组长交谈，征求大家对考核工作的意见。

晚同梁书斋教员扯谈至十一时半，取得了很多知识。

体会：在人民事业、党的事业面前，时刻要争取站在斗争的最前线。最艰难困苦的地方，就是我们共产党人最应该坚守的岗位，这种岗位应该说为最难得的，同时也是最光荣的，在精神上平时应随时随地准备迎接这样的任务。为此，平素就应该十分注意锻炼身体，身体是完成任何光荣任务的基础。

1957.5.26　阴　星期日　南京军事学院

上午带孩子们同金芳出太平门乘船到玄武湖一游。

午后赴街上买菜、订书。

晚同郑扯谈，涉及会内领导。

1957.5.27　晴　星期一　南京军事学院

以五小时写完关于地形对战术行动的意义一篇教案。

午后进行预习。

晚阅读杨献珍同志在高级党校讲话。同尹立谈话。

1957.5.28　晴　星期二　南京军事学院

备课，起草考核计划。

深感学习哲学不足，对毛主席思想体会不足，大大影响了思想方法的提高，也阻碍了工作。今后宜加强理论学习，在经典著作中，着重于哲学方面。

现在感到学习是处于四面楚歌中，哪方面都包围上来，都需要学，都学不了，我想还是一个一个来吧。

1957.5.29　晴　星期三　南京军事学院

上午听陈副院长传达中央关于整风方面若干文电精神，后感到，我们做工作，一要深入群众。此次整风，事前组织非党人士座谈会，充分发言，揭露了我们工作中许多严重缺点，这对改进工作有很大教益。二要讲究方法，还要讲究工作态度，不可缺一。三要多用协商态度，遇事多商量，多征求各方面意见，那么事情了解总会全面些，不至于犯主观主义毛病。

陈副院长又谈到下步如何做，也很深刻。午后听介绍导弹方面常识。晚第二次看抗登陆影片。

今后，要在工作中十分重视体会毛主席的工作方法、思想方法。

1957.5.30　晴　星期四　南京军事学院

今天备课终日。当教员是个苦事情，比打仗不轻松，不可贪高望远，应该老老实实地从具体工作、微小工作做起。

1957.5.31　晴　星期五　南京军事学院

上午备课。

午后主持支部委员会，最后一次讨论非党同志军衔问题。得出一个结论：进行任何工作一定要运用领导同群众相结合的群众路线方法，可以克服主观、片面。再起草那个考核问题，同群众见面，经过大家提意见修改，结果就比较全面了。

一个人的主观见解总是有限度的，并且对某些问题看法上总是有局限性的，因而，走群众路线，往往补足了这个局限。

当然有些问题，特别属于政策方针的东西，刚确定未经过实践，群众一下体会不出来，这时要在群众中进行教育之后，使其了解才能跟着走。切记，领导要虚心向下，与群众紧密相结合，一时也不能脱离。

晚带华都、华英阅读儿童片，准备迎接六一儿童节。

最近身体健康，饮食消化均好，应在这个基础上继续下去。

金芳快分娩了，应多予以帮助。

1957.6.1　晴　星期六　南京军事学院

一、考虑今后工作方针性问题，特别对同志们所揭发的五十条意见处理问题。

二、布置考核工作、下周一党日工作。

三、午后参加陈庆先副教育长召开的训练会议。

1957.6.2　晴　星期日　南京军事学院

一、上午阅读军事地理两个问题。

二、韩玉奎同志请赴中华剧场观看中央广播电台说唱团演出后，闻知南京大学学生包围新华日报社闹事，后到该处看了看现场，其详情不明。

为人民服务，不可儿戏，一定要认真地、细心地把事情搞好，要抱着战战兢兢、高度负责态度去搞。切记，搞坏了事情，人民是不会原谅的。

1957.6.3　晴　星期一　南京军事学院

今天党日，我未去听党课，因为政治部规定上尉以下党员去听，因而我利用此时间考虑了下半年工作计划问题。

另外，今天把一些时间虚度了，集中使用不够，这是今天不当处。晚上同杨先烈扯谈时间太长了，不当。

1957.6.4　午后雨　星期二　南京军事学院

今天我总的感觉时间未利用好，主题抓得不够紧，应抓紧研究学术，逐渐摆脱开不必要的行政事务。

一、上午前两小时到干部部研究教员分出问题。

二、汇报军衔评定工作。

三、汇报李一同志问题。

四、两个小时做个别谈话。

五、一小时同李一同志研究事情。

六、午后到洪武路工人文化宫参观电子展览晚会，因为外行，故走马观花。

晚间进行自修。本打算到办公室试教，因大雨未实现。

我也十分喜欢晚间工作。它比白天宁静，特别在万籁无声中，思想极易集中。它避免了白天那种嘈杂和事务，但在夜间工作之后，一定要保证白天有足够的休息时间，否则长期下去，势必损坏身体的健康。身体的健康是事业的基础，没有它，将革命事业干到底，那是空话。

1957.6.5　细雨　星期三　南京军事学院

终日备课，精神集中不下去，许多行政事务纠缠。

科学支配时间是毕生革命工作中一个重要问题。

依院政指示，布置征求意见事。

1957.6.6　晴　星期四　南京军事学院

今天终日集中力量复习课，深深体会到备课难。任何一件工作，只有亲身体验一下，才能真正洞悉其精神实质。

午后最后一小时同李一谈话，完全用说服、启发、诱导等方法；对不同意见，依中央指示，采用保留方法，而避免压的方法；在工作中，对于不同意见特别是反对方面的意见，甚或不完全正确的意见，都要采取包下来的精神。历次重大政治运动中，许多同志所提的不同意见，我都是采取包下来的态度，事后对这些意见细细琢磨，十分有益。他们把意见拿出来总比放在心中好，最可怕的是不把意见摆出来，"暗箭难防"。等到你没有预防的时候射来一箭，那是最可怕的。因而，只要把意见放出来，那是一点不可怕，相反，那是十分可喜的，这时，情况明了，自己可以警惕，可以了解到缺点，可以改正缺点。

这就是我们作为一个共产党员来说不怕同志们提意见的根源。

1957.6.7　半晴　星期五　南京军事学院

午后接待南京军区作战处蔡处长等参观沙盘，晚间准备教案。

一件事情，只有自己切身经过，才知要想很好完成都要付出一定的劳动代价。在我们社会主义大家庭中，不要轻易否定他人的劳动，也就是说要善于尊重他人的劳动成果，这也是看人的一个道德标准。对那种只看见自己劳动成果而看不见他人劳动成果，因而不尊重他人劳动成果的人，我是十分鄙视的，因为他还没有彻底进行思想改造，以资产阶级观点、方法来观察问题。

1957.6.8　晴　星期六　南京军事学院

上午以五小时时间参加干部部召开的评非党教员军衔会议，基本上定案。这属于重点性质会议，我在思想上是通了。党这种做法是符合长远利益的，是完全正确的。我们党处理任何问题，是光明磊落的，不是从门户之见出发。我党之所以能治天下，能以理服人，就在于此。因而，在今后工作中也要进一步善于体会党的政策精神，把这种精神贯穿到实际工作中去，能用人，能容人，能团结人。

发言建议，调部队上优秀指挥人来院任教，真正达到教用一致。将来国家有战争，他们出去亦为好指挥员，这是百年大计。

午后试教一小时，处理问题数起，晚试教。

1957.6.9　晴　星期日　南京军事学院

今天未休息。

上午准备试教三小时。午后又备课。晚间试教，基本成功。

要深刻了解到：党和人民是要我们做好工作的，工作中偶尔一次半次缺点或错误那是会原谅的，而缺点错误常犯，成了系统性的之后，则断乎不能原谅的。不可在这个中间，以过去贡献或凭借资格去自己原谅自己，自己饶恕自己。

工作中一定要经常抱着战战兢兢、虚心好学、不耻下问、刻苦钻研、活到老学到老的精神。学无止境，客观事物时刻在变化着、发展着，所要学的东西实在是太多了。

1957.6.10　半晴　星期一　南京军事学院

听六小时试教。

晚间备课。

1957.6.11　晴　星期二　南京军事学院

今天讲四小时地图比例、地形对战术行动的意义。

午后授完课，感到甚为疲劳。这是到学院初次授课，这课又意义重大，因而我在之前做了充分准备。得出这样一个结论：世界上一切事情只要经过很好努力，没有不成功的。

世上无难事，只怕有心人。

1957.6.12　晴　星期三　南京军事学院

上午考核五小时。午后阅读抗美援朝战争经验第二集。

晚间头很疼，因用之过度。

1957.6.13　晴　星期四　南京军事学院

今天上午考核五小时地貌说图课。午后参加政治工作会议。

晚饭后到南京军区招待所探视许处长，同郑、于等扯谈至十一时。

任何一件工作，进行时不能儿戏，均要认真进行，在工作中特别注意政策性的关键问题，一定要做周详考虑后而行之。

利用开会之余阅读了毛主席军事论著月余，回忆当年阅读之印象，今天再读，当洞悉战术战略思想，准备重新再学。

今天记完日记已夜十一时半了。

1957.6.14　雨　星期五　南京军事学院

上午考核四小时。午后自修朝鲜战争经验总结战术部分，十分重要，挤时间详阅之。

晚本想回宿舍自修，华英、华都闹，不听话，打了两下，后同其母研究，其母才谈出，最近对他们教育不当，产生了许多毛病：第一，常常要钱去买东西。华都最为突出，下班后先要钱。第二，看见小朋友拿钱，设法总要哄去，结果买东西不给，自食。第三，学会用牙膏皮卖了（可卖二分钱）换糖。我感到这个苗头十分不佳，今后宜加强特别教育。我在这方面模范作用不够，还以以前的方式，即纵容、姑息态度，这是不对的，今后宜特别注意纠正之。

1957. 6. 16　阴　星期日　南京军事学院

今天星期日，本想带着孩子们玩个痛快，结果格外累人。

七时，张仍然教员来找谈话，我感到：第一，对人谈话要诚恳；第二，注意政治性、原则性；第三，一定要慎言，防止失言。

记完日记已经十时四十五分。

明六时准备去看总高步兵连演习。

1957. 6. 17　晴　星期一　南京军事学院

今天上午参观总高步校举行水网地带步兵排防暴演习，目的带研究性质，为这种地形下作战提供素材。

将来南方地带作战，部队非改装不可，这是一个大问题，也是新问题。南方这种地形我不熟悉，今后值得进一步研究。我对此产生浓厚兴趣。

午后，向全体教员做非党教员军衔问题报告。群众提出许多意见，再一次证明：领导一定要同群众相结合，只有这样，工作才能更加完美一些。

晚间又广泛征求群众意见。

1957. 6. 18　晴　星期二　南京军事学院

上午考核四小时。

午后考核一小时，之后处理一些日常事情。

晚间召开支部委员会，讨论评衔问题。从讨论中可以看出几个人的不同意见，表明了思想水平。我在今天会议上坚持了一定要走群众路线，听取群众意见。

我对这次会主持不够艺术，先入为主，对于自己所要坚持的意见表示太早，并且说服性不够。

另外在昨天动员大会上，有句失言——当众讲宋宏作"阳奉阴违"，没有讲错，但讲的方式、场合不当，今后在斗争中要注意方法、时机。不论何事，一定要依"有理、有利、有节"原则进行。

1957.6.19　晴　星期三　南京军事学院

今天上午李一同志来发一阵个人私愤，给我戴上几顶毫不相干的帽子，无济于事。

我做了反批评，最后仍然从团结出发进行了收尾工作。

午后处理了零星工作。

晚间，曹羽、郑殿起同志来家扯谈，对郑谈李有些失言之处，今后仍应注意。

1957.6.20　雨　星期四　南京军事学院

今天到野外考核汤德标教员上现地用图课，对自己本身是个良好的学习。这课作为军事指挥员来说，十分重要。

午后三时休息。六时进行访问，慰问患病的教员。

1957.6.21　雨　星期五　南京军事学院

今天上午考核张祥教授越南班上方位角课，发现该班同学异常认真的学习精神，学一个课目一定要会，不懂必钻研到底，有打破砂锅问到底的精神，令人钦佩。

午后随其复习课。

1957.6.22　半晴　星期六　南京军事学院

上午到光华门外参观总高级步校，继前次所举行的水网地带的步兵连进攻，提出了一系列新的问题，值得研究。我对此产生了极大兴趣。完后我还想参观一下防御体系，可惜没有专车等我，只好牺牲罢了。

将来在这个地区作战，首先改装而后研究战术。

战前（平素）应立若干案，在各种情况下进行战斗，搞熟了，将来战争到来，一旦用上，就是胜利。

午后休息一小时，步办公室阅读处理了几种文件。

最近蔡协理员病，对我的工作相当不便。

在工作中，从原则出发，从团结出发，应成为指导思想，但是还要进行说理的工作。

1957.6.23　半晴　星期日　南京军事学院

我习惯于利用假日整理好书报、日记及其他一些事情，今天我就是这样做了。

一家小书摊同我建立了良好关系，帮我找到了近几年来所缺少的《人民日报》（这是我最为珍惜的），从而完成了除少一九四九年四个月份的《人民日报》外全部的、一日不少的、从创刊至今的整个报纸，甚慰。

阅读中央下发的几种文件。

1957.6.25　阴雨　星期二　南京军事学院

上午考核。

夜随学员到中山陵实施方位角一课。这一课在军事上意义甚大。返回时已经十时半，入寝十二时。

我现在感到学军事总有些晚。我觉得我失去了几个机会，从而走了弯路，但今后尚有机会，不可放松，以免将来造成损失。未来战争是残酷的、艰巨的，必须将高深理论与实际相结合，并以灵活的战略战术做指导。今天在军事学院，应抓紧良机深造。

1957.6.26　阴　星期三　南京军事学院

上午处理零星事情。江秘书检查工作，之后介绍了徐副主任传达彭真在南京的讲话、谭主任关于军队整风六条指示，使我对整风精神有进一步体会。

午后，听外军教授会介绍美军原子导弹武器装备情况。我聚精会神地听、记笔记，头有些发晕。

人生最大愉快为：为党、为人民事业而忘我地殷勤地工作、战斗、学习。我深深感到党和人民给予这个机会，那是最光荣不过，一旦失去了这个机会，人生就没有意义了。所以，现在我国正进行伟大的社会主义建设，我们执行着保卫国防的任务，当是最有意义、最为光荣的时刻，一定要不断努力和前进。

我认为，在我们社会主义大家庭里，自己一定要更进一步树立有礼貌、讲道德、说仁义、守纪律、严己宽人的作风。

1957.6.27　晴　星期四　南京军事学院

上午进行五小时自修学习。

晚本来自修毛主席报告，但华英不见，找了两小时。感到孩子教育问题是个大问题，因工作忙无时间进行，金芳又抓不起来，怕把孩子放松致误入歧途。今后多培养金芳，以利加强对孩子教育。

1957.6.29　晴　星期六　南京军事学院

上午召开支部委员会布置下周日常工作。

召梁静之汇报工作。

晚给李毅、丁一同志、舅父写信。

1957.6.30　阴　星期日　南京军事学院

上午学完毛主席关于人民内部矛盾的报告已十时，头发晕，应华都之要求带至玄武湖参观挖土机。这个孩子最喜欢机械，每逢遇之，总是聚精会神、全力以赴仔细观察研究，最后人们已经不耐烦了，他还依依不舍。他将来适合学机械工程。

午后到街上修理一下收音机，并到书店买了两本书，甚喜。

晚十时访崔之海同志，扯谈甚多。启发到自己有二：

一、今后仍要重视修养，气量要大，要有耐性。耐心对待李一同志，党内进行斗争要有理、有节。

二、要学会照顾四面八方的领导作风，讲话要慎重，口不出虚言，不放空炮，行不背言，不违群利。

1957.7.1　雨　星期一　南京军事学院

今天上午到干部部研究非党教员授衔问题，这个问题领导上感到甚为被动，这与以前主动研究考虑不够有关系。经验证明，工作中要很好考虑、研究、分析，才能产生预见性。没有预见性的工作，断乎做不好，必然被动，出力不讨好。

事实再一次证明，在工作中一定要身体力行，大的原则要掌握，生活问题亦要十分注意。在工作中，对人对事要分开，公私严格分清，用人要注意，说话要慎重。

现在检查出自己有一个根深蒂固的毛病，就是自己常常对自己原谅，结果吃了大亏，特别在政治上受到损失。这次整风中，同志们反映一些意见，对自己十分有参考价值。

反面的意见，价值胜过正面意见数倍，如果能善于从反面意见中吸收教益，毫无疑问必然能大踏步前进。

晚，拟订工作计划，准备明天完成之。

1957.7.2　阴　星期二　南京军事学院

日间考虑拟订下半年工作计划。接待上面两位同志并处理零星事情，精神不集中。蔡病，对我亦发生莫大影响。

前天到街上气管受刺激，终日嗓子发疼，嘶哑，说话不便。

最近所发文件甚多。许多值得迫切学习的东西却不能马上进行学习，甚为遗憾，没有时间是一个大问题。

接舅父来信称母亲今年身体大为不佳，准备假期回家看看。金芳意见，接出来。这个尚有困难。

晚间给母亲回信。

1957.7.3　阴雨　星期三　南京军事学院

今天拟成下半年工作计划，准备写成后提交支部进行讨论。

今天身体有些不适，可能患轻感冒。

1957.7.4　晴　星期四　南京军事学院

阅读文件，处理几件日常公务。

胃病复发，终日难受。当消化良好、食欲振作的时候往往控制不严，触犯了旧病。而旧病根源颇深，远在幼年时就种下胃病根子，之后在中学时代稍有注意，而后长期又在战争中受饥饿冷寒不均影响屡犯，形成根深蒂固，至今不易一下除根。今后在生活中得十分小心，经常注意之。

午后四小时接待南京军区参谋长等参观模型。

1957.7.5　半晴　星期五　南京军事学院

准备明天支委会讨论下半年工作计划。

晚间，老韩同志来谈工作学习。

1957.7.6　半晴　星期六　南京军事学院

上午自修战术问题（奇袭问题）。

午后举行支部委员会讨论下半年会内大政方针性问题，历时三小时许。

战术上的突然性，在今天原子条件下作战，其意义更为突出。我利用了两天时间自修了这个课目，对我的战术思想有莫大的启发：作为一个战斗指挥员，一、应随时切实掌握情况；二、要时刻注意捕捉战机，定下决心，为此，切实组织司令部随时做好一系列有效的、及时的准备工作；三、为了更好捕捉战机，要利用天候有利条件，利用地理突然条件，利用敌人部署变更有隙可乘的条件；四、要很好组织协同动作，并善于组织发展各兵种的各种手段；五、要善于隐蔽企图，以各种巧妙方法欺骗敌人；六、要利用压倒优势兵力一举而歼之。

在原子条件下，善于组织指挥军队集成与分散，是制胜原则之一。

1957.7.7　晴　星期日　南京军事学院

早起床六时，阅读战术问题一小时。

上午到街上看收音机修理状况，并代王均师长取收音机。

午后为了两个孩子闹事而生了气，家庭环境不静，影响思考问题。在我近几年城市生活中，苦于无一个清静的环境。

写信问候高风仲同志。

1957.7.8　大雨终日　星期一　南京军事学院

协理员病，李不在，忙自己一个人，大大影响钻研学术。本来研究学术是自己的中心任务，然而始终不具备这个条件，无奈，只好如此。

最近每天拿笔写日记时，蚊子不时咬人，得边写边打蚊子，影响我的思考。

回答王智书信。

1957.7.9 晴 星期二 南京军事学院

考核周白照教员。

上午参加陈副教育长召开教育工作会议。（布置暑期工作）

午后阅读军事教材。

晚，看电影。（本不打算看，而几个孩子闹，要求前去）

1957.7.11 暴雨 星期四 南京军事学院

上午到野外考核——目测测图六小时。

午后阅读战术两小时。

降雨前闷热，阅读不下文件。

在工作中，宁可少说，不可乱说。少而有理最有好处，多而无理则百害而无一利。

讲话也要考虑周详、全面，当批评或赞扬一面，一定要考虑分析到另一面，万不可孤立地肯定一面否定一面，造成思想方法上看问题时把问题僵化起来，这是最危险不过的了。

今天接梁仲英来信。

1957.7.12 晴 星期五 南京军事学院

在今天工作中，我注意了抓住学术为中心环节而配合其他工作的问题。设法摆脱一些事务工作，也是解决时间不足的一种工作方法。

有些人喜于无端地占取他人的时间，今后对这种情况要设法拒绝，自己切忌无端占取他人时间。

上午阅读战术材料，午后阅读民主运动中同志们所提意见，从这些意见中也可以看出许多问题，以便于我们分析研究之参考。

1957.7.13　晴　星期六　南京军事学院

上午参加半截干部评衔会议，到办公室进行自修军事，随时准备迎接可能到来的帝国主义侵略。现在不抓紧时间学战术，将难以完成党和祖国人民给予自己的光荣任务。已放松了若干时间，这是最大的痛惜。

现在努力学习军事的客观条件是具备的。其一，这个工作岗位便于学，比在北京那个工作岗位好得多。其二，环境还是好的，有足够数量的各种学习和参考资料。其三，主观条件也具备。身体很好，脑力很好，不论冬夏，能睡眠，能吃饭，很清爽，应将这种学习、工作、生活的习惯同样坚持下去。

午后本拟召集党内小组长汇报研究下周一学习问题，因协理员病未到，改期进行。

1957.7.14　晴　星期日　南京军事学院

上午带孩子们去院树林中捡拾些碎柴，借以锻炼一下他们的劳动观念。

1957.7.15　晴　星期一　南京军事学院

上午阅读同志们发言材料约一小时。

陈副教育长召开会议，研究分配房子问题。

午后主持支部会议，研究排队工作。从今天起，加紧整顿阵营，准备斗争。这是我们的天然责任，要进行捍卫党和人民事业的斗争。

1957.7.16　晴　星期二　南京军事学院

最近三天，天气炎热，室内温度达三十二度，夜十一时半方入寝。

1957.7.17　晴　星期三　南京军事学院

今天是上半年施训工作中最后一次考核课业，即考核尹立教员讲通视与遮蔽。

1957.7.18　晴　星期四　南京军事学院

上午主持学术小组开会讨论修改教材方针问题。会议上同李一有方针性分歧，准备将方案经群众讨论后呈送教育长批准，而后施行。在工作中一定要深思熟虑，讲究方式方法，这是基本的要求。

1957.7.19　晴　星期五　南京军事学院

这一周南京正式开始炎热起来，夜十二时半气温保持三十三度，据预报今年将达三十九度。我到南京两年来已经习惯了。

午后参加陈副教育长召开的调整房子会议。初步拟订本会调整方案。

晚间阅读战役系学习总结，他们学习努力积极，能利用此机将过去战争经验在学习中加以总结、提高，这是有十分重大意义的。他们都很年轻，特别兵团级干部，才四十一岁，这些同志是未来战争中的主力、党和国家的希望。我阅后十分高兴。另外，对自己教育十分重大，过去努力和接受经验不够，今后特别需要快马加鞭赶上。

自己主观时刻努力，以应客观随时之需，当是经常要修养的重要问题。

晚十时返宿舍，适华军又发烧（此乃第四天），带至门诊部应诊，医生同志责任心好，即诊，初断为疟疾，但经化验并无疟疾原虫。开奎宁制剂。

返回入寝已十二时。

1957.7.20　晴　星期六　南京军事学院

气温仍是室内三十三度，室外三十六度。

上午十时到十二时参加越南班座谈会议。他们到中国来学习，情绪高涨，认为本课教得好，表示满意。

今后在施训工作中要十分注意接受经验。我准备好好收集半年教学工作经验，以利提高半年课业。

1957.7.22　晴　星期一　南京军事学院

学院从今天起已正式开始暑期半日制工作、生活，南京恰在这时气温已达三十七度（室内）。北方人初到实在受不了，而我已度过两个夏天了，感到没有什么。

上午组织搬家。

1957.7.24　晴　星期三　南京军事学院

气温三十七度。

午后同新来本会工作的两位教员谈话。晚间因天炎热，什么事情也不好干。

1957.7.25　星期四　南京军事学院

晚上到曹羽同志处听了几支歌曲，十分优美，决意要买一个留声机。

1957.7.26　星期五　南京军事学院

午后，气温降至三十度，甚适，午睡达三小时。

有感：只从书本上学习不够，十分不够，因为书本的知识一般只是总结了过去的斗争经验，但事物是千变万化的，只有把理论同当前实际斗争紧密地相结合，从中取得或成功的或失败的经验，并把这些经验切实消化了，才有助于己，才能真正变成自己的营养，才能增加活力。

晚，回复梁仲英同志信。

1957.7.28　半阴　星期日　南京军事学院

早，帮妻子买菜。

上午，阅读朝鲜战争经验战术部分。午后找吴连生了解朝鲜战争实际经验。

在工作中，对敌人要警觉，斗争要狠，万不可麻痹，以免招致对党、人民不利的事情。对同志一定要爱、善、和，且度量要大。

1957.7.29　雨　星期一　南京军事学院

午后，阅读朝鲜战争经验。晚间参加陈康为同志结婚典礼。晚八时后陪同妻子，随时准备送往医院分娩。九时许说疼得厉害，遂要车送去。十时送医院办完手续，步返，十二时到家，入寝已十分疲惫。

1957.7.30　阴雨　星期二　南京军事学院

上午利用饭后空隙打电话问医院，金芳生一男孩，即用早已起好的名字——刘华宁，顿即写信告知其奶奶同外祖母。

午后七时为金芳送东西，并探视华宁（八磅半，一切发育良好，唯眼边有些发红）。

有感：时间如同流水，一去不复还。人生就是同时间竞赛，如果能很好地争取了时间，学好本领，为党为人民多做些事情，并且能做得较好，那么时间算对我起到最大作用了。至此，我总感到过去利用时间不够好，虚度很多。这个损失如同一碗水洒地，再也无法收回了，甚为遗憾。中国古语："一寸光阴一寸金，寸金难买寸光阴。"今后应该善于利用时间，争取时间，充分地运用于工作同学习上面，这便是自己的最基本任务。

1957.7.31　雨　星期三　南京军事学院

上午，参加建军三十周年庆祝纪念大会，听钟副政委报告，可惜有百分之四十听不懂，因而大大影响收效。

三十年前蒋介石叛变革命，而三十年后的今天，我们已住在蒋介石当年反共反人民的老窝，但是今天我们在这里是为了保卫祖国的神圣领土而辛勤地培养军事干部。在今天这个愉快的日子里，想到我们的责任是何等伟大呀。

自己学问空虚得很，应抓紧一切可利用的时间进行学习。

1957.8.1　半晴　星期四　南京军事学院

今天为建军三十周年纪念日，我以最愉快的心情迎接它，决心学好军事，贡献于祖国的未来。

孩子们要求出去玩。上午带到院外新马路一逛，中午带他们至餐厅会餐，午后做了些体力劳动——装订好近两个月的报纸，擦拭车子。

七时到医院探视华宁母子二人，他们很健壮，尤其华宁，很胖，很能吃，在吃奶中边吃边睡，甚为可爱。

今后对孩子要有最大的忍耐,不仅如此,而且在工作中亦要有最大的忍性,"忍"就能度过冲动阶段,冲动十之有九分九坏事情,忍过去事情就能冷静分析、考虑,就能得出结论,就能按客观与主观的统一去办事,事情就会办好。

1957.8.2 半晴 星期五 南京军事学院

午后召开一个行政小组三人会议。

一个人,不但要有业务能力,而且要有政治品质,二者不能偏废其一。自己在策划业务上不强,这只能成为一些人的攻击对象,应该引起自己警觉:在这个和平时刻中,要加强自己的业务同政治上的进修。

1957.8.3 晴 星期六 南京军事学院

同蔡拟定下周一开支委会议,讨论下阶段工作问题。

午后到新华书店买了四元钱的书——革命小说,革命的历史故事,随即阅读二本。

痛恨自己在前段革命武装斗争中思想准备不足,因而贡献不大。

在思想上准备迎接未来保卫祖国的任务,现在再也不能放松了。

晚间读战术。

1957.8.8 半晴 星期四 南京军事学院

我们的任务,要斗争,要学习;要学习,要斗争。

晚,给王均同志写信。

1957.8.11 半晴 星期日 南京军事学院

上午做家务事,上街买菜。到旧书摊买了七元钱书,这差不多是我的嗜好,而且一贯为妻反对的,但是,我认为这完全应该。

午后写成通讯,同报社同志研究。遇事多同群众商量,只有好处而无坏处。

1957.8.12　晴　星期一　南京军事学院

上午参加整风小组开会，到午后一时结束。会议讨论下段如何全面地开展下去。

今天会议中，发现陈副教育长有两点突出地方，十分值得学习：一、虚心、细心，不先入为主，不武断，先听情况后结论，并且结论中十分小心、原则而又活泼，较为切合实际。二、对政治工作尊重甚好，这是每个党员应该具备的态度和品质。

晚间阅读朝鲜战争经验——追击部分。

1957.8.17　半晴　星期六　南京军事学院

上午听传达部队情况报告。实在不愿花费宝贵的时间在这个意义不大的事情（内容不充实地泛泛介绍部队情况）上，我中途退席了。这从组织性、纪律性说不当，但我利用这个时间阅读战术材料，对我来说有实际意义。

午后纠缠于家庭事务中，这是我当前最为不利的因素。但无良法克服之，现正在寻找解决途径。

1957.8.18　阴　星期日　南京军事学院

上午利用半天时间到街上办了最近些日子所积累的零星事情。另外，选购了几元钱的书。

1957.8.20　晴　星期二　南京军事学院

对于立场不同之人，一定要坚决斗争到底。

回复田也息同志信。

1957.8.23　晴　星期五　南京军事学院

午后参加支委会议。给冉志英、梁仲英、吴仲华、张现同志写信。

两年来对母亲照顾不够，准备买些食物寄回家。

1957.8.27　晴　星期二　南京军事学院

今天上午听徐副主任传达总政召开的全军整风工作会议精神。

我们共产党人在革命过程中就是一个思想不断提高、改造、前进，从而更好地做好工作的过程，这两者丝毫不能脱离。今后要进一步本着此精神前进、提高、做好工作。做好革命工作是天职，在革命工作过程中，做好了是尽到了义务；做不好，要虚心接受教训，纠正错误和缺点，毫不气馁，即或做好了，也不骄傲，绝不能得意忘形。

晚，到医院探视华军，喉头经今天治疗好些，但见天啼哭，非要回家不可，医院拥挤，加之今天气温达三十六度，室内住病人过多，确实太闷气。

晚，整理好报告，明天叫陆庶文抄送。

1957.8.29　阴　星期四　南京军事学院

午后召开支委会议，徐副主任传达总政关于整风工作布置，组织、计划、研究材料。

1957.8.30　晴　星期五　南京军事学院

今天是今年南京第二次高热的第四天，热得人课外日记也不想记了，头老是发晕。

午后召开一个梳理材料的秘书小组会议，提出工作要求，组织分工一下。

李一同志传达今天上午徐副主任开会报告后，计划明天召开支委会研究工作。

接母亲来信、李海同志来信。

午间同曾秘书争论几句工作方面事情，甚无价值，不当，宜纠正。他年轻幼稚，一定要原谅人。

1957.9.2　晴　星期一　南京军事学院

今天小会，利用些空隙阅读批改一些文件。

今天工作用脑子不集中，大大影响收效。这是个老毛病，今后值得纠正。

晚饭后照例到街上买了点书，并为中秋节买了点月饼。

学，只有深入地学，才能探讨出精髓。目前，对军事学习，只要能给予充分时间，并很好地利用了时间，定能得到莫大好处。

1957.9.3　晴　星期二　南京军事学院

阅读材料，准备排队工作。

晚间阅读毛著。准备写一随笔，抽不出时间。

1957.9.5　晴　星期四　南京军事学院

午后我向全体做了进一步动员报告，初步计划了一下下一步的工作。我喜于收藏毛主席抗日战争与解放战争中出版的单行本著作。抗日战争、解放战争中印刷的特点：一、封面设计有毛主席各种场合的肖像；二、各版本象征那个时代特点；三、书名有主席的亲笔字。以后出版的：一、字较大，大都用四号至大五号字印；二、统一用一种带红镶边封面，也甚艺术。决定收藏各一份。这些小册子在市面上流传很多，易于收藏，再过一段时间，就很为宝贵了。

今天接内兄信称：农村人民生活仍苦，由此想到，我国社会主义革命中困难尚重，人民生活未更进一步很好提高，我们更要发扬同人民同甘共苦的精神，如同在战争年月中一样，生活不可过分特殊化，一般过得去即可，应本着见义勇为精神行之。

李一同志这个人是个小心眼，是没有多大作为的人。他极不能接受他人之意见，今后对他应该讲究方式，敬而远之算了。同他在一般性问题上是真理辩不清，反而造成不良影响。

1957.9.8　半晴　星期日　南京军事学院

今天星期日，妻及孩子们要求欢度中秋节，所以我没有做什么，上午带他们到草坪玩。

午后阅读彭总在国防委员会议上的报告全文。

到街上买了点旧书，甚慰。

明天华都、华英上学，可能清闲些。

1957.9.10　晴　星期二　南京军事学院

今天上午及午后做了三小时的动员报告。会后反映还好。但自己理论水平还很差，在准备时感到较为吃力。

午后第三小时又进行临时支委会，研究和重新布置下一阶段深入斗争的问题。

今天劳动过度，晚间未进行工作和演习，休息。

1957.9.12　晴　星期四　南京军事学院

今天上午听张文舟主任报告参观苏联坦克学院情况后，给了我很大启发。

我们决心要继续学习，加强团结，不屈不挠，再接再厉为世界共产主义大业奋斗下去。

午后，随情报系学员首次乘飞机到镇江一带观察，沿长江而返。

进行现代化战争，尤其原子条件下战争，若不控制住制空权，根本不能进行战争，空军加强建设绝不能有半点疏忽，但解决问题还在于陆军。

晚，访问尹明亮，交谈些很为有益的事情。

1957.9.13　晴　星期五　南京军事学院

梁静之找我谈话，解除了包袱。

今天干部部发出通知，明天授勋，让做好精神上准备。

1957.9.14　晴　星期六　南京军事学院

今天上午参加授勋典礼大会，廖院长代替主席授予个人两枚三级勋章。

无疑，这只是加重了自己的责任。过去战争年代里为党、为人民出了一点小小的力，得到党和人民的信赖、器重，并予以各方面的奖励，今后应该戒骄戒躁，努力学好本事，全力以赴。

会毕，午间曹羽同志叫到新生照相馆合个影，返回，到会议室办公两小时。

晚间，开晚会。

今天闹得精神十分紧张。

1957.9.15　阴雨终日　星期日　南京军事学院

今天未出室。学习将来我军在战争中可能的作战形式和对学院训练内容的改进意见。完成这样一个学习任务是自己十分迫切的任务。为此，到学院后我的每天劳动（学习）平均在十二小时左右，日日月月年年如此，妻为此建议要注意适当休息，我接受这个建议。

1957.9.17　阴（午后雨）　星期二　南京军事学院

晚间到医院看华英病情，到街上买了几本书，一部大字《三国演义》，甚喜。

1957.9.18　晴　星期三　南京军事学院

上午仍参加第一小组辩论会。会中边听边阅读《孙子兵法》，即所谓一心二用，致午间脑子发疼甚剧，大大影响了工作和学习，今后力戒这种用脑子方法。

晚饭后准备到街上选购一点军事参考书，并到医院看视华英。

1957.9.19　阴　星期四　南京军事学院

上午准备讨论战略方针意见，午后参加政治处会议，布置社会主义教育问题，历四小时。

最近几天晚间均未用功，去医院看华英，到街上买些旧书。

1957.9.21　阴　星期六　南京军事学院

今天攻读七小时战术，对我军惯用战略方针——运动战有进一步体会，这是以弱对强作战最好的一种作战方法，过去适用，今天适用，将来仍然适用。这是毛主席指导战争的最好的中心思想。

我由此感到学军事有些晚，将近二十年了，在军事上尚无什么成就，颇为遗憾，但愿为党和人民的事业努力并能有一些贡献。

另外，深感常被家中及工作中一些事务所牵扯，多次设法摆脱不开，此为现在最大苦恼。这一个问题须设法解决。

我认为现在能在军事学院当是最好的一个学习军事、进修政治的良好机会，该充分利用，万不可虚度过去。这是在未来做好工作一个关键，要十分重视起来。

晚，华都从托儿所返回，许愿给他月饼并带去买，继而到医院看华英。

给母亲写信，并寄相片。

1957.9.22　阴　星期日　南京军事学院

今天协助金芳看几个孩子，除阅报外，未进行其他活动。

整理了报纸。

1957.9.24　雨　星期二　南京军事学院

午后一二节课，阅读最近来的公文并批办；三四节课处理零星公务并布置明、后天工作。

晚间，准备到办公室学习一下，老韩同志前来扯谈到熄灯，之后，我照例地写日记和阅读部分材料超过一小时。晚间工作、学习最为肃静，考虑问题最为集中，要好好利用它，但长期下去健康不允许，时间不允许。如能变动一部分的话，我定能做好、学习好很多的工作、文件。

现在蔡协理员又住院，政治工作担子又加在我身上，但同志病了，这是应该担负的义务。

在工作中一定要科学地计划时间，讲究工作方法，抽出时间多学习一些理论，摆脱一些事务工作，不然长期陷于事务主义，不能大踏步前进，实属危险。

1957.9.25　晴　星期三　南京军事学院

今天上午前两小时同崔洪飞同志谈话，之后六小时向政治处检查工作同志介绍和研究情况。

晚间，偕金芳、华英、华京、华军观《平原游击队》电影，这是第二次看，给我以深刻的教育。

1957.9.26 晴 星期四 南京军事学院

抓住现实，丝毫不能放松在现实生活、斗争中的锻炼，脱离现实想谈改造，谈进步，那是空中楼阁。只有紧紧地抓住现实，面向工农，才能不断得到改造。

准备明天开支委会议，讨论继续深入斗争问题。今天院委决定延长一个月，即十一月份仍不上课，可能今年上不成课了。

1957.9.29 半晴 星期日 南京军事学院

午后举行支委委员会，对下一段社会主义教育工作进行排队，未讨论完，拟定三号上班继续开，并决定三号上班由个人做动员报告，在假期中准备好。

华京气管发炎，十时偕其母去检查。医生态度甚好。

我们社会主义国家，应该讲究态度和气，因为我们是建筑在马列主义和阶级友爱的基础之上，对人民要和，对敌人要狠。今后工作中除坚持原则外，最为重要的一个问题就是态度要和气。

1957.9.30 晴 星期一 南京军事学院

今天星期日。但是，我自幼养成了劳动习惯，不能有一日闲，总想做点事情或看点书方为快，因而仍未休成。阅读积累的几篇社论，补写前几天日记。

从 1940 年以来，养成了写日记的习惯，不肯中断，实在忙无时间记，也总要找时间补写之。

1957.10.1 晴 星期二 南京军事学院

今天这个美好的天气里，人们很早起床，吃饭，准备欢度国庆。这是第八个年头，第一个五年计划胜利完成之际。

看吧，国家那么多的宏伟成绩，令人多么高兴呀！伟大的时代，伟大的祖国,一切一切活泼生动的事迹都在激励我前进!

我本来打算利用今天假日学习点东西,然而孩子们很早起床,吃完饭等待我带他们上街去观看热闹的游行队伍。我带他们到珠江路上。南京市今年五十万人大游行,他们以最愉快的心情以各种各样形式显示出了他们在工厂、农业合作社、商店、企业……的劳动成绩。

人民永远是伟大的、可爱的,为党为人民就是我个人工作的主题。切记,什么时候、什么地方也不要离开他们,同党和人民在一起那是何等愉快、光荣呀!

午后华都仍要求到雨花台玩,我想为节约还是省去吧,只好给孩子解释。这个孩子最喜欢观光。

午后我就在家做些清洁卫生工作。

1957.10.5　晴　星期六　南京军事学院

上午参加政治处召开会议,布置进一步贯彻社会主义教育问题。

午后召开支部委员会议,布置具体进行办法。最后议定个人去济南见学渡江器材演习,此为我国首次在黄河上以现代化器材架桥。力争见学现代化战争的一些演习,十分重要。前进,是首先要从主观上做不断的努力。

晚,参加曹羽同志结婚典礼。

1957.10.6　晴　星期日　南京军事学院

上午十时到街上处理一些零星事情后,到韩玉奎同志家,扯玩至午后五时,中间到南京军人俱乐部看了一部解放前的电影《桃李劫》,解放前同现在生活对比,真是天壤之别。

不要忘本,不要忘记人民,这是基础。我们伟大的共产党领导了我们取得今天的胜利,在这个胜利基础上前进,不断地前进,就是自己最为根本性的任务,绝不能满足而中途中断革命的精神、革命的意志。若失去了革命的意志,失去了对当前形势发展的敏锐感觉力,从而在政治上无所见解,犹如没有灵魂一样呀!

晚,给母亲、张现、李海同志写信。

1957.10.8　晴　星期二　于济南军区第三招待所

上午十时到达，午后三人游济南名胜趵突泉、珍珠泉、大名湖，历时三小时。

深感我国不仅地大物博，人口多，而且名胜古迹也到处有，重整建设尤其要保卫它，绝不让那些狼虫虎豹侵害它，这就是我们带枪的人的神圣责任。

因昨晚在火车上一口气读完《文天祥》一书，用脑子过度，致今天脑子发疼不已。

1957.10.9　晴　星期三　济南市

上午观光济南市。

午后阅读抗美援朝战争经验。晚间观看惊险反特故事片《寂静的山林》，增加了许多知识，开阔了胸怀。

党中央八届三中全会开幕，关于当前社会主义建设有重大决议，返回后该学习。

1957.10.10　晴　风　星期四　济南市

上午八时到黄河沿刘七沟观看渡河演习准备工作及黄河特点，了解见学对将来在这个方向上作战有很大帮助。

午后阅读明天见学材料。

晚，观看山东省名剧——吕剧《打金枝》。李世民倒是一个开明皇帝，据说李很会用人，将来有时间研究一下李的生平特点。

1957.10.11　晴　星期五　济南市

上午四小时听刘团长黄河刘七沟架桥情况介绍，结论是：经过这次演习，对黄河特性有了基本了解。黄河障碍是可以克服的，所以在黄河上架设载重较大的浮桥，可以组织门桥漕渡，在器材不足之情况下，还可以利用现有民用器材组织渡河。

黄河障碍要比一般江河障碍大得多，需要有足够的器材、作业人员、作业时间，渡河时间较长，这些都大大影响着组织军队强渡的速度。

河道弯曲和岸滩堤坝的影响，在选择渡河点时受到一定限制。

午后到济南军区二司要关于地形材料，之后阅读朝鲜战争经验。

晚饭前给母亲、金芳及功醒同志写信。

今天下午本来演习，因说有七级风而推到明天，实际上今天下午是风平浪静。

在工作中有这样一个指导思想，工作中要有预见，要有充分的思想准备、组织准备；要赶前不赶后，要善于抓住当前有利的客观条件当机立断地、勇敢地进行工作；要有这样积极主动的精神去计划、完成工作。

1957.10.12　晴　星期六　济南市军区第三招待所

六时出发到刘七沟黄河沿见习浮桥架设。以三个工兵团五个营，共用一小时二十二分钟架设完毕，之后汽车对开通过，坦克通过，压下三十公分左右，每辆通过四分钟，十辆共用十八分钟。过完后见学人员步浮桥观察，河中流水最急之处细观察数分钟，其流速在每秒四公尺左右。黄河天险在此，最后由老赵同志在浮桥上给拍个照，以资纪念这一具有历史意义的日子（说不定再经过时是同敌人交战的日子）。

实验证明：黄河完全可以架桥了，但在不同情况下如桃汛期、夏汛期、夜间……如何架设，有待研究解决。

黄河在山东战役方向上具有异常重要地位。

午后见学门桥漕渡。后又见学流动架桥，返回。

今天见学的还有军委高级首长粟裕大将、张爱萍上将等，他们也都仔细研究、观察。张上将还自己拍照片。他们的细心、虚心实值得学习。

晚间开个小组会，讨论了这次见学情况。

1957.10.13　晴　星期日　济南市济南军区第三招待所

本拟今天不出门，在家自修朝鲜战争经验，但有顺路车上街，人们都去买苹果，因而也就上街为孩子们买了二十斤。

午后自修朝鲜战争经验，四时半赴车站准备登车。

1957. 10. 14　晴　星期一　南京军事学院

今天上午八时到家，用饭后稍洗漱毕，微息。十时即上班视事，陆广文同志汇报工作后同李一同志交谈最近情况，处理了到苏州地区见学、拍照航空照片事。午后听取汇报后，李又相继谈关于社会主义大辩论情况。

由于短期出门，其母谈几个孩子十分想念我，孩子们最富于情感，说明今后对他们教育必须很好注意起来。晚阅读数日来《参考消息》。

1957. 10. 15　晴　星期二　南京军事学院

今天阅读一周来所积的文件，并利用时间参加了小组会议听取了汇报。

感到日间行政事务纠缠，到家里几个孩子纠缠。若能摆脱这两个因素，静静地进修一点需学的东西，当是最大的一件快事。周金芳这个老婆，沾染了一些城市奢侈习气，令人不快，加之治家无方，对我的事业帮助不大。

学习新的东西迎接未来的新任务是当前刻不容缓的事情，我完全赞同组织上所决定的对家属管理的方案，否则，继续下去对我们无产阶级的这个战斗队将侵蚀太大了，无疑将有害于未来战争任务的完成。

现在所需要学习的东西实在太多了，按学习计划，日日月月年年完不成，其原因有二：一、要求有些过高；二、琐碎事情影响过大。尽量摆脱些事务事情，多学习点，多提高些觉悟，提高些本领，无疑将更有助于工作。

1957. 10. 16　阴　大风　星期三　南京军事学院

上午参加组内一段会议。阅读邓子恢同志报告，中间曾秘书介绍友邻单位社会主义教育学习经验，并传达政治处关于动员家属返乡参加劳动及整顿纪律问题。

午后召开支委会议讨论这几个问题，历四小时，几个问题均未做出结论，仅对情况做个分析，进一步做组织工作和思想准备工作。

本拟抽时间检查一下身体（怕有蛔虫），饮食良好，但不长肉，精神也有变化，但半年来未能抽出时间进行检查。

李一同志传达了干部部会议关于级别调整精神后，我认为组织上基本是严格的，不是大量提升，而是要求提高质量，即要求同志们力求进步。

我完全同意组织上这种措施，反对那些闹地位、待遇、军衔、级别的人。我认为应该处处考虑到党和人民，处处看到人民事业、人民利益，它是多么雄伟壮观、光芒万丈、日新月异地前进，我们共产党又是紧紧地、正确地领导着人民勇敢地前进，而自己在这个伟大的行列中那是何等光荣，那些还在津津有味地闹个人名利的，是何等低级趣味呀！真是可鄙视。

1957.10.17　晴　星期四　南京军事学院

晚下班，华英精神很不佳，面色发白，连称"难受"，头发烫，要呕吐，我们很是提心吊胆，后饮杯糖水，盖被子睡了一小时后才好转。

金芳觉得是由冷和气上得的。我认为讲得有道理，今后宜特别注意预防，并在精神上使其充分愉快。她要求的事如要皮棉鞋、灯芯绒衣尽量满足。她还这样说："我那位同学，他父亲每月九十元收入，还做了一件灯芯绒衣。"

我同妻商量，决定为其买。今后对她要特别加以照顾。

1957.10.18　晴　星期五　南京军事学院

上午参加小组会，听辩论两小时。阅读一般性文件。

午后听南大戴教授报告苏联人造卫星的成就，苏联科学的伟大成就，十分值得我们学习。

人类以往斗争的经验实在是太丰富了，需要学的东西真是太多了，简直学不完。未来的事情实在太多需要我们去做，现在需要的是时间，是精力，更重要的是对于无产阶级事业的忠心。很显然，摆在面前的任务是异常艰巨的，现在要加紧准备，随时准备接受新的任务。我认为最宝贵的是时间，不希望无端地占去我的光阴。

我在时间上支配得还不科学，需要进一步改善。

有些人扯闲天占人时间，简直等于谋害。

晚间，与老韩同志扯了很久。

1957.10.20　半晴　星期日　南京军事学院

本拟今天做许多事情，但上午同金芳未商量好小事，把时间荒废了。午后到街上修理点东西，并到普陀路去探视华都，因最近南京市流行性感冒颇为厉害，停止接见。

星期天总感到未过好。需学习的东西太多了，好东西也太多了，感到唯一缺少的是时间。许多事情平素做不完推在星期天，而星期天一推即过，总是完不成，这是今后值得解决和改善的问题。

晚间阅了过去的照片到十一时。

1957.10.21　午后　晴　星期一　南京军事学院

上午召开支委会，讨论贯彻社会主义教育同整风相结合问题。这次会议未做结论，作为酝酿，得明天听取钟政委报告后，星期三再行讨论。

午后阅读彭总和彭真同志在中央八届三中全会上的发言。

华英今天早上说头疼，请假未上学。午后由于改变了教育方式，取得应有的效果。经验证明，进行任何一件事情，要讲究方式方法。

1957.10.22　午后　晴　星期二　南京军事学院

今天终日听取钟政委传达三中全会精神，我聚精会神地倾听，但由于口音不懂，因而也记不上，听不明白，大大影响收效，甚为遗憾。

晚下班后即六时零八分钟时，人造卫星通过南京上空，历时五分钟，路上行走的人们都注目仰望，称如同核桃那么大。人们以看到为快，可惜我在此时刻在家吃饭未赶上观看，实为惋惜。

1957.10.23　晴　星期三　南京军事学院

上午参加组内讨论，后两小时举行大会讨论。于海涛同志脑子快，聪明，提出问题比较好，这个同志未来很有发展前途。我最近对问题能够很好分析，做到了沉着冷静地处理问题。在实际工作中要注意运用马列主义的哲学观点处理实际问题。这是十分重要的锻炼呀。

1957. 10. 25　晴　星期五　南京军事学院

说话要慎重，不可信口开河。在政治上一定要严肃认真，站稳立场，掌握原则。这要在具体的言行中表达出。

1957. 10. 28　雨　星期一　南京军事学院

今天终日开支委会议。

从实际工作中证明，集体领导是最科学、最富有生命力的工作方法。它充分地发挥了党的领导作用，集思广益，集中了群众的智慧，因而决定问题正确方面多，错误方面少，克服了个人主观片面的做法。今后在党的工作中特别要注意这一精神原则的运用和掌握。

1957. 10. 29　阴　星期二　南京军事学院

今天午后开完支委会议，第一，关于王、罗问题，已求得统一认识。第二，拟订出整改计划，会议经十二小时讨论后，整改精神进一步在支委会议中认识一致。

本着整风精神要公正态度对待，因而开始分歧意见大，后逐渐取得一致，由此证明，只有公正才能服人。这是最为重要的一条经验。

晚饭间犯了一条非常严重的错误，打了华军。这是十分粗暴的举动。她虽吃饭捣乱，啼哭，闹，但毕竟幼小无知。万分不该，这点很痛心，今后决心从思想上进行检查改进。

另外，金芳组织家庭生活不力，亦应经常帮助提出改进意见。

今天开会终日，到家孩子围绕乱闹，也是烦中冲动。

晚间写好明天报告提纲。

1957. 10. 30　晴　星期三　南京军事学院

上午做了小结、整改计划、动员家属回乡生产等三个问题的报告后，一般反映还可以。另外，还有个别不满，如王文涛、李楠等认为对王文海批判不特别严，对某些问题检讨不深，对辩论中某些批判不力。报告也不能十分完美，但如果适合所有人的口味亦不可能。

我在报告中亦联系到检讨自己：一、讲话唠叨，中心不突出，理论讲得多，联系实际少，在报告中已表示改进。二、给私人写信用公家信笺、信封，对个人公私不分之现象做过严格批判。三、到会不够守时刻，未检讨。这三个问题对个人来说都是要害，今后要特别注意改正。

晚上加了班，学习了政策。

完全拥护中央关于精简人员到下层，后方、前方对调，如果组织分配到边防，随时动身，毫不讲价钱。

明天准备开大会，对以上四个问题做回答性整改检查。

1957.11.4 晴 星期一 南京军事学院

今天终日开支委会议，检查军衔处理问题。

一、李、蔡打嘴架多，二人反复辩驳，占去大家发言时间。他们不虚心，今天充分表现辩驳多，解释多，检查少。尤其李身为上校，如此主观、不虚心，在整风中这样表现实为憾事。

二、二人翻老底子。我在此情况下提出两人不当之处，纠正了会议气氛。

今天有政治处孙主任参加，他在最后指示很好。明天继续讨论：结束此题，拟订下面讨论计划；准备写个报道，借以推动整改，并准备明天在群众中举行讨论；晚上加夜班整理完总结，到十一时半方寝。

从今天讨论中看出，李气量不大，缺乏风度。

1957.11.6 晴 星期三 南京军事学院

整风中。

今天终日开大会——辩论军衔级别问题，严厉地批评了领导上的官僚主义、主观主义作风。

我今天上午在大会上做了两次发言，第一次，动员大家提意见，鸣放，彻底帮助克服三大主义，打破一切不必要的顾虑。第二次，同志们希望我讲一讲在过去处理每个问题中自己的看法，我就前两天所讨论的说明了自己的看法。

在讨论中，大家集中地批评了领导掌握原则不够，并在处理中存在官僚主义和本位主义。如救济花不了的钱形成无原则摊派，硬给，这简直是怪事，慷国家之慨。

这些沉痛教训今后在工作中要大力戒除之。

有人批评我政治学习多了，业务学习少了，我不能接受这个。缺乏政治原则性和政治空气不浓的说法，要接受的话，那是危险的。

1957.11.8　晴　星期五　南京军事学院

整风中。

上午于大礼堂辅导，十一号到苏州参加见学水稻田演习。午后仍进行整风大辩论，中间感到李主任对偏爱问题解释过多，反而引起许多问题，过于同群众斤斤计较了，如此对思想问题解决并没有好处。

准备写两篇报道。

晚间同妻进行无原则争论。本来她是未经过严格教养而又不努力的一个人，明知一下子教不过来，何苦生气，造成思想上苦恼，反而大大影响工作。依此情我十分愿意叫她返乡生产，否则对她并无好处，对我，长期下去，精神受打击，严重地影响工作和进步。但，我唯一顾虑是孩子受苦，说不好性命成问题（或许如此估计过高了）。

家庭问题她是管不了，邋邋遢遢令人不满意。对我的思想情绪影响甚大，这是我心中不快处。

她个性强，既不学，又不接受意见，现在火气正大，我是不想同她争吵。

现在叫她回家，下不了决心。孩子可爱，第五个孩子更可爱，吃得胖胖的，智力发育还不坏。

1957.11.9　午前晴　午后雨　南京军事学院

整风中。

上午仍开大会进行辩论，午后又辩论两小时，最后一小时召开了支委会，研究了下一段工作。我们十一人出门见学，在苏州地区水稻田演习，家里出九个题目，考核奖励、教学制度等问题讨论，并相应总结一下关于军衔级别、救济问题的小结，但我还怀疑蔡能否总结圆满。

在今天讨论中，我仍然坚持了关于对救济问题的处理：结论必须分明，不能模棱两可，既然承认基本上救济错了，那么下一点就要明确哪些人是救错了。错，一方面由领导上官僚主义负责，另一方面，个人对组织不忠诚亦要负责任（当时讨论时领导上相信个人申请），因而在处理时应按同志们意见——退款（个人困难退不出，可以免去，讲清楚），这款项可以拨往徐州地区救灾。另外，建议在拨给院八万元救灾款项中，有不当者，仍建议退出拨救徐州地区严重困难的灾民。

晚间，自修了一小时演习材料。

1957.11.10　雨　星期日　南京军事学院

上午步办公室阅读两小时演习材料，之后到老韩同志家，请其父吃饭，结果反而被请了。

另外，昨天同金芳发生一个十分不好的争执，差一点导致事故，过分强调叫她回家而刺激了她的自尊心，引起她的冲动，之后平息了。这是严重的经验教训，对孩子们产生了不良影响。这是在家庭问题上下决心改的一个重大问题。

另，今天募捐二十元，救济徐州地区灾民。

1957.11.11　晴　星期一　于苏州

三时半由南京出发，十二时到苏州，进食。下午到苏州街上观光，并游名胜——怡园、狮子林、拙政园，别有风味，清爽、优美，但是当初修建这些园林时，也是相当惨的，它是建筑在广大人民的痛苦基础上，别人饿肚子、流汗、流泪，而少数人快乐。拿怡园来说，主人仅为州官，刮了人民二十万两银子修建这个供其享乐的园子。

今天不同了，这些都收归人民所有，它变成人民游玩的良好场所。这个地方别有风味，城垣皆为河水拥抱，运河纵贯城池，城内还有纵横河流若干交织，城外城内所有河流皆能通舟，人民上田收割、运粪……皆乘船，陆路运输工具甚少。小船上常常看到小孩摇桨，堪称水乡。在中国它是唯一的水上城市，可同意大利的威尼斯媲美。

我对这个城市产生了很好的印象。

1957.11.12 晴 星期二 苏州市

六时饭毕，步里许达河边乘船出到城南二十华里处演习地瓜金冈一带，见学演习器材在水网稻田地运动表演，午后五时到家。

各种火炮，分马拉、汽车牵引、履带行驶，其中以履带行驶最好，其次汽车，发明了防滑板，在此种地形中运动也可以。

步兵运动身体不平衡，影响前进速度，战士脚腿陷入将近五十公分，个别到七十公分不等，速度一百二十六米，战士两分二十一秒达到。苏式重机枪不能运动，滑板式较好。

今天见学初步印象：在这种地形打仗，首先部队需改装，战士需要有特别训练才行。

晚间又到街上旧书店一游。

1957.11.13 晴 星期三 苏州市

今天四时起床，四时半用饭，五时出发，乘民船行两小时半才达演习地区——瓜金冈。今天见学为步兵营在水网稻田地进攻实验演习想定。在实施中由于平坦地没有看台，因而展望不出，观看不详。

在此地区可以作战，但进攻、防御均有很大困难，特别在进攻方面部队机动困难。一、步兵先为坦克开路，在现代作战条件下若无强有力的航空兵保障，在未突破敌前沿即有被消灭可能，这是一个问题。第二，炮兵转移特别困难，最易形成火力间断，造成敌人有利的反冲击。第三，战士体力长时间坚持成问题，在这个季节里，夜间作战易于冻坏，影响战斗力。第四，原子化学条件下，消除沾染地段成问题，这是最大困难之处。第五，纵向河流前进，水陆密切协同作战是个大问题。

今天演习，里面有许多新的问题值得研究解决，否则将来在这个战役方向成问题。

上午八时半开始演习，午后三时结束。行船到家已五时。

1957.11.14 晴 星期四 苏州市

今天仍然按战时一样，早四时起床，四时半用饭，五时半出发，七时到达，八时半开始演习。

今天课目为步兵连在水网稻田地防御实兵实验战术演习想定。

今天特别优待，叫到看台上，因而自始至终看得十分清楚。一、冲击动作。二、连范围内反冲击动作。三、营协助连反冲击动作。四、营的反冲击动作。都观望甚清。

十二时半结束，吃过干粮后观看工事。从整个水网稻田地演习中可以看出几个问题：第一，将来在这个地区作战，要训练一批适合于此种地形作战的部队。第二，与此地区相适应的作战装备，适合于轻装甲部队。第三，部队火器适应于装备无后坐力炮、火箭炮一类。而集团军以上适应装备于大口径火炮，如此，部队火力转移轻便，且不为射击准确性所影响。军以上，因为属于远射程，转移次数少，不影响火力间断，且准确性要好。第四，后勤方面，保证战士营养调剂，以能保持战士持久战斗体力；卫生救护、防化学原子等一系列都要做充分改进和保证。

最后我本想仔细观看一下工事构架，因为急于乘车，返回了。

利用今天午后早返回的机会到街上为孩子们买点苏州名点——麻饼、苏糖之类。另外，看一家古书店有部二十四史，价一百八十元，十分想买以备退休后阅之。为古木刻板，甚宝贵。又想到现在经济情况，且环境动荡，遂又在犹豫中。留了地点，准备回去后再做考虑。

苏州印象颇佳，人们讲话不太懂，但细听颇柔和、中听，人们尚朴素勤劳，一般说大方、好看。

1957. 11. 15　晴　星期五　南京军事学院

今天从苏州五时用饭，六时到车站，八时二十分开车，午后二时到南京下关。利用今天乘车时间，在车上阅读《红旗飘飘》第四集。午后阅读数日报纸。

晚间，华英由于过分紧张，发生抽风病。

午夜二时，金芳突然到我室唤起："华英又抽起来了，你快起来吧。"即急着内衣前往，第一次抽过去了，两嘴乱颤，右下颚前吐出一大堆食物，双眼往左上抽，之后每隔五分到十分钟又抽一次，约一小时。最后一次抽时间最长，十二分钟，抽中突然停止后两目马上合闭，四肢伸展，顿即恢复正常状态，显示特别疲劳状。

病之后，其母还埋怨我说："当初不该将孩子留在北京八一学校，将孩子弄成这样，今后还应设法为孩子治疗。"我说，后悔无用，只有注意，并积极为其医治。

1957.11.16　晴　星期六　南京军事学院

本来上级通知叫今天休息一天，但我上午到大礼堂听整改报告。这个报告由训练部戴部长做，很重要，关于训练方面，同志们提出诸问题，报告甚详。

午后，仍上班，处理公务。

1957.11.17　晴　星期日　南京军事学院

从到南京以来，就未有像今天这样快活地欢度假日。觉得脑子疲劳了，因而今天同妻带着华英、华京、华军逛游玄武湖，至下午一点许才返回。本来今天去赏菊，他们几个不能欣赏，只是闹着吃东西，因而未细赏，真是走马观花一阵，还未观完。南京在宋朝时养菊花即著名，确实不错，各式各样。

午后到托儿所探视华都，约半小时。这次是在其母督促之下，因为上周走时，华都要求其母亲一定叫爸爸回来于本星期天去看他，所以我就去了。

晚间，利用两小时时间补写了近几天的日记。

1957.11.18　晴　星期一　南京军事学院

上午听关于科学研究部工作改进方面的报告。报告很好，在工作改进方面提出许多改进的良好意见，对今后工作有很大好处。其精神就是有检查，有办法，这就是我们向来对批评的积极精神，我对我们小单位工作要做进一步检查，在思想上有很大启发。

午后开了个临时性支委会，研究了一下下一步工作，商讨一下抽出部分人备课问题。

1957.11.19　晴　星期二　南京军事学院

今天为讨论报告时间，上午参加组内讨论一小时。

下午备课教员会议，布置了工作，安排了岔路口修工事。工作要按部就班地搞。

午后开个支委会，初步酝酿一下下一步工作。李一同志这个人的思想方法，我看他一下子改不了，他今后在这方面要吃亏的。蔡珊同志确乎原则性差，斗争性不强，这也是他的致命弱点。处在这种工作环境，要善于从原则出发去团结他们，帮助他们，并从中很好地吸取经验，改进工作。

在工作中稍微不注意，随时都会发生错误，因而，在工作中一定要小心翼翼，丝毫不能麻痹大意。

在工作中切记：善于讲原则而又从实际情况出发，把两者密切结合在一起，才能有搞好工作的可能。

午后用脑子调节不当，脑子有点发疼。

华宁十分可爱，下班返宿舍抱之，解疲劳调精神甚为有利。

1957.11.20　晴　星期三　南京军事学院

今天开八小时支委会议，讨论关于考核问题。大家将问题基本上弄清楚后，李一同志仍然强调若干细节问题，而这些细节问题又不带根本性，再啰唆，我想是没有多大意义的。然而这位同志是轻易不认账的。所以就放手认命吧，真理总是真理，它总是会弄清楚的。

这位同志的思想作风实在成问题。

另外，将下一步搞的工作计划宣布了，集中力量辩论教学问题，紧接着搞四个主义。

给内兄写信。

晚请客——韩玉奎同志父亲。韩于酒后提了关于华英的应注意几个问题：一、华英神色不正常，正对此宜注意精神调剂，不能上学，不要勉强，可以休学；二、到医院给治疗一下；三、多注意精神调养。四、妥为耐心对待孩子，万不可打骂。这些意见甚为宝贵。

1957.11.22 晴 星期五 南京军事学院

上午听关于干部工作方面的整改报告后，对我的启发很大。

午后找李、蔡研究了下阶段的工作。我们意见不同，我主张准备全面整改报告，他们不同意，没有封口，继续研究。

找于海涛谈话。他不安心于学校教员工作，诚心对其解释。

1957.11.23 晴 星期六 南京军事学院

今天上午由干部部尚部长传达总干部部会议精神，按照中央三中全会精神对我军干部制定了有力的、切合实际的调整措施，我认为这些措施都是完全正确的。

第一，干部下放，一种改造的巧妙办法，节省开支，还有利于集中力量建设社会主义，有利于未来的社会主义事业中我们的革命传统的发扬和继承。否则，这批非无产阶级出身的人，过分争求名利，发展下去，对党和革命事业非常不利。

第二，有利于军官的军衔相应稳定，延长晋级年限。加强了干部的稳定性，这对于保存骨干以备应付突然事变有决定性意义。否则，大量流动，势必影响干部质量，势必劳民伤财。战争一旦发生，有很大危险性，因而这个措施英明。

第三，干部待遇适应调整，退役年限延长，待遇提高，这也是稳定干部的一种有力措施。使现役军官安于职守，大大有利于国防力量的增强。

总之，我完全拥护这些措施，安心工作，力争提高能力，以贡献于党、祖国和人民。

我在思想上完全通了。我深深感到：作为一个革命者，思想要时刻赶上形势发展，一旦落后于现实，那是何等危险呀！抓紧学习党的时事政策方针，应列入经常学习计划之中。

午后，起草考核问题报告，布置到岔路口修工事事宜，计划下周工作，同于海涛谈话（关于工作调动事）。

1957.11.24 阴 星期日 南京军事学院

华都本周回家，利用假日充分同孩子们玩。

上午到街上合订了几本书，我是喜于珍藏书的一个人。金芳在此事上无助于我，她看后不给我放整齐，形成丢失，批评她不爱接受。当然我的方式生硬亦不对，形成不快。

到街上修表，准备利用在大城市的机会，将《人民画报》收集齐全。

晚间阅读德国军事访华团情况综合报告，其中最为突出者，提出我们节约精神不够。

社会主义原则之一，一切从人民的实际生活水平出发，不能浪费，不能脱离人民，这点经验今后在实际工作中要更加注意之。

1957.11.25　细雨　星期一　南京军事学院

今天一直下着细雨。

上午同几位教员乘重卡到岔路口前勘察确定重新补修的工事，之后到一八一师工兵连。战士们仍然保持以往的老传统，即打扫卫生的良好习惯，村长说："解放军好呀，一年多未见面了。"我说："要不断地麻烦你们呀，咱们都是一家人，以后有什么意见随时提出来。"

午后第一小时，校对了一些要讲的材料，第二小时开始做报告（关于考核问题）。

1957.11.27　阴　星期三　南京军事学院

今天上午听吴华奈部长报告关于整编方案问题。依中央三中全会关于缩、并、减的原则，我院可减少百分之三十左右的人员，这是完全可能与必要的。有的人之前上书称：我现在一天无事干，每天八版《人民日报》都不够看了，应该在精简之下给予充分工作干。

现在动员上山下乡，本会许多教员表示愿上山下乡。

1957.11.29　半晴　星期五　南京军事学院

上午开辩论考核问题大会，午后到岔路口一带检查工事，历四小时。

晚间，阅读戚继光历史故事，他的几个优点很值得学习：第一，他十分热爱祖国，古今中外，大凡名将都具有高度爱祖国爱人民的良好品质。今天自己作为一个共产党员更应该有此本质，要十分注意加强。第二，首先注意政治练兵，教战士为祖国为人民，即为正义而战，战士明白了战争的目的，自然作战就勇敢了。第三，钻研学术，不断创造发明。第四，关心士兵，爱兵如子。第五，军纪严格、赏罚严明为治兵之道。据说其子犯军纪要杀，当部将劝阻时他解释说："我爱我的儿子，更爱我的士兵，更爱我的祖国。而今若不言出法随，军纪必然涣散，到那时候，我的军队有什么用呢？我们的国家怎么保卫？"我阅此深受感动。

今后若再有机会带兵，一定要在带兵、用兵、养兵、练兵中认真地运用这一精神。我想，只要具备以上品质，没有带不好的兵，打不好的仗。

利用这个战争的空隙加强自己的学术，苦练呀！

给内兄写信问及病情。

1957.11.30　阴　星期六　南京军事学院

今天仍进行整风。

我们会仍采取一个一个问题辩论。在上午关于考核问题辩论时，李主任同蔡助理员吵起来了。两人均感情冲动，个人检查不足，对人要求严格，责人严、对己宽，成见出发，在群众中造成不良影响。总之，二人政治水平不高。我采取批评、走群众路线办法暂去处理之。

不学政治，政治上不开展，胸怀狭小，鼠目寸光，断乎没有什么作为。

午后继续开会，之后布置下周工作：下周一，上午继续开辩论会，午后开支委会。

1957.12.1　阴　星期日　南京军事学院

今天充分地进行休息。上午同曹羽同志到太平路萃文书店、夫子庙旧书摊一逛，购了第二套《斯大林全集》，便宜极了，三角一本，原因：现在干部上山下乡，清理行装之故。我想这里面包含有两个问题：一是还存在思想问题（不满），二是缺乏远见——要知上山下乡仍要学习，要革命，要进步。

午后到普陀路探视华都，他现在很懂事，进入开化期。

晚间给母亲写信，谈及家属返乡生产事。给五舅父写信，谈及给七舅父画像事。

1957.12.3　晴　星期二　南京军事学院

上午于马林俱乐部听取关于动员家属还乡、干部下放的报告。

午后召开支委会议，研究考核问题小结，四小时中李一同志发言前后占两小时，这个人思想很死硬，作为一个上校与这样的水平不相称。他很难接受同志们的意见。我在过去的革命工作中，首次碰到的是胡从明同志，第二次就是李一同志，其思想特点是固执己见，对人生硬、急躁、片面，常以征服人的口吻出现。

党的三中全会英明的长远的革命措施，一举两得，对共产主义大业奠定了下一步的基础，我十分拥护。

1957.12.4　阴　星期三　南京军事学院

今天上午，勉强在支委会议上通过了小结的问题，深深感到李坚持无关紧要的细节之处甚过。一切事情处理，应采取适可而止，过分，势必要出偏差。继而开军人大会总结工作，接着布置了关于家属还乡与干部下放——上山下乡的动员，这个报告由蔡协理员做的，号召大家报名，以供领导上考虑批准。下步棋即确定批准方案。

最近连着开会，布置施训工作与检查野外航空照相之事，因而积压了许多文件未行阅读。午后利用同志们讨论空隙阅读了萧克、李达副部长在全军训练工作会议上发言。

晚又利用时间回了几封信：王均师长的、吕瑞明老房东的、立昌的。

最近对孩子教育不足，溺爱有余，弄滑了，见面后好坏不懂，任何话不听。华英在校表现不如以前，任性；华京打人躺地，毛病多端。同其母研究改正教育方式方法。

1957.12.5　晴　星期四　南京军事学院

今天上午开了四小时支委会议，研究整改中最为实际而具有重大的历史意义的一个工作——讨论下放、上山下乡干部名单。按现在情况，精简以完成教学任务为标准，其余青年知识分子同一部分旧军官教员一概下放，上山下乡。这件事情是关系到党和人民事业的百年大计、国家民族兴旺大事，关系到我们后代子孙的大事呀！因而我们支委会上认真地进行逐个研究，初步确定了十四名下放、下乡。

我很喜爱《人民日报》，晚间又浏览四十分钟，将十一月份阅过的装订起来。这将来是很有历史意义的文献。

1957.12.6　半晴　星期五　南京军事学院

今天已进入整风第四阶段——检查四个主义。

上午开支委会，为慎重计对昨天讨论的十四个下放、下乡干部进行复查，并批准十名返乡生产家属。

自己在这方面过去是够沉痛了，自我改造不足，现在仍然要重视改造，丝毫不可放松。不论何时都要虚下心向进步的方面看齐，落后方面时时为戒。

1957.12.7　阴雨　星期六　南京军事学院

今天上午到野外检查工事，十一时返回。协理员又召开会议研究批准几个"无家可归"安置城市的报告，依他们条件似乎不足，我主张走群众路线，重新讨论。做工作一要合乎上级政策，二要切合实际情况，求得群众公允。在处理任何问题时都不要有迁就、姑息情绪。工作要丑话说在前面，事情该怎么办就怎么办。

午后进行自修。

晚，带华英、华都偕其母到大礼堂观看朝鲜故事片《再不能活下去》，该片内容生动、丰富，教育意义深刻，堪称优秀片子。

1957.12.8　阴　星期日　南京军事学院

今天上午带着他们四个偕妻到九华山游玩。十一时返，精神不适，稍息，午饭后直睡至午后五时。因昨天晚上两次起床并开窗倒尿致感冒。这完全是华英、华都所致。他们喜欢跟我睡。

1957.12.9　阴　星期一　南京军事学院

上午参加院首长召开的研究体制问题座谈会议，我未发言，听了几位教授和主任发言，最为突出者，关于个人主义方面问题多，关于体制方面问题意见并不多。

言多必失，对症下药十分必要。遇事了解情况后再发言，不要先入为主，不了解情况就哇啦哇啦发议论最无济于事了。

1957.12.11　雨　星期三　南京军事学院

午后参加欢迎捷克军事访华代表团。

欣闻我们社会主义国家团结一致的精神。我们的事业是无敌的、强盛的。

1957.12.12　雨　星期四　南京军事学院

上午参加组内听同志们个人方面的检查。午后利用时间进行业务方面的自修。赵文中开会回来，传达上级指定研究山地地形特点，随针对此课题收集材料，进行研究。

应该抓紧时机充分利用这个有利的客观环境进行学习。事情的成功，完全在于自己辛勤的劳动。

同陆广文布置了这段工作，同李一主任交谈了最近工作情况。

蔡这位同志，工作上就是从原则方面考虑问题差，今后宜注意团结和斗争有机并用，如此既不失原则，又达到工作中的团结一致。

晚间，韩玉奎同志前来扯谈近两小时，扰乱了我的学习计划。

1957.12.13　阴　星期五　南京军事学院

现在有一个最深刻的认识，就是经过了群众教育之后觉悟到，当前工作中最为中心一环是抓学术、战术，军队的基本任务是打仗，打胜仗是学习的最终目的。现在要抛开一切可以避开的干扰，把大好的时间集中到研究学术方面。

计划在明年三月五号前完成"山地对战术行动的意义"课题的研究，今天广泛收集材料，第一步先达到占有材料，第二步进行研究分析，第三步动笔。

午后到门诊部检查腹中是否有蛔虫，因为老是消瘦。次，检查牙齿，有六个有问题，需要治疗。

晚间同曹羽同志进行了有益的交谈，扯至十时半。

今天上级已下命令，调李出去学习，地形这个担子正式落到自己肩上，在这个时期应集中一切力量搞学术。

事情不能靠人，完全在自己努力。争取外援，利用客观条件，不能放到主要地位。

1957.12.14　阴　星期六　南京军事学院

上午到南京市人民大会堂参加宣判大会，判决四个反社会主义、反党反人民的坏分子，最后由许世友司令员讲话。我是首次听他讲话，中肯、直爽、实际，毫不做作，我认为很解决问题。如批判那上校企图同老婆离婚而不给老婆孩子吃饭，并砸了锅。狗还有狗性，而他连人性都没有了。又如批判司令部那位科长，腐化民女被打了，许说打得好。

讲话中强调军官要树立新的共产主义道德观，要爱国，守法奉公，为国尽忠，在家尽孝，彻底清除资产阶级个人主义思想，加强对部属的教育，严格管理。个人方面要彻底进行思想改造，我听了以后受到很大教育。他讲话真是针针见血，收效很好。

今后应该特别注意，做工作、讲话都要贯彻针针见血精神。

午后前两小时办公，后传达许司令讲话及大会情况，借以教育大家，特别帮助同志们促进四个主义方面的检查。

晚同郑教员谈话，促其思想改造。

七时五十分同妻携华英看电影，抗战的片子，意义深长。革命不易，今日胜利果实要坚定不移地保持下去，革命的精神一定要贯彻发扬下去。

1957.12.15　晴　星期日　南京军事学院

上午照例在几个孩子要求下到太平门外玩。

午后照例到街上一逛，为家中几位老人画像，选择几种旧书，逛旧书摊。

五时左右到普陀路看华都，晚间同曹羽同志谈天，甚为有益。准备在学术上加强钻研，现在正是为党、为革命事业工作的时间，要努力，要前进。革命要有学问，因为有学问，眼界看得远看得清，不至于糊涂，才能将事情办好，不至于办坏。其次一定要联系实际，联系群众，如此才能达到解决问题，针针见血，而不是闭门造车或纸上谈兵。

第一步：一、先完成业务；二、学营、团、师三级战术；三、学解放战争、苏德战争著名战例；四、学军一级战术；五、广泛阅览军事名著，如《战争论》《孙子兵法》等，以打开思路；六、学习中贯彻毛主席战略战术思想——以少打多、以弱打强、灵活的战略战术、歼灭战的思想。

第二步：一、很好学学哲学；二、阅读古典经典的马列著作，如《资本论》；三、学中国古代军事思想、军事著作；四、外国古代军事思想及名著。

第三步：准备将家属送回家，借以专心致力于学，节省了钱，教育了孩子，将来一旦战争到来，他们不至于遭了殃。

另外，其母反映，各方面最近对华英影响不甚好，主要是她不分青红皂白地骂人，今后注意加强教育。

1957.12.16 晴 星期一 南京军事学院

今天终日参加院座谈会，我在会议上也发了言。另外，今天蔡铁根主任发言较好，但有地方有过多责备口吻。

我主张要适可而止，过犹不及，都不好的。对问题全面分析才是客观的。最后张副院长讲了话，我认为思想性很好。

中午，李一同志急于要交代编委会工作，我考虑后认为，我不能接受，这样对工作太不利。因为原调他做，他未抓紧，拖了，今天又推了，这是不对的。彼口口声声他是为革命，而实际上彼考虑个人得失过多。对于这种个人主义十足的思想方法，我是十分不同意的。

在学院搞学术的人就是忙碌得格外厉害的人，要抓住时间进行学术研究。

1957.12.17　半晴　冷风　星期二　南京军事学院

上午进行自修。午后主持支委会议，进行整风个人检查。首由李一同志自我检查，四小时中检查不足一小时，对蔡的意见有两小时还未完。对人有余，对己不足，前语检查胸怀狭小，后立即成见对人。一个人发言前后矛盾，理论同实际联系不起来，可见其水平一般。

1957.12.18　冷风　星期三　南京军事学院

上午处理教学事宜，拟订上课计划、教员编组名单、下一步工作。午后开支委会议，李一同志继续发言。李对蔡珊同志发言约四小时，达四万余言，如同算总账，用尽心机收集了蔡大小、前后若干条意见，其中有事实的，有扩大的，有歪曲的，有嫁祸的，我听后极为不平，这简直不是整风态度。

1957.12.20　晴　星期五　南京军事学院

上午由张副教育长、孙主任、范副主任参加，召开军人大会，动员大家对我们三个人提意见。

午间全体合影。午后观看苏联军事影片，苏维埃人民那样的英勇爱国行为，给我很大感动。

1957.12.22　晴　星期日　南京军事学院

上午到街上取回几本书。下午三时到十时，写好明天大会检查发言稿。由于思考过度，晚间失眠。

今天真正进入思想交锋。在午后检查时，黄克宗、陆广文两同志对我提出了具体而尖锐的意见，虽然问题不大，而有关生活作风影响重大，这点对自己教育意义甚大。

在政治上、生活作风上、思想作风上一定要严格分明，关键在于严己，除去自私。

许多问题都是从细小生活方面着手。"大处着眼，小处着手。"这是冯玉祥说过的一句话，很有益处，值得思考。

1957.12.23　晴　星期一　南京军事学院

今天上午由个人做检查，历五小时。对蔡、李也采取同样方法，初步收到反映，可能某些问题不该端出。

运动教育人，对问题只有联系实际，联系自己，越尖锐益处越大。

会议中似乎有种不正常的情绪，部分与部分对立状，这个情况很值得重视。叫他放出吧，放出后明白情况广，受教益深。

切记：最为基本的关键为克服自私。另外，工作方法最为根本的一个问题即群众观点。

今天批评自己，群众观点不够，生活作风不注意，注意改正之。

晚，参加研究装甲系课目大纲。

1957.12.24　晴　星期二　南京军事学院

连续几天以来，今天是最为实际的学习，特别在今天大会上，同志们的发言对我个人教育十分深刻，富有教育意义。

党中央提出从团结出发，经过批评达到团结的目的，了解了，也一般地运用了，但遇到重大问题（如同李一同志关系时）就不能很好运用了，这说明水平不高，思想方法还不对头，革命觉悟还不高，无产阶级意识还不那么坚强，工作作风上不正规，游击心气残余，工作深入不够。这些，同志们批评得很实际，一定要决心改正之。

晚间，同吴翔、张严、黄克宗、王文海谈话，以赤诚态度对待他们，耐心地指出问题，本着赤诚、严厉、具体又指出努力方向。

今后一定要改变过去的思想作风、生活作风。

1957.12.25　阴　星期三　南京军事学院

整风中。

教训一定要记取。

晚间同群众接触。

1957.12.27　阴雨　星期五　南京军事学院

在工作中一定要识人，要分清好人、小人。好人，往往表现正直，对人的感触往往是苦而不快，但良药苦口利于病；小人，往往表现于勤和熟，使人初感到甜，感到舒服，但最后坏事者皆为此种人。我不熟此种人，也就是说没有站到党的原则上去识人，被一时现象所蒙蔽，实为可笑到极点。

1957.12.28　阴　星期六　南京军事学院

上午举行三小时支委会，研究编余有待处理的十三名干部。

午后处理布置业务工作：一、布置准备全国山地地形材料。二、拟订五年科学研究计划。三、向顾问学习计划。

在工作方法上不当，如何很好地摆脱事务主义，养成一个习惯，如何能在每天抽出一个时间集中处理那些行政事宜才好。

晚，偕妻、华英、华都看意大利电影《苦难情侣》。

社会关系起了根本变化，而个人思想意识若跟不上，就会变成时代落伍者。我这次对李、蔡问题上抱个人成见，不敢大胆公正地从党的高度原则精神去进行斗争，因而在政治上犯了错误，赶不上形势发展需要。可惜呀！可悔呀！

坚决反对那种资产阶级、小资产阶级情调，遇事首先要警惕它。

在任何事物面前，要公正，坚决维护党的利益，打破任何情面观念。

1957.12.29　晴　星期日　南京军事学院

今天仍工作，这个假日同阳历年假日合并。

快到年关了，忙得不堪交代，许多问题集中到一起，今天上午开了三小时会。

午后开两次支委会、一次支部大会。

晚间写一段检查提纲：在伟大的社会主义革命时期，意识一定要紧紧跟着形势的发展，唯一的标志就是克服自私，树立集体的大公无私的思想。能不能进步，这是个基本问题。自己多年以来未从根本上改变，进步的障碍便在此。现在借整风之际，应彻底地来个自我思想革命。

今天在支委会议上，初步对李一同志表示放弃那点成见。

事情已过去了，想起来实在幼稚可笑。教训一定要记取！

1957. 12. 31　晴　星期二　南京军事学院

今天放假，上午请军委测绘局两位参谋吃饭。黄参谋介绍了东北三省演习情况。

午后到街上取老人画像，心情很不安。

晚，华英闹，给整了一顿，不当。我不善于教育孩子，致使他们不知高低，今后值得注意。

第 十 编

1958.1—1958.3

1958.1.1　阴　星期三　南京军事学院

心情不畅。

在此次整风结束后休假时，到家探视母亲一次。

今后在工作中要站稳无产阶级立场，遇事先把个人情面放到一边，不要在情面上求得团结，要在严格的政治基础上求得团结和认识一致。这是永远要记取的啊。

1958.1.2　晴　星期四　南京军事学院

今天本地开始冷，室内生煤炉，到零下一度。

日间写好检查提纲，准备明天送政治处审阅。

教训是一定要记取的。不记取教训就要重犯错误，就不能前进。过去是记取教训不够。

在工作中要识人，往往由于识人不当，吃了很大的亏。

最近些日子确乎心情不够舒畅。这都是由于政治上不够坚强而造成的。对人处事一定要首先扎下稳固的政治基础，千万不要搞小资产阶级那一套，坏事都是在这方面的。

1958.1.3　晴　星期五　南京军事学院

今天完稿检查提纲，上午送往政治处请孙主任审阅。

午后考虑这个时期工作任务甚为繁重，在执行任务中，自己是胸无成竹，特别在研究山地战地形材料感到缺乏。要努力，用发动群众的办法和自我钻研精神，在党的正确领导之下，不论具体何等困难的艰巨任务都能完成。

阅读刘志坚副主任时事报告。

午后听张副院长动员家属返乡生产报告。感到今后要在学术上努力一番，干什么事情都要有志气，要立志。

1958.1.5　晴　星期日　南京军事学院

上午步办公室阅读自我检查提纲，孙主任给修改并提出一些意见，很好。阅读山地地形材料，我对这个课目很生疏，需要加倍努力。

午后照例装订上月报纸。确定长期订阅《人民日报》《解放军报》，因为它具有代表性，不该中途变更，阅后妥为保存。

1958.1.6　晴　星期一　南京军事学院

上午参加整风小组会，听取对教员武连生、汤德彪二人的检查。前者参军后由于发展一帆风顺，并自恃其才，因而有骄傲自满状。后者个人计较严重，归根结底个人改造不够，我对其提出直截了当的批评。

午后参加科学研究部召开的关于研究确定今年山地演习地区问题。总顾问最后亦未确定。我们的任务是：一、修订演习地区之图；二、提供山地地形材料。

晚间，参加支部大会，通过何伯义同志转正。

今天工作紧张。

1958.1.7　晴　星期二　南京军事学院

召开了为检查领导间关系问题而举行的第二届第一次支部扩大会议，并有整风办公室洪文成、第一政治处曾秘书、孙主任、张副教育长参加，后范副主任也参加。

上午发言（检查的）第一个，李一同志；第二个，我个人检查；第三个，蔡珊同志。上午快结束时张副教育长发言指出，蔡检查深刻，我针针见血不够。午后相继发言者：蔡珊检查完，李一补充发言，反复几次，赵文中、张先知、崔洪勇、李正芳、于海涛，其中于海涛同志发言带有情绪。

从今天会议上看，李抱的情绪很大，态度不正。他提出，先把问题弄清后他才进行检查，那么说明整风检查还要条件的，其不虚心到何种程度！

孙主任在大家发言中随时指出问题，校正问题，我认为这种方式很好。

晚六时，范副主任布置下放干部问题，院进行此工作时间、步骤的安排，本会确定三人做即行准备，王文海、谢勇、张先知，此三人适合做军官，符合条件，并在晚间进行谈话。

这次下放干部是一个革命措施，即为我们事业后事而做，准备叫他们接班。锻炼时间为一年左右。他们下去完全过战士生活，按战士待遇。

夜晚九时，曹羽同志来请为其和解夫妇打架事，至十二点才基本上解决问题。

1958.1.8 晴 星期三 南京军事学院

第二次支委扩大会议，首先李一同志几次发言，很零星。接着由谭代森发言，他首先表示支持崔洪勇发言。

上午开会气氛非常不佳。

午后，李一的发言，针对我提出三十六条，大都为怀疑、揣测，责任推到他人身上，谈不上什么检查，根本不带整风味道。

另外还有赵文中、洪文成、崔洪勇的发言，很客观，尤其洪文成同志的发言对李一同志的态度问题反驳甚为有力，当然，话第三者说较好，对会议气氛有所改变。

晚，参加支部大会，讨论王文海转正问题，这个同志致命缺点是政治上不开阔。

1958.1.9 晴 星期四 南京军事学院

第三次支委扩大会议，仍为孙主任主持，如前会参加人。

崔洪勇继昨天发言，张先知发言，李正芳发言。这三位同志今天发言都非常客观中肯，而且批评尖锐。

上午由李一同志发言，最后洪文成同志发言。

晚间写明天检查提纲，到十一时半。这时脑子已发晕到麻木程度。

李一同志太狭隘、太不识时务了，一个人思想若落后于形势，那是再危险不过了。

1958.1.10　晴　午后冷风　星期五　南京军事学院

第四次支委扩大会议。

今天上午我在支部进行自我检查，依昨晚孙主任指示，主要为检查自己，我以对己严、对人宽精神进行检查，都提到原则高度进行批判。什么事情非得亲身经历才能真正体会其精神同实质。

今天自己做了全面的检查。现在我国已进入社会主义革命阶段，而自己在思想上还没有充分赶上去。思想上，公私还没有严格分开，明确界限。在用人上，特别是部属办私事，是非常不对的，引起一些意见，过去未充分认识到。提高到原则上，这是占取人家的劳动，是剥削行为。这个"私"字对我们共产党人来说，在思想上是一定要坚决克服的，否则是思想上、行动上一个严重的包袱，大大阻碍着自己的进步。

前年阅读《瓦杜丁将军》一书中，提到将军从来不让人帮助办理个人私事，当时知道这是对的，但对其精神同实质并未真正了解，因而在自己来说这一道理并未变成行动。

今后在这个方面要深刻地警惕，从细小方面要注意。这是今天整风认识最为深刻的一点。

晚，找汪宜楷谈话。这个人异常敏感，小资产阶级情调十分严重，我给予以教育。

整风实在是一个解决思想问题的良好办法。最近整风渗透很好，我真正收到整风之效果。

1958.1.11　阴　星期六　南京军事学院

终日参加第五次支委会议。有政治处孙主任参加，中间张副教育长参加一段，曾秘书、洪文成同志参加。

上午四小时为李一同志自我检查，开始接触了思想，开始承认自己的错误。

午后三小时为同志们对我和李一同志检查的批评，同志们所提意见很尖锐，很好。

今天会议对我认识上有进一步的提高，认识到自己在政治上还是幼稚呀。记得去年四五月间解副教育长离别前在大礼堂还提醒说："要同李一同志注意团结，做好支部书记的工作。"我当时未能深刻地体会这个精神，以致未能主动地去团结与争取他。严格说照顾大局不够，从党的利益出发不够，同他闹个人成见，这是非常错误的。今天认识到已经晚了，但对今后有深长意义。

晚间同金芳看电影。

1958.1.12　细雨　星期日　南京军事学院

应老韩之请，领郭生同志一道去其家，午、晚饭均在其家。

午后三时十五分，韩请看印度第一部彩色片《章西女皇》，描写十八世纪这位印度民族女英雄领导印度人民英勇反抗野蛮的英帝国主义者的斗争。斗争虽然失败了，但证明这个民族的不屈不挠的反抗精神，将永远留载青史。

此外，郭、韩给了三点十分宝贵的建议：第一，你的身体不好，应特别注意营养，这是基本问题，这个问题不解决，将来什么又红又专都谈不到。第二，工作、学习、生活要妥善调剂，不要用死功。我正是存在着这个严重的缺点，应该马上解决。工作、学习、休息要分开，生活一定要正规，并注意经常性锻炼身体，星期天一般情况下要很好玩，借以调剂脑力、精神，准备下周忘我地劳动。第三，对当前任务一定要专，首先要钻进去，不进去那是专不出来的。业务不掌握谈不上领导。这正是我当前致命的弱点。

以上三点十分中肯。

晚八时许同妻商议马上进行改正。

1958.1.13　阴　星期一　南京军事学院

上午开四小时整风会议，主要由蔡珊同志检查。中午开研究地形勘察会议，午后又开四小时整风会议，批判蔡的检查。

晚间开三小时支部大会，今天共开达十三小时会议，所以说完全在会议中生活。

在工作中要善于识人，我过去在这个问题上太轻举妄动了，未能紧紧把组织原则掌握紧。做任何一件事情，想前，想现在，还要想后，如此才能称得起通盘，只有通盘才不至于有漏洞。

1958.1.15 晴 星期三 南京军事学院

今天为学院院庆七周年纪念，放假一天。上午照顾华英，特别到妇女商店购买一件廉价毛衣，顺便到街上一遛。午后，步办公室写好第一阶段整风检查提纲，晚间去看一个电影《如此多情》，倒好笑，调剂了精神。

这段整风对我觉悟提高很多，说明自己政治远见不足，阶级意识不纯，觉悟不高。我从来没有像今天认识这样深刻。

人，不觉悟不行，不接受教训不行，不能前进呀！教训一定要记取的。

1958.1.16 晴 冷 星期四 南京军事学院

上午事务性事情占去四小时，但这些事情不细致处理不行。工作上千万马虎不得，要大处着眼，小处着手，过去有些问题小处着手不够细致，因而形成了漏洞。这个教训要记取。

中间徐处长来到，谈到组织研究全国山地地形问题，他很支持，准备最近研究开展这一个工作。

午后听谭同志介绍苏联伏洛希洛夫军事学院情况，使我加深了对苏联同志的了解和钦佩。

1958.1.17 晴 冷 星期五 南京军事学院

今天华英几乎犯病，原因是疲劳、天冷，午间由部分冷食而引起，午后约十二时半返家即卧床，幸赖其母护理及时，仅呕吐约半洋瓷碗食物后则小睡。晚间八时上床，睡眠情况良好。

1958.1.19 晴 清冷 星期日 南京军事学院

上午到街上为华英买一件廉价毛衣，午后、晚间写整风检查笔记后，阅读军事论文。

午后将检查交政治处审查。

1958.1.21　晴　星期二　南京军事学院

今天上午仍开整风大会，我于第一小时检查完，继而由蔡珊同志检查，中间由李一同志就汪宜楷问题做了补充检查。

我的检查在午后同志们讨论中，对关系问题，即团结问题上认为不够深刻。我准备继续再检查。这次整风很好，我认为还要下决心挖一下，借此彻底求得改过自己，以利大踏步前进。

蔡的检查，分析不深刻，把问题是很好摆出来了，我认为提不高也不行。在我们团结问题上，蔡是起到很大的破坏、挑拨作用。这个人之所以这样做，主要是想抬高自己，企图建立个人威信，这个实质以往看得不够十分明确，今后要特别加以注意呀！

李一同志，我认为对同志、对工作还是好的，就是思想方法不当，对人态度不良。

总之，造成关系不好，由客观的、主观的、不良的几个条件凑到一起了。

这段时间，确实自己警惕性不高、政治责任心不强，痛心呀，要改，要记取教训。

晚间，甚为烦闷，因而骑车到街上逛了一圈。

1958.1.22　晴　星期三　南京军事学院

上午参加小组会，听取同志们发言，在第二小组。李乙、尹立两同志思想上有扭转，这两个同志认识问题思想方法成问题，有绝对化味道，看问题夹杂着个人主义浓厚气味，所谓戴上有色眼镜看问题，今后如不提高、改造，定要犯错误的。你看，怪得很，关于李主任和汪宜楷的错误，人家本人都已经认识到了，并做了检讨，而他们两人却还在那毫无意义地坚持着他们顽固的意见，显然他们的思想落后得很远呀！

人的思想若赶不上形势，那真正是最为可怜不过的了。

这次整风给了我最深刻的教育。

午后进行汇报：搞好团结问题基本上已得到解决了，但又发现一些新的问题，准备领导整风结束后再对下面进行补课。

晚间，阅读了汪宜楷、叶振欧、李乙三人向上级写的意见书。

1958.1.23　晴　星期四　南京军事学院

今天上午做了四小时的检查准备，午后在军人大会上进行一小时半的检查报告。之后收到反映，群众一致表示满意，就看今后行动如何。

这次整风给了我最为深刻、最为实际的教育。在一个多月的大小会议中，使我对党的团结问题及党内斗争问题真正理解到精神和实质了。过去了解只限于口头，而此次不同，渗透到实际，因而我想对未来将具有最深远的意义，就是说任何复杂困难的情况下，懂得了如何团结、如何斗争。团结是一切工作的起码条件，没有这一条，休想完成任务，搞好工作。

团结一定要从党的组织原则上去进行。在团结中一定反对那种非组织的团结法。团结就是党的生命，我从这次整风中真正体会到了。这个宝贵的整风收获要永远保存下去。

1958.1.24　晴　星期五　南京军事学院

终日在大礼堂听陈庆先教育长传达训练总监部关于全军训练工作的第七次会议精神。会议纠正了过去在学习苏联军事科学上的不当处，问题不在于人家教错，而完全由于我们学的毛病。我们未结合我国的实际情况。现在好了，明确了。一、以毛主席的战略思想作为基础，作为我军的指导思想。二、依我军现有技术装备为基础，并照顾到未来的情况，预备在新条件下作战为主导思想来训练部队，而且还要依据我国的地形情况。于此，提供了我的本业任务，研究山地地形情况，以便研究出它对战斗行动的影响。

晚六时半，在第二组听取孙主任关于我们领导关系问题的整风总结，历时三小时。对我的批评为我若干年以来最为深刻、最有教育意义的一次，我表示完全接受。我在这次整风中决心改正我的错误，这些沉痛的教训一定要切实记取。

会议结束时已十时许。

1958.1.25　阴　星期六　南京军事学院

上午在大礼堂听陈教育长关于院内体制、教学问题的整改报告。

午间，我们领导进行办公，研究下一步工作问题。

晚间，看了个片子以调节脑力。

1958.1.26　阴　冷风　星期日　南京军事学院

上午十时开会，确定外出勘察地形目的、时间、步骤、方法。午后同妻上街，去夫子庙取画像，修收音机。

1958.1.27　晴　星期一　南京军事学院

整改以来，支委会议开得实在多，今天上午又开支委会研究改选支部问题，决定整改步骤，后又经政治处确定之后再改选。之后六小时时间阅读山地地形材料。

晚间观看苏联影片《原子弹的威力》，介绍甚为详细。

1958.1.29　阴　星期三　南京军事学院

上午开四小时支委会议，研究纯洁内部问题，预计六位非党旧军官借此机下放，为了党和人民的长远利益着想，我们不得不提高警惕，不得不如此做，这也是形势发展的需要！

什么时候也不能放松对政治的学习。政治是统帅，政治是灵魂，我们革命就是为了政治的目的——共产主义社会。所以我们一切工作的出发点都要不违背这个目的才是正确的。有的人嘴里说为的是革命，而实际上却违背这个目的，今后只有紧紧地掌握住这个方面，方不至于犯错误，才能做好工作。

午后攻读山地材料。

最近掌握了一个新的学习方法，即有所取、有所舍的原则，是行之有效的。在学习上眉毛胡子一把抓的方法是错误的，往往是事倍功半的，今后要注意。

1958.1.30 半晴 星期四 南京军事学院

上午前两小时办公。请示赖部长，确定浙江杭州西五十公里之木家桥作为演习地区，因而确定我们到这个区域勘察地形，因国防机密关系，不同意到福建前线去勘察山地地形。

指示后，我完全拥护，因为这是为了中国人民的长远的最高利益，不得不如此做。在工作中，首先要从全局着眼，否则就要犯错误。

午后同李主任商量后做了布置，并阅读山地战战术地形材料。展卷有益。不读书不行的，读书是使自己开阔眼界、增加知识的好办法。读书能联系实际是把书消化了的一个好方法。前者是手段，后者是目的，因而着重的是后者。这是在思想方法上一个新的认识，今后要巩固发展这种认识。

最近感到对母亲照顾非常不周。下定决心抽出时间常为母亲购买些食物寄去，应设法这么做。

我十分喜欢藏书，过些时总要习惯性地把读过的书报合订收藏之。

1958.1.31 阴 星期五 南京军事学院

上午到大礼堂听钟政委关于开展反对浪费的报告，此为整风重要内容之一。其意义不仅在经济上克服铺张浪费，积累资金建设社会主义，而且在政治上树立社会主义的勤俭建国、勤俭治家、艰苦奋斗的精神，真正地、彻底地打掉官气，也就是彻底消除资产阶级个人主义思想，只有如此才能真正树立起人人平等的思想。

我们共产党人除了作为人民公仆外，丝毫没有什么特殊，这个思想一定要作为每个人的思想基础。

继而廖院长报告关于整顿纪律问题，有的人目无法纪，因而行动上不守纪律，违法乱纪。

优越的共产主义的、社会主义的社会制度，人们都是自觉地遵守纪律的。那些不守纪律的人最为可耻，因为自己不守纪律，反而影响到他人的生活秩序，这种缺乏道德观的人，最卑鄙不过。

切记，养成善于守法的习惯，有损于人的事切莫为。

午后阅读两小时山地战材料，后两小时参加支部大会，讨论汪宜楷的转正问题，通过延长后补期一年。

拟定明天开支委会，讨论开展反浪费及守纪律问题。

1958.2.1　阴　星期六　南京军事学院

上午自修山地战材料。展卷有益。这几天钻进去研究，同过去经验结合起来研究，收益甚大。

到地形工作研究的两年中，在政治上吃了一个大亏，经整风，给了一个很深刻的教育，深知：做人的意义在于老老实实为党为人民做一点有益的事情，"有一分热发一分光"，千万不要去玩弄那些个人主义小手笔、小智术，企图贪求个人的一些打算。

个人主义打算的落后思想是远远被人们所遗弃的污秽东西，它长期在人们的意识形态中存在今后要时刻地进行自我思想检查。

1958.2.2　晴　星期日　南京军事学院

上午到街上买点菜，准备请郭生同志来家。

午间收拾了书，补写这两天日记。孩子们同妻要求到小红山玩玩，应允，带去玩。

书多了也麻烦，无书架放不下，收装了三箱书。

1958.2.3　阴　星期一　南京军事学院

上午最后一小时动员开展卫生运动。午后动员：反浪费、整顿纪律问题的报告。接着开党、团员大会，动员，保证实现，号召起模范作用。

1958.2.4　阴　星期二　南京军事学院

上午参加教育会，确定山地攻防演习计划。返回后研究确定人选，制订计划。

午后又开支委会议，研究李乙、汪宜楷问题，上报政治处。

发现蔡珊这位同志在工作上原则政策精神差，对问题分析不够，里面易于掺杂个人情绪，进行工作也太草率，今后在工作中要加以警惕。

寄吕瑞明房东全家相片一张，应所要。

午后胃病犯了，疼得甚剧。

1958.2.5　阴　星期三　南京军事学院

阅读山地进攻材料。另同荆再生谈话。事情是这样：之前这位同志曾很主动热情地对我进行帮助，当时以为这是同志式的友爱，因而就自然地接受了，但事情过后若干时间，即在整风会议上，他发表自己的意见称：太随便使用部下了。如此便混淆了事情的性质，从而把问题扩大化了。我对这件事情受到的刺激和教育十分深刻，它真正给我在思想上划清楚了一条这样的界限：一、公私切实分清，在公事面前要严肃地、无私情地对待，不要有占公家小便宜思想；二、在同志中间，也不要占人家半点便宜，要知代价仍要以代价偿还的。不占去人家代价，什么时候都是坦然的、愉快的。

什么时候也不要无端地占有人家无代价的事物。

这位同志在这个运动中给我上了一堂好课，当了我一个好先生，因而我谢谢他。

1958.2.6　细雨　星期四　南京军事学院

今天上午总参测绘局张副局长来谈工作，主要是面对李一同志谈他所承担的那部分工作问题。后两小时阅读些文件。中间总有些零星事情搅着，这种事务占去了好多大好时间。这也是提不高的一个原因，这种苦恼，短时间摆脱不开。

午后接受几个汇报。阅读山地战材料。

不读书不行。专门问题，非读书不行，非专题钻研不行，今后这个方法要广泛运用起来。

晚间进行两小时自修。

1958.2.7　晴　星期五　南京军事学院

一天处在会议中。这种会议是可以压缩到两小时的，但是态势已定，无奈。

上午开了四小时支委会议，汇报研究专修室以及图表模型浪费达三小时，其中李发言最多，许多话属于废话，可说可不说。我认为讲话也要讲节约才对。废话占去他人的时间也属于不节约、不道德。又花一小时研究非党教员授衔问题。

午后，到干部部开了两小时陪绑会议，我没有发言的必要，因而只用两句话表示了支委会已经确定了对慕超、宋宏作、郑殿起教员的意见，其余时间都陪绑听其他单位的意见，对我无助。

晚间，妻子给买了一张罗马尼亚电影的票，我们两人去看了。对我来说同样属于无聊，我的思想完全装不进去这一方面的东西，因而我认为无助，反而浪费我的时间，占去了我的精力。我就提前先回来了，不满意，之后她回来也大概不满意吧，因而借故吵了两句，这不大好吧。

几个孩子闹，突出的是华京，闹得过火，给发了个态度，吓唬了一下，尤属不对。

总之，今天不快得很。

往往是这样，工作不顺畅时到家里也碰上不快的事情，二者加起来造成一天的精神不快。

妻子脾气也不很好。她的文化程度低，理解能力差，受城市风气影响。为了孩子们及大家的幸福，我近年来完全采取忍让态度，今后仍要大量地忍让才行。

今后在工作上能摆脱事务范围，在家庭能摆脱孩子们的搅扰及家务事，致力于学术的研究，当是我最大的一件快事呀！设法找寻解决的途径。

1958.2.8　晴　星期六　南京军事学院

终日阅读一九五五年的步兵团山地战斗教材，写得一般化。在阅读中由于不间断地请示工作，常打断我的思路，因而在白天不能集中力量思考问题，不如晚间寂静，思考集中，效果较好。我很想利用夜间工作，如此常到十时入寝而影响到次日工作和身体的健康。

利用时间同荆再生谈话。

最近孩子闹，最大的一个特点就是他们不但不听话，反而顶嘴，你说一句，他们顶一句，甚至几句，很无奈。为此常常对他们发脾气，但结果仍不解决问题。

从昨天到今天的经验：多用个别教育方法，收效为大。

昨天晚上对华英说：你的书、笔杂放于我的抽屉中影响我的阅读，指定明后天专门对你那个抽屉进行整理。结果，今天中午回家，华英先打开她那个抽屉，放得整整齐齐叫我看，我予以表扬，说明她能接受教育，并有进取心。

今晚最初叫睡不去睡，因为答应带她去合作社玩一次未实现诺言，她不去，顶嘴，带去一次后并满足要求买了几个片儿糖，回来叫睡即慷慨应允，告诉一些道理都理解了。

华京也是如此，当说好你去睡，爸爸也要睡，道理讲明，立刻走了。

以上说明：一、个别教育较集体教育收效好，家庭孩子多宜多用个别教育结合集体教育。二、对孩子们不可失言，说到办到，一定要实现诺言，万莫放空炮，否则下次再说他就不听了。三、要正当地满足孩子们的要求，如有时看到其他孩子有个吃的或心爱玩具，一定要，你一定不给，造成顶牛状态不好，最好满足要求，后说通道理，或先说通道理。一般后说通道理效果好。四、养成一个良好习惯难，非一日两晚之功，然而破坏，一下子就完了，因而既养成一种良好习惯，千万不要轻易破坏之。如最近他的四人，集体吃饭制度已建立了，但华京总不遵守，吃饭了，他却骑上车子乱跑，结果影响他们都如此，制度被破坏了，这是一个教训。又如，之前，他们已养成饭前自动洗手，现在也不洗了。

1958.2.9　晴　清冷　星期日　南京军事学院

上午到南京军区招待所回访张副局长，谈及今后组织研究全国山地地形问题，他颇同意。

午后，观看朝鲜爱国故事片，为朝鲜著名舞蹈家崔承喜表演的片子，观后留的印象甚深刻。

1958.2.10　寒流　清冷　星期一　南京军事学院

上午陪同测绘局张副局长去教育长处谈工作，之后因接待几小时也未安下心而随之消耗下去。

深刻体会到：在特别紧张的急需完成任务的工作时刻里，时间最为宝贵，这时最应珍视他人的时间，若无端地占去，那简直是罪过，在这方面仍然要自觉、自爱。

今天四小时花费甚为可惜。

午后，赵文中同志爱人请求帮助回家，帮助解决困难问题。

1958.2.11　清冷　星期二　南京军事学院

整风，反浪费。

上午阅读山地战斗团、师攻防材料一小时，之后利用两小时参观外军新兵器模型，收效甚大。

晚间，大风，开支委会议决定：一、反浪费于十三号前结束，之前，由李主任做检查报告，讨论中强调结合个人思想检查。二、春节前完成整顿纪律问题，以叶振欧作为典型，动员由协理员负责。

会毕，急驰和平新村，先找华都、华英，接着探望赵文中妻时，她未经我最后知道，已被通信员接到车站上去了。因为有许多问题尚未谈，怕途中出事故，因而返回即要车追到浦口站，不料未找到，复又到旅馆亦未找到，前后历三小时，返回家已十二时。

今天有三个体会：一、对孩子的教育今后应特别加强，不能放松，否则将来后果严重。现存在溺爱倾向，要纠正。二、在工作中要识人。不识人即不能很好用人，如今天即为例子，若在战时，出问题就不简单，不是影响一个同志，而是全军胜败、安危问题。想到此后怕！今后，在任何工作上，要处理就得仔细考虑、分析，慎重处理。对下一定要选好人，交代清楚问题，千万不可简单从事，要知事情办坏了，失去了时间和空间，如同一碗水洒在地上，那是无法拾起来的。所以任何事情去做时，就计划周详，只能做好，不能做坏。三、在自己作风上要注意，检查不能放手。任何一个工作要有计划，进行中注意协同动作。计划不周，协同不好，一旦开展，中途发生事故，则势难挽回。现代化工作方法，特别注意组织协同，严密协同工作思想不仅表现在打仗上，平素一切工作都要进行协同。只有在平素就养成组织协同的强烈观念，到战时方能顺利完成任务。

在工作中企图求得省事一点，结果反而费事。因而：一、工作要赶前不赶后，赶前有余地，赶后如完不成任务，连余地都没有了。二、先难后易，小题大做。任何事情差不多都是开始难，因而在指导思想上着重从困难方面着手、着想，小事都要当成大事设想，如此，小事才能更好完成，从而锻炼了工作能力，提高了思想方法，总结了经验，收益当然要大。否则会形成不在乎，结果，出了问题，失掉了时间同空间，造成损失，形成无奈。

1958.2.12　清冷　星期三　南京军事学院

上午前两小时到科学研究部开会，后两小时会内开会研究反浪费问题。

办任何事情总要有一个党和人民的观念，先要想是否与此有违背，那么，先警惕一下，就不至于出事。在工作中考虑任何一个具体问题时，先把这个大前提想一下，就不至于钻进本单位这个小牛角尖里了。有许多人在他的职权范围内形成了浪费，就是未先把国家、党、人民的基本利益考虑一番的缘故。这个教育意义很大，对我自己今后有深刻的警示。

母亲来信要翻修房子，要百十元钱。考虑后允许，在不妨碍群众利益（雇工）的情况下同意她这样做，但担心她的健康，怕劳累过火了。

1958.2.13　晴　清冷　星期四　南京军事学院

立昌今天寄来最后一本日记本。这个孩子办事情很可靠，寄信表扬。

上午到研究部听报告，关于美军原子师编制及攻防战术问题。报告很好，可惜午后参加本会反浪费会议未听其防御部分。深感行政事情过多而影响对军事学术的钻研，为长期未解决的一个遗憾问题。

晚间，又到和平新村找华都、华英。华英颇重感情，同高教员女儿惠芳玩得如意，寸步不离。

她受不得刺激，今后注意管教。

1958.2.14　晴　星期五　南京军事学院

上午参加院务会议，物保部部长报告反浪费问题的执行措施，队列部副部长传达南京军区在南京市进一步开展爱国卫生运动的情况。地方上搞得挺紧，我院"除四害"搞得还不彻底。地方提出不积极搞爱国卫生运动为品德问题，提得是如此高。

人的思想紧跟现实是非常重要的，我对这方面还是有迟钝表现，敏感性不足，主要是时事学习不深入，今后这点要足够警惕。

晚间，去和平新村高教员处接华都、华英。这两个孩子太任性。午后华都跑去玩，简直不行，须严加管教，从今天起敲了警钟。

今天给我一个深刻的感觉：在社会主义社会中，一定要在自己劳动所得范围内去享受自己的劳动成果，对人、对公丝毫莫占，因为享受自己的劳动所得是最为轻松愉快的，而无端地享受他人和公家的劳动成果，无疑是一种剥削或者是盗窃行为，那总是战战兢兢、胆战心惊、不愉快的，同时人们一定是不允许的，在政治上要吃大亏的。

这一条思想界限要划分清楚，要有一条鸿沟。

1958.2.15　晴　星期六　南京军事学院

上午到科学研究部听报告，报告很好，学习收益甚大。这个学习是争取的。

午后动员整顿纪律问题，后紧接着开支委会议。

客观事物发展是复杂的、各式各样的，要善于从这样或那样有形的、无形的、正面的、反面的、正确的、错误的等各个方面去吸取教训，提高认识，做好工作，少犯或不犯错误。

晚饭时，对孩子们过于粗暴，打了华都，另外，迁就、溺爱也不对，今后注意从两方面改之。

1958.2.16　晴　星期日　南京军事学院

午后参加四小时院反浪费的检查会议，浪费数字实在惊人，以几十万计。除经验不足、责任心不强、计划不足而形成浪费外，最主要的是建设社会主义思想不足，整体观念不强，本位主义思想作怪。在工作中思想提不高，工作就做不好。

我认为在工作中一定要有强烈的一切从人民利益出发的基本观念，要有辩证的从当前实际情况出发的方法，对任何一件工作都要如此，万万马虎不得。

晚间同张世明同志扯谈至九时。十年前张家口解放时我介绍入伍的一位同志，现在进步不错。

1958.2.17　晴　星期一　南京军事学院

昨天同今天对调，因而今天过例假。

上午未出门，仅到市场买点菜，在家照顾几个孩子。

华英今早又犯病，很轻微，主要由于最近数日玩耍，尤其到惠芳家过两次夜，精神过于紧张、疲劳，加之昨天嚷着要随我到长江路张信家去看，为时过晚（晚九时半），赶来时乘坐三轮车受凉致发病。当时把我气坏了，痛责一顿。这也不当。

1958.2.18　晴　星期二　南京军事学院

今天春节，春光明媚，天气晴朗。按中国习惯，人们欢度这个佳节。我们学院照例放假三天。

上午陪同张子明同志前往玄武湖逛游，同去的还有妻、子女。他们沿途所好不一致，有好乘船的，有好买这个那个的，简直太累人。这是孩子们的特点，要迁就又要进行教育。另外，今年春节一个最大特点，许多人未过春节，打破规矩，在玄武湖、南京各水系河流中进行挖泥积肥工作，令人十分感动。他们以实际行动响应建设社会主义的号召，大家干得真起劲呀！劳动情绪高涨。

这种打破常规的做法，只有在我们共产党领导之下才有，可以充分说明在共产党人面前，有天大的困难也都要克服的。所以，共产党就是时代和社会进步的标志。我们党领导着人们前进，时代的列车在迅速前进。自己也要努力呀！

1958.2.19　晴　暖　星期三　南京军事学院

今天同妻陪同张子明同志到夫子庙游玩，继而到雨花台，瞻仰烈士墓。他们的鲜血并未白流，看，今天终于开花结果，万恶的反动派终于被打倒了，中国人民终于在共产党的领导之下完成了这个任务。现在雨花台也修起来，成了一个美丽的公园。桃花快开了。感慨之下，今后要努力继承烈士未竟事业，决心向又红又专方向发展。

1958.2.20　晴　星期四　南京军事学院

这几天假期，尽情玩耍，愉快地度过了这个传统的节日，体力劳动多，脑子大大得到休息和调剂。

这是一条很好的经验，今后一定要把体力劳动同脑力劳动很好地结合起来，如此方能达到又红又专又健的目的。

午后三时张子明同志告别。这位同志在日本帝国主义投降后在我帮助之下参军，且有了进步，为此，念念不忘，特地来访。

对党对人民要忠，要无条件地忠诚，对同志要诚，要无条件地帮助他进步。同志得到进步，这对党对人民完全没有坏处。

1958.2.21　晴　星期五　南京军事学院

上午上班，开了四小时支委会，检查反浪费，最后一次算细账。

午后参加院大会，廖院长动员整顿纪律，另南京军事学院宣判三个罪犯，他们违法乱纪，贪污盗窃财物，强奸幼女。这些害群之马一定要铲除。使我想到，一个人在世能够为人民多做好事，廉洁守法，奉公守职，公正无私，当是自己的志愿和标准，要朝这个方向努力。

之后又开两小时支委会议，讨论干部处理问题。

今天特别感到，时间对我们人生是最为宝贵的东西。我在过去漫长的年代里总是不能科学地利用时间进行自己的工作和学习，浪费的地方太多了，真可惜。这种损失简直难以计算，今后要设法把它很好地支配起来。

我不希望无端地占去他人的大好时间，但我同样不喜人家占去我的大好时间。今天党给我们的任务是向又红又专的方向努力，我想如果时间浪费很多，势必完成不了这个任务。

今后摆脱家务事，摆脱在工作中的琐碎事务，抓住中心工作——学术，钻进去，然后再冒出来。

晚，到和平新村看几位教员。

1958.2.22　晴　星期六　南京军事学院

同金芳商议好，今后加强对孩子们的教育同管理。要正当地进行管理，克服那种封建式的溺爱或粗暴管教法。

今天给我两种最为深刻的教育。

上午参观了浪费展览会，目睹许多人身为共产党员、革命干部而毫无节约观念，身为人民公仆，不知爱护人民利益，在他的职权范围内"挥金如土"，随便指派开支，在购置物品上不开发票用白条，宽打窄用，讲排场，讲阔气。你看那些雕梁画栋（地理教授会）有什么用呀！这些罪恶的事实严重地教育自己，身为人民公仆，在自己工作范围内要处处从办好事情、节约经济着眼。这应该是最高原则。

午后传达毛主席六十条工作方法，给予自己十分深刻的教育。

晚间加班两小时，修改稿子。

1958.2.23　晴　星期日　南京军事学院

今天为纪念苏军建军四十周年而放假一日。

晚间到街上收集一部分《大众电影》《旅行家》。

1958.2.24　晴　星期一　南京军事学院

今天补昨天星期日假期。

午后二时参加院纪念苏军建军四十周年庆祝大会，会上由首席顾问同志做报告。

会后看电影。

印尼政局非常混乱。

1958.2.25　晴　星期二　南京军事学院

上午参加开除教员叶振欧会议，之后阅读山地师进攻战术。

午后参加义务劳动，共四小时。由于到太平门外，往返行走约一小时，共计五小时。

人们情绪高涨，意志激昂，鼓足了建设社会主义的干劲。这种劳动在我说来不是新鲜的事情，已经习以为常了，因而今天虽然手上打了三个泡，两处受伤，出了若干次大汗，但仍未感到丝毫痛苦，相反，由于这种体力劳动同脑力劳动相结合，因而使脑子更加清爽，又锻炼了身体。

在劳动中又体验了人民的生活，从而锻炼了意志，是群众自我教育的好方法，中央这个决策是非常英明的。

此外，由于劳动得还少，几个月突然来一次，并且劳动带突击性，好似感到劳累些。如果能经常多搞几次，一定就会感到好些。

晚间，阅读《解放军报》，通化修建杨靖宇将军陵园，并刊登杨将军传略，阅后对将军那种忠于无产阶级事业、坚决英勇的斗争精神和崇高品质钦佩不已，要努力学习才是。

1958.2.26　阴　降雪　星期三　南京军事学院

现在我十分注重学习军事，感到现在学都有些晚。革命为人生最大乐事，而学习无疑更加补足了这种快乐。

午后参加支委会议，研究一些零星事情及干部问题。

晚间阅稿，感到学术要钻进去，不钻进去就不能发现其奥秘，今后要在这个方面努力。摆脱琐碎事情，钻研点学术是当前迫切所要解决的问题。

1958.2.27　降雪　星期四　南京军事学院

南京地区首次降大雪，人民喜迎此雪，象征今年丰收。

上午参加院务会议于十四讲堂，听取整风纪律问题报告，副院长指示。几条中，一、今后作为教授会主任、副主任一定要把行政管理同学术当作一个问题统一看待，不能分割，两者不能分开，那种分开的看法和做法都是错误的。一个指挥员要能带兵，又要养兵，不能带兵只能养兵不算好指挥员。同样，只能养兵不能带兵用兵，同样不能算作一个好指挥员。这就是说，作为一个指挥员必须要有一元化的本领，这点十分重要。二、在工作中要注意运用民主与集中问题，把两者关系搞清楚，前者为手段，后者为目的，两者绝不能截然分开，它是一个问题的两个方面。三、在工作作风上要跃进，问题要及时解决，深入现场解决，用走群众路线的办法解决，要亲自动手去解决，要打掉官气。

今天，我深感一定要摆脱繁杂的事务工作和不必要的家庭纠缠，专心钻研学术，向又红又专又健前进。

午后开支委会议，研究零星工作。事前准备不周，浪费时间，后注意改之。

1958.2.28 阴 星期五 南京军事学院

今天上午，布置传达院整顿纪律、军纪礼节事宜。开支委会议研究精简干部问题。本着长远建军着想，先从纯洁内部着眼，不考虑编制。

今后在时事政策学习中，特别要注意学习《人民日报》社论，它是代表中央说话，中央各个时期的重要政策方针，都由它传播出来，它指导着我们广大人民的行动。过去重视不够，今后要努力学习。

我有很大的同情心，晚饭后和金芳到太平门内去为一个一周岁多的小孩治疗。据金芳说，这个小孩很好，家穷，治不好双手的疮，为此，特地去给上青霉素药膏。

1958.3.1 星期六 南京军事学院

阅读教材修正稿，感到其中有困难，对这门军事科学尚不熟悉，须格外加油努力加以跃进才行。

最近在钻研学术方面，家庭特别是孩子方面受到颇大影响，今后设法改正。

1958.3.2 阴 星期日 南京军事学院

上午到街上的书店一游，同样借以调剂脑力，并找一些旧书，这差不多成为我在城市工作中一种假日嗜好。为此，妻常做批评，但不能改，也认为无改之必要。

午后到街上修修车子，找齐一九五七年的《中国青年》和《中国妇女》。在好奇心之下，将这些杂志都一一收齐存放。有条件的话，我诚愿做一个藏书家。

内兄因病要人参，为其购了寄去。对人张口不要使其落空。张口难，尤其在病中。

1958.3.4　晴　星期二　南京军事学院

今天才进一步体会到两件事情：第一，不论到任何工作岗位，要注意抓中心环节。现在工作岗位的中心环节就是：一抓学术，二抓思想，之前对抓学术不够，现在马上纠正。今天钻研一天学术，还要注意方法问题，方法不当，亦会走弯路。第二，工作中不要模棱两可，要针针见血，提倡什么，反对什么，一是一，二是二，赏罚严明，公正无私。

终日阅读。

1958.3.5　细雨　星期三　南京军事学院

上午听毛主席战略思想报告，午后阅读四小时教材。自己确实还未钻研好，要加倍努力。

晚，妻预先买好电影票带孩子们去看。加紧学习，充分做好战争准备。要知道"养兵千日，用兵一时"，平日不备，一时难以用好呀！

1958.3.8　晴　星期六　南京军事学院

今天为三八节。与往年不同，今年女同志都在劳动。本院妇女同南京市妇女进行劳动竞赛，金芳也去了，这是她进城后数年以来第一次。

今天工作中有一件事情细心不够，胡部长电话通知，军委测绘局叫预备军事课事，未经过调查答复，致副院长误批，当即去请示纠正，首长不在。今后值得注意。

上午支委会研究决定下周工作。

1958.3.9　晴　星期日　南京军事学院

上午曹羽同志约去街上旧书店一逛。

午后阅读《红旗飘飘》。杨靖宇、刘志丹烈士的英勇事迹，令人钦佩不已。一个人打破自私自利的个人主义观念，那么就能为党的事业不惜一切奋斗到底，他们这种崇高的无产阶级革命品质永远值得我学习。

孩子倒是孩子脾气。他们不时闹得人烦恼时，不能冷静对待，实为大缺点。我个人在这方面总是不能彻底克服缺点，今后要改之。

现在，用尽一切力量准备业务，要教课呀！客观事物发展不得不做如此准备。

今天对华英教育态度粗暴，方式不好，太后悔了，下决心改正，要改正。

1958.3.20 阴 星期四 南京军事学院

上午听四小时山地战术方面素材汇报，内容很丰富，我聚精会神地听。午后四小时进行整改问题。最后开支委会，研究到北大荒参加劳动人员问题。

晚间参加训练系统召开的现场会议，介绍会、组、个人规划经验。

今天最为突出的是，上午到科学研究部参加会议时迟到两分钟，赖部长点了名。

遵守时间成为现在整改内容之一，而自己在这方面还未引起足够重视。任何一个问题，如果不联系自己就没有现实意义，所以今后自己要特别注意处处联系实际，不要把理论限于口头，而是见诸行动。

实践是真理的标准。自己今后要特别加强这一点，切实处处做到：出之于言，见之于行。

1958.3.22 晴 星期六 南京军事学院

上午开会研究干部问题。现在继续进行缩简。中央这个英明措施，利用建设，为此，就得抽出资金投入社会主义建设方面，否则，谈建设是空的。另外一个喜讯，即我国军事科学院建设，将来可以解决先进的军事武器——洲际导弹问题。原子反应堆建立起来，我国将来可以同苏联并驾齐驱。

将来在工作中，第一，好好地研究中央的政策、方针、指示及政府法令。第二，广泛深入地联系群众，无论什么时候都要紧紧地掌握住，有任何困难都会胜利解决的。

午后，着手写自己的规划。晚间，老韩同志请看《马连良》，张君秋、谭富英等四大名角出演，至十二时。

1958.3.23　半晴　星期日　南京军事学院

今天五时出发到南京郊区村帮助合作社建设水库，开展义务劳动，历五小时，加往返二十华里路程，由个人骑车子近两小时。劳动强度很大，挖土、挑土……但劳动后脑子很清爽，劳动确实加深对政治的深刻认识。劳动中体会到人民确实是伟大的，是真正的历史的创造者，所以我们衷心地为人民服务到底。也就是说，坚决革命到底，当是人生的最为现实的意义。

"人人为我，我为人人。"这是思想的主体。

1958.3.24　阴　星期一　南京军事学院

上午研究演习地区——杭州西山地形材料。陈为同志钻研较为细致，这个人做事认真，为工作中助手，将来应发挥其才。

工作中不断发现人才，大胆而有分寸地使用、培养、提高，如此工作方能提高，发挥潜力，并使工作继续下去。

午后研究规划，夜晚继续研究。

1958.3.25　阴　星期二　南京军事学院

昨晚大雨，今天气温室内二十度。

今天做如下工作：一、上午欢送四位下放教员，他们到北大荒垦区。二、找李乙同志谈话。下去的人，离开部队是件大事，别时给予谈话意义很大，此乃天然责任，一定要履行。三、午后给他们四人做出鉴定，并起草蔡仲良处理下放建议稿。四、晚间，自修战术。

现在回想起来，前段工作尽是一些无谓口舌。蔡珊这个同志原则性差，就是背后乱挑拨关系，今后特别注意警惕这种小人作风。时间短了没关系，长了就要受到损失。

接原房东品瑞明信，他打算今秋来看我。我欢迎。这是当年（抗日战争）艰苦岁月中对我有过帮助的，昔日之情不能忘。

1958.3.26　雨　星期三　南京军事学院

今天终日开八小时会议。这个会议本可以用最多一至两小时解决，由于方法不当才如此。采用这种方法为李一同志惯用之法。奇怪的是数次民主运动中同志们不断提出，终究未解决。我认为归根结底由于固执，思想方法不当。前些日子为此也有点关系不好，顾全大局，迁就了吧。但在我的思想上已非常烦，新到的协理员同志亦有此感。

没有准备的会，没有必要开的会，可开可不开的会，可以坚决不开。凡能简短的会，绝不要拖长，能用电话解决问题尽量可以多用电话，绝不要用文字通知，以免踢皮球。有些问题已从群众中把意见、情况反映出来了，就不要再在群众中踢皮球，可以集中执行，以免浪费时间，贻误事情，形成形式主义。

我对这点感触非常深刻，如考虑成熟，写个短文与同志讨论一番。

图书在版编目（CIP）数据

征途与脚步：刘荣军旅日记选／梁山松，林建良编.
—北京：中国文史出版社，2020.1
ISBN 978 - 7 - 5205 - 1517 - 7

Ⅰ. ①征… Ⅱ. ①梁… ②林… Ⅲ. ①日记 - 作品集 -
中国 - 当代 Ⅳ. ①I267.5

中国版本图书馆 CIP 数据核字（2019）第 243161 号

责任编辑：卢祥秋　　薛未未

出版发行　**中国文史出版社**
社　　址：北京市海淀区西八里庄 69 号院　邮编：100142
电　　话：010 - 81136606　81136602　81136603（发行部）
传　　真：010 - 81136655
印　　装：廊坊市海涛印刷有限公司
经　　销：全国新华书店
开　　本：720 × 1020　1/16
印　　张：36　　　　字数：570 千字
版　　次：2020 年 1 月第 1 版
印　　次：2020 年 1 月第 1 次印刷
定　　价：120.00 元